STEFANIE R. CARL

A Galaxy FOR US

ROMAN

VAJONA

Dieser Artikel ist auch als E-Book erschienen.

A Galaxy FOR US

Druck und Verarbeitung: TOTEM.com.pl, ul. Jacewska 89,
88-100 Inowrocław
Printed in Poland
Lektorat: Amelie Hanke
Korrektorat: Susann Kemnitzer
Umschlaggestaltung: Julia Gröchel unter Verwendung von Motiven von
Rawpixel
Satz: VAJONA Verlag, Oelsnitz

ISBN: 978-3-948985-15-8

VAJONA Verlag

Für dich.

1

Addison

»Ich meine ja nur, wenn du stirbst, ist das dein Geisteroutfit für immer und ewig!«

Rylan folgte mir weiter durch das ganze Café, wo ich augenrollend die Tische abwischte, damit wir endlich schließen konnten.

»Ry, es ist eine Halloweenparty. Ich glaube die Geister wären zu Recht sehr verwirrt, wenn auf einmal Katzen in Overknees und oberkörperfreie Cowboys in der Geisterwelt auftauchen würden.« Als ich mich umdrehte, konnte ich an Rylans geschocktem Gesicht sehen, dass sie tatsächlich vorhatte, ein Outfit mit Overknees zu kombinieren.

»Oh, komm schon, Rylan. Du weißt: Ich liebe Halloween, aber dann lass uns wenigstens ein originelles Kostüm anziehen.«

»Ein schwarzes T-Shirt mit der Aufschrift ›Trick or Treat‹ ist nicht einmal halb so cool, wie du denkst. Es zeigt nur, dass du glaubst, du seist besser als alle anderen.«

Mit einem resignierenden Seufzer ließ ich mich auf einen der Barhocker an der Theke fallen. »Ok, ich ziehe dein Kostüm an, aber …«, musste ich ihr aufgeregtes Quieken unterbrechen. »Es darf kein bescheuertes College-Klischee sein, keine Overknees beinhalten und du musst mehr als einen halben Meter Stoff darauf verwenden. Es ist übrigens erst der 30. September. Warum gibt es jetzt schon eine Halloweenparty?«

»Ach, sie wollen wohl die ersten sein. Außerdem kann es mehr Partys geben, je früher wir anfangen. Seit wann beschwerst du dich überhaupt über zu viele Partys?« Rylan zuckte mit den Schultern und sah mich abwartend an.

Sie hatte recht. Ich sagte normalerweise nicht Nein zu einer guten Party, aber ich hatte mit Anfang des drittens Semesters auch zum dritten Mal mein Nebenfach gewechselt und es hatte sich herausgestellt, dass Chemie viel anstrengender war als Soziologie. Außerdem übernahm ich mehr Schichten im *Elbury's Mug Café* und konnte zu den Fannings, die das Café betrieben, nie Nein sagen. Seit im zweiten Semester meine Noten so schlecht geworden waren, dass ich beinahe mein Stipendium verloren hatte, musste ich meine Energie ein bisschen von all dem College-Spaß darauf verlagern, wofür das College eigentlich da war – auf das Lernen. Und ja, mir war klar, dass ich mich für Rylan mittlerweile wie die langweiligste Person der Welt anhören musste. Sie konnte wohl meine Gedanken lesen, weil sie mir jetzt mit einem mitleidigen Blick half, die Stühle auf die Tische zu stellen.

»Aber die erste Halloweenparty der Saison kannst du dir trotzdem nicht entgehen lassen«, versuchte sie es nochmal etwas leiser als in ihrer normalen Stimmlage.

Ich schmiss den Spüllappen in die Spüle und hakte mich bei meiner Freundin unter. »Lieber lege ich noch ein paar spätabendliche Bibliothekssitzungen ein«, informierte ich sie lächelnd und zog sie aus dem gemütlichsten Café am ganzen Campus. Ich musste wohl die hypokritischste

Person der Welt sein. »Kommst du noch mit in die Bibliothek?«

Rylans dunkle Augen starrten mich entsetzt an. »Das mit den nächtlichen Bibliothekssitzungen war ernst gemeint? Und du willst damit jetzt gleich anfangen? Es ist schon fast 20 Uhr!«

»Es wird dich vielleicht überraschen, meine Süße, aber man kann auch nach Einbruch der Dunkelheit noch lernen.«

Sie zog mich in eine Umarmung und ich wurde fast komplett von ihrem übergroßen Cardigan eingehüllt. Wie immer roch sie nach ihrem blumigen Parfüm, dessen Namen ich mir nie merken konnte, aber dessen Duft ich unweigerlich mit meiner Freundin verband.

»Nicht in meiner Welt. Außerdem muss ich mit unseren Kostümen anfangen. Arbeite nicht zu hart, wir sehen uns zu Hause.« Winkend ließ sie mich zurück und ignorierte gekonnt eine Gruppe Erstsemester, die es nicht besser wussten und ihr hinterherpfiffen.

Schmunzelnd schloss ich die Eingangstür hinter mir zu und ging zu meinem Fahrrad. Man konnte es den Jungs nicht verübeln. Rylan sah nicht nur aus wie ein Model, sondern sie bewegte sich auf ihren High Heels auch wie eines. Vor allem ihre Kleider waren alle von ihr selbst entworfen und genäht worden. Heute hatte sie ein ausladendes Maxikleid an, dessen Farbe irgendwo zwischen Dunkelblau und Dunkelgrün lag. Rylan hätte mich für diese amateurhafte Beschreibung bestimmt ausgeschimpft, aber es studierte schließlich nicht jeder Modedesign.

Es war schon nach halb neun, als ich endlich die Tür zu unserer riesigen Bibliothek aufstieß und den staubigen Geruch von alten Büchern und Holz einatmete. Instinktiv zog ich die Ärmel meines Strick-Pullovers nach vorn, denn hier war es zu jeder Jahreszeit und zu jeder Tages- und Nachtzeit ziemlich kühl. Das machte sich auch sofort durch die Gänsehaut auf meinen nackten Beinen bemerkbar. Ich hatte mich am Morgen wieder einmal von der spätsommerlichen Sonne blenden lassen und nur eine kurze Jeans angezogen. Zwar hatte ich für alle Fälle immer einen Pullover dabei, meinen Beinen half das im Moment aber wenig. Trotzdem genoss ich die Ruhe, die die Bibliothek ausstrahlte. Egal wie geschockt Rylan immer sein mochte, ich liebte diese Bibliothek und es machte mir nichts aus, in der Dunkelheit einmal quer mit dem Fahrrad über den halben Campus von unserem Wohnheim hierherzufahren, um zu lernen. Ich war auch nicht die Einzige, die so dachte, denn trotz der Uhrzeit waren relativ viele Tische besetzt. Ich ging die große, steinerne Treppe hinunter und bestaunte wieder einmal die hohen, geschwungen Decken mit den aufwändigen Verzierungen und die riesigen Kronleuchter, die über jedem der Tische hingen. Die Regale, die die Wände säumten, verliehen dem Raum eine unnachahmliche Ruhe. Obwohl sich viele von ihnen gestört fühlten, konnte ich die Touristen verstehen, die sich oft hierher verirrten und sich vom Zauber unserer Universitätsbibliothek einhüllen ließen.

Gerade als ich mich auf einen freien Tisch am Ende der Haupthalle gesetzt hatte und überlegte, wie ich den scheinbar unbezwingbaren Berg an Lernunterlagen am besten besiegte, ließ sich jemand geräuschvoll auf den Stuhl neben mir fallen. Bevor ich mich umdrehen konnte, hörte ich schon eine sehr vertraute Stimme viel zu nah an meinem linken Ohr.

»Addie, Süße, gut, dass du da bist. Bitte, du musst mir helfen!« Ohne eine weitere Erklärung wusste ich schon, was los war. Pit verirrte sich nur in die Bibliothek, wenn es um ein Mädchen ging. Er wusste wahrscheinlich nicht mal, dass man hier auch herkommen konnte, um in Ruhe zu lernen.

»Ich spiele nicht wieder deine Fake-Freundin, nur um dann monatelang von einer gesamten Schwesternschaft gehasst zu werden, Pit. Ich bin immer noch traumatisiert.«

Meine freundschaftliche Liebe für Pit war wirklich grenzenlos, aber er nahm die wilden College-Jahre ein bisschen zu wörtlich. Er spielte seinen Bekanntschaften zwar nie die große Liebe vor, aber er war charmant und sah mit seiner perfekten karamellfarbenen Haut, seinen dunklen Locken und seinen Grübchen einfach zu gut aus, als dass seine Eroberungen nicht wenigstens einmal versuchten, ihn festzunageln. Spoiler Alert: Bis jetzt hatte das noch nie ein gutes Ende genommen. Auch für mich nicht.

Als er im ersten Semester einer aufdringlichen Verehrerin erzählt hatte, er wäre jetzt mit mir zusammen, nur um sie loszuwerden, konnte ich bis zu den Weihnachtsferien nicht einmal in die Nähe des Verbindungshauses kommen. Es hatte mich beeindruckt, wie sehr die Schwestern dieser Verbindung zusammenhielten, aber leider musste ich deswegen auch monatelang einen Umweg von einer halben Meile machen, wenn ich zur Arbeit wollte.

»Komm schon, du hast auch was gut bei mir«, versuchte er mich jetzt mit seinem Standard-Flirtblick rumzukriegen.

»Wenn ich alle Gefallen, die du mir schuldest, einmal einlösen würde, wärst du den Rest des Semesters nur damit beschäftigt, für mich zu existieren, mein Freund.« Ich pikte in seinen Arm und wollte ihn streng ansehen, obwohl er genau wusste, dass auch ich gegen seinen Welpenblick nicht immun war. »Ok, Player, was hast du angestellt?«

Er versuchte, beschämt auf den Tisch zu sehen, aber ich konnte sein zufriedenes Grinsen sehen.

»Pit! Ich würde heute gern noch wenigstens ein Buch aufmachen, also spuck's aus!« Anscheinend war ich ein bisschen zu laut geworden, denn sobald ich meinen Satz beendet hatte, hallte er in der riesigen Bibliothek mit ihren hohen Decken wider, was mir sofort einen gefährlichen Blick von dem Typen am Tisch gegenüber einbrachte. Sein strenger und intensiver Blick brachte mich sofort zum Schweigen und ich spürte, wie die Gänsehaut an meinen Beinen zurückkam. Dieses Mal aber nicht wegen der kühlen Luft, die in der Bibliothek herrschte. Zugegeben, er kam mit seinen verstrubbelten, dunkelblonden Haaren und seinem dunklen Bart der Beschreibung meines Traummannes ziemlich nah. Weil er keine Anstalten machte, wegzusehen, konnte ich meinen Blick erst wieder losreißen, als Pit aufgeregt an meinem Arm rüttelte.

»Ok, da war dieses heiße Mädchen in meiner Vorlesung und ich habe sie gefragt, ob sie mir Nachhilfe gibt, was sie natürlich getan hat.« Er erzählte mit so einem Selbstbewusstsein, das ich bei jedem anderen sofort als Arroganz abgestempelt hätte. »Sie ist übrigens nicht mal halb so gut in Mathe, wie sie gesagt hat.«

Ich versuchte ein Lachen zu unterdrücke, was leider nur dazu führte, dass ich umso lauter losprustete. Pit war ein Mathegenie und wahrscheinlich der Letzte auf diesem riesigen Campus, der darin Nachhilfe brauchte. Es war mir und natürlich auch ihm klar, dass dieses Mädchen nur Zeit mit ihm verbringen wollte. Überraschend, wie oft er diese

Masche schon erfolgreich durchgezogen hatte.

Gerade als ich ihm diesen offensichtlichen Umstand mitteilen wollte, hörte ich das laute Quietschen eines Stuhls, der zurückgeschoben wurde. Bevor ich ausmachen konnte, woher das Geräusch kam, beugte sich schon der Typ, der mir eben noch gegenübergesessen hatte, zu mir herunter.

»Entschuldigung, aber falls es euch noch nicht aufgefallen ist: Das ist eine Bibliothek und keine billige Speeddating-Bar. Geht doch bitte für euer Date woanders hin und lasst die richtigen Studenten in Ruhe lernen.« Er stützte sich mit beiden Händen auf dem dunklen Holztisch ab und beugte sich zu mir herunter, um auf Augenhöhe zu sein.

Ich spürte seinen warmen Atem in meinem Gesicht und sofort breitete sich ein Kribbeln in meinem ganzen Körper aus. Ich war zu perplex, um irgendetwas zu erwidern, und gleichzeitig fasziniert davon, wie eindringlich und einschüchternd er war, während er nur flüsterte. In seinen dunklen Augen lag ein Ausdruck, der für mich nur oberflächlich nach Ärger aussah, denn je länger wir uns ansahen, desto unergründlicher und tiefer wurde sein Blick. Er hatte wahnsinnig symmetrische Gesichtszüge und obwohl er nicht so aussah, als würde er morgens besonders viel Zeit vor dem Spiegel verschwenden, sah er mit den welligen, dunkelblonden Haaren unverschämt gut aus.

Erst als Pit genervt Luft einsog, merkte ich, dass ich den Fremden mit schiefgelegtem Kopf dümmlich anstarrte, was er mir eigentlich nicht verübeln sollte, denn er war auf eine ganz unaufdringliche Art wirklich attraktiv. Als hätte er keine Ahnung davon, oder als wäre es ihm egal. Trotzdem brachte Pit mich dazu, meinen zugegebenermaßen schmachtenden Blick abzuwenden, und katapultierte mich wieder ins Hier und Jetzt zurück.

»Glaubst du, dass ich die ganzen Bücher zum Spaß mit mir rumschleppe, um hier ein Date haben zu können, oder was?« Eigentlich war ich nicht so zickig – vor allem nicht zu Männern, die mit einem Blick solche Gefühle in mir auslösen konnten –, aber es nervte mich, so von oben herab behandelt zu werden.

»Du siehst zumindest so aus, als hättest du Spaß, aber nicht mit deinen Büchern!« Er spuckte diese Worte regelrecht aus und richtete sich wieder auf, sodass er mit verschränkten Armen auf mich herabsehen konnte. Wieder merkte ich, wie ich anfing, ihn anzustarren. Sein Sweatshirt war ausgewaschen – das Logo der *EU* war schon fast komplett abgeblättert – und dazu trug er eine schlichte schwarze Jeans. Beides war ein wenig zerknittert und zusammen mit seinen wirren Haaren sah er so aus, als hätte er schon einige Zeit hier, über seine Bücher gebeugt, verbracht.

Obwohl ich nur eine Millisekunde darüber nachdachte, was er eigentlich für ein Problem mit mir hatte, denn jeder normale Mensch hätte einfach gefragt, ob wir ein bisschen leiser sein könnten, stand plötzlich die Bibliotheksaufsicht neben mir. Sie hinderte mich daran, etwas zu erwidern, denn jeder Student der *Elbury University* wusste, dass sie keinen Spaß verstand, wenn es um Ruhe und Ordnung in ihrem Reich ging. Ich konnte nicht mal blinzeln, als sie schon mit schmalen Augen über ihre altmodische Brille blickte und uns anwies, die Bibliothek zu verlassen. Ich drehte mich hilfesuchend zu Pit um, aber der Verräter hatte sich still und heimlich verzogen, weil sein Date, das auf einmal anscheinend nicht mehr ganz so schlimm und problematisch war, zurückgekommen war. Ich rollte mit den Augen und wurde sofort dafür bestraft, dass man mir grundsätzlich jede meiner Emotionen sofort vom Gesicht ablesen konnte.

»Miss, das ist kein Grund dafür, mir respektlos gegenüberzutreten. Sie kennen die Regeln wie alle anderen auch.«

»Aber ich …«, versuchte ich die Situation noch aufzuklären. Doch dafür war es zu spät.

»Keine Widerrede, wenn Sie für den Rest des Jahres auch noch hier lernen wollen, rate ich Ihnen, jetzt leise ihre Sachen zusammenzupacken.« Sie legte einiges an Nachdruck in das Wörtchen *leise*.

Da ich wie meistens nicht wusste, wann ich einfach meine Klappe halten sollte, setzte ich gerade zu einer weiteren Schimpftirade an, als mich eine große Hand am Arm packte und ruckartig mitzog. Ich konnte gerade noch meine Tasche schnappen, die ich dank Pit noch nicht einmal ausgepackt hatte, bevor ich energisch durch den Mittelgang gezogen wurde.

An seinem Tisch blieb der fremde Typ stehen und wieder einmal war ich beeindruckt, als er seine Sachen nahezu geräuschlos in eine abgewetzte Lederumhängetasche packte.

»Dafür, dass du mich bis gerade eben noch ziemlich abstoßend fandest, hast du es aber jetzt ganz schön eilig, mehr Zeit mit mir zu verbringen«, provozierte ich ihn, während er seine Tasche schloss.

»Du könntest entweder einfach mal ruhig sein oder dein vorlautes Mundwerk dafür nutzen, mir zu danken, dass ich dich vor einem Hausverbot und davor, dich komplett zu blamieren, bewahrt habe.« Sein Bart, der weit über einen stylischen Drei-Tage-Bart hinaus ging, strich fast an meine Wangen, so nah kam er mir beim Sprechen, und ich konnte sehen, wie angespannt sein markanter Kiefer war.

Obwohl er mich – rational betrachtet – ziemlich herablassend behandelte, vernebelte mir sein frischer Duft, der zusammen mit der typischen Bibliotheksluft fast wie ein Aphrodisiakum auf mich zu wirken schien, eben jenen rationalen Teil meines Gehirns. Als er merkte, wie nah wir uns waren, richtete er sich ruckartig auf, und mit der gleichen Bewegung, mit der er sich seine Tasche über die Schulter warf, legte er mir die Hand auf den Rücken, als wollte er sichergehen, dass ich mit ihm in Richtung Ausgang ging.

Weil ich so perplex von der Wärme war, die von der Hand auf meinem Rücken ausging, und mir eigentlich auch gar nichts anderes übrig blieb, ging ich widerstandslos mit. Zu meiner Schande dachte ich nicht einmal eine Sekunde darüber nach, einfach stehen zu bleiben oder seine Hand wegzuschlagen. Seit wann verließ die Feministin in mir meinen Körper, nur weil mir ein heißer Kerl gegenüberstand?

Nachdem wir dann aber durch die schwere Flügeltür an die frische und kühle Luft getreten waren, ließ er mich genauso schnell wieder los, wie er mich angefasst hatte, und ich konnte die Stelle, auf der einige Sekunden zuvor noch seine Hand gelegen hatte, förmlich spüren. Er hatte anscheinend seine Mission erfüllt, weil er jetzt allein die Treppe hinunterging, ohne sich nochmal umzudrehen. Er wollte mich einfach stehen lassen. Bevor er aus meinem Sichtfeld verschwand, meldete sich der rationale Teil meines Gehirns endlich wieder zu Wort und es kam Bewegung in mich.

»Na, vielen Dank auch!«, zischte ich in seine Richtung, während ich ihm nachlief. »Weißt du eigentlich, wie hart Chemie im dritten Semester ist, wenn man in der High School schon scheiße war? Du hast überhaupt keine Ahnung, was ich alles …« Weiter kam ich nicht, weil aus seinem Mund doch tatsächlich ein tiefes Lachen kam, das mich so sehr überraschte, dass ich meine Wut kurz vergaß. Okay, vielleicht war es auch nur ein Geräusch, das im entferntesten als Lachen durchgehen würde. Gerade als ich mich wieder daran erinnerte, dass ich sauer auf ihn war, hielt er mir ein Buch vor die Nase.

»Ja, ich weiß, wie schwer Chemie III ist, *Addison*.« Er zog meinen Namen spöttisch in die Länge, während er vor meinem Gesicht mit dem Buch aus dem Chemiekurs wedelte. »Deshalb wollte ich heute auch in Ruhe in der Bibliothek lernen. Vielen Dank auch dafür.«

Zum dritten Mal innerhalb der vergangenen zehn Minuten starrte ich ihn nur an. So etwas kannte ich überhaupt nicht von mir.

»Ach, jetzt kannst du auf einmal deine Klappe halten?« Er hielt mir immer noch das Chemiebuch vor die Nase und strich sich mit einem Schnauben durch die Haare, die sowieso schon aussahen, als hätten sie heute noch keinen Kamm gesehen.

»Woher kennst du meinen Namen?« Natürlich war diese Frage überflüssig, denn ganz offensichtlich besuchte dieser große, attraktive und unverschämte Typ den gleichen Kurs wie ich. Aber warum genau war er mir noch nicht aufgefallen? Ich hatte in diesem Semester meine Studienberaterin davon überzeugt, direkt in Chemie III einzusteigen, um doch noch alle Voraussetzungen für das anschließende Medizinstudium zu erfüllen. Nachdem ich meine Kurse so oft gewechselt hatte wie meine Studienberaterin ihre Haarfarbe, was im Durchschnitt alle zwei Monate passierte, war ich mir immerhin zu fünfundsiebzig Prozent sicher, meinen ursprünglichen Plan von einem Medizinstudium durchzuziehen. Seitdem verfluchte ich meine Entscheidung allerdings beinahe täglich, weil mir die Chemie-Grundkurse fehlten.

»Wenn du dich in der Vorlesung einmal bemüht hättest, pünktlich zu sein, hättest du vielleicht auch die Zeit gehabt, dich umzusehen oder – Gott bewahre – etwas vom Thema mitzubekommen, anstatt dich entweder über die letzte Party zu amüsieren oder dich für die nächste zu verabreden.« Sein Lächeln war jetzt einem leicht herablassenden und undurchdringlichen Blick aus bedrohlichen Augen gewichen. Er verschränkte die Arme vor seiner Brust und sofort schossen mir die Sprüche durch den Kopf, die mich seit meiner Pubertät ständig begleiteten: *Addison, konzentriere dich auf die Schule, statt dich wie ein Flittchen auf Partys herumzutreiben! Addison, du brauchst dich nicht wundern, wenn aus dir nichts wird, so wie du dich immer rumtreibst, statt zu lernen.* Diese Aussagen sind mir mit genau dem gleichen herablassenden Blick begegnet, der mir jetzt aus den dunklen Augen entgegenschlug und der meine innere Feministin nun endlich dazu veranlasste, wieder zurückzukommen.

»Schön, dass du dich so gut damit auskennst, was für mich am besten ist, *Mr. Perfect.*« Ich machte einen Schritt auf ihn zu und berührte ihn mit dem Finger am Oberarm. »Vielleicht solltest du im Gegensatz dazu einfach ein bisschen lockerer werden. Dann würden wir beide noch in Ruhe da drinnen sitzen und wären morgen perfekt vorbereitet.«

Anscheinend wurde ich ihm schon wieder zu laut oder ich kam ihm zu nahe, denn er sah sich sichtlich unbehaglich in alle Richtungen um, machte sofort einen Schritt zurück und schüttelte meine Hand ab, als wäre sie ein lästiges Insekt.

Aber ich war noch nicht fertig. »Also komm von deinem Podest runter, auf das du dich selbst stellst, und nimm den

Stock aus deinem Arsch. Es ist schließlich deine Schuld, dass wir jetzt hier draußen stehen!«

Bevor er etwas erwidern konnte, schnappte ich mir mein Fahrrad, das ich wider besseres Wissen einmal mehr unabgeschlossen stehen gelassen hatte, und begann den Berg, der zum *University Park* führte, hochzustrampeln. Ich wusste es eigentlich besser, als dass ich den ganzen Berg ohne abzusteigen durchfahren konnte, aber diese Blöße wollte ich mir natürlich nicht geben. Ich beschloss, bei der Hälfte rechts abzubiegen, was zwar einen Umweg bedeutete, aber wenigstens wäre ich morgen nicht vor Muskelkater gelähmt.

Diese Möglichkeit nutzte ich auch gleich dazu, verstohlen nach unten zu schielen, ob er mir nachsah. Offensichtlich war ich nicht ganz bei Trost, wenn ich ernsthaft daran interessiert war. Als ich aus dem Augenwinkel sehen konnte, dass er sich längst mit jemanden unterhielt, nervte mich meine eigene Naivität sofort. Ich zwang mich, nach vorn zu schauen, und legte einen Zahn zu, um endlich nach Hause zu kommen und Rylan zu bremsen, falls sie mit den Entwürfen für unsere Kostüme mal wieder vollkommen den Bezug zur Realität verlieren sollte.

2

Addison

»O mein Gott!«, quiekte Rylan in einer Lautstärke, an der man genau erkennen konnte, wie viel Wein sie schon getrunken hatte. »Der heiße, aber unnahbare Fremde! So beginnen die besten Liebesgeschichten!«

Ich bereute sofort, meinen Mitbewohnerinnen den Grund für meinen Mikroaufenthalt in der Bibliothek erzählt zu haben, aber leider brachten mich zwei Gläser Wein dazu, nicht immer die klügsten Entscheidungen zu treffen.

»Also, dass du einen Typen für wichtig genug hältst, dass du uns von ihm erzählst, beweist zumindest, dass er in deinem Kopf ist«, analysierte Camille jetzt. Sie nippte wie immer nur an ihrem Wein, um einen klaren Kopf zu behalten.

Wir saßen wie an so vielen Abenden in unserer kleinen Küche im Pyjama an der Theke, die auch als unser Esstisch herhalten musste, und genossen die Zeit, die wir nur unter uns Mädels waren, während wir die wildesten Cocktails, die man aus Wein kreieren konnte, tranken. Am meisten freute es mich zu sehen, wie Camille sich an solchen Abenden entspannte. Wenn sie nicht mit ihrem Freund zusammen war und nicht nur in ihrem eigenen Kopf lebte, kam die witzige und warmherzige Camille hinter ihrer kalten Mauer aus Wachsamkeit, Perfektion und Distanz hervor. Menschen, die sie nicht gut genug kannte, zeigte sie diese Seite von ihr gar nicht, und auch bei Rylan und mir hatte es gedauert, bis sie sich geöffnet hatte.

»Oh, wie deine grauen Augen funkeln! Malst du dir gerade aus, wie er dich über den antiken Tisch beugt?« Rylan zeigte auf meine Augen und leerte ihr Weinglas dann in einem Zug.

Über Camilles blasse Wangen huschte ein roter Schleier, trotzdem sah sie mich genauso abwartend an.

»Ok, vielleicht hätte ich nichts dagegen!«, gab ich zwischen zwei großen Schlucken zu. »Und jetzt Schluss damit! Dieses Thema ist damit erledigt. Ich habe ihn vorher nie bemerkt und er will offensichtlich die Distanz behalten. Ihr hättet mal sehen sollen, wie er zusammengezuckt ist, als ich ihn am Arm berührt habe.«

»Nicht jeder möchte gern sofort von Fremden umarmt und berührt werden.« Camille nutzte die Chance sofort, um mich einmal mehr auf mein fehlendes Feingefühl hinzuweisen. Der Ausdruck in ihrem Gesicht wurde härter und ich wusste, dass sie von sich selbst sprach. Als sie zu Rylan und mir gezogen war und wir uns überschwänglich auf sie gestürzt hatten, hatte sie sich sofort versteift. Erst Stück für Stück hatten wir ihr Vertrauen gewinnen können.

Sie hatte recht, ich neigte dazu, Menschen zu schnell zu nahe zu kommen. Ich umarmte jeden zur Begrüßung und zum Abschied, egal ob es Pit war oder eine seiner Flammen, die ich nur ein einziges Mal zu Gesicht bekam. Ich umarmte fremde Menschen auf Partys und hatte so nicht nur einmal falsche Signale gesendet, was mich trotzdem nicht davon abhielt. Manchmal spielte ich mit dem Gedanken, einen Kurs in Psychologie zu belegen, um mich und mein Verhalten selbst zu therapieren. An meinem Elternhaus konnte mein fehlendes Gespür für persönliche Distanz jedenfalls nicht liegen. Dafür hatte mein Vater früh genug gesorgt und damit vielleicht genau das Gegenteil erreicht.

»Mädels, Schluss für heute! Wir sind gute Studentinnen und unter der Woche bleiben wir bei einer Flasche Wein.« Mit einer entschlossenen Geste stellte ich mein Weinglas in die Spüle und sah meine Mitbewohnerinnen mit dem strengsten Blick an, den ich hatte.

»O Mann, Vernunfts-Addie ist so eine Langweilerin. Ich möchte lieber mit Baddie-Addie abhängen.« Rylan schob enttäuscht ihre Unterlippe vor.

»Baddie-Addie hat dieses Semester Pause. Sonst wird sie aus dem Stipendiatenprogramm fliegen, auf ewig Kaffee und Cupcakes servieren und niemals Zeit und Geld haben, mit dir auf Partys zu gehen.« Ich gab Rylan einen Kuss auf die Wange, bevor sie etwas erwidern konnte, und verzog mich in mein Zimmer, um zumindest zu versuchen, morgen pünktlich in Chemie zu sitzen.

3

Addison

Natürlich musste ich mein Fahrrad die Hälfte des Hügels, der zu dem Gebäude führte, in dem mein Chemiekurs stattfand, schieben. Das sorgte zumindest dafür, dass der Kaffee und die Cupcakes im Fahrradkorb überlebten, aber ich kam dadurch schon wieder mindestens zehn Minuten zu spät.

Ich hatte am Morgen schon zwei Stunden im Café verbracht, um Mrs. Fanning zu helfen. Ich liebte die Arbeit in dem kleinen Campus-Café, aber ich brauchte dringend mehr Zeit zum Lernen. Für Viola Fanning, meine Chefin, war ich sowas wie ihr Adoptiv-Enkelkind, das in ihren Augen schlauer war als jeder andere auf dem gesamten Campus. Aber ich hatte leider kein fotografisches Gedächtnis und musste genauso viel lernen wie alle anderen auch. Wenn nicht sogar mehr, denn meine Mitstudenten wussten im Gegensatz zu mir entweder bereits vor Studienbeginn oder spätestens nach dem ersten Semester, was ihr Hauptfach werden sollte, und blieben dabei, während ich mir immer einbildete, etwas zu verpassen, wenn ich nicht alles mindestens einmal ausprobiert hatte. Trotzdem mochte ich das Gefühl, dass sie so sehr an mich glaubte, denn ich wusste, wie es sich anfühlte, wenn das Gegenteil der Fall war.

Als ich viel zu spät und in Gedanken versunken am Gebäude der wissenschaftlichen Fakultät ankam, lehnte ich mein Fahrrad einfach an die alte Mauer und rannte mit meinem Frühstück bewaffnet durch die großen Torbögen. Fast rutschte ich auf dem Laub aus, das von den riesigen Bäumen, die überall auf dem Campus standen, abgefallen war und mich daran erinnerte, dass Herbst war und ich endlich meine Herbstschuhe benutzen sollte, statt meine weißen, sommerlichen Sneakers. Zum Glück war das große, doppelflügelige Holztor, welches in das Gebäude führte, offen, denn natürlich hatte ich mit zwei Kaffeebechern, einer Tüte Cupcakes und meiner Tasche, die mir von der Schulter gerutscht war, keine Hand frei.

Als ich die Treppe erreichte, kam von der anderen Seite jemand auf mich zu, der genauso abgehetzt wirkte wie ich, und als ich sah, wer vor mir stand, konnte ich mir einen sarkastischen Kommentar auf keinen Fall verkneifen: »Ach, Mr. Nimm-dir-ein-Beispiel-an-mir-und-sei-pünktlich verstößt gegen seine eigenen Regeln.« Für einen Moment dachte ich, er würde mich einfach ignorieren und an mir vorbei gehen, denn unter seinen Augen zeichneten sich dunkle Schatten ab, die garantiert nicht von einer durchfeierten Nacht kamen. Leider war ich dafür Expertin und er sah definitiv eher abgekämpft als abgefeiert aus.

»Ach, Ms. Das-Leben-beginnt-erst-nach-meinem-Kaffee, geht das Partywochenende neuerdings schon donnerstags los?«

Während ich noch darüber nachdachte, warum seine Augen so traurig aussahen, blitzte darin schon wieder dieser unergründliche und leicht abschätzende Blick auf.

Er begann die Treppe hinaufzugehen und war sich wohl sicher, dass unser Gespräch jetzt beendet war. Nachdem ich ein paar Sekunden schweigend hinter ihm hergegangen war und mich dann sogar dabei erwischt hatte, wie ich auf seinen Hintern starrte, der heute in einer schlichten Jeans steckte, zwang ich mich selbst dazu, den Blick wieder auf seinen Rücken zu richten.

»Warum denkst du eigentlich, dass ich den ganzen Tag nichts anderes als Party mache?« Ich versuchte mich gleichzeitig auf das Treppensteigen und auf meine wichtige Fracht zu konzentrieren, sodass mir leider nichts Geistreicheres einfiel.

»Es ist mir egal, ob du jeden Tag eine andere Studentenverbindung unterhältst, solange du mich nicht aus der Bibliothek werfen lässt oder mich mit deinem Geplapper um den Verstand bringst. Manche Leute hier müssen ihr Studium ernst nehmen.« Er seufzte und seine Stimme hatte sich von sarkastisch zu todernst verändert. Für ihn war das Gespräch wohl jetzt endgültig beendet.

»Immer wieder schön mit dir zu sprechen. Ich erfahre Dinge über mich, die ich vorher noch nicht wusste.« Es kam nicht so vor Sarkasmus triefend aus meinem Mund, wie ich es mir gewünscht hätte. Trotzdem war ich fest entschlossen, ihn jetzt keines Blickes mehr zu würdigen.

Allerdings verlor mein Abgang nicht nur durch meinen erfolglosen Versuch, mir eine dunkle Haarsträhne, die sich aus meinem Zopf gelöst hatte, mit der Schulter hinter mein Ohr zu verfrachten, an Intensität, sondern auch dadurch, dass mir dabei heißer Kaffee über die Hand lief und dann auf meine helle Jeans tropfte. Schnaubend stapfte ich weiter, nur um dann ratlos vor der geschlossenen Tür zum Vorlesungssaal zu stehen. Ich hätte mir eher die Zunge abgebissen, als meinen unfreiwilligen Begleiter um Hilfe zu bitten, aber hinter mir hörte ich schon ein dunkles Schnauben, das man fast für ein kleines Lachen halten könnte, wenn ich es nicht besser gewusst hätte.

»Wenn du und dein großes Ego vielleicht einen Schritt zur Seite machen würdet, mache ich euch beiden sogar die Tür auf.« Es fühlte sich fast so an, als würde seine tiefe Stimme vibrieren, und ich versuchte vergeblich, die Gänsehaut zurückzudrängen, die sie mir bescherte. Es nervte mich nicht nur unglaublich, dass mein Körper schon wieder so stark auf ihn reagierte, sondern auch, dass ich ihm nichts entgegensetzen konnte und er somit das letzte Wort hatte.

Als er sich an mir vorbei schob, sah ich in seinem Gesicht wieder diesen abgekämpften Blick. Bevor er die Tür zum Chemiesaal öffnete, legte er den Kopf in den Nacken und atmete tief durch, als müsse er sich seelisch auf eine Schlacht vorbereiten. Ich trottete hinter ihm in den Saal und sah, wie er sich anspannte und sich sein Rücken und seine Schultern unter seinem Sweatshirt abzeichneten. Unter dem mahnenden Blick unseres Professors steuerte ich automatisch meinen Platz neben Pit an und sofort wurde mir klar, wieso er mein Geplapper, wie er es bezeichnete, kannte. Er saß tatsächlich schräg hinter mir.

Wieso zum Teufel war mir das nicht aufgefallen? Schon allein sein dunkelblondes, wuscheliges Haar, durch das er sich jetzt wieder nervös fuhr, zog meinen Blick unfreiwillig an. Immer noch verwirrt ließ ich mich auf den Stuhl fallen, und Pit riss mir sofort seinen Karamellsirup mit ein bisschen Kaffee aus der Hand und griff nach seinem Cupcake. Er war abhängig und ich wusste nicht, wie er überleben sollte, wenn ich jemals damit aufhören würde, ihm morgens Kaffee von den Fannings mitzubringen.

»Du verdienst eigentlich keinen Cupcake, Verräter!«, raunte ich ihm zu.

Er wusste sofort, dass ich auf den vorherigen Abend anspielte. Er hatte mir in der Nacht nur eine Nachricht geschrieben und mir mitgeteilt, dass sein Date dann doch nicht so schlimm war. Der Uhrzeit nach zu urteilen, wann die Nachricht angekommen war, war es sogar ein sehr gutes Date gewesen.

»Komm schon, Addie, ich habe dir doch einen Gefallen getan!« Er lächelte so breit, dass sich Grübchen in seiner sonst so beneidenswert ebenmäßigen, braunen Haut bildeten. »Der Typ war doch heiß, oder?«

Ich schielte zu dem *heißen Typen*, der hinter Pit saß und ganz bestimmt alles gehört hatte, aber er starrte nur mit leerem Blick auf die falsche Seite seines Buches. Pit folgte meinem Blick und seine Lippen formten ein »Oh«. Sofort fing er an, etwas furchtbar Wichtiges in seinem Ordner zu suchen.

Wenigstens war ich nicht die Einzige, die ihn zuvor noch nicht bemerkt hatte. Er war so in Gedanken, dass er mein Starren nicht bemerkte oder es ihm einfach egal war. Seine vollen Lippen sahen aus, als ständen sie unter konstanter Spannung und trotz seines Bartes konnte ich sehen, wie angespannt seine Kiefermuskulatur war, wie er die Zähne zusammenpresste. Obwohl ich nur sein Profil sehen konnte, war mir klar, dass jede Faser seines Körpers zum Zerreißen gespannt war. Als sich seine dunklen und dichten Wimpern bewegten und er seine Augen für ein paar Sekunden zusammenpresste, dachte ich für einen Moment, er hätte meinen Blick gespürt, aber er drehte den Kopf noch nicht einmal einen Millimeter in meine Richtung. Es machte mich verrückt, nicht zu wissen, ob er mich wirklich nicht bemerkte oder alles dafür tat, mich zu ignorieren.

Weil ich es darauf nicht beruhen lassen konnte, nahm ich den zweiten Cupcake aus der braunen Papiertüte und stellte ihn auf seinen Tisch. Ich hielt ihn umklammert, für den Fall, dass er beschloss, mich weiterhin zu ignorieren. Als ich merkte, wie er zusammenzuckte, seinen Kopf langsam hob und mich – wenn auch sehr skeptisch – endlich ansah, formte ich ein »Frieden?« mit meinen Lippen.

In seinen dunkelbraunen Augen konnte ich die Überraschung sehen. Seine dichten Augenbrauen zogen sich kaum merklich zusammen und fast dachte ich, er würde den Kopf schütteln und wieder dazu übergehen, mich angestrengt zu ignorieren. Nach einer kleinen Ewigkeit rang er sich aber zu einem schwachen Lächeln durch, während er sich gleichzeitig seine Haare aus dem Gesicht strich. Für einen Moment hielten wir beide in unserer Bewegung inne und blickten uns in die Augen. Ich hatte das Gefühl, dass die Luft um uns herum heißer und schwerer wurde. Dieser Effekt verstärkte sich ins Unermessliche, als er seine Hand langsam ausstreckte, mir den Cupcake abnahm und dabei nur ganz leicht meine Fingerspitzen streifte. Der Ruck, den ich dabei fühlte, ließ mich am ganzen Körper erschaudern. Immer noch lag sein Blick schwer und unergründlich auf mir, bis seine Augen aufflackerten und er sich im nächsten Moment wieder nach vorn wandte.

Obwohl ich mich liebend gern der Illusion hingegeben hätte, dieser Moment wäre niemandem aufgefallen, belehrte mich Pits hochgezogene Augenbraue eines Besseren. Ich war ihm dankbar dafür, dass er weiter auf seine Unterlagen starrte, weil ich selbst keine Ahnung hatte, warum die traurigen Augen des Typs hinter mir etwas in mir auslösten.

Von der Vorlesung hatte ich wenig mitbekommen, weil

ich mich nicht davon abhalten konnte, in Dauerschleife immer wieder nach hinten zu schielen, mich dann darüber zu ärgern, dass er mich keines Blickes würdigte, und anschließend darüber nachzugrübeln, wieso mich das so belastete. Als sie endlich vorbei war, hatte ich mir meine losen Haarsträhnen bestimmt so oft um den Finger gewickelt, dass es mich nicht gewundert hätte, wenn sie einfach abgebrochen wären. Ich sah aus dem Augenwinkel, wie eilig er es hatte, aus dem Vorlesungssaal zu kommen. Als ich mich endlich traute den Kopf nach ihm umzudrehen, sah ich seine schlanke Silhouette nur noch von hinten, die sich an einer Gruppe Mädels vorbeidrängte, als könnte er den Raum nicht schnell genug verlassen.

»Kann ich dich jetzt fragen, warum du ihm deinen Cupcake gegeben hast?« Da Pit mein Laborpartner war, verbrachten wir auch noch die restliche Zeit bis zur Mittagspause zusammen.

»Nein«, murmelte ich schulterzuckend und ärgerte mich darüber, dass mich dieser Typ so aus dem Konzept brachte.

»Er sah wirklich richtig fertig aus.« Damit war das Thema für ihn zumindest vorerst erledigt, und er zog seinen Laborkittel über seinen dünnen Pulli.

Natürlich hatte er nicht irgendeinen Kittel, der ihm zwei Nummern zu groß war, so wie ich und die meisten anderen. Ich war mir sicher, dass er sich den kleinsten ausgesucht hatte, den er finden konnte, damit er die Mädels zu jeder Zeit mit seinen Muskeln beeindrucken konnte. Nicht, dass man die nicht auch unter einem Kittel in seiner Größe gesehen hätte. Pit hatte einen beneidenswerten Stoffwechsel von seinem sportlichen Vater geerbt und das Einzige, was er dafür tun musste, war, einmal die Woche halbherzig Sport zu treiben und alles zu essen, was ihm in den Weg kam. Camille, Rylan und ich hassten ihn verständlicherweise dafür.

Obwohl er eigentlich mit mir im Labor zusammenarbeiten sollte, verbrachte er die ganze Zeit damit, mit der schwedischen Gaststudentin zu flirten, die regelrecht dahinschmolz. Seit neuestem hatte er ein Faible für fremde Akzente. Vielleicht war es aber auch nur eine seiner selbstauferlegten Challenges, damit ihm bei so viel Auswahl, nicht die Lust verging.

Während er die hochgewachsene Blondine zum Kichern brachte, indem er versuchte, schmutzige schwedische Wörter zu lernen, war ich zwei Stunden lang allein mit meinen Gedanken. Die Arbeit mit dem Mikroskop hatte fast die gleiche therapeutische Wirkung auf mich wie das Backen. Das führte dazu, dass ich vor der Mittagspause sogar alle Laborberichte für uns beide ausgefüllt und uns so diese Arbeit für die nächsten zwei Wochen erspart hatte.

Obwohl mein Magen schon vorwurfsvoll knurrte und mich spöttisch daran erinnerte, dass ich meinen Frühstückscupcake freiwillig aufgegeben hatte, konnte ich nicht mit Rylan im Kunstgebäude zu Mittag essen. Mrs. Fanning brauchte mich schon früher im Café und ich war einmal mehr dankbar dafür, dass ich in diesem Semester schlauer gewesen war und mir keine Kurse auf den Freitagnachmittag gelegt hatte. Ich schrieb Rylan nur eine kurze Nachricht, dass sie später ins *Elbury's Mug Café* kommen sollte, damit ich ihre Kostüme inspizieren konnte. Mrs. Fanning erwartete mich schon ungeduldig. Wie jeden Freitag würde sie ihre Enkelin aus dem Kindergarten abholen und den Rest des Tages mit ihr und ihrem Mann verbringen.

Es machte mir nichts aus, freitagnachmittags zu arbeiten, weil ich erstens das Geld dringend brauchen konnte und zweitens das gemütliche Café schon so etwas wie ein zweites Wohnzimmer für mich und meine Freunde geworden war. Ich war immer mitten im Geschehen, während ich Geld verdiente. Das Einzige, was darunter litt, war mein Lerneifer. Aber der litt unter allem, was ich interessanter fand als Lernen.

Da die meisten meiner Kommilitonen um diese Zeit noch Kurse hatten oder lieber die letzten Sonnenstrahlen auf der Wiese genossen, waren nur zwei Tische besetzt. Ich machte mir erst einmal selbst einen Kaffee, um den Nachmittag allein und wach zu überstehen, und fing an, die restlichen Cupcakes vom Vormittag mit Buttercreme zu bespritzen. In einem Anflug von Herbstgefühlen streute ich eine leichte Schicht Zimt über die einfachen Vanille-Cupcakes, schnitt einen in Stücke, die ich zum Probieren neben der Kasse drapierte, und stellte entspannende Gitarrenmusik an. Die Lichterketten, die über jedem der großen Erkerfenster hingen, tauchten das kleine Café in ein gemütliches Licht, und ein Teil von mir hätte sich am liebsten selbst auf eine der Polsterbänke in die Kissen gekuschelt und einfach das Treiben im Park beobachtet.

Ich wusste allerdings ganz genau, dass ich es nicht lange allein mit meinen Gedanken aushalten würde. Das lag vor allem daran, dass ich mich am liebsten vierundzwanzig Stunden am Tag beschäftigte, weil ich ständig Angst hatte, mein Leben zu verschwenden. Gleichzeitig plagten mich mindestens genauso große Versagensängste. Anders als die meisten Studenten hatte ich weder ein Sicherheitsnetz noch einen Ort, an den ich hätte zurückkehren können.

Ich fing gerade an, kleine, alte Einweggläser zu einem Kerzenhalter umzufunktionieren und ein bisschen zu dekorieren, als die Tür so fest zugeschlagen wurde, dass ich vor Schreck fast mein Teelicht fallen ließ.

»Was zur Hölle willst du hier?« Es kostete mich einige Mühe, meine Stimme zu kontrollieren. Ich versuchte es mir nicht anmerken zu lassen, aber sobald sich Dan im gleichen Raum wie ich aufhielt, zog sich auch nach all der Zeit etwas tief in mir zusammen und ließ sich nicht so einfach lösen.

Sein Mund verzog sich zu einem Grinsen, das seine Augen nicht erreichte, und instinktiv verschränkte ich meine Arme vor der Brust. Zum einen dachte mein Verstand wohl, dass ich so noch mehr Abstand zwischen uns bringen könnte und zum anderen wollte ich ihn einschüchtern. Es war ein lächerlicher Versuch, denn Dan ließ sich von niemanden einschüchtern.

»Wenn ich mich recht erinnere, ist das hier ein Studentencafé und du bist hier, um mich zu bedienen.« Er kam langsam näher und ich rollte mit den Augen. »Na, na, Süße, kein Grund unhöflich zu sein. Ich finde auch, dass diese Arbeit eine Verschwendung für deinen heißen Arsch ist, aber du wolltest es ja nicht anders. Ich hätte dir ein anderes Leben bieten können, aber du dachtest ja, du bist zu gut, um die Beine nochmal für mich breitzumachen.«

Ich zog scharf die Luft ein und versuchte, so gelangweilt wie möglich zu wirken. Nichts hasste er so sehr wie Gleichgültigkeit. »Bist du gekommen, um mir das zu sagen?«

Wenn er mich so anstarrte, als hätte ich ihm furchtbares Unrecht angetan, musste ich mich immer wieder selbst daran erinnern, dass ich mir nichts vorzuwerfen hatte. Vielleicht war ich dumm gewesen und hatte an einer

Geschmacksverirrung gelitten, aber das rechtfertigte nicht, dass sich mein Magen jedes Mal zusammenzog, wenn er nur in meine Nähe kam. Das Kapitel Dan war für mich Geschichte. Wir hatten mäßig guten Sex gehabt und seitdem sollten sich unsere Leben eigentlich nicht mehr überschneiden. Letztes Jahr war der Campus der *Elbury University* mit der Zeit dann auch groß genug für uns beide geworden. Ich konnte bloß hoffen, dass er sein angeschlagenes Ego irgendwie selbst geheilt hatte und er nicht wieder damit anfangen wollte, mir das Leben schwerzumachen. Ich hatte keine Lust darauf, dass Dan wieder auf jeder Party wie aus dem Nichts neben mir auftauchte, weil er kein Nein akzeptieren konnte. Ich war mir sicher, dass es nicht oft vorkam, dass ihm Wünsche nicht erfüllt wurden – sowohl früher von seinen Eltern als auch später von den Mädels. Bei mir würde er sich allerdings die Zähne ausbeißen.

Für mich blieb er immer eine der schlechteren Erfahrungen, die ich am College gemacht hatte, und damit musste er sich abfinden.

4

Kian

Da ich freitags außer den zwei Chemiestunden keine Vorlesungen hatte, konnte ich gar nicht schnell genug nach Hause kommen, um zu versuchen, die vergangene, schlaflose Nacht zu kompensieren. Ich rannte die Stufen in den zweiten Stock hoch, obwohl ich mir ziemlich sicher war, dass ich sowieso nicht einschlafen konnte. Noch bevor ich meine Wohnung betrat, hörte ich schon Gitarrenklänge durch das ganze Treppenhaus und wusste somit, dass Blake zu Hause war.

Ich hatte das Glück, eine Wohnung, die für drei Jungs gedacht war, nur mit meinem besten Freund Blake teilen zu können. Wenn man Gitarrenmusik und Gesang mochte, war er der perfekte Mitbewohner. Er war ordentlich und mochte das gleiche Bier wie ich.

An seine Musik hatte ich mich schon gewöhnen können, seit er als Teenager seine erste Gitarre geschenkt bekommen hatte. Er war der Einzige, der mich nie verurteilt hatte, weil er genau wusste, wie es sich anfühlte, von der Welt als *anders* angesehen zu werden. Wir hatten uns schon im ersten Jahr ein furchtbares Stockbett geteilt und dank ihm erlaubte ich mir, das Studentenleben ein bisschen mehr zu genießen. Das lag zugegebenermaßen vor allem daran, dass er mich einfach dazu zwang und sein Musikercharme bei mir manchmal genauso wirkte wie bei allen anderen.

»Hey Kian, hör dir das an, erkennst du das Lied?«, begrüßte er mich grinsend im Schneidersitz mit der Gitarre auf unserer Couch sitzend und fing auch sofort an auf eben dieser herumzuklimpern.

Ich hatte immer das Gefühl, dass er eigentlich gar nicht wie ein Musiker aussah. Seine Haare waren kurz, schwarz und glänzend und seine Klamotten neutral statt extravagant. Vielleicht hatte ich aber auch nur bescheuerte Vorurteile. Wo stand bitte schön, wie ein Musiker auszusehen hatte? Blake selbst scherte sich jedenfalls nicht besonders um sein Image. Es war beneidenswert, wie wenig ihn die Meinung anderer interessierte. Außer es ging um die Meinung seiner Mutter.

Ich brauchte ein paar Takte, bis ich erkannte, dass er eine fast melancholische Version von *Liam Paynes Strip that down for me* coverte. Er hatte eine unglaubliche Gabe dafür, bekannte Lieder zu seinen eigenen zu machen, was mir oft vor Augen führte, dass ich kein nennenswertes Talent vorzuweisen hatte. Als er meine Antwort zufrieden abnickte, machte ich mich auf die Suche nach etwas Essbarem. Ich schob nicht nur für mich, sondern auch für Blake eine Pizza in den Ofen, weil er noch weniger kochen konnte als ich.

»Hey, ich habe uns bei Chase zu der Party in seiner Studentenverbindung eingeladen.« Der Geruch von Pizza, lockte ihn jedes Mal von seiner geliebten Gitarre weg. »Keine Widerrede, das ist die erste Halloweenparty dieses Jahr und du wirst dich nicht davor in der Bücherei verstecken!«

Wieso konnte er meine Gedanken lesen? Wir verbrachten eindeutig zu viel Zeit zusammen.

»Wenn ich dir jetzt auf der Stelle verspreche mitzugehen, versprichst du mir dann, mir nicht mit tausend Kostümideen auf die Nerven zu gehen?«

»Ohne Kostüm stichst du noch viel mehr heraus, glaub mir!«, sagte er jetzt verschwörerisch. Ich wusste genau, dass er recht hatte, aber ich hasste es, mich in der Öffentlichkeit zum Affen zu machen. Früher war ich immer der Mittelpunkt der Party, sogar der ganzen Schule, gewesen. Ich habe mein Bad-Boy-Image, in das ich einfach so hineingeschlittert war und dem ich auch bald mehr als gerecht wurde, geliebt. Es war nicht so, dass ich Partys oder Spaß jetzt hasste, aber der Sog dieser falschen Aufmerksamkeit hatte mich schon einmal mit in die Tiefe gerissen und ich wollte niemals wieder so den Halt verlieren.

»Ich habe dir übrigens die Lösung für dein Problem mitgebracht«, wechselte er jetzt kauend das Thema und schob mir einen ziemlich schlecht gemachten Flyer zu.

»Aushilfe für das *Elbury's Mug Café* gesucht!«, stand da in riesigen, furchtbaren Word-Art-Buchstaben, die ich seit dem ersten Computerkurs in der Grundschule nie mehr verwendet hatte.

»Danke, aber falls du dich erinnern kannst, ist der Grund, warum wir gerade zum dritten Mal in dieser Woche Pizza essen der, dass wir beide nicht mal ein bisschen kochen können!«, machte ich ihn auf unsere Unzulänglichkeiten aufmerksam. Blake ließ diese offensichtliche Tatsache aber natürlich nicht gelten.

»Mein Gott, Alter, du wirst doch ein paar Zwiebeln schneiden können oder ein paar Kartoffeln schälen. Die sagen dir da schon, was du machen musst.« Theatralisch fuchtelte er mit den Händen in der Luft. »Sie suchen schließlich keinen Chefkoch, sondern nur jemanden, der die Drecksarbeit macht, und das Mädchen, das dort arbeitet, ist supernett und nicht zu vergessen echt heiß.«

Mit einer hochgezogenen Augenbraue schob ich mir einen großen Bissen Pizza in den Mund und versuchte so zu tun, als hätte ich mir nicht gerade den Gaumen am Käse verbrannt.

Unsere Universität hatte über 30.000 Studenten, was bedeutete, dass ich nicht auf einen Aushilfsjob in irgendeinem Café angewiesen war, um heiße Kommilitoninnen zu finden.

»Ich meine heiß auf eine andere Art. Eher so Gesamtpaket-heiß nicht nur Bett-heiß, sie wäre perfekt für dich!«

Ich war mir sicher, dass Blakes sonderbare Art, sich auszudrücken, irgendwann mal für meine erste Denkerfalte auf der Stirn verantwortlich sein würde. Was zum Teufel sollte das denn bitte heißen? Eine heiße Mitarbeiterin konnte mich nicht überzeugen, einen Aushilfsjob in einem Café anzunehmen, in dem ich ständig von Menschen umgeben war. Wenn überhaupt, würde es mich davon abhalten. Ich konnte keine Frauen in meinem Leben brauchen. Höchstens in meinem Bett. Und mit den Mädels, die ich in mein Bett ließ, wollte ich außerhalb von ebendiesem nichts zu tun haben. Schon gar nicht wollte ich sie jeden Tag bei der Arbeit sehen. Etwas, das Blake sehr genau wusste.

Eine andere Tatsache aber war, dass ich dringend einen Job brauchte, denn das Studium war teuer und mein Studienkredit deckte leider nicht alles ab. Von meinen Eltern konnte ich keine Hilfe erwarten und wenn ich nicht die ersten zehn Jahre nach dem College verschuldet sein wollte, musste ich mir wohl oder übel schnell einen Job suchen. Entweder das oder ich konnte aufhören, wie besessen für die Zulassung zur *Medical School* zu lernen, weil ich mir das weiterführende Studium niemals würde leisten können.

Ich hatte keine Lust auf Diskussionen mit Blake, aber als ich ihn mit einem »Ich überleg's mir!« fürs Erste zufriedenstellen wollte, veränderte sich seine Miene von großspurig zu zerknirscht und mir wurde klar, dass seine Lösung kein Vorschlag, sondern eher ein Befehl war. Seine mandelförmigen Augen wurden noch schmaler und ich wusste genau, dass er mir etwas sagen würde, von dem er wusste, dass ich es nicht hören wollte. Ich ließ mein angebissenes Pizzastück auf den Teller fallen, um ihn davon abzuhalten, aber er redete schon weiter: »Komm schon, meine Mutter kennt die Fannings und irgendwie hat eines zum anderen geführt und sie haben zugestimmt, dir den Job zu geben.«

Ich holte gerade Luft, um ihm alles an den Kopf zu werfen, was ich davon hielt, aber Blake war noch nicht fertig.

»Kian, du weißt genau, dass du das Geld brauchst, und meine Mutter hat wieder einmal ihre Hand für dich ins Feuer gelegt. Also welche Gründe du auch immer zu haben glaubst, die dagegensprechen, vergiss sie einfach und spüle Tassen ab, als würde dein Leben davon abhängen. Was es im Grunde auch tut, denn du kennst meine Mom.« Sein Ausdruck wurde jetzt wieder entschlossener und mit einem letzten Blick in meine Richtung widmete er sich wieder seiner Pizza. Er wusste, dass die Mom-Karte immer zog.

Anna Aquino war nicht nur eine asiatische Löwenmutter für ihren eigenen Sohn, sondern war auch immer für mich da gewesen, egal wie tief ich mit meinem ganzen Leben in der Scheiße gesteckt hatte.

Als sich meine eigene Mutter geweigert hatte, mich mit 15 von der Polizeistation abzuholen, hatte er seiner Mom erzählt, was passiert war. Mrs. Aquino war, ohne zu zögern, im Schlafanzug ins Auto gestiegen und hatte mich mit nach Hause genommen. Das war nicht das einzige Mal, dass sie mir den Arsch gerettet hatte. Natürlich würde ich sie niemals hängen lassen.

Ich stand auf und holte aus unserem spärlich gefüllten Kühlschrank zwei Bierflaschen. Wortlos stießen wir an. Es war nicht nötig, dass er mir erklärte, warum er mir diesen Job besorgt hatte, oder dass ich mich bei ihm bedankte. Wir verstanden uns auch so. Wir waren füreinander da gewesen, seit mir ein anderer kleiner Junge in der ersten Klasse Sand über den Kopf geschüttet und Blake mich davon abgehalten hatte, ihm im Gegenzug Dreck ins Gesicht zu schleudern, sondern mich stattdessen zum Rutschen überredet hatte.

»Montagnachmittag, 15:30 Uhr! Keine Sorge, ich weiß, dass du da keine Kurse mehr hast.« Mit diesen Worten widmete er sich wieder seiner Gitarre und ich verzog mich in mein Zimmer und versuchte, mich noch einmal mit meinem Chemiebuch auseinanderzusetzen.

Normalerweise verband ich Chemie nur mit endlos langen und komplizierten Formeln und unserer Professorin, die so jung aussah, dass sie am Anfang von jedem unterschätzt wurde. Aber jedem Studierenden, der ein paar Vorlesungen von ihr besucht hatte, war klar: Wir konnten uns alle nur wünschen, irgendwann einmal nur halb so intelligent zu sein wie sie.

Jetzt aber schoben sich dunkle, lange Haare, hellgraue, wache Augen und ein Lächeln, das so ansteckend war, dass ich mich zusammenreißen musste, es nicht zu erwidern, vor mein inneres Auge. Ich hatte den Geschmack des Cupcakes auf der Zunge und weil mein Gehirn sich anscheinend gerade neu vernetzte, fragte ich mich für den Bruchteil einer Sekunde, ob ihre rosa Lippen wohl auch nach Zimt schmeckten. Ohne es zu merkten, hatte sie es geschafft, mich in ihren Bann zu ziehen, und es machte mich verrückt, nicht zu wissen, wieso.

Normalerweise hatte ich auf Frauen eine eher einschüchternde Wirkung, was nicht immer nur an meiner Größe oder meinen dunklen Bart lag, sondern auch daran, dass ich mich nicht bemühte, besonders charmant zu sein. Normalerweise schleifte ich Mädchen aber auch nicht einfach hinter mir her. Normalerweise provozierte ich sie nicht noch extra. Normalerweise machte ich keinen Aufstand in der Bibliothek. Normalerweise würde ich mich nie in eine Situation begeben, die mir fast ein Hausverbot in der Bibliothek einbrachte. Diese Zeiten waren schon lange vorbei. Normalerweise wollte ich einfach nur meine Ruhe haben. Und normalerweise verhielt ich mich auch nicht wie ein arrogantes Arschloch mit einem Stock im Arsch, wie Addison es so treffend formuliert hatte. Verblüffend genug, dass sie mir trotz meines Verhaltens in der Vorlesung einen Cupcake angeboten hatte. Noch verblüffender war allerdings ihr Blick, der so aussah, als könnte sie direkt in mein Innerstes blicken. Ich verdrängte ihr gleichmäßiges Gesicht und ihre widerspenstigen dunklen Haare aus meinem Kopf und versuchte, mich auf meine Chemieformeln zu konzentrieren.

Wer läuft überhaupt in einer Vorlesung herum und verteilt Cupcakes? Wir sind doch nicht mehr in der Grundschule.

Ich raufte mir die Haare und konnte nicht glauben, dass sie sich nicht aus meinem Gehirn verziehen wollte. Frustriert ließ ich meinen Kopf auf die Tischplatte fallen und zwang mich, das Kapitel Addison abzuschließen. Solange bis ich merkte, dass mein Körper nach drei nahezu schlaflosen Nächten aufzugeben schien. Unpassenderweise war mein letzter Gedanke, bevor ich einschlief, nicht etwa eine der chemischen Reaktionen, die ich mir einprägen sollte, sondern ich dachte an Addisons dunklen Hinterkopf, auf den ich die ganze Vorlesung lang gestarrt hatte.

5

Kian

»Kian, Alter, wach auf!«

Ich fühlte mich wie in Watte gepackt und spürte wie durch dichten Nebel, dass jemand an meiner Schulter rüttelte.

»Kian, dein Handy. Es geht um Avery.« Als ich ihren Namen hörte, war ich mit einem Schlag hellwach und starrte zu Blake, der mir mein Telefon vor die Nase hielt und kritisch auf mich herabblickte.

»Wie viele Tage hast du dieses Mal schon nicht mehr geschlafen?« Seine Stimme klang alarmiert, aber gleichzeitig so, als könnte er sich die Antwort auch selbst geben. Ich wusste, dass er sich Sorgen machte, aber ich riss ihm nur wortlos das Handy aus der Hand und las Ezras Nachricht.

»Ich muss nochmal weg.« Als ich hektisch zur Tür lief, folgte Blake mir, obwohl er genau wusste, dass er mich nicht aufhalten konnte.

»Kian!«, versuchte er es trotzdem. »Du weißt, dass du ihr nicht helfen kannst. Du machst dich selbst kaputt.«

Ich wusste genau, was er meinte, denn jedes Mal, wenn ich von Avery zurückkam, war meine Schlaflosigkeit schlimmer als zuvor und die Alpträume kamen viel öfter.

Trotzdem musste ich zu ihr. Das war ich ihr schuldig.

Ich rannte die Treppen hinunter und überquerte gerade den spärlich beleuchteten Parkplatz hinter dem riesigen Wohnheim als jemand meinen Namen rief.

»Milforn!«

Ich musste mich gar nicht erst umdrehen, um zu wissen, dass gerade der Einzige der 30.000 Studenten der *Elbury University* hinter mir stand, der mich wie ein dunkler Schatten der Vergangenheit verfolgte und mich leider – genauso wie der Rest –, immer wieder einholte.

»Was treibst du dich hier in der Dunkelheit herum? Ich dachte, du verdienst dein Geld jetzt auf ehrliche Weise, Mann.« Er hatte die gleiche Gabe, die scheinbar jeder reiche Erbe hatte: Beleidigungen mit dem breitesten und schmierigsten Lächeln im Gesicht rüberzubringen. »Der Parkplatz ist allerdings ein Klischee, findest du nicht? Komm lieber auf die Party morgen, da kann ich dir rei-ßenden Absatz verschaffen – wie in alten Zeiten!« Wie immer kam Dan mir beim Sprechen viel zu nahe, sodass ich auch in der Dunkelheit die Kälte in seinen blassen Augen sah.

»Was willst du, Dan?«, presste ich hervor. Ich wusste es besser, als mich von ihm aus der Ruhe bringen zu lassen. Es war sogar überflüssig, ihm zu antworten, weil er sich am liebsten selbst reden hörte.

»Ich möchte mich doch nur mit einem alten High-School-Freund unterhalten. Wir waren schließlich mal sowas wie Familie.« Das letzte Wort spuckte er mir förm-lich ins Gesicht.

Ich wusste genau, wen er mit Familie meinte, und sofort fühlte ich mich ins Krankenhaus zurückgeschleudert, zu dem Tag, an dem Daniel Allen eigentlich für immer aus meinem Leben hätte verschwinden sollen. Wenn ich gewusst hätte, dass ausgerechnet er sich ebenfalls für die *Elbury University* beworben hatte, hätte ich mich garantiert für ein anderes College entschieden. Aber die *EU* hatte eines der besten Pre-Med- und Medical-Programme in Washington State und ich wollte nicht zu weit von Seattle entfernt studieren und einfach verschwinden. Das hätte ich nicht übers Herz gebracht, dafür fühlte ich mich zu schuldig.

Jetzt musste ich damit leben, dass mich meine Vergangenheit auch hier einholte. Dan hatte jedes Mal diese verdammte Wirkung auf mich und obwohl es schon über vier Jahre zurücklag, fühlte ich mich, als könnte ich den Geruch von Desinfektionsmittel riechen, das Quietschen der Schuhe auf dem Linoleumboden und das unheilvolle und unaufhörliche Piepen der Beatmungsgeräte auf der Intensivstation hören.

Instinktiv strich ich mir über meine linke Hand, an der die Spuren meiner letzten Schlägerei schon längst verheilt waren, und versuchte Averys zerbrechlichen Körper in dem viel zu großen Bett aus meinen Gedanken zu vertreiben. Eigentlich hatte dieser Tag für Daniel auch die Rückkehr in sein privilegiertes Leben als Erbe einer der größten Hotelketten der gesamten Westküste bedeutet. Aber jedes Mal, wenn wir uns begegneten, konnte ich spüren, dass sich die Erlebnisse der Vergangenheit genauso in seinem Kopf festgesetzt hatten wie in meinem.

Ich wollte ihn gerade stehen lassen, als er mich an der Schulter packte, um mich zurückzuhalten. »Du fährst zu ihr, oder?« Seine Stimme wirkte genauso bedrohlich wie sein fester Griff, und obwohl er kleiner war als ich, wirkte er nicht weniger einschüchternd.

Trotzdem blieb ich standhaft und widerstand dem Drang, seine Hand mit Gewalt wegzuschlagen. Stattdessen schüttelte ich ihn wortlos mit einer ruckartigen Bewegung ab, um dann ohne eine Antwort auf mein Auto zuzugehen.

»Du kannst mich nicht zwingen, mich von ihr fernzuhalten. Ich kann sie mir jederzeit zurückholen, wenn ich will.« Er schrie jetzt fast, sodass ich ihn auch über den Wind hinweg hören konnte.

Die Gänsehaut auf meinen Armen kam nicht mehr nur von der frischen Herbstluft. Ich musste meine gesamte Kraft aufwenden, um ihn nicht sofort auf diesem Parkplatz klarzumachen, dass er sich nicht in ihre Nähe zu trauen brauchte. Dan wusste genau, dass er mir körperlich immer noch unterlegen war, aber das hatte ihn selten davon abgehalten, mich zu provozieren. Jeder Muskel in meinem Körper fing an, sich anzuspannen. Ich ballte meine Hände zu Fäusten und spürte seinen stechenden Blick in meinem Rücken. Erst ein kräftiger Windstoß brachte wieder Bewegung in meinen Körper und ich rannte das restliche Stück zu meinem Auto. Während ich meine Atmung wieder unter Kontrolle brachte, sah ich im Rückspiegel, dass Dan sich längst umgedreht hatte. So schnell wie er, schaffte ich es nicht, die Erinnerung an diese Nacht und alles, was davor und vor allem danach passiert war, abzuschütteln.

Dan wurde nur noch durch die Zusammentreffen mit mir an die dunkelste Phase in unserem Leben erinnert. Wenn man einen einflussreichen Vater hatte, für den Geld keine Rolle spielte, war es auch nicht so schwierig, manche Dinge einfach auszulöschen und so weiterzumachen, als wäre nie etwas passiert. Hätten sich die Ereignisse damals nicht überschlagen, hätte ich garantiert alles darangesetzt, um ihn nicht einfach so davonkommen zu lassen. Allerdings hatte mich das Chaos, das über mich hereingebrochen war, gezwungen meinen Fokus auf wichtigere Dinge zu lenken, und ich musste mich seitdem bemühen, Dan keine bedeutsame Rolle in meinem Leben zuzuschreiben. Trotzdem wusste er genau, welche Knöpfe er bei mir drücken musste.

Für mich war es aber nicht nur eine dunkle Phase oder ein dummer Teenagerfehler gewesen. Die Vergangenheit und ihre Auswirkungen hatten sich an mich geklammert und bohrten sich in jede Faser meines Körpers, sodass die Zukunft keine Chance hatte, den giftigen Wurzeln zu entkommen. Und ich hatte verdammt nochmal auch keine andere Zukunft verdient, das war mir schon klar, bevor es mir die ganze beschissene Welt gesagt hatte. An manchen Tagen fühlte es sich sogar falsch an, hier zu studieren, während Avery wahrscheinlich nie die Chance dazu bekommen würde.

Als ich nach einer knappen Stunde endlich die Skyline von Seattle erkennen konnte, verspannte sich mein ganzer Körper wie jedes Mal, wenn ich diesen Weg fuhr. Ich kannte jede Kreuzung, jede Ampel auswendig und doch verkrampfte sich mein Griff ums Lenkrad. Ich konnte nicht einmal Musik hören, weil ich die Geräusche nicht ertrug. Ich erlaubte nichts und niemandem, meine Gedanken zu vernebeln, auch wenn ich es gern getan hätte. Nur für ein paar Stunden nicht an mein verkorkstes Leben erinnert werden … Aber ich ließ es zu, dass sie jeden Winkel meines Lebens begleiteten. Ich wollte es so. Ich verdiente es so.

Noch schlimmer wurde es, als ich endlich den trostlosen Parkplatz vor dem grauen Betongebäude, in dem Avery schon seit ein paar Jahren lebte, erreichte. Als ich in den weißen Gang, der gefühlt nur aus Fließen und Leuchtstoffröhren bestand, trat, fragte ich mich, wieso man junge Mädchen und Frauen, die sich auf eine bessere Zukunft vorbereiten sollten, in ein so kaltes Gebäude steckte. Eigentlich wollte ich mich sofort und möglichst unbemerkt auf den Weg zu Averys Zimmer machen, da es inzwischen schon nach elf Uhr war und somit die Besuchszeiten schon lange vorbei waren. Aber als ich durch das Treppenhaus zum ersten Stock hetzte, kam mir Ezra entgegen und sein Blick sprach Bände.

»Danke, dass du mir geschrieben hast, Mann!« Ich hielt ihm die Hand hin und er schlug nur zögerlich ein. Dann richtete er seinen strengen Blick wieder auf mich.

»Kian, das muss endlich aufhören! Ich riskiere hier meinen eigenen Kopf, wenn ich sie jedes Mal decke.« Ezra kümmerte sich seit vier Jahren um Avery, in denen er ihr schon unzählige Male den Arsch gerettet hatte. »Glaubst du nicht, es ist an der Zeit, dass wir uns eine andere Lösung überlegen? So hilft es doch keinen von euch, sie kommt da allein nicht raus!«

Ich rieb mir erschöpft die Augen und suchte nach einer Antwort, aber wie immer fiel mir nichts ein.

»Ich rede mit ihr, okay?«, sagte ich daher nur.

Ezra kam näher, um nicht lauter werden zu müssen als nötig. »Kian, hör mir zu, du kannst nicht mit ihr reden. Sie ist völlig zugedröhnt zurückgekommen und morgen weiß sie wieder nichts mehr. Wir können ihr so nicht helfen, das weißt du so gut wie ich.«

Natürlich war mir klar, dass er recht hatte, aber hier ging

es nicht nur um Avery, und genau das hielt Ezra davon ab, die Heimleitung einzuschalten. Er wusste besser als jeder andere, was er damit auslösen würde.

»Hör zu, geh hoch und sieh nach ihr. Vielleicht merkt sie, dass du da bist, aber so geht es nicht weiter!« Sein Ton war jetzt sanfter, als er spürte, wie sehr ich mit mir kämpfte. Als er mit einem letzten warnenden Blick durch die schwere Flügeltür verschwand, lehnte ich meinen Kopf gegen die Wand und versuchte, meine Gedanken zu ordnen.

Hinter meinen Augen begann es zu pochen und ich wusste, dass sich Kopfschmerzen ankündigten, was das Nachdenken nicht einfacher machte. Natürlich hatte der Sozialarbeiter recht. Er hatte schon mehr für Avery getan als das, wofür er bezahlt wurde, aber richtig helfen konnte auch er ihr nicht, weil es nicht in seiner Macht stand. So gern ich hier und jetzt eine Lösung gefunden hätte, vertagte ich diese Entscheidung, als das Pochen stärker wurde, und nahm zwei Stufen auf einmal nach oben in das Stockwerk, in dem Averys Zimmer lag.

6

Kian

»Und es ist wirklich nötig, dass das Blut auf meinem ganzen Körper verteilt sein muss? Eine kleine Kopfwunde hätte es auch getan.«

Blake zog als Antwort nur eine Augenbraue nach oben und ignorierte meine Einwände einmal mehr. So ging es schon, seitdem wir uns zu Fuß auf dem Weg zu dem Verbindungshaus, in dem die Kick-Off-Halloween-Party stieg, gemacht hatten. Er hatte mir einfach den Rest seines Kunstblutes über den Kopf gekippt und es dann als akzeptables Kostüm durchgehen lassen.

Nachdem ich Averys Zimmer erst verlassen hatte, als es wieder hell wurde und ich wieder in unserer Wohnung angekommen war, hatte mein Körper endgültig den Kampf gegen meinen Kopf und meine Gedanken gewonnen und mich schlafen lassen. Nicht besonders gut und auch nicht besonders lange, aber zumindest fürs Erste ausreichend. Dieser Meinung war auch Blake.

Als ich am späten Nachmittag in die Küche schlurfte, um nach etwas Essbaren zu suchen, lief ich direkt in seine blutigen Hände, die gar nicht daran dachten, mich den restlichen Tag allein mit meinem Netflix-Account und meinen

Büchern zu verbringen lassen. Man könnte meinen, Blake hatte eine besondere Macht über mich, die mich Dinge tun ließ, zu denen ich freiwillig und allein niemals bereit gewesen wäre. Die Wahrheit aber war, dass ich langsam durchgedreht wäre, wenn ich mich immer mehr zurückgezogen hätte. Wie immer, wenn ich außerplanmäßig nach Seattle fuhr, drohte mich das schwarze Loch, das es in meinem Kopf gab, komplett zu verschlucken. Blake war der Einzige, der zumindest annähernd wusste, was in mir vorging, und er war auch der Einzige, von dem ich zuließ, mir ein bisschen zu helfen. Auch wenn diese Hilfe bedeutete, mich der allgemeinen Halloween-Stimmung, die den Campus jedes Jahr heimsuchte, hinzugeben.

Deshalb lief ich jetzt in einem alten, mit Kunstblut bespritzten Sweatshirt neben einem blutigen Arzt ans andere Ende des Campus. Blake studierte Robotik, aber er fand wohl kein passendes Halloweenklischee, das seinem Studiengang entsprach. Aus diesem Grund hatte er einen meiner Laborkittel mit Kunstblut ruiniert.

»Hör auf, dir ins Gesicht zu fassen! Du ruinierst dein ganzes Kostüm!« Blake schlug mir auf den Arm.

»Alter, woher hast du das Zeug, das fühlt sich an, als würde es bleibende Narben in mein Gesicht brennen?« Das Blut war jetzt schon so verkrustet, dass eine normale Dusche bestimmt nicht reichen würde, um es zu entfernen. Probeweise zupfte ich an ein paar Haarsträhnen und fand mich geistig mit den Gedanken ab, dass ich wohl ein paar Haare lassen musste, wenn ich am Montag nicht mehr wie ein Unfallopfer aussehen wollte. Eventuell müsste ich mich sogar rasieren, um mein altes, unverletztes Ich wiederherzustellen.

»Ernsthaft?« Blake war schon ein paar Meter weiter und

sah mich spöttisch über die Schulter hinweg an. »Keine Sorge, trotz ausgewachsener Kopfverletzung werden dir die Frauen zu Füßen liegen. Nicht so viele wie mir natürlich, aber ich lasse dir welche übrig.« Er lachte und wackelte mit seinen schwarzen Augenbrauen.

Blake war zwar sehr erfolgreich bei Frauen, aber er war auch wahnsinnig wählerisch. Er hatte nicht nur den Musikercharme und ein relativ außergewöhnliches Aussehen, das die Frauen reihenweise zum Schmelzen brachte, sondern war noch dazu unglaublich nett. Auch das jahrelange Mobbing in der Schulzeit hatte daran nichts geändert. Kinder konnten grausam sein. Blake war damals nur wegen seiner asiatischen Herkunft und seiner sensiblen Art zur Zielscheibe geworden. Jeden anderen hätte es vorsichtiger gemacht, vielleicht sogar bitterer. Aber Blake war mit einem unerschütterlichen Selbstbewusstsein gesegnet, das bis jetzt noch niemand hatte anknacksen können.

Die Party fand in der größten Studentenverbindung unseres Colleges statt, und je näher wir dem Haus kamen, desto mehr unserer Kommilitonen begegneten wir. Anscheinend schien es niemanden zu stören, dass es erst Ende September und damit eigentlich viel zu früh für eine Kostümparty war. Im Gegensatz zu den gängigen Klischees waren die Jungs in der Verbindung echt in Ordnung, was ich dank Blake, der hier oft abhing, herausgefunden hatte. Nicht dass ich jemals in Erwägung gezogen hätte, beizutreten. Wenn ich nur an wöchentliche Verpflichtungen und regelmäßige Gruppenaktivitäten dachte, wurde mir schon schlecht.

Auf der Rasenfläche vor dem imposanten Verbindungshaus standen trotz der Kälte Studentinnen in den verschiedensten Tierkostümen herum, die aus der kleinstmöglichen

Menge Stoff bestanden, was zugegebenermaßen sehr nett anzusehen war. Ich war schon fast am Ende der steinernen Treppe, die zur Veranda führte, als mir jemand direkt in die Arme segelte.

»Hey, du bist aber … Oh, sorry!« Das Mädchen, das eine ziemlich attraktive Zombiebraut abgab und so viel Haut zeigte, dass sie bei einer Apokalypse ganz sicher niemals die Weltherrschaft an sich reißen könnte, stolperte über ihre eigenen High Heels und der halbe Inhalt ihres Bechers leerte sich über meinem Sweatshirt und vermischte sich mit meinem künstlichen Blut.

»O mein Gott, das tut mir wirklich leid!« Sie kicherte und fing an, an meinem Sweatshirt herumzuzerren. »Ich mache das wieder gut!« Sie kam mir noch näher und sah mit einem eindeutigen Augenaufschlag zu mir hoch.

Sie war sehr hübsch aber nichts Besonderes. Ein typisches Verbindungsmädchen mit großen Augen und blondierten Haaren. Nicht dass ich daran etwas auszusetzen hätte. Mädchen wie sie konnte man in jeder Ecke des Campus finden und genau deshalb passte sie eigentlich auch genau in mein Beuteschema. Ich wollte niemanden in mein Leben lassen, der mir wirklich etwas bedeutete, deshalb suchte ich mir hübsche, aber farblose Mädels aus, die ich in mein Bett ließ. Wenn ich schon dazu verdammt war, auf ewig schlaflos zu sein, konnte ich mir diese Stunden auch ein bisschen versüßen.

Bevor ich den Namen der Untoten herausfinden konnte, kam Blake auf mich zu und zog mich von ihr weg ins Haus, wo mir der vertraute Geruch aus einer Mischung aus Schweiß, Alkohol und Gras entgegenkam. Bevor ich mich bei ihm beschweren konnte, kam er mir schon zuvor und sagte: »Das ist Waynes Mädchen. Sie vergisst nach ein paar

Bieren, was Beziehung oder Treue bedeuten.« Damit war sie also von der Liste der möglichen Nacht-Versüßerinnen gestrichen. Ich hatte keinen Bock, mir Ärger einzuhandeln, nur weil ich unbedingt ein Mädchen mit nach Hause nehmen wollte. Ich war vielleicht ein Arschloch, aber eines, das unnötige und unschöne Aufmerksamkeit gern vermeiden wollte.

Das Verbindungshaus glich auch innen einem riesigen Herrenhaus, das eher unter Denkmalschutz gestellt werden sollte, statt mindestens drei Mal die Woche von feierwütigen Studenten auseinandergenommen zu werden. Es hatte ein Foyer mit einer doppelseitigen Treppe, die in den ersten Stock führte und die normalerweise für Gäste gesperrt war. Oben befanden sich die Zimmer der Jungs, die diese Regel für ausgewählte Partynächte aussetzten. Nicht nur der Eingangsbereich, sondern auch die Treppen und die Galerie, die man von unten sehen konnte, waren voller Menschen. Wahrscheinlich hatten einige Verbindungsbrüder ihre Zimmer selbstlos für kleine private Auszeiten zur Verfügung gestellt. Unten befanden sich die Gemeinschaftsräume für die Mitglieder und eine große Küche mit angeschlossenem Esszimmer und Zugang zum Garten.

Ich war schon öfter hier gewesen, auch auf Partys, aber an diesem Abend hätte ich das Haus vor lauter Dekoration fast nicht wiedererkannt. Überall hingen Skelette und Girlanden von der großen Galerie und anscheinend waren auch schon Konfetti in Geister- und Kürbisform geflogen, die fast den ganzen Holzboden bedeckten. Es war auch noch nie so voll gewesen. Gefühlt war die gesamte Universität hier, und es wimmelte nur so von Zombiebräuten, heißen Krankenschwestern und was auch immer ein Kostüm mit Blut bespritzter Unterwäsche darstellen sollte.

Selbst wenn ich gewollt hätte – das Mädchen, das mir mein Sweatshirt versaut hatte, würde ich hier niemals wiederfinden. Sie sah exakt genauso aus wie alle anderen.

»Cooles Partnerkostüm, Mann.« Wir hatten uns mühsam Richtung Küche gekämpft, als Chase uns oberkörperfrei, mit undefinierbaren Shots und einer Axt im Kopf begrüßte. Er zwinkerte uns zu, und bevor wir etwas erwidern konnten, hatte ihn die Menge auch schon wieder verschluckt.

»Partnerkostüm«? Ich sah skeptisch an mir hinunter, als würde ich das hellgraue Sweatshirt und die schwarze Jeans zum ersten Mal sehen.

»Klar, du bist der Patient und ich der heiße Doktor, der dich leider nicht mehr retten konnte.« Er zog seine Mundwinkel künstlich nach unten, stieß sein Plastik-Shotglas gegen meins und wir leerten den Becher in einem Zug. Ich unterdrückte mein Augenrollen, denn ich musste mich zusammenreißen, um mich nicht vor Ekel zu schütteln. Keine Ahnung was das für ein Zeug war, aber es brannte wie Feuer. Ich wusste nicht einmal, nach was es schmecken sollte. Selbst ein paar Momente später spürte ich, wie sich die Flüssigkeit, die vom Teufel höchstpersönlich gebraut worden war, einen Weg durch mein Innerstes brannte. Ich wusste schon, warum ich mich normalerweise mit Bier begnügte.

Während Blake ein paar Jungs aus seinem Kurs begrüßte, gab ich ihm mit einem Handzeichen zu verstehen, dass ich mich auf den Weg in die Küche machen wollte. Also schob ich mich durch die Menschenmenge, um irgendetwas Trinkbares zu suchen, das mir kein Loch in die Speiseröhre brannte.

Um mich herum war die Stimmung ausgelassen. Die Musik war laut, meine Kommilitonen bewegten sich im

Takt. Manche saßen auf den Sofainseln, die an den Rand geschoben worden waren, unterhielten sich oder steckten sich gegenseitig die Zunge in den Hals. Ich würde nie verstehen, worin der Reiz lag, jemanden mitten auf einer Party die Hand unters Shirt zu schieben.

Ich war froh, als ich mich endlich an zwei Mädchen im Hausmädchen-Kostüm, die so aussahen, als würden sie sich jeden Moment gegenseitig den kurzen Rock nach oben schieben, und den Jungs vom Baseball-Team, die die Show genossen, vorbei geschoben hatte und in die Küche gelangte. Als die Tür hinter mir zuschwang, atmete ich ein paarmal tief durch und schloss für einen winzigen Moment meine Augen. Auch die Küche roch nach Alkohol und einer Mischung aus Rauch, Schweiß und billigem Parfüm, aber der Geräuschpegel war etwas gedämpfter.

Eigentlich war ich auf der Suche nach Wasser, aber da die Energie dieser Party mich jetzt schon stresste, schadete es bestimmt nicht, mir meine Gedanken mit ein bisschen Alkohol erträglicher zu machen. Ich untersuchte gerade den Inhalt eines riesigen Krugs, der nach Blut aussehen sollte, als mein Handy vibrierte.

Avery: Den Ausflug aus deinem perfekten Leben hättest du dir sparen können, ich komme klar!

Einerseits war ich erleichtert, dass sie sich bei mir meldete, andererseits lösten solche Nachrichten bei mir eine gefährliche Mischung aus Schuldgefühlen und Wut aus. Wut auf Avery, weil sie es einfach nicht schaffte, mit all ihren Eskapaden und Fehltritten aufzuhören, und Wut auf mich selbst, weil ich trotzdem alles für sie stehen und liegen ließ. Sie wusste das ganz genau und trotzdem schrieb sie mir immer wieder Nachrichten wie diese. Die Schuldgefühle krochen in mir hoch, weil diese Eskapaden und Fehltritte alle nur meinetwegen angefangen hatten und ich sie weder damals noch heute aufhalten konnte.

Heute überwog allerdings die Wut. Weil sie auch nach vier Jahren immer noch einfach ohne Rücksicht auf Verluste verschwand. Weil sie sich nicht einmal mir anvertraute, sich aber darauf verließ, dass ich zur Stelle war und ihr Chaos beseitigte.

Und dann war da auch noch die Wut auf mich selbst, weil ich mich hilflos und machtlos fühlte. Weil ich immer wieder versagte. Weil ich immer noch das Gefühl hatte, egoistisch zu sein, obwohl ich alles für Avery aufgegeben hätte, wenn ich ihr damit hätte helfen können.

Ich legte mir eine Hand auf meinen Bauch, als könnte ich so die Anspannung, die sich schmerzhaft in mir ausbreitete, besser kontrollieren. Bevor all diese Gefühle gefährlich nah an die Oberfläche kamen und mich komplett in Besitz nehmen konnten, steckte ich mein Handy wieder weg und leerte einen Becher mit dem klebrig-roten Zeug in einem Zug. Im Gegensatz zu dem Willkommensshot, war es unglaublich süß. Trotzdem schmeckte ich den Alkohol und füllte den Becher erneut. Als ich gerade zum Trinken ansetzen wollte, hörte ich eine amüsierte Stimme hinter mir.

»Dich hätte ich hier aber nicht erwartet, *Mr. Perfect*. Keine Angst, blamiert zu werden?«

Selbst wenn ich ihre Stimme nicht schon nach dem ersten Wort erkannt hätte, hätte mir das Kribbeln, das sie in mir auslöste, überdeutlich gezeigt, wer sich da über mich lustig machte. Trotzdem erschrak ich, als ich mich zu ihr umdrehte. Sie stand so dicht bei mir, dass ich sie fast umstieß. Außerdem sah sie gleichzeitig gruselig und absolut umwerfend aus. Ihre dunklen, langen Haare hingen ihr – ganz im Gegensatz zu unserer letzten Begegnung – glatt über die Schultern und wurden von einer roten Schleife aus dem Gesicht gehalten, was sie wahrscheinlich unschuldig hätte aussehen lassen, wäre da nicht das Blut gewesen, das von ihren roten Lippen über ihr Kinn bis in ihren Ausschnitt und über ihr blau-gelbes Kleid lief.

»Schneewittchen?« Mein Mund fühlte sich plötzlich sehr trocken an und meine Stimme klang kratzig. Es war ein Wunder, dass ich ein Wort herausgebracht hatte. Auch wenn es tatsächlich nur ein Wort war und nicht für einen ganzen Satz gereicht hatte. Mein Blick wanderte über ihren Körper nach unten zu ihren langen Beinen und über ihre Kurven wieder zurück zu ihren vollen, roten Lippen. Addison schien nicht zu bemerken, welche Wirkung sie auf mich hatte, denn sie drehte sich jetzt sogar einmal um sich selbst und hielt mir dann einen angebissenen Apfel vors Gesicht.

»Schneewittchen, die durch den giftigen Apfel in einen Vampir verwandelt wurde.«

Ich musste unwillkürlich lächeln, weil das überhaupt keinen Sinn machte. »Du schleppst allen Ernstes einen angebissenen Apfel mit dir herum? Das nenne ich mal Einsatz.«

Da sie jetzt ein paar Schritte zurückgegangen war, hatte ich einen besseren Blick auf ihr Kostüm, das tatsächlich sehr nach Schneewittchen nach einem Kampf aussah, denn es war an den richtigen Stellen zerstört und mit Blut bespritzt. Nicht nur deshalb würde sie jedem Kind, das sie so sah, wohl ein Trauma verpassen. Sie sah in dem kurzen Kleid gruselig und gleichzeitig wie eine wahrgewordene

Männerfantasie aus. Entweder war sie schon betrunken genug oder selbstbewusst genug, dass sie mein Blick auf ihr nicht im Geringsten aus der Ruhe bringen konnte. Sie zog ein kleines Fläschchen mit klarem Inhalt aus ihrer Tasche und drückte es mir in die Hand. »Der Apfel ist nur zur Tarnung. Das weitaus Wichtigere ist der Apfelschnaps.« Sie strahlte mich an und ich war von ihrer offenen Art so perplex, dass ich keine Ahnung hatte, wie ich mit ihr umgehen sollte.

Während ich mir darüber noch den Kopf zerbrach, kam sie mir wieder näher und strich mit der Hand über meine künstliche Kopfwunde. Mit ihren hohen Schuhen brauchte sie ihren Kopf nur ein bisschen nach hinten neigen, um mir in die Augen zu sehen.

»Es wäre ja langweilig, wenn es sich jeder so einfach machen würde wie du.«

Ich wusste nicht, ob sie einfach schon zu viel getrunken hatte oder ob sie nie Berührungsängste gegenüber Fremden hatte. Sie hielt meinem Blick stand und fuhr mit ihren Fingern die verkrustete Blutspur, die bis zu meinem Hals reichte, nach.

Ihre unschuldige Berührung fegte jegliche Gehirnzelle aus meinem Kopf und löste in mir das dringende Bedürfnis aus, sie auch zu berühren. Langsam fing der Knoten in meinem Bauch an, sich zu lösen, und verwandelte sich Stück für Stück in ein wohliges Kribbeln. Meine Eingeweide fühlten sich an wie kalter Champagner aus einer frisch geöffneten Flasche und brachten mich dazu, meine Hand zu heben. Weiter kam ich nicht, denn wie aus dem Nichts polterte eine weitere blutverschmierte Märchenfigur auf uns zu.

»Addie, kommst du? Wir wollten doch Camille aufheitern. Wie lange dauert es denn, bis du … Ups!« Sie bemerkte mich erst, als sie Addisons Arm schon ruckartig von mir weggezogen hatte.

Sofort vermisste ich ihre Berührung. Das rote, klebrige Zeug war mir anscheinend schon zu Kopf gestiegen.

»Du bist der heiße Bibliothekstyp«, stellte ihre Freundin fest und bohrte ihren Zeigefinger in meine Brust.

Noch bevor ich etwas erwidern konnte, kam Bewegung in Addison. Sie zog ihre Freundin, die ziemlich sicher Rotkäppchen nach einem Wolfsbiss darstellen sollte und tatsächlich einen blutverschmierten Plüschtierwolf dabeihatte, mit sich, und ließ mich mit einem letzten Blick in der Küche stehen. Der Moment zwischen uns war so plötzlich vorbei, wie er gekommen war.

Erst jetzt bemerkte ich, dass sie ihre Tasche liegen gelassen hatte. Diese kurze Begegnung hatte mich so sehr verwirrt, dass ich mir meinen Becher noch einmal auffüllte und im Türrahmen auf die Menschenmenge starrte, in der Schneewittchen und Rotkäppchen verschwunden waren.

Verdammt! Ich war mit dem Vorhaben hierhergekommen, mich abzulenken. Mit Alkohol und Sex mit einer absolut austauschbaren Studentin. Addison war alles andere als austauschbar, das hat mir die Reaktion meines Körpers gerade wieder einmal unmissverständlich klargemacht. Seit ich in der Bibliothek das erste Mal mit ihr gesprochen hatte, versuchte ich das Gefühl, das sich bei jedem Gedanken an sie einstellte, zu verdrängen. Selbst wenn es funktioniert hätte, hätte die Begegnung in der Küche alles wieder zunichtegemacht. Ich hatte sie nicht einmal angefasst. Nur ihre Fingerspitzen an meiner Schläfe gefühlt und trotzdem fühlte es sich an, als hätte ich keine andere Wahl, als in ihrer Nähe zu sein – jetzt wo ich wusste, dass sie hier war.

Ohne mir einen Schlachtplan überlegt zu haben, stand ich wenig später mit einem neuen Drink und einer kleinen, schwarzen Tasche ein bisschen verloren am Rande der tanzenden Menge von Studenten und überlegte, ob ich zuerst Blake suchen oder nach Addison Ausschau halten sollte.

Eigentlich war es lächerlich, darüber nachzudenken, denn meine Augen suchten ganz automatisch nach dunklen Haaren mit einer roten Schleife und nicht nach einem Fake-Arzt. Die Entscheidung wurde mir abgenommen, als ich durch die geöffneten Verandatüren Addisons blonde Rotkäppchen-Freundin mit einer weiteren blutenden Märchenprinzessin im Garten sah.

Obwohl ich normalerweise einiges dafür getan hätte, um zu vermeiden, grundlos auf fremde Menschen zuzugehen, machten sich meine Beine selbstständig. Als ich auf die knarzenden Verandabretter trat, sah ich aus den Augenwinkeln am anderen Ende des Gartens ihr blau-gelbes Kleid.

Sie verschwand stolpernd um die Hecke, hinter der der Garten ruhiger und verwilderter war. In mir fing der vernünftige Teil an, mit dem impulsiven Teil zu streiten, der wissen wollte, was sie in dieser dunklen Ecke des Gartens tat, und vor allem mit wem sie dort war. Unschlüssig trat ich von einem Fuß auf den anderen wie ein aufgeregter kleiner Junge. Nach nicht einmal einer Minute, gewann der impulsive Teil in mir, der immer bessere Chancen hatte, wenn Alkohol geflossen war, und ging zielstrebig auf die Hecke zu, hinter der Addison verschwunden war.

In der Dunkelheit konnte ich nichts Genaues erkennen, aber da man die Musik hier nur noch sehr gedämpft wahrnahm, hörte ich, wie ein Typ energisch auf sie einredete. Er ging mit jedem Satz einen Schritt auf sie zu, bis er ihr eine Hand auf die Schulter legte. Er stand mit dem Rücken zu mir, und in der Dunkelheit hatte ich keine Chance, zu sehen, ob ich ihn kannte.

Die frische Luft ließ den impulsiven und betrunkenen Teil in mir zweifeln, ob ich mich wirklich einmischen sollte. Meine Gedanken, die gerade eben noch voll von Addisons roten Lippen waren, wurden wieder klarer. Plötzlich wusste ich nicht mehr, was ich hier machte. Hatte ich mir vor nicht einmal zwanzig Minuten nicht eingeredet, dass ich jemanden brauchte, der austauschbar war? Und nicht jemanden, der meine Welt mit einer unschuldigen Berührung zum Stillstand brachte?

Ich schüttelte den Kopf und wollte mich gerade abwenden, als Addison mich entdeckte und ein Ruck durch ihren Körper ging. Sie stieß ihren Begleiter energisch weg und er verschwand, ohne sich noch einmal umzudrehen.

»Hey, alles okay?«, fragte ich mit rauer Stimme. Zum dritten Mal entschied ich mich um und machte doch noch einen Schritt auf sie zu.

Sie starrte mich immer noch an. Schwer zu sagen, ob sie mit ihren Gedanken in der Gegenwart war oder noch bei dem Typen.

»Soll ich jemanden Bescheid sagen? Hat er dir wehgetan?« Langsam fand ich ihre nicht vorhandene Reaktion gruselig. »Addison, hat er dir irgendetwas getan?« Ich wurde lauter und machte einen Schritt auf sie zu, als endlich wieder Leben in ihr Gesicht kam.

»Mein Gott, habt ihr alle hier einen Heldenkomplex oder bist du einfach nur ein Stalker? Ich kann verdammt noch mal auf mich selbst aufpassen.« Ihre sanften Augen, die mich vor ein paar Minuten noch so angestrahlt hatten, sahen in diesem Licht fast dunkelgrau und furchtbar kalt aus.

Wie nasser Asphalt, der im Schatten nicht trocknen wollte.

Ihre Reaktion traf mich unvorbereitet. Zugegeben, mein Wunsch, dass sie sich dankbar in meine Arme warf und mich in ihrer Dankbarkeit als ihren edlen Retter anerkannte, war vielleicht etwas machohaft und arrogant, und ja, vielleicht hatte ich einen überdurchschnittlich ausgeprägten Beschützerinstinkt, aber ich wollte ihr nur helfen. Als ich anfing, mich zu erklären, schnitt sie mir sofort das Wort ab.

»Weißt du was? Vergiss es einfach! War ja klar, dass *Mr. Perfect* gern den Retter spielt. So schleppst du bestimmt reihenweise Mädels ab.« Sie schnaubte noch einmal in meine Richtung und drehte mir dann ihren Rücken zu.

Damit war diese Unterhaltung wohl beendet. Egal wie betrunken und groß meine impulsive Seite war, ich hatte auch meinen Stolz. Der brachte mich jetzt dazu, mich umzudrehen, um endlich nach Blake zu suchen, um mich mit ihm wie geplant zu betrinken und um mir eine Zombiebraut zu suchen.

7

Addison

»Verdammte Scheiße!«

Das Adrenalin, dass die Begegnung mit Dan in mir ausgelöst und mich dazu gebracht hatte, meinen Frust an *Mr. Perfect* auszulassen, verließ mit einem Schlag meinen Körper.

Obwohl ich es als Medizinstudentin besser wissen sollte, fühlte ich mich gerade so, als würde der Alkohol jetzt wieder zurück in mein Blut fließen und meine Beine schwach werden lassen. Mit einem unterdrückten Schrei ließ ich mich ins Gras sinken und bereute es sofort. Es war nass und ich merkte, wie sich ein ekliger Fleck an meinem Hintern bildete. Ich ärgerte mich über Dan, der sich unbedingt zurück in mein Leben schleichen wollte, weil er ein arrogantes und selbstverliebtes Arschloch war. Und über mich selbst, weil ich mich schon wieder wie eine arrogante Kuh verhalten hatte.

Vor nicht einmal einer halben Stunde hätte ich den Bibliothekstyp fast angebettelt, mich zu berühren, weil er nur stocksteif dagestanden hatte, während meine Hände über seine Kopfwunde glitten. Wenn Rylan mich nicht unterbrochen hätte, hätte ich ihn wahrscheinlich zu mir

63

heruntergezogen, so sehr hatte er meine Haut zum Kribbeln gebracht.

Und jetzt schrie ich ihn einfach grundlos an. Wann war ich eigentlich zu einer Masochistin geworden? Der Gedanke an seine dicken, goldbraunen Haare und sein Gesicht, das trotz der markanten Züge etwas Sanftes ausstrahlte, schickte ein Ziehen zwischen meine Beine.

Tja, das konnte ich mir jetzt abschminken. Ich wollte mich gerade auf den Rücken fallen lassen, als ich aus den Augenwinkeln eine Bewegung wahrnahm.

»O Gott, warum bist du noch hier?« Als ich meinen Kopf drehte, sah ich ihn, wie er etwas belustigt auf mich herabschaute. Jetzt hatte ich ihn nicht nur grundlos beleidigt, sondern er hatte auch noch meinen Aufschrei und meine verzweifelten Geräusche gehört und setzte sich nun aus Mitleid neben mich ins nasse Gras.

»Ich bringe dir deinen vergifteten Apfel. Mit dem will ich lieber nicht erwischt werden.«

Na großartig, und für eine bescheuerte kleine College-prinzessin musste er mich jetzt ganz bestimmt auch noch halten. Ich versuchte, mich zu einem Lächeln durchzuringen, und nahm ihm meine Tasche aus der Hand.

»Ich habe zwar keinen Heldenkomplex, aber du siehst trotzdem aus, als könntest du etwas von deinem eigenen Apfelschnaps gebrauchen.« Er verzog einen Mundwinkel zu einem schiefen Lächeln und sah dabei so anbetungswürdig aus, dass ich froh war, dass er in der Dunkelheit mein glühendes Gesicht nicht sehen konnte. Dass er trotz meines kleinen Ausbruchs noch so nett zu mir war, verwirrte mich nur noch mehr und brachte mich dazu, ihm die Flasche förmlich aus der Hand zu reißen und ein paar große Schlucke für meine Nerven zu trinken.

Dass er hier war, machte nicht so richtig Sinn.

»Du bekommst den Rest.«

Es verwunderte mich ein bisschen, dass er die Flasche ohne einen Kommentar leerte. An seinem Schütteln merkte ich, dass ihn der Inhalt überraschte.

»Sicher, dass du da nicht das Gift hineingemischt hast?« Er verzog angewidert das Gesicht und ich zuckte mit den Schultern.

»Selbst schuld, wenn du Getränke von Fremden annimmst.« Lächelnd nahm er einen Schluck aus seinem mitgebrachten Becher, um den Geschmack wegzuwaschen. »Nachdem mich dein Cupcake gestern nicht umgebracht hat, war es jetzt ein kalkuliertes Risiko.«

»Das heißt also, du hast von mir schon einen Cupcake und Apfelschnaps in Bioqualität bekommen und ich kenne noch nicht mal deinen Namen? Erscheint mir ziemlich unfair.« Ich war froh, dass ich mich in seiner Gegenwart endlich wieder einigermaßen souverän und nicht mehr wie eine komplett labile Person verhalten konnte, und sah ihn abwartend an.

»Also, ich finde *Mr. Perfect* eigentlich ganz passend. Fast so passend wie *heißer Bibliothekstyp*.«

Ich gab ihm einen Klaps auf den Arm und er hielt mir grinsend seinen Becher hin.

»Das gilt aber nur als Anzahlung«, sagte ich zwischen zwei Schlucken und sah ihn abwartend an. Ich merkte langsam, wie mir der Alkohol viel zu schnell zu Kopf stieg und mir meine Selbstbeherrschung und meinen natürlichen Filter nahm. Schließlich hatte ich mit Camille und Rylan schon zwei Flaschen Wein geleert, während wir uns fertig gemacht hatten. Das wurde mir jetzt zum Verhängnis. Anders konnte ich mir nicht erklären, warum ich immer näher zu ihm rückte. Ich spürte die Feuchtigkeit des Grases an meinen Oberschenkeln, weil Rylan darauf bestanden hatte, dass der verdammte Rock so kurz sein musste, dass er nicht zum Sitzen geeignet war.

»Wenn du nicht mit mir kooperierst, muss ich dich leider jetzt beißen. Schließlich bin ich ein Märchen-Vampir.« Ich war schon so nah an seinem Hals, dass ich seinen Gesichtsausdruck nicht sehen konnte, aber da er nicht vor mir zurückwich, nahm er meine Drohung wohl nicht allzu ernst.

Er roch frisch. Nach Zitrone vielleicht. Und nach Kunstblut. Ich meinte, eine leichte Gänsehaut erkennen zu können, als mein Atem seine Haut streifte.

»Ich dachte, in deiner persönlichen Vampirwelt wird man durch ein spezielles Gift verwandelt?« Seine Stimme klang jetzt tiefer. Er hätte mir das erste Kapitel aus unserem Chemiebuch in dieser Stimme vorlesen können und trotzdem hätte sie mich wie eine weiche Wolke eingehüllt. Ich spürte seinen Atem über mir und zu seinem Geruch mischte sich noch ein Hauch Minze.

»Ok, Mr. Obervampir Edward, dann schauen wir mal, ob deine Theorie stimmt.« Eingenebelt von seinem unglaublich guten Duft und der Wärme, die von ihm ausging, schaltete ich den Rest meines Gehirns aus und biss ihn in den Hals.

Seiner Reaktion nach zu urteilen, hatte er nicht damit gerechnet, denn er stieß einen überraschten Schrei aus, der in ein tiefes Lachen überging, als er vor Schreck mit seinem Kopf an meinen stieß, wodurch ich wiederum zurückwich.

»Okay, okay, du hast meinen wunden Punkt gefunden.« Er hob abwehrend die Hände, drehte seinen Körper zu mir und sah mir in die Augen. Spätestens jetzt war ich verloren.

Bis jetzt kannte ich nur diesen unergründlichen Ausdruck in seinem Gesicht, aber dieses Lachen erreichte auch seine dunklen Augen, die daraufhin zu Funkeln begannen.

»Entweder du sagst mir jetzt deinen Namen oder ich verwandle dich hier und jetzt in einen Vampir und du bist auf ewig in meiner giftigen Welt gefangen.« Ich hielt seinem Blick stand und versuchte, todernst zu wirken, auch als er mit seinem Gesicht näherkam. Fast unmerklich leckte er sich über die Lippen.

»So verlockend das klingt und auch auf die Gefahr hin, dass du mich nicht mehr Mr. Perfect nennst, mir liegt zu viel an meinem menschlichen Dasein.«

Die Stimmung zwischen uns hatte sich binnen Sekunden von locker und neckend in knisternde Spannung verwandelt und das, obwohl wir im kalten und nassen Gras hockten.

»Ich bin Kian.«

Seinen Namen bekam ich nur noch am Rande mit, viel zu abgelenkt war ich von seinen vollen Lippen, von seiner tiefen Stimme, mit der er alles von mir hätte verlangen können. Alles.

Als ich wieder in seine Augen sah, kamen sie mir dunkler vor als noch vor ein paar Sekunden. Bevor ich einen klaren Gedanken fassen konnte, überwand Kian die letzten Zentimeter zwischen uns und presste seine weichen Lippen auf meine.

Der Kuss kam unerwartet, aber als hätten meine Lippen nur darauf gewartet, reagierte ich sofort und öffnete sie, um ihm noch näher zu sein. Er verstand die Einladung, intensivierte den Kuss mit seiner Zunge und nahm mein Gesicht in beide Hände. Er ließ sie eine Weile an meiner Unterlippe verweilen, bevor er sich langsam ganz in meinen Mund vortastete. Er schmeckte süß. Nach Apfelschnaps und Erdbeeren mit einem Hauch von Minze.

Die Erregung kam nicht in kleinen Wellen, sondern sie überrollte mich und schloss mich ein, sodass ich ein leichtes Stöhnen nicht unterdrücken konnte. Wie ferngesteuert rückte ich noch näher zu ihm, um in seine Haare zu greifen. Obwohl ich im nassen Gras saß, viel zu viel getrunken hatte und gerade einen völlig Fremden küsste, konnte ich nicht genug von ihm bekommen.

Es war nicht so, als hätte ich noch nie jemanden geküsst, den ich noch nicht lang kannte, aber das hier war anders. Kians Lippen auf meinen lösten einen wahren Kometensturm an Gefühlen in mir aus. Ich konnte nicht von ihm ablassen. Ich konnte auch nicht darüber nachdenken, weil ich mich fühlte, als wäre ich im Auge eines Tornados gefangen.

Dieser Sturm endete abrupt, als er seine Lippen von meinen löste. Ich ließ meine Hände an seinem Hinterkopf, als er mir über die Wange strich und etwas sagen wollte.

»Ich … ich wollte nicht …« Er sah unentschlossen aus und seine welligen Haare standen jetzt in alle Richtungen.

Ich zögerte nur den Bruchteil einer Sekunde, bevor ich ihn an seinen Haaren wieder zu mir zog und meine Lippen erneut auf seine presste, als würde mein Leben davon abhängen.

Als hätte er seine aufkommenden Zweifel aus seinen Gedanken verbannt, packte er mich an den Hüften, sodass ich rittlings auf seinem Schoß saß. Ich presste mich näher an ihn und stöhnte in den Kuss, als sein kratziger Bart ein wohliges Prickeln auf meinem Gesicht hinterließ.

Langsam, aber bestimmt wanderten seine Hände über meine Hüften nach unten zu meinen Oberschenkeln und wieder zurück, als er sie langsam unter mein Kleid schob. Seine Hände verharrten auf meinen Oberschenkeln und ich presste meine Hüften gegen seine Mitte in der Hoffnung, er würde mein stilles Einverständnis verstehen. Ich stand in Flammen, dort wo er mich berührte. Seine Hände wanderten weiter nach oben und als er an meinem Po angelangt war und zupackte, stöhnten wir beide auf.

Ich ließ meinen Kopf in den Nacken fallen und hielt mich an seinen Oberarmen fest. Sie waren definiert, und obwohl ich es unter seinem Hoodie schon erahnen konnte, war ich überrascht, wie stark sie sich anfühlten.

Während er an meinem Hals entlang bis zum Schlüsselbein eine Spur aus Küssen zog, erforschte ich mit meinen Händen seinen Körper. Ich strich über seine breite Brust und tastete mich über seinen harten Oberkörper nach unten. Je tiefer ich meine Hände wandern ließ, desto schneller wurde auch sein Atem. Ich konnte das pochende Verlangen zwischen meinen Beinen nicht mehr ignorieren und fing wie von selbst an, mein Becken zu bewegen. Gerade als ich mit meinen Händen am Bund seiner Jeans ankam, merkte ich, wie er sich urplötzlich verspannte und seine Hände von mir nahm, als hätte er sich die Finger verbrannt.

So schnell wie er mich vorhin an den Hüften näher zu sich gezogen hatte, nutzte er jetzt die gleiche Technik – dieses Mal allerdings, um mich von sich wegzudrücken. In seinen Augen erkannte ich immer noch Verlangen. Mit jeder Sekunde, die wir uns anstarrten, wurde es aber von einem Schleier aus Panik überzogen. Seine Lippen waren geschwollen und hatten Spuren von meinem Lippenstift und dem Halloween-Blut, doch bevor ich ihn darauf hinweisen konnten, sprang er auf.

»Ich ... Es tut mir leid, Addison ... Ich wollte eigentlich ... Ich muss weg.«

Ich schaffte es nicht einmal, etwas zu erwidern, geschweige denn mich aufzurappeln, da war er schon aus meinem Sichtfeld verschwunden und ließ mich mit einem pochenden Unterleib, kribbelnden Lippen und einem vernebelten Verstand im wahrsten Sinne des Wortes sitzen. Meine Gedanken rasten und ich schwankte zwischen Wut und Scham. Ich hatte meinen Verstand vollkommen ausgeschaltet und meinen Körper die Führung übernehmen lassen. Der hatte ihm schamlos klargemacht, wie angezogen ich mich von ihm fühlte, und was macht er? Er schüttelte mich einfach ab, als hätte er gerade den schlimmsten Fehler seines Lebens begangen.

Für ein paar Minuten saß ich wie in einem der kitschigen Filme, die ich mir so gern auf Netflix zum Einschlafen ansah, mit angewinkelten Beinen im nassen Gras, während ein paar Meter entfernt eine Party tobte. Kian hatte mich also zum Teenie-Film-Klischee gemacht. Der Alkohol verhinderte, dass die Peinlichkeit überhandnahm, und ich beschloss, dass ich mir die Party nicht von einem Kerl, der nicht wusste, was er an mir gehabt hätte, verderben ließ. Entschlossen rappelte ich mich auf und ging wieder auf das Haus zu, wo ich mit meinen Freundinnen gerade noch einen Schlachtplan für den Abend ausgeheckt hatte. Es überraschte mich nicht, dass die beiden immer noch an derselben Stelle standen, denn Camille war regelrecht aus dem Verbindungshaus, in dem ihr bescheuerter Freund Bryson seine egoistische Show abzog, geflüchtet, und ich war mir nicht sicher, ob wir sie heute noch dazu bekommen würden, wieder hineinzugehen.

Ich fand, dass die beiden überhaupt nicht zusammenpassten, aber aus irgendeinem Grunde fanden sie immer wieder zusammen. Rylan und ich hatten uns oft schon die haarsträubendsten Verschwörungstheorien ausgedacht, denn es war offensichtlich, dass er ihr nicht guttat. Wir versuchten zwar, uns nicht zu sehr einzumischen, schließlich waren die beiden schon seit der High School ein Paar und wir kannten ihre Vorgeschichte nicht. Trotzdem brach es mir jedes Mal ein Stück weit das Herz, wenn sie sich seinetwegen wieder hinter ihre Mauer zurückzog.

Als ich den beiden jetzt aber näherkam, wirkten sie ausgelassen und sogar Camille schien Spaß zu haben.

»O mein Gott! Baddie-Addie ist zurück!« Rylan stürzte sich kreischend auf mich und zog mich schwungvoll in eine Umarmung. Als sie mich aus ihrem Klammergriff entließ, stand mir meine nächste Frage wohl schon ins Gesicht geschrieben, denn sie kreischte sofort weiter.

»Wir haben genau gesehen, wie du dich aus der hintersten Ecke des Gartens hierher geschlichen hast, und wir wissen alle genau, was dort passiert ist. Ich glaube, deshalb wurden diese Hecken gepflanzt.«

Ich wollte gerade protestieren, aber als Camille mir ihren kleinen Make-up-Spiegel vors Gesicht hielt, wusste ich, dass jegliches Leugnen zwecklos war.

»Schätzchen, wer durfte denn von deinem süßen Blut kosten?« Rylan kicherte, als hätte sie gerade den Witz des Jahrtausends gerissen, während ich mir instinktiv über mein sehr verräterisch verschmiertes Make-up strich.

»O mein Gott, es war der heiße Bibliothekstyp, oder? Wenn ich nicht in die Küche geplatzt wäre, wäre er dort über dich hergefallen. Und ich hatte schon so ein schlechtes Gewissen … Tja, gut, dass mir diese Bürde genommen wurde.« Sie legte sich theatralisch die Hand auf die blutverschmierte Brust und schaute mich abwartend an. Ich war wohl an der Reihe, weitere Informationen herauszurücken. Stattdessen seufzte ich nur, denn ich wollte gedanklich wirklich nicht nochmal erleben, wie ich einfach sitzen gelassen wurde. Dass ich damit nicht auf Dauer davonkommen würde, war mir klar, deshalb schlug ich ihnen einen vorläufigen Pakt vor. »Ich erzähle euch morgen alle schmutzigen Details, die ihr wissen wollt, aber heute feiern wir uns drei Mädels. So wie wir es geplant haben!«

Während Rylan vor Neugierde fast platzte, kam mir Camille zur Hilfe und zauberte aus ihrem rosa Kleid ein paar kleine Fläschchen mit grünem Inhalt heraus. »Auf uns, Mädels! Die Männer vergessen wir, bis es wieder hell wird!«, rief sie. Damit war auch Rylan überzeugt und stürzte sich mit mir auf Camille, um ihr links und rechts ein Küsschen zu verpassen. Wer brauchte schon braune Augen und Lippen, die sich wie Marshmallows anfühlten, wenn man die besten Freundinnen der Welt haben konnte?

8

Addison

»Bitte tötet mich!« Ich wusste nicht, wen ich um Erlösung bat, denn als ich es endlich schaffte, meine von Wimperntusche verklebten Augen zu öffnen, merkte ich, dass ich ganz offensichtlich allein in meinem eigenen Bett lag. Zwar mit Make-up, dafür aber nur mit Unterwäsche und den Kniestrümpfen von gestern bekleidet. Die Szene musste entweder aussehen, als würde sie direkt aus einem sehr schlechten Porno oder einem noch schlechteren Horrorstreifen stammen.

»O Gott, warum?« Ein Blick auf mein Handy reichte, um zu sehen, dass es noch nicht einmal acht Uhr morgens war, und ich drückte mein Gesicht wieder in das Kissen, an dem die Reste meines Make-ups klebten. Anders als meine Mitbewohnerinnen hatte ich die schreckliche Angewohnheit, nach einer durchfeierten Nacht nur ein paar Stunden schlafen zu können und zum Frühaufsteher zu mutieren. Aus Erfahrung wusste ich, dass es keinen Sinn hatte, zu versuchen wieder einzuschlafen, und machte mich deshalb auf den Weg unter die Dusche, um zumindest die äußerlichen Spuren von letzter Nacht abzuwaschen.

Während ich zusah, wie das Wasser, die verkrusteten

Schminkreste von meinem Körper löste, wanderten meine Gedanken ganz automatisch zurück zu der Party. Nachdem wir uns in die feiernde Menge gestürzt hatten, brauchte ich nicht lange, um meine Gedanken an den Kuss mit Kian zu ertränken. Ich weiß nicht mehr, wie lange wir getanzt hatten, aber wir hatten es geschafft, dass wir von den Jungs des Hauses eigenhändig in ein Taxi gesetzt wurden, nur damit sie endlich ihre Ruhe hatten.

Aber jetzt, da meine Gedanken wieder klar waren und ich nackt unter der Dusche an der Wand lehnte, hatte ich das Gefühl, seine Hände auf mir zu spüren. Egal wie viel Duschgel ich auf meiner Haut verrieb, seine Berührungen, schienen sich nicht wegwaschen zu lassen. Weil ich aber eine gute Mitbewohnerin war, zwang ich mich nach ein paar Minuten, es bleiben zu lassen und das heiße Wasser zu sparen, denn meine beiden Freundinnen hatten bestimmt auch eine warme Dusche nötig, sollten sie es heute noch aus dem Bett schaffen.

Nachdem ich mich in meinen riesigen und bequemsten, grauen Hoodie geschmissen hatte, der mir fast bis in die Kniekehlen hing, sah ich der Kaffeemaschine dabei zu, wie sie einen wunderbaren, Kater-bekämpfenden Geruch in der Küche verbreitete. Dabei wanderten meine Gedanken noch einmal zu letzter Nacht. Obwohl ich mich nur schemenhaft an das Ende der Party oder den Nachhauseweg erinnern konnte, spürte ich förmlich seine Hände auf meinem Po und seine Lippen auf meinen. Seine Augen waren so dunkel und voller Verlangen, dass ich mir beim besten Willen nicht erklären konnte, was ihn geritten haben könnte, dass er auf einmal weggerannt war, als wäre er von seiner Mutter bei etwas furchtbar Bösen erwischt worden. Je mehr ich mich in die Gedanken an ihn hineinsteigerte, desto stärker reagierte mein Körper auf ihn, und ich konnte nicht leugnen, wie sehr ich ihn gewollt hatte. Der bloße Gedanke daran ließ mich erschaudern. Vielleicht lag es aber auch einfach daran, dass ich schon ziemlich lange keinen Mann mehr in mein Bett gelassen hatte. Als mein Handy piepste, war ich froh, dass meine zirkulierenden Gedanken unterbrochen wurden.

Pit: Warum steht dein Fahrrad vorm Verbindungshaus? Mit wem hast du in welchem Zimmer geschlafen? :)

Verdammt! Ich hatte mein Rad mitgenommen, weil wir es für eine gute Idee gehalten hatten, unsere Sachen im Korb zu transportieren. Ich hatte es gegen irgendeine Säule gelehnt und es vergessen, sobald ich einen Fuß auf die Party gesetzt hatte.

Addie: Die Frage ist wohl eher, in welchem Zimmer hast du mit wem geschlafen, wenn du immer noch da bist?

Addie: Bringst du's mir bitte mit?

Pit: Sorry Süße, ich muss Leonie nach Hause bringen und ich kann sie wohl schlecht im Fahrradkorb deines grünen Klappergestells transportieren. Ich habe schließlich einen Ruf zu verlieren. Ich bring dir dafür später Pizza mit! :)

Leonie also. Ich wusste nicht, ob ich beleidigt sein sollte, weil er die schwedische Austauschstudentin, die er heute zum letzten Mal sehen würde, lieber nach Hause fuhr, als seiner treuen, verkaterten Freundin ihr einziges Fortbewegungsmittel zu bringen, oder froh darüber, dass er wenigstens den Anstand besaß, sie nach Hause zu bringen, auch wenn er sie nie mehr anrufen würde. Ich wusste, dass ich mich so schnell wie möglich auf den Weg zu meinem Fahrrad machen sollte. Auf dem Elbury-Campus wurde zwar sehr selten etwas gestohlen, aber wenn betrunkene Studenten ein unabgeschlossenes Fahrrad sahen, liehen sie es sich gern als temporäres Fortbewegungsmittel aus. Mein Fahrrad hatte ich schon öfter vor irgendwelchen Wohnheimen oder Fakultätsgebäuden wiedergefunden, was bei der Größe unseres Campus an ein Wunder grenzte. Ich wollte meinem Rad dieses Schicksal ersparen, aber mein Körper war noch nicht bereit für so viel frische Luft.

»Was machst du denn für einen Krach?«, beschwerte sich Camille, kaum dass sie einen Fuß in die Küche gesetzt hatte.

»Entschuldigung, dass mein Versuch, dir Frühstück zu machen, dich bei deinem Kater stört.«

Sie winkte nur schwach ab, füllte eines meiner riesigen Gläser mit Wasser und trank es in einem Zug aus. Als ich darauf bestanden hatte, die XXL-Gläser bei Target mitzunehmen, statt die kleinen stylischen, die ein bisschen wie die Kelche der adeligen Gesellschaft aussahen und auf die sich Camille sofort gestürzt hatte, war ich noch ausgelacht worden. Inzwischen hatten sie aber schon oft genug ihre Vorteile unter Beweis stellen können, und die hellblauen Adelskelche verstaubten inzwischen in unserem Regal, das Pit eigens dafür angebracht hatte.

Im Gegensatz zu mir hatte sich Camille gestern noch abgeschminkt. Sie sah unglaublich blass aus und ihre sonst

76

so seidigen blonden Haare, die ihr Gesicht normalerweise engelsgleich umspielten, klebten ihr platt an den Wangen. Die restlichen Spuren, die sie zum blutenden Dornröschen gemacht hatten, waren aber weg und gaben jetzt die Sicht auf dunkle Augenringe frei. Dafür sah Rylan noch untoter als gestern in ihrem Kostüm aus, als sie sich schlurfend und grummelnd zu uns gesellte. Obwohl sie normalerweise die Trinkstärkste von uns war, machte sie sich schweigend einen Kamillentee, lehnte sogar eine tiefgefrorene Waffel ab und ließ den Kopf auf die Küchentheke fallen.

»Bitte erzähl uns von deinem heißen Date und lenk mich von dem Presslufthammer in meinem Kopf ab!«, murmelte sie, nachdem wir eine Weile schweigend dafür gebüßt haben, auf der Party alles durcheinander getrunken zu haben.

Weil ich wusste, dass sie die Geschichte früher oder später sowieso aus mir herauskitzeln würden, erzählte ich ihnen die Kurzfassung und ließ dabei geflissentlich aus, wie sehr mir der Kuss unter die Haut ging.

»O Gott, glaubst du, er hat eine Freundin? Oder er ist eigentlich schwul? Oder hat er Angst gehabt, keinen hoch-zubekommen?«

»Rylan, bitte!« Camille, die bis jetzt schweigend an ihrer Waffel geknabbert hatte, unterbrach sie. »Wirst du ihn zur Rede stellen?«

Als Antwort zuckte ich nur mit den Schultern, aber da antwortete Rylan schon an meiner Stelle: »Also bitte, natür-lich wird sie ihn fragen. Als könnte sie sowas auf sich beruhen lassen. In der nächsten Chemievorlesung werden keine zusammengemischten Lösungen explodieren, son-dern unsere liebe Baddie-Addie.«

Ich zog eine Augenbraue nach oben. »Warst du jemals in

einer Chemievorlesung? Weißt du überhaupt, wie Chemie funktioniert?«

Rylan stützte ihren Kopf auf die Hände und sah mich aus ihren halbgeschlossenen Augen an. »Süße, ich muss nicht wissen, wie Chemie funktioniert, aber ich weiß ganz genau, wie du funktionierst. Und du lässt so etwas garantiert nicht unkommentiert.«

Ich zuckte nur mit den Schultern, denn wir wussten beide, dass sie recht hatte. Ich hielt nichts davon, Sachen unausgesprochen zu lassen, und hatte auch kein Problem damit, Dinge anzusprechen, die unangenehm waren. Ob ich wollte oder nicht, ich würde ihn zur Rede stellen müssen, wenn ich je wieder duschen wollte, ohne an ihn zu denken.

Nachmittags, nachdem sich Rylan nochmal hingelegt und Camille sich zu Bryson verabschiedet hatte, machte sich in mir eine wohlbekannte Unruhe breit. Ob es der nachlassende Kater war oder die Tatsache, dass ich weder lernen noch sonst irgendetwas tun konnte, wusste ich nicht. Ich wusste nur, dass ich im Schneidersitz auf meinem Bett saß und ganz langsam von meinen Zweifeln eingenommen wurde.

Manchmal übermannten mich so viele Gefühle auf einmal, dass ich keine Chance hatte, irgendetwas zu tun. Ich wusste, dass ich Chemie niemals bestehen würde, wenn ich mir nicht endlich selbst in den Hintern trat. Das war nicht einmal das einzige Fach, in dem es düster aussah. Anatomie würde mindestens ein genauso großes Problem werden.

Was wäre, wenn ich beide verpatzte? Ich konnte unmöglich noch einmal ein anderes Fach wählen, dann hätte ich mein Stipendium verloren. Das hätte ich aber auch verloren, wenn ich Chemie verpatzte. Es war aussichtslos. Ich schielte zu den unberührten Büchern auf meinen Schreibtisch herüber und begann, an meiner Entscheidung zu zweifeln. Wie sollte jemand wie ich Ärztin werden oder anderen helfen, wenn ich es nicht einmal schaffte, mein Leben zu strukturieren und mich länger als zwei Stunden auf eine Sache zu konzentrieren. Geschweige denn ein ganzes Semester. Wenn ich es durch eine glückliche Fügung des Schicksals irgendwie schaffen sollte, in ein Medizinprogramm aufgenommen zu werden, würden sie nach spätestens einer Woche merken, dass ich nur eine Hochstaplerin war.

Langsam ging ich zwischen meinem Bett und dem vollgepackten Schreibtisch auf und ab. Ich hätte es in meinem Zimmer nicht gemütlicher haben können. Über mein Bett hatte ich ein paar Stoffbahnen gespannt, sodass es so aussah wie ein Himmelbett. Dazwischen hingen viele kleine Lichterketten, die das beruhigendste Licht der Welt im Zimmer verbreiteten. Ich liebte meinen bequemen, rosa Sessel, obwohl man ihn meistens vor lauter Klamotten nicht sehen konnte. Ich liebte mein kleines Erkerfenster mit der Bank davor und den vielen Kissen, die ich mit Rylan im Second-Hand-Laden gekauft hatte. Ich liebte es, dass die Wand hinter meinem Schreibtisch mit Polaroids von mir und meinen Freunden vollgepflastert war, und wie weich der flauschige Teppich darunter sich unter meinen Füßen anfühlte, wenn ich davorsaß.

Trotz der Tatsache, dass ich mich noch nie in einem meiner Zimmer so wohl gefühlt hatte wie in diesem, schaffte ich es selten, mich ein paar Stunden am Stück allein dort aufzuhalten. Ein bisschen Struktur. Das brauchte ich, wenn ich das Chaos in meinem Zimmer und in meinem Kopf bewältigen wollte. Weil es weitaus schwieriger war, Ordnung in meinen Kopf zu bringen, fing ich entschlossen an, meine Klamotten, die ich achtlos im Zimmer verteilt hatte, zusammenzulegen. Meine alte Englischlehrerin hatte immer gesagt: »In einem unordentlichen Zimmer lässt es sich nicht vernünftig lernen.« Es wurde Zeit, dass ich endlich mal eine Anweisung von ihr befolgte, auch wenn es ein paar Jahre zu spät kam.

9

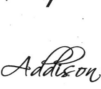

»Verdammte Scheiße.«

Ich fluchte, als ich auf der Suche nach meinen Sneakers über eine ganze Galerie an Schuhen stolperte, obwohl ich genau wusste, dass die meisten, die so achtlos in unseren Flur geworfen wurden, mir gehörten.

»Was machst du denn für einen Lärm? Einige von uns haben Schlaf-Nachholungsbedarf.« Rylan steckte einen verstrubbelten Kopf aus ihrer Zimmertür und sah mich aus zusammengekniffenen Augen an.

Statt ihr zu antworten, riss ich die gegenüberliegende Tür, die ins Badezimmer führte, auf, um mir wenigstens schnell die Haare zu kämmen und mir Wasser ins Gesicht zu spritzen. »Ich muss um fünfzehn Uhr im Café sein«, nuschelte ich mit meiner Zahnbürste im Mund.

Rylan stand immer noch in ihrem Türrahmen und zog eine Augenbraue nach oben. »Addie, es ist fünfzehn Uhr.« Sie hielt ihr Handy hoch, als könnte ich die Uhr nicht selbst lesen.

»Deshalb ja, verdammte Scheiße. Heute kommt doch die neue Mitarbeiterin.«

Ich wusste, dass die Fannings schon lange nach einer

zweiten Aushilfe für das Café gesucht hatten, und ich war wahnsinnig froh darüber. Ich konnte das Geld zwar gut gebrauchen, aber das Pensum vom letzten Jahr würde ich nicht mehr durchhalten, ohne in mindestens zwei Kursen durchzufallen. Und sollte das passieren, konnte ich gleich in Vollzeit dort arbeiten.

»Ich komme später vorbei. Viola hat bestimmt Kürbissuppe gemacht.« Rylans Augen leuchteten beim Gedanken an Violas unschlagbare Suppen auf.

Normalerweise arbeitete ich nur selten am Wochenende, aber wir aßen vor allem im Herbst gern dort, weil es keinen gemütlicheren Ort am Campus gab und weil die Fannings die besten Sandwiches und Suppen im ganzen Staat machten. Wenn ich nicht gerade in der Bücherei war, kam ich auch zum Lernen dorthin. Meistens halfen mir die konstanten Hintergrundgeräusche dabei, mich besser zu konzentrieren. Die Ablenkungen, die in Form meiner Kommilitonen, den Fannings oder meiner Freunde vorbeikamen, nahm ich nur zu gern in Kauf.

Heute aber hatte ich den Fannings hoch und heilig versprochen, dass ich die Nachmittagsschicht übernehmen und gleichzeitig meine neue Kollegin kennenlernen würde.

Ich hielt kurz vor unserem großen Flurspiegel inne, um mein Outfit abzuwägen. Mit der engen schwarzen Yogahose und dem übergroßen Kapuzenpulli würde ich zwar keinen Fashionaward gewinnen und auch mein Kopf war mit dem halben Zopf und meinem blassen, ungeschminkten Gesicht nicht reif für einen Beautycontest, aber mit mehr konnte ich heute nicht dienen. Ich war froh, dass ich überhaupt aus dem Bett gekommen war. Weil meine Schuhe immer noch unauffindbar waren, schlüpfte ich kurzerhand in Camilles weiße Sportschuhe.

»Bis später«, rief ich Rylan flüchtig zu und rannte aus der Tür. Genauso rannte ich auch die Strecke bis zum *Mug Café*, weil mein Fahrrad immer noch einsam und verlassen an dem Verbindungsgebäude lehnte. Zumindest hoffte ich, dass es bis zum Abend noch immer dort stehen würde.

»Schätzchen, endlich! Wir haben uns schon Sorgen gemacht. Wo warst du denn solange?« Ich hatte kaum Luft geholt, als Mrs. Fanning mich in eine Umarmung zog. Ich war mittlerweile fast zwanzig Minuten zu spät, aber meine Chefin würde sich niemals darüber beklagen. Stattdessen musterte sie mich aus ihren blauen Augen skeptisch von oben bis unten. »Du bist ja ganz blass, Addie. Und warum siehst du so aus, als hättest du einen Halbmarathon hinter dir? Ist alles in Ordnung?«

Hatte ich schon erwähnt, dass ich so etwas wie ihre Adoptiv-Enkeltochter war? Dazu gehörte auch, dass sie sich ständig Sorgen um mich machte, mir Vorträge über zu weit ausgeschnittene Oberteile hielt und mir regelmäßig sagte, dass ich auf keinen Fall mit nassen Haaren schlafen gehen und immer eine Jacke dabeihaben sollte. Gleichzeitig hieß es aber auch, in den Genuss ihrer schier unendlichen Fürsorge und Hilfsbereitschaft zu kommen. Dafür nahm ich den obligatorischen Kommentar, der garantiert jedes Mal kam, wenn ich zerrissene Jeans oder zu kurze Short anhatte, gern in Kauf.

»Hast du heute überhaupt schon etwas gegessen? Du verschwindest ja fast in diesem Pullover!« Sie ließ mir keine Chance, ihr zu erklären, dass dieser Pullover Größe XL hatte und einmal Pit gehört hatte, sondern plapperte schon weiter. »Komm mit, ich mache dir noch eine Suppe fertig, bevor ich gehe. Aber zuerst möchte ich dir jemanden vorstellen.« Sie hakte sich bei mir unter und zog mich hinter den Tresen. Der Duft nach Kaffee, Schokolade und Zimt stieg mir jetzt noch deutlicher in die Nase und meine brennenden Gliedmaßen entspannten sich sofort.

Die Anspannung kam allerdings im nächsten Moment doppelt und dreifach zurück, als die Tür, die zu der kleinen Küche führte, aufschwang und ich zum vierten Mal in weniger als einer Woche ungläubig in Kians dunkle Augen starrte.

»Was zum Teufel …«

Die dunklen Augen starrten kein bisschen weniger ungläubig zurück, und statt etwas zu sagen, sah er etwas hilflos zu Mrs. Fanning, die von der Spannung, die die Luft jetzt erfüllte, nichts mitzubekommen schien. Sie legte ihm ihre freie Hand auf die Schulter und strahlte erst mich und dann ihn an.

»Addison, das ist Kian. Er arbeitet ab morgen hier. Ich habe ihm heute schon alles gezeigt, dann kann er morgen mit dir gleich seine erste Schicht übernehmen.« Sie strahlte Kian an, als wäre er der neue Kaffee-Gott höchstpersönlich.

»Viola, ich dachte, die neue Mitarbeiterin …« Weiter kam ich nicht, denn sie fiel mir energisch ins Wort.

»Sie hat nicht zu uns gepasst, Addie. Bei Kian hier habe ich ein viel besseres Gefühl.«

Als er seinen Namen hörte, zuckte er merklich zusammen, als hätte ihn mein Auftauchen zuvor in einen Trancezustand versetzt. Auch jetzt mied er meinen Blick, versuchte aber, sich für seine neue Chefin ein Lächeln abzuringen.

Es erreichte seine Augen nicht.

Viola Fanning wollte jemanden finden, der sich – und ich zitiere – »für sie richtig anfühlte«. Sie wählte ihre Angestellten nämlich weniger nach Können und Professionalität aus, sondern nach Sympathie. Mir schmeichelte das natürlich, aber nachdem sie auch den fünfunddreißigsten Bewerber abgelehnt hatte, begann ich an ihrer Strategie zu zweifeln. Auch jetzt war ich skeptisch und fragte mich, womit Kian sie überzeugt haben könnte. Mrs. Fanning war fast einen Kopf kleiner als ich, weshalb sie neben ihm nahezu winzig wirkte. Er stand stocksteif da und hatte seine Hände in der Bauchtasche seines Hoodies vergraben. Wie konnte so ein langweiliges Stück Stoff an einem Menschen wie das heißeste Kleidungsstück der Welt aussehen, während ich in meinem Sweatshirt aussah, als hätte ich den Morgen damit verbracht, unser Bad zu putzen?

»So Kinder, ihr setzt euch jetzt erst mal kurz hin und esst etwas. Addie, deinen Lieblingstee habe ich dir schon fertig gemacht.« Mrs. Fanning klatschte in die Hände und verschwand mit ihrem schwingenden Rock in der Küche.

Ohne ihre Anwesenheit zwischen uns sah Kian von Sekunde zu Sekunde angespannter aus und schielte hilfesuchend an mir vorbei. Ich folgte seinem Blick und sah, wie ein dunkelhaariger Typ mit einem beneidenswert ebenmäßigen Gesicht und asiatischen Teint einen Daumen nach oben reckte und ihm zuzwinkerte. Als er merkte, dass ich meine Aufmerksamkeit auf ihn gerichtet hatte, winkte er mir fröhlich zu, so als würden wir uns kennen. Ich versuchte mich an einem Lächeln, aber gemessen daran, wie verspannt sich mein Kiefer anfühlte, gelang es mir nicht wirklich.

In Wahrheit waren es wahrscheinlich nur ein paar Augenblicke, in denen wir vollkommen verdattert nebeneinanderstanden, aber es kam mir wie eine unangenehme Ewigkeit vor. Wie ferngesteuert griff ich nach meiner Teetasse und ging auf die gegenüberliegende Seite des Raumes zu, an der eine kleine Selbstbedienungsstation mit verschiedenen Süßungsmitteln aufgebaut war.

»Addison ...« Auch Kian hatte sich in Bewegung gesetzt und stellte sich jetzt neben mich. »Ähm, ich wollte dich nicht einfach stehen lassen. Ich wollte nur ... Ich konnte ja nicht wissen ... Ach, verdammt.«

Es war fast schon süß, wie er versuchte, einen ganzen Satz herauszubringen. Trotzdem sah ich lieber dem zähflüssigen Honig zu, wie er langsam in meine Tasse floss, statt ihm zu helfen, und genoss die Genugtuung, dass er sich wegen seiner Aktion am Abend zuvor wenigstens ein bisschen schlecht fühlte.

»Schon gut. Ist ja nichts Neues, dass du mir ausweichst. Ab sofort musst du dir aber wohl oder übel bessere Ausreden einfallen lassen. Es sieht nämlich so aus, als wärst du erst mal gezwungen, Zeit mit mir zu verbringen.« Es gelang mir zwar, halbwegs gelassen zu klingen, aber als mir zuerst der Löffel mit lautem Klirren aus der Hand fiel und ich dann so sehr zitterte, dass der Tee erst auf die Untertasse und dann auf den Boden tropfte, hatte ich verraten, wie sehr mich die ganze Sache beschäftigte. Und so flog mein einziger Vorsatz, ihn nicht wissen zu lassen, wie sehr ich an seiner Abfuhr zu knabbern hatte, mit wehenden Fahnen aus dem Fenstern.

Kian fuhr sich mit beiden Händen durch seine Haare und legte den Kopf in den Nacken, als würde ihn die ganze Situation maßlos überfordern. Ich wusste, dass ich ihn nicht so anstarren sollte, aber mein Blick war wie magisch von seinen geschwungenen, vollen Lippen angezogen, die im krassen Kontrast zu seinem kantigen Gesicht standen. Genauso wie die langen vollen Wimpern, die seinen Augen etwas Sanftes gaben, obwohl sie mich dunkel und distanziert ansahen.

Moment. Sie sahen mich an? Das hieß, er sah mich an! Und das bedeutete, er hatte mich dabei beobachtete, wie ich ihn ganz offensichtlich abgescannt hatte. Mein Gehirn sendete eindeutige Signale, dass ich den Blick abwenden sollte, aber mein Gesicht gehorchte nicht. Stattdessen starrte ich jetzt auf seinen Bart, der seit gestern gewachsen zu sein schien. Ich sah, wie seine Lippen sich bewegten, aber ich hörte nicht, was er sagte. Auch als er wieder verstummte und seine Augenbrauen zusammenzog, als würde er angestrengt darüber nachdenken, warum bei diesem Mädchen vor ihm jemand Standbild gedrückt hatte, konnte ich mich immer noch nicht bewegen. Kurz gesagt, ich machte mich lächerlich.

»Hey Addie, ich hab's nicht mehr ausgehalten, ich … Oh!« Einzig und allein Rylans laute Stimme brachte mich dazu, den Blick abzuwenden. Ich kam mir vor wie in einem Déjà-vu. Genau wie gestern platze sie dazwischen, während ich den gleichen Typen anschmachtete, als hätte er mir nicht vor nicht einmal vierundzwanzig Stunden eine Abfuhr erteilt. Im Gegensatz zu gestern war ich heute aber dankbar für die Unterbrechung.

»Oh, kommt schon, das mit euch ist ja fast wie im Film.« Rylan sah amüsiert zwischen uns hin und her. Bevor sie noch etwas Peinliches hinzufügen konnte, schlang ich meine Hand um ihren Unterarm.

»Rylan, das ist Kian. Er arbeitete ab heute hier.« Augenblicklich wurden ihre Augen größer, und ich hätte schwören können, dass ihr Mund wie in Zeitlupe aufklappte.

»Kian, das ist Rylan, meine Mitbewohnerin.«

Mit ein paar Sekunden Verzögerung bemühte er sich um ein Lächeln und hielt ihr die Hand hin. Nicht ohne einen schnellen Blick auf mich zu werfen, so als sei ihm gerade klar geworden, dass Rylan die Story von letzter Nacht höchstwahrscheinlich kannte.

»Rylan? Hey, was machst du hier?« Als wäre die Situation nicht schon verrückt und unwahrscheinlich genug gewesen, gesellte sich in diesem Moment auch noch der Typ, der Kian eben noch so aufmunternd angegrinst hatte, zu unserer Runde und zog Rylan in eine kurze Umarmung. Dann ging sein Blick zu mir und sein Lächeln wurde breiter. »Und du bist Addie!«, stellte er fest.

Als ich nicht sofort antwortete, fügte er hinzu: »Wir haben uns auf der Homecoming-Sommerparty kennengelernt. Ich bin Blake.«

Sein Gesicht sprühte geradezu vor Sympathie und es tat mir wahnsinnig leid, dass ich mich kein bisschen an ihn erinnern konnte. Eigentlich konnte ich mich an so gut wie gar nichts von dieser Party erinnern. Ich wollte gerade nicken und einfach so tun, als wüsste ich, wovon er sprach, als er auflachte.

»Ich glaube, das ein oder andere Bier war wohl schlecht an diesem Abend.« Er zuckte mit den Schultern. Es schien ihm nicht im Geringsten zu stören, dass ich keine Ahnung von seiner Existenz hatte.

Ich musste Rylan später unbedingt zu ihm befragen, denn augenscheinlich kannten sie sich besser. Er war auch aus der Nähe ziemlich attraktiv. So groß wie Kian, wenn auch viel schmaler. Dafür hatte er beneidenswerte Grübchen, wenn er lächelte, und die glänzendsten schwarzen Haare, die ich je gesehen hatte. In seinen mandelförmigen Augen lag etwas Amüsiertes, als er mir zuzwinkerte. Mir war klar, dass ich auch ihn viel zu lange angestarrt hatte. Es fühlte sich an, als würde mein Gehirn heute so zäh wie Kaugummi arbeiten.

Als ich mich wieder Rylan zuwenden wollte, streifte mein Blick den von Kian. Er hatte eine Augenbraue nach oben gezogen und sein Mund schien sich nicht entscheiden zu können, ob er lächeln sollte, sodass nur ein Mundwinkel ein kleines Grinsen andeutete. Ich spürte, wie meine Wangen heiß wurden. Kian musste mich für eine vollkommen verpeilte Prinzessin halten, die nur wegen der Partys am College war. Erst erzählte ich ihm eine Geschichte von Vampir-Märchenprinzessinnen, nur um dann zu versuchen, ihn zu beißen, und heute erfuhr er, dass ich mich nicht einmal mehr an seinen Kumpel erinnern konnte, den ich vor knapp zwei Monaten getroffen hatte. Ich hatte das Gefühl, mich so sehr zu verkrampfen, dass die Teetasse in meiner Hand zu zittern anfing, je länger ich seinen Blick auf mir spürte.

»Wieso steht ihr denn noch hier, Kinder? Setzt euch hin. Addie, du kannst ruhig noch etwas essen, bevor du anfängst.« Noch nie war ich so froh gewesen, dass Viola Fanning neben mir auftauchte, die uns zu einem der Erkertische scheuchte. Rylan und Blake setzten sich sofort fröhlich plappernd in Bewegung, aber ich merkte, dass Kian zögerte.

»Ihr könnt ruhig schon gehen, Viola. Ich habe alles im Griff«, sagte ich zu ihr. Zwar fühlte es sich im Moment alles andere als so an, als hätte ich alles im Griff, aber ich konnte diese Spannung zwischen mir und Kian nicht länger ertragen. Wenn ich mich jetzt neben ihm auf die Bank gesetzt hätte, wäre es für mich noch viel peinlicher gewesen. Er hätte gemerkt, wie sehr ich mich zu ihm hingezogen fühlte, und ich hätte gemerkt, wie viel Ablehnung er mir entgegenbrachte.

»Keine Widerrede, du bist sowieso so blass heute, Schätzchen. Ich habe dir schon einen Teller hingestellt.« Sie tätschelte mir die Wange und ich wusste, dass ich tun würde, was sie sagte.

Als Mrs. Fanning wieder hinter den Tresen geschlüpft war, weil sich das Café langsam füllte, merkte ich, dass Kian immer noch in meiner Nähe stand und mich ansah. Sein Blick war rastlos und wirkte so, als fühlte er sich wahnsinnig unwohl. Wollte er mir hier und jetzt eine Abfuhr erteilen, damit ich gar nicht erst auf die Idee kam, ihn auf gestern Nacht anzusprechen?

»Addison, ich …« Er machte einen Schritt in meine Richtung, im gleichen Moment, als ich zum Sprechen ansetzte. Er presste seine Lippen aufeinander und deute mir mit einer Handbewegung an, weiterzureden.

»Spar mir bitte deinen ›Ich weiß nicht, was gestern in mich gefahren ist‹-Spruch.« Die Worte kamen zickiger aus meinem Mund als beabsichtigt, und auch in Kians Gesicht zeichnete sich Überraschung ab.

»Ich, ähm …« Er brach ab und fixierte einen Punkt auf dem Boden.

Als ich seinen Blick folgte, wusste ich, was er anstarrte. Ich hatte es tatsächlich geschafft, zwei verschiedenfarbige Socken anzuziehen. Na toll. Ich sah sowieso schon furchtbar mitgenommen aus, aber ein pinker und ein weißer Socken waren wirklich die Krönung.

Als Kian seinen Kopf wieder zu mir drehte, war sein

Ausdruck zu meiner Überraschung eine Spur weicher. »Ich
… Keine Ahnung. Ich wusste nicht, dass du hier arbeitest.«
Er kratzte sich an seinem Bart.

»Sonst was? Sonst hättest du mich nicht geküsst oder
sonst hättest du mich nicht sitzen lassen?« Verflucht sei
meine Unfähigkeit, solche Fragen unausgesprochen zu
lassen. Vor allem solche, auf die ich die Antwort nicht
hören wollte. »Vergiss, dass ich gefragt habe«, fügte ich deshalb noch hinzu, obwohl er nicht unbedingt so aussah, als
wollte er mir eine Antwort geben.

Für einen kurzen Augenblick hatte ich das Gefühl, dass
sein Blick zu meinen Lippen wanderte und für den Bruchteil einer Sekunde dort hängen blieb. Dann machte er noch
einen Schritt auf mich zu, und als er so nah bei mir stand,
dass ich seine Wärme spüren konnte, schoss mir das Blut
wieder in den Kopf. Mein Körper konnte sich in seiner
Nähe nicht entscheiden, ob er schüchtern oder direkt und
selbstbewusst sein sollte. Wäre letzte Nacht nicht passiert,
würde ich mir diese Frage garantiert nicht stellen.

»Nein.« Er hauchte dieses Wort, während er sich nur für
eine Sekunde zu mir beugte, sodass ich ihn auch wirklich
verstehen würde. Ich atmete seinen frischen Duft nach
irgendeiner Zitrusfrucht ein und genau diesen Moment der
Ablenkung nutzte er, um sich umzudrehen und sich zu
Rylan und Blake an den Tisch zu setzten.

Was zum Teufel sollte das Nein bedeuten? Das war
keine Frage, auf die man einfach mit Nein antworten
konnte. Ich hätte es besser wissen sollen. Man sollte Männern immer nur eine Frage nach der anderen stellen, sonst
beantworteten sie nur eine davon. Und das Schlimmste
daran war, dass ich keine Ahnung hatte, welche er meinte.

»O mein Gott, Addie was ist da gerade zwischen euch

passiert? Die Spannung zwischen euch war so enorm, dass es mir fast unangenehm war, zuzuschauen.« Rylan hatte die paar Sekunden, in denen Kian zum Tisch gegangen und sich neben seinen Kumpel gesetzt hatte, genutzt und war zu mir gekommen.

»Ich habe genau gesehen, wie sehr du die Show genossen hast. Dir war überhaupt nichts peinlich.«

Rylan schob mich sanft Richtung Tisch, so als hätte sie Angst, ich könnte mich davonschleichen. »Das ändert nichts daran, dass er dich angesehen hat, als wärst du die einzige Frau dieser Welt, die für ihn existiert.« Sie fand wie immer sehr blumige Worte. »Es ist, als hätte das Universum einen besonderen Plan für euch. Warum sonst sollte ausgerechnet der ultra-heiße Bibliothekstyp dein neuer Kollege werden. O mein Gott, weißt du überhaupt, wie viel Zeit ihr allein verbringen werdet? Ich hoffe, ihr kommt überhaupt noch zum Arbeiten.«

»Zuallererst bezweifle ich, dass das Universum so großes Interesse an mir hat. Und außerdem ist er nur durchschnittlich heiß.«

Rylan lachte trocken auf und schüttelte den Kopf. Sie wusste ganz genau, dass der letzte Satz eine dreiste Lüge war. Kian war auf jeden Fall in der Top drei der heißesten Männer, mit denen ich je geredet hatte.

Ich war eigentlich keine besonders spirituelle Person, aber als ich neben ihm saß und seine Präsenz neben mir spürte, gab es nur eine einzige Sache, an die ich denken konnte: Kian würde ein verdammter Plot-Twist in meiner persönlichen Geschichte werden. Ich konnte nur hoffen, dass es ein guter war.

10

Kian

Ich verfluchte Blake dafür, dass er mir von allen Cafés und Restaurants auf dem riesigen Campus ausgerechnet einen Job in diesem hier ausgesucht hatte. Ich verfluchte Addison dafür, dass sie es schaffte, mich verrückt zu machen, obwohl sie nichts anderes tat, als sie selbst zu sein. Und zu guter Letzt verfluchte ich mich selbst dafür, ein Idiot zu sein. Ihr gegenüber und überhaupt. Und dass nur weil ich Angst vor ihrer Art bekam, mit der sie mir direkt unter die Haut ging.

Ich hätte ihr sagen sollen, dass ich sie nicht geküsst hätte, wenn mir schon klar gewesen wäre, dass wir zusammenarbeiten würden. Nicht weil es die Wahrheit war, sondern weil es für mich einen Ausweg bedeutet hätte. Sie hätte verstanden, dass es Sinn machte, nicht mit Kollegen anzubändeln, und ich hätte ihr nicht erklären müssen, warum zwischen uns nicht mehr passieren durfte als dieser eine Kuss.

Aber als sie so vor mir stand mit ihren außergewöhnlichen, grauen Augen, die mich anfunkelten und mir unmissverständlich klarmachten, dass ihr der Kuss genauso nachhing wie mir, war der rationale Teil meines Gehirns wie blockiert. Ihre vollen Lippen nur anzusehen, löste in

93

mir das dringende Bedürfnis aus, sie wieder zu küssen. Sie sah heute mindestens genauso schön aus wie als Vampir-Prinzessin, aber es war etwas anderes, das mich an ihr anzog. Sie strahlte ganz mühelos eine wahnsinnige Energie aus. Etwas, das ich normalerweise mied wie der Teufel das Weihwasser. Bei ihr aber war es anders. Sie hatte unbestreitbar einiges an Temperament, aber gleichzeitig umgab sie eine Ruhe, die ich mir nicht erklären konnte. Sie freundete sich innerhalb von Minuten mit Blake an und wenn sie sprach, sprühte ihr ganzes Gesicht, ihr ganzer Körper voller Leben. Sie sprach nicht nur mit ihrem Mund. Sie bewegte jeden Muskel ihres Gesichts und wenn sie lachte, konnte man es als erstes in ihren Augen sehen. Ihr Oberschenkel streifte meinen immer wieder wie zufällig, und jedes Mal kämpfte ich mit dem Verlangen, ein paar Zentimeter näher an sie heranzurücken, nur um ihre Nähe zu spüren.

Dieses Gefühl, sie unbedingt in meiner Nähe haben zu wollen, war neu für mich. Bis jetzt hatte ich noch nie das Bedürfnis gespürt, ein Mädchen besser kennenzulernen. Ich wollte keine Beziehung. Nicht einmal eine Freundschaft Plus. Wenn überhaupt wollte ich eine Freundschaft Minus. Nur Sex ohne die ganze Freundesgeschichte. Auch wenn ich den Spaß an Partys verloren hatte, galt das nicht für den Spaß am Sex. Bis jetzt hatte ich auf dem Campus der *Elbury University* auch noch keine Probleme gehabt, Mädels zu finden, denen es genauso ging. Ich war keiner von den Kerlen, die so taten, als wüssten sie nicht, dass sie auf einen beachtlichen Teil der Mädchen attraktiv wirkten. Dennoch hatte es mich anfangs noch erstaunt, wie einfach es war, sie ohne besonders viel Konversation ins Bett zu bekommen. Aber ich hatte sehr schnell gelernt, dass ich einfach nur mein langweiliges, schweigsames und düsteres Selbst sein musste, um attraktiv auf die meisten Partymädels zu wirken. Diese Tatsche hatte ich bis vor ein paar Jahren als Schüler sehr genossen und vor allem ausgenutzt. Jetzt war mein Sexualbedürfnis auf ein ziemlich bedauernswertes Minimum geschrumpft und es war mir einfach nur wichtig, dass die Mädels, mit denen ich ins Bett ging, auch verstanden, dass es sich für mich nur um einen One-Night-Stand handelte.

Mit Addison fühlte ich zum ersten Mal etwas Neues. Ich wusste sofort, dass ich mit ihr nicht nur eine Nacht verbringen könnte. Ich würde mich in ihr verlieren. Das wusste ich spätestens, als meine Zunge mit ihrer gespielt hatte, so als wären sie füreinander gemacht worden. Hätte ich den Kuss nicht unterbrochen, wäre ich jetzt schon verloren. Mein Körper wehrte sich mit aller Macht gegen den Gedanken, sie auf Abstand zu halten, aber mein Verstand wusste genau, dass es das Richtige war.

Sie verdiente es nicht, dass ich mit meinem verkorksten Leben daherkam und ihre bunte Welt erschütterte. Sie wirkte auf mich nicht so, als würden sie besonders viele Probleme davon abhalten, ihr Leben zu genießen. Noch viel weniger verdiente aber ich jemanden wie sie in meinem Leben. Früher oder später wäre es sowieso eine Lose-Lose-Situation für mich geworden. Spätestens wenn ich ihr von Avery und dem, was ich ihr angetan hatte, hätte erzählen müssen, würde sie für immer aus meinem Leben verschwinden. Ich hätte es ihr nicht verübeln können, schließlich fiel es mir an den meisten Tagen schon schwer genug, mit mir selbst klarzukommen. Aber was, wenn ich dann zu egoistisch wäre, sie wieder gehen zu lassen? Was, wenn ich es dann nicht mehr könnte?

Mit ihr ab sofort zusammenzuarbeiten, machte diese Mission nicht leichter. Noch eine Stunde zuvor hatte ich gedacht, dass die Chemievorlesungen unsere einzigen Berührungspunkte sein würden, und ich war gut genug auf dieses Semester vorbereitet, sodass ich, wenn nötig, die Skripte zu Hause hätte durchkauen können.

Vielleicht wäre es aber auch einfacher geworden, sie von mir fernzuhalten. Vielleicht hätte sie gemerkt, dass wir rational betrachtet überhaupt nicht kompatibel waren.

Allein diese Situation, wie wir hier alle zusammen am Tisch saßen, sprach Bände. Es wirkte, als wären die drei alte Freunde, die jeden Sonntag den Nachmittag zusammen verbrachten. Sie redeten, lachten und schmiedeten Pläne. Ich hingegen kam mir vor, als wäre ich eine Art Geist, der stumm dabei zusah, wie drei Freunde vom College einen normalen Sonntagnachmittag verbrachten.

So ähnlich fühlte ich mich schon, seit ich mein Studium hier begonnen hatte. Solange ich mich in meiner gewohnten Umgebung befand und sich meine sozialen Kontakte auf Blake beschränkten, fühlte ich mich ganz wohl in meiner Haut. Ich konnte mich auf mein Studium konzentrieren, um wenigstens etwas in meinem Leben zu haben, das ich nicht in den Sand setzte. Sobald Blake mich aber auf irgendwelche Partys schleifte, wurde ich ohne Alkohol zum sozialen Legastheniker. Ich hatte irgendwann einfach verlernt, wie man Spaß hatte.

Auch jetzt schaffte ich es trotz Blakes Versuchen, mich mit einzubeziehen, kaum, mich am Gespräch zu beteiligen. Während ich nur einzelne Sprachfetzen des Tischgesprächs aufnahm, fragte ich mich mit jeder Minute, die verstrich, was zum Teufel ich eigentlich hier tat. Es war eine Sache, dass ich ab sofort in dem Café arbeiten sollte. Wie groß dieses Problem werden würde, und was ich dagegen tun könnte, würde ich erst in der nächsten Woche wissen. Die andere Sache war, meinen Sonntag hier zu verbringen. »Ich muss los. Eigentlich wollte ich heute noch lernen.« Ich nutzte eine kurze Pause im Gespräch und stand auf, bevor ich es mir anders überlegen konnte. Blake verdrehte schon nach meinem ersten Wort seine Augen und Rylan kniff ihre Augen zusammen, so als würde sie nicht schlau aus mir werden.

»Als würdest du nicht schon genug lernen.« Bevor ich mich endgültig zum Gehen wandte, versuchte Blake mich aufzuhalten.

Natürlich hatte ich genug gelernt. Lernen war das Einzige in meinen Leben, das mir ein Gefühl von Kontrolle gab. Blake wusste das, trotzdem ließ er keine Gelegenheit aus, mir klarzumachen, dass ich endlich aufhören musste, mich selbst zu bestrafen. Aber leider konnte ich die Zeit nicht zurückdrehen und deshalb wollte ich gerade nichts anderes, als mich hinter meinen Büchern zu verkriechen.

»Sorry, ich muss wirklich nach Hause.« Ein Teil von mir wollte das Gegenteil sagen. Besonders als Addison sich neben mir erhob und von der Bank rutschte. Ich hatte es bis jetzt vermieden, sie anzusehen. Als ich ihr nun in die Augen sah, wusste ich sofort, warum. Sie sah mich an, als könnte sie direkt in mein Innerstes blicken.

Ich spürte Blakes und Rylans Blicke auf mir, aber ich konnte meinen nicht von Addisons Augen losreißen. Was zum Teufel stellte sie mit mir an? Und noch viel wichtiger: Wie konnte ich sie davon abhalten?

Wie auf Kommando meldete sich plötzlich mein Telefon. Der gleiche Ruck, der durch meinen Körper ging, durchfuhr auch Addison, die sich jetzt langsam abwandte und anfing, benutztes Geschirr abzuräumen. Ich beobachtete sie noch aus den Augenwinkeln, solange bis ich sah, von wem die Nachricht war, die sich gerade angekündigt hatte.

Avery: Kannst du bitte kommen?

Sofort merkte ich, wie sich mein ganzer Körper versteifte, als Averys Nachricht auf meinen Bildschirm aufpoppte. Genau deshalb sollte ich sonntags nicht in irgendwelchen Cafés herumsitzen und so tun, als wäre alles in Ordnung. Ich hatte andere Verpflichtungen. Ich hielt Blake mein Handy mit der Nachricht vor das Gesicht.

»Kian …« Er ging einen Schritt auf mich zu, aber ich unterbrach ihn sofort.

»Schon gut, du kannst ruhig hierbleiben.«

Ich war mir sicher, dass ihn nur die Anwesenheit der anderen davon abhielt, mir seine Meinung zu geigen. Er kannte Avery schon fast genauso lange wie mich, und somit kannte er auch unsere ganze Geschichte. Er machte schon lange keinen Hehl mehr daraus, wie scheiße er mein Verhalten fand. Nicht unbedingt, was Avery betraf, sondern mir selbst gegenüber. Seiner Meinung nach sollte ich endlich aufhören, mein ganzes Leben nach ihren Bedürfnissen auszurichten, und anfangen, mich um mich selbst zu kümmern.

Ich hatte ihm schon unzählige Mal erklärt, dass ihr Leben von meinen Fehltritten bestimmt worden war und ich deshalb kein Recht hatte, sie einfach zu vernachlässigen, nur weil das leichter wäre und ich mich vergnügen wollte.

Ich murmelte eine Verabschiedung und hielt den Blick starr auf das Telefon in meiner Hand gerichtet, als ich wie in Trance auf die Tür zu stolperte. Ich wusste, dass ich wie ein verdammter Freak wirkte, aber das interessierte mich nicht mehr. Mich interessierte nur noch, dass ich schnell hier rauskam. Ich schaffte es gerade noch, Viola Fanning zuzuwinken, die mir ein strahlendes Lächeln zum Abschied schenkte. Es sah so aus, als würde ich in Zukunft von viel zu viel guter Laune umgeben sein.

»Ist alles in Ordnung?«

Ich war so tief in meinen Kopf gefangen, dass ich nicht einmal gemerkt hatte, wie mir Addison in den kleinen Vorraum zur Tür gefolgt war. Als ich mich zu ihr umdrehte, hatte sie wieder diesen Blick in ihrem Gesicht, von dem ich hätte schwören können, dass sie genau in meinen Kopf blicken konnte.

»Kian?« Ihre Stimme war sanft, als sie einen Schritt auf mich zukam. Sie hob ihre Hand, als wollte sie mich am Arm festhalten, ließ ihn aber wieder sinken, bevor sie mich berührte.

»Ich kann nicht, Addison. Das ist nicht richtig.« In ihren Augen lagen so viele Fragen. Vielleicht auch ein Hauch Enttäuschung. »Ich muss weg. Wir sehen uns.« Ich hätte ihr gern eine bessere Erklärung gegeben. Ihr gesagt, dass sie nicht der Grund war, warum ich ihr auf keinen Fall näherkommen konnte, aber ich konnte es nicht.

Als ich mich im Türrahmen noch einmal umdrehte, stand sie immer noch da und starrte mich an. Und zum ersten Mal seit so vielen Jahren überkam mich ein neues Gefühl. Normalerweise war mein ganzer Körper darauf gedrillt, Avery über alles zu stellen, aber nur ein Blick in Addisons Gesicht reichte, um mich zögern zu lassen. Es kostete mich Überwindung, die Glastür hinter mir zu schließen. Nur für einen kurzen Moment ließ ich meine Hand an der Türklinke und starrte zurück in Addisons graue Augen. Ich war mir immer noch sicher, dass ich gegen die Anziehung kämpfen musste, aber mit jedem Blick, den dieses Mädchen mir zuwarf, wurde mir klarer, dass es so viel schwerer werden würde als gedacht.

Mein Handy hörte nicht auf, zu vibrieren, während ich die kleinen Stufen hinunterlief und mich sofort auf den Weg durch den Park machte. Verwundert warf ich einen Blick auf das Display, denn ich konnte mich nicht daran erinnern, wann Avery zuletzt angerufen hatte. Für sie war das Schreiben einer Textnachricht schon das höchste der Gefühle. Als ich den Namen des Anrufers auf dem Display sah, verharrte ich einen Augenblick in meiner Position. Ich umklammerte das Telefon in meiner Hand, sodass es mich nicht gewundert hätte, wenn die Hülle sofort in zwei Teile zerbrochen wäre.

»Mom?« Für den Bruchteil einer Sekunde hatte ich darüber nachgedacht, einfach nicht abzuheben, so wie ich es normalerweise machte.

Meine Mutter und ich hatten ein stilles Übereinkommen, uns gegenseitig aus unseren Leben rauszuhalten, weshalb sie nur sehr unregelmäßig versuchte, mich zu kontaktieren. Ich konnte sogar den Tag festmachen, an dem sich das Verhältnis zu meinen Eltern rapide verschlechtert hatte. Es war der Tag, an dem ich einen Fuß in meine neue High School gesetzt hatte.

Ich könnte jetzt eine Geschichte erzählen, eine, die man von den meisten hörte, die nur in Ausnahmefällen vom College nach Hause fuhren. Dass meine Eltern mich unter Druck gesetzt hatten, jemand zu sein, der ich nicht war. Dass sie mich vernachlässigt oder benachteiligt hatten. Dass sie wahlweise zu überinteressiert oder zu desinteressiert an meinen Leben waren. Aber nichts davon würde der

Wahrheit entsprechen. Das Problem, das auf der Beziehung zu meinen Eltern lastete, war ganz allein ich. Ich hatte Scheiße gebaut und nicht sie. Sie waren vielleicht Perfektionisten, aber dafür, dass ich unser ganzes Leben auf den Kopf gestellt hatte, konnten sie absolut gar nichts, und um ehrlich zu sein, hatten sie auch nichts von dem, was passiert war, verdient.

»Kian, hörst du mich?« Sie klang verwundert, dass ich wirklich abgehoben hatte. Nach ein paar Momenten des Schweigens sprach sie weiter. »Avery ist bei uns.« Ich hatte den Park noch nicht verlassen, aber ich verlangsamte meine Schritte und blieb stehen.

Dass Avery bei meinen Eltern war, kam so gut wie gar nicht mehr vor, seit sie alles daran gesetzt hatten, sie dazu zu bewegen, sich in eine therapeutische Anstalt einweisen zu lassen. Damals hatte ich meine Eltern noch angeschrien, weil sie sich geweigert hatten die Konsequenzen, die dieser Schritt mit sich brachte, zu sehen. Rückblickend gesehen, waren ihre Gründe nicht ganz so ignorant, wie ich gedacht hatte, aber die Konsequenzen waren dieselben gewesen. Ich hörte meine Mutter seufzten, aber ich wusste nicht, ob es wegen Avery war oder meinetwegen.

»Ich weiß, dass sie dir geschrieben hat, aber du brauchst nicht herkommen, hörst du? Wir kümmern uns um sie.«

Ich atmete geräuschvoll aus und lehnte mich mit geschlossenen Augen an die kalte Hausmauer. Sollte ich Avery einfach in der Obhut meiner Eltern lassen? Ich rang mit mir, denn eigentlich vertraute sie ihnen nicht.

»Kian, hast du gehört? Es ist Sonntag, also könnte sie hierbleiben. Wir bringen sie morgen zurück.« Meine Mutter klang jetzt eindringlich, so als wollte sie auf keinen Fall, dass ich Avery von ihnen wegholte. Meine Gedanken drehten sich im Kreis und das Einzige, was ich herausbrachte, war ein leises »Okay«.

Einerseits war ich froh, jetzt nicht mehr nach Seattle fahren zu müssen, andererseits machte es mich nervös, Avery bei meinen Eltern zu wissen. Ich war derjenige, der normalerweise für sie verantwortlich war, aber ich fühlte mich gerade viel zu ausgelaugt und leer. Ich wusste nicht, ob mein Körper noch eine durchwachte Nacht ausgehalten hätte.

»Gute Nacht, Kian.« Meine Mutter wartete nicht mehr, ob ich noch etwas zu sagen hatte, und beendete das Gespräch. Sofort schlich sich das schlechte Gewissen in meinem Kopf. Das Gefühl, sie im Stich zu lassen. Vielleicht tat ich das auch, aber ich konnte nicht mehr. Ich musste meine Gedanken zuerst sortieren, bevor ich weitermachen konnte.

Ich überlegte, Blake Bescheid zu geben, aber ein Teil von mir war sich sicher, dass er alles daransetzen würde, mich dazu zu überreden, den Abend im Café zu verbringen. Er wusste, dass ich sowieso nicht schlafen würde, und war der festen Überzeugung, er könne mich zu einem geselligen Studenten machen.

Von Bemühungen dieser Art hatte ich für heute aber erst einmal genug, und ein Gespräch mit meiner Mutter trug nicht gerade dazu bei, mich in einen sozialen oder wenigstens einen normalen Gast zu verwandeln, den man gern in seiner Nähe hatte. Ich befreite mich aus meiner Starre und fing an, den Hügel hinaufzujoggen. Eigentlich musste ich mich nicht beeilen, nach Hause zu kommen, denn wie Blake es so treffend formuliert hatte, hatte ich tatsächlich schon alle Vorlesungen für nächste Woche vorbereitet. Für diese Nacht musste ich mir etwas Neues einfallen lassen, aber je länger ich über den dunklen Campus lief, desto bewusster wurde mir, dass es heute keine Netflix-Serie schaffen würde, meine Gedanken zum Schweigen zu bringen … Um mich von Addison abzulenken. Deshalb zog ich noch während des Laufes mein Handy wieder aus der Tasche und suchte nach einer ganz bestimmten Nummer.

Als ich endlich zu Hause ankam, stand Cassia schon mit einem breiten Lächeln auf dem Gesicht vorm Haus.

»Süßer, du bist ja ganz nass. Da müssen wir wohl erst einmal unter die Dusche.« Sie wickelte sich das Band meines Hoodies um den Finger und streifte mit ihren Lippen mein Ohr entlang.

Cassias beste Eigenschaft war, dass sie sofort zur Sache kam. Sie wollte nicht wissen, warum ich wie ein Irrer im Dunkeln umherlief oder warum ich ihr ausgerechnet heute geschrieben hatte. Das Einzige, das sie interessierte, war, ob ich sie zwei oder drei Mal zum Höhepunkt bringen konnte und ob wir die Wohnung für uns allein hatten. Ich wusste nicht, warum, aber sie hatte eine Vorliebe für Sex in der Küche, und wenn ich sie auf unserem Esstisch vögelte, schrie sie am lautesten. Damit war mein Wissen über Cassia auch schon am Ende.

Ich hatte nicht den blassesten Schimmer, was sie studierte oder wie sie mit Nachnahmen hieß, aber diese Unwissenheit beruhte auf Gegenseitigkeit. Wir hatten uns im ersten Semester kennengelernt und seitdem führten wir eine reine Sexbeziehung. Man brauchte es nicht beschönigen, so wie Blake es gern mit seinen Bekanntschaften tat.

Es war nicht mehr und nicht weniger und das war genau das, was ich wollte und brauchte: Ablenkung – und einen Orgasmus.

11

Kian

»Vergiss nicht: heute 15:30 Uhr im Café. Und versuch wenigstens, die Augen offen zu halten.« Blake hatte montags keine Vorlesungen und widmete diesen Tag normalerweise seiner Gitarre. Heute allerdings fand er es wichtiger, meine Ruhe beim Mittagessen zu stören.

»Ja, Blake, ich weiß.« Seit wir uns vor zehn Minuten mit unserem undefinierbaren Auflauf, der zum Glück mit einer dicken Schicht aus Käse überbacken war, an einen freien Tisch in einer der großen Mensen gesetzt hatten, war dieser Satz die Antwort auf so gut wie alles, was mein Kumpel mir zu sagen hatte.

Er war am Abend zuvor genau dann nach Hause gekommen, als Cassia sich verabschiedet hatte, und hatte für ihren Besuch nur ein müdes Augenrollen übriggehabt. Hätte er gewusst, dass ihr nackter Arsch kurz davor noch über den Tisch, an dem er normalerweise seine Pizza aß, gerutscht war, hätte er wahrscheinlich gestern schon mehr dazu zu sagen gehabt. Heute drängte er mir seine Meinung aber ungefiltert auf und so stocherte ich zwischen verkochten Kartoffeln und Bohnen mit einer fragwürdigen braunen Farbe auf meinem Teller herum und ließ mich von ihm belehren.

»Addison hat dein plötzlicher Abgang ziemlich verwirrt.«

Zum ersten Mal hob ich meinen Blick. »Und wieso genau meinst du, dass es wichtig ist, was Addison von meinem Verhalten hält?« Bevor er etwas antworten konnte, hob ich meine Gabel. »Es ist mir sowas von egal, und du weißt genau, warum.« Durch meine ruckartige Bewegung flog eine Bohne direkt auf Blakes Arm.

»O bitte! Es ist dir sowas von nicht egal, was sie von dir denkt. Man könnte es direkt vom Weltall aus sehen, so groß ist der Teil von dir, dem es nicht egal ist.« Er steckte sich die Bohne unbeeindruckt in den Mund und verschränkte die Arme vor der Brust. »Und hör auf so dramatisch zu seufzen, du tust gerade so, als wären wir in einer Seifenoper.«

Allein als Antwort auf diese Aussage hätte ich gern noch einmal geseufzt, aber stattdessen schob ich mir eine Gabel voller Käse, der sich leider weder nach Käse anfühlte noch so schmeckte, in den Mund, um etwas zu tun zu haben. »Wären wir in einer Seifenoper, müssten wir uns garantiert nicht mit diesem Mensaessen zufriedengeben und du wärst wahrscheinlich schon lange den Serientod gestorben.«

»Pff, wären wir in einer Seifenoper, wäre ich die Hauptperson und du mein bedauernswerter Sidekick, bei dem jede Handlung mit komischer Musik hinterlegt wird.« Blake fing an zu grinsen. Zuerst dachte ich, dass er sich selbst unglaublich lustig findet, aber dann merkte ich, dass seine plötzliche Freude jemanden hinter mir galt.

»Hey, Jungs.« Chase schlug mir von hinten auf die Schulter, sodass mir fast die Gabel in den Teller fiel, und ließ sich geräuschvoll neben mich auf die Holzbank fallen, die sehr verdächtig knarzte.

Wie alles an dieser Universität, war auch die Mensa uralt und nur notdürftig renoviert. Nicht weil es der Uni an Geld mangelte, sondern weil der originale Charme so gut wie möglich beibehalten werden sollte. In den meisten Gebäuden funktionierte das auch ganz gut, aber in der Mensa war es definitiv nicht der Fall. Die alten Holzbänke waren die unbequemsten Sitzgelegenheiten am ganzen Campus. Sie sahen zwar massiv aus, aber man merkte trotzdem, wie instabil sie waren, wenn mehr als eine Person darauf saß. Insbesondere wenn diese Person Chase war, der aus geschätzten hundert Kilo reinen Muskeln bestand. Mich würde man wahrscheinlich auch nicht als schmächtig bezeichnen, aber meine Sportarten waren vor allem Laufen und Wandern, was meine Muskeln in hundert Jahren nicht einmal annähernd so groß machen würde. Er aß natürlich nichts von den hier angebotenen Essensoptionen, sondern hatte sein eigenes Essen dabei, was hauptsächlich aus Hühnchen bestand. Chase war im Hockeyteam und hatte eine unglaubliche Disziplin, was seinen Körper betraf. Neben dem fast zwei Meter großen und beinahe genauso breiten Riesen fühlte ich mich, als würde ich unsichtbar werden. Ein Gefühl, das die meisten wohl als negativ empfinden würden, für mich aber gerade recht kam. Jetzt würde sich Blake nämlich voll und ganz auf ihn konzentrieren, statt mir Vorträge über meine Verfehlungen von letzter Nacht und überhaupt im Leben zu halten.

»Vergiss es, er hat dir nicht mal zugehört.«

Als ich zusammenzuckte, sah Blake mich abwartend an, während Chase vor meinem Gesicht mit den Fingern schnippte.

»Sorry, was?« Ich ignorierte Blake und wandte den Kopf zu Chase.

»Ob du am Freitag mit in *Die Hütte* kommst, wenn Blake spielt?« Chase sah mich an, als würde er fest mit einer Zusage rechnen, er wusste, wie eng meine Freundschaft zu Blake war.

»Alter, wieso hast du mir nicht gesagt, dass du einen Auftritt hast?« Ich konnte sehen, wie glücklich er darüber war. »Wahrscheinlich, weil du in unserer persönlichen Seifenoper im Moment die ganze Aufmerksamkeit bekommst.«

Ich wusste, dass er es mir nicht übelnahm, wenn ich mich zu sehr in meine eigene Welt zurückzog. Wir hatten beide manchmal einfach genug mit unseren eigenen Problemen zu tun und kannten uns lang genug, als dass wir es dem anderen zum Vorwurf machten.

»Wir haben lauter unbekannte Künstler gebucht, aber Blake ist natürlich unser Hauptakt.« Chase lächelte Blake an, als wäre er *sein* persönlicher Hauptakt und ich konnte sehen, wie Blakes Wangen sich rosa färbten.

Die Hütte, wie Chase sie so bescheiden beschrieb, war eine überdimensionale und moderne Villa auf einem enormen Grundstück im Wald, etwa zwanzig Minuten außerhalb von *Elbury Park*. Sie gehörte Chases Familie, die sie aber nie nutzte. Nicht weil sie nicht komfortabel, schön oder groß genug wäre, sondern weil sie schlichtweg viel zu viele Häuser und viel zu wenig Zeit hatten. Sehr zur Freude von Chase, an dem ein Partyplaner verloren gegangen war. Er war nicht nur für die legendären Partys in seinem Verbindungshaus verantwortlich, sondern organisierte in der Waldvilla auch regelmäßig Events, die nichts mehr mit einer normalen Collegeparty zu tun hatten – abgesehen von dem Alkohol in Plastikbechern, den Bierpong-Spielen und natürlich den Studenten, die dort feierten.

»Also, bist du dabei?«

Blake war der Einzige, für den ich freiwillig über meinen Schatten sprang. Er war schließlich auch mein bester und ältester Freund, der das Gleiche und noch viel mehr für mich getan hätte. Also egal, wie unwohl ich mich fühlen würde, ich würde meinen Arsch nicht wegbewegen, bis Blake die Bühne verlassen hatte.

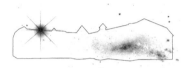

Es war erst kurz nach 15:00 Uhr, als ich für meine erste Schicht am *Elbury's Mug Café* ankam. Allerdings war ich nicht der Erste, denn Addisons grünes Fahrrad lehnte schon an der Mauer. Sie hielt es wohl nicht für nötig, es abzuschließen, denn es stand hier wie auf dem Präsentierteller.

Das Café lag in einem alten Backsteingebäude, direkt am *University Park*, wo sich normalerweise immer viele Studenten tummelten. Heute war es allerdings kalt und ungemütlich und deshalb so gut wie leer. Schon als ich an den großen Fenstern vorbei zur Eingangstür ging, sah ich, dass es auch drinnen wie ausgestorben war. Es war allerdings auch mitten am Tag, und im Gegensatz zu mir und ganz offensichtlich Addison hatten die meisten unserer Kommilitonen um diese Zeit noch Vorlesungen. Als ich durch die Eingangstür trat, wurde ich von warmer Luft und dem Duft nach Kaffee, Zimt und brennenden Kerzen begrüßt, aber nicht von Addison, die das Klingeln der Tür eigentlich hätte hören müssen. Ich war nervös bei dem Gedanken, dass ich den ganzen Nachmittag und Abend mit ihr verbringen würde. Mein bescheuerter Kopf konnte sich nicht damit abfinden, Addison als das zu betrachten, was sie war: eine Kommilitonin und Kollegin. Nichts weiter. Überhaupt *gar nichts* weiter!

Ich ging ein paar Schritte auf den Tresen zu und lauschte, ob ich sie vielleicht hörte, aber außer der Gitarrenmusik war es ruhig im Laden. Nachdem ich mich ein paar Momente unschlüssig umsah – was unnötig war, denn man konnte von hier aus locker das ganze Café überblicken –, ging ich um den Tresen herum auf die Küche zu. Ich arbeitete jetzt schließlich hier, daher konnte mich das Nur-für-Personal-Schild nicht davon abhalten, die Tür zu öffnen, um nicht mehr wie ein Idiot herumzustehen.

»Was machst du da?«, fragte ich.

Addison saß mit ihrer Schürze auf den Küchenboden und starrte auf einen Berg von losen Blättern und Büchern.

Ihre langen Haare wurden von einem Haarband aus dem Gesicht gehalten. Es war zwar schwarz und am Oberkopf zusammengeknotet und hatte recht wenig mit der roten Schleife von ihrem Kostüm zu tun, aber trotzdem schossen mir Bilder von der Nacht der Halloweenparty durch den Kopf. Vielleicht lag es aber auch an Addison selbst und ihr Haarband hatte absolut nichts damit zu tun. Anscheinend hatte sie mich wirklich nicht gehört, denn sie zuckte zusammen und starrte mich entgeistert an. Erst langsam schien sie sich zu erinnern, dass ich ab heute hier arbeitete.

»Offensichtlich dachte ich, ich wäre noch eine Weile ungestört.« Ihr scharfer Ton ließ mich zusammenzucken. »Sorry, war nicht so gemeint. Ich versuche nur, den Kampf gegen meine Chemieunterlagen zu gewinnen.« Sie schien zu merken, wie ich mich versteifte, denn sie fing sich wieder und ihre Gesichtszüge wurden weicher.

»Vielleicht solltest du in Erwägung ziehen, in den Vorlesungen besser aufzupassen, dann wäre Chemie auch nicht so ein angsteinflößender und schwieriger Kampf für dich.« Ich realisierte erst, nachdem die Worte meinen Mund verlassen hatten, wie sie sich für Addison anhören mussten. Ich bemühte mich, zu lächeln, um der Aussage ihre Schärfe zu nehmen. »Tut mir leid, war auch nicht so gemeint«, fügte ich deswegen noch hinzu.

Addison machte immer noch keine Anstalten aufzustehen und zuckte nur mit den Schultern. »Vielleicht solltest du dich mal entscheiden, ob du nett zu mir sein willst oder nicht. Deine Stimmungsschwankungen sind echt anstrengend.« Sie legte den Kopf schief, als würde sie versuchen, zu erkennen, was gerade in meinem Kopf vorging.

»Was heißt denn hier meine Stimmungsschwankungen? Ich kenne dich erst seit ein paar Tagen und habe schon jetzt aufgehört zu zählen, wie oft du mir einen sarkastisch-aggressiven Kommentar an den Kopf geworfen hast, nur um mich kurz darauf wieder anzustrahlen, als wäre ich dein persönlicher Superheld.« Für einen Moment starrte sie nur zu mir hoch und sah dabei so anziehend aus, dass ich mich am liebsten zu ihr auf den Boden gesetzt und sie auf mich gezogen hätte.

Dann aber realisierte ich, was ich gerade zu ihr gesagt hatte, und wollte mir am liebsten beide Hände vors Gesicht schlagen. Persönlicher Superheld? Ernsthaft? Das fing ja gut an.

»Sorry. Ich … ich habe einfach ein bisschen viel um die Ohren.« Zum zweiten Mal zuckte sie mit den Schultern und rappelte sich auf.

»Wieso bist du eigentlich jetzt erst in meinem Kurs? Ich kann mich nicht daran erinnern, dich letztes Jahr gesehen zu haben.« Ich wollte ihr gerade helfen, ihre Unterlagen vom Boden aufzusammeln, als sie sich fast unmerklich bei dieser Frage versteifte.

»Ich hatte … ein paar Entscheidungsschwierigkeiten, was meine Hauptfächer betrifft. Und naja … noch ein, zwei Sachen neben dem Studium, die ziemlich viel Aufmerksamkeit fordern.«

Nur zu gern hätte ich nachgefragt, was genau diese Sachen waren, aber ich musste mich daran erinnern, dass es mich überhaupt nicht zu interessieren hatte. Je weniger ich über sie wusste, desto besser.

Als wir uns beide nach dem Chemiebuch bückten, spürte ich ihre weichen Haare an meiner Hand, die einen wahren Backflash auslösten. Zurück zu unserem Kuss, wie ich meine Hände in ihren dicken Haaren vergraben hatte, um ihr noch näher zu sein. Wie weich sich die Haut an ihren Oberschenkel unter meinen rauen Händen angefühlt hatte und wie gut meine Lippen auf ihre gepasst hatten … Ich hatte die Kontrolle sofort verloren, als sie sich im nassen Gras zu mir gelehnt hatte. So als hätte ich keinen Einfluss mehr auf meinen eigenen Körper. Auch jetzt fühlte ich mich stärker zu ihr hingezogen als ein Kind zu den Süßigkeiten an Halloween.

Ich ging ein paar Schritte zurück, um Abstand zwischen uns zu bringen, und stieß rückwärts gegen den Edelstahltresen, was Addison ein weiteres Mal dazu brachte, den Kopf schiefzulegen. Sie merkte wahrscheinlich gar nicht, dass sie das tat, wenn sie nachdachte.

Ich muss es nur schaffen, den Abstand zwischen uns zu wahren, dann wird ihre Nähe kein Problem sein, redete ich mir ein. Ich durfte sie nur nicht berühren, ihr zu lange in die Augen schauen oder ihren Duft einatmen. Dann wäre alles in Ordnung.

Die kleine Küche, in der wir uns zwangsläufig räumlich näherkommen mussten, stellte dafür allerdings ein Problem dar. Ein weiteres Problem war, dass Addison von Abstand immer noch überhaupt nichts hielt, denn sie kam mit ihren Unterlagen auf mich zu und legte sie hinter mir ab. Dann lehnte sie sich nach vorn und streckte sich, um an das Regal hinter mir zu kommen, wobei ihr Oberkörper meinen streifte. Es kostete mich einiges an Willenskraft, um meinen inneren Teenager zurückzuhalten und nicht auf der Stelle hart zu werden. Sie roch nach einer Mischung aus Kaffee und einer undefinierbaren Frucht, genau wie gestern. Addison schien sich ihrer Wirkung auf mich nicht bewusst zu sein, denn sie drückte mir ungerührt eine Schürze in die Hand und fing an, mir zu erklären, was meine Aufgaben im Café sein würden.

Auch wenn es eher mäßig interessant war, hätte ich ihr stundenlang zuhören können. Wieder einmal war ich fasziniert davon, dass sie mit ihrem ganzen Gesicht zu sprechen schien. Wenn sie über etwas sprach, das sie nicht gern machte, zog sie beide Augenbrauen zusammen, blickte schräg nach oben und ihre Augen verdunkelten sich. Als sie von dem Besitzerehepaar erzählte, strahlte sie und ihre Augen wurden wieder heller. Obwohl ich bestimmt nicht alles mitbekam, was sie sagte, hörte es sich verdächtig danach an, als wäre ich hier im Café ihr persönlicher Assistent, und ich meinte an ihrer Stimme zu hören, dass sie sich dessen sehr bewusst war und viel mehr noch – dass sie es genoss.

»Ähm … Moment, Addison, langsam.« Sie war gerade dabei, mir das Wichtigste im ganzen Café zu erklären: die Espressomaschine. Aber sie tat das in einer Geschwindigkeit, in der es sich nicht mal Sheldon Cooper mit seinem eidetischen Gedächtnis hätte merken können.

Es war eine von diesen riesigen, silbernen Maschinen, die genauso kompliziert zu bedienen waren, wie sie aussahen, und ich war mir sicher, dass Blake eher seine Gitarre aufgegeben hätte, als dass ich jemals verstehen würde, wie sie funktionierte. Zum Glück war der Laden immer noch so gut wie leer, sodass Addison jetzt zum dritten Mal anfing, mir die Schritte zu demonstrieren. Sie war erstaunlich geduldig und hatte noch nicht einmal mit den Augen gerollt. Zugegeben, ein Teil von mir war vielleicht ein klitzekleines bisschen davon abgelenkt, wie ihre Jeans ihre Taille betonte und wie perfekt sich ihr schwarzer, dünner Pullover an ihren Körper anpasste. Oder davon, dass ihre grauen Augen jedes Mal, wenn sie lächelte, mein Gehirn leerfegten. Das war aber nur ein Teil des Problems. Der andere war dieses Monster von Kaffeemaschine.

»Ok, Kian, ab jetzt heißt es *Learning by Doing*.« Addison stellte mir den dritten Probe-Kaffee hin, als das Café langsam anfing, sich zu füllen. Sofort fühlte ich mich noch nutzloser als zuvor.

Während Addison routiniert die Gäste begrüßte und bediente, stand ich nur im Weg herum und starrte sie an, um mit den Leuten Blickkontakt zu vermeiden. Ich war wirklich der geborene Barista. Keine Ahnung was Blakes Mutter über mich erzählt hatte, denn sie wusste ganz genau, wie bescheuert ich mich im Umgang mit Menschen manchmal anstellen konnte.

»Hey, du kannst die Kasse machen, okay?« Es war erstaunlich, dass sie immer noch nicht die Geduld mit mir verloren hatte, obwohl ich ihr schon mehr als einmal auf die Füße getreten war. Sie legte mir eine Hand auf den Oberarm und schaute mich an, als wollte sie sich vergewissern, dass mit mir alles in Ordnung war. Am liebsten hätte ich sie an den Schultern gepackt und ihr gesagt, dass sie aufhören sollte, mich anzufassen und mich so anzusehen. Dass es gefährlich war. Allerdings standen die Chancen nicht schlecht, dass sie sich davon kein bisschen aus der Ruhe bringen lassen würde. Also nickte ich bloß, ignorierte ihre Hand und beschloss, endlich meinen verdammten Job zu machen.

12

Kian

Ich war wahrscheinlich immer noch der langsamste Coffee-shop-Mitarbeiter in ganz Washington State, aber mit jedem Kunden wurde ich ein bisschen lockerer. Es stellte sich heraus, dass das *Elbury's Mug Café* über ein ziemlich modernes und idiotensicheres Kassensystem verfügte, weshalb ich nur die Bestellungen eingeben musste, und der Rest sich quasi von selbst erledigte. Okay, eigentlich erledigte Addison den Großteil des Rests, aber trotzdem fühlte ich mich nicht mehr ganz so nutzlos.

Durch ihre positive Ausstrahlung, die beinahe jeden Gast zum Lächeln brachte, fühlte ich mich bald ebenso gezwungen, meine Mundwinkel bei der Begrüßung nach oben zu ziehen, denn ich wollte nicht wie ein launisches Monster neben einer strahlenden Prinzessin wirken. Verdammt, ihr Kostüm hatte sich wirklich auf alle Ewigkeiten in meinen Kopf gebrannt.

»Schätzchen, ich habe ausdrücklich Vanille verlangt, aber das hier schmeckt verdächtig nach Karamell.«

Gerade als ich die Bestellung eines der letzten Kunden in der Schlange eintippte, drängelte sich ein Typ, der etwas zu alt war, um hier zu studieren, vor und beugte sich über den

Tresen zu Addison. Mit seinem aggressiven Tonfall zog er sofort meine Aufmerksamkeit auf sich, aber Addison zog nur eine Augenbraue nach oben und warf einen Blick in den geöffneten Becher.

»Sir, Ihr Becher ist fast leer, wenn wir die Bestellung verwechselt haben, hätten Sie sofort kommen müssen.«

Die Tatsache, dass sie sich von ihm nicht im Geringsten einschüchtern ließ und nicht das tat, was er von ihr verlangte, stachelte den Typ aber nur dazu an, sofort beleidigend zu werden.

»Ihr verwöhnten College-Luder, einen heißen Arsch, aber nichts im Kopf. Vielleicht solltest du dich auf die Arbeit konzentrieren, statt jeden Tag eine andere Verbindung zu unterhalten. Und jetzt sieh zu, dass du mir den Kaffee machst, den ich bestellt habe.«

Dieser Satz war zwar nicht an mich gerichtet, traf mich aber trotzdem wie eine Faust ins Gesicht, da ich mir ziemlich sicher war, ihr so etwas Ähnliches auch schon an den Kopf geworfen zu haben. Ohne die Schimpfwörter natürlich. Ich konnte nicht glauben, dass ich mich mit diesem Arschloch in einem viel zu engen Hemd vergleichen musste.

»Du solltest der Kleinen mal Manieren beibringen.« Er wandte sich zu mir und sein Augenzwinkern ließ keine Zweifel daran, was genau er mit *Manieren* meinte. Ich krallte mich mit beiden Händen am Tresen fest, um meine Anspannung zu kontrollieren. Als ich merkte, dass meine Adern schon an meinem Unterarm hervortraten, wollte ich gerade dazu ansetzen, ihm die Meinung zu geigen, als Addison mir zuvorkam.

Sie schien nichts davon zu halten, andere ihre Konflikte austragen zu lassen, sondern stellte sich neben mich und

117

legte ihre Hand auf meine, wie um mir zu signalisieren, die Klappe zu halten. Ich bin mir sicher, dass mir der Mund offenstand, als ich sah, wie sie dem Mann, der sie vor ein paar Sekunden als Luder bezeichnet hatte, ein Lächeln schenkte.

»Wenn Sie darauf bestehen, Sir, mache ich ihnen natürlich gern noch einen Kaffee mit Vanille-Sirup«, sagte sie freundlich.

Ich konnte nicht glauben, dass ausgerechnet sie sich von einem Kunden so behandeln ließ und ihn für sein Verhalten sogar noch belohnte.

Ich hatte erwartet, dass sie ihm seinen Becher um die Ohren schlug, ihn eigenhändig rausschmiss oder zumindest ein paar Beleidigungen an den Kopf warf. Es wunderte mich, dass ich noch keine Delle in den verdammten Tresen gedrückt hatte, denn meine Anspannung wuchs sekündlich. Addison schien das zu spüren, denn sie drückte meine Hand sanft und warf mir einen warnenden Blick zu, ehe sie sich ganz entspannt daran machte, einen neuen Becher zu füllen.

Das Arschloch auf der anderen Seite des Tresens besaß auch noch die Frechheit, ihr ungeniert auf den Arsch zu starren und mir gleich darauf wieder zuzuzwinkern, als wären wir sowas wie Verbündete. Nach einer gefühlten Ewigkeit, die wahrscheinlich nicht einmal eine Minute lang dauerte, war ich froh, als Addison fertig war und sich wieder neben mich stellte, sodass ich einen Blick in den Becher werfen konnte. Da wurde mir klar, dass sie nicht zum ersten Mal mit Leuten wie ihm in Berührung kam und ihre ganz eigene Strategie verfolgte. Eine die tausendmal schlauer war als mein eigener Ansatz.

»Was soll das denn bitte sein?« Als er seinen Becher in

Empfang nahm, fror sein überhebliches Grinsen ein.
Addison hatte genau das getan, was er von ihr verlangt
hatte. Sie hatte den Becher mit genau der gleichen Menge
neuen Kaffee gefüllt, die im alten Becher noch übrig
gewesen war. Ich merkte, wie der Typ nach den richtigen
Worten suchte, um sie anzuschreien oder wieder zu beleidi-
gen, aber Addisons entspanntes Lächeln, machte ihm klar,
dass er verloren hatte.

Bevor er sich umdrehte, knallte er den Becher auf die
Theke. Obwohl er nicht einmal zu einem Viertel gefüllt
war, schwappte der frische und dementsprechend heiße
Kaffee über den Rand und genau auf Addisons Hand, die
sofort zurückzuckte. Damit war meine Grenze eindeutig
überschritten.

»Hey, Arschloch. Ich ...« Ich brach mitten im Satz ab,
als Addison wieder nach meiner Hand griff. Ihre sanfte
Berührung wirkte auf mich wie ein Hexenfluch, denn ich
schluckte meinen Ärger hinunter, presste meine Lippen
aufeinander und ließ sie sprechen.

»Ich hoffe, Ihr Tag ist genauso angenehm wie Sie!«

Mit offenem Mund starrte ich sie an. Sie hatte ein Talent
dafür, sarkastische Kommentare so rüberzubringen, dass
sie Menschen härter trafen, als jede einzelne meiner Beleidigungen es hätten tun können. Das wirkte auch bei ihm. Er
erstarrte und als ihm auch nach ein paar Sekunden keine
passende Erwiderung einfiel, drehte er sich einfach um und
stapfte zum Ausgang. Bevor er endgültig verschwand, fiel
ihm nichts Besseres ein, als uns den Mittelfinger entgegen-
zustrecken. Armselig!

Meine Hand, die immer noch unter Addisons lag,
lockerte sich, als die Tür endlich hinter ihm ins Schloss fiel.
In ihrem Blick flackerte etwas auf, das ich nicht deuten

konnte, und sie zog die Hand so schnell weg, als würde ihr meine Berührung körperliche Schmerzen bereiten.

»Wow!« Ich wusste selbst nicht, was ich genau damit meinte. Es war eine Mischung aus Anerkennung für Addison und Ungläubigkeit wegen des Gastes.

»Siehst du, das ist meine Superkraft.« Ihre Augen funkelten vor Belustigung und ihr Grinsen wurde breiter, als sie sich zu mir drehte. Zum ersten Mal, seit meine Schicht angefangen hatte, machte sich ein aufrichtiges Lächeln in meinem Gesicht breit. Und es überraschte mich nicht einmal im Geringsten, dass es Addison galt.

»Komm mit, wir müssen deine Hand kühlen.«

Sie schaute nach unten, als wäre ihr gerade erst wieder eingefallen, wie brühend heiß der Kaffee gewesen war. Nachdem ich die ganze Situation über nutzloser als der mit Plastiktüten gefüllte Sack in der Küche herumgestanden hatte, wollte ich zumindest einmal an diesem Tag etwas Sinnvolles beitragen. Ohne Widerworte folgte sie mir nach hinten und ich dankte Gott dafür, dass ich mir wenigstens gemerkt hatte, in welcher Gefriertruhe das Eis verstaut war. Sie lehnte sich an die Arbeitsfläche und sah mir aufmerksam dabei zu, wie ich die Eiswürfel in ein Geschirrtuch wickelte.

»Danke.« Als das Eis die verbrannte Stelle berührte, trat sie von einem Fuß auf den anderen und zog scharf die Luft ein.

Ich hatte das dringende Bedürfnis, ihr die Hand auf den Arm zu legen, aber ich hielt mich zurück. »Hast du hier öfter solch *angenehme* Begegnungen?« Ich stand immer noch vor Addison und beobachtete sie, obwohl ich mich wahrscheinlich draußen um die Kunden hätte kümmern sollen, aber ohne Addison war ich sowieso hilflos.

»Zum Glück nicht besonders oft, aber jeden Morgen stehen ein paar Idioten auf und manchmal verirren sie sich eben auch zu uns. Der Trick ist, ihnen klarzumachen, dass sie zur Hölle fahren sollen, aber so, dass sie sich auf die Reise freuen und mir keine Probleme machen.« Sie legte das Eis weg und sah mich mit einem herausfordernden Grinsen auf den Lippen an.

Lächelnd schüttelte ich den Kopf. Ich hatte keinen Zweifel, dass sie diese Taktik auch bei mir anwenden würde, wenn ich es verdient hätte.

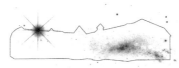

Als es draußen langsam dunkel wurde, fiel mir zum ersten Mal auf, wie viel Zeit schon vergangen war. Ich stellte gerade die letzten Stühle auf die Tische und wunderte mich über mich selbst. Gestern hatte ich Blake noch vorgejammert, wie langsam die Zeit bei diesem Job wahrscheinlich vergehen würde, und ihm aufgezählt, welche Jobs sinnvoller gewesen wären und ich lieber gemacht hätte. Ich war froh, dass er nicht hier war, um zu sehen, wie es mir von Minute zu Minute leichter fiel, mich einzubringen, und sogar einen klitzekleinen Funken Spaß in der Arbeit mit Addison fand. Vielleicht war das der Knackpunkt. Der Arbeit konnte ich so gut wie gar nichts Positives abgewinnen, aber Addisons Anwesenheit machte alles leichter.

Ich musste gestehen, dass sie es mir wirklich schwer machte, sie nervig zu finden und auf Abstand zu halten. Es interessierte sie nämlich nicht, wie oft ich vor ihr zurückwich, wenn sie mir ihren Arm auf die Schulter legen wollte, und es interessierte sie noch viel weniger, wenn ich ihr nur einsilbige Antworten auf ihre Fragen gab. Ich hatte das Gefühl, dass sie sich kein bisschen verstellte, um mich von ihr zu überzeugen. Sie war einfach nur sie selbst und es machte mich verrückt. Sogar verrückt genug, um nicht einmal nennenswert dagegen anzukämpfen.

»Hey, Mr. Perfect.« Ich verfluchte mich dafür, dass ich mich sofort nach ihr umdrehte, auch wenn sie diese Bezeichnung für mich eher spöttisch als nett meinte. Addison saß mit verschränkten Armen auf dem Tresen und sah mich an. Ich meinte, ein Lächeln auf ihrem Mund zu sehen, aber in ihren Augen blitze es. Sie sah nicht so aus, als hätte sie es sich gerade erst gemütlich gemacht.

»Hör auf, die Stühle im rechten Winkel zur Tischkante auszurichten, und beeil dich. Ich will nach Hause.«

Ich wusste, dass sie mir gegenüber keinen Satz ohne einen sarkastischen Kommentar sagen konnte, und trotzdem breitete sich ein Lächeln auf meinem Gesicht aus. Gegen meinen Willen.

Mit einem theatralischem »Na endlich« rutschte sie vom Tresen herunter und ging vor mir auf die Tür zu. Als ich ihr mit etwas Abstand folgte, konnte ich mich nicht davon abhalten, meinen Blick über ihren Körper gleiten zu lassen. Eigentlich war an ihrem Outfit nichts Besonderes. Im Gegensatz zu ihrer Freundin Rylan, die ihr heute Nachmittag in einem bunten Kleid einen Besuch abgestattet hatte, das nur so nach Aufmerksamkeit schrie, waren ihre Klamotten beinahe unscheinbar. Trotzdem regte sich beim Anblick ihrer langen Beine in der hellen Jeans etwas bei mir. Ihre Hose war nicht einmal besonders körperbetont, und eigentlich fand ich, dass diese weiten Hosen bei Frauen eher unförmig wirkten, aber bei Addison war es anders. Wie so vieles bei ihr auf einmal anders war.

122

Als sie vor mir aus der Tür trat, ließ die Temperatur sie zusammenzucken und sie schlang die Arme um ihren Körper. Es hatte zwar aufgehört zu regnen, aber mittlerweile war es stockfinster und somit auch ziemlich kühl. Ihr Strickpulli, den sie sich übergezogen hatte, sah zwar warm aus, aber ohne Jacke würde sie vollkommen durchgefroren sein, bis sie zu Hause war. Ich ärgerte mich, selbst keine Jacke dabei zu haben, die ich ihr hätte geben können, denn unter meinem Sweatshirt hatte ich heute nicht einmal ein T-Shirt an.

»Du willst allein mit dem Rad durch die Dunkelheit fahren?«, fragte ich.

Addison hatte schon die Hände am Lenkrad ihres alten Fahrrads, das im schrecklichsten Grün aller Zeiten lackiert war. Sie zog eine Augenbraue nach oben und schwang ihren Fuß über das Rad.

»Warte! Du kannst doch nicht in der Nacht allein durch den Park fahren!« Ich versuchte, sie mit meinem Blick zu fixieren, aber sehr zu meinem Leidwesen sah sie nicht beeindruckt aus.

»Kommt dein Heldenkomplex schon wieder durch? Ich kann gut auf mich selbst aufpassen. Außerdem wurde die *Elbury University* von Compare-uni.com auf Platz 3 der Universitäten mit dem sichersten Campus gewählt.«

Bevor ich ihr sagen konnte, dass man sein Glück trotzdem nicht herausfordern sollte, schüttelte sie lachend den Kopf und stieß sich mit einem Bein ab.

»Warte!« Noch einmal streckte ich meine Hand nach ihr aus und erwischte sie gerade noch rechtzeitig mit der Hand am Gepäckträger. »Ich komme mit.«

Selbst in der Dunkelheit konnte ich sehen, dass Addisons Mund zuerst auf- und dann wieder zuklappte. Statt mir etwas an den Kopf zu werfen, rollte sie aber einfach nur mit den Augen. Wahrscheinlich hatte ich es nicht anders verdient, trotzdem war es mir egal, wie sicher Compare-uni.com die *EU* fand. Ich hatte ein mulmiges Gefühl dabei, Addison allein durch die Nacht fahren zu lassen. Ich versuchte, mich daran zu erinnern, dass ich nicht für sie verantwortlich war. Dass das hier weit darüber hinausging, nur Arbeitskollegen zu sein. Dass ich verloren wäre, wenn ich es nicht bald schaffte, mich an meine eigenen Regeln zu halten. Trotz alldem war ich erleichtert, als sie ergeben mit den Schultern zuckte, ihren Fuß wieder zurückschwang und sich schiebend mit ihrem Rad in Bewegung setzte. Dank Blake, der mir ungefragt erzählt hatte, wo Addison und ihre Freundinnen wohnten, wusste ich, dass es nicht allzu weit war. Ich versuchte, mir einzureden, dass dieser kleine Nachtspaziergang meinen Vorsatz, Addison so gut wie möglich auf Abstand zu halten, nicht gefährden würde, aber die Reaktion meines Körpers strafte meinen Verstand jetzt schon mit Lügen.

Nachdem wir schon ein paar Meter schweigend zurückgelegt haben, wandte Addison sich wieder an mich: »Woher kommt dein Heldenkomplex eigentlich?«

»Was meinst du damit?« Ich hoffte, sie merkte nicht, dass ich mich absichtlich dumm stellte.

»O bitte, Kian. Unter normalen Umständen hätte ich darauf getippt, dass du einfach nur mehr Zeit mit mir verbringen willst, um mit mir zu flirten ...«

»Unter normalen Umständen?«, unterbrach ich sie.

Sie nickte. »Würdest du mit mir flirten wollen, hätte ich dir ja wohl mehr als genug Chancen gegeben. Also muss wohl etwas anderes dahinterstecken.«

Ich hatte meinen Blick auf die dunkle Allee vor mir

gerichtet, aber jetzt drehte ich mich zu ihr. Ich war erstaunt darüber, wie trocken und ehrlich sie darüber sprechen konnte. Als würde diese Erkenntnis nicht schon genug Verwirrung in meinem Kopf stiften, gesellte sich noch etwas anderes dazu. Das zweite Gefühl, das sich einen Weg durch meinen Körper bahnte, war auch nicht allzu hilfreich. Ich war enttäuscht. Und zwar enttäuscht darüber, dass sie meine Versuche, sie auf Abstand zu halten, nicht als besonders belastend empfand, sondern sie nur mit einem Schulterzucken abtat. Ich führte mich wie ein Teenagermädchen auf. Ich bekam, was ich wollte, und es nervte mich, weil ich eigentlich etwas ganz anderes wollte.

»Vielleicht mache ich es einfach, um nett zu sein?« Kaum hatte ich meinen Mund zugeklappt, lachte sie auf.

»Ich musste dich heute ungefähr fünfmal auffordern, die Gäste anzulächeln. *Nett* ist nicht gerade deine Werkseinstellung.« Sie sah mich immer noch an und wirkte nicht so, als würde sie das Thema wieder fallen lassen.

»Keine Ahnung, okay? Ich war vielleicht einfach zu lang das Arschloch, vor dem man beschützt werden musste.« Resigniert atmete ich aus. Genau das hatte ich eigentlich nicht sagen wollen. Auch wenn es die Wahrheit war.

Addison lächelte immer noch. Allerdings war das spöttische Funkeln in ihren Augen verschwunden.

Für eine Weile gingen wir schweigend durch die Nacht. Ich liebte es, wenn der Campus so ruhig und dunkel war. Es war, als würde mich der dunkle Himmel umhüllen und den Tag und seine Probleme bis zum nächsten Morgen aussperren.

»Auf mich wirkst du eher wie ein scheues Reh als wie ein bedrohlicher Wolf.« Addisons Stimme war immer noch scherzend, aber ich wusste, dass sie es ernst meinte. Als ich nicht antwortete, zuckte sie mit den Schultern. »Ich werd's schon noch herausfinden.«

»Bist du sicher, dass du das überhaupt willst, Addison? Du weißt gar nicht, wie viel Scheiße ich schon hinter mir habe.« Ich sprach viel zu leise, weil ein Teil von mir nicht wollte, dass sie mich hörte. Der andere Teil wusste, dass ich es nicht als Frage hätte formulieren sollen. Es war eine verdammte Tatsache, die Addison abschrecken sollte.

Für einen Moment lang sagte sie nichts, verlangsamte aber ihr Tempo. Sie schien darüber nachzudenken. Aus dem Augenwinkel sah ich, wie sie auf ihrer Unterlippe kaute. Mein Herz schlug viel zu schnell, und erst als sie ihren Kopf zu mir drehte, wurde mir klar, warum. Ich hatte Angst, dass Addison genau das tat, was ich wollte: dass sie Abstand von mir hielt.

Als wären diese Gefühle noch nicht verwirrend genug, öffnete sie langsam ihren Mund. So als würde es sie Überwindung kosten, ihre Gedanken laut auszusprechen. »Keine Sorge, ich weiß ganz genau, wie man damit umgeht.«

13

»Addie, bitte rette mich!«

Das erste, was ich hörte, als ich um kurz nach 21:00 Uhr unsere Wohnung betrat, war Pits betteln. Er war es auch, der mich aus der Trance riss, in die mich Kian gebracht hatte. Eine Trance, in der ich mir in Dauerschleife die Frage stellte, was genau er mir eigentlich mit seinem Verhalten sagen wollte. Und in der ich versuchte, mir meiner Gefühle für ihn sicher zu werden – oder sie zu unterdrücken. Je nachdem wie meine Stimmung gerade war.

Ich ließ mich auf den einzigen Hocker fallen, der nicht über und über mit Stofffetzen bedeckt war, und sah Pit mitleidig an. Ich war nicht unbedingt körperlich erschöpft. Kian hatte einen ruhigen ersten Tag erwischt. Aber die Gefühle, die er in mir auslöste, schafften es, mich mental ganz schön auszulaugen. Vor allem, weil ich überhaupt nicht verstand, woran ich bei ihm war.

Meine Gedanken wollten schon wieder zu seinen wuscheligen Haaren abschweifen, als ich Pits Blick auffing. Er saß auf dem Boden und hatte mindestens fünf verschiedene Stapel mit Stofffetzen in unterschiedlichen Rottönen vor sich. Rylan hatte ihn offenbar dazu gezwungen, ihr beim Sortieren zu helfen. In einem ihrer Kurse bekamen sie und ihre Kommilitonen immer kistenweise Stoffreste in allen möglichen Farben, die sie dann für ihre Projekte verwenden konnten. Und wenn es um Stoffe ging, war Rylan eine größere Chaotin als ich. Wo auch immer sie in unserer Wohnung ein bisschen Platz fand, belegte sie ihn sofort mit ihren Vorräten. In unserer Kommode im Flur, die eigentlich für uns alle gedacht war, fand man in drei Schubläden Stoffe in allen Formen und Farben und nur in einer unsere komplette Ausrüstung an Schals, Mützen und sonstiger Winterbekleidung. Ich wusste nicht einmal mehr, wem was gehörte. Trotzdem schien Rylan die Herrscherin ihres eigenen Chaos zu sein, denn sie wusste immer auf Anhieb, wo sich was befand. Sie sortierte auch alles nach Farben und Materialien oder zwang – wie heute – einfach irgendjemanden, ihr zu helfen. Für Pit, der keine einzige kreative Faser in seinem Körper hatte, war das eine wahre Strafe.

»Sorry, aber wer bei uns mitessen will, muss auch was dafür tun.« Rylan war unnachgiebig und kippte ihm noch eine weitere Kiste über die Beine.

Camille kicherte und versteckte sich hinter ihrem Laptop, sodass man nur ihren blonden Dutt sah. Anscheinend hatte sie sich sofort in die Arbeit gestürzt, als Rylan anfing, Aufgaben zu verteilen. Sie war wahnsinnig fokussiert und konnte stundenlang ohne Pause lernen. Dafür war sie auch ganz verdient eine der Besten in ihrem Jahrgang. Wenn ich jemanden aussuchen müsste, dem ich es zutraute, die Welt zu verändern, wäre es garantiert sie.

»Als würdest du kochen … Ohne Addie müssten wir heute alle hungern.« Pit sah Rylan herausfordernd an, aber die zuckte nur mit den Schultern.

Ich stellte meine Tasche auf den Boden und wuschelte

auf dem Weg in die Küche durch Pits dicke Haare, der sich sofort beschwerte. Ich konnte zwar keine Frisur in den wilden Locken erkennen, aber Pit verbrachte beachtlich viel Zeit vor dem Spiegel.

»Sorry, mein Lieber, aber du kannst ruhig noch weitermachen, bis das Essen fertig ist. Und damit die Zeit schneller vergeht, kannst du uns ja gern erzählen, woher die roten Flecken an deinem Hals kommen.« Ich lachte, als Pit sich mit der Hand über seinen Hals strich und mir zuzwinkerte.

»Tja, was soll ich sagen, die Austauschstudentinnen sind ganz scharf darauf, einen Teil von mir abzubekommen. Oder eben mein Teil.«

Rylan schüttelte nur den Kopf, aber hinter Camilles Laptop hörte ich ein »Ugh, Pit.«

»Du bist echt unglaublich.« Rylan setzte sich neben ihn auf den Boden und half ihm, die restlichen Stoffe zu sortieren, sodass er aufhörte, sich zu beschweren.

»Ich weiß, Süße! Und die meisten Mädels wissen das auch. Nur du hast mich und mein unglaubliches Teil bis jetzt verschmäht.« Pit lehnte sich so nah zu Rylan, dass er fast mit den Lippen ihr Ohr berührte, aber sie ließ sich davon nicht beeindrucken.

Es hatte nur ein paar Tage gedauert, bis Pit verstanden hatte, dass er bei mir und meinen Mitbewohnerinnen auf ewig in der Friendzone gelandet war. Seit ich ihm ganz am Anfang unserer Freundschaft die Haare beim Kotzen aus dem Gesicht gehalten hatte – so wie Rylan das leider auch bei mir schon hatte machen müssen –, war uns beiden klar, dass wir niemals im Bett landen würden. Camille war für ihn sowieso tabu, denn er würde sich niemals in eine Beziehung drängen. Aber auch wenn sie wundersamerweise plötzlich single wäre, wären die beiden in etwa so inkompatibel wie Lippenstift und Schokoladeneis. Nur bei Rylan konnte er den Playboy in sich manchmal einfach nicht zurückhalten. Sie hatte aber kein Problem damit, ihn in die Schranken zu weisen.

»O bitte, spar dir deinen Atem. Du wirst ihn brauchen, wenn du dein nächstes Date überreden musst, mit dir nach Hause zu gehen.« Sie drehte sich blitzschnell zu ihm um und biss ihm ins Ohrläppchen.

Pit stieß vor Schreck einen quietschenden Schrei aus, der eher so klang, als käme er von Rylan, und hob abwehrend die Hände. »Okay, okay, verstanden. Aber es ist dein Verlust.« Mit einem letzten Augenzwinkern wandte er sich ohne weitere Widerworte den Stofffetzen zu und die beiden scherzten weiter, als wäre nichts gewesen.

Genau diese Lockerheit liebte ich an meinen Freunden. Wir konnten uns gegenseitig lächerlich machen und trotzdem spürte man in jeder unserer Worte und Taten das Band, das es zwischen uns gab. Ich war dem Zufallsgenerator, der mich bei der Zimmerverteilung mit der besonnenen und ruhigen Camille und der lauten Rylan zusammengesteckt hatte, wieder einmal unglaublich dankbar. Keine Ahnung wie ich ohne die beiden in *Elbury Park* hätte überleben können. Ich wollte überhaupt nicht darüber nachdenken, was passiert wäre, wenn ich ein Einzelzimmer in einem der großen Wohnheime bekommen hätte. Wahrscheinlich wäre ich schon längst verrückt geworden. Genauso dankbar war ich dafür, dass Pit in einer Chemie-Einführungsveranstaltung neben mir gesessen und am gleichen Abend auf meine Schuhe gekotzt hatte. Die Schuhe musste ich zwar wegwerfen, aber Pit war seitdem in meinem Leben geblieben und machte es um einiges bunter.

»Addie, hör auf, den Wein zu trinken, sondern kipp ihn

ins Risotto! Ich rieche schon, wie alles anbrennt.« Ich hatte gar nicht gemerkt, dass Camille sich neben mich gestellt hatte, als sie mich plötzlich aus meinen sentimentalen Gedanken riss.

»Worüber denkst du denn nach, dass du so bescheuert lächelst?«

Warum konnte ich eigentlich nicht ein Mal ein Pokerface haben?

»Nur darüber, wie glücklich ich bin, dass ich für euch alle heute kochen kann.« Diese Antwort war die Wahrheit, aber ganz still und leise hatte sich noch ein weiterer Gedanke in meinen Kopf geschlichen und sich dort breitgemacht, als würde er in nächster Zeit nicht so einfach wieder verschwinden. Und dieser eine kleine Gedanke konnte sich nur zu gut vorstellen, wie es wäre, wenn Kian einen Platz in unsere Gruppe und somit in meinem Leben finden würde. Dieser Gedanke hielt sich hartnäckig, und je länger ich darüber nachdachte, desto weniger Gründe konnte ich dafür finden, ihn zu verdrängen.

Als das Risotto langsam seinen Duft in der Wohnung verbreitete, entließ Rylan den armen Pit endlich aus ihren Diensten, und die beiden versuchten auf unserer Küchentheke Platz zu schaffen.

»Hast du heute keine Kekse mitgebracht?« Pit liebte Süßes und vor allem Kekse in allen Formen und Geschmacksrichtungen.

»Sorry, alle verkauft. Die Leute brauchen Nervennahrung.« Seit ich hin und wieder die Reste aus dem Café mitbrachte, hoffte Pit ständig auf Nachschub.

»Alle? Das ist aber nicht gesund.« Pit schaufelte sich als Ausgleich einen riesigen Berg Risotto auf den Teller.

»Für dich ist es auch nicht gesund.« Ich bohrte mit dem

131

Finger in seinen Bauch, obwohl ich wusste, dass da kein Fett vorzufinden war.

»Nur kein Neid. Jegliche Nahrung wird bei mir sofort in Muskeln umgewandelt.« Um seine Aussage zu bekräftigen, nahm er sich noch einen Löffel, bis Rylan ihm einfach den Topf wegzog, damit für uns nicht nur die Reste, die im Topf klebten, übrig blieben.

»Camille, ist alles in Ordnung?« Ich versuchte Camilles Aufmerksamkeit auf mich zu lenken, weil sie heute ungewöhnlich still war. Normalerweise waren unsere gemeinsamen Abendessen ein Tageshighlight für uns und eine Möglichkeit, den ganzen Stress ein bisschen loszu-werden. Deshalb war es ungewöhnlich, dass Camille sich heute überhaupt nicht von ihrem Laptop trennen konnte und ihn sogar neben ihren Teller gestellt hatte. Es war sowieso ein Wunder, dass sie noch Platz dafür gefunden hatte, denn der Küchentresen war nicht für vier Leute gedacht.

»Was? Sorry, ich war abgelenkt.« Sie hatte sogar noch ihre Brille auf, mit der sie bestimmt noch nie jemand außer-halb dieser vier Wände gesehen hatte.

»Du siehst ganz schön blass aus und hast nicht einmal auf Rys bildliche Beschreibung von mir und Kian auf dem Café-Tresen reagiert.«

»Und in seinem Auto, nicht zu vergessen«, fügte Rylan hinzu, als wäre es eine unglaublich wichtige Information.

Aber statt mit uns auf meine Kosten zu lachen, zupfte Camille nur an ihrem unordentlichen Dutt herum und kaute an der Kordel ihres beigen Kapuzenpullis. »Ich bin nur ein bisschen gestresst, Leute.«

Als wir uns damit nicht zufriedengaben, sah sie endlich von ihrem Laptop auf und seufzte. »Bryson will, dass ich ein Praktikum bei seinem Vater mache, aber dafür muss ich meine schriftlichen Abschlussarbeiten alle schon viel früher fertig haben.«

Im ersten Moment wusste keiner von uns so recht, was wir darauf sagen sollten, bis Pit als erster seine Stimme wiederfand. »Es ist Oktober, Camille. Du kannst doch nicht jetzt schon an deinen Abschlussprojekten arbeiten. Wie willst du dich denn da auf die Zwischenprüfungen konzentrieren?« Der übliche scherzende Unterton war aus seiner Stimme gewichen, denn auch wenn man es auf den ersten Blick niemals erkennen würde, nahm Pit sein Studium sehr, sehr ernst. Mindestens so ernst wie Camille, weshalb er genau wusste, wie viel Druck sie sich machte und wie schwer es war, damit umzugehen.

»Camille?« Er hakte noch einmal nach, als sie nicht sofort antwortete.

»Deshalb bin ich ja gestresst, okay?« Sie wurde lauter. »Wenn ich die Prüfungen versaue, kann ich das Praktikum sowieso vergessen, von meinen Eltern will ich gar nicht erst anfangen. Ich weiß gerade einfach nicht, wo mir der Kopf steht.«

Ich legte ihr eine Hand auf den Arm. »Hey, willst du dieses Praktikum überhaupt machen? Als du letzten Sommer von deinem Bruder zurückgekommen bist, warst du dir noch sicher, die nächsten Ferien wieder bei ihm zu verbringen.«

Sie sah mich an, als hätte ich ihr gerade vorgeschlagen, statt zu lernen, doch einfach eine Karriere als Katzenstreichlerin zu verfolgen.

»Ich meine nur … sei nicht so hart zu dir selbst, Süße. Du gibst doch so schon, so viel du kannst.« Ich wollte gar nicht von ihr hören, ob sie das Praktikum machen wollte oder nicht, denn wir alle kannten die Antwort.

»Was weißt du denn schon darüber? Du hast doch keine Ahnung, wie es ist, sein Bestes zu geben. Wenn du endlich aufhören würdest wie ein Kind, das einem Ballon nachjagt, durch die Welt zu gehen, statt dich auf das Wesentliche zu konzentrieren, würdest du deine Kurse vielleicht alle auf Anhieb bestehen. Wir haben nicht alle das Glück eines Stipendiums, das wie eine Komm-aus-dem-Gefängnis-frei-Karte funktioniert.« Sie schob ruckartig den Stuhl zurück und klappte gleichzeitig ihren Laptop zu.

»Camille …« Rylan machte Anstalten, ebenfalls aufzustehen, aber ich hielt sie zurück. Es war nicht das erste Mal, dass unsere Freundin so sehr unter dem Druck litt und es an uns ausließ. Ich wusste, dass es unfair war und dass ich nicht das Geringste dafürkonnte, aber ich konnte sie auch verstehen. Es war für mich wie ein Schlag ins Gesicht, dass sie die Stipendium-Karte gegen mich verwendete, vor allem, weil sie ziemlich falsch mit ihrer Annahme lag. Aber das konnte sie nicht wissen. Camille rannte beinahe aus der Küche und das Letzte, was wir von ihr hörten, war das Knallen ihrer Zimmertür.

»Sie ist nicht wütend auf Addie, sondern auf sich selbst. Und Bryson. Und ihre Eltern wahrscheinlich«, sagte Rylan jetzt zu Pit, der immer noch ziemlich geschockt aussah, weil er Camille so überhaupt nicht kannte.

Das war auch nicht die wahre Camille. Das war nur die Camille, die zum Vorschein kam, wenn sie sich in die Enge getrieben fühlte und keinen Ausweg mehr wusste.

Nachdem das Abendessen ganz anders als geplant verlaufen war, hatte sich Pit zügig verabschiedet. Ich lag schon eine Stunde später im Bett und dachte darüber nach, was Camille gesagt hatte. Ich wusste, dass sie es nicht so meinte, aber irgendwie hatte sie doch ins Schwarze getroffen. Ich hatte nicht denselben Fokus und Ehrgeiz wie sie oder Pit, aber das hieß nicht, dass ich mein Studium weniger ernst nahm. Ich war einfach anders gestrickt. Vielleicht jagte ich tatsächlich einem Luftballon hinterher, aber dieser Luftballon war ziemlich sicher mit meinem Glück gefüllt anstatt mit Luft oder Helium. Und war das so falsch? Wieso sollte ich meine Priorität nicht auf mein Glück legen, worin auch immer ich das irgendwann einmal finden würde?

»Addie?« Ich rollte mich gerade auf den Bauch, um eine bequemere Schlafposition zu finden, als die Tür aufging und einen dünnen Lichtstrahl hereinließ. »Es tut mir leid.« Der Lichtstrahl vergrößerte sich und mit ihm kam eine riesige Decke, in die hoffentlich ein Mensch und kein Geist gewickelt war, ins Zimmer. Camille kam zögerlich näher und ich setzte mich auf und schaltete die Lichterkette über meinem Bett ein, sodass sie nicht blind über mein Chaos am Boden stolperte. »Ich habe es nicht so gemeint. Ich … ich sehe nur im Moment irgendwie kein Ende.«

Ich klopfte mit der flachen Hand neben mich und Camille setzte sich zögerlich. »Schon gut. Ich kenn dich doch.«

Sie zog ihre Beine an ihren Körper und schlang ihre Arme um die Knie. »Nein, es ist nicht gut. Ich weiß doch, dass du hart arbeitest, aber du machst immer den Eindruck, als wärst du voller positiver Energie und als könnte kein Problem der Welt dir etwas anhaben. Ich glaube, ich bin einfach nur ein bisschen neidisch.« Sie legte ihren Kopf auf den Knien ab, sodass sie mich nicht ansehen musste, und sah in ihrer rosa Schlafanzughose unglaublich zerbrechlich aus.

»Hey, ich bin vielleicht Optimistin, das heißt aber nicht, dass ich mehr auf die Reihe bekomme als du. Ganz bestimmt nicht sogar. Ich laufe nur fröhlich pfeifend und mit einem Lächeln in mein Verderben.« Ich stupste sie an der Schulter an, um sie dazu zu bewegen, mich anzusehen, und tatsächlich konnte ich ein kleines Lächeln in dem gedimmten Licht sehen, als sie ihren Kopf hob. »Weißt du was? Du brauchst einfach nur eine Auszeit. Morgen gehen wir auf diese Party, auf die Rylan uns sowieso schleppen wird, und du vergisst Bryson, das Studium, das Praktikum und alles, worüber du dir den Kopf zerbrichst, okay?« Bevor sie antworten konnte, ging meine Zimmertür ganz auf.

»Was werden hier für Pläne geschmiedet?« Rylan kam - ebenfalls in ihre Decke eingewickelt – auf uns zu.

»Ich wollte mich nur bei Addie entschuldigen. Und wo ich schon dabei bin, bei dir auch. Ich wollte kein Drama daraus machen.« Rylan ließ sich mit Schwung auf das Bettende fallen. »Oh, Süße, was wäre das Leben denn ohne ein bisschen Drama?« Sie senkte verschwörerisch die Stimme und schaffte es so endlich, Camille zum Lächeln zu bringen.

»Auf das Drama könnte ich gut verzichten, aber was wäre mein Leben ohne meine besten Freundinnen?« Camilles Stimme war dünner als noch vor ein paar Minuten. Es kam nicht so wahnsinnig häufig vor, dass Camille sentimental wurde, deshalb freute es mich jedes Mal, wenn sie auf ihre Weise ausdrückte, wie wichtig wir ihr waren.

»Lass mich überlegen: langweilig, trocken, frustrierend,

nüchtern ... Soll ich weitermachen?«, fragte ich.

Rylan setzte gerade dazu an, meine Liste zu vervollständigen, als Camille ihr zuvorkam. »Auf jeden Fall ganz schön unvollständig.« Und nach einer kleinen Pause fügte sie noch hinzu: »Danke, Mädels.«

Als die beiden sich nach ein paar Minuten wieder in ihre Zimmer zurückgezogen hatten, war mein letzter Gedanke vor dem Einschlafen: *Wieso ließen sich die Probleme im Leben nicht genauso einfach lösen, wie in unserer Mädels-WG?* Studium, Ex-Affären, verkorkste Vergangenheiten und gewisse dunkelblonde Wuschelhaare. Wenn sich alles durch ein paar nächtliche Mädelsgespräche lösen ließe, hätte ich bestimmt viel ruhiger schlafen gekonnt. Außer wenn diese Gespräche mit oder über Kian stattgefunden hätten. Dann hätte ich wahrscheinlich so gut wie gar nicht geschlafen.

Und so war es von all den Gedanken, die mir an diesem Tag im Kopf herumschwirrten, letztendlich doch der an Kian, mit dem ich einschlief.

14

»Ms. McConnell, heute ist es schon das zweite Mal in diesem Monat, dass Sie in meinem Büro sitzen und mich um eine Verschiebung Ihrer Prüfung anbetteln.«

Es kam mir vor wie ein Déjà-vu, als ich Donnerstagmittag in die Sprechstunde meines Anatomieprofessors ging. Als ich am Tag zuvor mit Kian meinen Prüfungsplan durchgegangen war, war mir bewusst geworden, dass dies meine letzte Chance war, denn ich hatte komplett vergessen, dass ich schon in ein paar Wochen fällig sein würde – und nichts fiel mir schwerer, als diese verdammten lateinischen Begriffe zu lernen. Vielleicht hätte ich in der High School nicht Französisch wählen sollen, nur weil ich ein Auge auf den Tutor geworfen hatte, sondern mich schon früher mit einer sinnvollen Fächerwahl auseinandersetzen sollen. Aber meine Planlosigkeit hatte nicht erst mit dem Studium begonnen.

Als ich Kian genau das mitgeteilt hatte, hatte er nur mit dem Kopf geschüttelt und mich mit diesem undefinierbaren Ausdruck im Gesicht angesehen. Manchmal hatte ich das Gefühl, er mache sich Sorgen, und manchmal hatte ich das Gefühl, er wäre davon überzeugt, dass ich den Verstand verloren hatte.

Überhaupt hatte ich, was Kian anging, gemischte Gefühle. Nicht unbedingt, was meine eigenen anging, sondern eher, wenn ich über seine nachdachte. Am Tag zuvor zum Beispiel hatte er mir in jeder freien Minute mit meinen Wissenslücken in Chemie geholfen und mir sogar für ein paar Sekunden den Arm um die Taille gelegt, als er sich in der kleinen Küche an mir vorbeidrückte. Nur eine Stunde später starrte er wieder abwesend in sein Handy, nur um mich entweder zu ignorieren oder so anzusehen, als würde er sich wünschen, dass ich mich auf der Stelle in Luft auflöste.

Es war anstrengend. Deshalb war ich einerseits froh, dass ich den Rest des Tages in Seattle bei meinem Freiwilligendienst in der Nachmittagsbetreuung mit kleinen Kindern, Teig und einer Menge Zucker verbringen durfte. Andererseits fühlte ich mich in Kians Nähe trotzdem wahnsinnig wohl. Er hatte es in der kurzen Zeit geschafft, dass ich mir kaum noch vorstellen konnte, wie es gewesen war, als er noch nicht im *Mug Café* gearbeitet hatte.

»Ich kenne Ihre Situation, aber Sie nutzen meine Gutmütigkeit diesbezüglich aus«, sagte Professor Motrellas.

Er war zwar einen Kopf kleiner als ich und bestand gefühlt nur aus seinem Kopf und dem Anzug, aber das machte ihn nicht weniger einschüchternd. Dazu kam die Tatsache, dass ich tatsächlich nur zu seinen Sprechzeiten kam, wenn ich wusste, dass ich die Frist für eine Arbeit nicht einhalten konnte oder ihn anbetteln wollte, eine Präsentation zu verschieben. Oder – so wie dieses Mal – um den Termin für meine mündliche Anatomieprüfung so weit wie möglich nach hinten zu verlegen.

Ich rutschte noch ein paar Zentimeter tiefer in den

erstaunlich weichen Besuchersessel, als ob das irgendetwas besser machen würde. Für ein paar Sekunden hörte man nur das quietschende Leder, auf dem ich nervös hin und her rutschte.

»Es tut mir leid, Ms. McConnell, meine Antwort lautet Nein. Ich kann Ihnen nicht noch einmal helfen, das wäre Ihren Kommilitonen gegenüber nicht fair.« Er richtete sich auf und verschränkte die Arme vor der Brust. Obwohl sein brauner Anzug auf den ersten Blick viel zu groß aussah, spannte er bei dieser Geste an seinen Schultern.

»Kann ich nicht wenigstens meinen Termin mit jemanden tauschen? Das wäre doch fair.« Ich richtete mich ebenfalls auf, aber sein Blick verriet mir, dass ich keine Chance mehr hatte.

»Nein, können Sie nicht. Sie wissen genau, dass ich von dieser Tauscherei nichts halte. Und jetzt entschuldigen Sie mich bitte.« Mit diesen Worten wandte er sich seinem Computer zu. Seine Lippen presste er zu einer schmalen Linie zusammen, ein sicheres Zeichen dafür, dass er nichts mehr zu sagen hatte.

»Wir sehen uns dann später, Ms. McConnell.« Er sah noch einmal von seinem Bildschirm auf, wohl um sich zu vergewissern, dass ich sein Büro auch wirklich verlassen würde, und ich konnte mein schuldbewusstes Gesicht nicht schnell genug verbergen. Er zog eine Augenbraue nach oben und ich bemühte mich, mein Gesicht wieder unter Kontrolle zu bringen.

»Natürlich. Vielen Dank für ihre Zeit, Professor. Bis dann.« Bevor ich mich umdrehen konnte, sah ich, wie er leicht seinen Kopf schüttelte. Ich wurde das Gefühl nicht los, dass er ganz genau wusste, dass ich nicht die geringste Absicht hatte, heute in der Vorlesung aufzutauchen.

Während ich mich auf den Weg zur Bushaltestelle machte, nahm ich mir vor, dass das Anatomieproblem ein Problem der Zukunfts-Addie war und Gegenwarts-Addie sich jetzt erst einmal auf Gegenwartsprobleme fokussieren sollte. Eines davon kam unglücklicherweise gerade auf mich zu. Eines, das eigentlich schon lange zur Vergangenheit gehören sollte.

»Hey, Süße, warte. Wieder auf dem Weg nach Seattle?«

Während unserer kurzen Bekanntschaft im ersten Semester, hatte ich Dan davon erzählt, dass ich freiwillig bei der Kinderbetreuung in einem Heim in Seattle aushalf. Für einen so selbstbezogenen Menschen wie ihn hatte er erstaunlich großes Interesse daran gezeigt, trotzdem hatte ich ihm keine Hintergründe erzählt. Ich ließ ihn in dem Glauben, dass ich es für Studiencredits machte. Da er keine Ahnung von irgendetwas hatte, dass man nicht mit Geld kaufen konnte, glaubte er mir sofort.

»Was willst du, Dan?« Die bessere Frage wäre gewesen, was er in der Nähe einer Bushaltestelle zu suchen hatte. Er war in seinem privilegierten Leben bestimmt noch nie auf öffentliche Verkehrsmittel angewiesen gewesen.

»Ich wollte dir eine Mitfahrgelegenheit anbieten.« Er hielt mir die Autoschlüssel zu seinem BMW vors Gesicht.

»Vergiss es, ich steige garantiert nicht mit dir in einen Wagen, und jetzt lass mich in Ruhe.« Ich hatte keine Ahnung, was ihn dazu bewog, zu glauben, dass ich jemals wieder in ein Auto mit ihm steigen würde.

Zwei Mädchen, die uns ausweichen mussten, weil wir den

gesamten Gehweg blockierten, unterbrachen ihr Gespräch und blickten verstohlen in unsere Richtung. Dass die Stimmung zwischen uns schlecht war, fiel anscheinend auch vollkommen unbeteiligten Leuten auf.

»Komm schon, Addie, wir hatten doch immer so viel Spaß. Bevor du mich ausgenutzt und fallen gelassen hast, natürlich.« Sein angespanntes Lächeln schaffte es wie meistens, eine Reaktion in mir hervorzurufen.

»Vergiss es, Dan. Ich muss mich vor dir nicht rechtfertigen. Zwischen uns war nichts und da wird auch nie etwas sein.« Meine Stimme zitterte und ich spürte, wie meine Augen verdächtig zu brennen begannen. Es war ein Fluch, jedes Mal heulen zu müssen, wenn ich wütend war. Und auf Dan war ich unglaublich wütend. Er versuchte, mir ein schlechtes Gewissen zu machen, nur weil ich zwanglosen Sex mit ihm gehabt hatte.

Dass er das Gleiche getan hatte – denn dazu gehörten schließlich immer noch zwei –, ließ er praktischerweise aus. Als ob für ihn eine andere Bewertungsskala galt. Ich wusste nicht, ob er mich als Schlampe abstempelte, weil ich außerhalb einer Beziehung mit ihm geschlafen hatte oder deshalb, weil es für mich niemals mehr als das gewesen war. Es war mir egal, was er von mir hielt. Es war mir nur nicht egal, wie er dieses völlig veraltete Stigma behandelte. Er tat so, als dürften sich Mädchen nicht genauso ausprobieren wie Jungs, ohne ernste Absichten zu haben. Etwas, dass in unserer Generation schon lange kein Thema mehr sein sollte. Wenn er im Café auftauchte oder mich auf Partys zwang, mich mit ihm zu unterhalten, war das eine Sache. Natürlich wusste er, wo ich arbeitete, und dass wir auf den gleichen Partys auftauchten, wunderte mich auch nicht im Geringsten. So hatten wir uns schließlich kennengelernt.

Aber warum er auf einmal mit mir nach Seattle fahren wollte, war mir ein Rätsel. Er interessierte sich normalerweise einen Dreck für seine Mitmenschen, deshalb konnte ich mir beim besten Willen nicht vorstellen, dass er ein ernsthaftes Interesse an meiner Arbeit hatte.

Er sah wie immer eher aus, als wäre er aus einem J-Crew-Katalog gefallen. Mit seiner Stoffhose und dem Hemd unter seinem dunkelblauen Pullover sah er jetzt schon wie ein Wallstreet-Manager aus, und eigentlich wirkte nichts an ihm auf den ersten Blick einschüchternd. Aber wer wie ich einmal einen Blick hinter seine Fassade geworfen hatte, wusste, dass man sich auf keinen Fall von seinem Auftreten täuschen lassen durfte.

Bevor er mein Starren noch mit Interesse an ihm verwechseln konnte, umklammerte ich den Riemen meiner Tasche fester. »Lass mich in Ruhe! Für immer«, sagte ich und setzte mich in Bewegung. Ich hätte noch so einiges gehabt, dass ich ihm gern an den Kopf geworfen hätte, aber ich würde bestimmt nicht diejenige sein, die sein beschissenes Frauenbild umkehren konnte, weshalb mir nichts anderes übrig blieb, als ihn stehen zu lassen.

Während ich auf den Bus wartete, bereute ich es wieder einmal, jemals etwas mit Dan angefangen zu haben. Er war ein verdammtes Arschloch, und so verdreht die ganze Sache auch abgelaufen war, waren wir fertig miteinander und ich würde nicht noch einmal etwas mit ihm anfangen. Ich fragte mich, wie ich mich überhaupt auf Daniel Allen hatte einlassen können. Auch damals war er überhaupt nicht mein Typ gewesen mit seinen blonden, kurzen Haaren und den schmalen Lippen. Er sah nicht schlecht aus, er war nur viel zu glatt für mich. Irgendwo zwischen lauter Musik und zu viel Tequila hatte ich wahrscheinlich meinen Männergeschmack auf der Tanzfläche verloren und er war, zumindest aus meiner Sicht, zur falschen Zeit am falschen Ort gewesen. Aber genau für solche Geschmacksverirrungen und schlechten Sex nach durchfeierten Nächten waren die Collegejahre schließlich da. Das redete ich mir zumindest ein. Was mir aber keiner gesagt hatte, war, dass besagte Geschmacksverirrungen sich manchmal weigerten, aus meinem Leben zu verschwinden.

15

Kian

Ich war geliefert! Sowas von geliefert! Was zum Teufel hatte mich geritten, als ich meiner Chefin, Mrs. Fanning, sehr überzeugend versichert hatte, dass ich locker zwei Stunden allein klarkommen würde? Der eigentliche Plan war gewesen, dass ich nach meinen Vorlesungen zusammen mit ihr arbeitete, solange bis Addison auftauchen würde. Als ich nach einer halben Stunde weder jemanden vergiftet, verbrannt oder sonst irgendeinen Schaden angerichtet hatte, war meine Bewährungsprobe für sie wohl bestanden. Ich konnte nicht Nein sagen, als sie mich fragte, ob es mir etwas ausmachen würde, die Zeit bis Addison kam, allein zu überbrücken. Natürlich machte es mir etwas aus! Ich hatte keinen blassen Schimmer von den Sandwiches und Kuchen, die wir hier verkauften, und noch war ich mir nicht zu hundert Prozent sicher, ob die Espressomaschine nicht doch mit Absicht gegen mich arbeitete.

Trotzdem hatte ich zugestimmt und deshalb zuckte ich jetzt bei jedem Klingeln der Eingangstür zusammen und hoffte, dass es ein Gast war, der nur einen schwarzen Kaffee zum Mitnehmen wollte.

Mrs. Fanning machte es mir aber auch nicht leicht, ihr etwas abzuschlagen, denn sie war mit Abstand die netteste ältere Dame, die ich kannte. Ihr warmer Ausdruck und das breite Lächeln auf ihren rotgeschminkten Lippen waren auch die Auslöser, die mich dazu gebracht hatten, zuzustimmen. Für diese Entscheidung büßte ich jetzt, indem ich ganz allein und ängstlich hinter dem Tresen stand.

»Gott sei Dank bist es nur du!« Ich war schon wieder zusammengezuckt, als die kleine Glocke an der Tür einen neuen Gast ankündigte. Als ich sah, dass es nur Blake war, der freudestrahlend mit seiner Gitarre auf dem Rücken auf mich zukam, ließ ich erleichtert meine verspannten Schultern fallen.

Mein Kumpel sah sich suchend um. »Wo ist denn der Grund, der dich so aus dem Konzept bringt?«

Tatsache war, Addison brachte mich aus dem Konzept. Heute war es aber zur Abwechslung ihre Abwesenheit, die mich nervös machte, und gerade konnte die Zeit, bis sie hier auftauchte, um mir zu helfen, nicht schnell genug vergehen. Mit jedem Tag, den wir zusammen verbrachten, fühlte ich mich wohler in meiner Haut und unsere Verabschiedungen vor ihrem Wohnheim wurden immer länger. Wahrscheinlich sollte ich aufhören, sie jeden Abend nach Hause zu begleiten, aber noch mehr als darauf, das Café und die Gäste zu verlassen, freute ich mich auf die Spaziergänge mit ihr und nahm es lieber in Kauf, danach wie ein Blöder über den Campus zu joggen, um wieder runterzukommen.

»Hallo, Mr. Barista, nimmst du vielleicht mal meine Bestellung auf? Ich muss heute noch einen Auftritt vorbereiten.« Blake klatschte vor meinem Gesicht in die Hände und riss mich aus meinen Tagträumereien.

Wie konnte ich vergessen, dass heute schon Freitag war und somit nicht nur meine erste Arbeitswoche mit Addison zu Ende ging, sondern auch die Party in Chases Haus stattfinden würde.

»Karamell-, Schokoladen- und Haselnuss-Sirup? Hast du vor, dich vor deinem Auftritt ins Zuckerdelirium zu katapultieren?« Ich zog eine Augenbraue nach oben, aber Blake zuckte nur unbeeindruckt mit den Schultern.

»Hör auf, mich zu verurteilen. Kein Zucker-Shaming! Sonst beschwere ich mich bei Addie über dich.«

Ich hob abwehrend die Hände. »Ich mach mir nur Sorgen darüber, dass du heute Abend so überdreht bist, dass du von der Bühne fällst.«

Noch während ich mich umdrehte, um eine besonders große Tasse für meinen unterzuckerten Freund zu holen, hörte ich eine Stimme, die es schaffte, mein Herz ein bisschen aus dem Takt zu bringen. Verdammt. Warum war sie schon hier?

»Gibt es etwa schon Beschwerden über unseren Neuen?« Addisons Stimme klang so locker und scherzhaft, dass sich auf meinem Mund ein Grinsen breitmachte. Um Blake nicht die Genugtuung zu geben, das zu sehen, suchte ich etwas zu lange nach der passenden Untertasse für ihn.

»Nur dass er zahlende Kundschaft wegen ihrer speziellen Kaffeewünsche belehrt.« Ich konnte in seiner Stimme hören, dass er sich freute, sie zu sehen. Die beiden hatten noch nicht viel Zeit zusammen verbracht, aber sie verstanden sich blendend.

»Du musst Karamellsirup mit Apfelkuchensirup mischen! Das schmeckt wie eine Offenbarung.« Obwohl die beiden in ein Wetteifern darüber vertieft waren, wer den süßesten Kaffee zusammenstellen konnte, lenkte Addison ihren Blick sofort auf mich, als ich mich umdrehte. Sie band sich ihre langen Haare gerade wieder zu einem

Knoten im Nacken und durch diese Bewegung hatte ich einen guten Blick auf ihren Oberkörper, der heute nicht unter einem ihrer hochgeschlossenen Strickpullis verborgen lag. Nicht dass sie mit diesen nicht auch heiß ausgesehen hätte. Mein Körper reagierte auf sie immer noch wie der eines pubertierenden Jungen, egal was sie anhatte. Je öfter ich mit ihr zusammen war, desto schwerer wurde es, diese Tatsache zu verbergen. Ich war mir fast sicher, dass es ihren aufmerksamen Augen nicht verborgen blieb, wie mein Atem jedes Mal schneller ging, wenn sie mich berührte, was in dem kleinen Café viel zu oft und doch nicht oft genug vorkam.

Heute trug sie ein beiges Shirt, das aussah, als wäre es einmal um ihren Körper gewickelt worden und als würde es nur von der Schleife in der Taille zusammengehalten. Es hatte keinen übertriebenen Ausschnitt, aber genug, um mich jetzt schon zum Schwitzen zu bringen. Und das lag garantiert nicht daran, dass Viola die Heizung immer auf Anschlag aufdrehte, um − wie sie sagte − eine gemütlichere Atmosphäre zu schaffen. Ich weiß nicht, wie lange ich sie so angestarrt hatte, aber ich merkte, wie sie den Kopf schief legte und meinen fragenden Blick erwiderte.

»Was machst du schon hier?« Ich sah aus den Augenwinkeln, wie Blake fast unmerklich den Kopf schüttelte und mir dadurch signalisierte, wie bescheuert er diese Frage fand.

»Entschuldigung, aber ich bin für die nächste Stunde nur eine Kundin, die hier sitzt, Kaffee trinkt und lernt.« Um ihre Aussage zu bekräftigen, zeigte sie auf die Bücher, die sie vor sich abgelegt hatte. »Aber zuerst nehme ich auch einen Kaffee mit Karamell und Schoko.« Sie legte ihre Ellbogen auf ihren Büchern ab und lehnte sich nach vorn.

Es kostete mich einiges an Willenskraft, um meinen Blick nicht von ihrem Gesicht nach unten wandern zu lassen.

Blake sah mich triumphierend an, aber ich konnte nur den Kopf schütteln.

»Siehst du, Addie, er verurteilt uns.«

»Ich mache mir nur Sorgen darüber, womit ihr euren Körper füttert.« Ich konnte mir beim besten Willen nicht vorstellen, dass das noch gut schmecken sollte.

»Was meinst du? Mit leckerem, warmen und süßem Glück? Das solltest du auch mal ausprobieren.« Addison dachte gar nicht daran, das auf sich sitzen zu lassen, und mein Kumpel nickte zustimmend.

Ich verkniff mir jeglichen weiteren Kommentar und fing an, diese Kaffee-Verbrechen zuzubereiten. So sehr ich mich auch bemühte, mich auf meine Aufgabe zu konzentrieren, schielten meine Augen immer wieder wie von selbst zu Addison, die sich angeregt mit Blake unterhielt, anstatt zu lernen.

»Das ist Pit.« Entschuldigend zeigte Addison auf ihr Telefon, als das Klingeln ihr Gespräch unterbrach. »Er fährt für ein paar Tage zu seinen Eltern. Ich muss kurz drangehen.« Als sie den Anruf annahm und in eine ruhigere Ecke verschwand, breitete sich ein flaues Gefühl in meinem Magen aus.

Ich wusste, dass die beiden sehr eng miteinander befreundet waren, und selbst wenn nicht, sollte ich mich für sie freuen. Aber ich konnte nicht leugnen, dass ich neidisch darauf war, wie nahe ihr Pit stand. Blakes wissendem Blick nach zu urteilen, stellte ich mich auch nicht besonders gut darin an, diese Tatsache zu verbergen.

»Hey, Alter! Du siehst aus wie ein Kind, dem man gerade die letzte Regenbogenzuckerwatte geklaut hat.« Zum zweiten Mal an diesem Tag klatschte Blake vor meinem Gesicht in die Hände, als wäre ich ein Hund, den er davon abhalten wollte, seine neuen Schuhe zu zerkauen. »Keine Sorge, die beiden sind nur Freunde. Er ruft sicher nicht an, um ihr seine Liebe zu gestehen.« Er hatte seine Stimme ein bisschen gesenkt und hörte sich fast verschwörerisch an.

»Du liegst wie immer, wenn du meine Gedanken lesen willst, falsch, Kumpel. Darüber habe ich ganz bestimmt nicht nachgedacht.«

»Belüg dich so viel du willst.« Blake zuckte mit den Schultern und nahm einen Schluck aus seiner Tasse.

Als Addison zurückkam, war ich froh, dass sich die beiden sofort in ein Gespräch über seine Musik und seinen Auftritt am Abend vertieften, sodass ich nicht gezwungen war, mich mit ihr zu unterhalten, sondern die Zeit nutzen konnte, meine Gedanken zu sortieren. Wie immer, wenn Addison es in der letzten Woche geschafft hatte, mich um den Verstand zu bringen, musste ich mich daran erinnern, warum ich keinen Platz für sie in meinem Leben hatte.

Weil ich durch die Arbeit im Café viel weniger Zeit hatte, Avery zu besuchen, nutzte ich die ruhige Minute, um ihr eine Nachricht zu schreiben. Ich stockte kurz, als ich den Chat mit ihr öffnete, denn wieder einmal fiel mir auf, wie viele meiner Nachrichten von ihr unbeantwortet blieben.

Ich wusste, dass es manchmal einfach besser war, Avery in Ruhe zu lassen, aber ich vermisste sie. Besser gesagt, ich vermisste die Beziehung, die wir einmal hatten. Nicht so, wie sie jetzt war, nach allem, was passiert war. Vor dem Unfall, mit dem eine neue Zeitrechnung begonnen hatte, hatten wir uns so nahegestanden, dass sie niemals eine Nachricht von mir ignoriert hätte. Auch wenn wir vorher schon ab und zu aneinandergeraten waren, war es diese

Nacht, die unser Verhältnis zueinander für immer verändert hatte. Jetzt bestand sie nur noch aus einer komischen Mischung aus Abhängigkeit ihrerseits und riesigen Schuldgefühlen meinerseits.

»Hey, kannst du mir den Rest in einen Becher füllen? Ich muss los.« Blake schob seine noch fast volle Tasse in meine Richtung und riss mich so aus meiner Tagträumerei. Ich nickte ihm nur stumm zu und er wandte sich wieder an Addison.

»Also, dann fährst du mit unserem Süßigkeitenallergiker hier?«, fragte Blake sie und grinste triumphierend in meine Richtung.

Hätte ich die letzten zwei Minuten nicht allein in meinem eigenen Kopf verbracht, hätte ich ihm eine Antwort geben können. Stattdessen entfuhr mir nur ein ungläubiges »Was?«, das viel zu alarmiert klang, was mir aber erst bewusst wurde, als Addison mich mit aufgerissenen Augen anstarrte.

»Keine Sorge, du wirst gar nicht merken, dass ich da bin.« Sie fing sich sofort wieder, aber an ihrer trotzigen Stimme, die viel lauter als normalerweise klang, merkte ich, dass sie verletzt war. Auch Blake sah mich grimmig an, als wäre er es gewesen, den ich persönlich beleidigt hatte. Addison schien nicht genau zu wissen, was sie von meiner Aussage halten sollte, zuckte aber dann mit den Schultern, schob ihre Bücher an das Ende der Theke und fing an, sie aufzuschlagen. Sie senkte ihren Blick erst, nachdem sie mir noch einen finsteren Blick zugeworfen hatte. Mit einem ähnlichen Ausdruck im Gesicht bedachte mich Blake, der jetzt von seinem Stuhl rutschte und seine Gitarre schulterte.

»Wehe du tauchst ohne sie auf.« Es klang wie eine Drohung, die ich ernst nehmen sollte. Ohne eine Antwort abzuwarten, drehte er sich um, drückte Addisons Schulter, was wohl aufmunternd wirken sollte, und verschwand aus der Tür.

»Hey, ich …« Ich versuchte, so neutral wie möglich zu klingen, aber es gelang mir nicht. Vor allem, weil Addison sich nur auf ihre Bücher konzentrierte und mich ignorierte. »Ich nehme dich natürlich mit, okay?«

Es dauerte eine Weile, bis sie langsam nickte. »Wie schon gesagt, du wirst gar nicht merken, dass ich da bin.«

16

Kian

Es war vollkommen unmöglich, mich zu konzentrieren, wenn ich Addison die ganze Zeit im Augenwinkel hatte. Sie würdigte mich keines Blickes. Nicht einmal, als ich eine halbe Ewigkeit brauchte, um zwei Latte macchiato mit Hafermilch herzustellen. Trotzdem fühlte ich mich von ihr beobachtet. Vielleicht war das aber auch nur Wunschdenken, denn wann immer ich möglichst unauffällig in ihre Richtung blickte, war sie in ihre Bücher vertieft. Ich konnte nicht bestreiten, dass ich zu ihr gehen wollte. Ich wollte ihr sagen, dass mein Herz einen Schlag aussetzte, bei dem Gedanken, den Abend mit ihr zu verbringen. Vor Freude und vor Angst. Dass die Zeit allein mit ihr langsam, aber sicher das Highlight meines Tages wurde, aber dass ich Angst davor hatte, dieses Gefühl zuzulassen. Dass es mir jeden Tag schwerer viel, mich von ihr zu verabschieden, und dass ich stark sein musste – für uns beide.

Ich wusste, dass ich mir eher die Zunge mit heißen Kaffee verbrühen würde, als ihr irgendetwas davon zu sagen, sodass es dann kein Zurück mehr gäbe. Nicht nur die Vorahnung, meine Gefühle würden sich dann viel zu real anfühlen, sondern auch die Angst, vor einem Kontrollverlust über die Folgen hielten mich davon ab.

Trotz allem konnte ich es nicht lassen, immer wieder zu ihr zu sehen. Es war beeindruckend, wie sehr ihr Gesicht ihre Gedanken widerspiegelte. Ich konnte selbst von meiner Position aus sehen, wie sie immer verzweifelter wurde. Nicht meinetwegen, sondern wegen der Lernunterlagen, die sie vor sich ausgebreitet – oder eher ausgekippt – hatte. Es schien, als würde sie überall, wo sie hinging, Unordnung veranstalten, nicht nur in meinem Kopf.

So sehr ich mich auch dagegen wehren wollte – als sie verzweifelt den Kopf auf die Tischplatte sinken ließ, musste ich einfach zu ihr gehen.

»Alles in Ordnung?«, fragte ich. Der innere Kampf, der sich bisher in solchen Situationen in mir abgespielt hatte, war dieses Mal so erbärmlich kurz, dass er nicht einmal der Rede wert war.

Sie hob ihren Kopf nur leicht und schüttelte ihn. »Ich bin sowas von am Arsch.« Sie ließ ihren Kopf wieder zurück auf ihre Blätter fallen. Erst jetzt merkte ich, dass sie offensichtlich für Anatomie lernte.

Ich wusste nicht, ob es einfach nur die Tatsache war, dass ich ziemlich gut in diesem Fach war, oder mein Verstand meinem Herzen das Zepter in die Hand gegeben hatte, denn anders konnte ich mir meine nächste Aussage nicht erklären.

»Wenn du willst, helfe ich dir beim Lernen.«

Sie setzte sich wieder auf, strich sich die losen Haarsträhnen hinters Ohr und schaute mich skeptisch an. Ich konnte es ihr nicht verdenken, denn ich konnte mir selbst nicht erklären, warum ich gerade vorgeschlagen hatte, noch mehr Zeit mit ihr zu verbringen. Und das, nachdem ich mir die ganze Zeit versucht hatte einzureden, wie gefährlich das wäre.

»Lass mich raten: Du hast das Fach schon bestanden, oder?« Obwohl sie es wie eine Frage formulierte, hörte es sich so an, als wüsste sie die Antwort darauf bereits. Und sie hatte recht. Ich hatte Anatomie III schon im letzten Semester zusätzlich belegt und abgeschlossen. Weil ich ihr das in ihrer Verzweiflung aber nicht unter die Nase reiben wollte, nickte ich zunächst nur. Doch dann sagte ich:»Ich kann förmlich sehen, wie sehr du dich anstrengst, ein Augenrollen zu unterdrücken, Addison.«

Sie sah mich mit leicht geöffnetem Mund an und ich rechnete jeden Moment damit, einen spöttischen Kommentar an den Kopf geworfen zu bekommen. Vielleicht hatte ich den sogar verdient.

»Stimmt, ich werde demnächst in Ohnmacht fallen, so sehr strenge ich mich an. Wieso bist du nur so ein Mr. Perfect? Oder hasst du Spaß einfach nur? Ich kenne niemanden, der es schafft, so ein lernintensives Fach viel zu früh abzuschließen.«

»Glaub mir, ich bin alles andere als perfekt. Also willst du jetzt meine Hilfe oder nicht?«

Addison überlegte nicht lange.»Wenn du schon so wahnsinnig nett nachfragst, nehme ich das Angebot natürlich nur zu gern an.«

Ich konnte mir nicht helfen, ich freute mich, dass sie mich wieder anlächelte und mir meine ablehnende Haltung von vorhin nicht mehr übelzunehmen schien.

»Aber nicht jetzt, Mr. *Ich-liebe-die-Bibliothek-mehr-als-alles-andere.*« Sie fing an, die Blätter achtlos und vollkommen durcheinander wieder in ihren Ordner zu schieben und dann in ihre Tasche zu stopfen.

»Ähm, du hast noch mindestens eine halbe Stunde, bevor deine Schicht beginnt.«

Addison schüttelte unwillig den Kopf. »Es ist Freitagabend und ich habe Mrs. Fanning versprochen, dass wir noch Muffins für morgen fertig machen. Und je eher wir damit anfangen, desto schneller können wir los.« Entschlossen ging sie um den Tresen herum und auf mich zu.

»Du hast gerade selbst gesagt, Anatomie ist ziemlich zeitaufwändig, vielleicht solltest du …«

Sie ließ mich den Satz nicht zu Ende bringen, sondern legte mir ihren Finger auf die Lippen.

»Kein Wort mehr über die Uni. Im Gegenzug für dein großzügiges Hilfsangebot werde ich dir heute nämlich zeigen, wie man Spaß hat.« Ihre grauen Augen funkelten mich abenteuerlustig an und ich fragte mich, ob es überhaupt möglich war, ihr zu widerstehen.

»Ich kann mich nicht erinnern, dass ich eine Gegenleistung verlangt habe.«

Aber Addison drehte sich schon um und ging auf die Küche zu. »Ich kann dich nicht hören«, rief sie, verschwand mit schwingenden Hüften durch die Tür und ließ mich stehen.

»Was haben die Eier dir eigentlich getan?« Addison stand neben mir und sah aus, als könnte sie nicht glauben, was sie sah. Noch während die letzten Gäste das Café verlassen hatten, hatte sie damit begonnen, Tische abzuwischen und alles aufzuräumen. Sie konnte es kaum erwarten, ins Wochenende zu starten.

Ich hatte da eher gemischte Gefühle. Wochenenden bedeuteten für mich immer eine Abweichung von meiner

Routine. Ich hatte keine festen Zeiten, an denen ich in den Vorlesungen sitzen musste und wann ich Mittagspause machen sollte. Für die meisten Kommilitonen war das ein Grund zu feiern. Für mich war es nur ein Grund, mich zwischen meiner Wohnung und der Bibliothek zu bewegen. Wäre Blake nicht gewesen, würden meine Gedanken heute auch nur darum kreisen, welches Fach ich dieses Wochenende angreifen sollte. Aber da ich nun mal nicht allein auf der Welt war, würde ich den restlichen Freitag nun in der Gesellschaft von hunderten feierwütigen Studierenden verbringen, von denen eine es mir ganz besonders schwer machte, in meiner einsamen Blase zu bleiben.

Zuerst mussten wir allerdings noch die besagten Schoko-Muffins vorbereiten und mein nicht vorhandenes Talent, mit Lebensmitteln umzugehen, versetzte Addison schon zum wiederholten Mal einen Schock. Ich musste in meinem ganzen Leben noch nie ein Ei trennen – wozu auch? Ich wusste nicht einmal, wieso man das machen sollte. Anscheinend war es aber für Addisons Rezept unabdingbar und aus irgendeinem Grund hatte sie mir diese Aufgabe anvertraut.

»Du setzt mich unter Druck, wenn du mir ständig über die Schulter schaust.« Das stimmte, denn sie stand so dicht neben mir, dass sich unsere Schultern berührten. Und das trug nicht gerade dazu bei, dass ich mich darauf konzentrieren konnte, nicht die halbe Eierschale mit in die Schüssel zu werfen. Ich konzentrierte mich mehr darauf, dass sie von einer unwiderstehlichen Geruchsmischung aus Kaffee und Schokolade umgeben war, oder wie sich ihr Gesicht entspannte, wenn sie beide Hände im Teig vergraben hatte.

»Du sollst das Ei nicht komplett zermatschen, sondern nur anknacksen.« Wieder einmal bewies Addison eine unglaubliche Geduld darin, mir Sachen zu erklären, die für sie vollkommen selbstverständlich waren. Trotzdem konnte ich nur hilflos mit den Schultern zucken.

»Folge einfach meinen Bewegungen.« Sie legte ihre Hände auf meine, die das Ei so fest umklammerten, dass ich es beinahe zerdrückt hätte. Sie hingegen verhielt sich so, als wäre es das Normalste auf der Welt. Meine ganze Energie ging dafür drauf, mich auf die Schüssel vor mir zu konzentrieren, statt auf die warmen Hände und ihre Haare, die meinen Hals streifen.

Tatsächlich funktionierte es mit ihrer Hilfe viel besser und wir mussten nicht noch ein drittes unschuldiges Ei vom Boden aufsammeln. Trotzdem entzog ich ihr meine Hände sofort wieder.

»Kannst du mir nicht eine einfachere Aufgabe geben?«

Immer noch stand Addison so dicht neben mir und machte keine Anstalten wieder Abstand zwischen uns zu bringen. »Einfacher als Eier aufschlagen? Hast du noch nie Waffeln zum Frühstück gemacht? Oder wenigstens Pfannkuchen?« Sie drehte sich jetzt mit dem ganzen Körper zu mir.

»Ich besitze noch nicht einmal ein Waffeleisen. Das sollte Antwort genug sein.« Erst jetzt merkte ich, wie intensiv ihr Blick auf mich gerichtet war.

Sie schüttelte lächelnd den Kopf. »Du musst wirklich noch die süßen Seiten des Lebens kennenlernen. Zum Glück hast du ja jetzt mich dafür. Das ist der Deal deines Lebens«.

»Ich kann mich nicht daran erinnern, so einem Deal zugestimmt zu haben.« Ich lehnte mich mit den Rücken an die Arbeitsplatte und verschränkte die Arme vor meiner Brust. Mein Blick fiel auf ihr helles Oberteil, dass so aussah, als müsste ich nur an der Schleife ziehen, um es zu öffnen. Die Vorstellung, wie sich ihr Körper unter meinen Händen anfühlte, schien sich regelrecht in mein Hirn zu brennen. Ich konnte es nicht leugnen, dass ich mehr wollte. Mehr von ihrem Körper, ihrem Lächeln und ihrer Fröhlichkeit. Vielleicht hatte ich wirklich den Deal meines Lebens gemacht. Wie lange ich es wohl noch schaffen würde, dieses Verlangen zu ignorieren? Wenn ich in diesem Moment eine Wette hätte abschließen müssen, hätte ich sie wohl verloren.

Sie machte einen Schritt auf mich zu und spätestens jetzt hatte ich keine Möglichkeit mehr, ihrem Blick auszuweichen. Plötzlich waren mir Muffins, Eier, Teig und Kaffee egal, denn es fühlte sich an, als wäre der Raum geschrumpft, sodass nur wir beide existierten. Ich fragte mich, wie wir es geschafft hatten, eine Situation, in der ich mich wie der unfähigste Tollpatsch anstellte, in eine so knisternde zu verwandeln. Denn dass es jetzt zwischen uns knisterte, konnte ich nicht mehr bestreiten. Mit dem, was ich in diesem Moment spürte, hätte ich einen ganzen Waldbrand auslösen können.

Ich wollte diese Stimmung entladen, ihre vollen, leicht geöffneten Lippen küssen und sie so nah wie möglich bei mir spüren. Ich wollte endlich aufhören, gegen mich selbst und mein eigenes Verlangen zu kämpfen. Ich musste mich irgendwie erlösen, ansonsten würde ich den Verstand verlieren. Ich hätte diese Woche Cassia anrufen können, um mir einen Orgasmus zu verschaffen, aber tief in mir drin wusste ich, dass es nichts geändert hätte. Cassia hatte nicht einmal annähernd die Kraft, das in mir auszulösen, was Addison konnte. *Ich könnte der Versuchung nachgeben. Könnte sie an mich ziehen und ihren süßen Mund erobern. Ich könnte sogar noch weiter gehen und sie auf die Arbeitsfläche vor mir ablegen,* dachte ich.

Auch Addison schien zu spüren, wie sich das Verlangen in mir gefährlich schnell einen Weg an die Oberfläche bahnte. Sie leckte sich fast unmerklich über ihre Unterlippe und neigte ihren Körper in meine Richtung. In diesem Moment war ich mir sicher, dass sie mich nicht von sich stoßen würde. Das Kribbeln in mir wurde so stark, dass mir schwindelig wurde, und ich vergaß, wie man sich bewegte. Ich wollte meine Arme nach ihr ausstrecken, aber sie gehorchten meinem Gehirn nicht. Ich wollte noch einen Schritt auf sie zu machen, aber meine Beine verweigerten ihren Dienst. Ich war ihr so nah, dass ich fast ihren Herzschlag fühlen konnte. Die Spannung ließ mich vergessen, zu atmen, vergessen, dass ich nicht zu ihr gehörte, vergessen, dass ich gerade auf dem besten Weg war, einen Fehler zu begehen.

Addison bewegte sich jetzt nicht mehr, aber ich hörte, wie ihr Atem schwerer wurde. Wie hypnotisiert von ihren Lippen beugte ich mich langsam zu ihr und strich mit den Fingerspitzen über ihren Arm nach oben über ihre Schulter, bis ich die warme Haut an ihrem Hals spürte. Ich merkte, wie sie erschauderte, als mein Blick an ihren Augen hängen blieb.

An den Augen, die mich nicht mehr losließen, seit sie mich das erste Mal angefunkelt hatten. An den Augen, die so voller Lebensfreude und Energie strahlten, dass sie mir schmerzhaft bewusst machten, wie unterschiedlich wir doch waren.

Zu unterschiedlich! Ich war ihr schon so nah, dass ich ihren warmen Atem an meinem Hals spüren konnte, und dennoch hielt mich etwas davon hab, die letzten Zentimeter zwischen uns zu überbrücken …

»Wir sollten uns beeilen, Addison. Ich will Blakes Auftritt nicht verpassen.« Meine Stimme klang nicht nach mir selbst. Sie war dunkler und rauer, so als wollten die Worte meinen Mund eigentlich gar nicht verlassen. Ich zog meine Hand zurück, aber das Gefühl, dass mir ihre weiche Haut an meinen Fingern beschert hatte, ließ sich damit nicht abschütteln. In dem Bruchteil einer Sekunde hatte ich mit diesem Satz das Knistern zwischen uns nicht in ein Feuerwerk verwandelt, nicht einmal in eine kleine Wunderkerze. Ich hatte es aber auch nicht ausgelöscht. Ich hatte es nur beiseitegeschoben. So weit weg, wie es mir in diesem kleinen Raum allein mit Addison möglich war. Ich richtete mich wieder auf und versuchte, an ihrem Gesicht abzulesen, was sie gerade dachte.

Im ersten Moment schien sie überrascht, dann presste sie die Lippen aufeinander und trat einen Schritt zurück. Sie brauchte nur ein paar Sekunden, um sich wieder unter Kontrolle zu haben, aber ihr Körper strahlte Unzufriedenheit aus. Sie hatte mit den Händen die Ärmel ihres Oberteils nach vorn gezogen, als wollte sie sich daran festhalten, und hielt ihren Blick nach unten gerichtet. Als sie mich nach ein paar Sekunden endlich wieder ansah, sah sie nicht wütend aus – eher verwirrt und so, als würde sie nach den richtigen Worten suchen. Ich konnte es ihr nicht verdenken. Ich wollte sie. Ganz. Obwohl ich wusste, dass es besser war, dem Verlangen nicht nachzugeben, bereute ich in diesen Moment, meine Chance vertan zu haben.

»Nenn mich doch einfach Addie.« Mit diesen Worten wandte sie sich wieder dem Teig zu. Das Zittern in ihrer Stimme ließ mich Wissen, dass sie aufgewühlt war. Sie presste die Lippen fest aufeinander und atmete kontrolliert ein und aus, um ihre Fassung wiederzufinden. Während ich merkte, dass sie sich langsam entspannte, fanden all die Worte, die meinen Kopf gerade zu einem unerträglichen Ort machten, ihren Weg nicht nach draußen.

17

Kian

Ich wusste nicht, wohin mit meinen Gefühlen. Alles in mir schien in Aufruhr zu sein und alles nur wegen eines Mädchens, das gerade einmal eine Woche zuvor in mein Leben gestolpert war. Ein Mädchen, das es nicht interessierte, ob ich mich mürrisch oder abweisend verhielt, und das sich mit ihrem ganz eigenen Kopf in mein Leben gedrängt hatte und keine Anstalten machte, diesen Platz wieder zu räumen.

Dieses Mädchen war auf dem besten Wege dahin, mein Verderben zu sein, denn alles an ihr schaffte es, dass sich meine Gedanken viel zu oft am Tag darum drehten, sie wieder zu küssen. Dieses Mädchen riss gerade unsanft die Tür meines Autos auf und brachte einen Schwall kalter Luft mit ins Innere. Ich hob meinen Kopf vom Lenkrad und sah ihr dabei zu, wie sie geräuschvoll auf den Beifahrersitz kletterte.

Nach unserem Beinahe-Kuss im Café war Addison relativ schnell wieder zur Tagesordnung übergegangen und hatte so getan, als hätte es diesen Moment nie gegeben. Ich konnte nicht einschätzen, ob sie enttäuscht war und das zu überspielen versuchte, oder ob ihr es einfach nicht so viel ausmachte und ich der Einzige war, der sich noch Gedanken darüber machte. Sie hatte wie üblich gescherzt und sich über meine Unfähigkeit in der Küche lustig gemacht. Mir fiel es nicht so leicht, so schnell zur Normalität überzugehen, was hauptsächlich daran lag, dass ich mich selbst ohrfeigen wollte. Ich hatte mich noch nicht entschieden, für was genau. Ob für die Tatsache, dass ich meine Chance bei ihr nicht genutzt hatte, oder dafür, dass ich es überhaupt noch einmal so weit hatte kommen lassen.

Jetzt – knapp eine Stunde später – war ich schon wieder mit Addison auf engsten Raum zusammen, denn meine verkorkste Gefühlswelt änderte nichts an den Plan, gemeinsam zur *Hütte* zu fahren, in der unsere Freunde schon auf uns warteten. Addisons Freunde zumindest. Mein einziger Freund würde viel zu beschäftigt sein, um meine Anwesenheit überhaupt wahrzunehmen.

Addison hatte sich angeschnallt und sah mich abwartend an. Sie hatte die Stunde genutzt, denn sie sah noch umwerfender aus als zuvor. Ihre Haare hatte sie aus dem Knoten gelöst, sodass sie ihr jetzt in leichten Wellen über die Schultern fielen. Auch ihre Lippen waren nicht mehr rosa wie zuvor, sondern leuchteten mir in einem dunklen Rotton entgegen. Das trug nicht gerade dazu bei, sie nicht mehr küssen zu wollen.

Als ich keine Anstalten machte, etwas zu sagen, hielt sie mir triumphierend eine Papiertüte vor die Nase. »Ich habe uns was für unterwegs mitgenommen.«

Noch bevor ich einen Blick hineinwerfen konnte, stieg mir der süße Duft von Schokolade in die Nase. »Wir fahren nur zwanzig Minuten. Glaubst du nicht, wir schaffen das ohne Proviant?«

»Schaffen schon, aber es macht nur halb so viel Spaß. Los

geht's! Rylan und Camille sind schon lange dort und sie sind begeistert.« Addison machte es sich in ihrem Sitz bequem und fing bereits an, an der Papiertüte herumzunesteln, als wir noch nicht einmal den Parkplatz verlassen hatten.

»Hast du nicht vorhin schon einen verdrückt, als sie noch warm waren?« Ich wandte meinen Blick nur kurz von der Straße ab, um Addison anzusehen, die schon mit ihrem Muffin beschäftigt war und vollkommen zufrieden neben mir saß.

»Blake hat recht, was du betreibst, ist Zucker-Shaming.« Um ihren Standpunkt zu unterstreichen, biss sie noch einmal herzhaft hinein und sah mich beim Kauen mit einem provokativen Funkeln in ihren Augen an.

»Ich steh einfach nicht so sehr auf Süßes.« Aus irgendeinem Grund hatte ich das Gefühl, meine Aussage noch rechtfertigen zu müssen. Meinen Blick heftete ich jetzt wieder auf die Straße, denn obwohl es schon nach 20:00 Uhr war, war rund um den Campus relativ viel Verkehr. Viele der Studenten waren wohl auf dem Weg in ein Wochenende zu Hause oder – so wie wir – unterwegs zu einer Party. Aus manchen Gebäuden sah ich Menschen mit Reisetaschen kommen und vor anderen standen unsere Kommilitonen in Grüppchen zusammen und unterhielten sich. In dem rötlichen Licht der Straßenlaternen sahen die Universitätsgebäude, die sich über diesen Teil der Stadt erstreckten, viel mystischer und beeindruckender als bei Tageslicht aus. Ich liebte es eigentlich, um diese Zeit im Auto zu sein. Dennoch gehörte Addison, die sich mir zugewandt hatte, meine gesamte Aufmerksamkeit und die Ruhe, die diese Tageszeit in mir auslöste, verblasste neben ihrer Anwesenheit.

»Lügner! Ich habe genau gesehen, wie deine Augen aufgeleuchtet sind, als du die Schokolade gerochen hast.« Ich hörte, wie sie mit der Tüte raschelte.

»Tja, dann brauchst du wohl eine Brille«, erwiderte ich betont lässig. Sie lag nicht unbedingt falsch. Ich mochte Süßes, wenn auch bestimmt bei Weitem nicht so gern wie sie selbst oder Blake. Ich hatte nur irgendwann damit aufgehört, es zu essen, und mittlerweile konnte ich mich nicht einmal mehr daran erinnern, wieso. Vielleicht war es ein Teil meines Plans, mich selbst zu bestrafen.

»Mund auf!« Ich hatte gar nicht bemerkt, dass meine Beifahrerin sich über die Mittelkonsole gelehnt hatte. Jetzt hielt sie mir ein Stück Schoko-Muffin direkt vor den Mund und berührte dabei fast meine Lippen.

»Ich ...«, weiter kam ich mit meinem Protest nicht, denn kaum hatte ich meinen Mund geöffnet, schob sie mir das Stück sofort hinein und ließ keine Widerrede zu. Ich zuckte überrascht zurück, als ich meinen Mund wieder schloss und dabei ihre Finger mit meinen Lippen berührte. Ich musste mich regelrecht dazu zwingen, meine Aufmerksamkeit auf die Straße zu richten und die Gedanken, die diese unschuldige Berührung auslöste, zurückzudrängen. Das erwies sich als mehr als schwierig, denn der kurze Kontakt meiner Lippen mit Addison, machte sich sogar zwischen meinen Beinen bemerkbar. Der innere Teenager in mir ließ sich ausgerechnet jetzt wieder blicken. Kein Wunder bei dem, was sich heute schon aufgestaut hatte. Der pubertierende Kian konnte nicht verstehen, warum ich ihrer Anziehung nicht endlich nachgab. Mit aller Kraft konzentrierte ich mich auf den schokoladigen Geschmack, der sich jetzt in meinen Mund ausbreitete, und nicht auf die mindestens genauso süße Versuchung neben mir.

Ich war nicht der größte Backwarenexperte unter dieser Sonne, aber ich war mir sicher, noch nie einen besseren Muffin als diesen gegessen zu haben. Er war wunderbar schokoladig und saftig und die kleinen Schokostücken zerflossen regelrecht auf meiner Zunge. Ich hatte keine Ahnung, wie Addison es geschafft hatte, den Teig so unglaublich schokoladig, aber gleichzeitig nicht zu süß zu machen. Meine Überraschung darüber äußerte sich in Form eines zufriedenen Brummens, das sich nicht zurückhalten ließ und Addison ein leises Kichern entlockte.

»Gern geschehen, mein Lieber.« Sie hörte sich an, als hätte sie ihre Mission erfüllt.

»Du bist echt talentiert.«

Noch immer saß sie schief in ihrem Sitz, sodass sie mich ansehen konnte. Sie war zwar angeschnallt, aber lehnte mit dem Rücken an der Beifahrertür. Ich überlegte, sie darauf hinzuweisen, wie gefährlich das bei einem Unfall wäre, aber da sprach sie schon weiter.

»Tja, ich habe viele versteckte Talente, von denen du noch nichts weißt.« Bei ihr klang dieser Satz so, als würde ich es noch herausfinden, und ich wusste in diesem Moment, dass ich absolut nichts dagegen einzuwenden hätte.

»Du hättest auch über eine Karriere an der *Culinary School* nachdenken können.« Das war zwar nicht ganz ernst gemeint, allerdings war es auch nicht komplett abwegig, denn wann immer ich mit Addison im Café zusammenarbeitete, spürte ich ihre Begeisterung fürs Backen. Sie fing sogar schon an, auf mich abzufärben. Auf mich, jemanden, der erst nach zweiundzwanzig Jahren gelernt hatte, dass man ein Ei auch trennen konnte.

»Ich glaube, wenn ich es beruflich machen würde, hätte

ich Angst, den Spaß daran zu verlieren. Jetzt finde ich es einfach entspannend. Außerdem dürfte ich dann nichts mehr naschen und das würde mir ganz bestimmt den Spaß verderben.« Sie zuckte mit den Schultern und schob sich wie zur Bestätigung noch ein Stück in den Mund. »Und was hast du für geheime und versteckte Talente, Mr. Perfect?«

Ihre Frage traf mich unvorbereitet und sie ahnte bestimmt nicht, dass sie für mich gar nicht so leicht zu beantworten war. »Gar keine«, sagte ich und zuckte mit den Schultern.

»Komm schon, jeder hat doch irgendetwas, was er gern macht.«

»Irgendwie habe ich diese Hobby-Phase als Kind verpasst, und als ich auf die High School kam, fand ich sowieso alles uncool.« Ich atmete geräuschvoll aus und merkte, wie ich ganz automatisch meine Schulterblätter zusammenzog.

Addison wartete geduldig, bis ich weitersprach. Ich mochte, dass sie mich nicht bedrängte, sondern mir Raum für meine Gedanken gab.

»Wahrscheinlich hätte es einiges verändert, wenn ich als Kind schon eine Leidenschaft, die meine ganze Aufmerksamkeit verlangte, gefunden hätte.« Ich wusste nicht, warum genau dieser Satz jetzt ganz leise aus meinem Mund kam. Ich hatte zwar schon öfters über Szenarien nachgedacht, in denen nur eine kleine Veränderung den weiteren Verlauf meines Lebens beeinflusste, laut ausgesprochen hatte ich es aber noch nie. »Wer weiß, was uns dann alles erspart geblieben wäre«, fügte ich jetzt sogar noch hinzu.

Ich machte mich auf die Fragen gefasst, die sie mir stellen würde. *Was meinst du damit? Wen meinst du mit uns?*

In meinen Gedanken legte ich mir schon eine passende

Antwortstrategie zurecht, um dieses Gespräch schnell zu beenden, aber dann reagierte Addison ganz anders, als ich es erwartet hatte.

»Ich glaube, man denkt immer, dass die Vergangenheit anders hätte laufen müssen, um die Gegenwart oder die Zukunft besser zu machen, aber das ist nicht richtig …« Sie holte tief Luft, aber bevor sie weitersprechen konnte, unterbrach ich sie.

»Ja, weil die Vergangenheit einfach alles beeinflusst, was heute ist. Oder wer du heute bist.«

Ich hatte nicht einmal mit Blake Unterhaltungen dieser Art und das, obwohl er sich selbst gern mit einem Philosophiestudenten verwechselte. Mit Addison war es anders. Mit ihr war alles anders. Es war so leicht, mit ihr zu sprechen, weil ich das Gefühl hatte, dass sie immer genau wusste, was ich meinte. Sie gab mir gleichzeitig ein Gefühl der Tiefe und der Leichtigkeit, das sich mit Worten nur schwer beschreiben ließ, weil ich es bisher mit noch keinem Menschen gefühlt hatte. Ich fühlte mich so wohl mit ihr, dass ich die meiste Zeit keinen Gedanken mehr daran verschwendete, wie ich sie am besten auf Abstand hielt. Ich kannte die Argumente dafür ganz genau, aber wenn ich in ihre Augen blickte, kamen sie mir viel schwächer vor. Genau wie ich selbst mir viel schwächer vorkam.

»Vielleicht beeinflusst sie dich aber nur, weil du sie lässt, Kian.« Die Art, wie sie meinen Namen sagte, traf mich irgendwo in meinem Innersten und brachte mich dazu, den Kopf für ein paar Sekunden zu ihr zu drehen. Sie sah mich aus ihren großen grauen Augen so durchdringend an, dass ich wieder einmal das Gefühl hatte, sie könne direkt bis in mein Herz sehen.

»Es hat nichts damit zu tun, sie zu lassen. Ich kann

schließlich nicht einfach zurückgehen und etwas ändern. Sonst hätte ich das garantiert schon getan.« Mit diesen Worten richtete ich meinen Fokus wieder auf die Straße und eine Weile hingen wir beide unseren eigenen Gedanken nach.

Mittlerweile hatten wir *Elbury Park* hinter uns gelassen und fuhren auf wenig befahrenen Landstraßen Richtung Wald. Es gab hier keine Straßenlaternen mehr, sodass es bis auf das Scheinwerferlicht und die Reflektoren am Straßenrand dunkel war. Die Stadt hatte ein paar kleine, wohlhabende Vororte, aber nachdem man diese hinter sich gelassen hat, hatte man kilometerweise Wald und Natur vor sich. Das war wahrscheinlich einer der größten Vorteile, den wir hier gegenüber Seattle hatten. Man war viel schneller draußen, weg von den Menschen, den Erwartungen und Problemen. Schon jetzt, nachdem wir uns noch nicht einmal zehn Minuten von der Stadt entfernt hatten, fühlte es sich an, als gäbe es hier nur uns, die Bäume und die hügelige Landschaft Washingtons. Am liebsten wäre ich einfach weitergefahren, bis wir die Küste erreichten, aber das hätte Addison eventuell als Kidnapping bewertet.

»Aber du kannst hier und jetzt starten und zumindest die Gegenwart und die Zukunft verändern.« In ihrer Stimme schwang Überzeugung mit.

Aber nicht nur. Es lag auch ein Hauch Schmerz darin. Ich hatte das Gefühl, als würde sie aus Erfahrung sprechen und genau wissen, was sie meinte. Zum ersten Mal kam mir der Gedanke, dass sie vielleicht nicht nur die fröhliche und sorgenfreie Prinzessin war, die auf ihrer rosaroten Wolke durchs Leben schwebte. Vielleicht steckte hinter ihr noch so viel mehr.

War es so einfach? Nur nach vorn schauen und unsere

170

ganz persönliche Lebensgeschichte so schreiben, wie wir es wollten? Ohne den Einfluss von anderen und ohne den Einfluss der Vergangenheit? Es war nicht komplett abwegig, so zu denken, trotzdem hatte ich keine Ahnung, wie das funktionieren sollte. Zumindest meine Vergangenheit hatte tiefe Spuren in der Welt hinterlassen und ich würde ganz bestimmt nicht von vorn anfangen können, denn was passiert war, ließ sich nie mehr rückgängig machen.

Es war eine angenehme Stille zwischen uns im Auto, die Addison irgendwann trotzdem unterbrach. »Wir müssen einfach herausfinden, wofür dein Herz brennt.« Ihre Stimme klang jetzt wieder lockerer, als sie gleich darauf anfing, mir die Vor- und Nachteile verschiedenster Aktivitäten aufzuzählen. Nicht solche, die normale Menschen machen würden, wie Tanzen, Malen oder Football. Nein, von Frettchen züchten bis Milchflaschen sammeln, war alles dabei. Ich war froh, dass sie mich mit ihren absurden Ideen so lange zum Lachen brachte, bis ich den Wagen auf einen kleinen Parkplatz am Waldrand lenkte, hinter dem sich laut Addison die Villa befand.

Erst als ich den Motor abstellte, fiel mir auf, dass die ganze Zeit über keine Musik gelaufen war. Etwas, das mich sonst auf langen Autofahrten mit Beifahrer nervös machte. Trotzdem hatte sich zwischen uns keine Sekunde lang ein unangenehmes Schweigen ausgebreitet. Im Gegenteil, ich hatte mich so wohlgefühlt wie sonst nur selten, und es kam mir so vor, als wären wir nur fünf statt zwanzig Minuten gefahren. Jetzt schämte ich mich dafür, dass ich schon nach Ausreden gesucht hatte, um nicht mit Addison allein sein zu müssen. In diesem Moment hätte ich nämlich nichts dagegen gehabt, noch ein bisschen mit ihr im Auto zu sitzen und zu reden. Sie sah mich mit einem warmen Blick an und ich fragte mich, wie sie es schaffte, mich so mühelos in ihren Bann zu ziehen und all meine Vorsätze über Bord zu werfen.

»Gehen wir?« Addison schnallte sich ab und riss mich aus meinen Gedanken. Hatte ich sie gerade mit offenem Mund angestarrt? Und noch viel wichtiger war: Hatte sie es gemerkt?

18

Kian

»Keine Sorge, wir sind hier ganz bestimmt allein. Mörder hängen schließlich nicht einfach im Wald herum und warten, dass sich zufälligerweise jemand genau dahin verirrt.« Addison schlenderte neben mir her, als würden wir uns bei strahlendem Sonnenschein auf einem Strandspaziergang befinden. »Wenn jemand eine beliebige Person umbringen will, würde er sich ganz bestimmt jemanden in der Stadt suchen oder vielleicht sogar am Campus.« Sie stupste mich mit ihrem Ellenbogen an, um sicherzugehen, ob ich ihrem Mörder-Monolog auch zuhörte.

»Wow, sehr beruhigend, wirklich.« Ich hatte mich von Addison überzeugen lassen, dass es sinnvoller war, am Rand des Grundstücks zu parken und durch das kleine Waldstück hinterm Haus zu laufen, statt um den Hügel herum zum Haupteingang zu fahren. Sie hatte so sicher geklungen, dass ich ihren Vorschlag einfach abgenickt hatte, aber als ich merkte, dass es sich nicht nur um ein paar einzelne Bäume handelte, hätte ich am liebsten einen Rückzieher gemacht.

Addison dachte aber gar nicht daran, stehen zu bleiben, und weil ich sie schlecht allein den Bären zum Fraß vorwerfen konnte, hatte ich jetzt das Gefühl, es würde hinter jedem Baum knacken und knirschen. Ich hasste es, dass sie mir an der Nasenspitze ablesen konnte, wie angespannt ich dabei war, durch dieses verdammte Waldstück zu laufen. Es war viel zu dunkel, um etwas zu erkennen, aber ich fühlte mich die ganze Zeit beobachtet. Egal, was Addison sagte, ich fühlte mich, als wäre ich auf dem besten Weg, die Hauptrolle in meinem ganz persönlichen Horrorstreifen zu spielen.

»Siehst du, und schon sind wir da.«

Statt mich zu freuen, dass wir noch am Leben waren und von hier aus schon das hell erleuchtete Haus sehen konnten, musterte ich skeptisch den Zaun hinter Addison, den sie so charmant ignorierte. Ein Zaun, der so aussah, als wäre er dafür gebaut worden, dass Collegestudenten auf dem Weg zu einer Party, Serienmörder oder Bären ihn nicht überwinden konnten.

»Du siehst aber schon, dass dieser Zaun ungefähr zehn Fuß hoch ist? Und es sieht nicht so aus, als wäre hier irgendwo ein Tor, durch das wir einfach so durchmarschieren könnten.« Ich leuchtete mit meinem Handy am Zaun entlang, wie zur Bestätigung, dass er weder ein Tor noch eine Lücke hatte. Dann lenkte ich das Licht wieder auf Addison.

»Der Zaun ist dafür da, um die jungen Bäume zu schützen. Vor Tieren, nicht vor uns. Das ist das Ende des alten Waldes und der Beginn des neuen«, fügte sie sofort hinzu, als ich gerade den Mund öffnen wollte. Tatsächlich sahen die Bäume hinter dem Zaun bei weitem nicht so groß und mächtig aus, wie in dem Teil, in dem wir uns befanden.

Sie fing an, ein paar Schritte am Zaun entlangzugehen, und sah mich dann abwartend an. »Sieht so aus, als hätten wir ein Problem.« Bei ihr klang es so, als wäre es meine Aufgabe, das von ihr kreierte Problem zu lösen.

»Nein, Addie, *wir* haben kein Problem. *Du* hast ein Problem und ich habe eine Freundin, die mich in ihre Probleme hineinzieht.«

Kaum hatten diese Worte meinen Mund verlassen, hörte Addison auf, sich auf den Zaun vor uns zu konzentrieren, und starrte mich an. Ihr Mund war leicht geöffnet und ihr Kopf lag schief.

»Aww, du hast mich Addie genannt. Und Freundin.« Sie versuchte übertrieben zu klingen, aber ich hatte das Gefühl, als würde sie sich richtig darüber freuen.

Bevor ich noch etwas dazu sagen konnte, kam sie auf einmal auf mich zu und umarmte mich fest. Ich merkte, wie ich mich im ersten Moment versteifte, und bevor ich mich wieder fangen konnte, hatte sie mich schon wieder losgelassen.

»Freut mich, dass du nur die positiven Seiten sehen kannst, aber wir haben immer noch ein Problem.« Ich wollte gar nicht darauf eingehen, denn ich hatte nicht nachgedacht, als ich sie Addie genannt hatte. Bisher hatte ich es als komisch empfunden, sie bei ihrem Spitznamen zu nennen, weil wir uns noch gar nicht richtig kannten. Außerdem wollte ich für mich selbst eine Grenze ziehen, die ich nicht überschreiten konnte. Aber plötzlich fühlte es sich ganz natürlich an.

»Genau, *wir*.« Sie betonte das Wir extra und grinste mich an. »Und wir werden jetzt über diesen Zaun klettern.«

»Addie …«

Sie versuchte sofort, sich mit den Händen an den Maschen nach oben zu ziehen, aber erwartungsgemäß konnte sie sich weder halten, noch passten ihre Schuhe durch die Maschen. Mit einem wütenden Schnauben ließ sie sich wieder auf den Boden zurückfallen.

»Addie …« Ich versuchte es nochmal, aber sie unterbrach mich sofort.

»Nein, Kian, wir werden nicht den ganzen Weg wieder zurückgehen. Komm schon, mach's für das Abenteuer und für die Geschichten, die du irgendwann mal erzählen wirst.« Ich hob abwehrend meine Hände, denn das war genau das, was ich ihr hatte vorschlagen wollen, auch wenn wir Blakes Auftritt dann ganz sicher verpasst hätten. Ich war mir nicht sicher, ob ich noch mehr Abenteuer in meinem Leben brauchte. Wenn überhaupt versuchte ich Abenteuer und Überraschungen zu vermeiden wie die Pest. Dass Addison mitsamt ihren Abenteuern in mein Leben gestolpert kam, war auf jeden Fall nicht der Plan gewesen. Trotzdem sah ich ihr ohne weitere Proteste zu, wie sie ihre dunklen Sneakers von den Füßen streifte, und bevor ich sie davon abhalten konnte, stand sie wieder am Zaun.

Da sie sich jetzt mit den Füßen in den Maschen halten konnte, funktionierte es viel besser, und sie schaffte es tatsächlich nach oben. Vielleicht hatte mein fehlender Protest auch damit zu tun, dass der Anblick von Addie, wie sie in einer engen Jeans vor meiner Nase den Zaun hochkletterte, nicht der schlechteste war.

»Komm schon, du Dramaqueen. Und bring meine Schuhe mit.« Sie schwang ihren Fuß über das Ende des Zauns und sah abwartend auf mich herab.

Leise fluchend hob ich ihre Schuhe auf und warf sie zusammen mit meinen auf die andere Seite. Mir blieb gar nichts anderes übrig, als mich auch am Zaun nach oben zu ziehen. Gleich darauf folgte ein erschrockener Schrei von oben, weil der Zaun unter meinem Gewicht begann, hin-

und herzuschwingen. Als ich bei ihr angelangt war, sah ich, wie sie sich mit zittrigen Händen festklammerte. Trotzdem konnte ich nicht anders, als sie damit aufzuziehen.

»Komm schon, kleine Dramaqueen, mach's fürs Abenteuer.«

Statt zu lachen, sah sie erst mich mit aufgerissenen Augen an und dann nach unten. Ohne dass sie etwas sagen musste, wusste ich: Addison hatte Angst.

»Hey, alles okay?« Ich schwang mein rechtes Bein über den Zaun und versuchte dabei, so wenig wie möglich zu wackeln, als ich ihren Unterarm leicht berührte.

»Ja, naja, ich habe die Aktion irgendwie nicht zu Ende gedacht.« Sie biss sich auf die Unterlippe und sah nach unten.

Am liebsten hätte ich sie einfach in den Arm genommen und wäre mit ihr nach unten gesprungen. Da wir uns dabei wahrscheinlich mehrere Knochen gebrochen hätten, machte ich ihr einen anderen Vorschlag. »Keine Sorge. Du kletterst einfach rückwärts wieder nach unten und ich fange dich auf, falls was passieren sollte, okay?«

Es dauerte ein bisschen, bis sie ihren Kopf hob und mich ansah. Dann nickte sie langsam.

Langsam kletterte ich nach unten, nicht ohne Addison, die sich immer noch festklammerte, aus den Augen zu lassen. »Keine Sorge, Addie. Dir kann nichts passieren. Ich bin hier.«

Sie schien nicht unbedingt von meiner Fähigkeit, sie aufzufangen, überzeugt zu sein, denn es dauerte eine ganze Weile, bis sie sich langsam in Bewegung setzte. Nachdem sie ungefähr bei der Mitte angelangt war, kam sie plötzlich ins Straucheln und stieß einen spitzen Schrei aus, als sie mit dem Fuß aus einer Zaunmasche rutschte. Für ein paar

Augenblicke war es ganz still und ich hörte nur Addisons schweren Atem, der sich mit den Geräuschen der Nacht vermischte.

»Du kannst loslassen, ich hab dich.« Ich trat dicht hinter sie und legte meine Hände an die Seiten ihrer Oberschenkel. Tatsächlich wäre ihr nichts passiert, wenn sie aus dieser Höhe gesprungen wäre, aber erstens wusste sie nicht, dass sie schon so gut wie unten war, und zweitens ist Angst nun mal nicht rational. »Addie, dir passiert nichts«, sagte ich und versuchte, so behutsam wie möglich zu sprechen.

»Ich bin … Ahhh!« Als sie anfing zu sprechen, wollte sie sich umdrehen und rutschte mit ihren Füßen ab. Sie hatte noch nicht einmal fertig geschrien, da kam sie schon auf dem weichen Waldboden auf. Ich schlang instinktiv meine Arme um ihre Mitte, um den Sturz abzufangen, obwohl das gar nicht nötig gewesen wäre. Es war auch nicht nötig, die Arme weiterhin um sie geschlungen zu lassen. Trotzdem wich ich keinen Schritt von ihr zurück.

Aus Addisons Mund kam nur ein kleinlautes »Oh«, entweder weil sie merkte, dass sie sich gar nicht in Gefahr befunden hatte, oder weil ich sie immer noch festhielt.

»Danke.« Sie drehte sich zu mir um und ich lockerte meinen Griff. Doch statt sie vollständig loszulassen, legte ich meine Hände an ihrer Taille ab.

»Und?« Ich ging ein wenig in die Knie, um ihr in die Augen schauen zu können. Ihr gequälter Gesichtsausdruck verriet mir, dass sie genau wusste, was ich meinte.

»Ich bin eventuell auch eine Dramaqueen.« Nachdem sie diese Worte zerknirscht ausgesprochen hatte, richtete ich mich mit einem zufriedenen Gesichtsausdruck wieder auf.

»Wenn auch nicht so eine große wie du.« Herausfordernd grinste sie mich jetzt wieder an.

Mir fiel auf, wie schnell Addison von ängstlich auf selbstbewusst, von traurig auf fröhlich umschalten konnte. Sie wirkte, wie schon heute Nachmittag, als könnte sie alles Schlechte wahnsinnig schnell von sich schieben, um sich sofort wieder auf die guten Dinge im Leben zu konzentrieren. Diese Eigenschaft fand ich zu gleichen Teilen bewundernswert und einschüchternd.

»Kian, meine Füße werden nass.« Addison riss mich aus meinen Gedanken und erinnerte mich gleichzeitig daran, dass ich sie immer noch festhielt.

Als ich sie losließ, starrte sie noch ein paar Sekunden lang in meine Augen, bevor sie ihre Schuhe einsammelte und der Moment – wieder einmal – vorbei war. Wenn die intensiven Momente, die ich mit Addison bis jetzt schon geteilt hatte, sich weiter so rapide vermehrten, würden mein Herz, mein Verstand und, ja, auch mein Schwanz bald ein ernsthaftes Problem bekommen.

19

Kian

Chases Party war genauso, wie ich sie mir vorgestellt hatte: laut, voll, stickig und vollkommen außerhalb meiner Komfortzone. Schon als wir den Wald verlassen und die lange Auffahrt, die ums Haus herumführte, entlang gingen, fing ich an, mich unwohl zu fühlen. Addison lief immer noch fröhlich plappernd neben mir her. Falls ihr auffiel, wie ich immer stiller wurde, ließ sie es sich nicht anmerken.

Wir kamen gerade auf der Veranda an, die sich einmal um das ganze Haus zog, als ich meinen Blick suchend über die Gäste draußen lenkte. Es war, als würde ich einen Blick auf mir spüren und tatsächlich brauchte ich nicht lange zu suchen, bis ich herausfand, woher das Gefühl kam. Etwas weiter entfernt von der großen, doppeltürigen Terrassentür stand kein anderer als Dan, der versuchte, mich mit seinem Blick in den Boden zu starren. Auch Addison bedachte er mit seinem stechenden Blick, aber die war viel zu sehr in ihr Telefon vertieft, um etwas davon mitzubekommen. Er wirkte gleichermaßen erstaunt und sauer darüber, mich in weiblicher Begleitung aufkreuzen zu sehen. Er machte ein paar Schritte auf uns zu, aber da zerrte Addison mich schon an meinem Arm in die andere Richtung.

»Komm mit. Rylan sagt, Blake ist schon auf der Bühne. Die ist im Hauptflügel ganz hinten.« Ich drehte mich wieder zu ihr und verdrängte, dass Dan auch hier war.

»Natürlich ist diese Villa so riesig, dass es verschiedene Flügel gibt.« Addison hatte sich bei mir eingehakt und war sichtlich beeindruckt von der schieren Größe des Anwesens.

Dafür, dass es sich mitten im Wald befand, war das Haus wahnsinnig weitläufig und hatte in der Tat einen Hauptflügel und einen Nebenflügel, die sich auf verschiedenen Ebenen befanden. Da das Haus an einem Hang gebaut war, hatte man von jedem Teil und jedem Stockwerk aus einen atemberaubenden Ausblick auf den unendlichen Wald, der uns umgab. Es war komisch, daran zu denken, dass dieses nicht das größte Haus von Chases Familie war. Auch wenn es von außen wie eine gemütliche, wenn auch große Waldhütte aussah, war es innen eher modern eingerichtet. Zwischen all den Studierenden, die sich hier tummelten, war es gar nicht so einfach, sich vorzustellen, wie es im Normalzustand aussah. Anders als in den meisten Villen – zumindest in denen, die ich bisher gesehen hatte – gab es hier keine Eingangshalle, sondern man stand direkt in einem der Aufenthaltszimmer, das mit einem Kamin, einer Bar und einigen Sitzgelegenheiten ausgestattet war.

»Wow, ich hätte zumindest einen Bärenkopf oder so an der Wand erwartet. Hier sieht es eher so aus, als würden die *Kardashians* manchmal für ein Wochenende herkommen«, sagte Addison. Ich konnte nicht genau deuten, ob sie beeindruckt oder enttäuscht war.

»Es würde mich nicht wundern, wenn Chases Familie mit den *Kardashians* befreundet ist«, erwiderte ich und brachte sie damit zum Kichern.

Nachdem wir durch eine Doppeltür gegangen waren – und ich war mir sicher, dass ich noch nie eine breitere gesehen hatte –, gelangten wir in einen riesigen Raum, der gleichzeitig Küche, Esszimmer und Wohnzimmer darstellte. Im Moment diente er aber als Bar, Bierpong-Zimmer und Musikbühne.

»Wow.« Addison starrte mit leicht geöffneten Mund Richtung Blake, der schon voll in seinem Element war.

Ich musste zugeben, dass ich mich schon so sehr daran gewöhnt hatte, ihn singen zu hören, dass ich im ersten Moment gar nicht realisiert hatte, dass er schon mitten im Auftritt war. Ich freute mich über Addisons Reaktion, die völlig zu vergessen schien, dass wir eigentlich auf der Suche nach ihren Freundinnen waren.

»Wusstest du, dass er so gut ist?« Immer noch mit ungläubigem Gesichtsausdruck wandte sie sich mir zu.

»Nein, das muss er all die Jahre vor mir versteckt haben. Ich wusste nicht einmal, dass er eine Gitarre besitzt.« Ich zwinkerte ihr zu und fing mir dafür einen Klaps auf meinen Unterarm ein.

»Sehr witzig.« Sie fing an, sich im Takt zu bewegen, obwohl die Tanzfläche direkt vor der Bühne war und wir uns noch am Rand der Zuschauer befanden. Ihr war es egal, dass sie die Einzige war, die tanzte, und dass sie die Blicke einiger der umstehenden Studenten auf sich zog. So gern ich ihr auch dabei zusah, wie sie ihre Hüften bewegte, so ungern mochte ich die Aufmerksamkeit. Immer wieder versuchte sie mich, zum Mitmachen zu überreden, aber ich fühlte mich von Sekunde zu Sekunde unwohler.

Zu meinem Glück entdeckten wir Addisons Mitbewohnerinnen auf der anderen Seite des Raums und ich konnte die Zeit, in der Addison sie begrüßte, nutzen, um etwas Abstand zu gewinnen und uns etwas zu trinken zu besorgen. Uns. Wie von selbst nahm ich zwei Flaschen Wasser für Addison und mich aus dem Kühlschrank. So als wären wir gemeinsam hier, als würden wir auf irgendeine Weise zusammengehören.

Von der Küche aus ließ ich meinen Blick über die Feiernden schweifen. Ich sah ein paar bekannte Gesichter aber niemanden, mit dem ich gern gesprochen hätte. Ich sah nicht einmal Chase, den ich zumindest hätte begrüßen können, weil er durch Blake wenigstens annähernd so etwas wie ein Freund geworden war.

Während ich meine Kommilitonen beobachtete, wie sie flirteten, tanzten, tranken und einfach Spaß hatten, machte sich ein schweres Gefühl in mir breit. Vor ein paar Jahren noch war ich derjenige gewesen, der immer mitten im Geschehen war. Ich konnte mich an keine einzige Sekunde erinnern, in der ich mich einsam gefühlt hatte. Heute fühlte ich mich umgeben von Menschen meistens allein. Und das war in Ordnung für mich, ich wollte es so.

Als jetzt mein Blick aber an Addison hängen blieb, fühlte ich etwas Neues. Etwas, was mich an der Blase, die mich umgab, zweifeln ließ. Sie hatte ihre Jacke inzwischen abgelegt, sodass sie jetzt nur mit ihrer engen Jeans und einem schwarzen schlichten Top mit den dünnsten Trägern der Welt im Raum stand. Aber es war nicht nur ihr Aussehen, das mich vergessen ließ, was ich eigentlich tun wollte. Sie stand mitten in einer Gruppe ihrer Freunde und schien sich pudelwohl zu fühlen. Ich sah ihr warmes Lächeln, das noch vor ein paar Augenblicken mir gegolten hatte. Mein Körper fühlte sich auf einmal schwer an, als mir klar wurde, dass sie ein Leben führte, das ich so nicht haben konnte.

Mein Blick wanderte zur Bühne, auf der Blake vollkommen zufrieden stand und die Aufmerksamkeit genoss. Er hatte seinen Song gerade beendet und zog sich seinen Gitarrengurt über den Kopf, um eine Pause einzulegen. Bevor ich mich auf den Weg zu ihm machen konnte, suchte mein Blick wieder nach Addison, die jetzt aufgehört hatte, zu tanzen, und mir fest in die Augen sah. Als mein Blick ihren streifte, breitete sich ein Lächeln auf ihren Lippen aus. Ich beobachtete, wie sie ihrer Freundin etwas zuflüsterte, die daraufhin auch ihre Aufmerksamkeit auf mich lenkte. Bevor ich darüber nachdenken konnte, was sie vorhatte, setzte Addison sich in Bewegung und kam auf mich zu, ohne den Blick von mir abzuwenden. In diesem Moment blendete ich sowohl Blake als auch die gesamte Party um mich herum aus. Es war, als existierten in diesem Moment nur wir beide. Es wirkte fast so, als würde sie niemanden berühren, während sie zielstrebig auf mich zukam. Als sie endlich vor mir stand, fühlte sich mein Gehirn vollkommen leer an. Keine einzige Gehirnzelle hatte sich überlegt, was ich zu ihr sagen könnte.

»Was trinkst du da?«, fragte ich daher unbeholfen, als ich sah, dass sie bereits mit einem Getränk versorgt war.

Addison schaute nur kurz zu dem roten Cocktail in ihrer Hand. »Keine Ahnung. Hat irgendjemand aus Camilles Kurs gemixt.« Sie zuckte nur kurz mit den Schultern und nahm einen Schluck, den Blick wieder auf mich gerichtet.

»Du solltest keine Getränke von irgendwelchen Leuten auf Partys annehmen.«

Addison zog ihre dunkle Augenbraue nach oben und hielt mir ihr Glas vors Gesicht. »Du kannst dich ja davon überzeugen, wie ungefährlich es ist, du Partypolizist.«

Ich schob ihre Hand mit dem Glas sanft wieder weg.

»Fahrer, schon vergessen?«

Sie zuckte mit den Schultern und für sie schien das Thema erledigt zu sein. »Hey, lass uns das Haus anschauen, ich war noch nie in so einer Villa.« Ihre Augen leuchteten, und als ich gerade protestieren wollte, griff sie schon nach meiner Hand und zog mich mit sich. »Rylan spielt Wahrheit oder Pflicht, Camille ist in eine Diskussion über das Wirtschaftswachstum in den zwanziger Jahren oder so vertieft und Blake ist mit seinem persönlichen Fanclub beschäftigt. Ich bin mir sicher, bei keinen dieser Dinge wärst du gerne dabei.«

Ich musste mich anstrengen, um sie über den Lärm hinweg zu verstehen. Sie hatte recht. Mit nichts, was diese Party mir bieten konnte, würde ich mich gerade lieber beschäftigen als mit Addison. Bevor wir den großen Raum durch eine Seitentür verließen, sah ich noch einmal kurz zu Blake, der schon von einer Traube an Mädels umringt war. Er hatte den Arm um ein rothaariges Mädchen gelegt, die geradezu um seine Aufmerksamkeit bettelte.

Bevor ich noch weiter darüber nachdenken konnte, standen wir in einem Treppenhaus, das aussah, als wäre es der Dreh- und Angelpunkt des gesamten Hauses, denn die großen Treppen führten sowohl nach oben als auch nach unten. Addison hielt inne und schien zu überlegen, in welche Richtung sie gehen sollte. Ob ihr überhaupt auffiel, dass sie immer noch meine Hand hielt? Denn ich konnte mich kaum auf etwas anderes konzentrieren.

»Ich glaube nicht, dass wir hier rumschleichen sollten, oben befinden sich bestimmt die Schlafzimmer.« Bei meinem Kommentar ließ Addison meine Hand los.

»Du bist wirklich die Partypolizei. Außerdem sollten wir lieber nach unten gehen, da ist doch in solchen Villen das

Interessante versteckt.« Sie ging zielstrebig auf die Treppe zu.

»Was? Du siehst eindeutig zu viele Filme.«

»Oder schaue ich genau die richtige Menge an Filmen, um zu wissen, wie man hier Spaß hat?«

Was zum Teufel machte dieses Mädchen nur mit mir? Ich hatte normalerweise nie das Bedürfnis, in fremden Häusern auf der Suche nach Spaß herumzuschleichen. Trotzdem folgte ich ihr schon wieder, ohne auch nur einmal darüber nachzudenken.

»Hast du einen Teufel auf der Schulter?« Bei dieser Frage drehte sich Addison um und bemühte sich um ein teuflisches Grinsen.

»Ich habe eine Rylan auf der Schulter.« Sie blieb stehen und überlegte. »Und auch eine Camille, aber normalerweise gewinnt Miniatur-Rylan.«

Ich musste unwillkürlich lächeln, als sie beim Gedanken an ihre Freundinnen grinste. »Ich bin mir sicher, du brauchst niemanden, der dir einen Floh ins Ohr setzt. Das kannst du ganz wunderbar allein.« Ich nahm noch eine Treppenstufe, sodass ich nur noch eine Stufe höher vor ihr stand.

»Stimmt. Und ich bin dein Teufel im Ohr.« Natürlich wich sie nicht zurück, sondern schaute mir von unten in die Augen. Aus dieser Position wirkte das Grau ihrer Augen noch ein bisschen tiefer und ihre Lippen noch ein bisschen voller.

Als ich ihr nicht antwortete, drehte sie sich ruckartig um und lief vor mir die Treppen hinunter.

»Und ist es so wie in den Filmen?«, fragte ich. Wir standen etwas unschlüssig in einem langen, leeren Gang und Addison schien nicht bekommen zu haben, was sie erwartete.

»Ich hätte auf einen Waffenraum gehofft oder eine geheime Bibliothek, in der geheime Dokumente versteckt sind.« Sie zog einen leichten Schmollmund und ging langsam den Gang entlang.

»Du weißt schon, dass wir uns hier in einem Ferienhaus von reichen Leuten befinden und nicht im Hauptquartier eines Bond-Bösewichtes, oder?«

»Ich würde mich auch mit einem Folterkeller zufriedengeben.«

Mittlerweile hatte ich in dem Haus, das sich über so viele verschiedene Ebenen erstreckte, die Orientierung verloren. »Tut mir leid, dich enttäuschen zu müssen, aber das Haus wurde vor 10 Jahren gebaut, nicht vor 200, Addie. Ein Folterkeller ist schon lange nicht mehr Teil einer Standardeinrichtung.« Sie drehte sich um, als ich ihren Namen sagte, und ich hatte das Gefühl, dass ihre Lippen zuckten.

»Dann müssen wir wohl etwas anderes finden, was Spaß macht.« Bevor ich sie aufhalten konnte, lief sie schon voraus und warf einen Blick in sämtliche Räume des Flurs, auf der Suche nach *Spaß*, wie sie es nannte.

20

Kian

»Wow.« Nachdem sie auch hinter der dritten Tür nur ein weiteres Gästezimmer gefunden hatte, trat sie jetzt vor mir durch eine Flügeltür auf eine Veranda und blieb abrupt stehen.

Weil ich bei ihrem Tempo Mühe hatte, ihr zu folgen, lief ich fast in sie hinein und mein Oberkörper streifte ihren Rücken, als ich zum Stehen kam. Ich hätte mich nur ein kleines bisschen nach vorn lehnen und meine Arme um ihre Mitte schlingen müssen, dann hätte ich sie einfach an mich drücken können.

Ich wusste nicht genau, auf welcher Seite oder welcher Ebene des Hauses wir uns befanden, aber es lag immer noch höher als der Wald unter uns. Die Aussicht war atemberaubend. Wir hatten einen freien Blick über den dunklen Wald, der unter uns lag, bis hin zu einer sanften Bergkette, die aussah, als wäre sie an den Horizont gemalt, um die Grenze zwischen Himmel und Erde darzustellen. Wir befanden uns weit genug von der Stadt mit all der Lichtverschmutzung entfernt, sodass es sich anfühlte, als könnte man über uns jeden einzelnen Stern der Galaxie erkennen, die sich im Licht des Vollmondes sonnten. Bei der Fahrt hierher, hatte ich gar nicht gemerkt, wie hoch das Haus lag. Addie schien den Himmel im gleichen Moment zu bemerkten, denn sie machte ein paar Schritte nach vorn und legte ihren Kopf in den Nacken, sodass ihr die langen Haare über den Rücken bis zur Taille fielen. Meine Augen wanderten über ihre Schultern bis zu ihrem Dekolleté, auf das ich von dieser Position aus einen viel zu guten Blick hatte. Ich trat wie von selbst wieder näher hinter sie und merkte, wie versunken sie in ihren Gedanken war.

»Das ist viel besser als ein Folterkeller.« Ihre Stimme klang jetzt ruhig, fast ehrfürchtig, als sie sich umdrehte, um mich anzusehen. Sie drehte den Kopf, um sich auf der Veranda umzusehen, machte aber keinen Schritt weg von mir. Ich nutzte den Moment, um sie wieder einmal unbemerkt anzustarren. Ihre Lippen waren immer noch perfekt geschminkt, dafür sah der Rest ihres Gesichts naturbelassen aus. Ihre Haut war ebenmäßig und mit einem natürlichen Glanz überzogen. Die grauen Augen funkelten auch ohne Make-up und wurden von dunklen und dichten Wimpern umrahmt. Obwohl Addison eine Gänsehaut hatte, schien sich die Luft um uns herum zu erhitzen, je länger ich sie ansah.

Als Addison meinen Blick auf sich spürte, strich sie sich eine dicke Haarsträhne aus dem Gesicht und sah wieder zu mir. »Addison, ich …« Bevor ich weitersprechen konnte, legte sie mir eine Hand auf den Oberarm.

»Hatten wir uns nicht auf Addie geeinigt?« Sie sah mich eindringlich an und ich fragte mich wieder einmal, warum ihr das so wichtig war.

Zum dritten Mal an diesem Tag waren wir uns so nah und zum dritten Mal war die Luft wie elektrisiert. Mein

Körper fühlte sich mit jeder Faser zu ihr hingezogen, und ich war mir nicht sicher, ob ich es noch einmal schaffen würde, mich dagegen zu wehren.»Addie …« Meine Stimme klang nicht mehr so, wie ich sie in Erinnerung hatte. Sie war leiser, verzweifelter und voller Verlangen. Als ich ihren Namen aussprach, beschleunigte sich ihr Atem und sie biss sich auf die Lippe. Spätestens da war es mit meiner Selbstbeherrschung vorbei. Ich wusste nicht, warum Addison darauf bestand, so viel Zeit mit mir zu verbringen, obwohl wir auf dem ersten Blick so unterschiedlich waren. Ich wusste auch nicht mehr, warum ich mich eigentlich dagegen sträuben wollte oder warum ich darin so verdammt schlecht war, dass ich sogar mit ihr an dem wohl romantischsten Ort, den ein Haus haben konnte, gelandet war.

Ich konnte sie nicht mehr von mir schieben, so wie in der Küche oder im Wald. Ich konnte keinen Schritt mehr zurückmachen, um mich ihrer Aura zu entziehen. Und viel wichtiger war, ich wollte es auch nicht. In diesem Augenblick, in dem ich mein Gehirn ausschaltete, nahm ich ihr Gesicht in beide Hände. Ich hatte das Gefühl, dass sie den Atem anhielt und sich keinen Zentimeter mehr rührte. So als hätte sie Angst, ich würde mich bei einer falschen Bewegung wieder zurückziehen.

Sie sah so wunderschön aus, aber trotzdem schloss ich die Augen, als ich das letzte bisschen Abstand zwischen uns überwand und meine Lippen auf ihre presste. Addison löste sich sofort aus ihrer Starre und erwiderte den Kuss, als hätte sie den ganzen Tag auf nichts anderes gewartet. Als sie ihre Lippen öffnete und anfing, an meiner Unterlippe zu saugen, gab es für mich keine noble Zurückhaltung mehr. Meine Zunge drängte regelrecht in ihren Mund, in den sie mich bereitwillig einließ. Dieser Kuss fühlte sich an wie eine Erlösung. Wie ein Schluck Wasser nach einem Marathonlauf oder wie eine Pause nach einer anstrengenden Wanderung an einem heißen Sommertag. Meine Hände wanderten von ihren Wangen an ihren Hinterkopf, als sie ihre Arme um meine Taille schlang. Sie drängte sich näher zwischen meine Beine, wo ich meine Erektion jetzt nicht mehr verstecken konnte, obwohl der Kuss noch keine zehn Sekunden dauerte. Obwohl es mich einiges an Überwindung kostete, ließ ich kurz von Addies Lippen ab, um uns beiden Zeit zum Durchatmen zu geben.

»Was auch immer dich besessen hat, um das heute noch zu tun, es sollte öfter über dich kommen.« Ich war mit meinen Lippen nur ein paar Millimeter entfernt, als sie ihre Sprache wiederfand. Sie hatte ihre Hände jetzt in meinen Nacken gelegt, als wollte sich mich am Zurückweichen hindern.

»Vielleicht wollte ich dich einfach nur für ein paar Minuten zum Schweigen bringen.« Beim Sprechen streiften meine Lippen die ihren.

»Lüg uns nicht beide an, Kian.« Mit diesen Worten presste sie ihren Mund wieder auf meinen. Ihre Zunge wurde forscher, so als würde sie mich auffordern, weiterzugehen. Mir mehr von ihr zu nehmen. Sie schmeckte nach einer Mischung aus Schokolade und Frucht und machte es mir unmöglich, von ihr abzulassen. Ohne den Kuss auch nur für eine Sekunde zu unterbrechen, machte sie ein paar Schritte rückwärts und zog mich an meinem Sweatshirt mit sich. Erst als ich meine Augen wieder öffnete, merkte ich, dass wir jetzt vor einer Holzbank an der Seite der Veranda standen. Ich lockerte meine Arme nur ganz kurz, um mich hinzusetzen und sie auf meinen Schoß zu ziehen. Ich konnte es trotzdem kaum erwarten, sie wieder so nah wie möglich bei mir zu haben.

Sofort schmiegte sie sich an mich und obwohl ich es nicht für möglich gehalten hatte, wurde es in meiner Hose noch enger. Meine Hände glitten über ihre nackten Schultern, an ihrer Taille entlang, bis ich sie auf ihren Hüften ablegte. Sie fühlte sich genauso perfekt an wie in meiner Erinnerung.

Ihre Hände hielten sich nicht lange in meinem Nacken auf, sondern wanderten erst zu meiner Brust und dann über meinen Oberkörper nach unten. Mein Schwanz drückte schon fast schmerzhaft von innen gegen meine Jeans und bettelte geradezu darum, von ihr erlöst zu werden. Dass ich so schnell so wahnsinnig erregt war, kannte ich von mir nicht. Ich hatte zwar alles andere als Probleme einen hochzubekommen, aber normalerweise konnte ich mich besser beherrschen. Addison aber musste nicht einmal etwas Besonderes machen und ich war kurz vorm Explodieren.

»Addie …«

Sie gab meinen Mund kurz frei und wanderte mit ihren Lippen meinen Hals entlang. Ganz automatisch legte ich meinen Kopf zurück und ließ sie gewähren, obwohl ich mir nicht mehr sicher war, ob wir weitermachen sollten. Ich sah den Sternenhimmel über mir und es fühlte sich so an, als würde es in diesem Moment nur Addie und mich in der Galaxie geben. Keine Probleme und keine Vergangenheit. Nur uns. Sogar die Gründe, die gegen all das hier sprachen, wirkten in diesem Augenblick so weit weg, wie einer der Sterne, die über uns leuchteten.

Addison schien sich keine Gedanken darüber zu machen, dass wir irgendwo in einem fremden Haus waren, wo uns jeden Moment einer der anderen Partygäste überraschen konnte. Es kam mir keine Sekunde so vor, als würde sie zögern oder nachdenken.

Ich saß in einer Millionenvilla unter dem Sternenhimmel mit dem schönsten Mädchen, das ich je kennengelernt hatte, auf meinem Schoß und obwohl sich mein Schwanz sehr wohlfühlte, konnte ich meine Bedenken nicht komplett zur Seite schieben. Da soll noch einer sagen, Männer wären schwanzgesteuert. Ich wünschte mir in diesem Moment nichts mehr, als dass das bei mir der Fall wäre.

Addison ließ ihre Hände unter meinen Pullover wandern und strich sanft über meine nackte Haut, die unter ihren Händen regelrecht zu vibrieren begann. Als sie mit ihren Fingern ganz leicht unter den Bund meiner Jeans fuhr, konnte ich ein Stöhnen nicht mehr unterdrücken. Ich merkte, wie sie in unseren Kuss hineinlächelte, als würde sie ihre Kontrolle über mich genießen. Mir wurde bewusst, dass sie bereit war, weiterzugehen, wenn ich sie nicht stoppen würde. Ich wollte sie. Hier und jetzt. Ganz. Aber wenn ich nachgab, konnte ich nicht mehr zurück. Es wäre keine Einmal-und-nie-wieder-Situation.

»Addie ...« Noch einmal sagte ich ihren Namen und endlich sah sie mich an.

»So froh ich auch darüber bin, dass du endlich gelernt hast, meinen Namen zu sagen, aber was zum Teufel ist los?« Ihre Stimme klang belegt und unwillig.

»Wir müssen aufhören.« Der Klang meiner Stimme verriet uns beiden, dass ich genau das Gegenteil davon tun wollte. Es schmerze mich innerlich, sie von mir wegzuschieben.

»Nein, müssen wir nicht.« Addison beugte sich wieder zu mir und wollte dort weiter machen, wo ich sie unterbrochen hatte, aber dieses Mal schaffte ich es, mich dazu zu überwinden, sie aufzuhalten. Und es kostete mich einiges an Überwindung. Ich setzte mich auf und hielt sie an ihren Schultern fest. Ihre Lippen waren geschwollen und ihre Augen weiteten sich vor Überraschung.

»Ist das dein verdammter Ernst?« Sie klang jetzt nicht mehr sanft und leidenschaftlich, sondern wütend.

»Du lässt mich zum zweiten Mal sitzen? Kannst du dich vielleicht mal entscheiden, was du willst?« Sie verschränkte jetzt die Arme vor ihrer Brust und fixierte mich mit ihrem Blick.

»Addison, wir sind hier in einem fremden Haus und nicht einmal allein in einem abgeschlossenen Zimmer.« Ich wollte sie beruhigen, aber meine Worte schienen genau das Gegenteil zu bewirken.

»Das schien dich gerade eben aber noch nicht gestört zu haben. Weißt du was, vergiss es einfach. Erst schleichst du den ganzen Tag um mich herum und dann lässt du mich schon wieder sitzen. Gibt dir das irgendeinen Kick?« Obwohl ich meine Arme noch um ihre Taille geschlungen hatte, kletterte sie energisch von meinen Beinen.

Sofort verspürte ich den Wunsch, sie wieder zu mir zu ziehen, aber das konnte ich jetzt vergessen. Was noch viel wichtiger war, ich sollte froh darüber sein. Es war besser, wenn sie mich *jetzt* abstoßend fand, als später, wenn es noch viel mehr schmerzen würde.

»Ich habe doch nur gesagt, dass jederzeit jemand hereinkommen könnte. Sorry, aber da stehe ich nicht so drauf.« Einerseits verstand ich, dass sie verwirrt und vielleicht auch wütend war, aber auf die Wucht, mit der mich ihre Wut und ihr Temperament jetzt trafen, war ich nicht vorbereitet.

»War ja klar.« Sie schnaubte abfällig.

»Ich wollte dich nicht verletzen.« Mittlerweile hatte sie

schon nach ihrem Glas gegriffen und war auf den Weg zurück zum Flur.

»Dann hör endlich auf, mir so gemischte Signale zu senden, ich habe deine Spielchen nicht verdient. Du bist schließlich sehr gern mit mir mitgekommen, also tu nicht so, als hätte ich dich gegen deinen Willen verführt.« Sie drehte sich so schwungvoll um, dass sie beinahe ihr Getränk verschüttete.

»Das hab ich doch gar nicht behauptet. Jetzt warte doch mal.« Ohne noch weiter darüber nachzudenken, lief ich ihr nach, aber sie schüttelte jeden Versuch, sie aufzuhalten ab. Mein Körper rannte ihr hinterher, als hätte es irgendetwas zu bedeuten. Als sie durch die Tür, die zurück zur Party führte, schlüpfte, schaffte ich es, sie zu überholen und stellte mich vor sie.

»Addie, es tut mir leid. Ich spiele keine Spielchen. Du warst schließlich diejenige, die mich von der Party wegge-führt hat, nicht andersrum.« Sofort merkte ich, dass ich das Falsche gesagt hatte, denn ihr Gesicht verhärtete sich augenblicklich.

Ihre Augen wirkten nicht mehr hellgrau, sondern waren jetzt so dunkel wie Asphalt. Ihre hohen Wangenknochen, die sie oft so sanft wirkten ließen, waren angespannt, als würde sie ihren Kiefer aufeinanderpressen. Nur ein paar Sekunden starrte sie mich mit diesem Ausdruck an, bevor sie weitersprach.

»War ja klar, dass du absolut gar nichts falsch gemacht hast, Mr. Perfect.« Ihre Stimme triefte vor Sarkasmus und Zorn. »Du machst dich an mich heran, nur um mich dann wieder wegzustoßen, wenn du mich so weit hast.« Je länger sie redete, desto mehr war ich der Ansicht, dass sie über-trieb.

Ich wusste nicht mehr, wer von uns beiden irrational handelte, aber plötzlich hatte ich das drängende Gefühl, mich zu verteidigen. »Was? Du bist doch diejenige, die ständig auf mich zukommt, ohne dass ich dich darum bitten muss. Du berührst mich doch ständig ganz *zufällig*.« Ich machte mit den Händen Anführungszeichen in die Luft. »Ich kann mich auch nicht daran erinnern, dich gebeten zu haben, mir ständig so nah zu kommen.« Ich merkte zwar, dass ich kurz davorstand, etwas zu sagen, was ich vielleicht bereuen würde, aber ich würde ganz bestimmt nicht hier stehen und mich von ihr beschimpfen lassen.

»Was soll das denn bitte heißen?« Addison schrie jetzt fast, sodass sich trotz des Lärms einige Leute zu uns umdrehten.

Sofort verspannte ich mich im Licht dieser ungewollten Aufmerksamkeit. Ich hatte keinen Bock darauf, dass meine Kommilitonen sich eine Meinung über mich bildeten oder Gerüchte über mich in die Welt setzten. Ich sollte verdammt nochmal irgendwo am Rand stehen – und zwar allein, statt mit Addison den Mittelpunkt der Party zu bilden. Die hingegen schien es entweder nicht zu merken oder es war ihr egal. Ich fuhr mir mit beiden Händen durch die Haare und setzte zu einer Antwort an, aber Addie ließ mich nicht zu Wort kommen.

»Vergiss es. Ich stelle mich bestimmt nicht hier hin und lass mich von dir für irgendetwas, was du dir in deinem Kopf zusammenreimst, beschuldigen«, fügte sie in der gleichen Lautstärke hinzu. Ihre Wangen hatten rote Flecken bekommen und ich hatte keine Ahnung, wie ich sie besänftigen sollte.

Instinktiv streckte ich meinen Arm nach ihr aus, bis ich sie an der Schulter berührte.

»Fass mich verdammt noch mal nicht an.« Für jemanden, der sich ohne Übertreibung die Queen des ungefragten Körperkontaktes nennen konnte, wurde sie bei dieser kleinen Berührung unverhältnismäßig wütend. Sie versuchte mit ihrer rechten Hand meine Hand von ihrer linken Schulter zu schlagen und vergaß dabei, dass sie noch ihren Becher in der Hand hielt. Es kam mir fast vor, als würde sie sich in Zeitlupe bewegen, als der gesamte Inhalt mit Schwung auf meinem Oberteil landete und es innerhalb von Sekunden durchtränkte. Für die Gäste, von denen uns einige neugierig beobachteten, sah es bestimmt so aus, als hätte sie mir mit Absicht ihr Getränk übergekippt, denn ich vernahm ein kollektives Raunen, das durch die Menge ging. So viel zu den ungewollten Gerüchten, die ich um jeden Preis hatte vermeiden wollen ...

Addison riss die Augen auf und für einen Moment sah es so aus, als hätte sie ihre Wut vergessen. Dieser Moment dauerte allerdings nur einen Wimpernschlag. »Das tut mir absolut nicht leid«, rief sie, fixierte mich für ein paar Sekunden mit ihren Augen, nur um sich dann umzudrehen und mit schwingenden Hüften in der Menge zu verschwinden.

Was zum Teufel war hier gerade passiert? Ich spürte bohrende Blicke auf mir. Eines der Gefühle, die ich am meisten hasste. Für alle Außenstehenden musste es so aussehen, als hätte ich sie bedrängt oder sonst was mit ihr angestellt. Diese Blicke hatte ich schon ziemlich oft geerntet, allerdings mit dem Unterschied, dass es damals immer gerechtfertigt war. Nicht so wie jetzt. Jetzt wusste ich nicht einmal, wie zum Teufel ich mich schon wieder in so eine Situation hineinmanövriert hatte. Hätte ich nicht mit Addison mitgehen sollen? Wahrscheinlich. Hätte ich den Kuss mit allen Mitteln verhindern müssen? Definitiv.

Aber hatte ich es deshalb verdient, so von ihr angeschrien zu werden? Ich war mir nicht sicher, ob ich diese Frage mit einem überzeugenden Nein beantworten konnte. Was ich aber wusste, war, dass ich nicht mehr länger hier stehen und darauf warten konnte, bis jemand kam und mich aus Neugierde darauf ansprach. Deshalb machte ich kehrt und flüchtete auf den fast leeren Gang, um mich auf die Suche nach dem Badezimmer zu machen. Nicht um meinen Pullover zu retten, sondern um einen klaren Gedanken zu fassen.

»Na, war sie es, die dich fallen lassen hat, oder hast du sie gefickt und weggeschickt?« Ausgerechnet Dan lehnte gespielt lässig an der Wand und funkelte mich böse an. Ich konnte mich nicht auch noch von ihm provozieren lassen und wollte gerade an ihm vorbeigehen, als er sich mir in den Weg stellte. »Verdient hättet ihr es natürlich beide.«

Ich wollte ihn gerade aus dem Weg schubsen, aber was er sagte, ließ mich stutzen. Dass er fand, ich hätte alles Schlechte der Welt verdient, war nichts Neues, aber Addison? Ich konnte mir nicht vorstellen, dass sich die beiden überhaupt kannten.

Dan starrte mich an und mit jeder Sekunde wuchs meine Wut auf ihn, angefeuert durch die Auseinandersetzung mit Addison. Obwohl ich auch auf sie wütend war, konnte ich den Gedanken nicht ertragen, wie er über sie sprach. Am liebsten hätte ich die ganze Anspannung an ihm ausgelassen, aber ich wollte nicht noch ein zweites Mal im Mittelpunkt der Aufmerksamkeit stehen. Als er keine Anstalten machte, noch etwas hinzuzufügen, ging ich mit Schwung an ihm vorbei, nicht ohne ihm einen kräftigen Schubser mit meiner Schulter zu verpassen. Er hatte nicht damit gerechnet und taumelte sofort wieder gegen die Wand.

»Fick dich, Dan.« Ich drehte mich nicht noch einmal um oder gab ihm die Gelegenheit, zu reagieren, sondern nutzte den Moment, um an ihm vorbeizukommen. Für mich war es jetzt höchste Zeit abzuhauen, zurück in meine sichere Blase. Ohne Addie oder Dan.

21

Ich habe Scheiße gebaut! Oder?

Normalerweise konnte ich mich auf mein Bauchgefühl verlassen. Es war mein sicherer Leitfaden, wenn es darum ging, meine Emotionen einzuschätzen. Ausgerechnet jetzt ließ es mich im Stich. Irgendwo in mir hielt sich die hartnäckige Meinung, dass ich mich wie eine bescheuerte Kuh aufgeführt hatte, aber so ganz wollte ich sie nicht an die Oberfläche lassen.

Meine Gedanken rasten, als ich mir auf der Suche nach meinen Freundinnen einen Weg durch die Gäste bahnte. Ich hatte Kian gerade mein Getränk über den Körper gekippt, weil er mir schon wieder eine Abfuhr erteilt hat. Gut, streng genommen war es keine Absicht, aber mit solchen Kleinigkeiten konnte ich mich jetzt wirklich nicht aufhalten. Es war eigentlich gar nicht meine Art, so wütend zu werden. Es war auch nicht das erste Mal, dass ich eine Abfuhr erhalten hatte, aber ausgerechnet bei ihm musste es mir so unter die Haut gehen. *Was ist nur in mich gefahren? Leider nicht Kian. Haha.*

Der Abend war nicht so ausgegangen, wie ich es erwartet hatte. Ich hatte Kian zwar nicht mit diesem Ziel hinter mir hergezogen, aber ich war trotzdem froh darüber, dass es passiert war. Und zwei Minuten zuvor hätte ich noch geschworen, dass es ihm genauso ging. Bis er so getan hatte, als hätte ich ihn dazu genötigt oder so ähnlich.

»Addie!« Bevor ich meine Gedanken ordnen konnte, stand plötzlich Rylan neben mir und zog mich am Arm zur Seite, wo Camille schon auf uns wartete. »Man, du musst echt anfangen, wasserfesten Lippenstift zu verwenden.«

Sofort strich ich unter meiner Lippe entlang und hatte danach tatsächlich meinen halben Lippenstift am Finger. »Wieso siehst du so verstört aus? Ich dachte, dein *Mr. Perfect* ist dafür verantwortlich.« Sie fuchtelte mit ihrem Zeigefinger vor meinem Gesicht herum und auch Camille richtete jetzt ihre volle Aufmerksamkeit auf mich. In der Hoffnung auf Erleuchtung fing ich an, ihnen die Kurzfassung zu erzählen.

»Bitte sagt mir, dass ich nicht überreagiert habe, Mädels.« Statt mir zu antworten, schienen Camilles Lippen plötzlich an ihrem Strohhalm festgewachsen zu sein und auch Rylan sah ganz zerknirscht in die andere Richtung. Da hatte ich meine Antwort eigentlich schon.

»Hast du Kian wirklich eine Ohrfeige gegeben und ihm deinen Cocktail übergekippt?« Plötzlich wuchs Blake neben mir aus dem Boden, noch ehe Rylan sich ein Herz fassen und mir ihre höchstwahrscheinlich für mich sehr ernüchternde Meinung mitteilen konnte.

»O Gott.« Ich vergrub mein Gesicht in beiden Händen und überließ es meinen Freundinnen, ihn aufzuklären.

Blake fand das Ganze viel zu lustig, dafür, dass es um seinen besten Freund ging, den ich gerade bloßgestellt hatte. »Morgen wird die allgemeine Meinung sein, dass du ihm einen Kinnhaken gegeben und ihm dann eine ganze

Flasche Tequila über die Haare gekippt hast.« Ich schüttelte nur meinen Kopf, da sprach er schon weiter. »Übrigens hast du total überreagiert und glaub mir, Kian spielt keine Spielchen mit dir. Er ist einfach ein bisschen überfordert. Aber das wird schon.« Er klopfte mir aufmunternd auf die Schulter, machte aber keine Anstalten, mich noch weiter aufzuklären. Stattdessen wippte er zufrieden im Takt irgendeines aktuellen Charthits, der durch unsichtbare Boxen zu uns drang.

»Dann sind wir uns also einig, dass ich hier die Drama-queen bin?« Obwohl ich es schon wusste, entfuhr mir bei dem einstimmigen Nicken meiner Freunde ein Seufzer. »Dann sollte ich mich wohl bei ihm entschuldigen.«

»Sorry, Addie, aber er ist schon weg. Mach dir nicht zu viele Gedanken, das macht er öfters. Er braucht einfach viel Zeit allein mit seinen Gedanken.« Blake zuckte mit den Schultern.

»Schreib ihm doch einfach.« Camille schien ihre Stimme auch endlich wiedergefunden zu haben und war wie immer die Stimme der Vernunft.

»Meinst du nicht, über Textnachrichten entstehen noch mehr Missverständnisse? Das kann ich echt nicht gebrauchen.« Ich richtete die Frage an Camille, blickte aber zwischen meinen Freunden hin und her.

»Schreib ihm!« Rylan machte kurzen Prozess, zog mir mein Handy aus meiner Gesäßtasche und hielt es mir auffordernd vors Gesicht. Als auch Blake und Camille einstimmig nickten, seufze ich kurz und schickte ein kurzes »Es tut mir leid, können wir reden?« an Kian und starrte für ein paar Sekunden auf die Nachricht, in der Hoffnung, er würde sofort antworten.

»Er wird sich schon melden. Gib ihm einfach ein bisschen Zeit.« Blakes Stimme klang aufmunternd, trotzdem war mein Blick weiter starr auf das Display geheftet. »Und jetzt hörst du auf, dir Sorgen zu machen, und genießt den Rest des Abends«, fügte er hinzu.

Ich hob den Kopf und in dem Moment, in dem ich in sein grinsendes Gesicht sah, hätte ich mich selbst Ohrfeigen können. »O nein, es tut mir leid, wir haben fast deinen ganzen Auftritt verpasst! Aber das, was ich gehört habe, war der Wahnsinn.« Ich hatte über mein persönliches Drama den Grund, aus dem wir hier waren, komplett vergessen und das war ganz und gar nicht fair. Zu meiner Schande musste ich gestehen, dass ich höchstens ein Lied gehört hatte, aber das hatte wirklich großartig geklungen.

Erleichtert sah ich, dass Blakes Grinsen immer breiter wurde. »Danke, Süße. Und jetzt hole ich für meine drei persönlichen Lieblingsgroupies etwas zu trinken.«

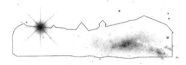

»Ich glaube nicht, dass das eine so gute Idee ist.« Camille saß am nächsten Morgen an unserem Küchentresen und sah mich mit zusammengezogenen Augenbrauen an. Auf der Party war es nicht mehr allzu spät geworden, was hauptsächlich daran lag, dass es nach Blake mit der Qualität der Acts und so auch mit der Stimmung ziemlich schnell und ziemlich steil bergab gegangen war. Meine Stimmung war sowieso schon gedrückt genug gewesen, weshalb ich mich nicht dagegen gesträubt hatte, bereits eine Stunde nach meiner Auseinandersetzung mit Kian aufzubrechen.

Rylan, die mich in meinen *nicht so guten Ideen* ganz im Gegensatz zu Camille meistens unterstützte, schlief noch, obwohl es schon fast elf Uhr war. Deshalb hatte Camille jetzt freie Bahn, mir ihre Gedanken mitzuteilen. Und die waren viel zu strukturiert und bedacht für meinen Geschmack.

»Sein Problem war doch, dass es ihm zu schnell ging, oder?« Sie sah mich abwartend an.

»Keine Ahnung, *er* hat *mich* doch geküsst.« Ich zuckte mit den Schultern. Diese Frage hatte mich sogar in meinen Traum verfolgt, aber ich wurde trotzdem nicht schlauer. Ja, er hatte mich zuerst geküsst, aber das war im Prinzip nicht wichtig. Vor allem, weil ich mich nach der ersten Berührung seiner Lippen an ihn geklammert hatte, als würde sein Mund für mich die Erlösung bedeuten. Einerseits konnte ich mir beim besten Willen nicht vorstellen, dass nur ich so gefühlt hatte. Andererseits verstand ich aber auch nicht, warum er mich hätte abweisen sollen, wenn er genauso gefühlt hatte. Noch absurder war der Gedanke, dass es ihm zu schnell ging. Wir waren schließlich noch vollkommen bekleidet und es war nicht unser erster Kuss gewesen. Ich rieb mir über die Stirn, als hätte das irgendetwas dazu beitragen können, meine Gedanken zu ordnen.

»Aber du bist auf ihn geklettert.« Camille schaffte es, mich nochmal alles durchleben zu lassen, und verlangte dabei auch noch von mir, meine rationale Gehirnhälfte zu benutzen. »Naja, wie auch immer.« Sie fing an, eine Banane zu schälen. Ein sicheres Zeichen dafür, dass sie in spätestens einer halben Stunde mit ihrem straffen Sportprogramm beginnen würde. »Wenn er zu überrumpelt war, solltest du eventuell nicht einfach unangekündigt morgens bei ihm vor der Tür stehen.« Normalerweise legte ich großen Wert auf Camilles Meinung, aber in diesem Moment wollte ich nur jemanden, der mich in meinem

Vorhaben unterstützte. Blind, wenn es sein musste, und nicht so verdammt vernünftig und ehrlich.

»Aber er hat sich nicht gemeldet und wir wissen beide, wie unwahrscheinlich es ist, dass er die Nachricht nicht gesehen hat. Also ist die logische Schlussfolgerung, dass ich persönlich mit ihm sprechen muss.« Ich ignorierte Camilles skeptischen Blick und stand auf.

»Was machst du denn da, Addie?« Camille weigerte sich, mich allein zu lassen, und sah mir gleichermaßen interessiert und skeptisch dabei zu, wie ich ein paar Sachen zusammensuchte.

»Er hat gesagt, er hat noch nie Waffeln zum Frühstück gemacht. Und was ist eine Entschuldigung schon wert, ohne sie mit etwas Süßem zu untermauern?«

Meine Mitbewohnerin riss die Augen auf, als hätte ich ihr eröffnet, ich wolle einen Pfad aus Rosenblättern und Kerzen zu seinem Bett legen und dort nackt und mit Honig beschmiert auf ihn warten. »Du willst also nicht nur einfach unangekündigt vor seiner Tür auftauchen, sondern auch noch seine Küche beschlagnahmen und ihm Waffeln aufdrängen? Vielleicht mag er keine Waffeln.«

Ich schüttelte unwillig den Kopf. »Wer mag denn keine Waffeln? Außerdem ist das nicht nur seine Küche. Blake ist auch da.« Ich mied Camilles Blick, aber ihr Seufzen hörte ich trotzdem.

Ich wollte aufmunternde Worte von ihr, denn Zweifel an meinem Plan hatte ich selbst genug. Aber ich wollte Kian nicht noch eine Nachricht schreiben. Noch weniger aber wollte ich mir das ganze Wochenende lang Gedanken über ihn machen.

»Du bist verrückt.« Ich weiß nicht, ob sie damit die allgemeine Aktion meinte oder die Tatsache, dass ich das Waffeleisen auch mit eingepackt hatte.

»Ich hab dich auch lieb.« Ohne weiter auf Camilles Einwände einzugehen, zog ich mir einen dicken Pulli über und machte mich auf den Weg.

Dank Rylan, die natürlich wusste, wo Blake wohnte, hatte ich die Adresse, die gar nicht so weit von unserem Wohnheim entfernt lag. Nicht so gut war, dass mein Fahrradkorb zu klein war, um alles darin zu verstauen, weshalb die Tasche, die ich an das Lenkrad gehängt hatte, ständig gegen den Vorderreifen stieß und ich nur im Schneckentempo vorankam.

Die Eingangstür zum Wohnheim der Jungs stand trotz des ungemütlichen und windigen Wetters offen, weshalb ich jetzt etwas unschlüssig direkt vor ihrer Wohnung stand. Camilles Bedenken schwirrten mir im Kopf herum und plötzlich war ich mir nicht mehr sicher, ob ich nicht doch zu aufdringlich war. Normalerweise wurde ich nicht von Selbstzweifeln geplagt, aber wenn es um Kian ging, wurde ich unsicher. Ich wollte nicht, dass er mich nervig oder aufdringlich fand oder für vollkommen gestört hielt. Ich wollte, dass er mich mochte. Eigentlich sollte niemand so eine Macht über mich haben, aber ich konnte im Moment nicht anders. Deshalb schob ich meine Zweifel so weit von mir weg, wie es mir möglich war, und klopfte zaghaft an die Tür von Apartment 2.011.

Es passierte nichts. Auch nach einem weiteren, energischeren Klopfen rührte sich nichts hinter der Tür. Auf den Gängen war es so leise, dass ich eigentlich Geräusche von drinnen hätte hören müssen, wenn jemand da gewesen wäre. Was wenn die Jungs um diese Zeit noch schliefen? Ich schloss aus, dass Kian ahnte, wer da vor ihrer Tür stand, denn natürlich hatte das alte Gebäude weder

Kameraüberwachung noch Türspione.

Als ich nach dem dritten Versuch gerade enttäuscht meine Tasche vom Boden aufsammeln wollte, steckte doch noch jemand seinen Kopf aus der Tür. Jemand, der hier eigentlich kein eigenes Bett hatte, soweit ich das wusste. Nachdem ein paar Sekunden keiner von uns etwas sagte, öffnete sich die Türe ganz und ein verschlafener Riese starrte mich aus halb geöffneten Augen an. Ich konnte nicht deuten, ob er verwirrt oder genervt war. Auf jeden Fall lag aber ein skeptischer Ausdruck in seinem kantigen Gesicht.

»Willst du zu Blake?« Er verschränkte die Arme vor seiner Brust und genoss es sichtlich, dass er von oben auf mich herabstarren konnte.

»Äh, nein?«

»War das eine Frage oder eine Antwort?« Er zog eine Augenbraue nach oben und sah mit seiner Körpergröße und -breite so aus, als wäre er der persönliche Türsteher für diese Wohnung.

»Addie? Hast du dich schon mit Kian ausgesprochen?« Ich atmete erleichtert auf, als Blakes dunkler Haarschopf in der Tür auftauchte. Auch er sah noch etwas zerknittert, aber weitaus freundlicher aus.

»Ähm, nein. Naja, deshalb bin ich hier. Ist er da?« Immer noch verwirrt blickte ich zwischen den beiden hin und her. Blake drängte den mir unbekannten Riesen jetzt von der Tür weg und ließ mich in die Wohnung.

»Addie, das ist Chase. Chase, das ist Addie. Die, die ihm den Cocktail übergekippt hat.« Für den letzten Satz senkte er seine Stimme und grinste breit.

»Hey, du weißt ganz genau, dass das nicht stimmt! Hey Chase.« Blake lachte und auch die Miene seines Besuchers erhellte sich ein wenig.

»Kian ist im Bad und kommt bestimmt gleich und wir beide wollten sowieso gerade …« Als Chase anfing zu sprechen, bekam er Blakes Ellenbogen in die Seite und nickte daraufhin brav. Wenn er Blake ansah, hatte sein Blick nichts mehr von Skepsis oder Ablehnung, sondern strahlte Wärme aus. Sein kantiger Kiefer sah nicht mehr angespannt aus, sondern entspannte sich.

Immer noch etwas sprachlos starrte ich zwischen den beiden hin und her, bis Blake ihn sanft am Arm berührte. Er schenkte mir noch ein kurzes Lächeln, das wahrscheinlich aufmunternd gemeint war, und verschwand mit Chase im Schlepptau durch eine Zimmertür.

Ich stand immer noch in dem kleinen Flur, von dem aus drei Türen abgingen, bis mich die Erkenntnis, dass Chase nicht hier war, weil er gestern zu viel getrunken und deshalb auf der Couch übernachtet hatte, wie ein Schlag traf. Sofort ärgerte ich mich über mich selbst, weil ich so langsam geschaltet hatte, aber ich hatte Blake bisher nur beim Flirten mit Frauen gesehen. Es war mir nicht mal in den Sinn gekommen, dass Chase und Blake mehr als eine Freundschaft verband. Noch viel mehr nervte mich, dass ich die beiden angestarrt hatte, als kämen sie von einem anderen Planeten, obwohl es überhaupt nichts zu starren gab. Falls Blake mein Erstaunen aufgefallen war, hatte er es sich nicht anmerken lassen. Ich war manchmal so ein verdammter Trampel.

Zögernd ging ich ein paar Schritte in den Wohnbereich und ließ meinen Blick durch die Wohnung schweifen. Anders als bei uns bildeten die Küche und das Wohnzimmer einen Raum. Getrennt wurde er von einem großen Esstisch, auf den ich sofort ein bisschen neidisch war.

Ansonsten ähnelten die Küche und die Wohnzimmereinrichtung unserer, mit dem Unterschied, dass diese Wohnung viel zu wenig Deko hatte. Aber so war das wahrscheinlich in einer Männer-WG.

Nachdem meine Gedanken viel zu lange um den Einrichtungsgeschmack der Jungs gekreist waren, fiel mir auf, dass Blake mich einfach stehen gelassen hatte, ohne Kian Bescheid zu geben. Ich hätte einfach an einer der anderen Türen klopfen können, aber die Anspannung in mir hielt mich zurück. Indem ich einfach hier aufgeschlagen war, hatte ich wieder einmal erst gehandelt, statt mir Camilles Bedenken in Ruhe durch den Kopf gehen zu lassen. Hätte ich das aber getan, würde ich wahrscheinlich noch zu Hause im Bett oder auf der Couch liegen und so tun, als fände ich Camilles Gemüsechips genauso lecker wie die echten und fettigen.

Je länger ich in der stillen Wohnung stand, desto unsicherer wurde ich. Mein Plan kam mir plötzlich unglaublich dämlich vor. Die Taschen, die ich nur achtlos am Boden abgelegt hatte, lagen da, als würden sie mich verspotten. Wie hatte ich bloß glauben können, es wäre eine gute Idee, bei einem Typen, der mir mehrfach einen Korb gegeben und dazwischen gemischte Signale am laufenden Band in meine Richtung geschickt hatte, aufzukreuzen und sogar eine Tasche mit Waffelzutaten im Schlepptau zu haben?

Vielleicht hätte ich gleich am Morgen ehrlich zu mir sein und meinem bescheuerten Herz klarmachen sollen, dass er versuchte, die Distanz zu mir zu wahren. Hatte er mir gestern nicht erst vorgeworfen, seine Signale zu ignorieren und ständig um ihn herumzuschwirren? Ich kam mir vor wie ein Groupie, das nicht verstand, dass sein angebeteter Star einfach keinen Bock auf es hatte und das sich trotzdem anbiederte.

Mir wurde unglaublich heiß. Vor Scham. Ich musste hier raus, bevor ich in Kians Lebensgeschichte als stalkende Kommilitonin, mit der er mal zusammengearbeitet hat, einging.

22

Addison

»Blake, ich bin fertig.« Kians tiefe Stimme gefolgt von einer zuschlagenden Tür riss mich aus meinen Gedanken.

Panisch evaluierte ich meine Fluchtmöglichkeiten, aber bevor mir klar wurde, dass nur die Wohnungstür in Frage kam, stand er schon im Türrahmen. Kian kam offensichtlich aus dem Bad, denn er stand mit nassen Haaren und – was viel wichtiger war – nur mit einem Handtuch bekleidet vor mir.

Sein Mund klappte erst auf und dann wieder zu, ohne den Blick von mir abzuwenden. Hätte ich nicht die Wassertropfen sehen können, die von seinen Haaren auf seine Schultern tropften und von da aus über seine Brust nach unten liefen, hätte er wie ein Standbild ausgesehen. Komplett regungslos. Selbst in seinem Gesicht konnte ich nicht einmal den Hauch einer Regung erkennen. Ich wusste nicht, wie lange wir uns so gegenüberstanden, aber ich war die erste, die ihre Sprache wiederfand. Und das, obwohl mir sein nackter, starker Oberkörper jeglichen Speichel aus dem Mund zog.

»Ich, ähm. Ich wollte mich bei dir entschuldigen.« Mir blieb nichts anderes übrig, als meinen ursprünglichen Plan durchzuziehen. Schließlich stand Kian mitten im Türrahmen und blockierte so den einzigen Fluchtweg, und außerdem war ich viel zu unsportlich für einen Rückzug über das Fenster. Statt einer Antwort bekam ich nur eine hochgezogene Augenbraue von ihm.

»Für den Cocktail. Und meinen Mini-Ausraster. So bin ich eigentlich gar nicht«, fuhr ich fort und starrte auf meine Schuhe, die ich am Eingang hätte ausziehen sollen. Ich wollte seine Gesichtszüge nicht sehen, wenn sie sich zu abweisend und vielleicht sogar angeekelt verzogen. »Ok, also dann geh ich mal wieder.« Ich spürte, wie mein Gesicht heiß und rot wurde. Noch nie hatte ich mich für eine unüberlegte Aktion so geschämt.

Ich wusste, dass die Chemievorlesungen und die Arbeit ab sofort zum Horror werden würden. Er würde in mir jedes Mal das verrückte Mädchen, das nach einer Abfuhr einfach in seiner Wohnung aufgetaucht war, sehen, und ich würde beim Gedanken an seinen nackten Oberkörper gepaart mit einem angewiderten Gesichtsausdruck auf immer dazu verdammt sein, rot zu werden.

Als ich mir die Tasche über die Schulter warf, hatte er sich immer noch keinen Zentimeter von der Tür wegbewegt. Wieder wanderte mein Blick von seinem Gesicht zu seinem nur notdürftig bedeckten Oberkörper. Ich hatte zwar erwartet, dass er unter seinen Hoodies genau so heiß aussah, wie er sich anfühlte, ihn jetzt aber wirklich so vor mir zu sehen, noch dazu mit den feuchten Haaren, die ihn aus irgendeinem Grund noch heißer aussehen ließen, machte mich ganz hibbelig. Vor allem zwischen meinen Beinen. Meiner Libido war es ziemlich egal, wie bescheuert die Situation war, in der wir uns befanden.

Ich trat von einem Fuß auf den anderen, bevor ich mich

endlich in Bewegung setzte. Was ich nicht einkalkuliert hatte, war, dass ich an ihm vorbeimusste und dabei die Wärme, die von ihm ausging, spüren konnte. Er roch frisch geduscht und sauber und am liebsten hätte ich meine Hand ausgestreckt, um zu spüren, wie sich seine Haut anfühlte. Das stimmte nicht ganz. Am liebsten hätte ich ihm auf der Stelle dieses Handtuch weggerissen und ganz andere Dinge getan, aber so eine Entschuldigung sollte es nicht werden. Ich hatte das Gefühl, die Luft anhalten zu müssen, weil ich bei seinem Geruch keinen klaren Gedanken fassen konnte.

»War dein Plan, hierzubleiben, bis ich deine Entschuldigung annehme?«

Ich war gerade dabei, mich an ihm vorbei durch den Türrahmen zu schieben, als er sich zu mir drehte. Dass er plötzlich etwas sagte, überraschte mich so sehr, dass ich ein paar Sekunden brauchte, um zu verstehen, dass er die vollgepackten Taschen meinte. Ich zog die Tasche an den Henkeln leicht auseinander, sodass er das Waffeleisen sehen konnte. Wir waren uns so nah in diesem Türrahmen, dass ich unmöglich die ganze Zeit die Luft anhalten konnte, um seinen Duft auszublenden.

»Naja, ich habe schließlich versprochen, dir zu zeigen, wie man das Leben genießt und dachte ...« Ich brach mitten im Satz ab. Ich wusste nicht, wie ich meinen Plan erklären sollte, sodass er auch außerhalb meines Kopfes Sinn ergab.

»Du kommst also vormittags unangemeldet zu mir, um mir als Entschuldigung Waffeln zu backen? Mit Waffeleisen?« Er hob den Kopf und sein Gesicht war jetzt viel näher bei mir als noch vor ein paar Sekunden. In seinen Augen lag Skepsis aber auch ... Belustigung? Wollte er mich etwa auslachen? Alles, was ich unter seinem intensiven Blick zustande brachte, war ein Nicken, woraufhin Kian den Kopf schüttelte, sodass sich ein paar Tropfen aus seinen Haaren lösten. »Du bist wirklich verrückt.«

Am liebsten hätte ich »nach dir« hinzugefügt, biss mir aber auf die Zunge.

Seine Mundwinkel zuckten leicht nach oben. Es war nicht viel, aber gab mir zumindest wieder einen Hauch Selbstbewusstsein zurück.

»Aaalso …?« Ich zog das Wort in die Länge. »Funktioniert es?« Ich biss mir auf die Lippen, als er mir fast unmerklich ein bisschen näherkam.

»Das, liebe Addie, hängt ganz von deinen Waffeln ab.« Ich spürte seinen warmen Atem und für den Bruchteil einer Sekunde dachte ich daran, ihn einfach zu küssen. Als hätte ich meine guten Vorsätze, ihm nicht mehr so auf die Pelle zu rücken, in dem Moment, in dem er mir halb nackt gegenüberstand, wieder vergessen.

Kian brauchte eine halbe Ewigkeit in seinem Zimmer. So lange, dass ich mir fast sicher war, er würde es bereuen, mich nicht aus der Wohnung geschmissen zu haben. Ich nutzte zwar die Zeit, um die Taschen auszupacken, aber unwohl und unsicher fühlte ich mich dennoch. Zum Glück hatte ich nicht auf Camille gehört, die mir hatte einreden wollen, dass die Jungs bestimmt solche Basics wie Mehl oder Eier dahatten. Nachdem ich den Kühlschrank und ein paar Küchenschränke geöffnet hatte, wurde mir klar, dass Kian wirklich nicht übertrieben hatte, als er mir erzählt hatte, er wäre eine absolute Niete in der Küche. Nur im

Gefrierfach fand ich ganz viele Fertigprodukte. Keine Ahnung, wie sein Körper bei dieser Ernährung so heiß aussehen konnte.

Als Kian wieder zurück in die Küche kam, diesmal mit Jogginghose und – wie sollte es anders sein – Uni-Hoodie bekleidet, hatte ich schon alles vorbereitet. Eigentlich mussten wir die Zutaten nur noch verquirlen und dann die Waffeln ausbacken. Ich war gleichermaßen überrascht und erleichtert, als er sich neben mich stellte, anstatt mich zu bitten, zu gehen. Trotzdem machte mich seine Nähe nervös. Das lag auch daran, dass er meine Entschuldigung noch nicht angenommen hatte und ich immer noch nicht wusste, was er über letzte Nacht dachte. Sein Gesicht sah zwar jetzt nicht mehr ganz so angespannt aus, aber einen Hinweis auf seine Gedanken konnte ich darin nicht finden. Es hätte sein können, dass er meine Anwesenheit entweder vollkommen scheiße fand oder sich insgeheim darüber freute. Es hätte aber auch sein können, dass er nur die Chance auf frische Waffeln ausnutze, und danach nie wieder mit mir sprechen würde.

»Moment, du bist doch nicht allergisch auf Nüsse, oder?«, fragte ich. Auch jetzt schüttelte er nur den Kopf. Ich bereitet schweigend weiter den Teig zu und Kian hielt sich im Hintergrund, aber ich spürte seinen Blick auf mir und bereute es, nur eine alte, graue Yoga-Hose angezogen zu haben.

Ich hatte mich schon damit abgefunden, dass er nicht unbedingt an einem Gespräch interessiert war, als ich seine tiefe Stimme hinter mir hörte: »In Waffeln sind Nüsse?« Er beugte sich über meine Schulter, um in die Schüssel sehen zu können.

»In meinen schon.« Ich widerstand dem Drang, ihn anzusehen, als er so nah bei mir war. Mein Körper reagierte mit jeder Faser auf die Wärme, die er neben mir ausstrahlte.

»Du hast Kian dazu gebracht, zu backen? Freiwillig?« Ich war richtig froh als Blake, dicht gefolgt von Chase, hereinplatzte. Ich hasste diese absolute Stille zwischen uns. Wir hätten uns streiten können oder von mir aus sogar Smalltalk machen können, so als wäre nie etwas passiert. Aber angeschwiegen werden, war für mich die größte Strafe.

»Mit welchen Fluch hast du ihn denn belegt?« Blake zwinkerte mir zu und ich merkte, wie Kian ihm einen vernichtenden Blick zuwarf. Er schien nicht so erfreut über die Unterbrechung und brachte mit einem großen Schritt wieder Abstand zwischen uns.

»Wollt ihr mitessen? Es gibt Haselnusswaffeln und wir haben genug Teig für alle.« Ich wusste nicht, ob ich wollte, dass die beiden blieben, sodass die komische Stimmung zwischen uns neutralisiert wurde, oder ob ich lieber mit Kian allein sein wollte.

»Verlockend, aber wir müssen los.« Blake nahm mir die Entscheidung ab, und der Erleichterung nach zu urteilen, die sich in meinem Körper ausbreitete, hätte ich mich auch so entschieden. Chase wartete schon an der Eingangstür. Er schien nicht gerade der offenste Typ zu sein, aber als Blake auf ihn zuging, strahlte er ihn an und öffnete ihm die Tür. Als er Blake beim Rausgehen eine Hand auf den Rücken legte, merkte ich, dass Kian sich neben mich stellte.

»Überrascht?«

»Nein. Naja, ja. Ich muss nur die ganze Zeit an seine

ganzen Verehrerinnen denken.«

»Die meisten seiner Verehrerinnen wissen nicht, dass er
für beide Teams spielt, er schreibt sich das nicht unbedingt
auf die Stirn. Schlechte Erfahrungen.« Er zuckte mit den
Schultern. »Standet ihr euch schon immer so nah?« Ich sah, wie er
das Gesicht verzog. »Diese Bezeichnung hört sich für eine Männerfreund-
schaft irgendwie ... falsch an.« Er schien zu überlegen. »Er
wurde in der Schule schon immer als der komische Junge,
der weder asiatisch noch weiß genug war, abgestempelt.
Man konnte ihn in keine Schublade stecken und für eine
Horde pubertierender Jungs war er vor allem in der High
School das gefundene Fressen.« Er sah aus, als würde ihn
die Erinnerung überrollen. »Ich passte dagegen immer in
das Schema. Auf die eine oder andere Weise.« Gerade als
ich noch überlegte, ob ich nachfragen sollte, sprach er
schon weiter. »Ich habe das mit seiner Musik damals nie
verstanden und er hat nicht verstanden, warum ich ein
Arschloch wurde. Trotzdem haben wir immer zusammengehalten.« Für einen kleinen Moment, der viel zu schnell
vorbei war, blitzte etwas in seinen Augen auf und ich hatte
das Gefühl, dass er mich jetzt nicht mehr ganz so verschlossen ansah.

»Ich glaube immer noch nicht, dass du ein Arschloch
warst.« Es dauerte eine halbe Ewigkeit, bis er endlich mit
einer Gegenfrage antwortete.

»Wie warst du denn in der High School?«

»Ziemlich unterdurchschnittlich. Es ist ein Wunder, dass
ich es an die *EU* geschafft habe.« Dass es eigentlich kein
Wunder, sondern ein Stipendium für benachteiligte Schüler
war, verschwieg ich. Ich wollte sein Mitleid nicht. Das

wollte ich von niemanden. »Meine Familie ist ziemlich verkorkst, das hat sich in meinem fünfzehnjährigen Ich ganz schön widergespiegelt.« Ich drehte mich zu ihm, bevor ich weitersprach. »Tja, wenn man Teenager allein lässt, stürzen sie sich von selbst ins Chaos, würde ich sagen.«

Ein zustimmendes Brummen kam aus seinem Mund. »Scheint wohl auch zu passieren, wenn man Teenager nicht allein lässt.«

Ich schaltete mein Waffeleisen ein und drehte mich dann wieder zu ihm. »Mr. Perfect hat Chaos angerichtet? Hast du etwa manchmal aus Versehen deine Biologie-Hausaufgaben in den Mathe-Ordner gepackt?«

Er schüttelte ungläubig den Kopf, lächelte aber. »Sagen wir es mal so: Mein Lerneifer ging, als ich zum ersten Mal meine High School betrat, und kam erst wieder, als sie mich rausschmissen.« Noch bevor er seinen Satz beendet hatte, veränderten sich seine Augen. So als könnte er nicht glauben, dass er mir das erzählte. »Familiäre Probleme. Wie du siehst, war ich so unperfekt, dass ich zwei Jahre später den Abschluss in der Abendschule nachmachen musste.«

Mir fiel auf, dass ich noch nie darüber nachgedacht hatte, wie alt er eigentlich war. Wenn er länger für seinen Abschluss gebraucht hatte, musste er mindestens einundzwanzig oder zweiundzwanzig Jahre alt sein.

»Ich bin also hier, weil die *EU* eine weiche Seite für Problemfälle hat.« Nach einer kurzen Pause fügte er hinzu. »Ich weiß gar nicht, warum ich dir das alles erzähle.« Es war schwer zu sagen, ob er es bereute.

»Du würdest dich wundern, was der Duft von Waffeln alles mit den Leuten macht.« Wie zur Bestätigung holte ich die erste fertige Waffel heraus und legte sie auf einen Teller. Die Küche roch nach Zucker und Nüssen und ich hatte

Angst, dass mein Magen sich jede Sekunde mit einem lauten Knurren melden würde. »Im Ernst, Kian. Es tut mir leid, dass ich dich einfach verurteilt habe, ohne irgendetwas über dich zu wissen.«

Er verschränkte die Arme vor seiner Brust und sah mich amüsiert an. »Schon okay, aber jetzt musst du mir einen weiteren Fakt über dein High-School-Ich offenbaren. Sozusagen als Ausgleich.« Er neigte den Kopf ein bisschen zur Seite, so als würde er versuchen, etwas in meinem Gesicht zu lesen. Er konnte ja nicht wissen, dass ich eher weniger Probleme damit hatte, über meine Vergangenheit zu sprechen.

»Ich war auf einem Internat.« Ich ließ weg, dass meine Familie praktisch nicht vorhanden war. »Schon seit der Middle School.«

Kians Augen wurden größer, als wäre die Vorstellung von mir auf einem Internat wahnsinnig abwegig. »Und da haben sie dich nichts über die Tugend der Zurückhaltung gelehrt?« Das war der Moment, in dem sich sein Mund langsam zu einem breiten Lächeln verzog, das seine Zähne entblößte.

Es war auch der Moment, in dem die Stimmung zwischen uns mit einem Mal anders wurde. Gelöster. Lockerer. Irgendwo zwischen dem Gespräch über Blake, dem kurzen Ausflug in unsere Vergangenheit und dem Duft frischer Haselnusswaffeln fühlte es sich so an, als wäre der Knoten geplatzt.

»Zimt, Zucker *und* Ahornsirup?«

Es war mittlerweile schon fast halb eins nachmittags, als wir mit einem Berg Waffeln, von dem wahrscheinlich die Bewohner des gesamten Gangs satt geworden wären, auf der Couch saßen.

»Probiere sie doch erst mal, bevor du dich beschwerst.«

Kian hob abwehrend die Hände und nickte dann. »Du bist so ein schlechter Einfluss.« Er schüttelte den Kopf, sodass seine Haare sich in alle Richtungen bewegten.

Ich kicherte leise und hoffte im selben Moment, dass ich mich nicht wie ein kleines Schulmädchen anhörte.

Er drehte den Kopf zu mir und öffnete leicht den Mund, aber nichts kam über seine Lippen. Stattdessen nahm er endlich einen Bissen von seiner Waffel.

Als er sich den Ahornsirup von den Lippen leckte, breitete sich wieder eine altbekannte Hitze in meiner Körpermitte aus. Ich konnte es nicht bestreiten. Ich wollte diejenige sein, die in den Genuss seiner Zunge kam. Als Kian eine zufriedene Mischung aus Brummen und Stöhnen entfuhr, rutschte ich nervös hin und her, um das Kribbeln zwischen meinen Beinen zu beruhigen.

»Heißt das, meine Entschuldigung ist angenommen?« Auch wenn es sich so anfühlte, als hätte die Mauer, die er um sich herum aufgebaut hatte, in der letzten halben Stunde ein paar Risse bekommen, wollte ich ihn noch einmal direkt darauf ansprechen.

»Ich weiß, dass es keine Absicht war«, erwiderte er, statt mit einem klaren Ja oder Nein zu antworten. »Das mit dem Cocktail.« Er hatte aufgehört, zu essen, und drehte sich mit seinem ganzen Körper zu mir. Obwohl er weniger angehabt hatte, als er aus der Dusche kam, fühlte sich die Situation jetzt gerade viel intimer an.

»Ich habe überreagiert. Keine Ahnung wieso.« Ich zuckte

mit den Schultern und setzte mich ihm im Schneidersitz gegenüber. »Du darfst auch alle Waffeln behalten.« Ich stupste mit meinem Knie an seinen Oberschenkel. »Na, wenn das so ist.« Sein Lächeln war in diesem Moment so warm und ehrlich, dass sich Camilles Einwand, ihn nicht schon wieder mit zu viel Körperkontakt zu überrumpeln, in Luft auflöste und ich mich nach vorn beugte und meine Arme um ihn schlang. Ich war erleichtert, unser zartes Band, um das ich so gekämpft hatte, nicht zerrissen zu haben.

Noch erleichterter war ich, als er keinen Augenblick zögerte und die Umarmung erwiderte. Eigentlich rechnete ich jeden Moment damit, wieder losgelassen zu werden, doch stattdessen zog er mich noch näher zu sich. Er vergrub sein Gesicht in meinen Haaren und klammerte sich an mich, als hätte er nur darauf gewartet. Die ganze Situation überraschte mich so sehr, dass ich zur Abwechslung diejenige war, die sich komplett versteifte.

23

Addison

»Du dachtest, ich wollte dich loswerden, oder?«

Er hatte mich wieder losgelassen und atmete jetzt geräuschvoll aus, als ich seine Vermutung mit einem Nicken bestätigte. Seine Ellenbogen waren auf seine Oberschenkel gestützt und seine Hand fuhr durch seine Haare und übers Gesicht.

»Dir ist klar, dass beinahe jede unserer Begegnungen bisher so geendet hat, oder? Außer du bist durch einen Arbeitsvertrag oder durch einen Kurs daran gebunden, mit mir Zeit zu verbringen.« Ich wich ein paar Zentimeter vor ihm zurück und er tat es mir gleich. Einerseits half mir der Abstand, klarer zu denken, andererseits hätte ich nichts lieber getan, als mich wieder in seine Arme zu werfen.

»Ich bin kein Arschloch, Addie. Ich bin nur ... kompliziert?« Es klang eher wie eine Frage, und seine braunen Augen waren jetzt ernster und sahen mich eindringlich an.

»Falls das eine Frage war, ja, du bist kompliziert.«

»Sagt diejenige, die samstagmittags in einem fremden Wohnheim auftaucht und ein verdammtes Waffeleisen dabeihat.«

Mir fiel auf, wie sehr ich es mochte, wenn sich ein ehrliches Lächeln auf seinem Mund breitmachte, das auch seine Augen erreichte. Zu oft hatte ich das Gefühl, er verstecke sich hinter seiner sehr kontrollierten Fassade, aber in diesem Moment glaubte ich, den wahren Kian vor mir zu haben.

»Du bist ganz schön ...« Er brach mitten im Satz ab und schien nach den richtigen Worten zu suchen. »Anders?« So ganz überzeugt schien er nicht zu sein, aber aus irgendeinem Grund sah ich seine Wortwahl als Kompliment.

»Du bist auch anders. Interessant anders, aber irgendwie mag ich das.«

Er schüttelte den Kopf und ich konnte kleine Lachfältchen, die sich um seine Augen bildeten, sehen. »Ich bin also anders und interessant? Könntest du mich vielleicht noch klischeehafter beschreiben? Ich bin doch kein schlechter Hauptdarsteller in einer romantischen Komödie auf Netflix.« Immer noch grinsend zeigte er auf den Fernseher, der schon die ganze Zeit als Hintergrundgeräusch während des Essens lief.

»Also, das hier ist doch kein billiger Netflix-Film. Das ist ein Klassiker!« Meine Empörung entlockte ihn ein leises Lachen, das sich noch verstärkte, als die berühmte weihnachtliche Tanzszene aus dem Film *Girls Club* über den Bildschirm flimmerte.

»Wieso ist für dich immer alles so einfach?« Die Frage kam unerwartet, nachdem wir uns für ein paar Minuten schweigend den Film, den ich schon tausend Mal mit Rylan und Camille gesehen hatte, anschauten. Sein Gesicht wirkte immer noch sanft, aber eine Spur ernster, als er sich zu mir drehte. Für einen Augenblick hatte ich keine Ahnung, was ich sagen sollte.

»Ist es nicht, Kian. Ich versuche bloß, mir dieses komplizierte Leben schön zu machen.«

Er zog eine Augenbraue nach oben und schien ernsthaft darüber nachzudenken.

»Ich habe die richtige Balance zwischen Spaß und Ernst bloß noch nicht gefunden«, fügte ich deshalb schnell hinzu. »Deshalb versaue ich zum Beispiel gerade Anatomie. Also, wie du siehst, ist für mich auch nicht alles einfach.« Ich zuckte mit den Schultern und konzentrierte mich wieder auf Lindsay Lohan in ihren besten Jahren.

Er hatte ja keine Ahnung, wie lachhaft es war, zu behaupten, dass für mich alles einfach wäre, aber es war nicht der richtige Zeitpunkt, um dieses Kapitel meines Lebens für ihn zu öffnen.

»Du hast Glück, dass ich Deals sehr ernst nehme und dir immer noch beim Lernen helfen will.« Er senkte seine Stimme, als würde er mir ein großes Geheimnis über sich verraten. Im gleichen Augenblick machte sich ein Grinsen auf seinen Lippen breit und mein Herz setzte mindestens zwei Schläge aus.

»Und du hast Glück, dass ich mich mit den süßen Dingen im Leben wahnsinnig gut auskenne.« Bevor ich darüber nachdenken konnte, was ich da gesagt hatte, wurde Kians Lächeln noch eine Spur breiter, und ich rollte gespielt mit den Augen. »Ich meine natürlich die Waffeln.« Mit einer Handbewegung deutete ich auf die noch vollen Teller, die auf dem Wohnzimmertisch standen, und hoffte, so von meinen glühenden Wangen ablenken zu können.

Kian aber dachte gar nicht daran, seinen Blick von mir abzuwenden, und grinste.

»Dafür, dass du das so lächerlich findest und Zucker zu deinem natürlich Feind erklärt hast, findest du diese Waffeln ziemlich gut.«

Als ich mich am Morgen auf den Weg zu ihm gemacht hatte, war es meine Mission gewesen, mich bei Kian zu entschuldigen und vielleicht ein bisschen schlauer aus ihm zu werden. Ich war erleichtert, dass die Entschuldigungsmission geglückt war, aber besonders schlau wurde ich aus ihm immer noch nicht. Auf einmal schien er sich mit mir wirklich wohlzufühlen. Ich hatte nicht einmal das Gefühl, dass er lieber allein wäre, und statt mich darüber zu freuen, fuhren meine Gedanken in meinem Kopf Karussell. Es war wie eine verdrehte Welt, dass er jetzt derjenige war, der vollkommen entspannt und ohne seinen typischen Mindestabstand neben mir saß und vor sich hin plauderte, während ich immer noch stocksteif dasaß und jede seiner Bewegungen sofort analysierte, um jeden Hinweis darauf, dass er sich wieder zurückzog, sofort zu erkennen.

Es dauerte fast den gesamten Film lang, bis ich mich endlich entspannen konnte. Irgendwann fühlte ich mich aber sogar so wohl, dass ich mich in die Kissen zurückfallen ließ und meine Beine anzog, sodass ich seitlich zum Fernseher lag. Ich hätte wissen sollen, dass das meine typische Einschlafposition war. Trotzdem blieb ich liegen, als meine Augenlider immer schwerer wurden und ich nicht einmal mehr das Ende des Films mitbekam.

Als ich meine Augen öffnete, war mir ungewöhnlich warm und es fühlte sich so an, als würde ich meinen Herzschlag überdeutlich spüren. Ich hatte keine Ahnung, wie lange ich geschlafen hatte und brauchte ein paar Augenblicke, um mich zu orientieren. Das Erste, was ich sah, war ein großer

Fernseher auf einem alten und dunklen Regal. Ich lag in einem Wohnzimmer, aber es war nicht unseres. Ich sah ein Fenster mit hässlichen blauen Vorhängen, durch die schwaches Licht kam. So, als würde die Sonne schon tief am Himmel stehen. Es roch zwar süß, aber nicht so wie bei uns zu Hause, wo sich die Duftkerzen von drei Mädels zu einer süßlichen Wolke verbanden und jeden einhüllten, der durch die Tür trat.

Bevor ich zu dem Teil meiner Erinnerung kam, in dem ich unsere Wohnung verließ, bewegte sich plötzlich das Sofa unter mir. Nichts davon machte Sinn. Ich versuchte den Kopf auf die andere Seite zu drehen, hielt aber mitten in der Bewegung inne, als ich geradewegs in Kians dunkle Augen blickte. Sie sahen müde aus, aber nicht so verwirrt, wie ich es eigentlich erwartet hätte. Moment, wieso waren sie so nah vor meinem Gesicht? Ich kniff meine Augen noch einmal zusammen, so als würde ich etwas anderes sehen, wenn ich sie das nächste Mal öffnete. Aber Kians Augen waren immer noch da, jetzt mit einem amüsierten Funkeln darin.

»Dafür, dass du gerade noch verkündet hast, wie sehr du den Film magst, bist du aber ganz schön schnell eingeschlafen, als das große Finale kam.« Seine Stimme klang so warm und dunkel, dass ich meine Augen am liebsten wieder geschlossen hätte.

Ich spürte Finger, die langsam über meinen unteren Rücken kreisten, und kam zu dem Schluss, dass es Kians Hände sein mussten. Trotzdem dauerte es noch ein paar Sekunden, bis es mir klar wurde. Ich lag auf Kian. Nicht nur mit meinem Kopf an seiner Schulter, wie süße Pärchen in Filmen das taten, sondern ich hatte mich komplett und mit meinem vollen Gewicht auf ihm ausgebreitet. Er lag auf dem Rücken und hatte die Arme um mich geschlungen. Die Wärme, über die ich mich gerade noch gewundert hatte, ging von ihm aus. Ich war mit dem Bauch voraus auf ihm eingeschlafen und hatte absolut keine Ahnung, wie wir in diese Position geraten waren. Panik überkam mich, weil es sich viel zu intim anfühlte.

»Könntest du dich vielleicht etwas weniger bewegen und etwas weniger dabei stöhnen?«, fragte Kian.

Ohne es zu merken, hatte ich angefangen, mich zu bewegen, und brauchte ein paar Sekunden, bis ich verstand, was er meinte. Ich lag mit meinem Becken genau zwischen seinen Beinen und durch den dünnen Stoff seiner Jogginghose konnte ich mehr als deutlich erkennen, was sich darunter verbarg.

Viel zu schnell wollte ich mich aufrappeln, ohne daran zu denken, dass er seine Arme immer noch fest um mich geschlungen hatte. Statt mich loszulassen, setzte er sich mit mir auf, sodass ich rittlings auf seinen Schoß saß. Ich war ihm so nah, dass ich unfähig war, mich zu bewegen. Seine Hände übten einen sanften Druck auf meinem Rücken aus, als wolle er sichergehen, dass ich nicht von ihm herunterkletterte.

Ich hätte ihm nicht in die Augen sehen dürfen. Dann hätte ich darin nicht diese Intensität gesehen, die mir jegliche Willenskraft nahm. Ich hätte nicht gesehen, wie seine Lippen fast unmerklich zitterten, als er mein Gesicht scannte, als müsste er sich jeden Millimeter davon auf alle Ewigkeit einprägen. Aber es war zu spät. Meine guten Vorsätze brannten nieder, bis nur noch ein Häufchen Asche übrig war.

»Kian.« Meine Stimme klang wie ein dünner Hauch. Durch das gedimmte Licht fühlte sich die Situation noch viel intimer an als alle anderen, in denen wir uns so nah gekommen waren.

Seine Hände wanderten meinen Rücken hinauf, über meine Schultern, bis er sie links und rechts an meine Wangen legte. Aus seinen Augen war jedes Bisschen Distanz gewichen, aber dieses Mal war ich es, die ihn aufhielt, obwohl ich keinen klaren Gedanken fassen konnte.

Ich hatte meine Arme immer noch um ihn geschlungen und musste mich zurückhalten, mich nicht an ihn zu pressen, aber ich konnte ihn nicht noch einmal küssen, nur um dann von ihm weggestoßen zu werden. Ich war schließlich keine Masochistin.»Ich kann das nicht noch mal.«

Er schien genau zu wissen, was ich meinte, denn er nickte leicht.»Ich auch nicht.« Er wartete nicht auf eine Antwort, sondern drückte seine Lippen auf meine. Der Kuss war fordernd. So als hätte er es aufgegeben, sich zurückzuhalten. Er schob seine Zunge in meinen Mund und eroberte im nächsten Moment jeden Winkel davon. Er schmeckte süß, nach Zimt und Waffeln, und er roch nach Zitrone oder Grapefruit.

Alle meine Sinne vermischten sich und lösten eine wahre Gefühlsexplosion aus. Kian schaffte es jetzt schon, mich vollkommen verrückt zu machen, und wenn er so weitermachte, wäre ich ihm bald vollkommen verfallen. Mit jeder Sekunde löste sich ein weiterer Teil meiner Zurückhaltung in Luft auf, und mein Köper gab sich seinen Händen vollkommen hin.

»Addie?« Kian atmete schwer und sofort überkam mich die Angst, wieder von ihm zurückgestoßen zu werden. Sein Blick hatte etwas Flehendes, als ich ein wenig vor ihm zurückwich und den Kopf schüttelte.

»Ich will das hier, Kian. Aber nur ganz.«

Er fragte nicht nach, was ich damit meinte. Er gab mir auch keine Antwort, sondern presste mich näher an sich und eroberte meinen Mund ein weiteres Mal. Ein erleichtertes Stöhnen verließ seinem Mund, so als hätte er schon ewig auf diesen Moment gewartet. Schon jetzt konnte ich seine Erektion durch den Stoff seiner dünnen, grauen Jogginghose spüren.

Es dauerte nicht lange, bis seine Hand unter mein dünnes Oberteil wanderte und sanft über meine Haut fuhr. Der Laut, der mir über die Lippen kam, war eine Mischung aus Stöhnen und Überraschung.

Nachdem er mir endlich den Pullover abgestreift hatte, ließ er seinen Blick über meinen Körper gleiten. Als er mir wieder in die Augen schaute, verharrte er einen Moment, als wollte er sich vergewissern, dass alles okay war. Wie eine stumme Aufforderung zog ich mein dünnes Top über den Kopf.

»Du bist perfekt, Addie.«

Seine Lippen waren so nah an meinem rechten Ohr, dass ich sie spüren konnte. Seine Stimme war rau und dunkel und das Wissen, so eine Wirkung auf ihn zu haben, beflügelte mich.

»Was machst du nur mit mir?« Er stöhnte diesen Satz mehr, als dass er ihn sagte, und ich wusste nicht, ob er eine Antwort darauf erwartete.

Ich hätte ihm auch keine geben können, denn ich konnte nur an das heiße Pochen zwischen meinen Beinen denken. Als ich begann, mein Becken langsam zu bewegen, wurde sein Blick intensiver. Er presste seine Lippen auf meinen Hals und zog eine Spur aus Küssen über mein Schlüsselbein bis zu meinen Schultern, während seine Hände jeden Zentimeter nackter Haut erkundeten. Immer wieder wanderten seine Finger quälend langsam über meine heiße Haut, die er in Flammen gesetzt hatte, und ich war mir sicher, dass er sich dessen bewusst war. Er hatte seine Zurückhaltung abgelegt und sie durch pures Verlangen ersetzt. Ich wusste nicht genau, was ich von ihm erwartet hatte, aber seine natürliche Dominanz stand im krassen Gegenteil zu seiner sonst so zurückhaltenden Art. Er wusste genau, was er wollte, und ihn zu spüren, war alles, was ich in diesem Moment wollte.

Es war mir egal, dass es vollkommen absurd war, mich ihm schon wieder hinzugeben, ohne aus meinen Fehlern zu lernen und es einfach mal langsam angehen zu lassen. In diesem Moment gab es kein Zurück, egal wie vernünftig es gewesen wäre. Als Kians Blick meinen traf und ich in seine fast schwarzen Augen sah, wusste ich, dass es ihm genauso ging. Es gab nur noch uns und unsere Verbundenheit. Es war egal, wieso wir uns immer wieder magisch anzogen, es zählte nur noch, dass wir es taten.

Er hielt meinen Blick fest, als er nach der Öffnung meines BHs tastete. Fast so, als wollte er mir sagen, dass ich ihn jederzeit aufhalten könnte. Doch das wollte ich nicht. Er presste die Zähne zusammen, als meine Brüste komplett entblößt vor ihm lagen. Bereitwillig lehnte ich mich zurück, um ihm besseren Zugang zu geben. Seine Lippen berührten mein Schlüsselbein und wanderten von dort aus an der Wölbung entlang. Es fiel mir immer schwerer, still zu sitzen, aber Kian hielt mich mit einem sanften Druck am unteren Rücken fest. Ich vergrub eine Hand in seinen dichten Haaren, als er mit seinen Lippen meinen Nippel umschloss und im gleichen Moment ein zufriedenes Brummen von sich gab. Seine andere Hand fand ihren Weg zu meiner linken Brust, die sich unter seiner Berührung sofort aufstellte. Er brachte mich fast um den Verstand. Seine Berührungen strahlten eine Intensität aus, die ich noch nie zuvor erlebt hatte. Als ich mein Becken noch näher an seine Mitte presste, spürte ich, wie die Funken durch meinen gesamten Körper sprühten, und mir wurde bewusst, dass mich noch nie jemand so nah an einen Orgasmus geführt hatte, ohne mir überhaupt die Hose ausgezogen zu haben.

»Bitte, Kian.« Ich wollte ihn nicht anflehen, aber ohne meinen Kopf übernahmen mein Körper und mein Herz die Führung, und die wollten ihn. Jetzt sofort und ganz.

»Ich liebe es, wenn du meinen Namen so sagst.« Er sah mir jetzt wieder fest in die Augen und ließ es nicht zu, dass ich wegsah. Er fesselte mich mit seinem Blick, während seine Hände unermüdlich mit meinem Körper spielten. Ich wand mich unter seiner Berührung, wollte mir endlich Erleichterung verschaffen.

»Kian.«

Seine Mundwinkel zogen sich nach oben und endlich wanderte eine Hand in meinem Schritt. Sofort drückte ich mich ihm entgegen. Als er endlich anfing, am Bund meiner Yoga-Hose zu ziehen, verrenkte ich mich fast auf seinem Schoß, nur um sie zusammen mit meinem Höschen so schnell wie möglich loszuwerden. Es störte mich keine Sekunde, dass er immer noch vollständig bekleidet war, während ich bereits vollkommen entblößt auf ihm saß.

Sofort landeten seine Hände wieder auf meinem nackten Körper und erkundeten jeder Zentimeter Haut. Er folgte der unsichtbaren Spur, die er auf mir zog, mit den Augen, als wollte er sich alles ganz genau einprägen. Seine Blicke gaben mir das Gefühl, schön zu sein. Als er seine Finger an der Innenseite meines Oberschenkels wieder nach oben gleiten ließ, hielt ich den Atem an und presste meine Lippen aufeinander, um ihn nicht wieder zum Weitermachen zu drängen.

Er ließ sich Zeit, mit seinen Fingern in meiner Mitte anzukommen und ich krallte mich an seinem Hoodie fest, um meine Anspannung ein bisschen zu lindern. Gerade als ich meinen Vorsatz, nicht noch einmal seinen Namen zu sagen, über Bord werfen wollte, drang er mit seinem Zeigefinger langsam in mich ein.

Statt seines Namens kam mir jetzt ein Stöhnen über die Lippen – vor Erregung aber auch vor Überraschung, weil ich erst jetzt merkte, wie feucht ich war. Er hielt für einen Moment inne, bevor seine Bewegungen rauer und fordernder wurden. Sein Atem wurde gemeinsam mit meinem schneller, als er sich immer wieder aus mir zurückzog, nur um im gleichen Zug meine Nässe auf meiner empfindlichen Knospe zu verteilen und direkt wieder in mich einzudringen. Mein Wimmern wurde sofort von seiner Zunge in meinem Mund erstickt und ich konnte mich vor Reizüberflutung kaum noch konzentrieren. Ich wollte nur loslassen und mich in einem Höhepunkt verlieren.

Bevor ich diesen Punkt erreichte, gab Kian meinen Mund wieder frei und zog seine Hand aus mir zurück. Zögerlich blickte ich in seine Augen und sah, dass sein Blick vor Lust verschleiert war. Sein Atem ging schnell und abgehackt, als er seinen Hoodie abstreifte. Automatisch fanden meine Hände den Weg über seine muskulösen Schultern und seine glatte Brust nach unten über die feinen Härchen, die den Weg in seine Hose nachzeichneten.

Ich spürte sein Zittern, als ich über die empfindliche Stelle unter seinem Bauchnabel strich. Ich war mir sicher, dass er die Luft anhielt, als ich meine Hand wieder zurückzog und von außen über seine Härte streifte. Obwohl ich es nicht für möglich gehalten hatte, wurde er unter meiner Berührung noch ein wenig größer, und Kians Atem fing an, unregelmäßiger zu werden. Mein Blick glitt über sein markantes Gesicht, über seine sanft geschwungen Lippen, denen ich einen weiteren Kuss aufdrückte. Über seinen Oberkörper, der muskulös, aber nicht aufgepumpt aussah. Er war der erste Mann, den ich nicht nur als gutaussehend, sondern auch als schön bezeichnen würde.

»Addie, ich …«

Meinen Namen so aus seinem Mund zu hören, hinterließ einen wohligen Schauer auf meiner Haut, und stachelte mich an, meine Hände weiter über seinen Körper wandern zu lassen.

»Ich brauche dich jetzt ganz.« Kians Stimme zitterte vor Erregung, als er meine Hand festhielt. Bereitwillig schlang ich meine Arme um seinen Hals, als er mit mir aufstand und mich dann vorsichtig auf dem Sofa ablegte.

»Dreh dich um, ich bin gleich wieder da.« Seine Stimme war dunkel und bestimmend. Niemand anderen hätte ich so mit mir reden lassen, aber Kians Aufforderung kam ich sofort nach und starrte dann wie hypnotisiert auf seinen starken Rücken, während er mit schnellen Schritten aus meinem Sichtfeld verschwand.

Wahrscheinlich war es nicht einmal eine Minute, aber mir kam es unfassbar lang vor, bis Kian endlich wieder vor mir stand. Er hatte seine restliche Kleidung in seinem Zimmer gelassen und dafür eine kleine, silberne Kondomverpackung mitgebracht.

Von meiner Position aus wirkte er noch größer und stärker, so wie er vor mir aufragte. Das sanfte Licht, das durch das Fenster genau auf ihn fiel, schien auf seinen Muskeln zu tanzen. Ich ließ meinen Blick zwischen seine Beine gleiten und ein weiterer Schwall der Erregung schoss durch meinen Körper direkt in meine Mitte, als ich sah, wie groß und bereit er für mich war.

Langsam kam er auf mich zu, ohne den Blick auch nur eine Sekunde von mir abzuwenden. Ich stützte mich auf meinen Ellenbogen ab, als er mein Kinn sanft nach oben hob und mir eindringlich in die Augen blickte. »Alles in Ordnung?«

Als ich nickte, fuhr er mit seinen Fingern durch meine wirren Haare, meine Wirbelsäule entlang, während er um mich herum ging. Seine Hand lag auf meinem Po, als ich spürte, wie das Sofa einsank und er sich zwischen meine Beine schob.

Ein überraschter Laut kam aus meinem Mund, als er einen Arm unter meinen Bauch schob und mich nach oben zog, sodass ich halb auf meinen und halb auf seinen Knien saß. Mit der anderen Hand strich er meine Haare zur Seite und fing an, auf meinem Hals und meiner Schulter Küsse zu verteilen. Am liebsten hätte ich meine Hand zwischen meine Beine geschoben und mir selbst Erleichterung verschafft. Stattdessen lehnte ich mich an ihn und genoss das Gefühl, seine nackte Haut an meiner zu fühlen. Als ich mich umdrehen wollte, um mehr von ihm zu spüren, hielt er mich sanft, aber sehr bestimmt in meiner Position.

»Bleib, wie du bist, Addie. So ist es perfekt.«

Ich wollte protestieren, aber diese Aussage gepaart mit seiner tiefen Stimme und seinem warmen Atem an meinem Ohr ließ mich zu Wachs in seinen Händen werden. Er hätte in diesem Moment alles mit mir machen können, und als ich endlich das Rascheln der Kondomverpackung hinter mir hörte, war ich mir sicher, dass ich verloren war. So sehr verzehrte ich mich danach, von ihm ausgefüllt zu werden. Als er zum ersten Mal in mich eindrang, entfuhr uns gleichzeitig ein lautes Stöhnen. Die Position ließ mich seine Härte wahnsinnig intensiv spüren und es dauerte nur ein paar Sekunden, bis ich mein Becken bewegte, um ihm zu zeigen, dass ich mehr von ihm spüren wollte. Ich wollte komplett von ihm ausgefüllt werden. Als er zustieß, spürte ich mit jeder Faser meines Körpers die Leidenschaft, die Kian ausstrahlte, und das Wissen, wie sehr er mich wollte, trieb mich in schwindelerregender Geschwindigkeit auf den Höhepunkt zu. Ich spürte seinen warmen Atem in meinem Nacken und hörte sein raues, dunkles Stöhnen an meinem Ohr. Etwas, das ich von dem sonst so zurückhaltenden und gedankenverlorenen Kian nicht erwartet hatte.

Als seine Stöße schneller wurden, wanderte seine Hand zwischen meine Beine und massierten meine Knospe. Es war mir vollkommen egal, wie dünn die Wände in diesem Wohnheim wahrscheinlich waren. Ich ließ meine Lust unkontrolliert heraus.

Mit ihm zu schlafen, fühlte sich so richtig an, wie sich Sex für mich noch nie zuvor angefühlt hatte. Es war, als wären unsere Körper füreinander geschaffen. Wir passten perfekt zusammen. Dessen war ich mir spätestens dann sicher, als ich so rasend schnell auf einen Höhepunkt zu schlitterte wie noch nie zuvor. Auch Kian schien nicht mehr weit entfernt zu sein, denn er drückte mich fest an sich, um sich mit schnellen Bewegungen noch ein wenig tiefer in mir zu versenken. Für den Bruchteil einer Sekunde lockerte er den Griff um meine Taille, um eine Hand an mein Kinn zu legen und meinen Kopf zu sich nach hinten zu drehen.

»Komm mit mir, Addie«, flüsterte er, ohne den Blick zu

lösen. Seine raue, heisere Stimme an meinem Ohr zu hören, reichte, um mich über den Abgrund zu schubsen, an dem er mich lange genug festgehalten hatte. Sekunden später explodierte eine Galaxie in mir und ich sah tausende Sterne vor meinen Augen. Für ein paar Sekunden hörte man nur mein Wimmern und sein animalisches Stöhnen. Mein Kopf war komplett leer, und für diesen Moment gab es nur noch Kian und mich. Er fixierte mich mit seinen Augen, die jetzt fast schwarz aussahen, bis er sie nach hinten rollte und mit einem dunklen Schrei kam. Seine Finger zupften an meinen Nippeln, als er in mich pumpte und mir so noch einen zweiten Höhepunkt, nur Sekunden nach dem ersten, bescherte.

Ich konnte erst wieder einen klaren Gedanken fassen, als sich Kian vorsichtig aus mir zurückzog. Er hatte seine Arme um meinen Bauch geschlungen, und ich sackte zufrieden nach hinten und genoss es, seinen schnellen Herzschlag zu spüren, der sich nur langsam wieder zu beruhigen schien. Es kam nicht oft vor, dass ich nicht wusste, was ich sagen sollte, aber in diesem Moment fehlten mir die Worte.

Kian schien es ähnlich zu gehen, denn alles, was ich hörte, war sein gleichmäßiger Atem. Die Luft war immer noch von unserer Lust aufgeheizt und legte sich wie ein Nebel um unsere nackten Körper. Ich war wie betäubt von Kians herben, zitruslastigen Duft, der sich jetzt mit meinem eigenen vermischte, und wünschte mir, ich könnte ewig in dieser Position bleiben. Kian drehte sich ein bisschen, sodass er sich in die Sofakissen fallen lassen konnte. Immer wieder verteilte er Küsse auf meiner nackten Schulter und strich sanft mit seinen Fingerkuppen über meine schweiß-nasse Haut.

Ich weiß nicht, wie lange er mich so festhielt, aber es war nicht lange genug. Als ich merkte, wie er seinen Griff lockerte, wollte ich mich umdrehen. Ich wollte in seine Augen sehen, um einen Hinweis auf seine Gefühle zu finden, aber etwas ganz tief in mir hielt mich zurück. Ich hatte Angst. Angst davor, wieder Ablehnung und Reue in seinem Blick zu sehen.

Nachdem er sich aus mir zurückgezogen hatte, flüchtete ich regelrecht ins Bad, um mir und ihm Zeit zu geben, unsere Gedanken zu sortieren. Ich hatte eigentlich erwartet, dass Kian wahlweise entweder verschwunden war, sich in sein Zimmer eingeschlossen hatte oder mich zumindest mehr oder weniger höflich aus der Wohnung eskortieren wollte. Zu meiner freudigen Überraschung saß er zwar etwas unbehaglich, aber mit einem zufriedenen Ausdruck auf seinem Gesicht auf der Couch und klopfte mit der flachen Hand auf die freie Fläche neben sich.

Auch als ich mich zwei Stunden später verabschieden wollte, wirkte er nicht glücklich darüber und half mir nur zögerlich, meine Sachen zusammenzusuchen. Als wir uns an der Tür etwas unschlüssig gegenüberstanden, weil es nicht im College-Handbuch stand, wie man sich nach so einem Tag verabschiedet, schloss er mich in eine Umarmung. Keine halbherzige, bei der man sich so unwohl fühlte, dass man sich gegenseitig auf den Rücken klopfte, sondern eine echte. Eine, bei der man vom Duft und der Wärme des anderen eingehüllt wurde und man sich fragte, warum man je wieder loslassen sollte. Als wir uns voneinander lösten, sah ich in seinen Augen, dass es ihm auch so ging, zumindest ein bisschen.

Ich hätte lügen müssen, wenn ich gesagt hätte, dass ich nicht den restlichen Samstag und den darauffolgenden Sonntag auf eine Nachricht von ihm gewartet hatte. Es half auch nicht, dass Camille und Rylan genau dasselbe erwarteten und mich in regelmäßigen Abständen nach dem Status quo befragten. Es war nicht einmal der grandiose Sex, der diesen Tag so in mein Gehirn gebrannt hatte. Es war eher die vertraute und veränderte Stimmung zwischen uns, die ganz natürlich gekommen war. Vielleicht hatte es geholfen, dass wir die sexuelle Spannung zwischen uns entladen hatten, aber das war nicht alles. Wir waren jetzt nicht mehr nur Freunde. Oder Freunde, die Sex hatten. Wir waren irgendetwas anderes. Wir waren mehr als das, und es fühlte sich genauso gut an, wie es mich zur gleichen Zeit mit nackter Angst erfüllte.

Trotzdem meldete er sich kein einziges Mal und so sehr ich mir einreden wollte, dass es in Ordnung war, so wenig konnte ich die Enttäuschung, die sich mit jeder Stunde in mir ausbreitete, ignorieren. Nach einem kurzen Krisengespräch mit meinen Freundinnen kamen wir zu dem Entschluss, dass ich mich auf keinen Fall bei ihm melden sollte, auch wenn mir Camille dafür den ganzen Sonntagnachmittag mein Handy abnehmen musste, weil ich tausend Gründe finden konnte, die doch für eine kurze Textnachricht sprachen.

Genau wegen dieser Anspannung und dieser ungesunden

Erwartungshaltung war ich vor meiner Schicht am Montag viel zu hibbelig. Ich war schon den ganzen Tag suchend durch die medizinische Fakultät gestolpert, in der Hoffnung, Kian über den Weg zu laufen, obwohl ich ganz genau wusste, dass wir bis auf Chemie keine Kurse zusammen hatten.

Pit, der an diesem Tag eigentlich auch keine Kurse mit mir hatte, anstelle von Kian aber trotzdem ständig neben mir auftauchte, behauptete felsenfest, dass mein suchender Blick ganz und gar nicht unauffällig war. Er hielt es auch für nötig mich darauf hinzuweisen, dass es höchstwahrscheinlich der erste Montag, seit Studienbeginn war, an dem meine Haare frisch gewaschen und mein Gesicht geschminkt waren und mein Outfit nicht aus einem Hoodie und Jeans bestand. Er übertrieb natürlich maßlos. Genau deshalb hatte ich auch kein Mitleid mit ihm, als seine schwedische Eroberung ihn hinter sich her schleifte, um ein, wie sie sagte, ernstes Gespräch mit ihm zu führen. Auf seinen flehenden Blick hin schenkte ich ihm nur ein Lächeln und war froh, dass ich mich in Ruhe geistig auf mein bevorstehendes Zusammentreffen mit Kian vorbereiten konnte.

24

»Und du bist dir sicher, dass du das nicht mit Absicht machst, nur um es mir schwerer zu machen?« Kians Stimme hinter mir klang mehr als skeptisch.

Obwohl ich seinen Gesichtsausdruck nicht sehen konnte, wusste ich, dass er seine dunklen Augenbrauen zusammenzog, sodass sich drei kleine Falten dazwischen bildeten, und sich gleichzeitig mit seiner Hand durch die Haare fuhr. Wahrscheinlich sollte es mir etwas mehr zu denken geben, dass ich nach relativ kurzer Zeit schon seine gesamte Mimik und Gestik auswendig konnte. Er bemühte sich meistens um einen neutralen Gesichtsausdruck, aber so ganz hatte er sein Gesicht nicht unter Kontrolle. Ich fand auch, dass er sich allgemein um ein ziemlich neutrales Äußeres bemühte. Auch heute hatte er wieder seinen obligatorischen dunklen Hoodie und eine dunkle Jeans an, die es anscheinend im Zehnerpack bei Macy's gab.

Eigentlich wollte ich früher im Café sein, weil ich aus irgendeinem Grund dachte, dass unser Zusammentreffen weniger unangenehm werden würde, wenn ich mich schon einmal vor Ort darauf vorbereiten konnte. Dass ich stattdessen mit zehn Minuten Verspätung durch die Tür hetzte, schob ich auf Rylans ausschweifende Erzählungen über irgendein neues Designprogramm und nicht auf meine Unfähigkeit, eine Uhr zu lesen.

»So sehr du es dir wünschen würdest, aber ich liege nicht nachts wach und denke über dich nach, oder darüber, wie ich dir das Leben schwerer machen könnte.« Ich hatte gerade unsere neue Spezialität an das Kreidebrett geschrieben und Kian schaute mit zusammengekniffenen Augen an mir vorbei.

»*Hot & White* – Heiße Geister-Schokolade? Das kann doch unmöglich dein Ernst sein!« Er hatte immer noch die drei Falten zwischen seinen Augenbrauen und seit ich mich wieder zu ihm gedreht hatte, konnte ich nicht aufhören, sie anzustarren.

Den ganzen Tag war ich jedes mögliche Verhaltensmuster seinerseits und die potenziellen Reaktionen meinerseits im Kopf durchgegangen. Wie ich so tun würde, als würde es mir nichts ausmachen, wenn er mich auf Distanz halten wollte. Oder wie ich nur gelangweilt mit den Schultern zucken würde, wenn er mir klar machen wollte, dass es nur ein Ausrutscher war. Ich hatte keine Ahnung, was ich heute in den Vorlesungen gehört hatte, weil ich jedes Szenario peinlich genau in meinem Kopf ausgearbeitet hatte. Alle. Außer das, in welchem er sich wie ein komplett normaler Mensch verhielt.

»Nein, Kian, mit *Hot & White* meine ich natürlich mich selbst und der heiße Geist bist du.«

Jetzt verschwanden die Falten und seine Augen wurden größer, je länger er mich ansah. Auch diesen Blick kannte ich mittlerweile schon von ihm.

»Ich würde sagen, ich bin viel zu real für einen Geist.« Er lehnte sich rückwärts an den Tresen und sah mich mit verschränkten Armen an. Für einen Moment blieb mein Blick auf seinen breiten Schultern hängen, die ich so gern wieder berühren würde.

»So abwesend und blass wie du hier manchmal herumschwebst, passt das ganz gut.« Ich murmelte diesen Satz vor mich hin, aber seine Gesichtsfarbe fand ich wirklich manchmal besorgniserregend. Nicht dass sie seiner Attraktivität in irgendeiner Weise einen Abbruch getan hätte – wenn überhaupt, machte ihn diese geheimnisvolle Ausstrahlung noch anziehender. »Gehst du eigentlich auch mal in die Sonne?«

»Ich bin ein Geist, kein Vampir, schon vergessen?« Er zog seinen Mundwinkel nach oben und ich freute mich, dass ich sein Lächeln heute so oft zu sehen bekam. Er hatte noch nicht einmal meinen Blick gemieden oder war mir ausgewichen. Heute war eher ich diejenige, die in seiner Nähe nervös wurde.

»Bitte sag mir nicht, dass das noch ein neues Rezept ist, was ich lernen muss. Ich kann mir noch nicht einmal alle Sirup- Arten merken.« Natürlich musste er das Gespräch wieder auf die Arbeit lenken, bevor ich eine Anspielung auf meinen Versuch, ihn zu beißen, und damit auf unseren ersten Kuss machen konnte.

»Ich dachte, du bist so ein großer Fan davon, Dinge auswendig zu lernen, Mr. Perfect.« Bei dieser Bezeichnung glaubte ich, ein leichtes Blitzen in seinen Augen zu sehen. Falls ich recht hatte, wurde es aber sofort von einem Augenrollen verdrängt.

»Okay, okay. Bevor du hier noch hyperventilierst – das ist kein neues Rezept, zufrieden?«

Er stand immer noch an den Tresen gelehnt und es viel mir zunehmend schwerer, ihn nicht anzustarren. »Würdest du mir dann vielleicht verraten, was genau so *Hot & White* daran ist?« Er war eindeutig immer noch skeptisch.

»Es ist einfach eine ganz normale heiße Schokolade – weiße Schokolade natürlich - aus einem Geisterglas.«

Anscheinend fand er das so abwegig, dass er sich jetzt mit beiden Händen durch die Haare fuhr.

Ich konnte mich noch sehr gut daran erinnern, wie weich sich seine Haare anfühlten, und ich verspürte auch jetzt den Drang, meine Hände darin zu vergraben. Um mich selbst daran zu hindern, drehte ich mich einfach um und machte mich auf den Weg nach hinten, um die Gläser zu holen und meinen Händen etwas zu tun zu geben. Es wunderte mich nicht, dass Kian mir sofort folgte, denn er fühlte sich allein immer noch nicht wohl mit den Kunden. Er mochte vielleicht mindestens so heiß wie Chris Hemsworth sein, aber ich wusste nicht, wie lange das noch als Ausgleich für seine nicht vorhandenen Barista-Fähigkeiten herhalten konnte. Unseren weiblichen Kundinnen machte es natürlich gar nichts aus, ein bisschen länger zu warten, bis er die Espressomaschine zum Laufen brachte oder auf seinem Zettel nachschaute, wie man einen normalen Kakao machte, aber alle, die immun gegen sein Aussehen waren, hatten dafür nicht besonders viel Verständnis.

»Addison, könntest du …«

»Wie oft soll ich dir noch sagen? Nenn mich nur Addie«, fiel ich ihm ins Wort, während ich auf Zehenspitzen versuchte, in einem der oberen Regalen die Gläser, die ich letztes Jahr ganz sicher hier verstaut hatte, zu finden. Es kam viel schärfer aus meinem Mund als beabsichtigt. Er wusste schließlich nicht, warum es mir jedes Mal einen kalten Schauer über den Rücken schickte, wenn mich jemand bei meinem richtigen Namen nannte. Besonders wenn dieser jemand Kian war.

Er konnte nicht wissen, warum es für mich bedeutete, dass jemand die Distanz zwischen uns wahren wollte, wenn er meinen vollen Namen benutzte. Er konnte nicht wissen, dass der Einzige, der mich Addison nannte, mein Vater war. Nicht weil er ihn so schön fand, er hatte ihn schließlich nicht ausgesucht, sondern weil er die Mauer, die er zwischen uns gebaut hatte, durch einen Kosenamen nicht poröser machen wollte. Obwohl es schon so viele Jahre zurücklag, seit ich das letzte Mal mit ihm gesprochen hatte, lag mir der Unterton, den seine Stimme jedes Mal hatte, wenn er meinen Namen sagte, noch immer in den Ohren. Es war eine Mischung aus Überheblichkeit, Abneigung und eine Prise Ungläubigkeit. So als könnte er nicht glauben, dass ich existierte. Ich konnte nicht zulassen, dass ich das gleiche Gefühl jetzt mit Kian verband. Ich machte mich auf seine Fragen gefasst, aber stattdessen spürte ich, wie er näherkam.

»Soll ich dir vielleicht helfen, Addie?« Er sprach meinen Namen so bedacht aus, dass ich in meiner Bewegung innehielt. Sein Mund war erstaunlich nah an meinem Ohr und im selben Moment legte sich seine schwere Hand sanft auf meine Schulter.

Es dauerte ein paar Sekunden, bis ich mich umdrehte und sah, dass sein Gesicht nur ein paar Zentimeter von meinem entfernt war. Sein Gesichtsausdruck war unglaublich sanft und seine hochgezogene Augenbraue zeugte von einem Hauch Besorgnis. Ich konnte es wohl nicht besonders gut verbergen, dass ich gerade von ziemlich schlechten Erinnerungen überrollt wurde. Ich hatte das Gefühl, als wollte er nachfragen, aber ich wusste, dass er es trotzdem nicht tun würde. Er war selbst nicht der Typ, der sich gern hinter die Fassade blicken ließ, und ich hatte nicht den Eindruck, dass er diese unsichtbare Grenze bei anderen überschreiten würde.

»Addie.« Er wiederholte meinen Namen eine Spur leiser und strich mit seinem Daumen über meine Schulter, bevor er einen Schritt zurückging.

Sofort überrollte mich eine Welle aus Enttäuschung. Wie einfach wäre es für ihn gewesen, mich zu küssen. Oder zu umarmen. Er hätte mir zeigen können, dass ich ihm mehr bedeutete. Als er seinen Blick von mir abwandte, um stattdessen auf seine schwarzen Sneakers zu sehen, wusste ich, dass er nichts davon tun würde.

»Heb mich hoch.« Ich war fest entschlossen, ihm zu zeigen, dass er keine Angst vor einer Abfuhr haben brauchte, und seine Hände an meinen Hüften zu platzieren, schien mir eine sehr gute Möglichkeit dafür zu sein.

»Was?« Kian fand den Plan eher angsteinflößend, weil er sofort einen Schritt zurückmachte. »Ähm, falls du es noch nicht bemerkt hast: Ich bin mindestens fünfundzwanzig Zentimeter größer als du. Vielleicht solltest du mich einfach suchen lassen?« Das machte zwar Sinn, aber lange nicht so viel Spaß wie meine Idee.

»Du weißt doch gar nicht, wonach du suchen sollst. Also heb mich hoch! Ich esse vielleicht ziemlich viel Kuchen, aber so schwer bin ich auch wieder nicht.«

Er machte den Mund auf, um etwas zu sagen, aber mein unnachgiebiger Blick zeigte Wirkung. Er klappte ihn wieder zu und trat hinter mich. Ich spürte seinen warmen Atem und seinen Duft, der heute Morgen noch frisch nach Minze und Zitrone gerochen, sich aber mittlerweile mit Kaffee und Schokolade vermischt hatte. Er zögerte einen Moment, bevor er seine Hände ganz vorsichtig auf meine Hüften legte. Ich spürte, wie sich sein Oberkörper versteifte, aber er fühlte sich so stark hinter mir an, dass ich nichts lieber getan hätte, als mich an ihn zu lehnen und mich einfach fallen zu lassen.

Kian hinter mir atmete einmal tief durch, bevor er den Druck auf meine Hüften verstärkte und mich tatsächlich hochhob. Im ersten Moment konnte ich mich gar nicht auf die Sachen, die im Regal standen, konzentrieren. Zu stark reagierte mein Körper auf die Tatsache, wie nah ich ihm gerade war. Mein Kopf katapultierte mich sofort zurück auf Kians Sofa und ich konnte förmlich spüren, wie gut sich seine Hände auf meinem nackten Körper angefühlt hatten. Wie fordernd er gewesen war und mit wie viel Leidenschaft er mich berührt hatte.

»Ich will ja nicht sagen, dass du zu viel Kuchen isst, aber vielleicht könntest du dich etwas beeilen.« Er schlang jetzt beide Arme um meine Körpermitte, um nicht zu viel Kraft aufwenden zu müssen. Er trat von einem Fuß auf den anderen und durch die unerwartete Bewegung kam ich ins Straucheln, was ich sofort mit einem entsetzten Quieken quittierte.

»Keine Sorge, ich lasse dich schon nicht fallen. Ich kann die Universität schließlich nicht allein mit Kaffee versorgen.«

»Gefunden! Du bist erlöst!«

Kian setzte mich vorsichtig auf dem Boden ab, und ich wünschte mir sofort, dieser Moment hätte noch ein bisschen länger angehalten. Wider Erwarten trat er nicht sofort ein paar Schritte zurück, sondern löste seine Arme nur zögerlich. Als würde er die Nähe genauso genießen wie ich. Ich merkte, wie mein Herz sofort wieder alle Schutzmauern ignorierte und bei diesem Gedanken schneller schlug.

»Und das brauchen wir jetzt für dieses Spezialgetränk?« Er schaute neugierig in die verstaubte Kiste.

»Ohne diese Gläser, kein Spezialgetränk.« Ich drehte mich um, um wieder nach vorn zu gehen, aber er hielt mich an der Schulter zurück.

»Du hast da noch etwas anderes mit heruntergebracht.« Er beugte sich zu mir und strich mit der Hand über die Haarsträhnen, die sich aus meinem achtlosen Dutt im Nacken gelöst hatten. Dabei kam er mir so nah, dass ich vollkommen erstarrte und dazu noch fast das Atmen vergaß. Ich fühlte mich wie ein Teenager, der sich mit seinem Schwarm zum ersten Mal hinter der Tribüne am Football-Feld traf.

»Siehst du?« Er hielt mir seine Finger vors Gesicht, an denen jetzt ein paar lose Kordeln und Glitzerkonfetti von der letztjährigen Weihnachtsdeko hingen.

»Danke«, antwortete ich wenig geistreich. Normalerweise fehlte es mir nicht an Worten, aber Kian schaffte es, mein Gehirn in Buttercreme zu verwandeln.

»Also, verstehe ich das richtig: Du füllst weiße, heiße Schokolade in Gläser, die du mit Verband umwickelt und auf die du zwei schwarze Papieraugen geklebt hast?« Wieder nickte ich, während Kian mit hochgezogenen Augenbrauen eines der umfunktionierten Einweggläser inspizierte.

Meine Pinterest-Sucht hatte sich letztes Jahr in etwas Nützliches verwandelt, als ich diese genauso einfache wie geniale Anleitung gesehen hatte.

»Und die Leute bezahlen dafür einen Dollar mehr?« Trotz mehrfacher Erklärung meinerseits schien Kian noch nicht überzeugt. Tatsächlich hatte ich praktisch ohne Mehrkosten einfach ein paar Mullbinden aus dem Verbandskasten um die großen Einweggläser, in denen die Fannings normalerweise die Gewürzgurken kauften, gewickelt und sie so umfunktioniert. Mit den schwarzen Dreiecken aus Bastelkarton sahen sie wirklich wie ein Geist aus. Oder eine Mumie. Nach Halloween eben. Kian stellte das Glas wieder zu den anderen.

»Das ist wirklich … clever. Hast du aus Versehen einen betriebswirtschaftlichen Kurs belegt, wo sie dir sowas beigebracht haben?« Er sah ehrlich beeindruckt aus.

»Naja, nicht aus Versehen.«

Meine Antwort schien Kians Interesse geweckt zu haben. »Du machst zusätzlich zu allen Pflichtkursen noch andere?« Er sah mich ungläubig an, während ich nur mit den Schultern zuckte.

»Ich habe es im ersten Semester ausprobiert, weil ich dachte, es könnte vielleicht nützlich sein. Bevor du fragst: War es nicht. Es war stinklangweilig.«

Seine Mundwinkel verzogen sich zu einem Lächeln und er zeigte auf die Gläser.

»Naja, das ist eher dem Internet zu verdanken als dem Kurs.«

»Haben wir deshalb nur den Chemiekurs zusammen, weil du sonst alle Fächer durcheinander gewürfelt hast?« Ein wissender Ausdruck legte sich über sein Gesicht, so als wäre ihm in diesem Moment klar geworden, dass ich vollkommen planlos in mein Studium gestartet war.

»Aww, vermisst du mich und meine unterhaltende Persönlichkeit etwa in den anderen Kursen?« Ich legte mir eine Hand auf die Brust und hoffte, dass meine Ablenkungstaktik funktionierte.

»Mir ist nur aufgefallen, dass mir in meinen anderen Kursen noch niemand Cupcakes angeboten hat.« Er zuckte mit den Schultern und machte sich daran, die Gläser in das Regal unter der Kasse einzusortieren. »Es ist nur … Ich weiß, wie hart das Studium ist, Addie. Ich könnte mir nicht vorstellen, noch andere Kurse zum Spaß zu belegen.«

Ich brauchte ein bisschen, um eine passende Antwort darauf zu finden. Natürlich belegte ich diese Fächer nicht zum Spaß, sondern weil ich nicht wusste, was genau ich tat oder tun wollte. Aber wie erklärte man jemandem, der alles im Griff hatte, dass man komplett im Chaos versank?

»Wie gesagt, ich hatte einfach ein paar Entscheidungsschwierigkeiten.« Zu meinem Erstaunen schien diese eher unverfängliche Antwort bei Kian ins Schwarze zu treffen, denn er wandte sich mir wieder zu.

»Kann ich verstehen. Wie sollen wir nach der Schule auch sofort wissen, was wir für den Rest unseres Lebens machen wollen, oder?«

Es war das erste Mal, dass jemand so verständnisvoll auf meine kleinen Ausflüge in andere Berufswege reagierte, und ich freute mich, dass es Kian war.

»Du wirkst aber so, als wüsstest du genau, was du machen willst. Und als hättest du alles im Griff. Blake hat uns erzählt, wie zielstrebig du bist und wie hart du für dein Studium arbeitest.«

Er schüttelte leicht den Kopf. »Natürlich hat Blake das.« Er sprach sofort weiter, als er meinen erstaunten Blick sah. »Keine Sorge, Blake ist mein Kumpel, aber er kann seine Klappe einfach nicht halten.« Die Art wie er über Blake sprach, ließ mich schmunzeln. Als ich nicht antwortete, sprach er weiter: »Ich hatte nach der High School einfach ein bisschen Zeit, mir darüber klar zu werden, was ich will.«

Bevor ich nachhaken konnte, fiel mir ein, wie er davon gesprochen hatte, dass er seinen Abschluss hatte nachholen

249

müssen. Ich wusste nicht, wieso, und hatte auch nicht das Gefühl, als würde er gern darüber sprechen. Genauso wenig wusste ich etwas anderes über sein Leben, außer dass Blake sein Mitbewohner und offensichtlich bester Freund war. Für diese mageren Fakten war die Verbundenheit, die ich zu ihm spürte, wahnsinnig stark. Kian sah mir für ein paar Sekunden direkt in die Augen.

»Warum hast du dich dann für Medizin entschieden?«, fragte ich. Statt mir zu antworten schob er die Gläser im Regal hin und her, bis ich eigentlich schon nicht mehr mit einer Antwort gerechnet hatte. Sein Kiefer verspannte sich und er wirkte, als würde sein Gehirn auf Hochtouren arbeiten.

»Ich glaube, ich möchte einfach einmal die Lösung sein und nicht das Problem. Ich möchte Menschen helfen, statt sie in Schwierigkeiten zu bringen.« Er strich sich mit seiner freien Hand über den Bart, der mit jedem Tag dichter wurde, und sah mich erst wieder an, als ich ihm antwortete.

»Ich verstehe, was du meinst.«

Ich wusste, wie klischeehaft diese Antwort klingen mochte, aber die Wahrheit war: Ich verstand es wirklich. Ich kam aus keiner Ärzte-Familie, die von mir erwarten würde, die Tradition fortzusetzen. Ich hatte auch keine Eltern, für die nur so etwas wie Medizin oder Jura gut genug gewesen wären. Ich wollte etwas Sinnvolles mit meinem Leben machen. Nur manchmal vergaß ich einfach, warum. Aber Kian hatte genau ins Schwarze getroffen.

25

Addison

Die nächsten Tage fühlten sich an, als wäre ich in einer Wolke eingehüllt. Kian schien sich jeden Tag zu freuen, mich zu sehen, und die Stimmung zwischen uns wurde von Tag zu Tag besser. Die ganze Woche über hatte ich das Gefühl, dass ich mehr und vor allem intensivere Zeit mit Kian als mit meinen Freunden verbrachte. Wir sahen uns jeden Tag im Café und jeden Tag brachte er mich nach unserer Schicht nach Hause. Obwohl Pit – heldenhaft, wie er betonte - meinen Fahrradreifen aufgepumpt hatte, schob ich es lieber neben Kian her. Es schien, als gingen wir mit jedem Tag langsamer, weil unserer Gespräche intensiver wurden, denn auf einmal kam Kian aus seiner Blase heraus. Oder zumindest ließ er mich hinein, denn er schien diese Zeit mit mir genauso zu genießen wie ich. Unsere Spaziergänge in der Dunkelheit wurden langsam, aber sicher der schönste Teil meines Tages. Sie fühlten sich so an, als wären wir in einer veränderten Realität, in unserer eigenen Galaxie. Es war mir egal, dass es von Tag zu Tag kälter wurde und meine Hände taub wurden. Ich hatte das Gefühl, dass diese Zeit mit Kian wertvoll, aber gleichzeitig so zerbrechlich war.

Mittlerweile freute er sich sogar, wenn ich ihm einen Karamellochino und einen dazu passenden Cupcake in die Chemievorlesung mitbrachte, und nahm es dankend an. Ganz ohne mich über meinen Zuckerkonsum zu belehren. Dafür belehrte mich Pit umso mehr über meinen neuen Kian-Konsum. Dabei hatten wir uns seit dem Tag auf seiner Couch kein einziges Mal geküsst. Es gab einige Momente, in denen ich die Initiative hätte ergreifen können, es aber nicht getan hatte. Ich wollte unsere Verbindung nicht zerstören. Dennoch wurde es von Tag zu Tag härter, ihn nicht wieder ganz für mich zu haben. Ein paarmal hatte ich das Gefühl, dass es ihm genauso ging. Aber sobald ich in seinen Augen dieses verlangende Funkeln aufblitzen sah, brachte er sich wieder unter Kontrolle. Ich wusste nicht, wie lange ich noch so weiter machen konnte, ohne meinerseits die Kontrolle zu verlieren.

»Keine Widerrede, deine Prüfung ist nächste Woche und du drückst dich jeden Tag mit einer anderen Ausrede.« Kian sah mir mit verschränkten Armen dabei zu, wie ich die Tür des Cafés zusperrte, und ließ meine Jammerei nicht gelten.

»Aber heute ist Freitag.« Ich wusste, dass ich dankbar für seine Hilfe sein sollte, aber mir würden auf der Stelle tausend Dinge einfallen, die wir an diesem Freitagabend anstellen könnten, anstatt in der Bibliothek zu lernen.

»Genau, deshalb haben wir jetzt Zeit, dir den ganzen Anatomiestoff einzuprügeln.«

Immer noch unzufrieden, schob ich mein Fahrrad neben ihm her und fing an, aufzuzählen, was wir stattdessen machen könnten. Ich wusste, dass ich auf den besten Weg war, mir das Leben schwerer zu machen, als es sein müsste, wenn ich nicht endlich anfing, mehr für mein Studium zu tun. So oft es ging, schob ich das Wissen, dass ich auf das Stipendium angewiesen war, welches wiederum sehr deutlich nach guten Noten fragte, so weit wie möglich von mir weg. Doch heute schien Kian keine Widerworte zu akzeptieren und lenkte mich zielstrebig Richtung Bibliothek.

Es war schon fast dunkel, aber der Magie, die der Campus in dieser Jahreszeit ausstrahlte, tat das keinen Abbruch. Die rötlich leuchtenden Laternen tauchten die Backsteingebäude und die Bäume, die sie umgaben, in ein warmes Licht und schafften es so, sogar in der Nacht das orange-rote Farbenspiel, perfekt in Szene zu setzen. Mittlerweile verband ich dieses besondere Gefühl, das ich hatte, wenn ich abends über den Campus schlenderte, schon wie von allein mit Kian, was gemischte Gefühle in mir auslöste. Ich hatte keine Angst vor meinen eigenen Gefühlen, aber die für Kian kamen so heftig und schienen so unumkehrbar, dass ich mich von Tag zu Tag selbst ermahnen musste, mich nicht zu sehr darin zu verlieren. Vor allem, nachdem er so gut wie gar nichts von seinen wahren Gefühlen durchblicken ließ. Seit fast zwei Wochen ging das jetzt so und so sehr ich mein Herz zurückhalten wollte, es war in dem Moment zu spät gewesen, in dem er das erste Mal seine Arme um mich geschlungen und es sich richtiger als jede Umarmung zuvor angefühlt hatte.

Als wir die Bibliothek betraten, konnte ich wieder einmal an nichts anderes denken als daran, dass wir uns hier zum ersten Mal begegnet waren. Damals hätten wir wahrscheinlich beide nicht gedacht, dass wir hier noch einmal so einträchtig nebeneinander hineinspazieren würden, und doch schien es der Anfang für etwas Besonderes gewesen zu sein. Dieses Mal setzten wir uns nicht in die Haupthalle, in der, wie wir nur zu gut wussten, eine sehr strenge Ruheordnung galt, sondern nahmen die geschwungene Holztreppe nach oben, wo man über eine Galerie in einen der Nebenräume gelangte. Diese waren extra für Lerngruppen ausgestattet und man wurde nicht verbannt, wenn man lauter als eine schnurrende Katze war.

»Du weißt, ich meine es nur gut mit dir.« Kian sah mir sichtlich amüsiert dabei zu, wie ich unwillig mein gesamtes Anatomie-Chaos vor ihm ausbreitete. »Ernsthaft, Addie. Du brauchst Struktur in deinem Leben. Wie zur Hölle findest du hier irgendetwas?« Er hob ein paar lose Zettel hoch und schüttelte den Kopf.

»Das Geheimnis ist, dass ich nichts finde, okay? Deshalb brauche ich auch so dringend Hilfe.« Mittlerweile lag der gesamte Inhalt meiner Tasche vor uns.

»Genau. Die Einsicht, dass man Hilfe braucht, ist ein sehr wichtiger Schritt zur Besserung … Hey!« Kian fing den Stift, den ich in seine Richtung geworfen hatte, mühelos auf.

»Hör endlich auf mit deinen besserwisserischen Psychoanalysen und hilf mir!«

Er schenkte mir ein strahlendes Lächeln und wie jedes Mal wurde mir ganz warm dabei. Selbst die Aussicht darauf, den ganzen Abend Anatomie zu lernen, konnte daran nichts ändern. Weil mir Schmachten aber leider nicht dabei helfen würde, Professor Motrellas Prüfung zu bestehen, zwang ich mich jetzt, über lateinische Begriffe zu sinnieren, statt darüber, wie gern ich wieder durch Kians Haare streichen würde.

»Du hast eine Brille?« Erstaunt sah ich ihm dabei zu, wie

er eine schwarz umrahmte Brille aus seiner Tasche zog und sie aufsetzte. Niemals hätte ich gedacht, dass es irgendetwas schaffen würde, ihn noch attraktiver aussehen zu lassen. »Nur zum Lernen. Sonst verschwimmen die Buchstaben auf dem Papier irgendwann.« Er zuckte mit den Schultern. »Steht dir. Du wirkst viel schlauer damit. Vielleicht sollte ich mir auch eine Brille zulegen.« Immer noch starrte ich in sein Gesicht. Seine Augen wirkten jetzt noch viel klarer.

»Tut mir leid, wenn ich dich darüber informieren muss, dass du dadurch leider nicht automatisch ein Genie wirst.« Er schenkte mir ein unwiderstehliches Lächeln und wurde dann wieder ernst. »Und jetzt hör auf, abzulenken.«

»Addie, ich mag dich, okay? Aber ich weiß nicht, wie ich dir das nett sagen soll. Du wirst diese Prüfung wahrscheinlich nicht bestehen.« Kian sah mich mitleidig, aber eindringlich an und ich wusste sofort, dass er recht hatte.

Mittlerweile hatte sich die Bibliothek gefüllt und wieder geleert und wir waren wieder allein in dem Raum, von dem man durch eine Glasscheibe auf die große Haupthalle hinuntersehen konnte. Trotzdem war ich noch kein Stück näher daran, mich einigermaßen gut vorbereitet für diese Prüfung zu fühlen.

Ich wusste, dass mir der Teil, in dem er sagte, dass ich wahrscheinlich durch die Prüfung fallen würde, mehr beschäftigen sollte, als der, in dem er sagte, dass er mich mochte. Außerdem war ich keine fünfzehn mehr, ein Alter, in dem es noch angemessen wäre, über so eine Aussage aus dem Häuschen zu sein. Ich stützte mein Gesicht auf meine

Hände und ließ meine Haare wie einen Schutzvorhang vor mein Gesicht fallen.

»Hey, es ist in Ordnung. Wenn du diese Prüfung wiederholen musst, ist dein Stipendium noch nicht in Gefahr.«

Es stimmte. Ein Fach konnte ich notfalls wiederholen. Was mein geduldiger Tutor aber nicht wusste: In Chemie sah es bei mir ähnlich aus. Und wenn ich durchfiel, hätte ich die Kosten für dieses Semester zurückzahlen und mich wieder neu für das Stipendium bewerben müssen. Das Problem dabei war, dass ich nicht einmal annähernd genug Geld dafür hatte. Ich hatte auch niemanden, an den ich mich hätte wenden können. Meine einzige Möglichkeit wäre gewesen, einen Studienkredit zu beantragen, aber ohne eine Bürgschaft konnte ich mir die miserablen Konditionen jetzt schon vorstellen. Ich wäre in einem Teufelskreis der Schulden gelandet. Und das Schlimmste war, dass ich auch noch selbst daran schuld war. Niemand hatte mich dazu gezwungen, meine Fächer wild durcheinanderzuwürfeln oder ein Chaos mit meinen Unterlagen zu veranstalten. Es hatte mir auch niemand gesagt, dass ich lieber Party und tausend andere Dinge machen sollte, statt zu lernen oder regelmäßig in die Vorlesungen zu gehen. Das war alles auf meinen Mist gewachsen wegen meiner verdammten Unfähigkeit, irgendetwas in meinem Leben mit Struktur anzugehen. Mein Magen zog sich bei diesem Gedanken schmerzhaft zusammen und ich hatte das Gefühl, als würde die Luft im Raum dicker und heißer werden.

Während meine Gedanken sich noch in einer Abwärtsspirale befanden, hörte ich, wie Kian von seinem Platz mir gegenüber auf einen Stuhl neben mich wechselte. Ich spürte seinen Atem noch, bevor er mir meine Hände aus meinem Gesicht nahm und mir eine Haarsträhne hinters

Ohr schob. »Hey, sonst bist du doch auch so nervtötend positiv.«

»Normalerweise sagt mir auch keiner, dass ich versagen werde.« Ich blinzelte ein paarmal, um das Brennen in meinen Augen zu verscheuchen, aber Kian hatte es schon gesehen.

»Ich habe nicht gesagt, dass du versagen wirst. Nur dass du eventuell einen zweiten Anlauf brauchst.«

Ich ließ mein Gesicht wieder auf meine Hände sinken. »Das ist genauso schlimm. Ich werde bis ans Ende meiner Tage Kaffee servieren.«

Diese Zukunft wäre eigentlich gar nicht so düster gewesen, wenn ich mich nicht schon durch fast anderthalb Jahre Studium gekämpft hätte, die ich auf keinen Fall als verschwendet ansehen wollte. Außerdem brauchte ich irgendein Ziel im Leben, irgendeinen Sinn. Ich liebte meine Zeit an der *Elbury University*, aber sie würde nicht für immer anhalten. Irgendwann musste ich mich der Realität stellen und meinen eigenen Weg gehen. Das war für mich mindestens genauso angsteinflößend wie die bevorstehende Prüfung.

»Erstens wird das nicht passieren und zweitens bist du eine super Kaffee-Serviererin.« Kian legte sanft seine Hände auf meine und zog sie zu sich.

Die Art wie er in Momenten wie diesen mit mir umging, ließ mich träumen, wie es wäre, eine richtige Beziehung mit ihm zu führen. Wie es wäre, wenn er immer so für mich da wäre und wenn ich mich in seine Arme werfen könnte, wann immer ich es wollte. Aber immer, wenn meine Gedanken in diese Richtung wanderten, erinnerte mich Kian auf die eine oder andere Weise daran, dass wir zwar irgendwo auf der Freundesebene schwammen, aber nicht einmal annähernd eine Beziehung führten. Dafür war er mir gegenüber noch viel zu verschlossen, denn ich spürte, dass er einen großen Teil von sich selbst immer noch verbarg. Außerdem brachte er mich zwar so gut wie jeden Tag nach Hause, aber danach konnte er es nie abwarten, zu verschwinden. Nicht ein einziges Mal wollte er bei mir bleiben oder etwas unternehmen, egal wie gut die Stimmung zwischen uns war. Ich wusste, dass ich mein Herz viel besser vor ihm schützen sollte, aber Situationen wie diese, in denen er mich so ansah, machten es mir verdammt schwer.

»Was hältst du davon, wenn wir deinem Kopf eine Pause gönnen? Du hast doch bestimmt Nervennahrung dabei, oder?« Kian ließ meine Hände wieder los und lächelte mich an. Irgendwann während der letzten Tage hatte er still und heimlich aufgehört, die persönliche Zuckerpolizei im Café zu spielen. Auch jetzt sah er erwartungsvoll auf meine Tasche. Während ich den kompletten Inhalt nach draußen beförderte, um irgendetwas Essbares zu finden, stand Kian auf und streckte sich.

»Ich glaube, heute ist es das erste Mal, dass du entspannter bist als ich.« Ich ging auf ihn zu, während er mich aus seinen dunklen Augen fixierte.

In der Bibliothek war es jetzt still. Auch wenn die Haupthalle noch nicht leer war, drangen die Geräusche kaum zu uns nach oben durch. Da die Bibliothek der *Elbury University* freitags und am Wochenende bis Mitternacht geöffnet hatte, obwohl die wenigsten Studenten sich so lange hier aufhielten, hatten wir den ganzen Raum für uns allein. Pit hatte diese langen Öffnungszeiten schon öfter ausgenutzt, allerdings nicht zum Lernen.

»Wo hast du denn heute deine nervtötende positive Art gelassen?«

Ich zuckte nur mit den Schultern und warf ihm einen Schokoriegel zu. »Meine bereichernde Positivität hat sich verabschiedet, als mir gerade klar wurde, dass ich vollkommen am Arsch bin und alle meine Freunde früher oder später die Uni mit einer rosigen Zukunft verlassen werden, während ich wahlweise für immer Aushilfsjobs annehmen muss oder zur hochverschuldeten Langzeitstudentin mutiere, die alle anderen ein bisschen komisch finden. Und selbst wenn ich irgendwann hier rauskomme, stehe ich da und werde mich fragen, was zum Teufel ich mit dieser ganzen Zukunft anfangen soll, die da vor mir liegt.« Ich atmete ruckartig ein und musste meinen kleinen Ausbruch selbst erst einmal verdauen.

Ich konnte mich nicht mehr daran erinnern, wann ich meine Sorgen zum letzten Mal laut ausgesprochen hatte. Normalerweise behielt ich solche Gedanken für mich, weil sie weniger real waren, solange sie nur in meinem Kopf existierten. Auch Kian musterte mich jetzt einigermaßen verwirrt, denn diesen Teil von mir kannte er noch nicht. Natürlich war er überrascht. Ich hatte bisher noch nie durchblicken lassen, wie verkorkst ich wirklich war.

»Hey, du bist doch die, die immer predigt, dass man die Gegenwart genießen soll, als wäre es eine verdammte Religion.« Statt das Papier aufzureißen, knetete er den Riegel in der Hand, als wüsste er nicht, dass warme Schokoriegel nicht mehr gut schmeckten.

»Ja, Kian, das glaube ich auch immer noch. Weil mir keine andere Wahl bleibt. Wenn ich nämlich an die Vergangenheit denke, falle ich sofort in eine Abwärtsspirale, für die ich wahrscheinlich einen Therapeuten brauche, um wieder herauszukommen. Und wenn ich an die Zukunft denke, werde ich so hibbelig und paranoid, dass ich weder stillsitzen noch lernen geschweige denn allein sein kann. Und weil das alles keine wahre Alternative ist, versuche ich die Gegenwart zu genießen, weil die nämlich besser ist als die Vergangenheit und nicht so unsicher wie die Zukunft.«

Plötzlich fühlte ich mich unglaublich erschöpft. Ich hatte die letzten Wochen sehr erfolgreich verdrängt, was alles im Argen lag. Ich hatte ignoriert, dass ich in zwei Fächern kurz vorm Durchfallen war, was wiederum bedeutete, dass ich mein Stipendium verlieren würde. Statt mehr zu lernen und zu versuchen, das Ruder noch einmal herumzureißen, hatte ich einfach weitergemacht und auf ein Wunder gehofft. Ich hatte mich auch davor gedrückt, mir Alternativen zu überlegen oder mich über einen Kredit zu informieren, und mich stattdessen in die Arbeit im Café gestürzt, weil dort die Welt noch ein Stück weit in Ordnung war. Ohne Kian anzusehen, fing ich an, vor den Regalwänden auf und abzugehen.

»Wow, ich … ich weiß nicht, was ich sagen soll.« Er trat hinter mich und schien nach den richtigen Worten zu suchen.

»Lass mich raten, du hast gedacht, ich bin ein verwöhntes Mädchen, das davon faselt, die Gegenwart zu genießen, weil sie sonst keine Sorgen hat?« Als von ihm keine Antwort kam, ließ ich mich auf den Boden sinken und lehnte mich mit den Rücken an die Bücherregale hinter mir.

Kian sah mich etwas unschlüssig an, was ich ihm nicht verübeln konnte, denn normalerweise hatte ich mich besser unter Kontrolle.

»Ich habe keine Ahnung, was ich machen soll, wenn ich dieses Stipendium verliere.« Ich wusste nicht, was ich mir erhoffte. Dass er Mitleid mit mir hatte? Dass er verstand, wovon ich sprach? Dass er auf magische Weise meine

Probleme lösen konnte? Nichts davon war realistisch. Er hatte offensichtlich mit seinen eigenen Dämonen zu kämpfen und hatte bestimmt keine Lust, sich auch noch mit meinen auseinanderzusetzen. Ohne ihn anzusehen hatte ich das Gefühl, mit einem mitleidigen Blick bedacht zu werden, und es gab nichts, was ich mehr hasste. Ich wollte kein Mitleid und schon gar nicht wollte ich, dass er hier herumstand, nur weil er sich schlecht dabei fühlte, mich jetzt allein zulassen. Auch wenn es in meiner Fantasie anders war, wir waren kein Paar. Er musste nicht für mich da sein.

Während ich noch überlegte, wie ich ihm am nettesten sagen konnte, dass er sich bitte verziehen soll, spürte ich plötzlich seine Nähe neben mir. Ich starrte immer noch stur in den Boden, als er seinen Arm um mich legte und einfach da war. Sein gleichmäßiger Atem half mir, meinen zu beruhigen. Seine bloße Anwesenheit schaffte es, dass ich meine Gedanken langsam wieder ordnen konnte. Es fühlte sich an, als könnte er mich mit dieser Geste vor der Welt um uns herum beschützen, bis ich wieder bereit war, ihr gegenüberzutreten. Ich wusste nicht, wie lange dieser Moment dauern würde, aber ich wollte dieses Gefühl am liebsten für später speichern.

26

Kian

Als Addie sich an mich lehnte, als wäre ich ihr Rettungs-anker, hatte ich das Gefühl, mein Herz würde sich jeden Augenblick überschlagen. Und zwar nicht vor Freude, son-dern wegen eines gefährlichen Gefühlscocktails, der seit der Party in Chases Ferienhaus in mir brodelte. Nachdem sie es geschafft hatte, sich in meine Blase zu drängen, kämpfte ich jeden Tag mit mir. Ich genoss es, sie um mich zu haben, gleichzeitig wünschte ich mir, die Stärke zu bekommen, die ich bräuchte, um sie von mir fernzuhalten. Im Moment scheiterte ich daran täglich. Seit sie an diesem einen Morgen in meiner Küche stand und mir als Entschuldigung Waffeln backen wollte, als wäre so etwas das Normalste auf der Welt, konnte ich mich nicht mehr gegen das, was sie in mir auslöste, wehren. Ich hatte meinen Kopf ausgeschaltet und auf mein Herz gehört. Und es hatte sich so verdammt gut angefühlt, dass es mir Angst machte.

Blake hatte recht, sie musste mich mit einem Fluch belegt haben. Plötzlich hatten sich meine Prioritäten ver-schoben und ich wollte sie in meiner Blase haben. Ich hätte mir niemals erträumt, dass ich mich auf die Arbeit in einem Campuscafé freuen würde. Das tat ich auch nur, weil mir mit Addison einfach alles leichter vorkam. Ich hätte mir auch niemals vorstellen können, dass ich es süß finden würde, wenn jemand eine ganze Chemievorlesung lang quatschte und mich ablenkte. Trotzdem war Chemie auf einmal mein liebster Kurs. Ich schaffte es nicht, mein Herz vor ihr zu schützen. Bisher hatte ich es lediglich geschafft, sie nicht noch einmal zu küssen, obwohl ich wusste, dass sie darauf wartete. Am liebsten hätte ich ihr gesagt, dass ich jeden Tag damit kämpfte, sie in dem kleinen Lager des Cafés nicht sanft gegen die Wand zu drücken und ihr wieder einen leidenschaftlichen Kuss zu stehlen. Ich redete mir ein, dass alles in Ordnung war, solange ich sie nur nicht nochmal küsste, dass ich meine Gefühle für sie dann jederzeit rückgängig machen könnte. Aber in einem kleinen Teil meines Kopfes war ich mir sicher, dass es nur eine Illusion war.

Auch jetzt war ich überfordert. Noch nie hatte sie sich so sehr von ihrer verletzlichen Seite gezeigt, und es überforderte mich viel mehr, als ich zugeben wollte. Zu sehen, wie sie mit den Tränen kämpfte, fühlte sich an, als würde sie ein neues Level meiner Gefühle für sie freischalten, denn alles, was ich wollte, war, ihren Schmerz zu lindern und die fröhliche Addie wieder aus ihr herauszuholen. Mein Herz zog sich schmerzhaft zusammen und spätestens jetzt wusste ich, dass ich mich körperlich so weit von ihr fernhalten konnte, wie ich wollte, mein Herz hatte sich schon lange für Addie entschieden. Hatte ich im ersten Moment noch einen irrationalen Fluchtinstinkt empfunden, würde ich sie jetzt nur über meine Leiche allein lassen.

Auch wenn mir bewusst war, dass für keinen Menschen die Welt nur aus rosa Wolken bestand, traf mich Addisons Verzweiflung unvorbereitet.

»Warum hast du eigentlich so viele Anatomievorlesungen verpasst? Gefällt dir das Studium doch nicht mehr?«, fragte ich und fing an, ihr ganz vorsichtig über die Haare zu streichen.

Ihre sonst so weichen Gesichtszüge waren angespannt und ihre Unterlippe zitterte. Seit Averys Zeit im Krankenhaus hatte es keine andere Person mehr geschafft, so viel Mitgefühl in mir auszulösen. Behutsam legte ich meine freie Hand an ihre Wange, um ihr Gesicht zu mir zu drehen.

»Ich habe mich einfach verzettelt in letzter Zeit. Anatomie ausfallen zu lassen, war die einzige Möglichkeit, im *St.-Nicolas-Heim* zu arbeiten.«

Die Welle des Mitleids, die mich überkam, als ich hörte, wie gefährlich ihre Stimme zitterte, fühlte sich plötzlich an wie ein Schwall eiskaltes Wasser, der mich mitten ins Gesicht traf. Ich hoffte, dass sie nicht merkte, wie sich alles in mir zusammenzog und ich fast vergaß, zu atmen. Ich war mir sicher, dass sie spüren musste, wie schnell mein Herz auf einmal raste.

»Du hast noch einen zweiten Job? Oder machst du zusätzlich noch ein Praktikum?« Es brauchte einen enormen Kraftaufwand einen ganzen Satz in einer neutralen Tonlage über meine Lippen nach draußen zu schicken. Insgeheim hoffte ich, dass es in *Elbury Park* auch ein *St.-Nicolas-Heim* gab oder dass ich mich schlicht und einfach verhört hatte. Aber mein Bauchgefühl wusste schon vor meinem Kopf, wie unwahrscheinlich das war.

»Ich helfe dort manchmal aus. Ich weiß, es ist bescheuert, jede Woche mit dem Bus nach Seattle zu fahren, nur um ein paar Stunden dort zu verbringen und dafür auch noch meine Vorlesungen ausfallen zu lassen, aber ...« Sie zögerte kurz, bevor sie weitersprach. »Ich kann irgendwie nicht anders.«

Ihre Stimme war leise und dünn, so als müsste sie sich dazu zwingen, mir zu antworten. Und ich saß einfach nur wie ein Idiot da und konnte nichts sagen, was sie sich in ihrer Situation besser fühlen lassen würde, weil ich keine Ahnung hatte, wovon sie überhaupt genau sprach. Dazu kam, dass ich jetzt einiges an Selbstkontrolle aufbringen musste, um nicht in Panik zu verfallen, denn ich war mir ziemlich sicher, dass es keine zwei Mutter-Kind-Heime mit diesen Namen gab, die auch noch beide in Seattle lagen. Während ich noch dabei war, meine eigenen Gedanken zu sortieren und mir darüber klar zu werden, was zum Teufel das alles zu bedeuten hatte, sprach Addison schon weiter.

»Die Arbeit in diesem Heim ist für mich die einzige Verbindung, die ich zu meiner Kindheit oder meiner Mutter habe.«

Verdammt. In diesem Moment bereute ich es, sie nie nach ihrer Familie oder irgendetwas aus ihrer Vergangenheit gefragt zu haben. Ich war viel zu tief in meiner eigenen verkorksten Geschichte gefangen. Obwohl sich in meinem Kopf alles drehte und mein Magen sich anfühlte, als hätte ihn jemand als Boxsack benutzt, versuchte ich, mir nichts anmerken zu lassen. Addisons Worte hatten eine schlimme Befürchtung in mir ausgelöst, und ob ich wollte oder nicht, ich musste ihre Geschichte hören.

»Ich bin in Seattle geboren, genauer gesagt im *St.-Nicolas-Heim*. Und bevor du fragst: Dort werden schwangere Mädchen und Frauen oder junge Mütter untergebracht, die sich nicht allein um sich selbst oder ihre Kinder kümmern können. Meistens haben sie sowas wie ein Drogenproblem und keine Familie, die sie unterstützen kann oder will.«

Ihre Stimme war erstaunlich gefasst, während sie mir etwas erklärte, was ich leider schon wusste. Auf keinen Fall hätte ich es übers Herz gebracht, ihr zu sagen, dass es bisher anscheinend nur reiner Zufall gewesen war, dass wir uns dort noch nicht begegnet waren.

»Meine Mutter kam dort hin, als sie mit mir schwanger wurde, nachdem mein Vater sie rausgeschmissen hatte. Soweit ich weiß, hatte sie auch keine Familie, und ich kenne weder Großeltern noch Tanten oder Onkel mütterlicherseits. Tja, deshalb habe ich die ersten Jahre meines Lebens dort verbracht und bis heute verbinde ich ein Stück Kindheit mit diesem Ort. Deshalb habe ich wahrscheinlich immer das Bedürfnis, dorthin zurückzukehren und mich mit den Kindern zu beschäftigen.« Addison zuckte mit den Schultern, als hätte sie mir nicht gerade eine Episode aus ihrer Kindheit, die mit Sicherheit nicht einmal halb so geborgen und behütet gewesen war wie meine eigene, offenbart.

In diesem Moment hasste ich mich dafür, dass ich von Anfang an angenommen hatte, sie käme aus einer Bilderbuchfamilie. Gleichzeitig mischte sich auch Bewunderung in meinen Gefühlscocktail, denn während ich trotz bester Voraussetzungen auf die schiefe Bahn geraten war, schien sie ihr Leben viel besser im Griff zu haben. Ein Teil von mir hatte gehofft, dass ihre Erklärung mich beruhigen könnte. Dass sich in Zukunft kein großer Teil ihres Lebens mit meinem vermischen würde, aber je mehr sie mir erzählte, desto eher musste ich mir eingestehen, dass ich sie meine Mauern niemals hätte durchdringen lassen dürfen.

»Du sprichst von deiner Mutter in der Vergangenheit, hast du keinen Kontakt mehr zu ihr?« Ich hoffte so sehr, dass es dafür eine andere Erklärung gab, aber als Addison den Kopf schüttelte, wusste ich, was passiert war, bevor sie es laut aussprach. Diese Geschichten wiederholten sich im *St. Nicolas* viel zu häufig. Diese Geschichten waren der Grund, warum ich immer zur Stelle war, wenn Avery mich brauchte.

»Sie hat es nicht geschafft, den Kampf gegen die Sucht zu gewinnen. Während der Schwangerschaft mit mir war sie clean, zumindest wurden bei mir keine gravierenden Folgeschäden festgestellt, aber Mutter zu sein, hat sie wohl überfordert. Sie ist an einer Überdosis gestorben.« Addison holte einmal tief Luft, aber schien ansonsten wieder sehr gefasst.

Es kam mir so vor, als hätte sie ihre Vergangenheit einfach akzeptiert. Sie war nicht verzweifelt, weil sie mit dem haderte, was früher passiert war, sie war verzweifelt, weil ihre Gegenwart, die sie so sehr genießen wollte, ins Schleudern geriet. Auf einmal schossen mir ihre Worte durch den Kopf, die sie gesagt hat, als wir im Auto zur Party gefahren sind. Sie selbst war das beste Beispiel dafür, dass man sich eine neue Gegenwart schaffen konnte, egal welche Vergangenheit man hatte. Und ich verdammter Idiot hatte noch gedacht, das wäre nur irgendein Spruch, den sie an ihrem Pinterest-Board stehen hatte.

»Verstehst du jetzt, warum ich ständig sage, wir müssen unser Leben im Hier und Jetzt genießen? Ich habe keine Familie, die mir irgendeine Form von Halt geben könnte, geschweige denn, dass sie das je getan hat. Und ich habe auch kein klares Ziel oder eine Zukunft vor Augen, auf die ich hinarbeiten könnte. Ich bin nur irgendwie da in dieser Welt. Dafür bin ich unglaublich dankbar und das will ich genießen. Aber im Moment fühlt es sich eher so an, als würde alles einstürzen.« Ihr Kopf lag jetzt nicht mehr an meiner Schulter, sondern war in meine Richtung gedreht. Sie strich sich die Haare hinter die Ohren, bevor sie weitersprach. »Das Stipendium ist im Moment alles, was ich an Zukunft habe. Wenn ich das verliere, verliere ich auch jeglichen Halt.«

Natürlich ergab das für mich jetzt alles viel mehr Sinn. Auch wenn sie bisher auf mich nicht den Eindruck gemacht hatte, als würde sie das Studium furchtbar ernst nehmen, sondern würde jede Party einer guten Note vorziehen, verstand ich, welche Geschichte sich dahinter verbarg. Ich suchte verzweifelt nach den richtigen Worten, aber mein Gehirn war wie leergefegt. Am liebsten hätte ich ihr erklärt, dass ich sie viel besser verstand, als sie wahrscheinlich jemals gedacht hätte, und sie an mich gedrückt, um ihr den Halt zu geben, den sie so sehr vermisste. Aber den Kampf, der in mir tobte, musste ich mit mir selbst austragen. Ohne Addison. Jetzt, da sie mir ihre Vergangenheit anvertraut hatte, konnte ich sie auf keinen Fall mit in mein Chaos stürzen. Sie schaffte es trotz allem, ihr Leben zu genießen, und ich hatte nicht das Recht dazu, ihr mit meinen Problemen in die Quere zu kommen. Ich wollte ihr die nächste Frage eigentlich nicht stellen, aber sie kam mir wie von selbst über die Lippen.

»Was ist mit dem Rest deiner Familie?« Was ich eigentlich fragen wollte, war: *Was ist mit deinem Vater?* Aber Addie verstand genau, was ich meinte.

»Mein Vater wollte mich schon von dem Tag an, an dem er von mir erfahren hatte, nicht. Als ihn das Jugendamt nach dem Tod meiner Mutter ausfindig gemacht hatte, hat er mich zwar aufgenommen, mich aber dann zu seinen Eltern geschickt. Er hatte keine Ahnung, wie er mit mir umgehen sollte, und ehrlich gesagt auch kein Interesse daran, es zu versuchen. Als ich dann in die Middle School kam, haben sie mich auf ein Internat geschickt und …« Sie brach mitten im Satz ab und sah mich vorwurfsvoll an. »Mach doch nicht so ein betroffenes und mitleidiges Gesicht, bevor du nicht die ganze Geschichte kennst.«

Hätten ihre grauen Augen nicht diesen traurigen Schleier gehabt, den ich noch nie bei ihr gesehen hatte, wäre ich mir sicher gewesen, dass sie sauer auf mich war. Addie rückte ein Stück von mir ab, um mir besser in die Augen sehen zu können. Trotzdem zog ich meine Arme nicht vor ihr zurück. Ich wollte unsere Verbindung nicht unterbrechen. Noch nicht. Ich zog meine Mundwinkel nach oben und hoffte, dass ich so etwas Ähnliches wie ein Lächeln zustande brachte und nicht wie der Joker höchstpersönlich aussah.

»Was ich sagen wollte, ist, dass du dir deinen mitleidigen Blick sparen kannst. Die Entscheidung, mich aufs Internat zu schicken, war die einzige und gleichzeitig auch beste, die mein Vater und meine Großeltern je für mich getroffen haben. Ich war sowieso nicht an ein Familienleben gewöhnt, deshalb fand ich es dort nicht schlimm.« Wieder zuckte sie nur mit den Schultern. Ganz offensichtlich hatte sie ihr Schicksal damals wie heute angenommen und versuchte, das Beste daraus zu machen. Ganz im Gegensatz zu mir, der immer wieder kläglich an der Gegenwart scheiterte.

»Ich weiß nicht, was ich sagen soll, Addie, außer, dass es mir leidtut. Alles.« Es fiel mir schwer, stillzuhalten, denn in mir war alles in Aufruhr. Einzig und allein Addie, die sich nicht vom Fleck bewegte, hielt mich noch davon ab, davonzustürmen.

»Es braucht dir nicht leidzutun. Diese Vergangenheit ist ein Teil von mir und ich habe gelernt, damit umzugehen, zumindest meistens. Ich bin vielleicht anders aufgewachsen, als es in unserer Gesellschaft üblich ist, aber das heißt nicht, dass ich bemitleidet werden muss. Für mich war das Internat die einzige Realität, die ich kannte. Ich hatte dort Freunde und Betreuer, die zwar streng waren, aber gleichzeitig das Beste für mich wollten.«

Weil ich nicht wusste, was ich erwidern sollte, nickte ich nur vor mich hin und ließ sie weitersprechen.

»In jedem Kapitel des Lebens gibt es ein Stückchen Gold, Kian. Auch in deinem.« Ihr Blick war jetzt so eindringlich, dass ich wieder das Gefühl hatte, sie könnte in mir lesen wie in einem offenen Buch.

In diesem Moment war ich glücklich darüber, dass sie meine Geschichte nicht kannte, denn nach allem, was ich jetzt über sie wusste, war ich mir sicher, dass nicht einmal sie in meiner Vergangenheit ein Stückchen Gold finden könnte. Sie konnte nicht wissen, wie sehr mich ihre Geschichte innerlich zerriss, weil sie so gefährlich nahe an einem meiner dunkelsten Kapitel lag. Einerseits fühlte ich mich jetzt nur noch verbundener mit ihr, andererseits wurde mir mit jeder Minute klarer, dass ich sie loslassen musste. Wenn sie die Wahrheit über mich herausfand, würde sie mich nie mehr so ansehen, und ich wusste nicht, ob ich das hätte ertragen können.

Addie schien unser Gespräch über die Vergangenheit gutgetan zu haben, denn der Sturm, der die letzte halbe Stunde in ihren Augen getobt hatte, beruhigte sich langsam. Ich wusste jetzt, dass sie ihr Leben und ihre Gegenwart zu schätzen wusste, und sie sich deshalb mit aller Kraft gegen die giftigen Wurzeln, die sie manchmal einholten, wehrte. Sie musste viel mehr durchmachen als ich und schaffte es trotzdem, so viel besser damit umzugehen.

Ganz weit hinten in meinem Gehirn erinnerte mich ein Gedanke daran, dass es Zeit für mich wurde, zu gehen, aber noch ignorierte ich ihn. Zumindest für den Rest des Abends wollte ich die Nähe zu Addison noch genießen, bevor ich sie loslassen musste.

»Woher nimmst du nur diese Kraft, aus allem irgendetwas Positives zu ziehen?«

Addison überlegte nur kurz, bevor sie mir antwortete. »Keine Ahnung, ich wusste nicht einmal, dass ich die Kraft dafür habe. Aber ich habe gelernt, dass du nicht wissen kannst, wie stark du wirklich bist, bis stark sein die einzige Wahl ist, die du hast.«

Ich erwischte mich dabei, wie ich mir gedankenverloren eine ihrer langen Haarsträhnen um die Finger wickelte, etwas, was Addison normalerweise selbst machte, wenn sie nachdachte. Obwohl ich auf einem Teppichboden, in dem sich der Staub von Unmengen an Studenten hielt, die hier über die Jahre hinweg ein uns aus gegangen waren, und an ein hartes Bücherregal gelehnt saß, wollte ich im Moment nirgends lieber sein als hier mit ihr.

27

Es fühlte sich an, als würden unsere Herzen im gleichen Takt schlagen, als würde sich unsere Atmung einander angleichen, als würde sich alles zwischen uns fügen. Besser gesagt, hätte es sich so angefühlt, wenn ich mein Gehirn hätte ausschalten können. Wenn ich hätte verdrängen können, was ich in der letzten halben Stunde erfahren hatte. Wenn so einiges in meinem Leben anders gelaufen wäre. So hätte es sein können, wenn wir die Zeit zurückdrehen könnten. Nicht nur um die letzte halbe Stunde, in der Addison mir ihre schwierige Kindheit anvertraut hatte, sondern gleich ein paar Jahre.

Aber in der Realität war diese ganze Situation nur Schein. Addison und ich nachts in der Universitätsbibliothek waren nicht der wunderbare Beginn eines neuen Kapitels für uns, es war sein unschönes und viel zu frühes Ende. Nur Addison, die an meine Schulter gelehnt gleichmäßig atmete, wusste es nicht. Noch nicht. War ich ein Arschloch, weil ich meinen Arm wieder um ihre Schulter gelegt und meinem Kopf auf ihren abgelegt hatte, um den fruchtigen Duft ihrer Haare aufzusaugen? Wahrscheinlich war ich das, denn all das machte uns die bevorstehende Trennung nur noch unangenehmer. Es wäre eine ausgewachsene Zeitreise in meine Vergangenheit, und einiges an Veränderungen nötig gewesen, wenn ich den Verlauf zwischen uns ändern wollte. Ich wusste, dass sie mich für einen Arsch halten würde, aber das war immer noch besser, als wenn ich durch meine eigene Vergangenheit ihre alten Narben aufriss. Keine Ahnung, ob das unglaublich feige oder unglaublich selbstlos von mir war. Da ich mir sicher war, dass der Fachbereich für Physik an der *Elbury University* noch zu weit von einem solchen Durchbruch entfernt war, brauchte ich darüber allerdings nicht nachzudenken, denn ich konnte weder meine Vergangenheit noch meine Zukunft mit Addison ändern.

Sie war so ungewöhnlich ruhig, dass man hätte denken können, sie wäre eingeschlafen. Nur ihre gelegentlichen Bewegungen und die gedankenverlorenen Zeichnungen, die sie mit ihren Fingern auf meinen Oberschenkel malte, zeugten vom Gegenteil.

»Ich glaube, wenn wir nicht bald verschwinden, schmeißen sie uns raus.« Die Worte kamen nur sehr zögerlich aus meinem Mund, denn ich wollte sie eigentlich nicht aussprechen.

Addie atmete unwillig aus und schüttelte den Kopf, ohne ihn von meiner Schulter zu nehmen.

»Kannst du dich noch daran erinnern, wie unser letzter Besuch in der Bibliothek geendet ist? Ich will immer noch kein Hausverbot.« Ich hätte mich mit meinen lahmen Argumenten nicht einmal selbst überzeugen können, aufzustehen, deshalb bewegte sich Addie im ersten Moment auch keinen Zentimeter.

Meine Gedanken wanderten zu dem Tag, an dem wir uns kennengelernt hatten. Als ich sie damals hinter mir aus der Bibliothek geschleift hatte, hätte ich mir niemals erträumt, sie wiederzusehen – außer gelegentlich in einer Chemie-Vorlesung. Da hatte ich die Rechnung aber ohne das Schicksal oder das Universum oder irgendeine andere verdammte Kraft zwischen Himmel und Erde gemacht. Eigentlich glaubte ich an nichts, was man nicht mit Fakten belegen konnte, aber alles, was Addie anging, konnte ich mit Fakten nur sehr, sehr schwer erklären. Es musste irgendetwas in dieser Galaxie geben, das uns zusammenbrachte. Das unsere Geschichten aus unerfindlichen Gründen so schrieb, dass sie sich kreuzten. Mehrmals. Was auch immer diese Kraft war, sie schien nicht unbedingt auf meiner Seite zu stehen. Sobald ich mich damit abgefunden hatte, nicht besonders viel gegen Addisons Anziehungskraft auf mich tun zu können, schickte mir dieses galaktische Etwas eine neue Information und machte alles wieder kaputt. Und ich saß hier wie ein Idiot, nur um noch für ein paar Minuten so tun zu können, als hätten wir eine normale Beziehung zueinander. Als wären wir Freunde, aus denen mehr werden könnte, obwohl nicht mal eine normale Freundschaft möglich war.

»Ok, lass uns nach Hause gehen.« Addisons müde Stimme drang nur langsam, wie durch einen Nebel, zu mir durch. Meine Gedanken waren schon wieder weit vom Ort des Geschehens abgedriftet. Sie löste sich von mir und streckte sich, so als hätte sie wirklich gerade ein Nickerchen gemacht. Als ihr Shirt durch ihre Bewegungen ein Stück Haut freigab, fühlte ich das altbekannte Kribbeln mit voller Wucht zurückkehren. Aber jetzt war nicht der Zeitpunkt, an ihren nackten Körper auf meinem zu denken.

Ich wollte so gern noch etwas sagen, ihr zu verstehen geben, in welchen Aufruhr sie mein Leben versetzt hatte.

Aber welche Worte sollte ich schon dafür finden? Dass es mir leidtat, wie sie aufgewachsen war? Sollte ich ihr erklären, warum ich ihr ab sofort aus dem Weg gehen musste? Das hätte die Sache noch viel schlimmer gemacht und sie hätte mich noch viel mehr gehasst, als wenn ich sie wortlos ziehen lassen würde.

Die Haupthalle der Bibliothek war schon fast leer, als wir schweigend auf die große Flügeltür zugingen, und als sie hinter uns ins Schloss fiel, wünschte ich mir, dass all die Dinge, die mir Addie erzählt hatte, dortbleiben könnten. Damit sie keine Chance hatten, das, was wir hatten, zu zerstören.

Wie von selbst schlugen wir den Weg zu ihrem Wohnheim ein. Ich wollte sie auch heute nach Hause begleiten, denn nur weil wir uns ab sofort voneinander fernhalten mussten, bedeutete das nicht, dass ich sie allein in der Dunkelheit nach Hause fahren ließ.

Mit der Zeit waren ihre sarkastischen Kommentare über meinen Heldenkomplex, wie sie es so gern nannte, immer seltener geworden und sie schien meine nächtliche Anwesenheit auf ihrem Heimweg zu genießen. Addison hatte sich ihre Mütze über die Ohren gezogen und schlang ihren riesigen Schal, der gut und gern auch als Decke durchging, fester um den Hals. Ich konnte mich nicht davon abhalten, sie von der Seite zu beobachten. Ihre Nase hatte vor Kälte einen roten Schimmer und sie leckte sich immer wieder über ihre Lippen. Wahrscheinlich nur, um sie bei der trockenen Luft mit Feuchtigkeit zu versorgen, aber alles, woran ich deshalb denken konnte, war, sie noch einmal zum Abschied zu küssen.

»Okay, Kian, sagst du mir, was ich getan habe?« Ich starrte sie immer noch an, als sie sich plötzlich in meine

Richtung wandte und mich mit hochgezogener Augenbraue ansah.

»Was meinst du?« Konnte sie meine Gedanken lesen oder war ich genauso schlecht darin geworden, meine Gefühle zu verbergen wie sie selbst?

Sie legte den Kopf schief und brachte mich damit vollkommen aus dem Konzept. »Du siehst mich an, als würdest du mir gleich den Kopf abreißen wollen.«

Langsam atmete ich aus, erleichtert darüber, dass sie meinen Gesichtsausdruck so falsch deutete. »Sorry, Addie, aber das ist einfach mein normales Gesicht.«

Immer noch sah sie mich an und verlangsamte ihren Gang. »Ich dachte immer, das Resting-Bitch-Face gibt es nur bei Frauen.«

Obwohl mir so gar nicht nach Lachen zumute war, kam es wie von selbst aus meinem Mund. Es war das erste Mal, dass jemand meinen Gesichtsausdruck so bezeichnet hatte, aber eigentlich traf der Begriff es ganz gut. Blake beschwerte sich öfters darüber, dass ich aussah, als würde ich am liebsten die ganze Welt in die Luft jagen, obwohl ich innerlich total entspannt war. Naja, zumindest für meine Verhältnisse entspannt.

»Besser?«

Für ein paar Sekunden starrte sie meinen Versuch eines strahlenden Lächelns nur ausdruckslos an, bevor ihr Blick weicher wurde.

»Da arbeiten wir noch dran.« Sie strich mir über den Oberarm, bevor wir uns wieder in Bewegung setzten.

Ich ließ meinen Blick wieder über die Bäume streifen, an denen wir seit zwei Wochen fast jeden Tag zusammen vorbeiliefen. Unweigerlich verband ich ihre bunten Blätter jetzt mit Addison. Etwas, was ich niemals hätte zulassen sollen.

Die Universität war regelrecht mit diesen Bäumen zugepflastert und ich wollte nicht jedes Mal an die Zeit mit ihr erinnert werden, wenn ich meine Wohnung verließ. Ich konnte nur darauf hoffen, dass ich im November, wenn die Bäume ihre bunten Blätter abschüttelten, das gleiche mit der Erinnerung an das, was ich beinahe mit Addison gehabt hätte, würde tun können.

»Wir sehen uns am Montag?«

Ich hatte gar nicht bemerkt, dass wir schon vor Addisons Wohnheim standen. Vor lauter Haaren, Schal und der Mütze konnte ich fast nur ihre Augen erkennen, die im Licht der Straßenlaterne viel heller wirkten. In ihrer einfachen Frage schwang noch so vieles mehr mit. Ich spürte regelrecht, dass sie auf ein Zeichen von mir wartete. Das tat sie schon die ganze Zeit. Und die ganze Zeit hatte ich ihren fragenden Blick ignoriert. Hatte nach Ausreden gesucht, wenn sie mich zu ihr nach Hause eingeladen hatte, obwohl ein riesiger Teil von mir genau das Gegenteil wollte. Sie wünschte sich, dass ich mehr Zeit mit ihr verbrachte, und ich konnte ihr nicht verübeln, dass sie der Meinung war, nach dem heutigen Abend hätte sich unsere Verbindung vertieft. Wäre ich ein funktionierender Mensch gewesen, hätte ich genauso gedacht, aber Addison hatte sich leider sehr zielstrebig einen verkorksten ausgesucht.

Ich brachte es nicht übers Herz, ihr die Wahrheit zu sagen, und nickte nur. Das Lächeln, das ich ihr so gern schenken wollte, kam mir nur schwach über die Lippen, denn innerlich hasste ich mich dafür, sie anzulügen.

»Ich wollte dich mit meiner Geschichte nicht runterziehen.« Addisons Miene verfinsterte sich, und ich wusste nicht, was ich antworten sollte. Sie hatte mich mit ihrer

Geschichte zwar runtergezogen, aber auf eine ganz andere Art – eine, die ihr nicht bewusst war. Das sollte auch so bleiben, deshalb schüttelte ich nur leicht meinen Kopf.

»Danke, dass du versucht hast, mir Anatomie beizubringen, und, naja, für den Rest auch.« Fast schüchtern senkte sie ihren Blick und löste damit das dringende Bedürfnis in mir aus, sie in den Arm zu nehmen. Als sie ihre funkelnden Augen wieder auf mich richtete, konnte ich diesem Drang nicht mehr widerstehen und schloss meine Arme um sie. Es dauerte nicht einmal den Bruchteil einer Sekunde, bis sie meine Umarmung erwiderte. Sie schlang ihre Arme um meine Mitte und lehnte sich sofort an mich, als hätte sie seit einer Ewigkeit darauf gewartet.

Ich genoss ihre Nähe, ihre Wärme und das Gefühl, ihren Herzschlag so nah bei meinem zu wissen. Wie von selbst strichen meine Hände über ihren Rücken und für einen viel zu langen Augenblick erlaubte ich mir, sie so zu halten. Ich legte sogar mein Kinn auf ihrer weichen Mütze ab und sog den ganzen Moment mit jeder Faser meines Körpers ein. Für jeden Außenstehenden sah es wahrscheinlich so aus, als würde sich ein Pärchen gerade verabschieden, so vertraut standen wir da. Die einzige Straßenlaterne, die den kleinen Bereich vor dem Wohnheim ausleuchtete, und der leichte Wind, der die Blätter am Gehweg zum Rascheln brachte, schien meine Stimmung heute nur noch melancholischer zu machen.

Addison löste sich nur langsam aus unserer Umarmung, als ich wieder den dringend benötigten Abstand zwischen uns brachte, bevor ich vollkommen die Kontrolle verlor und doch noch mit in ihre Wohnung ging. Ich fragte mich, was sie sah, während sie jetzt in meine Augen blickte. Sahen meine genauso sehnsüchtig aus wie die ihren? Spiegelte sich darin auch das Bedürfnis nach der Nähe zu ihr wider oder waren sie unlesbar? Letzteres strich ich sofort wieder aus meinen Gedanken, denn mittlerweile hatte ich schon genügend Zeit mit Addison verbracht, um zu wissen, dass sie mich so gut wie sonst niemand verstand.

»Tschüss, Addie.« Wäre es um uns herum nicht so still gewesen, hätte sie meine Worte wahrscheinlich nicht einmal verstanden. Meine Stimme war nicht mehr fest und entschlossen, weil ich mich nicht verabschieden wollte. Sie dachte vielleicht, es würde nur für dieses Wochenende gelten, aber ich kannte die Wahrheit.

Ich wollte mich nicht zu ihr beugen, ich wollte meine kalten Hände auch nicht an ihre Wange legen. Trotzdem tat mein Körper all diese Dinge wie von allein. Als ich schon ihren warmen Atem auf meinem Gesicht spürte, stockte ich. Ich konnte sie nicht küssen und dann allein lassen. Ich wollte mich in ihren Augen nicht zu einem noch größeren Arschloch machen, als ich es zweifelsohne schon sein würde. Der egoistische Teil in mir aber sah ihre leicht geöffneten Lippen und ihre halb geschlossenen Augen und wollte sich wenigstens noch diesen einen Kuss von ihr stehlen. Als meine Lippen ihre schon fast berührten, drehte ich meinen Kopf zur Seite und mein Kuss landete so auf ihren Mundwinkel. Immer noch dauerte er viel zu lange, immer noch fühlte ich viel zu viel.

»Tschüss, Addie.« Ich wiederholte murmelnd meine Verabschiedung ganz nah an ihrem Ohr, bevor ich sie sanft von mir schob.

Ihre Lippen waren immer noch geöffnet, jetzt aber vor Erstaunen. Ich konnte nicht warten, bis sie mir antwortete, sondern drehte mich um, solange ich noch die Kraft dazu hatte. Ich glaubte zu spüren, wie sich ihr Blick in meinen

Rücken bohrte. Da ich nicht hörte, wie die schwere Eingangstür ins Schloss fiel, wusste ich, dass sie immer noch dastand. Ich musste es nur bis um die nächste Ecke schaffen, ohne mich umzudrehen, dann würde es bestimmt leichter, redete ich mir ein. Dann könnte ich Abstand zwischen uns bringen. Ich musste stark sein und gegen die Anziehungskraft ankämpfen. Für uns beide.

28

Kian

»Was ziehst du denn für ein Gesicht?«

Ausnahmsweise hatte ich mich heute mit meinem Laptop an den Küchentisch gesetzt, weil ich in meinem Zimmer das Gefühl hatte, verrückt zu werden. Seit ich Addie vor drei Tagen vor ihrem Wohnheim abgesetzt hatte – oder besser gesagt, stehen gelassen hatte –, hatte ich mich in mein Zimmer verkrochen.

Blake war für ein paar Tage bei seiner Mutter gewesen, was dazu führte, dass ich mit meinem Laptop und meinen Büchern ganz allein gewesen war und erst jetzt, Dienstagabend, überhaupt wieder menschlichen Kontakt hatte. Ich war nicht mal zu meinen Vorlesungen gegangen, sondern hatte mir lieber online das Skript besorgt und es allein durchgekaut, aber irgendwann hatte mein Zimmer begonnen, sich viel zu klein für mich anzufühlen. Ich hatte nicht genug Platz zum Atmen und schon gar nicht genug Platz für meine Gedanken gehabt. Mindestens einmal in der Stunde fragte ich mich wie von selbst, ob Addison an den halbherzigen Kuss von Freitagabend dachte. Und was noch viel wichtiger war, was sie wohl jetzt über mich dachte. Ich versuchte, mir einzureden, dass es ganz egal war, ob sie mich jetzt seltsam fand oder sich zu mir hingezogen fühlte. Ob sie mich sogar ein bisschen vermisste – mit sehr mäßigem Erfolg, was mir jetzt auch Blakes Gesichtsausdruck und seine zusammengekniffenen Augen bestätigten. Er verstand sofort, dass irgendetwas anders war, aber ich hatte nicht das Bedürfnis, ihm mein Herz auszuschütten. Das, was ich fühlte, sollte sorgfältig unter Verschluss bleiben. Auch vor Blake. Er würde mich zwar verstehen, aber das hieß nicht, dass er mein Verhalten gutheißen würde. Niemals würde er meine Entscheidung, mich von Addie fernzuhalten, einfach so stehen lassen. Schon gar nicht unkommentiert.

Ich wusste, dass er die ganze Geschichte eher früher als später aus mir herauspressen würde, aber jetzt gerade fühlte ich mich noch nicht im Stande für dieses Gespräch oder Blakes Monolog über meine Verfehlungen, was Addison anging. Zuerst musste ich es schaffen, ihr so viele Tage wie möglich nicht zu begegnen. Mit jedem Tag würde es leichter werden, bis sie sich irgendwann von allein aus meinen Gedanken verabschieden würde.

Der erste Schritt war, mich vor der Arbeit im Café zu drücken. Das stellte sich auch als der einfachste Teil heraus. Viola Fanning war wahnsinnig verständnisvoll gewesen, als ich ihr gesagt hatte, dass ich mich diese Woche auf meine Prüfungen vorbereiten musste. Entweder sie wusste nicht, dass um diese Zeit absolut niemand Prüfungen schrieb, oder aber sie hatte sich rein gar nichts anmerken lassen. Im Gegenteil, sie hatte sogar angeboten, dass ich mir jederzeit Suppe oder Gebäck holen könnte, um nicht vor lauter Lernstress zu verhungern. Sie war am Telefon so herzlich gewesen, dass ich ein schlechtes Gewissen bekommen hatte, sie so dreist anzulügen. Ich wusste auch, dass ich damit das Problem, Addie zu begegnen, nur aufschob, aber auf die Schnelle war mir nichts Besseres eingefallen, als die Konfrontation zu vertagen.

»Du siehst aus, als hättest du das ganze Wochenende durchgefeiert. Aber da ich dich kenne, weiß ich, dass das nicht der Fall war. Also, was hast du gemacht?« Es wäre auch zu schön gewesen, wenn Blake einmal länger als zwei Minuten Schweigen zwischen uns ausgehalten hätte.

Ohne mich von meinem Laptop abzuwenden, schüttelte ich unwillig den Kopf.

»Bitte sag, dass der Grund auf den Namen Addison hört und dass das der Name ist, den du am Wochenende gestöhnt hast, statt zu schlafen.« Sein Tonfall verriet mir, dass er selbst nicht ganz glaubte, was er da sagte.

Er wusste zwar, dass Addison nach ihrer Waffelaktion noch länger hier gewesen war, dass wir miteinander geschlafen hatten, hatte ich ihm allerdings nicht erzählt. Für Außenstehende mochte es vielleicht manchmal so aussehen, als würden Blake und ich uns jeden Abend unsere tiefsten Geheimnisse mitteilen, aber es war nicht so, dass wir uns mit einer Tasse Tee über unsere Gefühle unterhielten. Ich vertraute ihm voll und ganz, aber manche Dinge waren nicht für andere Ohren bestimmt. Auch nicht für Blakes, der dazu ganz bestimmt eine komplett andere Meinung hatte, wenn man ihn gefragt hätte.

»Wenn überhaupt, habe ich im Schlaf Formeln und lateinische Begriffe vor mich hingemurmelt, aber zum Stöhnen hat mich ganz bestimmt nichts gebracht.« Ich spürte Blakes Blick auf mir.

»Erstens siehst du nicht so aus, als hättest du viel geschlafen und zweitens: Was ist denn dann los mit dir? Warst du in Seattle?« Seine Stimme wurde bei diesem

Thema sofort ernster, aber ich schüttelte wieder nur den Kopf.

Zu der Angst, ein Besuch bei Avery würde mich noch mehr aufwühlen, mischte sich nach Freitag auch die, Addison über den Weg zu laufen. Kurzerhand klappte ich den Laptop zu und stand so ruckartig auf, dass der Stuhl quietschend einen weiteren Kratzer in den Boden machte.

»Warte! Ich dachte, du gehst jetzt arbeiten?« Er klang etwas alarmiert, als ich mich ohne ein weiteres Wort wieder Richtung Zimmer bewegte.

Als Antwort murmelte ich nur etwas von einem freien Dienstag und zog die Tür hinter mir zu. Ich konnte nicht einmal genau erklären, warum ich plötzlich das Bedürfnis hatte, mich sogar von Blake abzukapseln, aber ich wollte einfach mit meinen Gedanken allein sein. Egal wie verrückt mich mein eigener Kopf machte. Ich hatte keine Bedenken, dass Blake einfach in mein Zimmer platzen würde. Mehr Sorgen machte mir, dass er mit Rylan oder sogar Addie über mich redete, denn sobald sie ihm erzählten, dass ich ihr ohne ersichtlichen Grund aus dem Weg ging, wäre ich an einer Erklärung nicht mehr vorbeigekommen.

Addison: Sagst du mir, warum Viola anscheinend glaubt, du müsstest die ganze Woche für deine imaginären Prüfungen lernen? Ist alles in Ordnung?

Gerade als ich mich gezwungen hatte, meinen Laptop wieder aufzuklappen, um meine Hausarbeit, die nach dem fünften Überarbeitungsdurchgang garantiert keine Fehler mehr hatte, noch ein weiteres Mal durchzulesen, zog diese Nachricht, die mir vom Handydisplay entgegenleuchtete, meine Aufmerksamkeit auf sich. So als wollte sie mich verspotten, weil ich naiverweise gedacht hatte, Addison würde sich einfach damit zufriedengeben, dass ich auf Abstand ging. Noch dazu ohne Erklärung, denn im Gegensatz zu den Fannings wusste sie ganz genau, dass ich keine Prüfungen hatte, für die ich mich zu Hause hätte einsperren müssen. Es war genauso naiv zu glauben, dass sie es vielleicht gar nicht merken würde. Am bescheuertsten war es allerdings, zu glauben, dass ich mich nach ein paar Tagen nicht mehr zu ihr hingezogen fühlen würde. Das irgendwann nicht mehr nur allein ihr Name auf meinem Handydisplay meinen Körper in Aufruhr versetzen würde.

So sehr ich mir auch etwas anderes einreden wollte, Addison war der Grund, warum Blake fand, dass ich aussah, als hätte ich seit Tagen nicht mehr geschlafen. Zuerst hatte ich wachgelegen und nach einer Lösung gesucht. Dann hatte ich wachgelegen und darüber philosophiert, warum es zwischen uns so schieflaufen musste, und irgendwann war mein Kopf so voller Gedanken, dass sie den Schlaf vollkommen verdrängt hatten. Am liebsten hätte ich ihr gesagt, wie hart allein der Versuch war, nicht an sie zu denken.

Ich starrte die Nachricht an. Immer wieder tippte ich mit dem Finger auf den Bildschirm, sodass er sich nicht in den Ruhemodus schaltete. Als würde ich so auf einmal die Erleuchtung finden. Ich konnte förmlich ihre sanften grauen Augen vor mir sehen, mit dem eindringlichen Blick, mit dem sie mich so oft angesehen hatte. Natürlich konnte ich sie einfach ignorieren, aber wie wahrscheinlich war es, dass sie aufgab? Gemessen an ihrem Verhalten, als ich mich unzählige Male von ihr distanziert hatte, war die Wahrscheinlichkeit sehr gering, dass sie meine Entscheidung ausgerechnet dieses Mal akzeptieren würde.

Müde rieb ich mir über die Augen. Ich sollte eigentlich schlafen gehen, bevor ich irgendwelche überstürzten Entscheidungen traf. Mein angespannter Körper aber gab mir ganz deutlich zu verstehen, dass das keine Möglichkeit darstellte. Ich hätte mich nur von einer Seite auf die andere gewälzt und dann entnervt aufgegeben. Ich hätte auch Blake mein Herz ausschütten können, aber er hätte mich garantiert auf direkten Weg und ohne zu zögern zu Addison geschleift.

Zu meiner Müdigkeit gesellte sich jetzt ein altbekannter Druck an meinen Schläfen und hinter den Augen. Sofort bohrte ich die Fingernägel des Daumens und Zeigefingers in die Haut zwischen meinen Augenbrauen, um das Pochen und den Druck, der sich anfühlte, als säße er ganz tief in meinem Gehirn, an die Oberfläche zu zwingen. So konnte ich den Schmerz eher kontrollieren. Und das brauchte ich jetzt dringend. Kontrolle. Ich wollte die Nachricht öffnen und ihr zurückschreiben, aber nichts, was ich ihr sagen konnte, hätte Sinn ergeben. Wie in Trance massierte ich meine Schläfen, aber die Kopfschmerzen bahnten sich unaufhaltsam ihren Weg und setzten sich fest.

Statt regungslos auf mein Display zu starren, fing ich jetzt an, in meinem Zimmer auf und ab zu laufen wie ein Tiger in einem viel zu kleinem Käfig. Ich konnte nicht einfach hier sitzen und mir den Kopf zerbrechen oder darauf warten, dass sich meine Gedanken in Luft auflösten und ich wieder zur Tagesordnung übergehen konnte. Ich stellte mich wie ein verweichlichtes Arschloch an, dabei konnte ich bisher all die Jahre sehr gut leben, ohne Gefühle für ein Mädchen zu entwickeln. Nur weil Addison alles daransetzte, um das zu ändern, hatte ich immer noch meinen eigenen Kopf. Es wurde allerhöchste Zeit diesen endlich mal wieder zu benutzen.

Je mehr ich darüber nachdachte, desto besser konnte ich mir selbst einreden, dass ich genug gelitten hatte. Dass es jetzt an der Zeit war, ohne sie weiterzumachen. Ich hatte genug Zeit damit verschwendet, Addison und etwas, das wir gar nicht richtig hatten, hinterherzutrauern.

Plötzlich wusste ich ganz genau, was ich tun musste, um mich daran zu erinnern, warum es mir nicht zustand, sie in meiner Welt zu halten, warum ich es von Anfang an vermeiden wollte, ihr näherzukommen. Da ich in dieser Hinsicht miserabel versagt hatte, musste ich jetzt die Konsequenzen tragen und etwas tun, was mich dran erinnern würde, warum es genau das Richtige war, mich von ihr abzuwenden. Warum ich all das verdient hatte und verdammt nochmal lernen musste, das zu akzeptieren.

Da ich Addisons Schichtplan kannte, überquerte ich eine knappe Stunde später nicht mehr ganz so angespannt den Parkplatz in Seattle. Auch das Problem, meine Besuche hier so zu koordinieren, dass sie ganz sicher nicht zur gleichen Zeit hier sein würde, musste ich mangels einer Lösung auf später verschieben.

Frustriert lief ich auf den Haupteingang des Gebäudes zu. Hier kam ich eigentlich immer allein her. Das hier hielt ich vor den wenigen Menschen verborgen, die neu in mein Leben kamen. Dass Addison jetzt in meinen Gedanken dabei war, fand ich genauso schwer zu akzeptieren, wie die Tatsache, dass sich meine Vergangenheit und meine Gegenwart dadurch nur noch mehr vermischten. Als ich mir mit den Händen übers Gesicht fuhr, erinnerte mich der kratzige Bart daran, dass ich mein Aussehen in der letzten Woche noch mehr vernachlässigt hatte, als es normalerweise der Fall war. Mein Bart war schon so dicht, dass ich wahrscheinlich Angst haben musste, dass sie mich auf den ersten Blick nicht einmal erkennen würde.

Egal, wie lange ich schon nichts mehr von Avery gehört hatte, heute musste ich sie einfach besuchen. Nicht nur ihretwegen. Schon allein, um aus *Elbury Park* rauszukommen und meine Gedanken zu sortieren, war dieser Besuch notwendig. Ich hatte ihr nicht gesagt, dass ich kommen würde, sodass sie gar nicht erst auf die Idee kommen konnte, mich davon abzuhalten. Alles andere, was sie mir an den Kopf werfen wollte, könnte sie mir persönlich genauso gut sagen.

Obwohl der Hauptgrund, warum ich hierhergekommen war, darin bestand, mich daran zu erinnern, warum Addie nicht mehr in meinem Leben sein konnte, und um mich von ihr abzulenken, wanderten meine Gedanken immer wieder wie von selbst zu ihr. Ich fragte mich, ob sie den gleichen Weg zum *St. Nicolas* nahm. Ob sie den gleichen Eingang benutzte wie ich und ob ihr aufgefallen war, dass die beiden Flügel der Tür in zwei unterschiedlichen Blautönen gestrichen worden waren. Wurde sie von Judith, der Empfangsdame, mit der gleichen Fröhlichkeit begrüßt oder schenkte sie ihr sogar ein noch strahlenderes Lächeln als mir? Ich wusste nicht genau, wie alt Judith war, aber es war durchaus im Bereich des Möglichen, dass die Mitarbeiterin, mit dem größten Afro, den ich je bei einer älteren Dame gesehen hatte, Addison schon als Kind gekannt hatte. Nur zu gern hätte ich sie danach gefragt. Als ich aber an dem hellen Empfangstresen, auf dem immer ein Teller mit selbstgebackenen Keksen stand, vorbei ging, verwarf ich den Gedanken schnell wieder. Genau an solche Dinge wollte ich nicht mehr denken.

Als ich das Treppenhaus erreichte, hoffte ich, Ezra nicht zu begegnen, um keine weitere Belehrung zu bekommen. Den Gedanken, dass er Addison kennen könnte, vielleicht sogar mit ihr befreundet war, ließ ich gar nicht erst zu nah an die Oberfläche. So sehr ich mich auch auf mein unmittelbar bevorstehendes Treffen mit Avery konzentrieren wollte, schien mich alles an Addison zu erinnern, und jedes Mal traf mich der Gedanke an sie ganz tief im Inneren. Inständig hoffte ich, dass diese Phase vorübergehen würde, besser früher als später, denn ich hatte genügend eigene Erinnerungen an diesen Ort.

Schon ein paar Meter vor Averys Zimmertür wurde ich langsamer. Meine Kopfschmerzen waren immer noch da, aber im Moment, ließen sie sich ganz gut ausblenden. Mehr Sorgen machte mir die Tatsache, dass ich keine Ahnung hatte, was ich hinter dieser Tür vorfinden würde. War Avery überhaupt da? War sie allein? In welcher Verfassung würde sie mir begegnen? Ob sie mir freundlich oder eher ablehnend gegenüberstand, war mir schon lange nicht mehr so wichtig, solange es ihr gut ging. Ich wusste, dass sie sich freute, mich zu sehen, auch wenn sie eine sehr verkorkste Art hatte, es mir zu zeigen. Ich war immer noch die Person, der sie am meisten vertraute und die ihr die meiste Aufmerksamkeit schenkte. Ezra würde mich als klassischen *Enabler* bezeichnen, aber in meinen Augen, war es eine Mischung aus Verantwortungsbewusstsein und Schuldgefühlen, aber auch Liebe, die durch nichts erschüttert werden konnte. Noch einmal streckte ich jeden Muskel und ließ meinen Nacken kreisen, bevor ich endlich an Averys

Zimmertür klopfte.

Eine Zeit lang tat sich gar nichts. Auch als ich einen Schritt näher an die Tür trat, hörte ich nicht, was sich im Inneren abspielte. Mit jeder Sekunde legte mein Herz noch einen Zahn zu. Konnte sie schon wieder abgehauen sein, ohne sich erwischen zu lassen? Allein? Geduld war ohnehin nicht meine größte Stärke, aber wenn es um Avery ging, war überhaupt nichts mehr davon übrig. Nichts machte mich nervöser, als auf eine Reaktion von ihr zu warten, wenn ich nicht wusste, was ich dieses Mal vorfinden würde.

Als ich gerade das letzte Stückchen Zurückhaltung und Höflichkeit in mir ignorieren und die Tür einfach aufreißen wollte, sah ich, wie die Türklinke ganz vorsichtig nach unten gedrückt wurde. Ich atmete vor Erleichterung auf und mir fiel auf, dass ich die Luft schon eine ganze Weile lang angehalten hatte.

Vorsichtig drückte ich mit einer Hand dagegen, sodass sie sich langsam öffnete, und ging dann in die Hocke. Das war ein kleiner Teil unseres Rituals. Als endlich ein schwacher Lichtstrahl in den dunklen Flur fiel, schob sich ein dunkelbraunes Augenpaar, das meinem erschreckend ähnelte, in mein Blickfeld. Genauso wie der wirre Haarschopf, der ihren Kopf umspielte, mich an meine eigenen Haare erinnerte. Als sie erkannte, wer vor der Tür stand, leuchtete ihr ganzes Gesicht auf, und spätestens, als ich meine Arme um den kleinen Körper schloss, wusste ich, dass es die richtige Entscheidung gewesen war, heute hierherzukommen.

29

»Kian, ich weiß, dass du da bist.«

Auch nachdem ich ihr Klopfen zum vierten Mal ignoriert hatte, gab Addison noch nicht auf. Ihre Stimme klang dumpf, durch die geschlossene Tür. Sie klang nicht unbedingt wütend, aber genau konnte ich es nicht benennen. Nachdem ich ihre erste Nachricht am Montag ungelesen gelöscht hatte, kamen täglich neue dazu, die ich immer noch ignorierte, auch wenn ich mich zurückhalten musste, nicht doch zu antworten. Ich wollte nicht, dass sie mich für ein Arschloch hielt. Noch nie war es mir so wichtig, wie ich in den Augen anderer wirkte. Okay, das stimmte nicht ganz. Es war mir immer noch egal. Es war mir nur wichtig, was sie dachte.

Mittlerweile hatte sie auch mit Blake gesprochen, oder besser gesagt er mit ihr, denn gestern hatte er provokativ zwei *Elbury's-Mug*-Becher auf unserem Tisch stehen gelassen. Dass das kein Zufall war, wusste ich spätestens, als er sich mit verschränkten Armen dekorativ daneben platzierte und aus seinen fast schwarzen Augen versuchte, mich in Grund und Boden zu starren. Er sollte eigentlich wissen, dass seine Erfolgsaussichten relativ gering waren und er damit keine

Reaktion bei mir hervorrufen konnte.

Trotzdem standen die Becher jetzt, am nächsten Morgen, immer noch da. Auch wenn ich gestern an Blake vorbei in mein Zimmer gerauscht war, störte es mich, wie mich die blaue Tasse, die auf den beigen Becher abgedruckt war, ansah, als würde sie mich verspotten. Sie erinnerten mich daran, wie viel Spaß ich mit Addie im Café gehabt hatte, wie sehr ich ihre Nähe genossen hatte und wie einfach es gewesen war, bei ihr ich selbst zu sein. Ich war wütend auf Blake, dass er es darauf anlegte, mich daran zu erinnern, und wütend auf mich selbst, dass es funktionierte.

»Können wir reden?« Addisons Stimme drang immer noch durch die dünne Wand.

Als sie das erste Mal geklopft hatte, starrte ich gerade in unseren leeren Kühlschrank. Mein erster Impuls war es, die Kühlschranktür so leise wie möglich zu schließen, um ihr nicht zu verraten, dass ich da war. Im nächsten Moment war mir aber bewusst, wie schwachsinnig dieser Gedanke eigentlich war. Es war Donnerstagnachmittag und ich hatte mich wie der Feigling, der ich war, vor dem Chemiekurs gedrückt. Außerdem hatte sie mir in ihrer gestrigen Nachricht klargemacht, dass sie früher oder später hier auftauchen würde. Jetzt, da sie so hartnäckig blieb, fiel es mir mit jeder Sekunde schwerer, sie nicht hereinzulassen.

»Komm schon, was ist so Schlimmes passiert, dass du dich hier versteckst und mich ignorierst?« Ihre Stimme hörte sich jetzt unsicherer an als noch vor ein paar Minuten. »Ich wollte nicht … Ich wollte dich nicht überfordern. Oder dir zu nahetreten.« Sie schien nach den richtigen Worten zu suchen. »Lass uns bitte einfach reden.«

Mein ganzer Körper verkrampfte sich bei ihren Worten, weil ich den Drang, die Tür zu öffnen, mit Gewalt unterdrücken musste. Ich wollte mit ihr reden. Ich wollte sie zurück in meinem Leben haben, aber das war ausgeschlossen. Und sie musste es verstehen. Je früher, desto besser. Aber jetzt gerade machte sie mich verrückt, obwohl sie nichts anderes tat, als sie selbst zu sein.

Wie von selbst hatte ich mich aus der Küche in Richtung Tür bewegt, immer darauf bedacht, dass sie den Schatten meiner Füße, nicht durch den Spalt unter der Tür sehen konnte. Ich lehnte mich mit dem Rücken gegen die freie Wand und versuchte, meine Atmung zu beruhigen. Ich hätte nur den Arm ausstrecken müssen, um die Türklinke nach unten zu drücken. Doch stattdessen bewegte ich mich keinen Millimeter.

»Bitte, Addison, geh einfach. Ich kann nicht mit dir sprechen. Ich will dich nicht verletzten.« Obwohl ich zuerst fest entschlossen war, einfach zu schweigen, kamen die Wörter wie von selbst aus meinem Mund. Ich hatte das Gefühl, einfach nur Wörter aneinanderzureihen, in der Hoffnung, dass sie irgendeinen Sinn ergaben. In mir breitete sich eine Traurigkeit aus, die sich endgültig anfühlte. Als würde sie nicht wieder weggehen.

Für eine Weile blieb es still vor meiner Tür. Ich legte meinen Kopf in den Nacken, sodass ich mich an der rauen Wand anlehnen konnte und versuchte, mich zu sammeln.

»Vielleicht solltest du mich das selbst entscheiden lassen, findest du nicht?« Ihre Stimme war zwar immer noch dünner, als ich es gewohnt war, aber der trotzige Unterton war nicht zu überhören.

Ich drehte meinen Körper seitlich zur Tür, sodass ich jetzt mit der Schulter an der Wand lag. Aus irgendeinem Grund fühlte sich das an, als wäre ich näher bei ihr.

»Manche Dinge sollte man für sich behalten, um andere

nicht zu verletzten.« Ich war mir nicht sicher, ob das irgendeinen Sinn ergab, aber bevor ich länger darüber nachgrübeln konnte, erklang schon Addisons Stimme von der anderen Seite der Tür.

»Und wieder einmal ist dein Heldenkomplex völlig fehl am Platz.« Ich hörte sogar durch die Tür, wie sie tief Luft holte, bevor sie weitersprach. »Ich dachte wirklich, ich hätte mir das zwischen uns nicht eingebildet. Ist mein Einschätzungsvermögen so daneben?« Ihre Stimme klang jetzt so nah, so als hätte sie ihren Kopf auch gegen die Tür gedrückt.

Sie war so voller Emotionen und vor meinem inneren Auge konnte ich ihre zitternden rosa Lippen sehen, die immer von einem leichten Film ihrer Lippenpflege überzogen waren, und ihre hellgrauen Augen, in denen wahrscheinlich noch so viele andere Fragen standen. Es hätte mich auch nicht gewundert, wenn sie sich gerade ein paar wirre Haarsträhnen um die Finger wickelte.

»Es tut mir leid, Addie. Bitte geh einfach.« All diese Gefühle, und das war der einzige Satz, den ich zustande brachte? Ich war so erbärmlich, wie ich mich fühlte. Erbärmlich schwach und erbärmlich inkonsequent. Hatte ich nicht gerade noch voller Wut auf Blake und mich selbst, die Kaffeebecher in den Müll geschleudert, sodass mir sogar der Deckel eines Bechers wieder entgegengesprungen war? Wollte ich nicht eigentlich aufhören, mich in ein gefühlsduseliges Etwas zu verwandeln, sobald Addison auch nur einen Fuß in mein Sichtfeld setzte? Wo war der starke Kian hin, der genau wusste, wie man Menschen aus seiner Blase fernhielt?

»Weißt du was? Wenn du mich von Anfang an nicht in deinem Leben haben wolltest, hättest du mich am besten gleich in Ruhe lassen sollen.« Während ich noch mit meinen Gedanken beschäftigt war, war in ihr die Wut hochgekrochen.

Nicht, dass ich es nicht verdient hatte, aber trotzdem traf mich ihre Aussage und vor allem die Erkenntnis, die sie mit sich brachte mit voller Wucht. Ich wollte sie in meinem Leben haben, auch wenn ich mich anfangs mit aller Kraft dagegen gewehrt hatte. Jetzt wo es zu spät dafür war, wurde es mir umso schmerzlicher bewusst. Aber wir gehörten nicht zusammen. Das haben wir nie. Trotzdem hatte es sich für einen zarten und zerbrechlichen Moment so angefühlt. Dieser Moment wurde mit jedem der schnellen Schritte, die Addie jetzt von meiner Wohnungstür wegging, ein wenig unsichtbarer.

30

»Dieser verdammte Idiot.« Ich wusste nicht, wie oft ich diesen Satz in der halben Stunde, nachdem ich das Café betreten hatte, wiederholte. Ich wusste auch nicht genau, ob ich es bereute, vor meiner Schicht noch zu ihm gelaufen zu sein, wie eine Liebeskranke. Bescheuert wie ich war, hatte ich bis zuletzt noch die Hoffnung gehabt, dass es irgendeine andere Erklärung für sein Verhalten gab – eine, die nichts mit mir zu tun hatte. Bevor Blake mir erzählt hatte, dass er munter und am Leben war, hatte ich sogar noch Angst gehabt, dass ihm im Laufe der Woche etwas passiert war. Jetzt, nachdem er es noch nicht einmal für nötig gehalten hatte, mir überhaupt gegenüberzutreten, kam ich mir unfassbar dumm vor. Und verletzlich. Dumm und verletzlich, was für eine beschissene Kombination.

»Es ist nicht so, dass ich dir nicht zustimme, aber mein Sandwich kann rein gar nichts dafür.« Rylan, die meine Schimpftiraden bis jetzt überwiegend schweigend hingenommen hatte, griff nach meiner Hand, um mir das Messer abzunehmen. Ich hatte gar nicht gemerkt, dass ich ihren Toast statt in zwei in vier Stücke zerteilt hatte.

»Und weißt du, was das Schlimmste ist?«

»Dass du dich extra in dieses heiße Oberteil und die enge Jeans gezwängt hast und er das durch die Tür leider nicht sehen konnte?« Rylan grinste und schob sich den ersten Teil ihres Sandwichs in den Mund. Obwohl sie nichts dafürkonnte, hätte ich es ihr am liebsten wieder weggenommen.

»Zugegeben, das ist auch ziemlich schlimm.« Ich sah an mir herunter.

Rylan war es auch, die mich darauf aufmerksam machte, dass ich meine Haare normalerweise nicht mit dem Lockenstab in Form brachte und bequeme, lockersitzende Jeans den hautengen Hosen immer vorziehen würde. Zähneknirschend hatte ich mir selbst eingestehen müssen, warum ich mich heute für etwas anderes entschieden hatte. Das dunkelrote Wickeloberteil mit den Ballonärmeln war für die Arbeit im Café gänzlich ungeeignet, und die graue, hochtaillierte Jeans war schon unbequem gewesen, bevor ich es überhaupt geschafft hatte, den Knopf zu schließen. Trotzdem mochte ich das Outfit, und es ließ sich nicht leugnen, dass mein Vorhaben, Kian zur Rede zu stellen, der Hauptgrund dafür war. Deshalb hatte ich gar nicht erst versucht, es zu leugnen, als mich zuerst Rylan und dann auch noch Camille darauf angesprochen hatten. Es sollte mir eher zu denken geben, dass ich mir an den meisten Tagen wohl einfach viel zu wenig Gedanken über mein Outfit machte.

»Addie, was ist denn das Schlimmste?« Rylan hatte aufgehört, zu kauen, und sah mich abwartend an.

Natürlich war sie neugierig. Als ich ihr erzählt hatte, wie viel näher Kian und ich uns gekommen waren, war sie vollkommen aus dem Häuschen. Sie war nicht einmal traurig, dass ich an so vielen Abenden viel später nach Hause gekommen war, weil ich gefühlte Ewigkeiten mit ihm durch die Gegend rannte. Aus irgendeinem Grund war sie voll und ganz davon überzeugt, dass Kian und ich von einer höheren Macht in unserer Galaxie dazu auserkoren worden waren, zusammen zu gehören. Fast hätte ich ihr auch noch geglaubt. Aber dann kam Kian und hatte anscheinend andere Pläne. Ich warf meinen Kopf in den Nacken und atmete ein paarmal tief durch. Obwohl ich Rylan und Camille alles anvertrauen konnte, sträubte ich mich noch ein bisschen, meine Gefühle für Kian laut auszusprechen und sie somit noch realer werden zu lassen. Allerdings brachte es auch nichts, sie geheim zu halten, denn sie waren da. Ich spürte sie beinahe in jeder Faser meines Körpers.

»Das Schlimmste ist, dass ich diesen Idioten vermisse.«

Rylans Miene blieb für ein paar Sekunden ausdruckslos. Ich konnte förmlich spüren, wie es hinter ihrer Stirn ratterte.

»Scheiße. Wann ist das denn passiert?«, fügte ich schnell noch hinzu.

»Was ist passiert?« Camille kam wie so oft nach ihrer Joggingrunde kurz im Café vorbei und brachte die kalte Luft von draußen mit herein. Und wie so oft sah sie auch heute – trotz ihrer gewaltigen Touren – immer noch wunderschön aus. Statt roter Flecken im Gesicht, wie ich sie bekam, wenn ich nur die Treppen zu unserer Wohnung hinaufrannte, hatte sie leicht gerötete Wangen, die ihr Gesicht viel lebendiger aussehen ließen. Statt eines Vogelnests auf dem Kopf, was der Normalzustand meiner Haare war, saß ihr hoher Zopf perfekt, und ihre blonden Haare waren seidig wie eh und je.

Mit ihr kamen einige Kunden durch die Tür, die ich heute eher als nervig empfand, weil ich mich vor lauter

Kian-Gedanken nicht auf meinen Job konzentrieren konnte. Nicht einmal in meiner ersten Arbeitswoche im *Elbury's Mug* hatte ich so viele unnötige Fehler gemacht wie heute. Während mir mein Mund von dem gezwungenen Lächeln, mit dem ich jetzt meine Kunden mit Kaffee versorgte, schon weh tat, brachte Rylan unsere Freundin auf den neuesten Stand der Dinge. Aus dem Augenwinkel sah ich Camilles zusammengezogene Augenbrauen. Sie sah aus, als könnte sie nicht glauben, was sie hörte. Auch Camille, die, was Menschen anging, viel vorsichtiger war als Rylan oder ich, mochte Kian. Das war wahrscheinlich auch der Grund, warum sich meine verräterischen Freundinnen nicht sofort meinen Schimpftiraden anschlossen.

»Das tut mir leid, Addie.« In ihrem zarten Gesicht zeichnete sich Mitgefühl ab.

»Vielleicht hätte ich ihm nicht im gleichen Atemzug von meinem missratenen Start ins Leben und meinen Verfehlungen im Studium erzählen sollen. Kein Mensch in unserem Alter will jemanden mit so viel Ballast.« Diesen Satz hatte ich kaum zu Ende gesagt, da wurde Camilles Miene streng.

»Hör auf, dich selbst zu beschuldigen. Er sollte froh sein, dass du so offen zu ihm warst. Nein, Addie da steckt bestimmt noch etwas anderes dahinter.«

Mein Kopf wusste, dass sie recht hatte, und auch Rylan nickte heftig, sodass sich ihre kurzen, blonden Haare hinter den Ohren lösten und ihr ins Gesicht fielen. Ich sollte mir nicht die Schuld für Kians Verhalten geben. Trotzdem kreisten meine Gedanken darum, seitdem ich sein Wohnheim verlassen hatte. Statt wütend zu sein, analysierte ich ihn zu Tode. Hätte ich sein Verhalten während unseres Gesprächs besser lesen oder deuten sollen? Vielleicht. Aber seine betroffene Reaktion hatte ich einfach darauf geschoben, dass meine Kindheit bei den meisten, die davon erfuhren, Betroffenheit auslöste. Bei Mr. Motrellas zum Beispiel. Nur wegen seines Mitgefühls durfte ich die Prüfung morgen überhaupt antreten. Eigentlich mochte ich es nicht, diese Karte auszuspielen, denn mein Schicksal war lang nicht so schlimm oder so beeinträchtigend wie das vieler anderer Studierender. Trotzdem nutzte ich sie öfter, als mir lieb war, obwohl ich nicht einmal fand, dass ich eine Sonderbehandlung verdient oder gar nötig gehabt hätte. Vielleicht war ich manchmal einfach viel egoistischer, als ich es mir eingestehen wollte.

»Vielleicht hatte er einfach schon genug von mir und das nimmt er jetzt einfach als Anlass, sich komplett von mir zu entfernen«, überlegte ich.

Wie auf Kommando schüttelten meine Freundinnen wieder entschieden den Kopf. »O bitte, Süße. Du warst vielleicht hartnäckig, aber er hat deine Nähe ja auch gesucht, als wäre er ein streunender Kater, der den wärmsten Platz in einer Wohnung sucht. Wenn mit jemandem hier etwas nicht stimmt, dann ist es garantiert Kian und nicht du.« Bei Rylans Vergleich wich mein aufgesetztes Lächeln endlich einem echten, wenn auch einem schwachen.

Irgendwie war es ganz passend, Kian mit einem Kater zu vergleichen. Er hatte am Anfang auch wahnsinnig scheu in meiner Nähe gewirkt und seine Augen waren so unruhig gewesen, als hätte er ständig nach der nächsten Fluchtmöglichkeit gesucht, wenn ich ihm zu nahegekommen war. Anfangs hatte er sich auch immer noch versteift, wenn ich ihn berührt hatte.

Gerade als ich dachte, dieses Verhalten gehörte endgültig

der Vergangenheit an, legte er wieder eine Hundertachtzig-Grad-Drehung hin und alles war anders. Es war einfach nur anstrengend mit ihm. Gleichzeitig konnte ich meine Gefühle für ihn spätestens seit der Abfuhr, die ich gerade kassiert hatte, nicht mehr leugnen. Dieses schwere Gefühl im Magen, das sich breitmachte, seit er mich abgewiesen und ignoriert hatte, fühlte ich permanent in meinem Herzen und es kroch von dort aus in meinen ganzen Körper. Als würden statt roter und weißer Blutkörperchen kleine, aber schwere Steinchen durch meinen Körper fließen. Spätestens da wusste ich also, dass ich das Kapitel Kian jetzt nicht einfach so hätte abschließen können.

»Addie, wenn du schon wieder an braune Augen denkst, hör auf damit und denk stattdessen an deine Prüfung. Falls du es vergessen hast: Die ist morgen und ich habe dich schon lange nicht mehr lernen sehen.« Natürlich war es Camille, die versuchte, mich wieder an das Wesentliche zu erinnern.

»Erstens sind es nicht irgendwelche braunen Augen, sondern seine braunen Augen, und zweitens könnte ich es nie vergessen, weil ich ja anstelle eines schlechten Gewissens dich habe.« Camille grinste mich an.

Sie wusste, dass sie für mich und Rylan gleichermaßen die Rolle der Vernunft und des schlechten Gewissens übernahm, und ging darin vollkommen auf. Auch wenn sie es von ganzem Herzen gut meinte, verriet mir ihr Grinsen, dass es ihr zumindest ein bisschen Spaß machte, uns daran zu erinnern, wenn wir uns vor unseren Pflichten drückten oder sie mal wieder bis zum Schluss vor uns herschoben.

»Und wenn der langweilige Part des Tages vorbei ist, werden wir drei uns die coolste Bar in ganz *Elbury Park* aussuchen und bei einem Krug Margaritas so lange über

Addies braune Augen sprechen, bis sie selbst keinen Bock mehr darauf hat.« Rylan klatschte in die Hände und auch Camilles Miene verwandelte sich von streng zu amüsiert.

Ich war immer dankbar für meine beiden besten Freundinnen, die für mich schon lange meine Familie waren. In Situationen wie diesen, in denen sie viel besser wussten, was ich brauchte, um nicht im Chaos meines eigenen Kopfes zu versinken, wurde mir noch einmal viel stärker bewusst, dass ich ohne sie vollkommen aufgeschmissen gewesen wäre.

»Ach Mädels, was würde ich nur ohne euch machen?« Endlich hörte ich auf, hinter dem Tresen hin und her zu tänzeln. Die innere Unruhe, die ich die ganze Woche schon mit mir herumtrug, hatte ich besser im Griff, wenn mir Camille und Rylan halfen, meine Gedanken und Gefühle zu analysieren und zu sortieren. Die beiden hatten zwar unterschiedliche Ansichten, was Gefühle und das Leben betraf, aber die Kombination war unschlagbar.

»Wozu braucht man einen Therapeuten, wenn man euch zwei hat?« Die beiden wussten nicht, dass ich früher, während meiner Zeit am Internat, häufig das Therapieangebot der Schulpsychologen angenommen hatte. Sobald ich aber nach *Elbury Park* gezogen war, hatte ich mich gar nicht erst darum gekümmert, einen Therapeuten zu suchen. Auch wenn mir die Gespräche immer sehr gutgetan hatten, wollte ich mit dem Start meines Studiums auch einen kleinen Neustart im Leben beginnen – ohne Therapiestunden. Obwohl die Universität auch einen psychologischen Dienst anbot, fühlte ich nie das Bedürfnis, dieses Angebot anzunehmen. Ein kleiner Teil von mir wollte vielleicht einfach nicht das Mädchen sein, das regelmäßig zur Therapie ging, obwohl ich ganz genau wusste, dass es nichts war, wofür man sich schämen musste.

»Du tust gerade so, als hätten wir unser Leben besser im Griff, dabei stolpern wir genau so blind und unwissend herum wie du. Es kommt mir eher so vor, als würden die Blinden einer weiteren Blinden die Farben der Welt erklären.« Rylan philosophierte grinsend vor sich hin.

Ich fand ihren Vergleich ziemlich passend, während sich auf Camilles Stirn eine Denkerfalte breitmachte.

»Ja, Camille, dich meine ich damit auch.« Rylan bohrte ihren Zeigefinger in Camilles Seite.

Die verzog das Gesicht, nickte aber. Camille war von uns dreien diejenige, der es am schwersten fiel, über ihre Probleme zu sprechen oder zuzugeben, dass auch in ihrem Leben nicht alles perfekt war. Anders als ich war sie aber dafür ziemlich gut darin, ihre Fassade für die Welt um sich herum aufrecht zu erhalten. Ich hatte keine Ahnung, wie man sich eine Fassade aufbaute, geschweige denn sie aufrechterhielt.

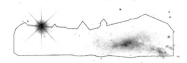

»Schätzchen, wann hast du Kian das letzte Mal gesehen?«

Es war kurz vor Ladenschluss, als ich mit Viola das Café aufräumte. Ich war dabei, die Papierstrohhalme aufzufüllen, als sie wie aus heiterem Himmel seinen Namen erwähnte. Da sich die Verpackung nur schwer öffnen ließ, hielt ich inne und versuchte krampfhaft, mir eine passende Antwort einfallen zu lassen. Unsere Chefin war immer noch der festen Überzeugung, Kian wäre im Lernstress, und obwohl ich kein Interesse daran hätte haben sollen, ihn zu decken, war mein erster Impuls, ihn in Schutz zu nehmen.

»Ich habe diese Woche kurz nach ihm gesehen.« Diese Antwort kam mir vage genug vor, wenn man bedachte, dass *gesehen* eine ziemliche Übertreibung darstellte. Aber immerhin wusste ich, dass er wohlauf war, und genau das dürfte auch der Grund für ihre Frage gewesen sein.

»Ich weiß nicht, Addie, ich mache mir Sorgen.«

Ich wusste immer noch nicht genau, worauf sie hinauswollte, und nestelte weiter an meiner Strohhalmverpackung herum, als wäre es die interessanteste Aufgabe der Welt. Aus den Augenwinkeln sah ich, dass Viola aufgehört hatte, Tassen und Teller einzuräumen und mich stattdessen beobachtete.

»Was ist zwischen euch passiert?« Der Ton in ihrer Stimme ließ keinen Zweifel daran, dass Viola Fanning sich nicht nur Sorgen um Kian machte, sondern ganz offensichtlich viel mehr von dem, was sich in letzter Zeit zwischen uns abgespielt hatte, mitbekam, als ich jemals angenommen hätte. Ich konzentrierte mich viel zu stark auf die Verpackung in meiner Hand und riss sie so ruckartig auf, dass sich die Halme über den ganzen Tresen verteilten. Es waren die letzten herbstlichen Strohhalme, die wir hatten, bevor wir die weihnachtlichen benutzen würden. Damit bis Thanksgiving zu warten, war für die Fannings überbewertet und ich stimmte ihnen voll und ganz zu.

»Genau das meinte ich.« Mrs. Fanning seufzte und fing an, mir beim Aufsammeln zu helfen. Immer noch vermied ich ihren Blick und hoffte, dass sie das Thema wieder fallen lassen würde. »Es ist vielleicht schon eine ganze Weile her, seit ich hier studiert habe, aber ich bin mir ziemlich sicher, dass Mitte Oktober niemand Prüfungen hat.«

So viel zu: Sie glaubte daran, dass Kian im Lernstress sei. Jetzt wollte ich ihr erst recht nicht mehr in den Augen sehen, denn ich wusste, dass mein Gesicht alles Mögliche preisgegeben hätte. Meine Vermeidungstechnik ging nur so lange gut, bis Viola mich sanft, aber bestimmt am Arm berührte. »Also, was ist los?«

Endlich konnte ich mich dazu durchringen, ihr in die Augen zu schauen. Mangels Erklärungspotenzial zuckte ich nur mit den Schultern. Wieder seufzte Viola nur und strich über meinen Arm.

»Addie, du warst schon immer eine schlechte Lügnerin. Ich sehe doch, dass dich etwas quält. Und Kian ist kein Stück besser darin. Sogar am Telefon hat ihn seine dünne Stimme verraten. Ich musste nicht einmal in sein Gesicht sehen, um zu wissen, dass er nur nicht arbeiten will, um dir nicht zu begegnen.« Sie zog eine Augenbraue nach oben, als würde sie eine Antwort auf ihre Theorie erwarten. Und weil ich wirklich eine miserable Lügnerin war, nickte ich wie zur Bestätigung. Als ich mit keinen weiteren Informationen herausrückte, holte sie noch einmal tief Luft.

»Schätzchen, du weißt, dass ich für dich da bin, ja?« Ihr Blick wurde eindringlich und schaffte es endlich, mich aus meiner Starre zu befreien.

Statt ihr zu erzählen, was ich wusste, fing ich an, den Strohhalm in meiner Hand auseinander zu friemeln. Ich wusste, dass sie mir helfen wollte. Das hatte sie auch getan, als ich nicht genau wusste, wie ich mit der Situation mit Dan umgehen sollte, oder als ich immer wieder meine Fächer gewechselt hatte.

»Bitte, schmeißt ihn nicht gleich raus. Er kommt bestimmt wieder zurück zur Arbeit.« Zwar war ich mir da selbst nicht so sicher, aber ich wollte diese Verbindung zu ihm auf keinen Fall verlieren.

Viola stemmte die Hände in die Hüften und kniff ihre

hellen Augen zusammen. »Addison McConnell!« Ihr Ton war jetzt viel strenger und ließ mich aufschauen. »Du tust gerade so, als kennst du mich erst seit gestern. Natürlich wird hier niemand gefeuert, nur weil ihr beide anscheinend Probleme habt. Ich will einfach nur, dass es euch – und vor allem dir – gut geht. Das weißt du doch, oder?«

Mittlerweile war von den kleinen, orangenen Kürbissen auf dem Strohhalm nicht mehr viel zu sehen, so viel hatte ich schon abgekratzt.

»Natürlich weiß ich das. Ich dachte, keine Ahnung … Danke.« Ich versuchte ihr ein Lächeln zu schenken und ihr Blick wurde weicher, genauso wie ihre Stimme.

»Glaub mir, es ist ihm sehr schwergefallen, mich anzurufen. Ich hatte das Gefühl, er zerfloss fast vor Kummer. Was auch immer passiert ist, es ist noch nicht vorbei.« Sie nahm mir den Strohhalm aus der Hand, um meine Aufmerksamkeit voll und ganz auf sich zu lenken.

»Ich weiß gar nicht, ob da irgendetwas überhaupt richtig angefangen hat«, murmelte ich mehr zu mir selbst, aber laut genug für Viola.

»O Liebes, ich bin vielleicht alt, aber nicht blind. Ich habe euch doch beobachtet. Mit jedem Tag habt ihr euch tiefer in die Augen gesehen. Jeden Tag hat Kian ein bisschen mehr gelacht. Wenn ihr beide zusammen wart, wirkte er viel ausgeglichener und glücklicher. Ich weiß nicht, was mit ihm los ist, aber du liegst absolut daneben, wenn du glaubst, zwischen euch hätte nichts angefangen. Ihr steckt schon mittendrin, Addie. Und ich habe das Gefühl, als gäbe es für euch kein Zurück mehr.« Beim letzten Satz breitete sich ein Grinsen auf ihren rot geschminkten Lippen aus.

»Du klingst schon wie Rylan.«

Viola lachte leise. »Sieh dir nur deine Reaktion an, wenn du an ihn denkst.«

Ich folgte ihrem Blick, der auf meinen nackten Unterarm gerichtet war. So hübsch ich die Ballonärmel auch fand, zum Arbeiten waren sie eher hinderlich. Deshalb hatte ich sie nach ein paar Minuten frustriert zurückgeschoben. Die Gänsehaut, die sich auf der freigelegten Haut gebildet hatte, stammte tatsächlich eher von Kian in meinem Kopf als von der Temperatur im Café.

»In diesem Fall kannst du deiner Freundin und mir ruhig glauben.« Sie lächelte mich aufmunternd an und ihre strahlenden Augen waren einfach ansteckend. Als sie mir wenigstens ein kleines Grinsen entlockt hatte, nickte sie zufrieden, ehe wir uns wieder schweigend den restlichen Aufgaben für diesen Tag widmeten.

Ich war zwar immer noch richtig aufgewühlt, aber das Gespräch mit Viola hatte mich etwas beruhigt. So sehr ich es manchmal verfluchte, meine Gefühle vor nichts und niemanden versteckt halten zu können, so sehr freute ich mich jetzt, dass sogar meine Chefin der Meinung war, dass ich mir dieses Etwas, das zwischen Kian und mir war, nicht eingebildet hatte. Auch wenn ich mir nicht sicher war, ob es jetzt noch etwas bedeutete.

31

Addison

»Du brauchst was bis morgen Nachmittag? Und dir ist nicht in den Sinn gekommen, mir vielleicht letzte Woche schon Bescheid zu geben? Oder vielleicht, hm, ich weiß nicht, als du dich entschieden hast, in einem Kostüm auf einer Farm Kekse mit einem Haufen Kindern zu backen?« Rylan stemmte die Hände in die Hüften, als hätte ich gerade von ihr verlangt, mir eine komplette Wintergarderobe inklusive Taschen und Schuhen in zwei Tagen zu designen und gleichzeitig zu nähen.

Tatsächlich hatte ich den Gedanken, dass ich schlecht in meinem blutigen Schneewittchen-Kostüm mit den Kindern des *St.-Nicolas-Heims* backen konnte, verdrängt. Neben all den nutzlosen Gedanken in meinem Kopf hatte Kian ziemlich viel Raum eingenommen. Als wir uns langsam annäherten, hatte ich mehr Zeit damit verbracht, über ihn nachzudenken, als ich meinen Freunden gegenüber je zugegeben hätte. Und nein, nicht alle Gedanken drehten sich darum, wie ich ihn nochmal dazu bekommen könnte, sich auszuziehen.

Ganz davon abgesehen, hatten wir auch in der realen Welt ziemlich viel Zeit miteinander verbracht. Hätten die

Fannings uns die Stunden, die wir nach Ladenschluss noch im Café verbracht hatten, bezahlen müssen, würde es bei uns ganz bestimmt den Markenorangensaft geben, statt des farblosen Etwas der Laden-Eigenmarke. Seit er mich aber nach dem Abend in der Bibliothek aus irgendeinem Grund einfach ignorierte, verbrachte ich schon über eine Woche damit, die Gründe herauszufinden. Sogar Blake hatte ich angebettelt, mir zu sagen, was los ist, aber der war entweder ein wahnsinnig guter Lügner oder er wusste tatsächlich von nichts. Ich tippte auf Ersteres. Schon allein deswegen, weil ich für Rylan und Camille das Gleiche getan hätte. Und weil ich für Pit tatsächlich schon öfters auf kleine Notlügen zurückgegriffen hatte, auch wenn mich mein Gesicht so gut wie jedes Mal verriet.

Zwischen all dem Drama, das in meinem Kopf herrschte, hätte ich fast den jährlichen Herbstausflug des Heims vergessen. Ich hatte mich schon seit Anfang Oktober darauf gefreut, wieder zurück auf den Hof, der außerhalb Seattles lag, zurückzukehren. Dort fühlte es sich an, als würde die Welt stillstehen. *Howard's Farm* lag einsam zwischen Wäldern und sanften Hügeln und es gab keinen Ort auf dieser Welt, der mehr Ruhe ausstrahlte. Nicht mal mein schmerzendes Herz hätte mich davon abhalten können, dabei zu helfen, den Kindern die Magie dieses Ortes zu zeigen. Eine Magie, die danach verlangte, im Kostüm aufzutauchen.

Rylan verdrehte nur ihre dunklen Augen, als ich meine Aufmerksamkeit wieder auf sie richtete. »Mann, Addie, heute ist Freitag. Können wir nicht irgendetwas Spannendes machen? Wollte Pit nicht wenigstens kommen?« Sie schob ihre Unterlippe nach vorn, wie immer wenn ihr etwas nicht so richtig in den Kram passte.

Bei mir funktionierte diese Taktik nur bedingt, denn ich wusste, dass sie eine erschreckend ähnliche Taktik anwendete, wenn sie mit jemanden flirtete, den sie gern nackt in ihrem Bett sehen wollte.

»Komm schon, du brennst doch immer darauf, uns in deine Klamotten zu werfen, und bei deinen letzten Kostümentwürfen habe ich kein einziges Mal gemeckert.«

Rylan öffnete gerade den Mund, als es an der Tür klingelte und sie ihren Blick fragend auf mich warf. Ich wusste genau, was sie dachte, deshalb hob ich sofort abwehrend beide Hände.

»Das ist Pit.«

Genauso wie Rylan hoffte ich insgeheim auch, jemand anderes würde vor unserer Tür stehen. Mit einer Erklärung im Gepäck. Und eventuell einer Flasche Wein. Oder Pizza.

Als ich die Tür öffnete, schob sich tatsächlich jemand mit Pizza durch die Tür, sogar jemand mit wuscheligen Haaren. Die waren aber tiefschwarz statt dunkelblond und halfen deshalb nicht wirklich, meine Laune zu heben. Dafür freute sich Rylan, endlich jemanden zu haben, der sich ihre Beschwerden über meine langweilige Abendplanung und meine Laune anhören musste.

»Leute, ich brauche doch nur ein einfaches Kostüm für den Ausflug auf den Kürbisbauernhof morgen. Jugendfrei.« Den letzten Teil schleuderte ich energisch in Rylans Richtung, die uns ihre ausgeprägte Vorliebe für gewagte Kostüme immer wieder aufs Auge drückte.

»Also das Gegenteil von Porno-Horror-Prinzessin.« Pit lachte und fing an, ein paar Küchenschränke auf der Suche nach Tellern zu öffnen und viel zu laut wieder zu schließen.

Ich mochte zwar den altertümlichen Charme, den unsere Küche ausstrahlte, aber das hieß auch, dass man die

Schränke mit ein bisschen Gefühl schließen sollte, da sie natürlich keinen automatischen Stopper eingebaut hatten. Pit war gefühlt die meiste Zeit über hier, aber wenn es um unsere Küche ging, war er lernresistent. Er konnte sich die kompliziertesten Vorgänge und chemischen Formeln merken, aber niemals, wo die Teller waren, die wir entgegen seinen hartnäckigen Behauptungen übrigens nicht ständig woanders verstauten, nur um ihn zu ärgern. Nachdem ich auf den Schrank zeigte, in dem das Geschirr schon seit unserem Einzug verstaut war, wandte ich mich wieder Rylan zu. Ich hatte keine Lust, mich auf eine Diskussion einzulassen. Dafür fühlte ich mich schon seit Tagen viel zu ausgelaugt und müde.

Ich hatte keine Ahnung, wie die Phasen der Trauer funktionierten oder wie viele es davon gab, ich wusste nur, dass sich meine Stimmung alle paar Tage veränderte. Erst war ich wütend, dann fühlte es sich wie Herzschmerz an. Und jetzt hatte es sich in einen Zustand dauerhafter Müdigkeit verändert. Ich wusste, dass sich meine Freunde Sorgen machten und dass es nicht unbedingt Spaß machte, im Moment Zeit mit mir zu verbringen, vor allem, weil ich nicht einmal versuchte, meine Laune zu bessern. Ich hatte keine Lust, auszugehen, und ich hatte keine Lust, zu Hause zu bleiben. Am liebsten hätte ich mich einfach in Luft aufgelöst.

»Addie, im Ernst, du musst aufhören, wie ein Schatten deiner selbst herumzulaufen.« Pit hatte die Pizza verteilt und sah mich eindringlich an.

»Zwing ihn doch, mit dir zu reden. Du bist doch sonst nicht so schüchtern.« Rylan sagte das so, als müsste ich einfach nur durch seine Tür spazieren.

Weil ich nicht die Kraft hatte, zu viel darüber nachzudenken, zuckte ich nur mit den Schultern und hoffte, die Welpenschutz-Periode, in der ich mich bei meinen Freunden gerade befand, noch ein bisschen hinaus zögern zu können. Mein allerbester Welpenblick funktionierte sogar halbwegs.

»Gut, Süße. Dieses Wochenende darfst du noch in deinen Liebeskummer baden, okay? Aber ab Montag ist es vorbei. Ich werde dich höchstpersönlich auf jede Party schleifen, dir Tequila einflößen und dich jedem Single-Mann im Umkreis von fünfzehn Meilen vorstellen, bis du endlich wieder du selbst bist.« Rylan strich mir durch die Haare. Trotzdem klang das, was sie sagte, wie eine Drohung.

Schon allein die Vorstellung, betrunken auf einer Party mit fremden Männern zu tanzen, verursachte eine Abwehrhaltung. Der Einzige, mit dem ich mich auf einer Party betrinken und dann im Bett landen wollte, wollte mich nicht.

Rylan seufze, als ich gar nicht daran dachte, ihr zu antworten. Sie strich mit ihren Fingern weiter durch meine Haare, bevor sie weitersprach. »Ok, wir bleiben heute hier und suchen dir ein Kostüm. Danach essen wir Eis und Pit wird sich mit uns einen furchtbar kitschigen Lieblingsfilm ansehen.«

Ich hatte das Gefühl, dass ich den nächsten Teil ihrer Ansprache ganz und gar nicht komisch finden würde.

»Aber damit du weißt, dass deine Schonfrist bald vorbei ist, wird dein Kostüm Glitzer haben. Sehr viel Glitzer.« Sie kicherte wie der Bösewicht aus einem Zeichentrickfilm und rieb die Hände aneinander.

Ich mochte keinen Glitzer. Auch nicht auf Kostümen. Aber wenn es bedeutete, dass ich mich heute ins Zuckerdelirium essen und mich von einem Netflix-Film zum Weinen bringen lassen konnte, nahm ich es in Kauf. Außerdem war ich zu müde, um zu protestieren.

32

Das schöne Wetter passte sowas von gar nicht zu meiner beschissenen Stimmung. Obwohl ich von Anfang an damit gerechnet hatte, lag es mir immer noch schwer im Magen, dass am Freitagabend die Prüfungsergebnisse für Anatomie online gestellt worden waren. Ich hatte auf ganzer Linie versagt. Neben dem ganzen Kian-Herzschmerz in meinem Kopf gab das meiner Laune den Rest. Ich war nicht einfach nur schlecht, nein, ich wusste schon, als ich den Saal wie ein Häufchen Elend verlassen hatte, das ich kläglich versagt hatte. Da hatte der mitleidige Blick meines Professors, der wusste, was das für mich bedeutete, auch nicht mehr geholfen. Trotzdem hatte der irrationale Teil meines Kopfes schon das ganze Wochenende die Überhand.

Angefangen mit der Wut auf Kian, die alle anderen Gefühle für ihn fast vollkommen verdrängt hatte, weiter mit der Wut auf meinen Professor, der nichts anderes getan hatte, als mich wie jeden anderen Studenten, der sein Zeug nicht auf die Reihe bekam, zu behandeln. Sogar auf Rylan war ich ein bisschen wütend, obwohl sie es am wenigsten verdient hatte. Sie hatte in Rekordzeit ein wirklich süßes und vor allem kindertaugliches Kostüm für mich gezaubert, aber sie hatte mit ihrer Glitzerdrohung nicht übertrieben. Der war jetzt überall, fiel mir ständig auf meine Wimpern und machte mich genauso wütend wie alles andere. Kurz gesagt: Rylans Vorstellung eines Aliens hatte türkise Fühler und einen türkisen Tüll-Rock. Es war glänzend, auffallend und vor allem wohnhaft auf einem Planeten, auf dem es höchstwahrscheinlich Glitzer statt Wasser gab. Danach sollte die NASA suchen. Wozu versteiften sie sich auf die Suche nach Wasser, wenn Außerirdische genauso gut von Luft und Glitzer leben könnten? Ich wollte diesen Gedanken auf keinen Fall verdrängen, denn wenn ich die Wahl hatte zwischen all der Wut in mir und den Gedanken an glitzernde Aliens, würden mir die Aliens sicher besser helfen können, eine Horde Kinder zu bespaßen.

»Schaffst du das allein hier, Addie?« Hannah, die erst vor ein paar Jahren die Leitung der Kinderbetreuung im St.-Nicolas-Heim übernommen hatte, brachte meine Gedanken wieder zurück auf die Erde. Wenigstens ihr Anblick hatte mich heute schon ein paarmal zum Lächeln gebracht. Sie war bestimmt zwanzig Zentimeter kleiner als ich und im siebten Monat schwanger. Statt ihren Bauch, in dem sogar Zwillinge wohnten, als Hindernis zu betrachten, bildete er einfach den Mittelpunkt des Kostüms. Sie hatte sich ein Ganzkörper-Avocadokostüm bestellt und ein Loch ausgeschnitten, sodass ihr Bauch hineinpasste. Über den hatte sie ein braunes Oberteil gezogen und fertig war der Avocadokern. Sie sah unglaublich süß und lustig aus und die Kinder würden begeistert sein.

Eigentlich wollten wir tauschen, denn ich fand, Kürbis-Schnitzen war viel anstrengender als Kekse backen, aber Hannah informierte mich, dass sie auf keinen Fall in die Nähe von Zimt oder Zucker kommen könnte, ohne ihren Magen zu verärgern. Deshalb gab es für die Kinder nur die kleinen Kürbisse und ich blieb bei der Station, von der ich am meisten verstand. Nachdem sie sich weitere gefühlte hundert Male versichert hatte, dass alles in Ordnung mit mir war, machte sie sich endlich auf die Suche nach der Leiterin der *Howard's–Kürbisfarm*, um die letzten Details zu besprechen.

Den Ausflug zu dieser Farm hatte das Heim schon gemacht, als ich als Kind dort lebte, und es war das Highlight des Jahres. Ich mochte es sogar noch lieber als Weihnachten. Schon damals liebte ich Halloween und alles, was dazugehörte. Ich liebte es, mich zu verkleiden und auf den riesigen Kürbisfeldern herumzutollen. Diese Farm strahlte für mich pure Geborgenheit aus, und egal wie beschissen ich mich fühlte, seitdem kam ich jedes einzelne Jahr hierher. Erst als Kind und später als freiwillige Helferin. Irgendwie war es auch jetzt noch eines meiner Jahreshighlights. Wahrscheinlich würde es das auch immer bleiben.

Wer konnte schon wissen, ob ich nicht irgendwann mit meinen eigenen Kindern hierherkommen würde. Ich würde sie die größten Kürbisse aussuchen lassen, die sie finden und tragen konnten. Mit ihnen die Alpakas und Schafe streicheln und von den Heuballen springen. Wir würden gemeinsam Äpfel pflücken und ich würde ihnen beibringen, wie welches Gemüse auf den Feldern wächst, oder herausfinden, ob erst das Ei oder das Huhn da gewesen war. Sie sollten all das erleben, was ich als Kind geliebt hatte. Aber sie würden dabei nicht von Betreuern oder freiwilligen Helfern umgeben sein, sondern von ihren Eltern. Sie würden sich nicht fragen müssen, wem sie all diese Erlebnisse am Abend erzählen könnten, denn ihre Eltern würden dabei sein und gemeinsam mit ihnen diese Erinnerungen schaffen.

Zum hundertsten Mal kontrollierte ich, ob ich alles vorbereitet hatte, nur um mich abzulenken. Das Wetter war ungewöhnlich sonnig und perfekt für diesen Ausflug, sodass ich in dem weißen Langarmbody von Camille und Rylans türkis-glitzerndem Tüll-Rock nicht erfror.

Ich hätte mich freuen sollen, dass wir nicht wie in den letzten zwei Jahren die Sonnenschirme zu Regenschirmen umfunktionieren und trotzdem nach weniger als einer halben Stunde vollkommen durchnässt und durchgefroren die Aktivitäten in eine der Scheunen verlegen mussten. Doch statt mich wenigstens für die Kinder zu freuen, dass es dieses Jahr anders lief, hing ich schon wieder meinen bescheuerten Gedanken nach.

Ich hatte mir nie darüber Gedanken gemacht, ob in meiner Zukunft überhaupt eine Familie vorkommen würde, denn ich hatte wenig Ahnung davon, wie Familie eigentlich funktionierte. Vielleicht kam mir der Gedanke, weil Aliens, die auf einem Planeten mit Glitzerregen wohnen, ein super Kinderbuch abgeben würden. Diese Vorstellung brachte zwar einiges an Glücksgefühlen mit sich, machte mich aber auch unglaublich emotional. Etwas, was ich gerade gar nicht gebrauchen konnte, so kurz bevor die dreißig Kinder aus dem Bus sprangen.

Warum nur mussten sich ausgerechnet heute zu all den anderen Gedanken in meinem Kopf auch noch solche mischen? Mein Gehirn fühlte sich an, als hätte ich zu viele Tabs geöffnet. Und keines davon ließ sich schließen. Von irgendwoher kam sogar noch Musik, um das Chaos perfekt zu machen. Ich überprüfte noch einmal, ob ich alles vorbereitet hatte, damit die Kinder ihre kleinen Hände sofort im Teig vergraben konnten. Eigentlich wollte ich noch ein bisschen über die Farm schlendern und selbst den Streichelzoo besuchen, aber da ich unglaublich langsam war, fehlte mir dafür die Zeit, denn der Bus fuhr gerade durch den großen Torbogen auf den Innenhof.

»Ich wusste, dass er heute mitkommt.« Ich hatte gar nicht gemerkt, wie Hannah sich wieder neben mich gestellt hatte. Sie klang fast ehrfürchtig und starrte gebannt zum Bus, aus dem jetzt neben den Kindern vereinzelt Erwachsene ausstiegen. Die meisten Mütter nahmen die Ausflugstage zum Anlass, um den freien Tag für sich zu nutzen, Erledigungen zu machen oder einfach zum Durchatmen. Andere waren leider entweder körperlich oder seelisch nicht in der Lage dazu, ihre Kleinen zu begleiten. Deshalb waren sie auf Freiwillige wie mich oder auch Verwandte, die in das Leben der Kinder involviert waren, angewiesen. Denn wie in allen Berufen im sozialen oder im Pflegebereich herrschte auch hier chronischer Personalmangel. »Hey! Was denn?« Ich hatte noch nicht verstanden, wer Hannah da so beeindruckte, als sie mir ihren Ellenbogen in die Hüfte rammte. Für so eine kleine Person hatte sie ganz schön viel Kraft. Oder ich war einfach zu schmerzempfindlich.

»Er sieht einfach so gut aus. Bitte schick ihn zu mir, damit ich ihm beibringen kann, wie man mit einem Kürbis umgeht.«

Verständnislos sah ich sie an.

Als sie meinen Blick bemerkte, rollte sie mit den Augen. »Was denn? Das sind die Schwangerschaftshormone. Ich kann nichts dafür, wenn ich jeden heißen Typen, der mit Kindern umgehen kann, anschmachte.« Mit einem anzüglichen Grinsen wandte sie sich wieder dem Objekt ihrer Begierde zu und ich folgte ihrem Blick, um zu sehen, wer

318

sie ihren Mann kurz vergessen ließ. »Er ist einfach …« Sie konnte ihren Satz nicht zu Ende bringen, als sein Name wie von selbst aus meinem Mund purzelte.

»Kian!« Ich wollte seinen Namen nicht so laut rufen, aber ich hätte eher mit einem leibhaftigen Alien gerechnet als mit ihm.

Er schien seinen Namen aus meinem Mund nicht gehört zu haben, denn seelenruhig drehte er sich zu der offenen Bustür um und hob ein kleines Mädchen heraus. In diesem Moment verstand ich, warum Hannahs Schwangerschaftshormone und Muttergefühle einen Freudentanz aufführten, denn mit meinem Herz passierte etwas Ähnliches. Als ich sah, wie Kian die Kleine anlächelte und den Kopf zurückwarf, als sie ihre Hände in seinen dicken Haaren vergrub, war von meiner Wut nicht mehr viel übrig und für einem Moment fühlte ich nur noch Zuneigung. Es half auch nicht, dass er unglaublich heiß aussah, auch wenn er wieder einmal nichts anderes als Jeans und einen Hoodie trug. Was zum Teufel passierte hier gerade? Ich hatte mir Rylans lange Vorträge über die Macht des Universums und wie es die Dinge lenkt, sodass sie in unser Leben passen, nur mit halbem Ohr angehört und sporadisch genickt. An nichts davon glaubte ich so richtig. Kian aber jetzt an einem der Orte, den ich am meisten mit meiner Kindheit verband, zu treffen, und das, nachdem er mich fast zwei Wochen lang konsequent ignoriert hatte, ließ mich langsam an meiner Einstellung zweifeln. Vielleicht hatte Rylan recht, als sie sagte, zwei Seelen finden sich nicht einfach zufällig.

»Erde an Alien-Addie.« Hannah versuchte meine Aufmerksamkeit wieder auf sich zu lenken. »Sag bloß, du kennst ihn? Ich wusste nicht, dass ihr euch im Heim schon mal begegnet seid.«

Ich konnte meinen Blick immer noch nicht von Kian, der sich zwischen einer Horde Kinder viel wohler zu fühlen schien als zwischen seinen Kommilitonen, abwenden.

»Ähm, nein. Er studiert an meiner Uni.«

Auch wenn ich sie immer noch nicht ansah, spürte ich ihren Blick. Kurz schien Hannah zufrieden mit dieser Information zu sein. »So, wie du ihn anstarrst, habt ihr mehr gemacht, als nur zu studieren, oder?«

Falsch gedacht. Ich hatte zwar kein wahnsinnig vertrautes Verhältnis zu Hannah, aber ich mochte sie sehr gern und arbeitete am liebsten mit ihr zusammen. Als Psychologin analysierte sie mein Verhalten sofort.

»Ich glaube, dieses Aufeinandertreffen beobachte ich lieber von meiner Station aus. Aber danach will ich alles wissen.« Bevor ich sie aufhalten konnte, war sie auch schon verschwunden und fing an, ihre Kollegen und die Kinder zu begrüßen. Allerdings nicht, ohne immer wieder wissende Blicke in meine Richtung zu werfen.

Entweder hatte Kian mich noch nicht entdeckt oder meine Verkleidung war einfach zu gut. Wenn er mich allerdings mit einer Flasche Kunstblut im Gesicht erkannt hatte, sollte so ein bisschen türkiser Glitzer auch kein Problem für ihn sein. Viel wahrscheinlicher war, dass er genauso wenig mit mir rechnete wie ich mit ihm. Eigentlich war es ein Wunder, dass er meinen Blick auf sich noch nicht spürte, aber das Kind auf seinen Arm schien seine ungeteilte Aufmerksamkeit zu haben. Immer wieder redete er auf sie ein, als würde er ihr erklären, was das hier war oder warum sie hier waren.

Ich war froh, dass die erste Station für Gruppen auf der Farm normalerweise die Kostümtruhe war. Für die Kinder, die ohne Kostüme kamen, war es das Größte, sich aus dem riesigen Fundus der Farm etwas auszusuchen. Rylan hatte letztes Jahr ein paar Prinzessinnen-Röcke genäht, weil die erfahrungsgemäß besonders begehrt waren. Das gab mir Zeit zu überlegen, warum Kian hier mit einem Kind auftauchte, das er offensichtlich nicht zum ersten Mal sah. Hatte er deshalb so seltsam auf meine Erzählungen aus dem Heim reagiert? Weil er viel mehr damit verband, als er zugab? Das erklärte aber noch nicht einmal im Ansatz irgendetwas. Wenn er hier auch öfter aushalf, hätte er es mir doch gesagt oder wir wären uns schon viel früher dabei begegnet.

Damit ich irgendeine Beschäftigung hatte, fing ich an, die Ausstechformen von einer auf die andere Seite des Tisches zu räumen und wieder zurück. Deshalb merkte ich auch erst viel zu spät, dass Kian sich in Bewegung gesetzt hatte. Genaugenommen merkte ich es erst, als ich hörte, wie kleine Schritte in meine Richtung liefen. Da sah ich, wie Kian ungefähr einen Meter vor mir zum Stehen kam und mich mit dem gleichen Gesichtsausdruck anstarrte, wie ich ihn vor ungefähr einer Minute noch angesehen hatte. Als ich erkannte, wer das kleine Mädchen an seiner Seite war, konnte ich ihm für einen Moment allerdings nicht mehr meine gesamte Aufmerksamkeit schenken.

»Elodie!« Ich ging in die Hocke, als sie jetzt doch ein bisschen schüchtern um den Tisch herumging. Elodie liebte Backen und war so gut wie jede Woche dabei, wenn ich ins Heim kam, um den Backnachmittag zu veranstalten. Deshalb wunderte es mich kein bisschen, dass sie sich nicht mit den anderen auf die Kostüme stürzte, sondern in Richtung Mehl und Zucker gelaufen war.

Obwohl ich eine Verschwiegenheitserklärung unterzeichnet hatte, durften mir die Heimleiter nicht jedes Detail über die Hintergründe der Kinder anvertrauen, weshalb ich nur wusste, dass Elodie entwicklungsverzögert war und deshalb auch mit vier Jahren noch kein Wort sprach. Tests hatten ergeben, dass sie aus medizinischer Sicht gesund war, weshalb ich davon ausging, dass ihr Verhalten psychische Ursachen hatte. Sonst wusste ich nur ihren Vornamen und dass sie eine sehr junge Mutter hatte, die wohl noch immer mit ihren Dämonen kämpfte. Vielleicht hatte ich sie deshalb von Anfang an so sehr ins Herz geschlossen.

»Na, willst du dir nicht zuerst ein Kostüm aussuchen? Es ist doch Halloween.«

Sie hatte ihre Hände auf meinem Knie abgelegt und sah mich fragend an, so als wüsste sie genau, dass heute eigentlich gar nicht Halloween war.

»Ich meine, heute ist doch Howard's-Farm-Halloween«, korrigierte ich mich.

Immer noch schien sie von dem ganzen Spektakel hier nicht überzeugt zu sein, aber der Glitzer in meinen Haaren zog ihren Blick wie magisch an.

»Willst du ein Glitzer-Alien sein? So wie ich?« Ich wippte ganz leicht mit meinem Kopf, sodass die Fühler am Haarreif wackelten. Mission erfüllt. Elodie lächelte und nickte ganz langsam. Im Laufe der Zeit hatte ich gelernt, dass dieses Verhalten bei ihr etwa das Äquivalent zu dem lauten Kichern oder den Jubelschreien der anderen Kinder war. Sie versteckte ihre Stimme sogar, wenn sie eigentlich glücklich war.

Rylan hatte darauf bestanden, dass ich die Dose mit Glitzer mitnahm, falls ich aus irgendwelchen mir nicht ersichtlichen Gründen noch mehr davon brauchen würde. Ich hatte sie dafür ausgelacht, aber jetzt dankte ich ihr im Stillen, dass sie die kleine Dose einfach in meine Tasche gesteckt hatte.

»Addie, ich …« Kian, der die ganze Situation aus sicherer Entfernung beobachtet hatte, kam näher, als ich Elodie auf den Tisch setzte, um sie ein bisschen halloweentauglicher zu machen.

Es kostete mich einiges an Kraft, meinen Kopf nicht in seine Richtung zu drehen. Zu gern hätte ich in seine Augen gesehen, um nach einer Erklärung für all das hier zu suchen, aber es war nicht der richtige Ort und schon gar nicht der richtige Zeitpunkt, um darüber zu diskutieren. Einzig und allein die kleine Elodie hielt mich mit ihren wachen Augen davon ab, in eine Schockstarre zu verfallen.

»Addie, ich …« Noch einmal setzte Kian an, als ich merkte, wie die Kleine skeptische Blicke zwischen uns hin und her warf. Kinder verstanden so viel mehr, als man auf dem ersten Blick vermutete, und ich wollte nicht, dass die schlechte Stimmung zwischen mir und Kian, der was auch immer für sie war, ihr den Tag verdarb.

»Nicht.« Mit einem Blick brachte ich ihn zum Schweigen.

Er presste seine Lippen aufeinander, so als müsste er sich mit aller Kraft davon abhalten, weiterzusprechen.

Während ich Elodie ein paar Formen, die ich mir gut auf einem fernen Planeten vorstellen konnte, aufs Gesicht malte, wuchs meine Wut auf Kian. Eigentlich wollte ich nicht mit ihm sprechen, nachdem er mir so lange absichtlich aus dem Weg gegangen war. Wären wir nicht aus irgendwelchen Gründen beide auf der Farm gewesen, hätte er ganz bestimmt immer noch nicht mit mir geredet. Aber dieses Spiel konnte ich auch spielen. Nur weil Rylans bescheuerte Theorie zu funktionieren schien, machte ich immer noch meine eigenen Regeln.

»Du siehst super aus, Elodie. Jetzt können unsere Alien-

Abenteuer starten.«

Zufrieden betrachtete ich mein Werk. Genau wie bei mir waren über ihren Augenbrauen bis über ihre Wangenknochen jetzt zwei Halbkreise mit Glitzer gezogen. Zwei glitzrige Punkte auf Nase und Stirn machten ihr Make-up komplett. Um meine Fühler zu imitieren, drehte ich ihre dunkelblonden Locken kurzerhand zu zwei Bommeln am Oberkopf rechts und links von ihrem Scheitel zusammen. Für ihr Alter hatte sie schon beneidenswert dichte Haare, und während ich sie frisierte, konnte ich die Ähnlichkeit zu denen von Kian nur schwer leugnen. Meine Gedanken drängten sich unaufhaltsam in eine bestimmte Richtung, egal wie sehr ich sie aufhalten wollte.

»Willst du noch schauen, ob wir einen Rock für dich finden?« Energisch schüttelte die Mini-Außerirdische den Kopf und zeigte auf Kian.

»Soll ich nach einem Rock für dich suchen?« Als er mit Elodie sprach, war seine Stimme ganz anders als die, mit der er mich noch vor ein paar Minuten angesprochen hatte. Er klang so liebevoll, dass mein Herz und mein Körper schon wieder vergaßen, wie sauer ich eigentlich auf ihn war.

Die Angesprochene schien allerdings weniger beeindruckt zu sein und schüttelte den Kopf, sodass ich Angst hatte, meine Anstrengungen, was ihre Frisur anging, wären umsonst gewesen. »Aber wir brauchen doch noch passende Alien-Kleidung für dich.«

Wieder presste Elodie nur die Lippen aufeinander und schüttelte den Kopf, sodass ihre welligen Haare nur so flogen.

»Weißt du, dass es auf unseren Planeten nur Glitzer gibt? Überall, wo es hier Wasser gibt, ist bei uns nur Glitzer, glitzernde Flüsse und Meere und sogar aus der Dusche kommt er heraus. Deshalb sind wir auch alle so glücklich und haben ganz bunte Sachen an.«

Für einen kleinen Augenblick schien sie angestrengt zu überlegen, ob ich eventuell recht haben könnte. Dann verengten sich ihre Augen wieder und sie drehte sich zu Kian um. Der sah etwas ratlos in meine Richtung und ganz automatisch verlor ich mich wieder in seinen dunkelbraunen Augen. Und das meinte ich wörtlich. Mein Vorsatz, nicht mit ihm zu reden, ihm nicht einmal meine Aufmerksamkeit zu schenken, war noch keine zehn Minuten her und schon stand ich hier wie eine Prinzessin in einem *Disney*-Film und hatte wahrscheinlich genauso große Augen. Es fehlte nur noch, dass alles andere um uns herum verblasste und Geigenmusik, die nur wir hören konnten, ertönte. Hätte Elodie nicht ungeduldig an meinem Rock gezupft, hätte dieses Blickduell wahrscheinlich den ganzen Nachmittag gedauert, denn es schien, als wollte keiner von uns der erste sein, der wegsah.

Als Elodie wieder meine Aufmerksamkeit forderte und immer wieder mit ihren kleinen Fingern in Richtung Kian deutete, wusste ich plötzlich, was sie meinte. Und ihre Idee war so gut, dass ich ihn, ganz entgegen meiner guten Vorsätze, erst angrinste und dann Elodie zuzwinkerte.

»Soll Kian auch ein Glitzer-Alien werden?«

Sofort nickte sie heftig und ihr Lächeln kam zurück. Je fröhlicher sie wurde, desto panischer wurde Kians Blick. Hätte Elodie ihn nicht festgehalten, wäre er sicher schon ein paar Schritte zurückgegangen.

»Bitte nicht.« Kian riss seine braunen Augen auf, als hätte ich statt des Halloween-Make-ups ein scharfes Messer in der Hand, an dem schon das Blut meines vorherigen Opfers klebte.

Ohne ein Wort zu sagen, zuckte ich die Schultern und zeigte auf Elodie, die bei der Aussicht, Kian mit Glitzer im Gesicht zu sehen, strahlte. Ein Blick in ihr Gesicht reichte, um seine Gesichtszüge zu entspannen. Besonders glücklich über die Aussicht auf Glitzer im Gesicht sah er zwar immer noch nicht aus, aber Elodie zuliebe schien er sein Schicksal angenommen zu haben, und er nickte mir zu.

Mit einem fast unsichtbaren Lächeln kam er ein paar Schritte auf mich zu und brachte mich so fast um den Verstand. Mit jeder Sekunde, die ich in seiner Nähe verbrachte, rasten meine Gedanken ein bisschen schneller. Sie kreisten um die Frage, was zum Teufel er hier machte, und obwohl ich es nicht wollte, auch darum, ob Elodie vielleicht seine eigene Tochter war. Als wäre das noch nicht genug gewesen, musste ich mich auch noch davon abhalten, mich noch mehr zu ihm hingezogen zu fühlen, obwohl ich noch gar nicht damit fertig war, wütend zu sein. Als mein Finger seine Schläfen berührte, hätte ich schwören können, dass sein Atem schneller ging. Ich hielt mit Absicht so viel Abstand wie möglich, aber das änderte nichts daran, dass ich ihn anfassen und ihm ins Gesicht sehen musste. Meine Fingerspitzen fingen an zu kribbeln, als ich seine Haut berührte. Alles an ihm kam mir in diesem Moment so vertraut vor und doch so unerreichbar: Seine Gesichtszüge, die auf den ersten Blick so hart und abweisend wirkten, aber bei genauerem Hinsehen noch so viel mehr erzählten. Seine vollen Lippen, die er so oft aufeinanderpresste, um ja nichts Falsches zu sagen. Aber ich wusste nicht nur, wie wahnsinnig gut sie sich auf meinen Lippen anfühlten, sondern auch, in was für ein unwiderstehliches Lächeln sie sich verwandelten, wenn er sich wohl in seiner Haut fühlte.

Als ich den Glitzer langsam über seine Wangen strich,

öffneten sich seine Lippen und seine Augen fixierten meine. Für einen Moment hielt ich still und ein irrationaler Teil von mir erwartete, dass er seine Hände um meine Hüften legte und mich zu sich zog. Dass er mich festhielt und mir eine Erklärung für sein Verhalten gab. Dass er mir sagte, dass ich mir nichts zwischen uns nur eingebildet hatte.

»Soll noch was in seine Haare?« Ich wusste genau, dass Elodie nicken würde. Auch Kians Blick bestätigte, dass er keinen Zweifel daran hatte. Das Mädchen klatschte vor Begeisterung in die Hände, als ich Kian den restlichen Inhalt über den Kopf kippte. Er hatte zwar jetzt mehr Glitzer auf sich als Elodie und ich zusammen, aber das tat seiner Attraktivität keinen Abbruch.

»Und du findest das natürlich lustig, was?«

Als er auf die grinsende Elodie zuging und sie scherzhaft durchkitzelte, legte mein Herz noch einen Zahn zu. Die Art, wie er mit ihr umging und ihr das Gefühl gab, dass alles in Ordnung war. Den liebevollen Klang seiner Stimme, wenn er mit ihr sprach, als würde sie ihm eine Antwort geben. All das machte es mir schwer, meine ablehnende Haltung ihm gegenüber so aufrecht zu erhalten, wie ich es mir vorgenommen hatte. Er gab ihr das Gefühl, dass sie wertvoll und perfekt war, egal was die Welt sagte. Ich spürte die Verbundenheit zwischen den beiden und wie sehr sie sich liebten. Hannah hatte recht. All das machte ihn noch viel heißer. Auch ohne Schwangerschaftshormone.

Als Kians intensiver Blick meinen ein weiteres Mal streifte, konnte ich einen Seufzer nicht mehr zurückhalten. Der Tag würde auf eine ganz andere Art anstrengender werden als ich ursprünglich gedacht hatte.

33

Ich war froh, als nach und nach die anderen Kinder an meiner Station eintrudelten und ich dadurch nicht mehr meine ganze Aufmerksamkeit auf Kian legen konnte. Er hielt sich zwar im Hintergrund, ließ Elodie aber keine Sekunde lang aus den Augen. Als sie ihm die Ausstechförmchen mit den Halloweenmotiven hinhielt, zögerte er keine Sekunde und stach mit ihr Plätzchen aus. Geduldig nahm er der Reihe nach Förmchen in Form von Hexenhüten, Kürbissen und Geistern von ihr entgegen und wartete auf ihre Zustimmung, bevor er zum nächsten überging.

Ich versuchte mit aller Kraft, meinen Fokus auf die anderen Kinder zu richten, aber Kian und Elodie im Doppelpack machten es mir einfach zu schwer. Sie schienen sich ganz ohne Worte zu verstehen. Natürlich schaffte ich es nicht, ihm unbemerkt Blicke zu zuwerfen, denn mehr als einmal fing sein Blick meinen auf. Ich wollte mit ihm reden, aber ich würde einen Teufel tun, es ihm so einfach zu machen. Wann immer ich das Gefühl hatte, er wolle sein Schweigen brechen, wandte ich meine Aufmerksamkeit wieder den Kindern zu. Diese hatten sie auch viel mehr verdient.

»Es ist nicht so, wie du denkst, Addie.« Ich war gerade damit fertig, die ersten Bleche voll mit Keksen in den großen Backofen der Farmküche zu schieben, als Kian sich neben mich stellte.

Ich hatte nicht bemerkt, wie er mir gefolgt war, sodass ich überhaupt nicht auf ein Gespräch mit ihm vorbereitet war.

»Du hast doch überhaupt keine Ahnung, was ich denke.« Ich wollte die schwere Ofentür nicht mit Absicht so stark zustoßen, dass man den Knall wahrscheinlich im Hof noch hören konnte und ich sogar selbst davon zusammenzuckte. Trotzdem passierte es wie von selbst. »Und ich will auch nicht hören, was du dir schon wieder in deinem Kopf zusammenreimst. Du verbringst viel zu viel Zeit allein mit deinen Gedanken.« Ich war froh, dass die Wut auf ihn gerade in diesem Moment die Kontrolle übernahm, denn noch ein paar Minuten zuvor, hätte ich ihm wahrscheinlich zugehört. Mit einem letzten Blick zum Ofen ging ich auf die Küchentür zu.

»Addie.« Kian brauchte nur einen großen Schritt, um mich mit einem Griff am Arm zurückzuhalten.

Für einen kleinen Augenblick blendete ich die Küche um uns herum aus. Auch das Lachen und Kreischen der Kinder, die durch das gekippte Fenster vom Hof hereintönten, wurde von der Berührung in den Hintergrund gedrängt.

»Können wir bitte reden?« Kian lockerte seinen Griff, ließ mich aber nicht los.

Noch immer starrte ich auf seine Hand auf meinem Arm. Ich konnte jedes einzelne Haar, das sich unter seiner Berührung aufstellte, spüren. Mit aller Kraft konzentrierte ich mich auf eine einzelne, silbrig glänzende Glitzerflocke auf seiner Hand, nur um nicht schwach zu werden. Etwas, was ich nicht garantieren könnte, wenn ich jetzt den Kopf heben und in seine Augen sehen würde. Wenn ich seinen Duft noch intensiver eingeatmet hätte, wären meine Vorsätze davongeschwommen.

»Ich muss zurück zu den Kindern.« Meine Stimme klang längst nicht so entschlossen, wie ich es eigentlich geplant hatte.

»Hannah hat alles unter Kontrolle. Hör mir einfach eine Minute zu.« Endlich ließ er mich los. Aber wenn er gedacht hatte, dass ich jetzt freiwillig mit ihm in der kleinen Küche bleiben würde, hatte er sich getäuscht.

»Du meinst, so wie du mir eine Minute zugehört hast, als du mich einfach vor deiner Wohnung hast stehen lassen wie die größte Idiotin unter dieser Sonne? Oder so wie du meine Nachrichten einfach ignoriert hast?« Die Dinge, mit denen ich ihn schon seit Tagen konfrontieren wollte, kamen endlich mit voller Wucht an die Oberfläche.

Er hatte es nicht verdient, dass ich mich schon wieder von ihm um den Finger wickeln ließ. Jetzt wo Elodie uns nicht mehr mit Adleraugen beobachtete, musste ich meine Meinung auch nicht mehr zurückhalten. Ich trat noch einen Schritt zurück und schaffte es sogar, ihm fest in die Augen zu sehen. »Vergiss es, Kian. Ich habe dir überhaupt nichts getan und deshalb schulde ich dir nichts. Nicht einmal eine Minute. Du bist derjenige, der sich wie ein Arschloch verhält, und ich habe keinen Bock mehr auf deine Stimmungsschwankungen.«

Bei meinem letzten Satz änderte sich sein Blick. Er zog seine dunklen Augenbrauen zusammen und seine Schultern ein wenig nach oben. Diesen Blick hatte ich bei ihm schon so oft gesehen, wenn er sich von mir überrumpelt fühlte.

Meistens hatte mich dieses Verhalten amüsiert, heute machte es mich aber nur noch wütender. Wenn er mich zu laut oder zu impulsiv fand, warum zum Teufel war er mir dann immer nähergekommen? Es war schließlich nicht so, als hätte ich mich für ihn verstellt. Im Gegenteil, ich hatte ihm meine ungefilterte Persönlichkeit von Tag eins an ins Gesicht geschleudert.

Für ein paar Sekunden wartete ich, ob er noch etwas zu sagen hatte. Aber er starrte mich nur an. Von außen musste die Situation fast komisch wirken. Zwei erwachsene Menschen mit viel zu viel Glitzer am Körper, die sich ein erbittertes Blickduell lieferten, statt so fröhlich zu sein, wie es die Kostüme eigentlich vermuten ließen.

»Von dir lass ich mir den Tag heute nicht versauen.« Ich drehte mich um, noch bevor ich den Satz zu Ende gesprochen hatte. Ich hatte das fröhlichste Kostüm der Welt an, verdammt nochmal. Ich war ein glitzerndes Alien und heute war nicht der Tag und ich trug nicht das Outfit, um wütend oder traurig wegen eines Typen zu sein. Auch wenn er mit Glitzer im Gesicht und in den Haaren immer noch attraktiver als ein nackter Chris Hemsworth war.

Als ich wieder ins Freie trat, sah ich, wie Hannah mir einen fragenden Blick zuwarf. Ich wusste, dass sie darauf brannte, zu erfahren, was zwischen Kian und mir passiert war, aber ich hatte nicht den Nerv, die ganze Geschichte nochmal zu wiederholen.

Um mir nicht noch mehr Gedanken zu machen, ging ich wieder zur Backstation und begann, die Kinder von Mehl und Teigresten zu befreien und sie davon abzuhalten, den Zucker mit Löffeln aus der Dose direkt in sich hineinzuschaufeln. Elodie, die wieder auf dem Tisch saß und das ganze Spektakel lieber aus sicherer Entfernung beobachtete, leckte sich gerade die letzten Reste von den Fingern. Trotzdem hatte sie mich fest im Blick. Ihre Augen hatten fast den gleichen Ausdruck, den Kian immer hatte, wenn er versuchte, eine Situation zu analysieren. Und wieso hatte ich auch bei ihr das Gefühl, dass sie genau wusste, was in mir oder zwischen uns vorging? Ich verhielt mich wahrscheinlich mehr als lächerlich, schließlich war sie erst vier und konnte unmöglich wissen, wie Beziehungen zwischen Erwachsenen funktionierten.

»Na, Süße, sollen wir dich sauber machen, damit du mit in den Streichelzoo kannst?« Immer noch starrte sie mich an, nickte aber langsam.

Was würde ich dafür geben, einmal ihre Stimme zu hören. Als ich ihre Finger sauber machte, verzog sie den Mund zu einem Lächeln. Gerade als ich es erwidern wollte, merkte ich, dass es jemandem hinter mir galt. Und um zu wissen, wer dieser jemand war, musste ich mich nicht einmal umdrehen. Was ich allerdings musste, war, das Augenrollen, das sich wie automatisch einen Weg bahnen wollte, zu unterdrücken. Kian machte es mir ein bisschen leichter, indem er wenigstens jetzt die Klappe hielt.

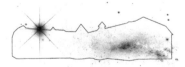

Den Rest des Nachmittags machten es mir die Kinder in ihren süßen Kostümen leichter, mich auf das Wesentliche zu konzentrieren. Auch wenn Kian sich zu meinem Leidwesen ständig in meiner Nähe aufhielt, schaffte ich es, ihn bis auf ein paar gelegentliche Blicke zu ignorieren. Ein Blech nach dem anderen wanderte in den Ofen und als es langsam Zeit zum Aufräumen wurde, hatte jedes Kind eine ganze Dose voller Kekse zum Mitnehmen in der Hand. Trotzdem war ich unheimlich froh, als die ganze Gruppe zum Abschluss des Tages noch einen Abstecher zu den Tieren machte, sodass ich schon einmal in Ruhe aufräumen konnte – das Chaos vor mir und das in meinem Kopf.

Kian sah nicht glücklich aus, als Elodie darauf bestand, von ihm begleitet zu werden. Aber gegen sie hatte er keine Chance. Ich war zwar froh, dass ich allein zurückbleiben konnte, aber ich war müde. Viel müder, als ich es sein sollte. Meine Knochen waren schwer und meine Haut juckte vom Glitzer, der sich mittlerweile über meinen ganzen Körper verteilt hatte. Ich hatte das beklemmende Gefühl, dass es nicht an der Anstrengung lag, sondern an meinem Gehirn, das meinem Körper im Moment viel mehr Energie entzog als im Normalzustand. Damit wäre ich nur einverstanden gewesen, wenn mein Gehirn diese Energie wenigstens in die Gehirnzellen, die sich aufs Lernen konzentrierten, investiert hätte und nicht in die, die um wuschelige Haare und dunkle Augen kreisen.

»Addie?« Ich schmiss gerade sämtliche Backutensilien in eine Box, als Kian wieder auf mich zukam.

»Nein danke. Was immer du sagen willst, spar's dir.« Ich war zu müde, um jetzt gegen meine Gefühle zu kämpfen. Ich wollte einfach nur, dass er wegging, damit ich allein die flauschigen Alpakas mit ihren tröstlichen großen Augen streicheln konnte.

»Wir fahren gleich, aber lass mich vorher noch etwas erklären.«

Ich sah einer Ladung Glitzerflocken zu, wie sie langsam auf den Boden rieselten, als Kian sich mit der Hand durch die Haare fuhr. Statt weiterzusprechen, blickte er auf seine Hand, als hätte er vergessen, dass er immer noch als glitzerndes Alien durch die Welt ging. Ich nutzte den kurzen Moment seiner Unaufmerksamkeit, schnappte mir die Kiste und lief an ihm vorbei.

»Soll ich dich mitnehmen?« Ich versuchte gerade, die Ladeklappe des Busses zu öffnen, als er wieder neben mich trat.

»Ich fahre mit Hannah.« Zähneknirschend nahm ich es hin, als er erst die Klappe öffnete und mir dann die Kiste abnahm.

»Ich meine von Seattle nach Hause.« Er sah mich abwartend an, aber ich würde ihm auf keinen Fall den Gefallen tun und mich eine Stunde lang auf den Beifahrersitz seines Autos setzten.

»Du willst so mit dem Bus fahren?« Er musterte mich, als wäre es vollkommen unvorstellbar, mit einem Kostüm in einen Bus zu steigen.

»O bitte, erstens siehst du viel lächerlicher aus als ich und zweitens interessiert sich niemand in diesem Bus dafür, wie ich aussehe. Und selbst wenn, darf er seine Meinung gern für sich behalten.« Es nervte mich, dass er schon wieder eine Reaktion aus mir herausbekommen hatte.

»Du siehst nicht lächerlich aus, Addie.« Seine Stimme wurde sanfter, aber damit würde er mich nicht zum Einlenken bewegen. Zum Glück erlösten mich in diesem Moment fröhliche Kinderstimmen und nur Sekunden später wuselte es um uns herum nur so von kleinen Hexen, Superhelden und einer ganzen Menge Prinzessinnen. Mir wurde ganz warm ums Herz, wenn ich in ihre glücklichen Gesichter sah. In ihren Augen spiegelte sich zwar die Müdigkeit, aber ihre geröteten Wangen und das aufgeregte Plappern zeugten von einem unvergesslichen Tag. Ich wusste genau, wie ich mich gefühlt hatte, wenn so ein Tag für mich zu Ende gegangen war. Ich war überzeugt davon gewesen, zwei Nächte nicht einschlafen zu können, bin aber meistens schon im Bus von meiner Müdigkeit übermannt worden. Damals war ich immer traurig gewesen, meiner Mutter am Abend nicht mehr von meinen Erlebnissen erzählen zu können, weil ich meistens erst am nächsten Morgen wieder aufgewacht war. Rückblickend wurde mir bewusst, dass es wahrscheinlich besser so war. Ich wäre wahrscheinlich nur enttäuscht worden.

Als ich mich wieder zu Kian umdrehte, stand Elodie vor ihm an seine Beine gelehnt und hatte das gleiche Strahlen in den Augen, wie es jedes kleine Kind haben sollte. Jeden Tag. Automatisch fragte ich mich, zu wem sie wohl zurückkehren würde. Wollte sie auch jemandem erzählen, warum sie voller Glitzer war und wie sie selbst Kekse gebacken hatte? Wäre überhaupt jemand da, der ihr zuhören würde? Oder war Kian ihre erste Bezugsperson?

Wieder ging ich vor ihr in die Hocke, weil ich wusste, dass man so ihre ganze Aufmerksamkeit bekam.

»Na, wie war dein Tag als Alien auf der Erde?«

Natürlich bekam ich keine Antwort, aber das Lächeln, dass sie mir schenkte, sagte mir alles, was ich wissen musste.

»Versprichst du mir, dass du auch Spaß hast, wenn du wieder ein Erdenbewohner bist?«

Sofort nickte sie und zum ersten Mal heute fühlte ich Zufriedenheit, weil ich meine Mission für diesen Tag erfüllt hatte. Ich breitete meine Arme aus und gab ihr so die Möglichkeit selbst zu entscheiden, ob sie eine Umarmung wollte, oder lieber Abstand hielt. Camille wäre stolz auf mich gewesen.

Elodie zögerte heute nicht lange, bevor sie die Arme um mich schlang und sich an mich lehnte. Automatisch ging mein Blick zu Kian. Fast hätte ich erwartet, wieder in skeptische und zusammengekniffene Augen zu blicken, aber stattdessen sah er zum ersten Mal an diesem Tag entspannt aus, während er in meiner Nähe war. Er wirkte nicht in sich gekehrt oder so, als wäre er am liebsten ganz woanders. Seine Augen ruhten ruhig auf Elodie, die sich langsam wieder von mir löste und sich an Kian kuschelte. Wenn Hannah sie jetzt so sehen könnte, würden bei ihr wahrscheinlich spontan die Wehen einsetzen.

»Komm gut nach Hause, Süße. Wir sehen uns nächste Woche, ja?« Ich richtete mich wieder auf, denn wenn meine Hormone meinten, sich selbstständig machen zu müssen, blieb mir nichts anderes übrig, als mich schnellstmöglich von dem Grund dafür zu entfernen. Ich zwang mich dazu, mein Lächeln nur Elodie zu schenken, bevor ich mich umdrehte, um mich selbst davon abzuhalten, Kian doch noch die Möglichkeit zu geben, noch einmal das Gespräch zu mir zu suchen. Egal wie groß der Teil von mir war, der seine Erklärung unbedingt hören wollte.

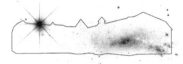

Krampfhaft versuchte ich, mich auf den Sonnenuntergang zu konzentrieren, der die weitläufige Farm in ein warmes Licht tauchte. Obwohl wir uns immer noch im Einzugsgebiet von Seattle befanden, war es hier wahnsinnig ruhig und naturbelassen. *Howard's Farm* lag auf einer kleinen Anhöhe, sodass man sich fühlte, als wäre sie ein natürlicher Teil der beeindruckenden Natur Washingtons. Ich liebte es, von Wäldern umgeben zu sein. Im Wald fühlte ich, wie sich die Ruhe auch langsam in mir ausbreitete.

Ein paar dieser ruhigen Momente hatte ich mit Kian gehabt. Jetzt aber machte es mich eher unruhig, zu wissen, dass er immer noch in meiner Nähe war. Wie magisch angezogen von den letzten Sonnenstrahlen, die für diese Jahreszeit noch ungewöhnlich warm waren, verließ ich den Hof und nahm die Abkürzung über den Gemüsegarten, der mich hinter die Scheunen führte. Von dort aus hatte man die beste Aussicht über die Wälder und Wiesen. Wenn ich Glück hatte, waren sogar noch einige der Pferde auf der Koppel. Nicht dass ich mich näher als ein paar Meter an sie herangetraut hätte, aber aus sicherer Entfernung sah ich ihnen gern zu. Vom offenen Scheunentor trug der Wind den Duft von Heu und Stroh zu mir herüber, und als ich auf der anderen Seite die alte Holzbank sah, die um diese Uhrzeit direkt in der Sonne stand, breitete sich ein Lächeln auf meinem Gesicht aus.

Als ich als Kind das erste Mal hier war, hatte ich mich verlaufen und war mir sicher gewesen, dass ich die erste war, die diese Bank entdeckt hatte. Ich war gleichermaßen erleichtert und enttäuscht, als mich die Betreuer gefunden hatten. Seitdem kam ich jedes Mal hierher und genoss den Ausblick, die Wärme und vor allem die Ruhe.

34

Addison

»Sie ist nicht meine Tochter, Addison.«

Ich wusste nicht genau, wie lange ich meine Augen schon geschlossen hatte. Ich hatte nicht gemerkt, dass mein Kopf nach hinten an das Holztor gelehnt war, an welches ich ihn jetzt vor Schreck anstieß, als ich Kians Stimme ganz nah bei mir hörte. Jetzt war er es, der nicht mehr wusste, was persönlicher Freiraum bedeutete, denn er setzte sich nur wenige Zentimeter entfernt von mir auf die Bank und starrte mir eindringlich in die Augen. Die Sonne stand jetzt schon so tief, dass sie sein Gesicht in ein goldenes Licht tauchte, das von den Resten des Glitzers funkelnd reflektiert wurde. Es sah fast so aus, als wäre dieses Licht nur dafür gemacht worden, seine Haare so glänzen zu lassen, als wären einzelne Strähnen in Honig getaucht worden.

»Was machst du noch hier?« Meine Stimme war nicht mehr so wütend wie vor einer halben Stunde, aber immer noch ließ sie keinen Zweifel daran, dass ich eigentlich lieber allein gewesen wäre.

Kian wendete seinen Blick nicht ab, seine Augen wurden aber eine Spur verzweifelter und er zog seine Augenbrauen zusammen, so wie es der Hofhund der Farm machte, wenn er ein paar frische Kekse abstauben wollte.

»Wie hart hast du dir den Kopf gestoßen? Hast du gehört, was ich gerade gesagt habe?« Er hob seine Hand, aber bevor er meinen Hinterkopf berühren konnte, rückte ich ein Stück von ihm ab und er ließ seinen Arm sinken. Seine Haare sahen verstrubbelt aus, so als hätte er versucht, den Glitzer mit seinen Händen aus den Haaren zu schütteln, und die Sonne, die ihn von der Seite anstrahlte, verstärkte diesen Verrückter-Professor-Look noch.

»Wie kann ich dich dazu bewegen, mit mir zu sprechen?« Kian wandte mir seinen ganzen Körper zu und lehnte sich mit der Schulter an die Holzwand hinter uns.

»Ich stecke irgendwo fest, zwischen *ich will unbedingt mit dir sprechen* und *ich will einfach nur meine Ruhe vor dir.*«

Eigentlich hätte ich einfach aufstehen und ihn ohne ein Wort stehen lassen sollen, aber ich konnte nicht. Ich hatte den ganzen Tag dagegen angekämpft und seine Nähe so gut es ging ignoriert. Aber ich konnte nicht alles ignorieren. Ich konnte nicht ignorieren, wie wir uns gegenseitig immer wieder magisch anzogen. Ich konnte auch nicht ignorieren, dass wir augenscheinlich eine große Gemeinsamkeit in unserer Vergangenheit hatten. Und schon gar nicht konnte ich ignorieren, dass ich wirklich wissen wollte, was es mit Elodie auf sich hatte. Deshalb blieb ich wie angeklebt an meinem Platz sitzen und versuchte, so viel Gleichgültigkeit wie nur möglich in meine Augen zu legen.

»Gib mir eine Minute, dann kannst du dich immer noch entscheiden.« Kian seufzte, aber schien trotzdem überhaupt nicht daran zu denken, aufzugeben. »Elodie ist nicht meine Tochter.«

Er ließ mir keine Zeit, es mir noch einmal anders zu überlegen, und platzte mit dieser Information heraus, als würde dieser Satz nicht schon in meinem Kopf kreisen, seit er ihn zum ersten Mal gesagt hatte. Den ganzen Tag über habe ich versucht, diesen Gedanken von mir wegzuschieben, aber er hielt sich hartnäckig.

»Ich weiß, was du jetzt denkst. Sie sieht aus wie ich«, sagte Kian.

Ich senkte den Kopf, denn genau das hatte ich gedacht, als ich sie zum ersten Mal zusammen gesehen hatte.

Statt weiterzusprechen, fixierte er einen Punkt hinter mir und atmete ein paarmal tief ein und aus. Es war, als wäre es um uns herum noch stiller als zuvor. Als würde die ganze Welt den Atem anhalten. »Sie ist Averys Tochter. Meine Nichte.« Seine Stimme klang ängstlich und zerbrechlich.

Als ich den Kopf hob, schlug mein Herz schneller, denn den Schmerz, der in diesem Moment in seinen Augen stand, hatte ich noch nie bei ihm gesehen. Ich kam mir dumm vor, weil ich nicht richtig verstand, was sein Problem war, obwohl er anscheinend dachte, dass diese Information alle offenen Fragen zwischen uns beseitigte.

»Kannst du vielleicht von vorn anfangen?« Ich versuchte, nicht unsensibel zu klingen, aber ich brauchte ein paar weitere Informationen, um zu verstehen, wovon genau er sprach.

Kian zog sein Knie zu seinem Körper und schlang seine Arme herum, als wäre es ein persönlicher Schutzschild, bevor er endlich zu erzählen begann: »Meine Schwester und ich hatten eine ziemlich bewegte High-School-Zeit.« Wieder wurde sein Atem schwerer und er rieb sich über die Augen.

Ich spürte, dass er in diesem Moment von einer Menge Erinnerungen überrollt wurde und es ihm schwerfiel, die richtigen Worte zu finden.

»Dank mir, genauer gesagt«, fuhr er fort. »Ich bin schon im ersten Jahr auf die schiefe Bahn geraten, obwohl ich eigentlich die besten Voraussetzungen hatte. Ich war ein guter Schüler, kam aus einer intakten Familie und aus einer guten Gegend. Aber die Freunde, die ich mir ausgesucht hatte, waren die falschen und irgendwie bin ich in dieses typische Badboy-Klischee hineingerutscht.« Kian brach sofort ab, als ich tief einatmete, um etwas zu sagen, und deutete mir, weiterzusprechen.

»Du wirkst auf mich gar nicht wie der typische Badboy. Kalt, abweisend und ein bisschen arrogant, also eher wie ein Idiot, aber nicht wie ein Badboy.« Als ich den geschockten Ausdruck auf seinem Gesicht sah, fügte ich ein zerknirschtes »Sorry« hinzu. Ich fand zwar, dass ich recht hatte, aber das war nicht die richtige Zeit, um ihm das an den Kopf zu werfen.

Kian zuckte nur mit den Schultern und sprach weiter: »Avery lernte meine Freunde kennen, als sie noch auf der Middle School war. Und bis ich verstanden hatte, was überhaupt passierte, war sie schon mittendrin.« Kians Stimme wurde mit jedem Wort leiser.

Den Schmerz, der in seiner Stimme lag, konnte ich ganz tief in meiner Magengegend fühlen.

»Tja, ich würde sagen, du hast recht: Ich war damals schon ein Idiot.« Er versuchte sich an einem Lächeln, aber in seinen Augen stand immer noch der gleiche Schmerz.

»Kian … Ich wollte nicht … So habe ich das nicht gemeint.« Wieso musste ich mich in seiner Anwesenheit immer so dämlich anstellen?

»Doch, genau so hast du es gemeint. Und du hast recht damit.«

Wieder wurde es still um uns herum, als keiner von uns

weitersprach. Kian schien seinen Gedanken hinterher zu hängen, aber mein Kopf war wie leergefegt. Immer noch verstand ich nicht, was passiert war und warum zum Teufel irgendetwas davon sein Verhalten mir gegenüber beeinflusste.

»Was ist mit Avery passiert?«

Die Frage platze im gleichen Moment aus mir heraus, als Kian anfing weiterzusprechen: »Meine Lehrer und meine Mitschüler hatten sich fast alle eine Meinung über mich gebildet, noch bevor sie mich überhaupt richtig kannten. Ich war nur ein dummer und trotziger Teenager und dachte mir, wenn alle schon schlecht von mir denken, kann ich auch machen, was ich will. Und das habe ich auch getan. Mein Leben bestand nur noch aus Partys. Als meine Eltern mir den Geldhahn zudrehten, fiel mir nichts Besseres ein, als anzufangen, mit Pillen zu handeln. Erst nur gelegentlich, aber als ich merkte, wie einfach es war, wurde es sozusagen mein Hauptjob.« Es war ihm sichtlich unangenehm, diesen Teil seiner Geschichte mit mir zu teilen.

Ich versuchte krampfhaft, mein Gesicht unter Kontrolle zu halten, denn nie im Leben hätte ich damit gerechnet, dass der zurückhaltende Kian noch vor ein paar Jahren so ein Leben geführt hatte.

»Bevor du fragst, nein, ich war nicht abhängig.«

Ich hätte es ihm nicht verübeln können, wenn er die Augen verdreht hätte, denn das war genau das, was ich hatte fragen wollen.

»Ich habe zwar ab und zu etwas genommen, aber der berühmte Kick, von den alle immer sprechen, blieb bei mir aus. Bei Avery war es leider anders.«

Kian seufzte und ich hatte das Gefühl, als würde er mir jetzt den Teil seiner Vergangenheit anvertrauen, der ihn am meisten prägte. Der, der ihm zu dem machte, der er heute war. Immer noch hatte er seine Arme um seine angewinkelten Beine geschlungen und mit jedem weiteren Satz wirkte es, als würde er sich noch ein bisschen mehr verspannen.

Trotzdem sprach er weiter: »Bescheuert, wie ich war, habe ich anfangs nicht einmal gemerkt, dass ständig ein paar meiner Pillen fehlten. Noch viel bescheuerter war, dass ich ein Jahr später nicht gemerkt hatte, dass sie schon im dritten Monat schwanger war. Dafür brauchte es erst einen großen Knall. Erst als Avery in einem Krankenhausbett aufgewacht ist, wurde mir bewusst, wie weit ich uns beide in die Scheiße geritten hatte. Aber da war es leider schon zu spät.« Er atmete tief ein, so als hätte er gerade einen Sechs-Meilen-Lauf hinter sich.

Während ich noch nach den richtigen Worten suchte, löste er endlich seine Arme und setzte sich in den Schneidersitz.

»Also ja, Addie, du hast recht. Ich bin ein verdammter Idiot.« Obwohl die Sonne mittlerweile schon so tief stand, dass sie fast hinter den großen Nadelbäumen verschwand, konnte ich jede Regung in Kians Gesicht genau beobachten. Dass seine Lippen nicht mehr so schmal waren, weil er sie nicht mehr aufeinanderpresste, gab mir Hoffnung, dass er es nicht bereute, mir von seiner und Averys Geschichte erzählt zu haben. Aber der Schleier, der immer noch über seinen Augen hing, ließ mich grübeln, ob es vielleicht noch ein weiteres Kapitel in dieser Geschichte gab.

»Du bist kein Idiot.« Wie von selbst rückte ich näher zu Kian, bis ich mit meinem Oberschenkel sein Knie berührte. »Jedenfalls nicht immer.« Ganz leicht tippte ich mit meinen Fingerspitzen auf sein Bein, aber es war genug, damit er mir wieder in die Augen sah. »Und es tut mir leid.« Bevor er fragen konnte, sprach ich schon weiter: »Ich kann nicht einfach rumlaufen und Leute als Idioten betiteln, obwohl ich ihre Geschichte gar nicht kenne. Ich sollte das eigentlich am besten wissen.«

Kian beachtete meine Aussage nicht richtig, sondern winkte nur ab, so als hätte er sein Schicksal schon angenommen.

Deshalb sprach ich weiter: »Hey, du kannst nicht dein ganzes Leben mit dir selbst auf Kriegsfuß stehen. Es gibt doch bestimmt so viele Dinge in deinem Leben, die gut sind, über die du dich freuen kannst oder auf die du stolz sein kannst.« Ich wusste nicht einmal, ob er meine Worte gehört hatte, oder ob er mit seinen Gedanken in einer ganz anderen Zeit feststeckte.

Er hatte seinen Kopf Richtung Wald gedreht und die Augen leicht geschlossen, um nicht von den letzten Sonnenstrahlen geblendet zu werden. Ich hoffte inständig, dass seine Augen auch wirklich geschlossen waren, denn ich konnte nicht aufhören, ihn anzustarren. Dieses Licht, kurz bevor der Tag der Nacht das Feld überließ, war wie für Kians Gesicht gemacht. Mein Blick blieb an den Glitzerpartikeln, die sich in seinem Bart verfangen hatten, hängen. Sogar in seinen langen, dunklen Wimpern hingen ein paar Flocken. Ich hätte nur die Hand ausstrecken müssen, um sie wegzuwischen. Aber ich bewegte mich nicht.

»Addison, meine Schwester wurde drogenabhängig, weil ich ihr den Weg dazu geebnet habe. Alles, was danach passiert ist, ist einzig und allein deshalb passiert, weil ich sie mit in den Abgrund gezogen habe.«

Ich war nicht auf den festen und bitteren Klang in seiner

Stimme vorbereitet. Es war genau dieser Moment, in dem ich wirklich realisierte, dass er sich die Schuld an all dem gab. Nicht nur an Averys Schicksal, sondern auch an Elodies.

»Ich kann kein Licht am Ende des Tunnels sehen, Addie. Ganz einfach, weil da keines ist. Weißt du noch, als ich gesagt habe, die Vergangenheit beeinflusst meine Gegenwart und sogar meine Zukunft und du mich angesehen hast, als hätte ich das Leben falsch verstanden?«

Obwohl es eher wie eine rhetorische Frage wirkte, nickte ich.

»Es ist nicht nur, dass Avery nicht mal die High School zu Ende machen konnte und so gut wie keine Chancen auf eine Karriere oder wenigstens auf ein normales Leben hat, nein, sie schafft es auch nach all den Jahren nicht, von den Drogen wegzukommen und muss deshalb ihre Jugend in einem verdammten Heim verbringen.«

Dort wo ich eben noch Entspannung in seinen Gesichtszügen erkennen konnte, war jetzt nichts als Verbitterung zu sehen.

»Und das Schlimmste ist, dass ein kleines unschuldiges Mädchen darunter leidet und wegen all der Scheiße nicht einmal sprechen kann.« Kian hatte seinen Blick jetzt wieder auf mich gerichtet.

Das Einzige, was ich wollte, war, meine Arme um ihn zu schlingen und ihm ein Stück seines Schmerzes abzunehmen. Ich konnte mir vorstellen, wie viel Schmerz er täglich auf seinen Schultern trug. Ohne es zu merken, war meine ganze Wut wie weggeblasen. Mittlerweile war die Sonne komplett hinter dem riesigen Wald, der *Howard's Farm* umgab, verschwunden. Die Bäume sahen aus, als wären sie in den orangeroten Hintergrund hineingemalt worden. Es konnte nicht mehr allzu lange dauern, bis es komplett dunkel war.

»Da ist nur dieser verdammt lange und verdammt dunkle Tunnel.« Seine Stimme war jetzt leiser und zitterte noch viel mehr als am Anfang unseres Gesprächs.

In diesem Moment wusste ich, dass ihm keine aufbauenden Worte der Welt und keine tiefgründigen Zitate, mit denen ich Camille gern bombardierte, helfen würden, sich ein wenig leichter zu fühlen. Alles, was ich jetzt tun konnte, war, ein wenig bei ihm zu bleiben und meine drängenden Fragen auf später zu vertagen.

35

»Tja, wenn du das Licht nicht sehen kannst, dann bleibe ich eben ein wenig mit dir in der Dunkelheit sitzen.« Addie wandte ihren Blick keine Sekunde von mir ab.

Je mehr meines emotionalen Ballastes ich in der letzten halben Stunde bei ihr abgeladen hatte, desto weicher war ihr Blick geworden. Ich freute mich, dass sie ihre ablehnende Haltung mir gegenüber aufgegeben hatte, aber es blieb ein bitterer Beigeschmack. Sie sollte mich nicht wieder an sich ranlassen.

Jetzt, wo ihre Augen in der Dunkelheit wirkten wie eine graue Wolke, konnte ich darin Verständnis erkennen, statt Vorwürfe.

Und ich konnte es kein bisschen verstehen. Wie zur Hölle konnte sie nicht sehen, dass Elodie in ihrer Kindheit etwas Ähnliches durchmachte wie sie selbst? Und das meinetwegen. Sie sollte mir Vorwürfe an den Kopf knallen und mich nicht so ansehen, als würde sie mir den ganzen Schmerz sofort abnehmen, wenn sie könnte. Ich hätte froh sein sollen, dass das Gespräch bis jetzt viel besser gelaufen war, als ich es mir je ausgemalt und Addison noch nicht das Weite gesucht hatte, aber ein Teil von mir konnte nicht zulassen, dass sie sich wieder zu mir hingezogen fühlte.

»Addie, hast du nicht verstanden, was ich gesagt habe? Wie kannst du es überhaupt ertragen, hier mit mir zu sitzen, während Elodie die gleiche Scheiße in ihrer Kindheit durchmachen muss wie du?« Ich ließ sie keine Sekunde aus den Augen und trotz der Dunkelheit sah ich, wie sich ihr Blick veränderte und ihre Augen größer wurden. So als würden ihr die Parallelen wirklich erst in diesem Moment bewusst.

»Hast du mich deshalb die letzten beiden Wochen einfach ignoriert? Weil ich dich zu sehr an deine Nichte erinnere?« Ihrer Stimme nach zu urteilen, fielen ihr die Zusammenhänge wirklich erst jetzt auf und sie schien nicht unbedingt glücklich darüber zu sein. »Dir ist klar, dass das bescheuert ist, oder?«

Als ich ihr nicht sofort antwortete, schüttelte sie so energisch den Kopf, dass die Fühler auf ihrem Kopf gefährlich schnell von rechts nach links schwangen.

»Ich nehme alles zurück, was ich gerade gesagt habe, es tut mir nämlich nicht mehr leid. Du bist ein Vollidiot!«

Aus Angst, dass sie sich in Rage redete und mich doch sitzen ließ, unterbrach ich sie, indem ich ihr eine Hand auf den Oberschenkel legte. Dieses Mal ließ sie meine Berührung zu.

»Ja, ich bin ein Vollidiot, zufrieden?«

Langsam nickte sie, ließ mich aber weitersprechen.

»Kannst du dir vorstellen, was für ein Schlag ins Gesicht es war, als du mir erzählt hast, dass du im gleichen Heim geboren wurdest wie meine Nichte? Oder als mir bewusst wurde, dass es nur ein glücklicher Zufall war, dass wir uns in Seattle noch nicht begegnet sind? Lieber habe ich mich von dir entfernt, statt zusehen zu müssen, wie du mich abweist, weil du erkennst, was für ein Arschloch ich bin.«

Eine Weile war es still zwischen uns. Es drangen nur ein paar Geräusche des Waldes zu uns durch. Addison mied meinen Blick und in ihrem Kopf schien es zu arbeiten.

»Siehst du, genau davor hatte ich Angst«, sagte ich. »Ich bin ein Feigling, Addie, okay? Zwischen uns hätte es nicht so weit kommen dürfen. Wir reißen nur alte Wunden auf.« Wie um meine Worte zu unterstreichen, nahm ich meine Hand von ihrem Knie. Als Addison nicht sofort antwortete, fühlte es sich für mich fast wie ein stilles Einverständnis an.

»Du bist richtig unfair, weißt du das? Unfair und egoistisch.« Langsam schüttelte Addison den Kopf und ihre Stimme schnitt durch die Stille wie ein Schwert. »Hättest du mich gefragt, hätten wir uns das ganze Theater sparen können. Und wenn du dich schon so schlecht fühlst, hättest du vielleicht einmal an mich denken können und nicht nur an dich. Aus dir schlau zu werden, ist so verdammt schwer, weil du selbst nicht weißt, was du willst. Du schwebst irgendwo zwischen dem Wunsch, ein normales Leben zu führen, und deiner Vergangenheit. Und das Gleiche machst du mit mir: Manchmal fühlt es sich an, als wären wir Freunde und dann sogar, als wären wir mehr als das. Und auf einmal fühlte es sich an, als wären wir wieder Fremde. Und alles nur, weil du selbst nicht mit dir klarkommst. Glaubst du, mir ist das einfach egal?«

Jedes ihrer Worte traf mich direkt ins Herz. Nur langsam fing ich an, zu verstehen, wie verdammt weh ich ihr mit meinem Verhalten getan hatte. Egal ob ich dachte, es wäre das Beste für sie oder für uns beide. Das änderte nichts daran, dass ich mit ihren Gefühlen gespielt hatte. Ich wollte so gern, dass sie mich verstand, dass ich sie am liebsten geschüttelt hätte.

»Darum geht es doch gar nicht. Ich wollte dich nur schützen. Ich stehe jeden verdammten Tag mit dem Wissen auf, dass ich das Leben derjenigen, die mir am meisten bedeuten, ruiniert habe. Es wäre egoistisch von mir, ausgerechnet jemanden wie dich da hineinzuziehen. Jemanden, der mich auf eine verdrehte Weise am besten versteht.« Meine Stimme wurde lauter. Ich hatte keine Ahnung, wie ich ihr es besser erklären sollte, denn ihre Augen machten mir klar, dass sie ganz und gar nicht meiner Meinung war.

»Ich weiß ja, wie gern du den Helden spielst, aber ganz ehrlich, dieses Mal liegst du komplett daneben.« Addison warf theatralisch die Hände in die Luft. »Du bist ein Held für Elodie, gib dich doch damit zufrieden. Sie vergöttert dich, das spürt jeder, der euch zusammen sieht. Ich brauche nämlich keinen Helden, der entscheidet, was besser für mich ist. Das kann ich ganz gut allein.« Addison legte den Kopf schief und sah mich abwartend an.

Ich hatte keine Ahnung, wie es jetzt weitergehen sollte. Für sie schienen die Parallelen in unseren Geschichten keinen drastischen Stellenwert für unsere eigene Beziehung zu haben. Niemals hätte ich mit so einer Reaktion von ihr gerechnet. Deshalb hatte ich auch keine Ahnung, was ich ihr jetzt sagen sollte.

»Also?« Nach ein paar Minuten sah sie mich fragend an.

»Was also?« Ich zuckte mit den Schultern.

»Also kommst du jetzt wieder zurück zur Arbeit und hörst auf, mich zu ignorieren?« Sie wirkte fast, als könnte es sie nicht weniger schockieren, dass sich unsere Leben auf die unwahrscheinlichste Art kreuzten. Obwohl ich keine Ahnung hatte, ob ich es wirklich so meinte, nickte ich.

»Okay, dann lass uns einfach Freunde sein.«

Sofort veränderte sich etwas in ihrem Blick und ihre Augen wurden schmaler.

»Nein danke, Kian.«

»Was soll das heißen, nein danke? Das war keine Frage.« Addison schüttelte energisch den Kopf. »Ich weiß zwar nicht genau, was wir sind, aber spätestens seitdem ich nackt auf deiner Couch gelegen habe, sind wir nicht mehr nur Freunde.«

Ich fühlte förmlich, wie sich die Hitze bei dem Gedanken an diesen Tag sofort in alle Körperteile ausbreitete. Ihre Direktheit vernebelte mir jegliche Gehirnzellen und ich brauchte meine gesamte Konzentration dafür, meine Kinnlade davon abzuhalten, auf die Bank zu fallen.

»Wirst du etwa rot?« Addisons amüsierte Stimme riss mich aus meinen Gedanken. Sie schüttelte lachend den Kopf. »Komm schon, deiner Performance nach zu urteilen war das nicht unbedingt dein erstes Mal.«

Wie von selbst wischte ich mir mit der Hand über die Augen in einem verzweifelten Versuch, über die Reaktion meines Körpers hinwegzutäuschen. Es war vor allem nicht das erste Mal, dass meine Gedanken zurück zu diesem Tag wanderten. Viel öfter als ich es selbst unter Folter nicht zugegeben hätte, dachte ich daran, wie perfekt Addies Körper sich auf meinem angefühlt hatte und wie intensiv das Gefühl war, das ich mit ihr verband. Es war so viel mehr als nur ein Orgasmus. Es war so intensiv, dass ich Cassias Nachrichten seitdem ignoriert hatte, weil ich wusste, dass der Sex mit ihr im Vergleich verblassen würde. Lieber ließ ich meine Gedanken nachts zurückwandern und kümmerte mich selbst um meinen harten Schwanz. Der war inzwischen schon so konditioniert, dass sich auch jetzt etwas zwischen meinen Beinen regte.

351

Im gleichen Moment spürte ich Addisons Hand auf meiner, als sie sie von meinem Gesicht wegzog. »Hör auf damit. Wenn du den Glitzer in die Augen reibst, brennt es«, sagte sie. Ich brauchte ein paar Sekunden, bis ich verstand, was sie meinte. Statt meine Hand zurückzuziehen, strich ich wie von selbst mit dem Daumen über ihren Handrücken. Mein Blick wanderte über ihren Körper, der selbst in einem Alien-Kostüm heißer aussah als alle Unterwäsche-Zombiebräute zusammen. Er glitt über ihre langen dunklen Haare über ihre Lippen und ich prägte mir jedes Detail ihres Gesichts ein. Als mein Blick ihren traf, sahen ihre Augen immer noch viel dunkler als normalerweise aus. Gerade als mein Kopf vollkommen leergefegt war und ich meine Aussage, nur eine Freundschaft mit ihr zu wollen, komplett zerstören wollte, indem ich mich langsam nach vorn beugte, bewegten sich ihre Lippen.

»Das meinte ich, Kian. Dafür, dass du nur Freundschaft willst, siehst du mir ein bisschen zu lange und zu intensiv in die Augen.« Ihre Stimme war jetzt nicht mehr getränkt mit Sarkasmus und klang auch nicht so, als würde sie darauf eine Antwort erwarten. Es klang wie eine Feststellung. Sie wartete ein paar Augenblicke, aber als ich ihr nicht antwortete, sprach sie weiter: »Kaum hörst du auf, dir die Dinge in deinem eigenen Kopf so zusammenzureimen, dass sie in deine ungemütliche Welt passen, verändert sich etwas. Sobald du dich veränderst, verändert sich auch die Welt um dich herum. Gib ihr eine Chance.« Wie so oft sprach aus ihr die geballte positive Energie. Ich konnte nur hoffen, dass es Elodie als Erwachsene auch schaffen würde, trotz ihres schweren Starts so fröhlich wie Addie durchs Leben zu gehen.

Im nächsten Moment waren alle meine Gedanken, ob gut oder schlecht, wie weggeblasen, während Addies Gesicht immer näher kam. Als ich Luft holen wollte, um etwas zu sagen, überwand sie den kleinen Abstand zwischen uns und legte ihre Lippen auf meine. Es war kein leidenschaftlicher Kuss, aber definitiv auch kein freundschaftlicher. Er war unschuldig und fühlte sich an wie ein Versprechen. Ein Versprechen, dass die Welt vielleicht nicht immer nur grau und dunkel sein musste.

Obwohl ich mich dagegen wehrte, den Kuss zu intensivieren, machten sich meine Finger selbstständig und mein Daumen strich über ihre Wange. Dann lösten sich ihre Lippen auch schon wieder und mit ihnen die Wärme, die begonnen hatte, sich in mir auszubreiten.

»Keine Sorge, du musst dich nicht sofort entscheiden, was wir sind. Das findest du schon noch heraus.« Sie schenkte mir ein kleines Lächeln und brachte wieder mehr Abstand zwischen uns.

Ich löste meine Hand nur zögerlich von ihrer Wange, denn viel lieber hätte ich mit beiden Händen ihr Gesicht umschlossen und sie näher zu mir gezogen, aber ich war nicht für die Konsequenzen bereit. Noch nicht.

Mittlerweile waren wir vollständig von der Dunkelheit eingehüllt, sodass sich der Wald hinter uns kaum noch vom Himmel abhob. Hier waren wir weit genug von Seattle entfernt, sodass wir die Sterne sehen konnten, und unweigerlich wurde mir bewusst, dass sich meine Wege mit Addison wieder einmal unterm Sternenhimmel kreuzten. Es schien, als wäre es egal, wie stark ich versuchte, mich von ihr wegzubewegen, draußen zogen wir uns immer wieder gegenseitig an.

36

Kian

»Kian, warte.« Averys Stimme ließ mich erstarren.

Addie hatte darauf bestanden, noch schnell bei Hannah im Büro vorbeizuschauen, statt den Schlüssel für ihr Auto einfach an der Rezeption zu lassen. Ich war Hannah dankbar, dass sie sofort eingewilligt hatte, mit dem Bus zu fahren und mir das Auto zu überlassen, sodass ich mit Addie reden konnte, aber ich wollte so schnell wie möglich nach Hause.

Da ich mich gegen Addies Temperament nur schwer durchsetzen konnte, lief ich mit ihr quer durch das Heim zu den Büroräumen. Addie schien nichts von meiner Anspannung zu merken und lief fröhlich plappernd neben mir her. Es erstaunte mich selbst, dass es sich nicht fremd anfühlte, hier mit ihr durch die vertrauten Gänge zu gehen. Wir beide verbanden sowohl gute als auch viele schlechte Gefühle mit diesem Ort, und doch gehörte ein Teil von uns hierher. Auf der kurzen Fahrt hatte Addison ein paar der ersten Erinnerung aus ihrer Kindheit mit mir geteilt und irgendwie gab sie mir damit Hoffnung. Hoffnung darauf, dass Elodie ein gutes Leben haben konnte. Und vor allem Hoffnung darauf, dass meine Schwester ein anderes Schicksal als Addies Mutter haben konnte.

Obwohl es noch nicht allzu spät war, war es weitgehend ruhig, und meine Hoffnung, dass ich Addison und Avery nicht einander vorstellen musste, wuchs mit jedem Schritt, den wir uns wieder auf den Ausgang zubewegten. Es war nur ein Gefühl, aber ich konnte mir nicht vorstellen, dass Avery begeistert gewesen wäre. Sie war schon immer sehr besitzergreifend gewesen, was mich anging. In unserer Jugend war es nur um ihre Eifersucht auf die Mädels gegangen, mit denen ich mehr Zeit verbracht hatte als mit ihr. Seit Elodie auf der Welt war, war sie der Meinung, dass ich mein Leben für sie beide hintenanstellen sollte. Und ich hatte ihr von Anfang an das Gefühl gegeben, dass sie damit absolut recht hatte.

Ich hatte sie gegen unsere Eltern verteidigt und unzählige Male gedeckt, wenn sie abgehauen war und Elodie allein zurückgelassen hatte, in dem Wissen, dass ich alles stehen und liegen lassen würde, um mich um sie zu kümmern. Sie verstand nicht, dass Elodie ohne Ezra und mich schon lange in einer Pflegefamilie gelandet wäre. Etwas, was meine Eltern seit Averys Schwangerschaft versuchten, durchzusetzen. Das war der einzige Punkt, in dem ich mit meiner Schwester einer Meinung war. Elodie sollte zumindest mit einem leiblichen Elternteil aufwachsen.

Erst als Addison mich leicht am Arm berührte, kam wieder Leben in mich, und ich drehte mich um. Avery starrte uns mit verschränkten Armen an. Die Blicke, die sie Addison zuwarf, waren wie kleine Giftpfeile, als hoffte sie, Addie würde auf der Stelle umfallen.

»Jetzt verstehe ich, wieso du die Kleine allein mit dem Bus zurückgeschickt hast.«

Ich war an die Kälte in Averys Stimme gewöhnt, aber

Addie, die so dicht neben mir stand, dass ich alle ihre Berührungen spüren konnte, zuckte merklich zusammen.

»Habt ihr einen auf Familie gemacht, oder was?« Avery kam langsam einen Schritt auf uns zu und verschränkte die Arme vor ihrem schmalen Körper. Ihre Gesichtszüge wirkten im künstlichen Licht noch markanter und ihre langen, welligen Haare, die ihr normalerweise etwas Mädchenhaftes verliehen, waren in einem strengen Zopf nach hinten gebunden.

Ich brauchte ein paar Sekunden, bis ich verstand, was sie meinte, bis ich merkte, dass ihr Blick auf Addisons Kostüm gerichtet war. Ihr war klar, dass der Glitzer, den auch Elodie im Gesicht hatte, aus derselben Dose kam. Ich atmete einmal tief durch, denn je länger ich ihr nicht antwortete, desto wütender schien Avery zu werden.

»Hi, du musst Avery sein. Ich bin Addie, ich helfe hier manchmal aus. Elodie ist so ein liebes Mädchen, du kannst wirklich stolz auf sie sein.« Addison kam mir einfach zuvor und nahm Avery so den Wind aus ihren wütenden Segeln. Zumindest erreichte sie damit, dass Avery sie zwar mit einem Blick bedachte, mit dem sie wahrscheinlich auch ein totes Insekt am Boden betrachtet hätte, sich aber wieder mir zuwandte und das Thema wechselte.

»Kannst du bei Elodie bleiben? Ich muss nochmal weg.«

Ich wusste genau, was sie damit meinte. »Ezra ist heute nicht hier, Ave. Du weißt, dass du nicht einfach gehen kannst. Außerdem hatte Elodie einen aufregenden Tag. Sie braucht ihre Mutter.« So gut ich konnte, versuchte ich das Zittern in meiner Stimme zu verbergen, aber in mir krochen langsam die Schuldgefühle wieder hoch. Davon abgesehen, dass das Risiko viel zu hoch war, sie gehen zu lassen, war der Plan, mit Addison zusammen nach *Elbury*

Park zurückzufahren.

Aber das war nicht alles. Wo ich sonst Himmel und Hölle in Bewegung gesetzt hätte, um es Avery recht zu machen, wollte ich heute, dass sie selbst Verantwortung für sich übernahm. Averys Augen weiteten sich, als sie verstand, dass ich es ernst meinte.

»Du hängst also lieber mit deiner kleinen Freundin ab, als für deine Familie da zu sein?« Avery fing sich schnell wieder und dachte gar nicht daran, es gut sein zu lassen. Sie wusste ganz genau, welche Knöpfe sie bei mir drücken musste.

»Avery …«, setzte ich an, aber meine Schwester redete sich in Rage.

»Nein, Kian, du kannst mich nicht einfach im Stich lassen, nur weil jemand, mit einem viel zu kurzen Rock dir schöne Augen macht.« Die letzten Worte schleuderte sie verächtlich in Addisons Richtung.

Für einen kurzen Moment sah es so aus, als wollte Addie etwas sagen, aber ihr Mund klappte im nächsten Augenblick wieder zu. Nur zu gern hätte ich gewusst, woran sie gedacht hatte, aber in ihrem Gesicht war keine Regung zu erkennen. Viel zu lange schoss Avery giftige Blicke zwischen uns hin und her, bis mich Addisons sanfte Berührung wieder ins Hier und Jetzt beförderte.

»Ich warte draußen, okay? Lass dir so viel Zeit, wie du brauchst.« Ihre Stimme war so leise, dass ich mich fragte, ob Avery sie überhaupt hören konnte. Ohne eine Antwort abzuwarten, schenkte sie Avery noch ein kurzes Lächeln und drehte sich um, nicht ohne meine Hand noch einmal fast unmerklich zu drücken.

»Komm schon, Ave, du kannst Elodie jetzt nicht einfach allein lassen. Wo willst du überhaupt hin?«, fragte ich.

Avery starrte immer noch an mir vorbei in die Richtung, in die Addison verschwunden war. Ich ging einen Schritt auf sie zu, sodass sie ihre Aufmerksamkeit wieder mir widmete.

»Als ob es dich interessieren würde. Aber wenn du schon nicht für mich da bist, wird Dan es eben sein.«

Vor nicht einmal zwei Sekunden war ich noch fest entschlossen gewesen, nicht mit ihr zu diskutieren, sondern sie einfach wieder auf ihr Zimmer zu bringen. Aber sobald ich Dans Namen aus ihrem Mund hörte, wich die Vernunft sofort der Wut. »Avery, du sollst dich von ihm fernhalten, er hätte dich fast umgebracht.« Es kostete mich viel mehr Anstrengung, als es sollte, nicht laut zu werden.

Averys Mundwinkel zuckten, denn sie hatte erreicht, was sie wollte: eine Reaktion aus mir herausbekommen. Sie wusste ganz genau, was ich von Dan oder ihrer Beziehung zu ihm hielt.

»Er interessiert sich wenigstens für uns. Im Gegensatz zu dir kommt er freiwillig hierher, statt uns einfach abzuschieben.«

Ich wusste, dass sie es nicht so meinte. Ich wusste auch, dass es nicht so war, aber trotzdem zog sich mein Magen zusammen und es fühlte sich an, als würde mein Herz das Blut mit doppelter Geschwindigkeit durch die Adern pumpen.

Averys Miene blieb starr, als ich auf sie zuging, um nicht lauter werden zu müssen als nötig und somit ungebetene Aufmerksamkeit auf uns zu ziehen.

»Ach ja, und wo war er all die Jahre nach dem Unfall? Du weißt ganz genau, dass er sich immer an die erste Stelle stellen würde. Genauso wie er es damals getan hat.«

Mittlerweile war ich nur noch ein paar Zentimeter von ihr

entfernt und sah, dass es ihr zunehmend schwerer fiel, ihre starre Miene aufrechtzuerhalten. Durch das künstliche Licht über uns konnte ich die dunklen Schatten unter ihren Augen deutlich sehen. Sie musste schon mehrere Nächte nicht mehr durchgeschlafen haben. Ihr Blick war vollkommen verschleiert und fast dachte ich, sie hätte mich nicht einmal gehört.

»Du weißt ganz genau, dass es deine Schuld war«, entgegnete sie. Sie wusste, wie sehr diese Worte mich trafen. Ihre Stimme war kalt, aber das Zittern verriet, dass es in ihr brodelte. Immer wenn sie sich in die Enge getrieben fühlte, spielte sie diese Karte aus, weil sie wusste, dass es mein Herz wieder und wieder in Stücke riss.

»Kinder, was macht ihr denn hier draußen?« Ich hatte keine Ahnung, wie lange unser Blickduell angehalten hatte, aber ich war froh, als Judith es unterbrach. Nicht nur, weil wir diese Diskussion jetzt nicht führen mussten, sondern Avery wusste auch, dass sie heute keine Chance mehr hatte, das Heim zu verlassen. Judith war nämlich viel mehr als die nette Empfangsdame. Wenn Ezra nicht da war, entging ihren Augen so gut wie nichts. Und als Avery den Blick senkte, wusste ich, dass sie aufgab. Zumindest für heute.

»Komm Süße, lass uns nach oben gehen«, sagte Judith zu Avery.

Nachdem sie sich lachend darüber beschwert hatte, den Boden jetzt noch von meinem Glitzer befreien zu müssen, gab sie mir zu verstehen, zu gehen. Sie wusste um Averys Problem und meine Rolle darin, trotzdem hatte ich bei ihr nie das Gefühl, verurteilt zu werden. Auch jetzt schenkte sie mir ein aufmunterndes Lächeln, bevor sie den Arm um Avery legte und mit ihr in Richtung Treppenhaus verschwand.

Ich hörte noch, wie sie begeistert über Elodies süße Frisur redete und dann stand ich wieder allein im Flur.

Trotzdem wich die Anspannung nur langsam. Ich hatte immer noch das Gefühl, viel zu schnell zu atmen. Meine Hände waren zu Fäusten geballt und Averys Worte hallten in meinem Kopf nach. *Du weißt genau, dass es deine Schuld war.* Ich wusste nicht genau, ob sie damit den Unfall meinte oder alles andere. Es war auch egal, denn sie hatte recht. Auch wenn Dan an diesem Abend am Steuer gesessen hatte, war es meine Schuld, dass Avery überhaupt im Auto gewesen war.

»Ist sie okay?« Wir hatten das Heim längst hinter uns gelassen, als Addie endlich die Stille im Auto unterbrach. Sie hatte mich nur aufmunternd angelächelt, als ich viel zu langsam aus dem Heim getrottet kam. Zitternd saß sie auf einer Bank, die Arme um die Beine geschlungen. Ich hatte nicht einmal gemerkt, wie kalt es geworden war, bis ich die Gänsehaut an ihren Armen sah.

Jetzt saß sie in meinem dunklen Sweatshirt, das ihr ständig über die Hände rutschte, neben mir und ich war ihr dankbar dafür, dass sie mich zu nichts drängte, sondern einfach nur da war. Normalerweise konnte ich es kaum ertragen, jemanden um mich zu haben, aber bei Addie war es anders. Es war, als würde mich ihre bloße Anwesenheit beruhigen und mir helfen, meine Gedanken zu ordnen. Ein komplett neues Gefühl für mich. Ich raste nicht wie sonst viel zu schnell durch die Straßen Seattles, ohne die Umgebung richtig wahrzunehmen, sondern ließ sie einfach auf mich wirken. Es fühlte sich wie eine andere Realität an. Ihre Stimme klang, als wäre sie wahnsinnig weit weg, aber als ich aus den Augenwinkeln zu ihr blickte, merkte ich, dass sie sich an die Mittelkonsole zu mir gelehnt hatte. Als ich nickte, lehnte sie sich wieder in ihren Sitz zurück. Für eine Weile hörte man nur Blakes leise Gitarrenmusik aus den Lautsprechern.

»Sie hat wieder Kontakt zu ihrem Ex-Freund. Dan.« Wie von selbst fing ich an zu erzählen. Ich wusste, dass Addie nicht nochmal nachgefragt hätte, aber ich wollte, dass sie mich besser verstand. Ich sah aus den Augenwinkeln, wie sie ruckartig ihren Kopf drehte und scharf die Luft einzog. Gleichzeitig trat ich ruckartig auf die Bremse, weil ich dem Wagen vor mir schon gefährlich nahegekommen war. Fast hätte ich die rote Ampel übersehen. Erst als der Verkehr wieder ruhig durch die Straßen floss, sprach ich weiter: »Er hat mir damals keine Chance gegeben, sie von ihm fernzuhalten. Immer wieder ist sie ihm hinterhergelaufen, und er hat sie für seinen Spaß ausgenutzt. Wahrscheinlich wäre es heute noch so, wenn er sein Auto nicht gegen einen Baum gefahren hätte. Da war Avery schon schwanger. Er hätte fast zwei Leben ausgelöscht.«

Ich spürte, wie Addison sich neben mir aufrichtete.

»Er musste nicht mal dafür geradestehen«, fuhr ich fort. »Als sein Vater von der ganzen Sache erfahren hatte, hat er eine Menge Geld bezahlt, um einer Anzeige und einem Vaterschaftstest zu entgehen.« Ich schüttelte den Kopf, als könnte ich somit sein schmieriges Gesicht aus meinen Gedanken vertreiben. »Seine Nase direkt vor der Notaufnahme zu brechen, hat mir nicht einmal annähernd die Genugtuung verschafft, die ich erwartet hatte. Das Einzige, was passierte, war, dass meine Hand eine Woche lang wehgetan hat.« Meine Fingerknöchel traten weiß hervor, weil ich das Lenkrad mit jedem Wort fester umklammerte. Fast bildete ich mir ein, die Schürfwunden von damals wieder zu sehen.

»Hey …« Addie legte ihre Hand auf meinen Arm und erst da merkte ich, dass ich viel zu schnell geworden war. Ich ließ meine Schultern wieder sinken und nahm den Fuß vom Gas. »Wo ist er jetzt?« Addie zog ihre Hand nicht zurück, fast so als hätte sie Angst, die Verbindung zu mir zu verlieren.

»Eigentlich dachte ich, ich müsste seine schiefe Nase nie wieder sehen, aber da habe ich mich wohl für das falsche College entschieden.« Das Lachen, das aus meinem Mund kam, war bitter und passte wunderbar zu Addisons weit aufgerissenen Augen. »Ich weiß, dass es genauso lächerlich wie unglaublich klingt, aber ich wusste es nicht. Sonst wäre ich ganz bestimmt woanders hingegangen.«

Ich spürte, wie Addisons Griff um meinen Arm fester wurde. »Wieso bist du dir so sicher, dass er der Vater ist?«, presste sie hervor.

Irgendwie überraschte mich ihre heftige Reaktion, weil sie gar nicht zu Addison passte, aber vielleicht war ich einfach schon so sehr an diese verkorkste Situation gewohnt, dass ich mir nicht mehr vorstellen konnte, wie die Geschichte auf andere wirkte. »Ich weiß es nicht mit Sicherheit, wie gesagt, es gab nie einen Vaterschaftstest, und Avery hat sich von Sekunde eins an, geweigert es irgendjemandem zu sagen. Mit Dan hatte sie zwar keine feste Beziehung, aber sie waren ständig zusammen. Er war ihr erster und sie war ihm schon immer verfallen.« Bei dem Gedanken musste ich mich schütteln. »Er versucht ständig, Kontakt zu ihr herzustellen, und wann immer ich mit ihm rede, sehe ich, dass er insgeheim glaubt, dass er Elodies Vater ist. Ich weiß nur nicht, warum es ihn jetzt noch interessiert.«

Als ich nach einer gefühlten Ewigkeit wieder einen Blick nach rechts wagte, sah Addie nur angespannt aus dem Fenster und schien angestrengt zu verarbeiten, was sie gerade gehört hatte.

»Hey, ich wollte nicht … Ich habe nicht nachgedacht«, stotterte ich. »Ich hätte wissen sollen, dass dich diese Geschichte aufwühlt.« Ich kam mir vor wie ein unsensibles Arschloch.

Wenn mich Addisons Verbindung mit ihrer Vergangenheit schon so aufwühlte, musste es umgekehrt mindestens dreimal so schlimm sein. Trotzdem hatte sie bis jetzt nichts anderes getan, als wahnsinnig einfühlsam zu sein. Jetzt aber schien es ihr langsam zu viel zu werden. Auch wenn sie versuchte, mich vom Gegenteil zu überzeugen, sah ich die Unruhe in ihren grauen Augen.

»Willst du vielleicht noch mit zu mir kommen?« Gerade als ich mich von Addison verabschieden wollte, kam diese Frage aus ihrem Mund. Gepaart mit einem hoffnungsvollen Blick, dem ich fast nicht standhalten konnte.

Den restlichen Weg nach *Elbury Park* hatten wir fast schweigend verbracht. Es war keine unangenehme Stille gewesen. Eher so als wären wir zusammen allein mit unseren Gedanken, und das war gut so.

Jetzt, als wir auf dem fast leeren Parkplatz vor Addisons Wohngebäude standen, kam zum ersten Mal wieder

Bewegung in sie. Sie streckte sich und rieb sich die Augen, als hätte sie gerade noch geschlafen. Ich hingegen, saß immer noch wie versteinert im Fahrersitz mit den Händen am Lenkrad und war ihr eine Antwort schuldig. Nachdem sie so still geworden war, war mir eigentlich klar, dass sie für heute genug von mir haben musste, aber sie wollte mich um sich haben. Und ich? Ich wollte das auch, aber konnte ich es?

»Camille ist bei ihrem Freund und Rylan hat mir geschrieben, dass sie mit Blake auf irgendeiner Veranstaltung von ihrer Fakultät ist.« Sie zuckte mit den Schultern, als könnte sie nicht verstehen, was Blake auf einer Veranstaltung der Kunstfakultät tat. »Ich verstehe, wenn du allein sein willst, aber ich …« Sie atmete tief durch und wirkte fast schüchtern. »Ich wäre nicht gern allein.« Endlich schaffte ich es, mich ihr zuzuwenden und als ich ihren hoffnungsvollen Blick sah, war meine Antwort klar.

In ihren Augen konnte ich wieder diesen Schleier entdecken, den sie hatte, wenn sie zu sehr in ihren Gedanken festhing. Dieses Mal wusste ich, dass ich der Grund dafür war und dass ich gleichzeitig auch der Grund dafür sein könnte, um ihn wieder durch ein Funkeln zu ersetzen. Sie sah auf einmal so zerbrechlich und klein aus in meinem viel zu großen Hoodie, und obwohl ich mir geschworen hatte, es langsam angehen zu lassen, stieg ich mit ihr aus.

37

Kian

Sobald wir die Wohnung der Mädels betraten, merkte ich, wie Addison wieder lockerer wurde. Vielleicht lag es aber auch an dem hartnäckig süßen Duft, der mich sofort einhüllte. Selbst wenn man mir eine Pistole auf die Brust gesetzt hätte, hätte ich unmöglich sagen können, woher der Duft kam. Parfum? Eventuell. Duschgel oder Shampoo? Möglich. Eine der zwanzig Kerzen, die allein schon in dem kleinen Wohnzimmer und der Küche standen. Sehr wahrscheinlich.

Obwohl ich mit Deko schon im Café nichts anfangen konnte, musste ich zugeben, dass diese Wohnung nur so vor Gemütlichkeit sprühte. Blake und ich wären zum Beispiel niemals auf die Idee gekommen, einen Teppich unter unsere Couch zu legen oder extra Kissen und Decken zu kaufen, aber dafür sah unser Sofa auch nicht so aus wie das reinste Paradies, in das man sich nach einem langen Tag am liebsten werfen würde. Auch Pflanzen wären bei uns undenkbar, aus dem Grund, dass niemand von uns sich daran erinnert hätte, dass Pflanzen zum Überleben Wasser brauchten. Nachdem Blakes Versuch, eine Avocadopflanze zu züchten, in die Hose gegangen war, konnte man bei uns nichts Lebendes mehr finden. Hier aber stand auf jeder freien Fläche eine kleine Pflanze und keine davon hatte ein verwelktes Blatt. Es hingen Bilder an der Wand und irgendwie sah es so aus, als hätte jemand einfach einen Container voller Deko abgeladen. Es gab wahrscheinlich nichts, wovon ich weniger verstand, aber trotzdem fühlte ich mich wohl. Es war die perfekte Mischung aus Gemütlichkeit und Chaos.

Als ich Addie in ihr Zimmer folgte, musste ich meine Meinung ändern. Hier wich die Gemütlichkeit dem Chaos. Ihr Zimmer war ungefähr so groß wie meines, aber bestimmt dreimal so voll. Überall standen Pflanzen und Kerzen und anderer Dekokram, von dem ich nicht mal wusste, dass es existierte, geschweige denn wofür man ihn brauchte. Dazwischen stapelten sich Klamotten und Bücher. Am Schreibtisch und auf ihrem Bett lagen Lernunterlagen verstreut, die sie bestimmt nie wieder in die richtigen Ordner abheften konnte.

»Kein Wunder, dass du so gern in der Bibliothek lernst.« Das war mein voller Ernst, denn kein Mensch der Welt hätte in diesem Chaos lernen können.

»Was meinst du damit?« Sie öffnete ein paar Schubladen ihrer Kommode und hatte anscheinend Probleme, sich in ihrem eigenen Chaos zurechtzufinden.

»Dieses Zimmer ist so voll, hier ist gar kein Platz für Gedanken.«

Sie drehte sich um und sah fast ertappt aus. Aber nur für einen kleinen Moment. »Ich finde es gemütlich. Und zu deiner Information: Pflanzen und Deko geben einem Raum Leben. Solltest du vielleicht auch mal versuchen.« Bevor ich etwas antworten konnte, drückte sie mir ohne Erklärung ein flauschiges Paar Socken in die Hand. »Der alte Holzboden wird richtig kalt, und ich dachte, die könnten dir stehen, wo du doch so gern Farbe trägst.« Sie zwinkerte mir zu und bevor ich nachfragen konnte, ließ sie sich auf ihr Bett fallen und zog sich die dicksten und pinksten Socken der Welt über. Bei jeder ihrer Bewegungen rieselte ein Teil des Glitzers auf die helle Bettwäsche. Es hätte mich nicht gewundert, wenn wir in der ganzen Wohnung schon eine Spur aus Glitzerpartikeln hinterlassen hatten. Addie schien das nicht im Geringsten zu stören, denn sie ließ sich jetzt nach hinten fallen und schloss ihre Augen.

Am liebsten hätte ich mich einfach dazu gelegt, denn meine Anspannung wich mit jeder Minute meiner Müdigkeit. Es war ein verdammt langer Tag gewesen. »Wir sollten dich vielleicht erst wieder zurück in deine menschliche Gestalt verwandeln, bevor deine Fühler mit dir verschmelzen.« Wie von selbst beugte ich mich zu ihr hinunter und streifte ein paar türkise Flocken aus ihren Haaren.

Bei meiner Berührung öffnete sie sofort die Augen und testete so meine Selbstbeherrschung. Auch sie sah erschöpft aus.

Ohne weiter nachzudenken, was ich hier überhaupt tat, zog ich ihr vorsichtig den Haarreif vom Kopf. Dank Elodie wusste ich, wie vorsichtig man sein musste, um keine Haare mit auszureißen. »Vielleicht sollten wir mit deinen Fühlern anfangen.«

Kurz schien sie verwirrt zu sein, so als hätte sie komplett vergessen, dass sie schon den ganzen Tag mit diesem Haarreif herumlief. Dann aber entspannte sich ihr Gesicht und in ihren Körper kam wieder Bewegung. »Okay, komm mit«, sagte sie und durch ihre ruckartige Bewegung hinterließ sie eine weitere Ladung Glitzer auf ihrem Bett.

Bevor ich ihr folgte, konnte ich mich nicht davon

abhalten, noch einen genaueren Blick in ihr Zimmer zu werfen. Es hatte – ganz im Gegensatz zu meinem – wirklich Leben. Die gesamte Wand oberhalb ihres Schreibtisches war mit Fotos von ihr und ihren Freunden vollgepflastert. Ich ertappte mich dabei, wie meine Augen automatisch nach Bildern von ihrer Mutter oder wenigstens aus ihrer Schulzeit suchten, aber ich fand nur Fotos, die aus der Zeit am College stammen mussten. Ich hätte ewig hier stehen können und die Bilder von ihr auf Partys, auf Ausflügen und sogar Selfies, die in Vorlesungen aufgenommen worden waren, anschauen können. Sie alle sprühten vor Leben und passten genau zu Addisons Persönlichkeit.

Nur auf ihr ungeduldiges Drängen hin folgte ich ihr in das kleine Badezimmer, das wahrscheinlich eine ganz normale Größe gehabt hätte, wenn nicht noch zusätzliche Regale im Raum gestanden hätten. Ohne diesen Stauraum wäre es zwar unmöglich gewesen, den Überblick über die unzähligen Fläschchen und Döschen zu behalten, aber es führte auch dazu, dass man sich zu zweit kaum umdrehen konnte.

»Warum ist es hier so warm?« Anders als in unserem Badezimmer, fühlten die Fliesen sich hier nicht so an, als kämen sie direkt aus der Arktis.

»Wenn man nett zum Hausmeister ist, bekommt man eventuell einen tragbaren Heizkörper.« Grinsend zeigte sie auf ein graues Teil unter dem Waschbecken, das wahrscheinlich so alt wie das Gebäude selbst war, aber seinen Dienst offensichtlich immer noch zuverlässig erledigte.

Ohne nachzudenken, streifte sie sich mein Sweatshirt über den Kopf und schaute mich abwartend an.

»Dachtest du, ich ziehe mich jetzt auch vor dir aus?« Meine Stimme hatte ihren festen Klang verloren und die

Hitze, die sich in mir ausbreitete, war nicht mehr nur der antiken Heizung geschuldet.

Als sie den scherzenden Unterton in meiner Stimme hörte, wurden ihre Augen ganz schmal und sie musterte mich unverblümt von oben bis unten. »Nichts, was ich nicht schon kennen würde«, antworte sie und drückte mir ein weiches Handtuch in die Hand. Mein Grinsen wurde nur noch breiter, als ich merkte, wie sehr sie sich um einen unbeeindruckten Ton bemühte. Sie drehte sich zum Spiegel und begann, ihre Knödel, die sie auf den Kopf hatte, zu lösen. Als sie ihre Haare ausschüttelte, stöhnte sie erleichtert auf.

Verdammt noch mal, warum musste sie solche Geräusche machen, wenn ich mein Möglichstes versuchte, es dieses Mal langsam angehen zu lassen? Sie hatte recht, wir waren nicht nur Freunde. Aber ich hatte Angst, von meinen eigenen Gefühlen überfordert zu werden, wenn es zwischen uns noch einmal so schnell ging. »Diese Frisur tut meiner Kopfhaut schon beim Ansehen weh«, sagte ich und ließ meinen Blick über ihre Haare und ihren Rücken nach unten wandern.

Erst als ich ihren funkelnden Blick im Spiegel auffing, merkte ich, dass sie mich dabei ganz genau beobachten konnte. Sie drehte sich langsam zu mir um, und plötzlich wurde mir wieder bewusst, wie klein dieses verdammte Badezimmer war. Addison massierte die Stelle, an der ihre Haare hochgebunden gewesen waren und flüsterte: »Weichei«, bevor sie sich zum Gehen wandte.

Vielleicht war es auch gar nicht so leise, aber meine komplette Aufnahmefähigkeit war wegen ihrer Nähe vernebelt. Wie in Trance hielt ich sie an ihrer Schulter zurück. Ich sah, wie sich ihre Lippen bewegten, aber ich hörte nicht mehr, was sie sagte. Sie war mir so nah, dass ich jede einzelne Glitzerflocke auf ihrem Gesicht zählen konnte, aber stattdessen fokussierte ich mich nur noch auf ihre Lippen, die sich jetzt nicht mehr bewegten.

»Bleib bei mir.« Ich hörte meine Stimme, aber ich konnte mich nicht erinnern, etwas gesagt zu haben. Im nächsten Moment warf ich all meine guten Vorsätze über Board und presste meine Lippen auf ihre.

Für eine Millisekunde versteifte sie sich vor Überraschung, dann aber schlang sie ihre Arme um meine Schultern und zog mich näher an sich. Es war, als hätten wir beide nur darauf gewartet. Obwohl ich nicht deswegen mit ihr in ihre Wohnung gegangen war, wurde mir in diesem Moment bewusst, wie groß mein Verlangen nach ihr war. Ich konnte es unterdrücken, solange ich mir einredete, dass es keine Chance auf ein Uns gab. Aber in diesem Moment gab es nur uns. Und es fühlte sich viel richtiger an als alles, was zuvor dagewesen war.

Endlich ließ ich meinen Körper die Führung übernehmen und Addie ließ es bereitwillig zu. Erst als ich ihre Strumpfhose, Rock und Shirt ausgezogen hatte, hielt ich einen Moment inne. Sie sah so wunderschön und fast unschuldig aus, mit ihrer weißen Unterwäsche. Meine Finger fuhren zaghaft ihre Kurven nach und hinterließen eine Gänsehaut auf ihrer Haut.

Ihr Körper mochte mich täuschen, aber als ich ihr wieder in die Augen sah, war dort keine Spur von Unschuld mehr. Sie trat einen Schritt zurück, öffnete ihren BH und ließ ihn achtlos auf den Boden fallen. Meine Augen wanderten zu ihren Nippeln, die sich vor Erregung aufgestellt hatten. Ich wollte gerade meine Hand nach ihr ausstrecken, da fuhr sie mit den Daumen unter den Bund ihres Höschens, nur um im nächsten Moment ganz nackt vor mir zu stehen.

In der Vergangenheit fühlte ich mich von ihrer Direktheit oft vor den Kopf gestoßen, aber jetzt gab es nichts, was ich heißer fand als Addie, die mit einer Hand unter mein T-Shirt fuhr und mit der anderen Hand das Wasser in der Duschwanne aufdrehte. Ihr Blick war nichts anderes als eine stumme Aufforderung, der ich nur zu gern nachkam. Wie in Trance versank ich in ihrem Kuss, ihren Berührungen und ihrem Duft. Ich streifte mein Shirt ab und half ihr, meine Hose zu öffnen, bevor ich sie wieder an mich zog und die Wärme, die ihre Haut auf meiner hinterließ, zu genießen. Bereitwillig ließ ich mich von ihr mit in die Wanne ziehen und im nächsten Moment spürte ich das heiße Wasser auf meinen Rücken prasseln und wie Addison ihre Rückseite an mich presste. Meine Hände streiften langsam über ihre Schultern, ihren Bauch und ihren Po, während ich heiße Küsse auf ihrem Hals verteilte. Für ein paar Augenblicke hörte man nur das rauschende Wasser und Addies schweren Atem. Als meine Hände an ihren Brüsten angelangt waren, stöhnte sie und trat von einem Fuß auf den andern.

Im nächsten Moment wirbelte sie herum, schlang ihre Hände um meinen Nacken und küsste mich so voller Leidenschaft, dass ich mich mit einer Hand an der Wand hinter ihr abstützen musste, damit meine Beine nicht nachgaben. Sie löste sich von mir und ich öffnete unwillig meine Augen, nur um sie gleich darauf wieder zu schließen, als sie ein süß duftendes Duschgel nahm und es auf meiner Brust verteilte.

Ich genoss ihre Berührungen, erst auf meinem Oberkörper, dann auf meinen Rücken. Bis sie schließlich über meinen Po zwischen meine Beine wanderte und meine Erektion umschloss. Ich legte meinen Kopf auf ihrer Schulter ab und kostete jede ihrer Berührungen voll aus. Als ich den Kopf hob, sah ich das Verlangen in ihren Augen und hatte Angst, dass ich auf der Stelle kommen würde, wenn ich sie nicht unterbrach. Sanft zog ich ihre Hand zurück und presste sie mit meinem Körper gegen die Wand, um ihren Mund wieder zu erobern.

Sie drückte sich mit ihrem Becken gegen mich und ich konnte förmlich spüren, wie die Erregung durch ihren Körper floss.

Schweratmend löste ich mich von ihr, drehte sie um und griff nach dem Duschgel. Ihre Kurven passten sich meinem Körper perfekt an, jede unserer Bewegungen schien genau aufeinander abgestimmt zu sein. Ich ließ meine Hände von hinten über ihre Brüste nach unten wandern und nach ein paar Sekunden mischte sich ihr leises Stöhnen zum Rauschen des Wassers. Meine Erektion drückte sich fast schmerzhaft gegen ihre Rückseite und bettelte geradezu um Erlösung. Als meine Finger zwischen ihre Beine wanderten, schob sie sie ein Stück weiter auseinander und presste ihren Po fester an mich. Ich glaubte nicht, dass ich je etwas Erotischeres erlebt hatte.

Von meiner Erregung getrieben, fing ich an, ihre empfindlichste Stelle zu massieren, und es dauerte nicht lange, bis ihr Stöhnen intensiver wurde. Sie klammerte sich regelrecht an meinen Arm, der ihren Oberkörper festhielt, so als hätte sie Angst, dass ihre Beine nachgeben könnten. Als ich mit einem Finger in sie eindrang, verspannte sie sich für einen kurzen Moment, sodass ich mich zurückzog.

»Kian, wir können nicht … Wir können in der Dusche kein Kondom verwenden und ohne …«

Sie brach ab, als ich meine Lippen an ihr Ohr legte und flüsterte: »Für das, was wir machen, brauchen wir kein Kondom.« Ich gab ihr einen Kuss auf die Schläfe, bevor ich weitersprach. »Und wir werden nur das tun, was dir gefällt, okay?«

Sie nickte und ich sah, dass sie ihre Augen wieder geschlossen hatte, als sie ihren Kopf nach hinten an meine Brust sinken ließ. »Mach weiter.« Ein kleines Lächeln umspielte ihre Lippen.

Ich liebte es, zu sehen, wie sich ihre Gesichtszüge veränderten und vollkommen entspannten, als ich langsam wieder anfing, meine Finger kreisen zu lassen.

»Bitte, Kian.« Meinen Namen so aus ihrem Mund zu hören, setzte noch einmal viel mehr Empfindungen frei, als ich es in diesem Moment für möglich gehalten hätte.

Als meine Bewegungen schneller wurden, ließ sie ihrer Lust freien Lauf, und wenn ich mich in diesem Moment für ein Geräusch hätte entscheiden sollen, dass ich für den Rest meines Lebens hören wollen würde, wäre es mein Name gewesen – genau so, wie er in diesem Moment aus ihrem Mund kam. Ich war mir sicher, dass sich kein Orgasmus dieser Welt für mich besser anfühlte als Addies Lust, die sich im nächsten Moment nur durch meine Hände in ihr entlud.

»Ich rieche wie eine Pfirsichblüten-Prinzessin.« Jedes Mal, wenn ich mich auch nur ein bisschen bewegte, stieg mir der Duft von Addies süß-fruchtigem Duschgel in die Nase. Ich hatte keine Ahnung, ob es daran lag, dass Frauenprodukte einfach viel intensiver dufteten, oder daran, dass wir das Gel so lange auf unserer Haut hatten, bis das Wasser langsam kühler geworden war.

Addie bewegte sich nur träge an meiner Schulter. »Das ist Maracuja, aber ja, du riechst wie eine waschechte Prinzessin.« Ihr Kichern war so ansteckend, dass sich mein Lächeln noch vertiefte.

Ich konnte mich nicht erinnern, wann ich das letzte Mal so tiefenentspannt auf einem Sofa gelegen hatte. Schon gar nicht mit einem Mädchen zusammen. Und schon gar nicht nach einem Tag wie heute. Meine Muskeln waren wahnsinnig schwer und ich wusste nicht, wie ich je wieder von diesem Sofa aufstehen sollte. Seit wir uns von der Dusche losgerissen hatten, hatte ich keinen Gedanken daran verschwendet, ob ich lieber nach Hause gehen sollte. Hätte ich den logischen Teil meines Gehirns bemüht, wäre ich wahrscheinlich schon längst aufgebrochen. Ich hatte nicht viel mehr als mein Handy und meinen Schlüssel dabei, und lag jetzt mehr, als dass ich saß mit meinem alten T-Shirt und Boxershorts auf Addisons Couch. Von diesen Dingen einmal abgesehen, sollte ich mir darüber klar werden, was ich wollte. Denn als ich am Morgen aufgestanden war, hätte ich jeden, der mir vorhergesagt hätte, dass der Tag so ausgehen würde, ausgelacht.

Addie hatte das volle Gemütlichkeitsprogramm durchgezogen. Von der kuscheligen Decke über Lichterketten, die in jeder freien Ecke hingen, bis hin zu selbstgemachten Keksen war alles dabei. Das Wichtigste war aber, dass sie sich, ohne zu zögern, zu mir unter die Decke gekuschelt hatte, als würden wir ständig unsere Abende so verbringen. Ich hatte ihr einen Arm um die Schulter gelegt und strich gedankenverloren über ihre Haut.

Ich hatte eigentlich erwartet, dass mich die Panik über-
kommen würde, sobald ich einen Fuß aus der Duschwanne
machte. Dass ich nicht schnell genug von ihr wegkommen
könnte, weil meine Gefühle viel schneller waren als mein
Kopf. Stattdessen breitete sich eine Schwere in mir aus.
Eine der guten Sorte. Eine, die mich ruhig werden ließ.

Wir hatten schon eine Weile nichts mehr gesagt, als
Addie sich langsam neben mir bewegte und fragte: »Kannst
du heute einfach hierbleiben?«

38

Addison

»Wenn du noch einmal auf dein Handy schaust, nehme ich es dir weg.« Pit legte seine Hand auf meine, um mich daran zu hindern, mein Display zum zehnten Mal in den letzten fünfzehn Minuten zu entsperren.

Ich schielte zu Rylan, die in sich hineinkicherte und ganz ungehindert von Pit auf ihrem Telefon herumtippte.

»Jetzt lass die arme Addie doch in Ruhe.« Wenigstens von Camille bekam ich ungeahnte Unterstützung. »Die Mädels, die nach einer heißen Nacht auf eine Nachricht von dir warten, führen sich bestimmt genauso irrational auf.«

Trotz des kleinen Seitenhiebs lächelte ich Camille schwach zu, während Pit sich selbstzufrieden in die Kissen lümmelte.

Er wusste ganz genau, dass sie recht hatte, aber er schrieb seinen Eroberungen wirklich immer eine Nachricht. Zwar nur eine, aber immerhin wussten sie, woran sie waren.

Ich hingegen hatte wahnsinnige Angst davor, dass Kian seine Meinung wieder änderte. Nur widerwillig ließ ich ihn in der Nacht nach Hause gehen. Ich wollte, dass er blieb.

Ich wollte dieses Gefühl, das er mir gab, nicht wieder gehen lassen. Dieses Gefühl, dass alles auf einmal zusammenpasste, obwohl es auf den ersten Blick so unpassend erschien. Obwohl Kian mir dieses Gefühl gegeben hatte, schlichen sich die Zweifel in dem Moment, in dem er die Tür hinter sich geschlossen hatte, wieder in meinen Kopf. Ich wusste nicht, ob er es sich doch wieder anders überlegte. Ob er wirklich verstanden hatte, dass er die Geschichte seiner Schwester und Nichte nicht mit meiner vergleichen konnte. Ob er verstanden hatte, dass es nicht zwischen uns stand.

Ich hatte sogar Pit von unserem kleinen Abenteuer in der Dusche erzählt, nur damit er mir sagen konnte, ob ich nicht vielleicht doch zu direkt und forsch war. Nachdem er mich mindestens eine ganze Minute lang ausgelacht hatte, bezeichnete er mich als den Traum eines jeden Mannes, was wiederum eine weitere Minute lang unangenehm für uns alle war, da Pit normalerweise versuchte, uns nicht als Menschen, die Sex hatten, zu betrachten. Das galt übrigens auch andersherum, aber Pit erzählte uns immer wieder gern von seinen erotischen Errungenschaften, deshalb war er jetzt an der Reihe, sich meine anzuhören. Rylan und Camille gründeten schon Kians persönlichen Fanclub, nachdem ich ihnen von den Geschehnissen auf der Farm erzählt hatte, und spätestens nach der Beschreibung, wie intensiv ich in der Dusche gekommen war, waren sie ihm verfallen.

»Blake hat geschrieben. Sie sind vor der Tür.« Rylan schälte sich mühsam aus ihrer Decke und ignorierte absichtlich meinen Blick. »Er hat ›wir‹ gesagt, Addie. Mein Gott, dich hat es ja richtig erwischt. Wer hätte gedacht, dass ausgerechnet der stumme und kühle Kian das schaffen würde.«

Obwohl ich ihr schon allein aus Trotz widersprechen wollte, war ich viel zu erleichtert, dass Kian sein Versprechen gehalten hatte. Er hatte sofort zugestimmt, als ich ihn und Blake zu unserem sonntäglichen Film- und Pizza-Abend eingeladen hatte. Wäre ich mein übliches selbstbewusstes Ich gewesen, hätte ich ihm im Laufe des Tages einfach eine Nachricht geschrieben, statt den Tag damit zu verschwenden, auf eine von ihm zu warten, denn ich hasste es, so im Ungewissen zu sein. Aber wenn es um Kian ging, war ich nicht mein übliches Ich, sondern eine viel unsichere Version von mir, die viel zu viel nachdachte.

Rylan und Camilles Urteil nach meinen Erzählungen lautete, dass er komplett verrückt nach mir war und ich mich dringend entspannen musste, aber sie kannten Kian auch nicht so wie ich. Er war nicht rational, wenn es um seine Gefühle ging, egal wie sehr er es versuchte. Er war viel zu tief in seinem Geflecht aus Schuldgefühlen, Fremdbestimmung und der Unterdrückung seiner eigenen Wünsche gefangen, als dass er Entscheidungen basierend auf seinem eigenen Wohl treffen konnte. Ich hatte Angst, dass seine Gefühle für mich irgendwo im Chaos seines Kopfes untergingen, und ich wusste nicht, ob ich noch einmal damit umgehen konnte. Ohne es richtig zu merken, hatte ich meine Gefühle offengelegt, und je mehr Zeit verging, desto härter wäre ich gefallen. Und ich wünschte mir nichts mehr, als dass Kian da war, um mich aufzufangen.

»Hey, wovon träumst du?« Ich zuckte zusammen, als das Sofakissen neben mir einsank und ich Kian ganz nah neben mir spürte.

Ich brauchte ein paar Sekunden, um mich zu sammeln.

Seine Augen sahen wach und glücklich aus. Ich war erleichtert, dass er aussah, als wäre er gern hier und nicht so, als wäre er von Blake dazu gezwungen worden. Wie gern hätte ich ihm einen Kuss gegeben und wieder seinen kratzigen Bart an meiner Haut gespürt, aber so weit waren wir noch nicht.

»Von Maracuja-Prinzessinnen.«

Kians Grinsen wurde breiter, bevor er mit den Schultern zuckte. »Sorry, meine Zeit als Prinzessin ist vorbei, ab jetzt benutze ich wieder stahlhartes Männerduschgel, das mich zu einem harten Kerl macht.« Er legte den Kopf schief und für einen Augenblick hatte ich das Gefühl, dass auch er sich zusammenreißen musste, mich nicht zu berühren. Wir saßen an genau der gleichen Stelle, an der wir uns am Abend zuvor noch aneinandergeklammert hatten, als könnten wir uns nur gegenseitig den Halt geben, den wir brauchten.

»O Mann, Leute, wehe wir müssen heute einen Liebesfilm ansehen. Ich kann es nicht ertragen, wenn unsere Turteltäubchen sich hier den ganzen Abend so tief in die Augen sehen, als würden sie darin die Geheimlösung für den Weltfrieden finden.« Blake verzog das Gesicht und ließ sich mit einem Stück Pizza neben Rylan in unseren großen Sitzsack fallen.

»Nur weil du deinen Groupies höchstens für zwei Sekunden ins Gesicht schaust, bevor du sie mit hinter die Bühne nimmst.« Rylan pikste Blake in den Bauch und brachte ihn so zum Schweigen. Vielleicht war mein Gehirn von Hormonen vernebelt, aber ich hatte das Gefühl, das Blakes Blick sich veränderte, sobald er mit Rylan zusammen war.

»Erstens: Auf keinen Fall schauen wir heute einen Liebesfilm und zweitens: Es gibt ganz andere Orte, auf die

Blake gucken muss, wenn er die Groupies mit hinter die Bühne nimmt. Ich bin echt neidisch auf dich, Mann. Ich hätte mich als Kind nicht weigern sollen, Klavier zu üben. Die Mädels stehen auf Musiker«, sagte Pit. Er kam mit den restlichen Pizzen aus der Küche und gab Blake im Vorbeigehen ein High Five.

»Oder die Jungs«, fügte Blake mit einem Augenzwinkern hinzu. »Alter, noch besser. Mehr Auswahl. Du bist echt zu beneiden.« Mit einem viel zu theatralischen Seufzer ließ sich Pit auf die Couch fallen.

»Vielleicht lässt Blake dich das nächste Mal seine Gitarre tragen. Dann kannst du so tun, als wärst du talentiert«, meldete sich Camille wieder zu Wort, die sich seit mindestens zehn Minuten durch das Netflix-Angebot geklickt hatte.

Ich war froh, dass sie sich mittlerweile in einer größeren Gruppe wohlfühlte und mit Pits Art umgehen konnte. Anfangs hatte es ein bisschen gedauert, bis sie mit ihm warm wurde, aber mittlerweile standen sie sich nah genug, um sich gegenseitig aufzuziehen.

»Hey, ich bin talentiert. Zwar nicht auf, aber dafür hinter der Bühne.« Pit nahm Camille die Fernbedienung aus der Hand und die beiden verfielen in eine handfeste Diskussion über die Filmauswahl.

Noch einem Monat zuvor hätte ich nie damit gerechnet, dass sich mein engster Freundeskreis um Kian und Blake erweitern würde, nicht in meinen wildesten Träumen. Und trotzdem fühlte es sich gerade so an, als sollte es genau so sein.

39

»Schätzchen, gehe ich recht in der Annahme, dass zwischen dir und Kian wieder alles in Ordnung ist?« Mrs. Fanning schaffte es genau vier Tage lang, mich nicht auf Kian anzusprechen, bevor sie es nicht mehr aushielt.

Er kam noch am Montag zurück zur Arbeit und die Fannings waren nett genug, um so zu tun, als würden sie immer noch an die Geschichte mit den Prüfungen glauben. Wir waren noch keine zwei Minuten zu zweit hinter dem Tresen gewesen, als sich schon ein wissendes Lächeln auf Mrs. Fannings Gesicht schlich. Ich hatte schon in diesem Moment das Gefühl, dass sie unbedingt nachfragen wollte, aber sie war geduldig genug, um auf einen günstigeren Moment zu warten, als Kian noch nicht im Café und ihr Mann in der Küche war. Der war nämlich der Ansicht, dass sich seine Frau aus der Beziehung zwischen mir und Kian heraushalten sollte.

»Im Moment läuft es ganz gut.« Ich wusste nicht genau, wie viel ich ihr sagen sollte. Ich vertraute Viola und wusste, dass sie nur das Beste für mich wollte, aber es gab noch kein *Kian und Ich* über das man sprechen konnte. Das dünne Band, das zwischen uns war, gehörte nur uns und ich wollte es nicht gefährden, indem ich zu viel darüber sprach. »Wir haben uns ausgesprochen.«

Viola strahlte mich an, als hätte ich ihr gerade eine Einladung für unsere Hochzeit überreicht. »Er ist ja auch so ein hübscher junger Mann, nicht wahr? Hach, wenn man noch mal jung wäre …«

Ich musste bei dem verträumten Blick in ihren hellen Augen lächeln.

»Wenn wir nochmal jung wären, hätte er trotzdem keine Chance gegen mich.« Ihr Mann kam gerade rechtzeitig aus der Küche, um ihren letzten Kommentar zu hören. Er schlang seinen Arm um die Taille seiner Frau und gab ihr einen flüchtigen Kuss auf die Wange.

Ich war mir vollkommen sicher, dass er recht hatte. Die beiden waren seit vierzig Jahren verheiratet und wirkten immer noch wie frisch verliebt. Kian hätte in keinem Jahrzehnt bei ihr eine Chance gegen Randy Fanning gehabt. Viola kicherte wie ein frisch verliebter Teenager und stieß ihn spielerisch weg.

Wenn ich die beiden so sah, war ich froh, dass ich hier gelandet war. Sie ahnten wahrscheinlich, dass sie das einzige Paar in meinem Umfeld waren, bei denen ich sehen konnte, wie eine gesunde und erwachsene Beziehung aussah. Wenn ich sah, wie die beiden flirteten, sich neckten oder wie hingebungsvoll sie sich um ihre Enkelin kümmerten, führte mir das zwar schmerzlich vor Augen, was mir in meiner Kindheit gefehlt hatte und noch immer fehlte, aber es gab mir vor allem Hoffnung, dass es nicht immer so laufen musste. Dazu kam, dass sie mich schon sehr lange als Teil ihrer Familie sahen, und das war viel mehr wert als das Geld, das ich hier verdiente.

»Keine Sorge, du bist der Einzige für mich, aber man

wird ja wohl noch gucken dürfen.« Viola zwinkerte mir hinter den Rücken ihres Mannes zu. »Aber du, Addie, du darfst mehr als nur gucken.«

Mir fiel vor Überraschung fast der Spritzbeutel aus der Hand.

»Viola!« Zugegeben, mein Entsetzen war nicht angebracht, wenn man bedachte, dass ich schon weit mehr getan hatte, als nur zu gucken. Aber das konnten die beiden ja nicht wissen.

»Ach Liebes, keine Angst. Sein Gesicht verändert sich immer, wenn du in der Nähe bist, das habe ich ganz genau gesehen. So als würdest du höchstpersönlich die Sterne in den Himmel malen.« Sie rückte ein Stück näher zu mir und sprach etwas leiser weiter. »Genauso hat Randy mich auch immer angesehen, als ich ihn noch um mich habe kämpfen lassen.«

Daran, dass ihr Mann sie früher schon so angesehen hatte, als würde sie die Sterne für ihn in den Himmel malen, hatte ich keinen Zweifel. Was Kian betraf, war ich mir da nicht so sicher. Es gab Momente, in denen seine Augen wie ein undefinierbarer See aus Gefühlen wirkten, und irgendetwas sagte mir, dass es genau das war. Undefinierbar. Nicht nur für mich, sondern auch für ihn selbst.

Trotzdem widersprach ich ihr nicht, sondern erwiderte ihr glückliches Lächeln. Ihre Haare mochten zwar mittlerweile mehr weiß als blond sein und ihre Haut nicht mehr so glatt wie früher, aber wenn ich eines mit Sicherheit sagen konnte, dann war es, dass Viola von ihrem Mann genauso geliebt wurde, wie am Tage ihrer Hochzeit. Wenn nicht sogar noch mehr.

Der stellte sich jetzt etwas ungeduldig neben seine Frau. »Jetzt lass Addie doch mal. Die jungen Leute wissen schon selbst, wie das geht.« Sanft schob er Viola in Richtung Hinterausgang und warf mir einen verschwörerischen Blick zu. Ich war mir nicht sicher, ob er dem Kian-Thema galt oder einfach der Tatsache, dass er mich vor seiner neugierigen Frau gerettet hat.

»Was macht der Kurskatalog zwischen deinen Büchern? Und warum ist diese Seite hier eingeknickt?« Vorwurfsvoll tippte Kian auf die besagte Seite. In meiner unnachahmlichen Ordnung hatte ich heute Morgen nicht gemerkt, dass mir der Katalog zwischen meine Chemiebücher gerutscht war.

Wir hatten das Café zugesperrt und uns an einem der Tische im Erker ausgebreitet. Draußen war es schon fast dunkel, aber das orangene Licht der Straßenlaternen erleuchtete den *University Park*, in dem trotz des Nebelwetters einige unserer Kommilitonen unterwegs waren. Im Café herrschte zwar eine überaus gemütliche Atmosphäre, aber Kian setzte einiges daran, sie mir zu verderben, denn er war fest davon überzeugt, mir den Chemiestoff so einzutrichtern, dass ich meine Note über dem verlangten Durchschnitt für das Stipendium halten konnte. Wenn es um meine Noten ging, waren unsere Rollen auf einmal vertauscht. Er sprühte voller Zuversicht und ich war diejenige, die keinen Ausweg sah und lieber die Augen vor der Realität verschloss.

Kian hatte seinen Finger immer noch auf den Katalog gerichtet und sah mich abwartend an. Mit seiner Brille wirkten seine Augen noch viel strenger und trotzdem machte sie ihn gleichzeitig so verdammt heiß. Jetzt war aber nicht der Zeitpunkt für diese Gedanken, die mir die Hitze zwischen meine Beine treiben würden, wenn ich nicht aufpasste. Ich zuckte mit den Schultern und zog ihm das Heft weg.

»Ich dachte, ich könnte den Grundlagenkurs für Physiotherapie belegen. Dann könnte ich deine verspannten Schultern massieren.«

Kian seufzte, aber ich sah, wie seine Augen aufblitzten.

»So verlockend das klingen mag, aber findest du nicht, du solltest dich erst einmal auf die Kurse konzentrieren, die du wirklich brauchst?« Er klang aufrichtig besorgt und mein Herz schlug gleich ein paar Takte schneller. »Sagst du nicht immer, man muss wie verrückt auf seine Träume zulaufen, weil wir nur dieses eine Leben haben?«

Ich hörte auf, an dem Kurskatalog herumzufummeln, und schaute auf. Es klang surreal, meine Worte aus seinem Mund zu hören. Genauso surreal war es, dass er sich das gemerkt hatte.

Er verschränkte die Arme und sah mit den hochgezogenen Augenbrauchen, die über den Rand seiner Brille ragten, jetzt nicht mehr aus wie mein Kommilitone, sondern wie mein heißer und viel zu junger Professor. Der Gedanke war auf genauso vielen Ebenen falsch, wie er anturnend war. Obwohl ich einiges zu sagen gehabt hätte, nickte ich nur.

»Siehst du. Aber trotzdem machst du genau das Gegenteil.« Kian lehnte sich zurück in die Kissen, die hinter ihm auf der Bank lagen. Ich wollte gerade protestieren, aber da sprach er schon weiter. »Du läufst nicht auf deine Träume zu, Addie. Du läufst im Zickzack und biegst dabei auch noch mindestens drei Mal falsch ab.« Er stütze seine Ellenbogen wieder auf den Tisch, um mir direkt in die Augen zu schauen, und ich klappte meinen Mund wieder zu, weil ich keine Ahnung hatte, was ich sagen sollte.

Ein Teil von mir dachte immer, es sei richtig, alles Mögliche auszuprobieren, um zu wissen, was man wirklich will, aber vielleicht lag ich komplett falsch. Vielleicht verzettelte ich mich so nur und würde am Ende ohne Abschluss dastehen.

»Auf die Gefahr hin, dass ich furchtbar spießig und lehrerhaft klinge: Warum machst du nicht zuerst deinen Bachelor fertig und siehst dann weiter? Du hast mit Human-Physiologie, das am breitesten gefächerte Fach, das man im medizinischen Bereich haben kann. Danach kannst du immer noch entscheiden, in welche Richtung du gehen willst.«

Ich brauchte ein paar Sekunden, um seine Worte zu verarbeiten, aber dann nickte ich wie von selbst. »Du klingst wirklich unglaublich spießig und lehrerhaft, aber leider hast du trotzdem recht.« Die Tatsache, dass ich es liebte, wenn er so besorgt um meine Zukunft war und ich es gar nicht schlimm fand, wenn er wie mein Lehrer klang, ließ ich vorsichtshalber aus, denn ich wusste immer noch nicht so richtig, wie es mit uns weitergehen sollte. Wir verbrachten schon wieder viel zu viel Zeit zusammen, um nur Freunde zu sein, und die sexuelle Energie zwischen uns war zu einem Dauerzustand geworden.

»Du tust gerade so, als wäre es wahnsinnig abwegig, dass ich auch einmal recht haben könnte.« Er scheiterte am Versuch, einen Schmollmund zu ziehen, und wenn ich mich nicht wieder meinem Buch zugewandt hätte, wäre mir der schmachtende Ausdruck mit dem leicht geöffneten Mund wohl festgewachsen und ich glaubte nicht, dass mir dieser

Look auf Dauer besonders gut gestanden hätte.

Überhaupt hatte ich mir heute Morgen aus Zeitmangel keine besonders große Mühe mit meinem Outfit gegeben und mich dem Klischee, dass College-Mädels im Herbst quasi nur in Yoga-Leggins und übergroßem Pullover lebten, voll hingegeben. Wenigstens ging der blaugraue Hoodie mit dem weißen *Elbury-University*-Logo als Zeichen des School-spirits durch und ganz nebenbei passte er auch noch ziemlich gut zu meinen Augen.

»Können wir nicht einfach nach Hause gehen und etwas essen?« Ich verschränkte meine Arme vor meiner Brust, obwohl ich damit wahrscheinlich wie ein trotziges Kind wirkte. »Ich kann mit leeren Magen nicht weiterlernen.«

Kian musterte mich einen Augenblick, verschwand dann aber seufzend in der Küche. Mit einem mindestens genauso großen Seufzer ließ ich mich in die Kissen fallen und schloss für einen Moment die Augen.

Im Café war es bis auf die leise Entspannungsmusik, die den ganzen Tag lief, ruhig, und ich hörte Kian in der Küche im Kühlschrank wühlen. Ich konnte mich kaum noch an die Zeit erinnern, in der er noch nicht mit mir gearbeitet hatte, so selbstverständlich fühlte es sich mittlerweile an, obwohl es erst knapp zwei Monate her war, als er mich aus der Bibliothek geschleift hatte.

Damals fand ich ihn heiß und unverschämt. Jetzt fand ich ihn zwar immer noch unglaublich anziehend, aber diese Anziehungskraft war nicht mehr nur körperlich. Ich fühlte unsere Verbindung in jeder Faser meines Körpers, obwohl es von außen betrachtet überhaupt keinen Sinn ergab. Ich sollte eigentlich gelangweilt von seiner zurückhaltenden Art sein und er sollte genervt von meinem lauten Geplapper sein, und trotzdem hatte ich das Gefühl, er spürte es genauso wie ich. Der Unterschied war, dass ich längst bereit für ihn war, während er noch zögerte.

»Ich habe keine Sandwiches mehr gefunden, deshalb habe ich einen Käsetoast gemacht.« Er stellte einen Berg voller Käse mit ein bisschen Toast auf den Tisch. »Eventuell habe ich das Verhältnis zwischen Käse und Brot etwas falsch eingeschätzt.« Er nahm einen Toast, der einen dicken Faden geschmolzenen Käse mit nach oben zog, und hielt ihn mir hin.

»Man kann nie genügend Käse auf seinem Sandwich haben! Das ist die erste Lektion in Sachen Kochen, das weißt du doch.« Ich biss herzhaft hinein und Kian lächelte mich an. Gerade als er etwas sagen wollte, meldete sich sein Handy und er versteifte sich augenblicklich. So als spürte er, dass es nicht einfach nur Blake war, der ihm eine Nachricht geschrieben hatte.

»Ich sollte noch nach Avery sehen.« Er wirkte nicht unbedingt so, als wäre er von seinem eigenen Vorhaben überzeugt. Statt sich in Bewegung zu setzen, starrte er auf sein Display.

»Ist sie okay?« Ich wusste mittlerweile, dass die Beziehung zwischen ihm und seiner Schwester mehr als kompliziert war. Kian zuckte wie in Zeitlupe mit den Schultern, statt mir zu antworten. »Es ist schon fast halb zehn, willst du wirklich noch nach Seattle fahren?«

Wieder senkte er seinen Blick auf das Display und nach einer gefühlten Ewigkeit schüttelte er den Kopf. Wie von selbst rückte ich auf die andere Seite der Bank, um näher bei ihm zu sein. Wir hatten zwar seit dem letzten Wochenende nicht mehr über das, was zwischen uns war, gesprochen, aber dass hielt keinen von uns beiden davon ab, die Nähe des anderen zu suchen.

»Hey, auch wenn du dir das nicht vorstellen kannst, aber irgendwann wird es anders sein. Es wird ihr besser gehen.« Es fiel mir immer noch schwer, die richtigen Worte zu finden, wenn es um Avery oder Elodie ging, weil ich das Gefühl hatte, dass die Situation immer noch zwischen uns stand.

»Es hätte anders sein können, wenn ich mein Scheißleben schon früher auf die Reihe bekommen hätte. Dann würde sie vielleicht auch schon hier studieren.« Kian klang verbittert, wie immer, wenn er über die Situation seiner Schwester sprach.

»Nur weil es anders hätte sein können, heißt das aber nicht, dass es auch besser gewesen wäre.« Es war nicht das erste Mal, dass ich versuchte, ihn aus seinen Fesseln, die aus Schuldgefühlen und negativen Gedanken entsprangen, zu befreien, aber meine Worte kamen nie richtig bei ihm an. Stattdessen wirkten seine Augen jetzt noch viel müder, als er den Kopf leicht zu mir drehte.

»Denk doch an Elodie. Du liebst sie abgöttisch, könntest du dir vorstellen, wie es wäre, wenn sie nicht in deinem Leben wäre?«

Kians Augen leuchteten auf, als er den Namen seiner Nichte hörte. Er würde alles für sie geben. »Weißt du, manchmal weiß ich nicht, ob ich dich für deine nervtötenden Motivationssprüche am liebsten von der nächsten Brücke schubsen möchte, oder …« Als ich gerade zum Protest ansetzte, legte er mir einen Finger auf den Mund. »Oder ob ich dich dafür küssen möchte, weil du so oft recht damit hast.« Er nahm seinen Finger wieder aus meinem Gesicht und sah mich abwartend an.

»Darf ich mir was aussuchen?« Obwohl ich so lange darauf gewartet hatte, dass er den ersten Schritt machte, war mein Kopf in diesem Moment leer. Dafür war in meinem Herzen umso mehr los, als Kian den Kopf schüttelte und sich mit einem leisen »Nein« zu mir beugte.

Er drehte seinen Oberkörper in meine Richtung und legte eine Hand sanft in meinen Nacken. Für ein paar Augenblicke spürte ich nur seinen Daumen, der über die empfindliche Stelle hinter meinem Ohr strich. Im nächsten Moment schloss ich die Augen, als er sich zu mir beugte und seine weichen Lippen meine trafen und behutsam an meiner Unterlippe saugten. »Dieses Mal entscheide ich.« Er unterbrach den Kuss nur kurz, um seine Brille achtlos auf unsere Bücher zu werfen, und war in der gleichen Sekunde wieder bei mir. »Und ich glaube, es war die richtige Entscheidung.« Er sagte es so leise, dass es so wirkte, als würde er die Worte nur an sich selbst richten, aber sein Blick gehörte mir. Seine Augen waren so dunkel und tief, als würde er sich jeden Quadratmillimeter meines Gesichts einprägen. Immer noch fühlte sich mein Kopf an, als hätte nichts anderes als Kian darin Platz und als er beide Hände anhob, um mir meine vorderen Haarsträhnen aus dem Gesicht zu streichen, schmolz ich unter seiner Berührung dahin. Er strich mir mit beiden Händen meine Haare hinter die Ohren und ich hatte das Gefühl, er wollte noch etwas sagen. Dann aber wanderte sein Blick wieder zu meinen Lippen und im nächsten Moment waren sie mit seinen vereint. Dieses Mal war sein Kuss viel sanfter als alle vorherigen. Er ließ sich Zeit, bevor seine Zunge sich fast schüchtern in meinen Mund bewegte. Dieser Kuss war so viel langsamer, dafür schlug mein Herz umso schneller. Es war, als würde er alle Gefühle, für die er keine Worte finden konnte, in diesen Kuss legen.

40

Es war noch nicht einmal eine Woche her, dass ich mit Addison zusammen im St.-Nicolas-Heim gewesen war, und trotzdem hatte ich wieder das gleiche Gefühl, als ich mit ihr zusammen auf das Gebäude zuging. Eine Mischung aus unwirklich und vertraut.

Nachdem ich am Tag zuvor wahrscheinlich das erste Mal nach Jahren egoistisch gehandelt hatte, indem ich lieber bei Addison geblieben war, statt sofort nach Seattle zu fahren, nachdem meine Schwester mir eine Nachricht geschickt hatte, kam ich nun mit gemischten Gefühlen hierher. Avery spürte genau, wie wichtig Addison mir geworden war, denn seit sie sich letztes Wochenende kennengelernt hatten, schlug sie noch mehr über die Stränge als sonst. Sie wusste genau, welche Knöpfe sie bei mir drücken musste. Als sie mir am Montag ein Foto von Elodie, die in einem Park auf Dans Schoß saß, geschickt hatte, ließ ich sogar meine Vorlesung sausen und fuhr in Rekordzeit in die Stadt. Ich wusste nicht, ob Avery Dan endlich verraten hatte, ob er Elodies Vater ist, oder ob es einen anderen Grund für seine plötzliche Anwesenheit in ihrem Leben gab, aber es gefiel mir ganz und gar nicht.

Addison lächelte mir schon zum wiederholten Mal aufmunternd zu und mir wurde bewusst, dass mein Gesicht einem Pokerface wohl nicht so nahekam, wie ich es gern gehabt hätte. Als sie meine Arme noch einmal wie zufällig streifte, verschränkte ich meine Finger wie ganz von selbst mit ihren. Addie ließ diese Geste unkommentiert, aber ich konnte sehen, wie ihr Lächeln breiter wurde.

Ich hätte gern vermieden, dass Avery noch einmal auf Addison traf. Avery hatte eine Abneigung gegen sie, aber Addie konnte weder etwas dafür, noch hatte sie es verdient, Ziel der Anfeindungen meiner Schwester zu werden. Dazu kam, dass ich wirklich darauf verzichten konnte, zwischen die Fronten zu geraten. Avery war meine Schwester und sie würde mit Elodie immer oberste Priorität haben, aber ich konnte die Gefühle, die Addie in mir auslöste, nicht mehr länger ignorieren und nach diesem unglaublichen Kuss im Café wollte ich es auch nicht mehr. Zum ersten Mal wollte ich mehr. Mehr, als mich in mein Studium zu stürzen, und mehr, als nur für meine Familie zu existieren.

Wir hatten das Treppenhaus, wo sich unsere Wege für den Nachmittag trennten, fast erreicht, als Avery plötzlich am oberen Treppenabsatz auftauchte. Ihr Blick fiel sofort auf unsere ineinander verschränkten Hände und wurde noch eine Spur düsterer. Ich sah sofort, dass sie nicht geschlafen hatte. Ihre helle Haut wirkte fahl und ihre Haare flogen ihr wild und stumpf um die Schultern. Ich weiß nicht, wie lange sie versucht hätte, uns in den Boden zu starren, wenn uns Elodie nicht entdeckt und ungeduldig an der Hand ihrer Mutter gezogen hätte.

Ich ließ Addies Hand los, so als hätten sie uns bei etwas furchtbar Bösen erwischt, bereute es aber im nächsten Moment wieder. Wenn ich Addisons Hand halten wollte, hatte das rein gar nichts mit meiner Schwester zu tun. Auch wenn mein Leben sich bis jetzt nur in engen Bahnen um sie gedreht hatte, musste sie damit klarkommen, dass es auch noch andere Personen gab, die mir wichtig waren. Sie wollte zwar, dass ich zur Stelle war, wenn sie Hilfe brauchte, aber gleichzeitig hatte sie mich auch schon hundert Mal darauf hingewiesen, dass ich mich aus ihren persönlichen Angelegenheiten raushalten sollte.

Um die Situation etwas zu entspannen, ging ich ein paar Treppenstufen nach oben und schloss Elodie in meine Arme. »Na Süße, backst du heute mit Addie Kekse?«

Ihre Zöpfe wackelten, als sie freudig nickte. Sie schenkte Addison sogar ein strahlendes Lächeln, woraufhin sich Averys Blick noch eine Spur verdunkelte. Trotzdem stand sie nur stumm und versteinert da, auch als Addison sie ansprach.

»Hey, Avery, soll ich Elodie gleich mit nach unten nehmen? Ich kann dir das Betreuungsformular auch später mitbringen, wenn du willst«, sagte Addison.

Es schien, als machte Addisons freundlicher Ton sie nur noch wütender und ich wusste, dass sie nur Elodie zuliebe schwieg. Avery mochte einerseits vielleicht eine verantwortungslose Teenagerin sein, aber sie liebte Elodie und würde ihr niemals absichtlich schaden.

Nachdem Avery keine Anstalten machte, irgendetwas zu sagen, nickte ich Addison zu.

»Gehst du mit Addison mit? Wir holen dich dann später wieder ab und du zeigst uns, was du gemacht hast, okay?«, sagte ich zu Elodie.

Elodie blickte zu ihrer Mutter, die sich endlich ein Lächeln abrang und ihr einen Kuss auf die Wange gab. Erst dann nickte Elodie und ließ sich von Addison an die Hand nehmen.

Als die beiden außer Hörweite waren, atmete ich erleichtert aus und wandte mich meiner Schwester zu. Sie hatte eindeutig noch ihren Pyjama an und im Gegensatz zu Elodie hatte sie heute wahrscheinlich noch keine Dusche gesehen.

»Dieses Flittchen ist also der Grund, warum du uns im Stich lässt.«

Den ganzen Weg zurück in Averys kleines Reich hatte sie jegliches Gespräch verweigert, sodass ich frustriert angefangen hatte, Elodies Spielsachen vom Boden aufzusammeln. Als ich ihr aber nicht mehr meine ganze Aufmerksamkeit schenkte, brach es aus ihr heraus. Ich war gerade dabei, Glitzerstifte und ihre dazugehörigen Deckel wieder zusammenzubringen, als ich mich wieder zu ihr umdrehte.

»Nenn sie nicht so! Du kennst sie doch gar nicht.«

Sie lachte auf, aber es war ein hohles, bitteres Lachen. »Sie hat dich komplett verblendet.« Sie schüttelte den Kopf, sprach aber nicht weiter. Sie wollte eine Reaktion aus mir herausbekommen und ich musste mich zusammenreißen, um ihr nicht zu geben, was sie wollte.

»Ave, woher hast du dieses Malbuch?« Während ich noch überlegte, wie ich ihr die Sache mit Addison erklären sollte, wurde meine Aufmerksamkeit plötzlich auf ein aufgeschlagenes Malbuch mit dem Thema Unterwasserwelt gelenkt.

Die meisten Spielsachen, Bücher oder Stifte die Elodie hatte, waren vom Heim oder von mir, aber dieses hier schrie geradezu den Namen meiner Mutter. Es hätte mir eigentlich schon bei den neuen Glitzerstiften auffallen müssen. Meine Mutter liebte die Unterwasserwelt und Glitzer und wann immer meine Eltern etwas für ihre Enkeltochter kauften, hatte es etwas mit diesen Themen zu tun. Ich hob das Buch hoch und Averys Miene wurde kurz eine Spur trauriger, ehe sie sich wieder im Griff hatte.

»Avery, warum waren unsere Eltern hier?« Ich merkte, wie meine Stimme ungehaltener wurde, aber unsere Eltern kamen nur äußerst selten ins Heim. Anfangs war ich deswegen unglaublich sauer auf sie, bis ich merkte, dass es reiner Selbstschutz war. Trotzdem schrillten meine Alarmglocken sofort.

Unsere Eltern waren nach wie vor davon überzeugt, dass Elodie in einer Pflegefamilie besser aufgehoben wäre, zumindest solange, bis Avery es schaffte, auf eigenen Beinen zu stehen und Verantwortung für sich und ihre Tochter zu übernehmen. Sie verstanden einfach nicht, dass es die beiden zerstören würde. Avery würde daran zerbrechen, ihre Tochter zu verlieren, und Elodie war jetzt schon so labil und sensibel, dass ich mir gar nicht ausmalen mochte, welches Trauma sie bei einer Trennung von ihrer Mutter davongetragen hätte.

Avery wich meinen Blick aus, aber ich gab nicht nach. Ich musste wissen, was los war. »Avery …«, setzte ich noch einmal an, als sie mir ins Wort fiel.

»Was glaubst du, warum ich dich gestern gebraucht habe?« Ihre Stimme zitterte jetzt. Vor Wut und vor Traurigkeit. »Sie wollten angeblich nur mit mir reden und ihre Enkelin sehen, aber sie waren noch keine fünf Minuten hier, da zog Dad schon wieder einen Flyer für ein Pflegeprogramm aus der Tasche. Er hat Elodie sogar gefragt, ob sie nicht gern einmal in den Urlaub fahren möchte.« Sie rollte mit den Augen und malte mit ihren Fingern Anführungszeichen in die Luft, aber ich spürte, wie nahe ihr die

Sache ging.

Auch wenn sie es nicht zugegeben hätte, wollte Avery nichts mehr als die Unterstützung unserer Eltern und ein normales Verhältnis zu ihnen, aber sie hatten zu unterschiedliche Ansichten, was das Beste für Elodie war. Und so sehr ich es auch vermisste, eine intakte Familie zu haben, musste ich mich in dieser Sache gegen unsere Eltern stellen, egal wie schwer Avery es mir manchmal machte. Ich war mir so sicher, dass sie es nicht verkraftet hätte, wenn sie ihr Elodie weggenommen hätten, und genauso sicher war ich, dass es mir das Herz in alle Einzelteile zerrissen hätte, wenn es so weit kommen sollte.

»Du weißt, dass ich das niemals zulassen würde, oder?« Ich versuchte, zu ihr durchzudringen, aber sie mied meinen Blick. »Avery, hörst du mir zu? Das wird nicht passieren, aber mach es uns doch allen leichter und hör auf, immer wieder nachts abzuhauen und irgendein Zeug zu nehmen, und streich Dan doch endlich ein für alle Mal aus deinem Leben. Elodie zuliebe.«

Ich wusste, dass ich mir den letzten Teil hätte sparen können, als sich Averys Gesicht wieder verhärtete. Sie stand auf und fing an, im Raum zu kreisen. Immer wenn sie sich in die Ecke gedrängt fühlte, musste sie sich bewegen. Dieses Mal blieb sie aber direkt vor mir stehen. Avery hatte wie ich die Größe unseres Vaters geerbt und ging mir mit ihren 1,80 Metern fast bis zur Nase.

»Weißt du was? Du bist ganz schön schnell damit, deine eigene Schwester zu verurteilen, während du einem von Dans benutzten Resten blind hinterherläufst.« Avery wurde mit jedem Wort lauter und ihre Augen, die normalerweise einen sanften Karamellton hatten, waren eiskalt. Mein erster Impuls war es, einen Schritt zurückzumachen, aber ihre Aussage verkrampfte jeden einzelnen meiner Muskeln. »Was soll das denn heißen? Ich verurteile dich doch nicht, ich will nur dein Bestes.« Ich bemühte mich darum, meine Stimme unter Kontrolle zu halten, aber ihre Worte hallten in meinem Kopf wider. Sprach sie gerade wirklich von meiner Addie?

»Gott, Kian, du bist so verblendet!« Avery drehte sich um und fing wieder an, auf und ab zu laufen. »Deine wertvolle kleine Freundin hegt nicht die gleiche Abneigung gegen Dan wie du.« Sie lehnte sich an die kleine, dunkle Küchenzeile und verschränkte die Arme vor der Brust. »Genau genommen zeigt sie ihm ihre Zuneigung sehr gern.« Sie zog ihre Mundwinkel jetzt nach oben und schien es zu genießen, dass ich immer unruhiger wurde.

Ich war nicht bescheuert, ich wusste, worauf sie anspielte, aber trotzdem war es für mich vollkommen aus der Luft gegriffen. Gerade als ich ihr antworten wollte, durchzuckte es mich wie ein Blitz, und Dans schmieriges Blinzeln blitzte vor meinem inneren Auge auf, als er sich mir nach der Auseinandersetzung mit Addie in den Weg gestellt hatte. Damals habe ich es einfach als blinden Seitenhieb gegen mich abgestempelt, aber Avery stocherte jetzt genau in der gleichen Wunde. Sie fixierte mich immer noch, so als ob sie ahnte, wie sehr es gerade in meinem Kopf arbeitete.

»Lass Addie aus dem Spiel, sie hat mit alledem hier nichts zu tun.«

»Ich kann nicht glauben, dass du diesem Flittchen mehr glaubst als deiner eigenen Familie.« Avery schnaubte.

Als sie Addison als Flittchen bezeichnete, war es, als würde jemand einen schweren Stein in meine Magengegend legen. Jemanden so über sie sprechen zu hören, machte mich wahnsinnig wütend, aber gleichzeitig war ich wie gelähmt. Ich wollte sie verteidigen, auch gegen meine eigene Schwester, aber wie der größte Feigling blieb ich stumm und ließ sie weitersprechen.

Avery schüttelte ungläubig den Kopf. »Aber bitte, frag sie ruhig selbst. Ich will nämlich auch nur das Beste für dich.« Sie zog das Wort spöttisch in die Länge. »Und Addison McConnell ist es ganz bestimmt nicht.« Ich kannte Avery gut genug, um zu wissen, dass sie mit ihrer Rede fertig war, und sie kannte mich gut genug, um zu wissen, dass sie mich mit dem, was sie sagte, getroffen hatte.

Eine Weile sagte keiner von uns ein Wort. Nur die gedämpften Geräusche, die vom Flur ins Zimmer drangen, durchbrachen die angespannte Stille.

Ich wollte wütend auf Avery sein, nicht nur weil sie so abwertend über Addie gesprochen hatte, sondern auch, weil sie sich zwar auf der einen Seite über den Lösungsansatz unserer Eltern beschwerte, aber auf der anderen Seite nicht einsehen wollte, dass nur sie etwas an der Situation ändern konnte. Aber sobald ich sie aus dem Augenwinkel beobachtete, sah ich die Traurigkeit in ihren Augen. Egal wie oft sie mit einem Vorschlaghammer durch die Welt ging und damit ohne Rücksicht auf Verluste um sich schlug, wollte ich einfach nur, dass es ihr gut ging und ich wusste, dass ich so gut wie alles in meinem Leben dafür aufgegeben hätte.

»Du weißt, dass es nicht deine Schuld ist, oder?« Addie hatte ihren Sicherheitsgurt schon gelöst, als sie sich nochmal zu mir drehte. Nach einer ungewohnt schweigsamen Fahrt zurück nach *Elbury Park* standen wir wieder einmal in der Dunkelheit am Parkplatz vor Addisons Wohnheim. Sie hatte in der letzten Stunde mehrmals versucht, das Gespräch auf Avery und Elodie zu lenken, aber ich war viel zu sehr mit meinen eigenen Gefühlen und Gedanken beschäftigt, als dass ich mit ihr darüber hätte sprechen können.

Averys Kommentar zu einem Verhältnis zwischen Addie und Dan wollte mir einfach nicht aus dem Kopf gehen. Zuerst war ich mir sicher gewesen, dass ich sie darauf ansprechen musste, aber als sie mit Elodie auf den Arm auf mich zugekommen war, waren alle negativen Gedanken auf einmal wie weggeblasen. Nach alldem, was wir geteilt hatten, nach all unseren Gesprächen konnte es einfach nicht sein, dass sie mich so hintergehen würde. Sie war diejenige, die immer wieder den ersten Schritt gemacht hatte, selbst als ich noch alles darangesetzt hatte, die Verbindung, die zwischen uns herrschte, zu leugnen. Auch wenn ich jetzt in ihre Augen schaute, konnte ich mir einfach nicht vorstellen, dass auch nur ein Funken Wahrheit an Averys Geschichte war.

Während in mir noch ein unsichtbarer Kampf tobte, sprach sie leise weiter: »Als meine Mutter noch lebte, dachte ich auch immer, es sei meine Schuld. Ich war lange davon überzeugt, dass sie immer noch glücklich mit meinem Vater zusammenleben würde, wenn ich nicht dazwischengekommen wäre.« Sie sprach leise und langsam, so als hätte sie schon sehr lange nicht mehr über diese Zeit nachgedacht. »Tu dir das nicht an, Kian! Und vor allem tu es Elodie nicht an! Sie spürt viel mehr, als du denkst. Ich weiß, es ist leichter, die Schuld zu übernehmen, statt deiner Schwester klarzumachen, dass sie die Verantwortung für ihr Leben und das von Elodie hat, aber anders werdet ihr alle drei nicht glücklich.« Addisons Blick war jetzt so eindringlich, dass ich auf meine Hände, die das Lenkrad immer noch fest umklammerten, blicken musste.

Genau diese Worte hatte ich von Blake schon so oft zu hören bekommen, aber sie hatten nie die gleiche Wirkung gehabt wie aus Addisons Mund. Sie wusste genau, wovon sie sprach.

»Woran denkst du?«, fragte sie.

Ich wusste nicht, wie viel Zeit schon vergangen war, aber als ich nicht antwortete, legte Addie mir ihre Hand auf meinen Oberschenkel. Wir standen im hinteren Teil des Parkplatzes, auf dem nur vereinzelt Autos standen, und der Nebel legte sich immer dichter um uns herum.

»Ich glaube, ich brauche einfach ein bisschen Zeit für mich und vor allem Schlaf.« Ich versuchte sie anzulächeln, obwohl ich genau wusste, dass ich in dieser Nacht bestimmt so einiges tun würde, aber schlafen würde nicht dazu gehören.

Addie legte ihren Kopf schief und schob die Strähnen, die sich aus ihrem Zopf gelöst hatten, hinter ihre Ohren. Sie schien nachzudenken, aber nach einer gefühlten Ewigkeit nickte sie langsam. »Sicher, dass du allein sein willst?« Sie glaubte mir nicht.

Es kostete mich wieder einiges an Kraft, um zu nicken, aber ich musste meine Probleme jetzt erst einmal mit mir selbst ausmachen, bevor ich mich auf meine Gefühle für Addie konzentrieren konnte.

Ich war froh, dass sie nicht nochmal nachfragte, sondern nur noch einmal wie zufällig meinen Oberschenkel streifte und mit einem leisen »Bis morgen« ausstieg.

Hätte mich jemand so in meinem Auto sitzen sehen und beobachtet, wie ich Addison nachstarrte, auch als sie schon längst aus meinem Sichtfeld verschwunden war, hätte er mich wahrscheinlich als Stalker bei der Polizei gemeldet. Sie hatte traurig geklungen, genauso traurig, wie ich mich fühlte. Es fühlte sich an, als würden mein Verstand und mein Herz unterschiedliche Dinge wollen, und ich wusste nicht, wie ich es schaffen sollte, beides unter einen Hut zu bringen.

41

»Kian, wir müssen reden.« Ezra kam um die Ecke und sein Ton ließ keine Widerrede zu.

Ich hatte seine Nachrichten die ganze Woche lang ignoriert, aber ich wusste, dass ich jetzt mit ihm reden musste. Genau genommen sollte ich froh sein, dass er überhaupt das Gespräch mit mir suchte, anstatt einfach zu tun, was er für richtig hielt.

»Wenn Avery in der nächsten Woche noch einmal abhaut, irgendetwas nimmt oder Elodie auch nur für zehn Minuten allein lässt, muss ich es melden.« Er verschränkte die Arme vor der Brust und wartete auf eine Antwort.

Ich rieb mir mit beiden Händen über meine Augen.

»Alter, du weißt, dass ich es nicht machen würde, wenn ich eine andere Möglichkeit sehen würde. Aber ich habe mir das jetzt lange genug angesehen. Ich kann nicht noch eine Nachtschicht bei Elodie im Zimmer verbringen, damit keiner merkt, dass sie nach ihrer Mutter weint.«

Wie in Trance schüttelte ich den Kopf. Es brach mir das Herz, daran zu denken, dass Elodie litt, und ich fühlte mich furchtbar, dass ich in der letzten Woche nicht da gewesen war, um sie zu trösten. Sie war diejenige, die am meisten unter meinem Egoismus litt. Ich konnte mir einreden, dass ich Avery damit half, selbst Verantwortung zu übernehmen, aber Elodie war verdammte vier Jahre alt und brauchte mich. Sie konnte mir nicht sagen, was sie fühlte oder wovor sie Angst hatte. Sie war darauf angewiesen, dass ich einfach für sie da war, und ich konnte das nicht vergessen, nur weil Addison auf einmal so viel Raum in meinem Leben einnahm.

»Es war meine Schuld«, platzte es aus mir heraus.

»Kian ...« Ezra wollte mich unterbrechen, aber ich gab ihm keine Möglichkeit, weiterzusprechen.

»Nein, ich war egoistisch und habe sie im Stich gelassen. Das hätte ich nicht tun sollen. Das wird sich ändern. Wenn Avery weiß, dass ich für sie da bin, wird sie nicht mehr so über die Stränge schlagen und gemeinsam schaffen wir das.« Ich zog unruhig an den Ärmeln meines Hoodies, weil ich mir nicht sicher war, ob Ezra das genauso sehen würde.

»Das geht jetzt schon seit Jahren so. Ich weiß, du glaubst, dass du es verbockt hast und es deshalb wieder richten musst, aber nichts davon stimmt. Du bist vollkommen verblendet. Seit du mit Addie zusammen bist, dachte ich, du hast es eingesehen, dass du nicht so streng mit dir selbst sein musst.«

Als er Addie erwähnte, zuckte mein Kopf ruckartig nach oben und Ezra rollte mit den Augen.

»Wir sind alle nicht blind, Kian, und außerdem hat sie mir erzählt, dass ihr euch angefreundet habt.« Als er das Wort *angefreundet* aussprach, zog er es spöttisch in die Länge, so als wüsste er genau, dass unsere Beziehung weit über eine Freundschaft hinaus ging. »Hör zu, fahr nach Hause, mach dir ein entspanntes Wochenende und dann komm nächste Woche wieder hierher und wir besprechen gemeinsam mit Avery, was das Beste ist.« Ezra schlug mir freundschaftlich auf die Schulter. »Und sprich mit Addie«, fügte er noch hinzu, bevor er die Hand hob und durch die Glastür verschwand.

Meine Gedanken rasten durch meinen Kopf, sodass es unmöglich war, auch nur einen klaren Gedanken zu fassen. Seit einer Woche quälte ich mich und Addie mit meinen Dämonen. Je härter ich versuchte, mich ihr gegenüber normal zu verhalten, desto verspannter kam sie mir vor. Ich schaffte es nicht, Abstand zwischen uns zu bringen, um einen klaren Gedanken zu fassen. Genauso wenig schaffte ich es, mich auf sie einzulassen und ihr zu geben, was sie verdiente. Und das, obwohl sie ironischerweise der Grund dafür war, dass es sich zum ersten Mal in so vielen Jahren anfühlte, als müsste ich nicht mein ganzes Leben in diesem verdammt dunklen Tunnel verbringen. Ezra hatte recht, ich musste mit Addie sprechen. Seit sie in mein Leben gekommen war, fühlte es sich so an, als verändere sich meine Welt gleichzeitig ganz langsam und trotzdem auf einen Schlag. Sie war diejenige, an die ich dachte, wenn es mir nicht gut ging oder wenn ich mit jemanden über Avery sprechen wollte, und vor allem war sie diejenige, mit der ich am liebsten jede noch so kleine gute Neuigkeit teilen wollte.

Ich war froh, dass ich Blake nicht komplett ausgeblendet hatte, als er mir bestimmt hundert Mal erzählt hatte, in welcher Bar er heute spielte. Mir war zwar immer noch nicht klar, was ich Addie überhaupt sagen wollte, aber mir war klar, dass ich sie sehen musste.

Dass ich die Strecke von Seattle nach *Elbury Park* wahrscheinlich mit geschlossenen Augen hätte fahren können, half meiner Aufmerksamkeitsspanne nicht gerade. Nach etwa einer halben Stunde fuhr ich wie ferngesteuert und fragte mich in regelmäßigen Abständen, wie zum Teufel ich überhaupt hierhergekommen war, ohne einen Unfall zu verursachen. Wenn ich ein paar rote Ampeln überfahren oder jemanden die Vorfahrt genommen hätte, hätte ich es wahrscheinlich trotz Hupen nicht im Geringsten gemerkt. Ich wusste, dass ich mich gerade verantwortungsloser als Avery aufführte, und trotzdem konnte ich mich einfach nicht dazu zwingen, mich zu konzentrieren. Alles in mir war zum Zerreißen gespannt, obwohl ich noch nicht einmal einen Plan hatte. Da war nur dieses vage Gefühl.

Auf der Suche nach einem Parkplatz fiel mir wieder einmal auf, wie recht Blake hatte, wenn er sich darüber lustig machte, wie klein meine persönliche Blase eigentlich war. Die kleine Bar, die schon von außen Latino-Vibes versprühte, lag nur eine Querstraße vom Campus der *Elbury University* entfernt und trotzdem konnte ich mich nicht erinnern, schon einmal hier gewesen zu sein. Ich hatte mir nie darüber Gedanken gemacht, dass ich mein Leben vielleicht vollkommen falsch anging, bevor ich Addie erlaubt hatte, Teil davon zu sein.

Die Kneipe wirkte von innen etwas größer, als ich es von außen vermutet hatte. Es gab sogar einen kleinen Garderobenbereich am Eingang, in dem die Jacken achtlos herumlagen, denn die Haken waren überfüllt mit Schals und Mänteln. Noch bevor ich die altmodische Glastür öffnete, hörte ich schnelle spanische Rhythmen und beschloss, mich erst auf die Suche nach Blake zu machen, der offensichtlich gerade Pause machte. Die Bar war verwinkelt und um mich herum drängten sich viel zu viele Studenten. Als ich Blake weder an der Bar noch in einer der Ecken mit seinen Groupies fand, versuchte ich mir einen Weg in den hinteren Teil zu bahnen. Obwohl meine eigene Stimmung irgendwo zwischen aufgeregt und verzweifelt lag, spürte ich, wie ausgelassen die Menschen hier waren. So ausgelassen, wie Addison es meistens war. Sie schaffte es immer irgendwie, mein Herz ein bisschen glücklicher zu machen.

Obwohl ich die ganze Zeit nur diesem undefinierbaren Gefühl gefolgt war, ohne genau zu wissen, was ich zu Addie sagen wollte, wurde es mir ausgerechnet hier in irgendeiner Off-Campus-Bar, umgeben von fremden Leuten und Musik, die ich nicht mochte, klar: Ich wollte mein Leben glücklicher verbringen. Lächelnd und lachend. Und ich wollte, dass Addie der Grund dafür war. Bestätigt wurde diese Erkenntnis, als ich sie neben einem der Stehtische sah. Sie sah noch viel besser aus als auf dem Foto, das Blake mir vorhin noch von sich und den Mädels geschickt hatte, um mir zu zeigen, was ich verpasste. Ihre langen Haare waren heute offen und wellig und fielen über ihren nackten Rücken, der nur durch ein paar dünne Träger bedeckt wurde. Sobald sie in mein Blickfeld rückte, schlug mein Herz anders. Schneller. Ich verschwendete keinen Gedanken mehr an Blake, sondern ging direkt auf sie zu. Insgeheim wünschte ich mir, dass sie meine Anwesenheit spüren und sich zu mir umdrehen würde.

Ich war nicht mehr weit von ihr entfernt, als ein anderes Gefühl von mir Besitz ergriff. Es hatte nicht mehr mit einem vor Aufregung schneller schlagenden Herzen zu tun. Ich hasste dieses Gefühl. Dieses Gefühl, wenn man den Schmerz in der Brust spüren konnte, weil man etwas sah, dass einem das Herz brach. Genauso fühlte ich mich, als ich Daniel Allen viel zu nah bei ihr stehen sah. Er sprach mit seinen Lippen viel zu nah an ihrem Gesicht und seine Hand glitt wie zufällig an ihrem Arm auf und ab. Ich hatte vorhin auf die Schnelle nicht gesehen, ob Rylan oder Camille mit am Tisch standen, und jetzt sah ich außer Addie, die sich gerade von Dan betatschen ließ, gar nichts mehr. Alle anderen Gesichter und Körper verschwanden vor meinen Augen zu einer undefinierbaren grauen Masse. Ich hatte Addie fest im Blick, aber meine Beine fühlten sich an, als wären sie an den dreckigen Boden angeklebt. Ich fühlte mich vollkommen hilflos, während ich mit ansehen musste, wie Dan ihr eine Hand auf den Rücken legte und ihr etwas ins Ohr flüsterte. Sie hatte sich nur ganz leicht zu ihm gewandt, aber anstatt ihn von sich wegzustoßen, ließ sie seine Berührungen zu. Gerade als ich dachte, den Schmerz, der sich in meiner Brust immer weiter ausdehnte, nicht mehr ertragen zu können, blickte mir Dan geradewegs in die Augen.

Über seinen blassen Augen lag ein noch hellerer Schleier und trotzdem verriet sein Blick, dass er genau wusste, was er tat. Er starrte mich an, als er seine Hand an Addies Rücken ganz langsam nach unten wandern ließ, und spätestens als sich auf seinem Gesicht ein verzerrtes Lächeln breit machte, spannte sich jeder noch so kleine Muskel in meinem Körper an und es kam mit einem Ruck wieder Bewegung in mich. Statt einfach umzudrehen, um einen klaren Kopf zu bekommen, wandelte sich der Schmerz in meiner Brust in blanke Wut und das Einzige, woran ich denken konnte, war, dass ich Dan sein beschissenes Grinsen aus dem Gesicht schlagen wollte. Es war das gleiche Gefühl, dass ich verspürt hatte, als er bei Avery im Krankenhaus gewesen war, nachdem er zugedröhnt den Unfall mit ihr verursacht hatte. Ich konnte mich noch sehr genau dran erinnern, wie er versucht hatte, sich zu verteidigen, aber heute hatte er keine Chance. Er würde mir nicht noch einmal das Leben zur Hölle machen.

»Kian, nein!« Ich war nur noch wenige Schritte von den beiden entfernt, als Blake plötzlich neben mir auftauchte und mich am Arm packte. Er klang alarmiert und bewegte sich nicht einmal einen Zentimeter, als ich versuchte, ihn abzuschütteln.

»Du bist nicht mehr diese Person, die den Verstand verliert. Und schon gar nicht wegen Dan.« Ich hatte gar nicht gemerkt, dass wir die Aufmerksamkeit der Umstehenden auf uns gezogen hatten, ich merkte nur, wie Addie mich endlich ansah.

Im Gegensatz zu Dan, der zufrieden schien, diese Reaktion bei mir hervorgerufen zu haben, hatte sie überrascht die Augen aufgerissen. Ihre roten Lippen waren leicht geöffnet, so als wollte sie fragen, was hier los war.

Blakes Blick ging von Addie zu Dan und wieder zu mir zurück. Er brauchte nur ein paar Sekunden, um zu verstehen, was hier abging. »Auch nicht wegen Addie«, sagte er. Immer noch hielt er mich fest, als hätte er Angst, dass ich mich ansonsten im nächsten Moment auf Dan gestürzt hätte. Er hatte recht damit.

»Hey, ist alles in Ordnung? Ich wusste nicht, dass du doch noch kommen wolltest.« Addie stellte sich neben Blake und ignorierte seinen Griff um meinen Unterarm.

Ich versuchte, etwas in ihrer Stimme zu hören. Etwas, das bestätigte, was Avery schon lange versucht hatte, mir zu verstehen zu geben, und etwas, das bestätigte, was ich gerade gesehen hatte. Aber so sehr ich mich auch anstrengte, alles, was ich hörte, war Überraschung. Wollte sie mich eigentlich verarschen?

»Du hast mich ja offensichtlich auch nicht erwartet.« Ich war so angespannt, dass ich das Gefühl hatte, die Worte nur durch meine zusammengebissenen Zähne hervorzupressen.

Sofort legte Addie den Kopf schief, als hätte sie keine Ahnung, wovon ich sprach. »Nein, habe ich natürlich nicht. Blake hat gesagt, du musstest …«

Noch während sie sprach, ließ mein Kumpel mich los und ich ging einen Schritt zurück.

»Vergiss es, Addison. Ich dachte, du meintest das, was du gesagt hast, ernst. Du meintest uns ernst.«

Ich wusste nicht, wer überraschter aussah. Addison, die immer noch so tat, als wüsste sie nicht, wovon ich sprach, oder Blake, der sofort verstand, dass ich mir endlich meine Gefühle für sie eingestanden hatte. Der Einzige, der zufrieden wirkte, war Dan. Er hielt zwar Sicherheitsabstand, aber wenn ich wollte, hätte ich ihm sein selbstgefälliges Grinsen mit zwei Bewegungen aus dem Gesicht schlagen können.

Für ein paar Momente fühlte es sich so an, als wäre es still um uns herum. Da die Musik aber wahrscheinlich nicht meinetwegen ausgeschaltet worden war und ich sah, dass sich die Leute um uns herum unterhielten, war es wohl nur in meinem Kopf still, und mit jeder Sekunde fiel es mir schwerer, diese Stille zu ertragen.

»Kian! Warte.« Dieses Mal war es Addison, die mich am Unterarm packte, und obwohl ihr Griff lang nicht so fest war wie der von Blake, lähmte er mich. »Was zur Hölle ist passiert? Wovon redest du überhaupt?« Sie ließ mich auch nicht los, als ich mich zu ihr umdrehte. Ich starrte auf ihre schlanken Finger, die mich umklammerten, um nicht in ihre Augen blicken zu müssen.

»Ich bin ein verdammter Idiot, dass ich dich trotz aller Warnungen in meine Welt gelassen habe, und jetzt zahle ich den Preis dafür.« Obwohl meine Stimme die Musik nicht übertönte, war ich mir sicher, dass Addie mich gehört hatte.

»Kannst du vielleicht aufhören, in Rätseln zu sprechen, und von vorn anfangen?« Sie klang jetzt ungehalten und es machte mich nur noch wütender.

»Ich wüsste nicht, was das bringen sollte. Geh einfach zurück zu Dan und lasst mich beide in Ruhe.« Als ich Dans Namen aussprach, merkte ich, wie ein Ruck durch ihren Körper ging, und ich nutzte den Moment, um mich loszureißen und auf die Tür zuzugehen. Obwohl ich über ein paar herumliegende Jacken stolperte, schaffte ich es, die zwei Stufen hinunterzulaufen, bevor Addie mich einholte und sich mir in den Weg stellte.

»Nein, du läufst nicht schon wieder vor mir weg. Ich dachte, diese Phase haben wir endlich hinter uns gelassen.« Sie wirkte mit ihren hohen Schuhen viel größer und so entschlossen, als sie sich vor mir aufbaute, als wäre sie eine unüberwindbare Mauer.

Ich wusste, dass ich einfach an ihr hätte vorbeilaufen können, aber wie immer, wenn ich in Addisons Nähe war, war ich nicht mehr der alleinige Herrscher über meinen Körper.

»Kian. Bitte. Sprich mit mir.« Ihre Stimme wurde wieder sanfter und sie kam einen Schritt auf mich zu, sodass ich den Maracujaduft, der so typisch für sie war, riechen konnte.

Sofort wurde ich gedanklich an den Tag auf der Farm, den unglaublichen Abend danach und die Tage, an denen es sich fast so anfühlte, als gäbe es ein Uns, erinnert. Diese Gedanken trafen mich so heftig, dass ich ihr in die Augen sehen musste. Ein Fehler, denn sofort mischte sich wieder Schmerz unter meine Wut.

»Warum hast du mir nicht gesagt, dass du was mit Dan Allen hast?«, platzte es aus mir heraus.

»Hat er dir das erzählt?« Addisons Stimme klang schriller, als ich es von ihr gewohnt war. »Dieses hinterhältige Arschloch. Deshalb ist er heute die ganze Zeit um mich herumgeschwänzelt.« Sie sagte das mehr zu sich selbst und schüttelte dabei ungläubig den Kopf.

»Das klingt für mich nicht gerade so, als würdest du es leugnen.« Ich verstand nicht, warum sie unbedingt mit mir reden wollte, wenn sie wusste, dass ihr Spiel hiermit beendet war. »Du hast es nicht mal für nötig gehalten mir zu sagen, dass du ihn kennst, als ich dir Averys Geschichte anvertraut habe.«

Immer noch starrte sie mich an, wie ein Kätzchen, das man von seiner Mutter getrennt hatte.

»Du warst diejenige, die so getan hat, als wärst du dir sicher, dass du mich willst. Ich habe dir vertraut, Addie. Was auch immer das alles für dich war, für mich hat es sich echt angefühlt. Es war echt. Mich dir zu öffnen, hat mir mehr bedeutet, als es sollte und du …« Mitten im Satz brach ich ab. Es war alles gesagt. Addison war der lebende Beweis dafür, dass ich meine Blase niemals hätte öffnen sollen.

»Es ist echt, Kian.« Addies Stimme klang leise, aber fest entschlossen. »Ich habe dir nichts von Dan gesagt, weil er zu der Vergangenheit gehört. Er hat weder etwas mit dir, mit Avery oder mit uns zu tun.«

Ich wusste nicht, was ich erwartet hatte, aber ganz bestimmt nicht, dass sie einfach so zugab, dass es ein *Dan und Addie* gegeben hatte. Wie von selbst fuhr meine Hand durch meine Haare und rieb über meine Augen. Als könnte ich so irgendeinen Sinn in ihren Worten finden, aber solange sie vor mir stand, hatte ich keine Chance, meine Gedanken zu ordnen. Ich sah, wie sie in ihrem dünnen Top und dem Rock in der Kälte zitterte, und es bereitete mir körperliche Schmerzen, sie nicht in den Arm zu nehmen.

»Ich kann nicht glauben, dass ich dir einfach blind vertraut habe.« Mit diesen Worten ging ich an ihr vorbei. Ich konnte das nicht mehr.

»Kian.« Wieso hatte diese Frau so eine verdammte Macht über mich, dass sogar der Klang ihrer Stimme mich zum Stehen brachte.

»Ich kann das auch nicht mehr.« In ihrer Stimme schwang Resignation mit. »Ich kann lächeln, wenn ich mich beschissen fühle, ich kann so tun, als würde es mir gut gehen. Ich kann so einiges mit meinen Gefühlen anstellen, um sie zu unterdrücken oder zu verbergen, oder sonst irgendetwas ...« Sie machte eine Pause. Ihre grauen Augen suchten etwas in meinem Gesicht und fast dachte ich, sie würde ihren Gedanken nicht weiter aussprechen. »Aber ich kann nicht mehr so tun, als wäre ich nicht in dich verliebt.« Sie atmete geräuschvoll aus, so als wäre ihr gerade eine Last von den Schultern gefallen. Als ich nicht antwortete, wurde ihr Blick noch eine Spur intensiver und sie machte einen Schritt auf mich zu. »Ich liebe dich, Kian. Ich weiß nicht, was ich noch tun soll, um dir klarzumachen, dass ich jedes Mal wie eine Idiotin lächle, wenn jemand nur deinen Namen erwähnt.« Sie stand regungslos vor mir und wartete auf eine Antwort. Oder zumindest irgendeine Reaktion.

In meinem Kopf flogen ihre Worte von einem Ende zum andern und doch waren sie nicht greifbar.

Ich liebe dich, Kian. Noch nie hatte sich jemand vor mich

gestellt und mir so schutzlos seine Gefühle offenbart. Es überforderte mich maßlos. Addie schien wie eingefroren, sie hatte sogar aufgehört, zu zittern, und ihre Arme hingen schlaff an ihrem Körper herunter. Nur ihre Haare wurden vom Wind durcheinandergewirbelt.

Ich liebe dich, Kian. Wie konnte sie so etwas sagen, kurz nachdem sie gerade zugegeben hatte, mich mit dem einzigen Menschen, dem ich erst wieder in der Hölle begegnen wollte, hintergangen zu haben?

Ich liebe dich, Kian. Wie konnte sie diese Worte so leichtfertig aussprechen?

Ihr Mund öffnete sich leicht, aber sie blieb stumm. Sie musste auch nichts sagen, ihre Augen verrieten mir, dass sie es ernst meinte.

Ich sah, wie das Grau von einem Schleier überzogen wurde, und obwohl ich so wütend auf sie war, hasste ich mich gleichzeitig selbst dafür, ihr nicht antworten zu können. Ich konnte nicht hierbleiben. Mit ihr in der Nähe konnte ich meine Gefühle nicht ordnen. Sie hätte es geschafft, mich wieder schwach zu machen, und mit jedem Mal, mit dem ich nachgab, wurde der Schmerz größer.

Mit der nächsten Windböe kam auch wieder Leben in mich und das Letzte, das ich sah, bevor ich mich umdrehte, waren die Tränen, die sich in Addies Augen sammelten.

42

»Addie. Hey, Süße.«

Das erste, was ich hörte, nachdem Kian mit meinem Herz in der Hand weggelaufen war, war Blakes ruhige Stimme über mir. Irgendwann zwischen meiner ebenso spontanen wie desaströsen Liebeserklärung und diesem Moment hatte ich mich auf die feuchten Stufen vor der Eingangstür gesetzt und auf den Asphalt gestarrt. Ich hatte keine Ahnung, wie viel Zeit vergangen war, aber der Kälte nach zu urteilen, die meinen Körper vollkommen im Griff hatte, war es eine ganze Weile. Wenigstens fühlte ich so irgendetwas, abgesehen davon, war da nämlich nur Leere.

Das nächste, was ich spürte, war ein warmer Stoff um meine Schultern und eine Hand, die über meinen Kopf strich. Blake fragte nicht einmal nach, was passiert war. Wahrscheinlich kannte er seinen Kumpel so gut, dass er es sich selbst zusammenreimen konnte. »Addie, hör auf zu weinen.« Er ließ sich neben mich fallen und legte einen Arm um mich.

Eine Mischung aus Rauch, Bier und dem gleichen zitronigen Duft, den Kians Duschgel hatte, stieg mir in die Nase. Obwohl ich mich am liebsten an ihn gelehnt hätte, schaffte ich es nicht, mich auch nur einen Millimeter zu bewegen.

»Ich weiß, ich sollte ihn nicht verteidigen, und ich bin der Erste, der ihm sagt, dass er aufhören muss, über seine Vergangenheit zu stolpern, aber …« Blake brach mitten im Satz ab, um tief Luft zu holen. »Aber bitte, schreib ihn nicht ab. Er ist mein bester Freund, aber er ist ein verdammter Idiot, wenn es um seine Gefühle geht. Mit dir hat er sich endlich erlaubt, ein bisschen glücklicher zu sein und die Welt in helleren Farben zu sehen.« Seine Stimme klang, als würde er mehr mit sich selbst sprechen.

Obwohl ich ihm so gern glauben wollte, konnte es die Leere, die sich in mir ausgebreitet hatte, nicht einmal annähernd füllen. »Du hast recht, er ist ein verdammter Idiot.« Ich schaffte es immer noch nicht, Blake anzusehen. Es kam mir surreal vor, dass sein Freund mitten in der Nacht mit mir auf den Stufen einer Bar saß und mich tröstete, während Kian mich einfach stehen gelassen hatte. »Ich habe nichts mit Dan.« Als Blake mich ein bisschen fester an sich drückte, platzte es einfach aus mir heraus. »Es war erst nur ein dummer One-Night-Stand im ersten Semester, aus dem leider noch ein zweites Mal wurde. Das ist übrigens auch der Grund, warum ich nie wieder Tequila trinken werde.« Ich hörte selbst, wie bitter meine Stimme klang.

So sehr Dan mich anwiderte, hatte ich bis heute noch nie das Gefühl gehabt, mich für den Ausrutscher mit ihm rechtfertigen zu müssen. Ich war niemandem eine Rechenschaft schuldig und ich konnte damals nicht wissen, dass er wie ein Boomerang noch einmal zurückkommen würde. Dass diese bedeutungslose Geschichte mich einmal zum Weinen bringen würde, weil ich das Gefühl hatte, dadurch alles verloren zu haben. »Ich weiß, ich hätte es ihm sagen sollen, als ich erfahren hatte, dass er so eine große Rolle in seiner Vergangenheit spielt, aber wie erzählt man sowas? Vielleicht in einem Nebensatz? Hey, übrigens: Ich habe mit dem Ex deiner Schwester, der eventuell der Vater deiner Nichte ist, geschlafen. Was wollen wir essen?« Ich schüttelte den Kopf, als ich Blake leise lachen hörte.

»Ich bin beruhigt, dass du schon wieder sarkastisch sein kannst.«

Endlich schaffte ich es, ihn anzusehen. Als sein schiefes Lächeln einem eher besorgten Ausdruck wich, wurde mir bewusst, wie schrecklich verheult ich aussehen musste.

»Hör zu, ich hole jetzt die Mädels. Camille hat nichts getrunken, sie kann euch mit meinem Auto fahren, okay?«

Es dauerte ein paar Sekunden, bis mir klar wurde, dass Blake eigentlich einen Auftritt hatte und gerade auf der Bühne stehen sollte, statt sich hier mit mir eine Blasenentzündung zu holen.

»O Mann, Blake. Es tut mir leid, ich habe …« Weiter kam ich mit meinem Versuch einer Entschuldigung nicht, weil er mir ins Wort fiel.

»Hör auf dich zu entschuldigen, Addie.« Er stand auf und hielt mir seine Hand hin. »Du bist meine Freundin und das ist viel wichtiger als jeder Auftritt.« Er zog mich auf die Beine und direkt in seine Arme.

Auch wenn es nicht Kians Arme waren, hatte die Umarmung etwas Tröstliches, obwohl sie mich dazu brachte, gleichzeitig wieder laut aufzuschluchzen. Während Blake mir beruhigend über den Rücken streichelte, obwohl er eigentlich auf der Bühne stehen sollte, wurde mir klar: Was auch immer aus meiner Beziehung zu Kian wurde, einen Freund hatte ich aus dieser Sache auf jeden Fall gewonnen.

Es dauerte noch die ganze Nacht und den halben Samstag, bis keine Tränen mehr kamen. Ich bewegte mich zwischen meinem eigenen Selbstmitleid und der Wut, die ich auf mich hatte, weil ich einem Mann so viel Macht über mich gegeben hatte.

Blake hatte meinen Freundinnen gestern noch die Kurzfassung erzählt, weswegen sie sich mit Fragen zurückhielten und mich einfach in Ruhe ließen. Diese Schonfrist würde nicht ewig anhalten und es würde nicht mehr lange dauern, bis die zwei mich eigenhändig aus meinem Bett tragen würden. Auch jetzt hörte ich, wie sie sich leise unterhielten. Keine von ihnen hatte heute die Wohnung verlassen. Ich wusste, dass sie sich Sorgen machten, aber ich konnte mich noch nicht aus meinem schützenden Bett hinausbewegen. Mir war immer noch nach Heulen zumute, aber es kamen keine Tränen mehr. Ich konnte nur noch an die Wand starren und hilflos dabei zusehen, wie mein Herz immer weiter zerbrach.

Ich hatte nicht geplant, diese drei magischen Wörter zu sagen. Ich wusste nicht einmal, dass ich so fühlte. Aber jetzt, wo ich sie ausgesprochen hatte, war mir klar, dass es genau so war. Irgendwann in den letzten Wochen wurde aus meiner Schwärmerei Verliebtheit und spätestens seit dem Tag auf der Farm Liebe. Ich liebte Kian. So sehr, dass es mir gerade körperliche Schmerzen bereitete. Er war einfach in mein Herz spaziert, als würde es ihm gehören, und hatte irgendwo in mir ein Feuer entfacht, nur um mich dann damit alleinzulassen, ohne eine Möglichkeit, es wieder zu löschen.

»Addie?«

Gerade als meine Gedanken zum tausendsten Mal in eine Abwärtsspirale gezogen wurden, öffnete sich meine Zimmertür einen Spaltbreit und Camille streckte ganz vorsichtig den Kopf hinein. Als sie sah, dass ich wach und am Leben war, atmete sie hörbar aus und machte einen Schritt ins Zimmer. Ein Lichtstrahl fiel in das dunkle Zimmer bis auf mein Bett und ließ mich blinzeln. Ich war noch nicht in der Stimmung für Helligkeit. Nicht einmal meine geliebten Lichterketten, ohne die ich normalerweise nur schwer einschlafen konnte, hatte ich angemacht. Sie waren viel zu fröhlich und gemütlich.

»Wir haben Essen bestellt. Bei deinem Lieblingsmexikaner.« Camille kam näher, als wollte sie sich vergewissern, dass ich sie auch wirklich wahrnahm. »Komm, wir essen Gemüse-Enchiladas und Nachos und überlegen uns einen Schlachtplan.« Ihre warme Stimme trieb mir aus irgendeinem Grund wieder Tränen in die Augen, weshalb ich mich auf den Bauch rollte und meinen Kopf ins Kissen drückte. Es machte mir nichts aus, vor meinen Freundinnen zu weinen, aber in diesem Moment hasste ich mich einfach selbst dafür, dass ich die Tränen nicht zurückhalten konnte.

Gerade als ich »Ich habe keinen Hunger« in mein viel zu fröhliches, hellgrünes Kissen mit Bommeln an der Seite murmelte, erklang Rylans Stimme durch die Tür: »Wenn sie sagt, sie hat keinen Hunger, zieh ihr die Decke weg, Camille.«

Der Laut, der aus meinem Mund, direkt in mein Kissen ging, war eine Mischung aus Schluchzen, Seufzen und Lachen. Ich konnte mir lebhaft vorstellen, wie Rylan in mein Zimmer stürmen wollte, um mich, wenn es sein musste, an den Beinen in die Küche zu ziehen. Und wie Camille sie davon abgehalten und sie dazu überredet hatte, es erst auf ihre Weise zu versuchen. Bestimmt war es auch Rylan, die die Tür aufgedrückt und Camille weiter ins Zimmer geschubst hatte.

»Addie, wenn du jetzt nicht mitkommst, lasse ich Rylan auf dich los«, sagte Camille. Sie wartete ein paar Sekunden ab. »Und wenn es sein muss, kann ich auch Pit dazu holen.«

Obwohl ich sie nicht sehen konnte, wusste ich, dass sie ihr Gewicht von einem Fuß auf den anderen verlagerte und die Arme vor der Brust verschränkte, so wie sie das immer tat, wenn sie streng wirken wollte. Ich dachte, ich hätte noch etwas mehr Zeit, aber nur ein paar Sekunden später hörte ich, wie die Tür aufgerissen wurde, und bevor ich mir die Decke noch weiter über den Kopf ziehen konnte, wurde sie mit einem Ruck weggerissen. Sofort fühlte ich mich wie ein Fisch, der aus der schützenden Tiefe des Meeres in den heißen Sand geworfen wurde, nur dass mir sofort kalt wurde. Ich hatte am Abend nicht mehr die Kraft gehabt, mich vollständig bettfertig zu machen, und lag jetzt nur in Unterwäsche und einem riesigen ausgewaschenen Uni-T-Shirt im Bett.

»Keine Widerrede.« Rylans Stimme war viel zu laut, als sie mich an den Schultern ins Sitzen zog. Für jemanden, der so gut wie nie Sport trieb, hatte sie ganz schön viel Kraft, denn ich war ihr nicht gerade eine große Hilfe. »Du tust so, als wäre gestern die Welt untergegangen, dabei gab es einfach nur ein Missverständnis. Blake ist übrigens der gleichen Meinung.« Rylan setzte sich zu mir aufs Bett und hielt mich an den Schultern fest, sodass ich mich nicht wieder in die Kissen fallen lassen konnte.

Ich kniff die Augen zusammen und nur ganz langsam wurde mir klar, dass keiner von ihnen meine überstürzte Liebeserklärung mitbekommen hatte. Sonst wären sie bestimmt nicht mehr so zuversichtlich gewesen.

»Ich habe ihm gesagt, dass ich ihn Liebe, Ry. Und das war für ihn Grund genug, um mich einfach stehen zu lassen. Ohne Antwort.«

Ich wusste nicht genau, ob Rylans Augen überrascht oder geschockt aussahen, aber der Blick, den sie mit Camille tauschte, sagte mir, dass das vollkommen neue Informationen für die beiden waren.

Rylan blinzelte kurz und fing sich als erste wieder. »Das ist nichts, worüber wir mit leerem Magen reden können.« Sie sprang auf und hielt mir ihre Hand hin. »Aber erst bringen wir das hier in Ordnung.« Sie wedelte mit ihrem Finger auf und ab.

Ich konnte mir vorstellen, dass ich nicht so aussah, als würde ich auf einen Ball gehen, aber es gab gerade nichts, was mich weniger interessiert hätte. Die selbsternannte Styling-Polizei duldete aber keine Widerrede und schob mich ins Badezimmer. Zugegeben, ich sah in der Realität viel schlimmer aus als in meiner Vorstellung. Selbst nachdem ich die Make-up-Reste, die sich in einem großzügigen Kreis unter meinen Augen abgelegt hatten, abgewaschen hatte, sah ich immer noch aus, als wäre ich gerade von einem kurzen Trip in die Hölle zurückgekommen – was der Realität tatsächlich ziemlich nahekam. Ich wusste nicht mehr, wann ich das letzte Mal so lange und intensiv geweint hatte, weshalb meine roten und verquollenen Augen mir fast fremd vorkamen. Sogar das Grau meiner Pupillen sah eher aus, als würde man den Asphalt durch eine dreckige Pfütze sehen. Mein Gesicht war fahl und stand im krassen Kontrast zu meinen dunklen Haaren. Die Wellen, die mir Rylan gestern noch so gewissenhaft ins Haar gedreht hatte, hatten sich verselbstständigt, und so wie sie abstanden, sah es aus, als würden sie der Schwerkraft trotzen. Ich hatte nicht die Kraft für eine Dusche, weshalb ich sie nur notdürftig in einen hohen Zopf band. Ich zog mir eine ausgebeulte, graue Jogginghose über und schlurfte wieder zurück ins Wohnzimmer.

»Siehst du, viel besser.« Camille lächelte mich an, aber ich sah ihr an, dass sie es nicht so meinte.

Ich versuchte, die Mundwinkel nach oben zu ziehen, aber auch ohne Spiegel wusste ich, dass es so aussah, als hätte ich eine Grimasse geschnitten.

Die beiden hatten tatsächlich alle meine mexikanischen Lieblingsgerichte bestellt und sogar in richtige Schüsseln umgefüllt und auf den kleinen Wohnzimmertisch ausgebreitet. Obwohl es draußen noch hell war, hatten sie die Rollläden halb geschlossen und die Lichterketten über den Fenstern und auf dem Regalbrett über den Fernseher angemacht. Fast wollte ich wieder anfangen zu weinen, dieses Mal aus Rührung, weil meine Freundinnen mich so gut kannten und alles dafür getan hätten, damit ich mich besser fühlte. Bevor die Tränen fließen konnten, zog mich Camille aber schon auf unser durchgesessenes Sofa und legte mir meine grau-rosa gepunktete Lieblingsdecke auf die Knie, während Rylan irgendeine alte TV-Serie anmachte, bevor sie sich zu uns setzte.

Die beiden gaben erst Ruhe, als ich einen Berg Essen auf dem Teller hatte und langsam anfing, an meinen Nachos zu knabbern. Ich hatte nicht damit gerechnet, dass ich überhaupt irgendetwas hinunterbekommen konnte, aber ich hatte seit fast einem Tag nichts mehr gegessen, weshalb mein Magen schon vom Duft des Essens verräterisch zu knurren begann.

Während ich die Nachos gedankenverloren in die Guacamole tauchte, begann ich endlich, die ganze Geschichte zu erzählen.

Wie Dan den ganzen Abend um mich herumgeschlichen war. Wie er sich entschuldigt und so getan hatte, als wären wir Freunde. Wie ich durch die Musik, die Sangria und die Stimmung unvorsichtig wurde und ihn nicht sofort weggeschubst hatte. Wie ich erst viel zu spät merkte, dass er mir mit Absicht so nahegekommen war, als er Kian durch die Tür hatte kommen sehen, weil er irgendein krankes Spiel spielte, in dem ich unfreiwillig zum Spielball wurde. Obwohl meine Stimme immer wieder stockte, drängten mich Camille und Rylan nicht und hielten sich mit Kommentaren zurück, obwohl ich sehen konnte, wie es in den beiden arbeitete.

Als ich zu dem Teil kam, in dem ich mit Kian draußen in der Kälte stand, fingen die Tränen wieder an zu laufen. Auch als Camille und Rylan mich in eine Umarmung schlossen, dauerte es eine Weile, bis ich mich wieder gefangen hatte.

»Ich musste es ihm einfach sagen. Ich konnte das nicht mehr. Vielleicht war es der falsche Zeitpunkt, aber wie zum Teufel konnte er es nicht merken«, schluchzte ich, als ich mich wieder zurücklehnte.

»Ich verstehe sein Problem auch nicht. Ich meine, es hat einfach jeder gemerkt, wie sehr du ihn wolltest.« Rylan fing sich auf diese Aussage sofort einen warnenden Blick von Camille ein.

»Vielleicht hat er es gemerkt, aber er wusste nicht, wie er damit umgehen sollte. Vielleicht wurde es ihm aber auch erst genau in diesem Moment bewusst und er war überfordert. Es kommt mir so vor, als wärt ihr in dieser kurzen Zeit schon so tief in die Seele des anderen eingedrungen, dass es ganz normal wäre, wenn er davon etwas überwältigt ist.«

Ich war mir sicher, dass ich den gleichen ungläubigen Gesichtsausdruck wie Rylan hatte, als dieser Satz aus dem Mund der rationalen und pragmatischen Camille kam. »Überleg doch mal, Addie«, sprach sie weiter. »Wenn man mal von Dan absieht, könnte eure Geschichte doch wirklich aus einem Drehbuch stammen: Ihr trefft euch zufällig in der Bibliothek, auf der Party und dann auch noch im Café. Das allein ist schon richtig unwahrscheinlich. Dass seine Nichte im gleichen Heim aufwächst, in dem du gelebt hast, ist unwahrscheinlicher, als dass Rylan ein Kleidungsstück anzieht, das nicht ganz laut ›hier‹ schreit.«

Mein Blick wanderte kurz zu Rylans rosa Strickpullover, der durch die tausend Fransen wirklich um Aufmerksamkeit bettelte.

Die zuckte nur grinsend mit den Schultern, als Camille schon weitersprach: »Es ist unglaublich und wunderschön. Du hast doch selbst gesagt, dass er eigentlich nur Blake vertraut. Und dann kommst du und bist so viel lauter als er und so viel bunter und temperamentvoller und akzeptierst einfach nicht, dass er lieber für sich allein ist. Und trotzdem verstehst du ihn besser als jeder andere Mensch in seinem Leben. Du bringst gleichzeitig Ruhe und Chaos für ihn, natürlich überfordert ihn das. Er sieht vielleicht von außen nicht so aus, aber ich glaube, er hat ein sehr sensibles Herz.« Camille atmete tief durch und ich wusste, dass sie fertig war. Es hörte sich so an, als hätte sie diese Worte schon länger im Kopf gehabt. So erstaunt ich darüber war, das von Camille zu hören, ergab es doch sehr viel Sinn. Trotzdem fühlte ich mich nicht besser, auch wenn Camille damit wohl hatte sagen wollen, dass es noch Hoffnung auf ein *Kian und Ich* gab.

»Du hast recht, vielleicht hört sich unsere Geschichte wirklich an, als käme sie direkt aus einem Buch. Aus einem unfertigen Buch. Vielleicht ist es ja auch das, was wir sein werden – ein halbfertiges Buch. Fertig, aber nicht zu Ende.«

Eine ganze Weile hingen wir alle drei unseren Gedanken nach, bis sich Rylan wieder aufsetzte. »So sehr ich mich freue, dass ihr beiden endlich verstanden habt, dass es Dinge auf der Welt gibt, die man mit Fakten nicht erklären kann …«, sagte sie und machte irgendwelche Handbewegungen, die uns wohl zeigen sollten, dass übersinnliche Kräfte unter uns wohnten, »aber du, Addie, hörst jetzt auf, dir Sprüche von deinem geliebten Pinterest-Board reinzuziehen, und du, Camille, was zum Teufel …?« Sie stemmte die Hände in die Hüften. »Das macht so viel Sinn, dass es schon fast gruselig ist. Trotzdem ist er ein Arschloch, dass er Addie einfach stehen lässt, sie hat noch nie zu einem männlichen Wesen ›Ich liebe dich‹ gesagt. Außerdem können wir Dan nicht einfach ignorieren. Nur weil sein Ego leidet, macht er doch so etwas nicht.«

Ich ließ meinen Kopf auf die Lehne fallen und war schon wieder viel zu müde. Meine Gedanken konnten sich nicht noch einmal komplett im Kreis drehen. So würde ich niemals zu einem Ergebnis kommen.

Zum Glück sah das auch Rylan ein. »Bevor du den ganzen Eistee, den du getrunken hast, wieder in Tränen verwandelst, lass uns heute einfach hierbleiben, viel zu viel essen und all deine Lieblingsserien anschauen und morgen überlegen wir uns einen Schlachtplan, für beide Männer in deinem Leben.« Sie reichte mir ein Taschentuch.

Obwohl in mir immer noch Verzweiflung und Leere die Vorherrschaft hatten, schafften es meine beiden besten Freundinnen zumindest für ein paar Augenblicke, ein bisschen Zuckerwatte-Gefühl in meinen Kopf zu bringen.

43

Addison

Auch zwei Tage später hatten wir noch keinen Schlachtplan vorzuweisen, was nicht daran lag, dass wir es nicht versucht hatten. Sowohl Kian als auch Dan schienen sich kurzfristig in Luft aufgelöst zu haben. Ich versuchte, mir und meinen Freunden einzureden, dass ich Zeit zum Nachdenken brauchte, aber wenn ich ganz ehrlich zu mir selbst war, wusste ich nicht, worüber ich nachdenken sollte. Es war schließlich nicht so, als wäre ich, was meine Gefühle anging, verwirrt gewesen. Selbst wenn ich daran gezweifelt hätte, gaben mir die Art, wie ich bei jeder Vibration meines Handys zusammenzuckte, und die Hoffnung, der ich erlaubte, mitten in mein Herz zu kriechen, eine glasklare Antwort. Jedes Mal, wenn mein Display aufleuchtete, hoffte ich, dass es Kian war, der mich vermisste. Der mir sagen wollte, dass er einen Fehler gemacht hatte, oder der mir wenigstens irgendeine Erklärung geben wollte. Ich war mir nicht unsicher, wenn es um meine Gefühle für Kian ging. Ich war mir nur unsicher, wenn es darum ging, was ich jetzt tun sollte. Auch nach unserem Mädelsabend, unserem allwöchentlichen Pizza-Abend mit Pits neuester Eroberungsgeschichte und einem Montag, der vollgepackt mit Uni und Arbeit war, litt ich immer noch genau so wie fünf Minuten nach dem *Vorfall*.

Der Vorfall. So nannten meine Freunde den sprichwörtlichen Schlag ins Gesicht, den Kian mir am Freitag verpasst hatte. Das, was einer Kontaktaufnahme mit Kian seitdem am nächsten gekommen war, war eine Nachricht von Blake, in der er fragte, ob ich ›okay‹ war.

»Als würde Addie mit Dan ins Bett gehen, wenn sie auch Kian haben kann.« Rylan warf ihre Hände so theatralisch in die Luft, dass Pit, der neben ihr saß, zurückzuckte.

Ich wusste nicht, wie wir schon wieder bei meinem Scherbenhaufen von Leben gelandet waren, und das keine zehn Minuten nachdem meine Freunde das Café betreten hatten. Natürlich war Kian nicht zu seiner Schicht erschienen und natürlich wussten die Fannings sofort, dass er weder krank war, noch lernen musste. Spätestens als Viola bei Schichtbeginn meine verquollenen Augen gesehen hatte, war ihr klar gewesen, dass seine Abwesenheit — wieder einmal — etwas mit mir zu tun hatte. Ich hatte schon lange nicht mehr so viel geweint, wie in den letzten Tagen. Kian hatte es geschafft, mich in einen übersensiblen und überemotionalen Haufen zu verwandeln, der zu weinen begann, weil ein Vogel dem anderen ein paar Brotbrösel wegnahm. Genauso sah ich auch aus. Meine Haut war so fahl, als hätte sie seit Wochen weder frische Luft noch eine Feuchtigkeitscreme abbekommen, und sogar meine Haare hatten jedes Bisschen Glanz verloren. Ich sah auch keinen Sinn darin, meine Augenringe zu überschminken oder mir die Haare zu machen. Deshalb lehnte ich jetzt mit zwei geflochtenen Zöpfen, einer Leggins und einem übergroßen Wollpulli am Tresen und fing Pits Blick auf, der irgendwo zwischen angewidert und mitleidig lag.

»Erstens: Kannst du vielleicht aufhören, über Addies Sexpartner zu sprechen? Ich möchte mir das wirklich nicht vorstellen.« Er verzog sein Gesicht, sodass es jetzt wirklich angewidert aussah. »Und zweitens: Streng genommen hat sie mit Dan geschlafen.« Er zuckte entschuldigend mit den Schultern, als Rylan zu einer Schimpftirade ansetzte.

»Hört auf ihr beiden.« Ich rieb mir über meine Augen. Ich konnte meine zankenden Freunde nicht ertragen. Nicht wenn ich sowieso einfach nur schlafen wollte. Ich bestand mittlerweile halb aus Kaffee und fühlte mich immer noch wie überfahren. »Pit, hör auf, mir meine Vergangenheit ins Gesicht zu schleudern. Ich weiß, was ich getan habe.«

Er formte ein »Sorry« mit seinen Lippen.

»Ry, hör auf, offensichtliche Fakten zu wiederholen! Ich würde nicht mal mit Dan ins Bett gehen, wenn ich Kian nicht haben könnte.«

Pit schüttelte sich, als gäbe es keinen schlimmeren Gedanken, und auch Rylan nippte nur an ihrem Cappuccino. Ich wusste genau, dass sich die Gedanken meiner drei liebsten Menschen hier in *Elbury Park* um das gleiche Thema drehten wie meine eigenen.

Die Arbeit im Café lief in diesem Tag zum Glück nur plätschernd dahin und der größte Ansturm war schon vorbei, als meine Schicht begonnen hatte. Ich wusste nicht, ob ich den Kopf für stressige Gäste und komplizierte Bestellungen gehabt hätte. Am liebsten wäre ich einfach allein gewesen. Es kam nicht oft vor, dass ich lieber allein war, als mit meinen Freunden abzuhängen, aber in der aktuellen Lage strengte es mich zu sehr an, unter Menschen zu sein. Ich hatte das Gefühl, dass ich zuerst mit mir selbst klarkommen musste, bevor ich die Kraft hatte, wieder ein sozialtauglicher Mensch zu sein. Aber Pit und Rylan hatten darauf bestanden, herzukommen, und Camille war heute sogar noch vor ihrer Joggingrunde vorbeigekommen. Sie war es auch, die uns jetzt aus unseren Gedanken riss.

»Verdammte Scheiße«, rief sie plötzlich so laut, dass sich sogar einige der Gäste, die an den Tischen saßen, zu uns umdrehten. Während sich Pit und Rylan zu Camille drehten, die normalerweise niemals fluchte und schon gar nicht laut, folgte ich ihrem Blick zur Eingangstür und erstarrte.

»Was zum Teufel willst du hier?« Pit knurrte regelrecht in Richtung Eingangstür und ich sah, wie sich seine Schultern unter dem beigen Longsleeve anspannten. Er war der Einzige, dem es nicht die Sprache verschlagen hatte.

Dan ignorierte Pits Frage und die giftigen Blicke, die meine Freunde in seine Richtung schossen. Er stand nur da und starrte mich an, so als wären sie gar nicht dort gewesen. In mir braute sich eine gefährliche Mischung aus Wut und Traurigkeit zusammen. In meinem momentanen Zustand war es kein Wunder, dass die Begegnung mit Dan mich viel emotionaler machte, als sie sollte, und keine halbe Sekunde später spürte ich das Brennen in meinen Augen.

Ich zog scharf die Luft ein – ein Versuch, die Tränen am Laufen zu hindern – und zog dadurch Pits Blick auf mich. Als er sah, wie ich mich am Tresen festklammerte, als könnte ich meinen Körper so besser kontrollieren, rutschte er von seinem Hocker und verschränkte die Arme vor der Brust. Pit war gut trainiert und er wusste genau, wie er besonders einschüchternd wirken konnte.

Ich sah, wie Dan einen skeptischen Blick auf ihn warf und zögerlich ein paar Schritte auf uns zu machte. »Addison, ich muss …« Seine Stimme klang erstaunlich heiser und ruhig, aber ich wusste nicht, ob es vielleicht einfach daran lag, dass ich schon seit dem vergangenen Freitag die

Welt um mich herum wie im Nebel wahrnahm.

Pit schnitt ihm das Wort ab. »Du musst gar nichts, außer von hier verschwinden.« Er machte einen Schritt auf ihn zu und Dan hob abwehrend die Hände.

Ich hatte ihn noch nie so gesehen. Normalerweise strotzte er vor Selbstbewusstsein und würde sich auch nicht von jemandem, der ihm körperlich überlegen war, einschüchtern lassen.

Wie durch einen Schleier bekam ich mit, wie Rylan aufstand und sich neben Pit stellte. Ob sie ihn unterstützen oder zur Not zurückhalten wollte, konnte ich noch nicht sagen.

»Addison, bitte. Ich muss mir dir reden.« Seine Stimme klang dünn und flehend, aber ich schüttelte nur den Kopf.

»Das letzte Mal, als du mit ihr reden wolltest, hast du so einiges zerstört.« Pit wurde etwas lauter als nötig, und obwohl ich meinen Blick immer noch starr nach vorn gerichtet hatte, war mir klar, dass wir einiges an Aufmerksamkeit auf uns zogen. »Und das auch noch mit voller Absicht.« Pit dachte gar nicht daran, Dan zu Wort kommen zu lassen.

Für ein paar lange Sekunden passierte nichts, bis sich Dans Ausdruck veränderte und er zu Boden sah. Obwohl er mit seiner beigen Stoffhose und den dunkelblauen, teuer wirkenden V-Neck-Pullover eigentlich so aussah wie immer, erweckte er einen anderen Eindruck. Irgendetwas stimmte nicht mit ihm. Seine Schultern waren zusammengesackt und auch von seiner arroganten Kopfhaltung war nicht mehr viel übrig. Er wirkte schuldbewusst. In demselben Moment, in dem die Tränen wieder zu fließen begannen, wurde mir klar, dass er wirklich mit Absicht einen Keil zwischen Kian und mich hatte treiben wollen.

Auf einmal war es viel zu warm in meinem grauen Pulli und meine Kehle war mit einem Schlag so trocken wie meine Anatomievorlesungen.

»Addie, ich kann das erklären.«

Ich sah nur verschwommen, dass er auf mich zukam, aber nicht einmal den Tresen erreichte, weil Pit sich ihm in den Weg schob. Ich wollte etwas sagen. Wollte ihm an den Kopf werfen, was er damit angerichtet hatte. Aber ich konnte nicht. Kein einziger Laut kam über meine Lippen. Es war mir egal, wie bizarr diese Situation auf die Gäste wirken musste. Ich stand einfach nur da, während mir langsam Tränen übers Gesicht liefen.

Als Pit über seine Schulter einen Blick auf mich warf, hatte ich das Gefühl, dass seine dunklen Augen nur noch schwarz vor Wut waren. Ruckartig wandte er sich wieder an Dan und dieses Mal wusste auch Dan, dass er keine Chance hatte. Noch bevor Pit den Mund aufmachte, sackten seine Schultern noch ein bisschen weiter nach unten.

»Hau ab, Allen. Lass sie in Ruhe, du hast schon genug angerichtet.« Wieder hörte sich Pits Stimme so bedrohlich an, wie ich es selten bei ihm erlebt hatte.

Dan zuckte zusammen, und auch wenn ich ihn immer noch nur durch meinen Tränenschleier sah, sah ich Resignation in seinem Gesicht. Für den Bruchteil einer Sekunde sah er mir noch in die Augen, so als würde er abwägen, ob er noch eine Chance hatte, bevor er sich durch die ordentlich gescheitelten, blonden Haare fuhr und sich langsam umdrehte.

Camille, die die ganze Zeit nervös an ihrem langen Zopf herumgespielt hatte, stieß erleichtert Luft aus, und Rylan, die normalerweise nie sprachlos war, krallte ihre Nägel in Pits Oberarm, so als müsste sie sich festhalten.

Bevor Dan durch den Türrahmen verschwand, hielt er noch einmal inne und sah über die Schulter zu uns. Einen kurzen Moment lang schien er zu überlegen, noch etwas zu sagen. Ich wusste nicht genau, was ihn davon abhielt, denn der Daniel Allen, den ich kennengelernt hatte, ließ sich normalerweise nicht so einfach einschüchtern. Als ich jetzt in seine Augen sah, während er langsam den Kopf schüttelte, glaubte ich, eine Spur Traurigkeit darin zu sehen. Vielleicht projizierte ich aber auch nur meine eigenen Gefühle auf ihn.

»Was zur Hölle sollte das denn?« Rylans Stimme riss mich aus meiner Trance, und ich merkte, dass ich mich immer noch am Tresen festklammerte. Ich sah in drei Paar Augenpaare, die mich alle mit einer Mischung aus Sorge und Fragen ansahen.

Camille setzte sich als erstes in Bewegung und schlüpfte unter dem Tresen durch, um mich in den Arm zu nehmen. Sie war genauso groß wie ich, weshalb ich meinen Kopf in ihrer Schulter vergraben konnte und so meine Tränen auf ihrer weichen, blauen Fleece-Weste verteilte. Wenigstens war sie saugfähig.

»Ach, Addie, alles wird gut, du wirst sehen. Es ist einfach noch ein bisschen früh.« Sie schob mich an den Schultern sanft von ihr weg, sodass sie mir ins Gesicht sehen konnte.

Ich ärgerte mich unglaublich darüber, dass ich Pit meine Kämpfe für mich ausfechten lassen musste, weil ich zu einem Häufchen Elend zusammengefallen war. Normalerweise konnte ich es nicht leiden, wenn mich jemand ungefragt verteidigte, oder meinte zu wissen, was das Beste für mich war. Kian hatte es geschafft, dass ich jetzt sogar darauf angewiesen war, meine Freunde für mich sprechen zu lassen.

»Ich habe keine Kraft dafür, mir im Moment auch noch über Dan den Kopf zu zerbrechen. Es reicht schon, dass ich meinen Verstand verliere, nur weil ich versuche, Kians zu verstehen.«

Meine Stimme war tränenerstickt und Camilles blaue Augen strahlten pures Mitgefühl aus, bevor sie mich noch einmal in ihre Arme zog. Es war unglaublich, dass ich immer noch so viel weinen konnte. Obwohl es ziemlich unprofessionell war, ließ ich es zu, dass auch Pit und Rylan zu mir hinter den Tresen kamen und mich in eine feste Gruppenumarmung zogen. Es war, als würden sie mich damit nicht nur vor den neugierigen Blicken der anderen Gäste schützen, sondern auch vor Dan und vor Kian, der mein Herz nicht nur gebrochen, sondern zerfetzt hatte, und vor all den Gefühlen, die mich schon wieder überrollten.

Während Rylan die Arme von hinten um meinen Körper schlang, schaffte es Pit fast, uns alle drei gleichzeitig zu umarmen, und sein herbes Aftershave mischte sich zu dem blumigen Duft meiner Mitbewohnerinnen. Ich verband so viele Gefühle und Erinnerungen mit diesen Gerüchen, dass ich dieses Mal laut vor Dankbarkeit aufschluchzte. Wir lösten uns erst voneinander, als sich ein Gast hinter uns räusperte und mit einer entschuldigenden Geste auf sein Portemonnaie und seine leere Tasse zeigte.

44

»Alter, ich kann das nicht mehr mit ansehen.« Blake baute sich vor mir auf.

Ich hatte mich mit meinem Laptop auf unsere Couch gelegt und tat so, als könnte ich mich auf mein Onlineskript konzentrieren. Ohne ihn anzusehen, zog ich eine Augenbraue nach oben, obwohl ich genau wusste, wovon er redete. Er sprach nicht weiter, aber ich spürte seinen Blick auf mir.

»Dass ich versuche, mich auf Biologie vorzubereiten?« Ich versuchte, möglichst neutral oder wenigstens teilnahmslos zu klingen, aber ich wusste selbst, dass ich mir das sparen konnte.

Blake war Freitag nach seinem Auftritt in mein Zimmer gepoltert und hatte mir trotz meiner Proteste erzählt, wie er Addie getröstet hatte. Der Gedanke daran, wie sie in der Kälte gestanden hatte und sich in ihren Augen Tränen gebildet hatten, bereitete mir jedes Mal Gänsehaut. Als Blake mir auch noch an den Kopf warf, wie sehr sie gelitten hatte, gab mir das den Rest.

Ich hatte seit Tagen nicht richtig geschlafen, gegessen oder gelernt. Gestern war ich nach Seattle gefahren, um mich um Elodie zu kümmern und bei Avery nach dem Rechten zu sehen. Sie schien nicht gerade überrascht über mein desolates Aussehen und hatte einen wissenden Ausdruck auf dem Gesicht, als ich ihren Fragen nach Addison auswich. Selbst als ich mit Elodie in der riesigen Korbschaukel am Spielplatz saß, konnte ich mich nicht auf sie konzentrieren. Das Einzige, woran ich denken konnte, war Addie. Aber sobald ich an die Tage im Café oder unsere abendlichen Spaziergänge nach Hause dachte, schob sich der Gedanke an Addie zusammen mit Dan dazwischen. Wie er sie berührte. Wie sie seine Berührung zuließ. So als wäre es nicht das erste Mal.

Weil es nicht das erste Mal war, erinnerte mich eine trockene Stimme in meinem Kopf. Ich konnte nicht glauben, dass Addie mich so hintergehen würde. Noch weniger nachdem sie gewusst hatte, was Dan angerichtet hatte. Die Art, wie genau mir mein Herz wehtat, war nicht die gleiche, die ich gefühlt hatte, als Avery den Unfall gehabt hatte oder als mir bewusst geworden war, dass ich ihr Leben zerstörte. Sie war aber auch nicht weniger schlimm. Sie war nur anders. Und ganz tief in mir wusste ich auch warum. Ich konnte es nur nicht an die Oberfläche lassen. Weil es mich komplett zerstört hätte.

»Kian!« Blake klatschte in die Hände und als ich endlich zu ihm aufsah, setzte er sich neben mich und stellte zwei Flaschen Bier auf den Tisch. »Du musst das regeln. Ich brauche dir nur in die Augen sehen, um zu wissen, dass es dich kaputtmacht.« Seine Stimme war jetzt wieder ruhiger, aber immer noch eindringlich. Trotzdem rollte ich mit den Augen, in denen mein bester Freund angeblich lesen konnte.

»Es ist okay. Ich bin okay«, erwiderte ich und jetzt war es

Blake, der mit seinen dunklen Augen rollte und sich durch seine kurzen schwarzen Haare fuhr.

Er beugte sich nach vorn und griff nach einer der Flaschen. »Kian, ich kenne dich praktisch mein ganzes Leben lang und habe gesehen, wie deine Augen aussahen, als du Avery fast verloren hast, wenn du dir Sorgen um Elodie gemacht oder dich mit deinen Eltern gestritten hast …« Er brach ab und hielt mir eine der Bierflaschen auffordernd hin. Erst als ich sie zögerlich annahm, sprach er weiter: »Und ich weiß auch, dass ich das erste Mal wieder Freude darin gesehen habe, als Addie dich quasi zu deinem Glück gezwungen hat. Wenn du mit ihr zusammen warst, warst du das erste Mal wieder der alte, fröhliche Kian. Und jetzt sehe ich etwas ganz Neues darin: Herzschmerz.«

Unter normalen Umständen hätte ich ihn für sein philosophisches Gelaber aufgezogen, aber ich hatte nicht mehr die Kraft dazu. Außerdem hatte er recht. Mein Herz schmerzte auf eine Art, die ich noch nie zuvor erlebt hatte.

»Addie sieht übrigens so ähnlich aus wie du.« Er deutete auf mich. Ich wusste auch ohne Blake, dass meine Augenringe so dunkel und groß waren wie schon lange nicht mehr und mein Gesicht blasser war als das eines Geistes. Schon wieder drängte sich Addisons trauriges Gesicht vor mein inneres Auge. Ihre leicht geöffneten Lippen, die ich trotz allem in dem Moment am liebsten geküsst hätte.

»Sprich doch einfach mit ihr. Oder willst du dich jetzt hier verkriechen und weder zur Arbeit noch zu den Vorlesungen gehen?« Blake nahm einen Schluck aus seiner Flasche und wartete auf eine Antwort.

Ich konnte sie ihm nicht geben. Nicht weil ich nicht wollte, sondern weil ich keine Ahnung hatte. »Ich ignoriere dieses Problem einfach, bis es verschwindet?« Es klang mehr wie eine Frage als eine Antwort, und Blake schüttelte sofort den Kopf.

»Das wird definitiv nicht funktionieren.« Er sagte das so, als hätte ich das nicht selbst gewusst.

Leider war es trotzdem die einzige Lösung, die ich hatte. Alternativlos. Ich konnte mir einfach nicht vorstellen, Addie gegenüberzutreten. Egal ob sie mich wütend angeschrien hätte oder mich mit ihren verdammten grauen Augen, in dem sich jedes ihrer Gefühle spiegelte, einfach angestarrt hätte. Nichts davon hätte mein Herz in diesem Moment ertragen.

»Sie hat nach dir gefragt.« Blake klang zögerlich. So als wüsste er nicht, ob diese Information Schaden anrichten könnte.

Bis gerade eben hatte ich die Flasche in meiner Hand wie in Trance gedreht, aber jetzt erstarrte ich. Nicht nur äußerlich. Auch in mir zog sich alles zusammen. Nur langsam schüttelte ich den Kopf. Ich wollte nicht wissen, was sie gesagt hatte, sonst würde ich es nie schaffen, über sie hinwegzukommen.

»Du glaubst doch nicht ernsthaft, dass sie ein Verhältnis mit Dan hat, oder?« Er tat geradezu so, als wäre er am Freitag nicht dabei gewesen. Als könnte er meine Gedanken lesen, sprach er weiter: »Wärst du nicht einfach weggerannt, hätte sie es dir vielleicht erklärt.«

Ich konnte das nicht. Ich wollte es nicht hören. Bevor er den Part der Erklärung übernahm, stellte ich das unberührte Bier auf den Tisch und stand wortlos auf.

»Wo willst du hin?«, fragte Blake alarmiert. Er konnte sich wahrscheinlich denken, dass ich meine Meinung nicht auf magische Weise geändert hatte und zu Addison fahren wollte.

»Nach Seattle. Avery braucht mich.« Ich sagte es betont beiläufig. Seit ich am Freitag mit Ezra gesprochen hatte, war ich täglich bei ihr gewesen, um sie endlich wieder auf die richtige Spur zu bringen. Da der nächste Tag wieder ein Donnerstag war und ich auf keinen Fall riskieren wollte, Addison über den Weg zu laufen, wollte ich definitiv vor ihrer Schicht nochmal hin, auch wenn es schon fast sechs Uhr sein würde, wenn ich ankam.

Gerade als ich dachte, Blake würde es darauf beruhen lassen, atmete er tief durch. »Du machst einen Fehler, Mann.« Er seufzte nochmal. »Du und Addie, ihr seid auf eine verdrehte Art wie füreinander gemacht.« Er zuckte resigniert mit den Schultern und nahm einen großen Schluck.

»Vielleicht. Aber wir haben es falsch gemacht.« Ich stand noch ein paar Sekunden gedankenverloren herum, bevor ich mich auf den Weg zu meinem Auto machte.

Wir sind auf eine verdrehte Art füreinander geschaffen.

Der Satz hallte in meinem Kopf nach, als ich durch unser Wohnheim lief. Er schoss auch noch in Dauerschleife durch meine Gedanken, als ich mir die Kapuze über den Kopf zog und über den Parkplatz zu meinem Auto ging. Es hatte Momente gegeben, in denen ich das auch geglaubt hatte. Wir waren so unterschiedlich und doch passten wir perfekt zusammen. So wie die Sterne perfekt in die Galaxie passten. Und trotzdem gab es in unserer ganz eigenen Galaxie Meteoriten, die eine Spur der Zerstörung hinterließen.

Ich war so sehr mit meinen Gedanken beschäftigt, dass ich die Gestalt, die an meinem Auto lehnte, in der Dämmerung erst viel zu spät bemerkte. Genau genommen bemerkte ich sie erst, als sie mich ansprach.

438

45

»Kian, warte! Bitte!«

Die Worte waren nicht besonders einschüchternd und trotzdem blieb ich noch in der gleichen Sekunde stehen und mein Herz begann zu rasen. »Was zum Teufel willst du von mir. Hast du nicht schon genug angerichtet?« Ich spuckte ihm die Worte vor die Füße, ohne eine Antwort darauf zu erwarten.

»Ich muss mit dir reden.« Dan stieß sich von meinem Wagen ab und kam ein paar Schritte auf mich zu. Er hatte seine Hände in den Taschen seines teuer aussehenden Mantels vergraben und sah irgendwie … bedrückt aus?

So hatte ich ihn das letzte Mal bei Avery im Krankenhaus gesehen und da hatte ich gedacht, er wäre einfach nur ein guter Schauspieler. Ein paar Sekunden lang standen wir uns gegenüber und tauschten Blicke aus, als würden wir unsere Kräfte abwägen.

»Fährst du nach Seattle?«

Ich gab ihm keine Antwort, aber er wusste sowieso, wo ich hinwollte.

»Kannst du mich mitnehmen? Ich muss mit Avery reden.«

Ich hatte das Gefühl, dass es ihm schwerfiel, mir in die Augen zu sehen. Obwohl er mir diese Frage im letzten Jahr schon unzählige Male gestellt hatte, klang es dieses Mal anders. So als würde er wirklich darauf hoffen, dass ich ihn mitnahm.

»Ich würde mich lieber von einem Schwarm Tauben totpicken lassen.« Obwohl mir überhaupt nicht danach war, musste ich schmunzeln, als ich daran dachte, wie Addison mir diesen Satz einmal entgegengeschleudert hatte, als ich ihr vorgeschlagen hatte, statt ihres üblichen Kaffees mit Karamell- und Apfelkuchensirup einen Smoothie aus Spinat zum Frühstück zu trinken.

Dan wirkte, als hätte er schon mit einer Antwort dieser Art gerechnet, und schüttelte resigniert den Kopf. Mir fiel auf, dass seine sonst so akkurat gekämmten Haare zerzaust waren und sein arroganter Gesichtsausdruck fast vollkommen weg war.

Bevor er noch etwas sagen konnte, schüttelte ich den Kopf und öffnete die Fahrertür.

»Ich habe nichts mit Addie.« Er klang verzweifelt. So als wäre es die letzte Möglichkeit, mich aufzuhalten. Tatsächlich hielt ich inne, was ihn zum Weiterreden bewegte. »Das mit Addie und mir war nichts. Es war sogar weniger als eine dumme College-Affäre und ist schon lange vorbei.« Wieder schüttelte er den Kopf, als könnte er selbst nicht glauben, was hier gerade passierte.

»Wieso sollte ich nur ein Wort glauben, das aus deinem verlogenen Mund kommt?« Ich klang nicht so bitter, wie ich es wollte. »Ich bin nicht blind und auch nicht bescheuert, Allen.« Mit diesen Worten stieg ich endlich ein und schloss die Tür mit einem lauten Knall. Ich hätte mir nicht die Zeit zum Durchatmen nehmen, sondern gleich die

Türen verriegeln sollen.

Dan riss die Tür auf. »Das am Freitag hatte nichts mit Addison zu tun, sondern mit Avery.« Als ich mich nicht regte, stieg er in mein Auto und sah mich herausfordernd an.

»Ich schwöre dir, Dan, wenn du nicht sofort abhaust, kann ich für nichts garantieren. Du weißt genau, dass du keine Chance gegen mich hast.« Ich war selbst überrascht, dass Dan überhaupt nicht daran dachte, sich zu bewegen, obwohl er genau wusste, dass ich recht hatte. Wie man kämpft, lernte man auf einer privaten Elite-High-School wohl nicht.

»Von mir aus kannst du mir die Nase noch einmal brechen, Kian. Hier geht es nicht um dich oder um mich. Sondern um deine Schwester und um deine Nichte. Du weißt selbst, dass es Avery nicht gut geht. Lass es mich auf dem Weg nach Seattle erklären. Wenn du mich dann immer noch rausschmeißen willst, lass mich von mir aus an der erstbesten Tankstelle stehen.«

Für ein paar Sekunden umklammerte ich das Lenkrad und starrte ins Leere. Ich hasste es, zugeben zu müssen, dass Dan aufrichtig klang und noch dazu recht hatte. Avery ging es nicht gut. Elodie war in Gefahr, ihre Mutter zu verlieren. In mir kämpfte mein Hass auf Dan mit meiner Sorge um Avery. Und ich wusste, dass meine Sorge um Avery immer größer war.

»Du hast Zeit, bis wir auf dem Highway sind. Danach kannst du von mir aus im Straßengraben schlafen, wenn das hier eins von deinen kranken Spielchen ist.« Ich startete den Motor und hörte, wie Dan sich anschnallte. Meine Drohung verlor wahrscheinlich dadurch an Kraft, dass er einen privaten Chauffeur hatte, der ihn zu jeder Uhrzeit an jedem Ort abholen würde, aber trotzdem fühlte ich mich dadurch ein bisschen so, als hätte ich die Kontrolle. Ich fühlte mich unwohl, Dan in meiner Nähe zu haben. Früher sind wir oft gemeinsam durch die Nacht gefahren. Aber nicht weil wir Freunde waren, sondern eher so etwas wie Geschäftspartner – wenn man zwei dumme Teenager, die Drogen vertickten, so nennen konnte.

»Addie und ich haben nichts miteinander.« Wir hatten den Campus der *Elbury University* schon hinter uns gelassen, als Dan zu sprechen anfing. »Am Freitag war der erste Tag, an den sie zugelassen hat, dass ich mit ihr spreche. Und ich habe es ausgenutzt ...« Er sagte das so, als konnte er es selbst nicht glauben. Ob er die Tatsache meinte, dass Addison seine Nähe zugelassen hatte oder dass er es ausgenutzt hatte, wusste ich nicht. Ich tippte aber auf ersteres.

»Ich dachte, es geht um Avery.« Ich schnitt ihm das Wort ab, als er weitersprechen wollte. Jedes seiner Worte war wie ein Schlag in die Magengrube für mich. Dan Allen, die Person, die ich mehr als alles andere verabscheute, hatte mit meiner Addie geschlafen. Und sie hatte es nicht für nötig gehalten mir davon zu erzählen.

»Lass mich doch ausreden, Mann. Du hattest immer schon Probleme, den Leuten zuzuhören, bevor du voreilige Schlüsse ziehst.« Langsam kam Dans Selbstbewusstsein zurück und ich sehnte mir den Highway herbei, um ihn an der ersten Ausfahrt rauszuschmeißen.

»Avery hat sich vernachlässigt gefühlt. Wegen Addie. Deshalb hat sie mich um Hilfe gebeten.« Er sagte das so, als wäre die Situation damit geklärt.

»Was spielt ihr hinter meinen Rücken für ein krankes Spiel? Du sollst dich von ihr fernhalten. Du bist derjenige, der sie immer wieder in Schwierigkeiten bringt. Wir könnten Elodie verlieren.«Ich warf einen kurzen Blick auf Dan. Es überraschte mich, zu sehen, wie angespannt er seine Finger in den Sitz krallte.

»Hast du vielleicht schon mal darüber nachgedacht, dass ich nicht derjenige bin, der sie in Schwierigkeiten bringt, sondern derjenige, der ihr helfen will? Ihr und Elodie?« Er klang verzweifelt. »Ich habe Avery geliebt, Kian. Glaubst du, ich habe den Unfall damals mit Absicht verursacht? Damit habe ich Avery verloren und vielleicht auch meine Tochter.« Er wurde mit jedem Wort lauter und als er das letzte Wort fast herausschrie, hatte ich Mühe, den Wagen in der Spur zu halten.

Ich hatte immer die Vermutung, dass Dan Elodies Vater war, aber Avery hatte sich immer geweigert, die Wahrheit zu sagen. Was ich aber nicht wusste, war, dass Dan das Gleiche dachte. Und dass ihm der Gedanke daran so nahe ging.

»Keine Sorge, sie ist es nicht.« Seine Stimme hatte sich wieder beruhigt, trotzdem hörte ich den Schmerz darin. »Ich bin nicht Elodies Vater.«

Ich rieb mir mit einer Hand übers Gesicht. »Wieso zum Teufel weißt du mehr als ich?« Ich klang nicht mehr so wütend, wie ich es gern getan hätte. Das Gespräch mit Dan, die Gedanken an Addie und die Sorge um Avery und Elodie machten diese nächtlichen Autofahrten langsam, aber sicher zu einer Qual.

»Vielleicht weil du in deiner eigenen Welt lebst und keine andere Sicht akzeptierst?«, kam es jetzt vom Beifahrersitz. »Ich habe dir damals schon gesagt: Ich wollte Avery nie etwas Schlechtes. Ich habe sie weder hintergangen noch ausgenutzt. Sie hat mich betrogen. Sonst wäre Elodie jetzt nämlich vielleicht blauäugig.« Er klang wieder ruhiger. So als wäre ihm aufgefallen, dass ich ihn wirklich jederzeit auf die Straße hätte setzen können.

»Warum erzählst du mir das alles jetzt?« Am liebsten hätte ich meine Augen geschlossen, um leichter einen Sinn in der ganzen Geschichte zu erkennen.

»Weil ich immer noch etwas für Avery empfinde. Und für Elodie. Ich war mir all die Jahre sicher, dass sie meine Tochter ist. Und weil ich weiß, dass hinter ihren Eskapaden die echte Avery steckt. Die, in die ich mich verliebt habe.«

Hätte ich nicht gewusst, dass es wirklich Dan war, der neben mir saß, hätte ich es nicht geglaubt. Er klang so aufrichtig und so sanft, wenn er über die beiden sprach.

»Avery wusste, dass du Addison fallen lassen würdest, wenn du sie mit mir siehst. Deshalb hat sie dir diesen Floh ins Ohr gesetzt. Als du am Freitag losgefahren bist, hat sie mich angerufen und gesagt, dass sie sich sicher ist, dass du Addison suchen würdest. Addie war schon angetrunken genug, sodass es ziemlich leicht war, dir vorzuspielen, wir hätten immer noch eine Affäre.« Er holte tief Luft, bevor er weitersprach. »Avery hatte Angst, allein dazustehen, wenn du anfängst, dein eigenes Leben zu leben.«

Ich merkte, wie er sich zu mir drehte, um meine Reaktion zu sehen, aber ich war unfähig, mich überhaupt zu bewegen. Für ein paar Momente sah ich nur die Bäume am Straßenrand an uns vorbeiziehen. Ich wollte erleichtert sein, dass Addie mich zwar nicht mit Dan hintergangen hatte, aber ich war trotzdem wütend, dass sie mir nichts von ihrer Vergangenheit mit ihm erzählt hatte. Trotzdem drängte sich der Gedanke an Avery in den Vordergrund. Wie konnte sie denken, dass ich sie einfach im Stich lassen würde?

Als Dan merkte, dass ich in absehbarer Zeit nichts sagen

würde, sprach er weiter: »Als sie gemerkt hat, dass sie euch auseinandergebracht hat, du jetzt aber nur noch wie ein Zombie durch die Welt gehst, ist sie fast ausgeflippt. Ich konnte sie gerade noch davon abhalten, eine Dummheit zu begehen. Deshalb hat sie mir auch an den Kopf geworfen, dass sie jetzt keine Verwendung mehr für mich hat und ich auch nicht Elodies Vater bin.« Er wurde mit jedem Wort leiser und aus dem Augenwinkel bemerkte ich, wie er den Kopf sinken ließ.

Ich wollte etwas sagen, aber mein Gehirn kam mit der Verarbeitung dieser vielen Informationen nur schleppend hinterher.

»Es tut mir leid, Kian. Ich brauchte diesen Schlag ins Gesicht, um zu sehen, wie bescheuert ich mich verhalten habe. Ich habe die letzten vier Jahre für diesen Unfall gebüßt.« Mein Kopf schnellte wie von selbst in seine Richtung.

»*Du* hast vier Jahre für diesen Unfall gebüßt?« Ich musste mich bemühen, meinen Fokus wieder auf die Straße vor mir zu richten. Wie konnte er es wagen, sich in die Opferrolle zu bringen. Sein Vater hatte sich die Mühe gemacht, meiner Familie zu drohen. Er hatte eine Menge Geld gezahlt, seinen Sprössling von uns fernzuhalten und auf eine Eliteschule zu schicken. Er war nicht da, als Avery aufgewacht ist. Als sie mit ihrer Schwangerschaft haderte. Als Elodie in unser Leben kam und es gleichzeitig heller, aber auch viel komplizierter machte.

»Glaubst du nicht, ich wäre gern für Avery dagewesen? Oder für Elodie? Ich wollte die Sache richtigstellen, aber ich war ein dummer Teenager. Genau wie du. Als sie mich wieder in ihr Leben gelassen hat, dachte ich, das sei meine Chance, irgendetwas wieder gutzumachen. Ja, ich war wütend auf dich, aber ich bin nicht mehr derselbe wie damals. Ich wollte dein Leben nicht nochmal zerstören. Ich weiß, dass ich mich dir gegenüber schon wieder scheiße verhalten habe, aber ich wollte Avery helfen. Ich habe nicht verstanden, wie blind und dumm ich war, bis Avery mir die Wahrheit vor die Füße geworfen hat.«

Es war, als würde sich unsere Anspannung auf die Luft im Auto übertragen. Ich versuchte krampfhaft, mich auf die Straße zu konzentrieren, aber Dan machte es mir wirklich schwer.

»Ich weiß, dass ich damals schuld war, dass sie aus der Spirale nicht mehr herauskam. Bitte, Kian. Lass mich wenigstens jetzt helfen.«

Es dauerte eine Weile, aber Dans Worte drangen ganz langsam zu mir durch. Konnte es sein, dass Dan all die Jahre die gleichen Schuldgefühle mit sich herumgeschleppt hatte wie ich? Dass er nur einen anderen Weg gewählt hatte? Er hatte angefangen die Welt um sich herum zu zerstören, während ich mich ihr verschlossen hatte.

46

»Du solltest zu Addie fahren.« Es war das erste, was Dan gesagt hatte, seit wir in Seattle losgefahren waren. Ich wäre gern noch bei Avery geblieben, aber Ezra hatte uns sanft, aber bestimmt rausgeworfen.

»Wir sind keine Freunde, Allen. Ich brauche deine Beziehungstipps nicht«, warnte ich ihn, ohne den Blick von der Straße zu nehmen.

»Ist es wegen mir?« Er sprach einfach weiter, als hätte ich den letzten Satz überhaupt nicht gesagt.

Genervt schnaubte ich. »Ich habe einfach andere Verpflichtungen, wie du gerade mitbekommen hast.« Es sprach nichts dagegen, ihn einfach zu ignorieren, außer dass ich mir diese Dinge selbst wieder ins Gedächtnis rufen musste.

»Ich glaube, Avery hat es eingesehen. Sie bekommt Hilfe und du kannst dich endlich ein wenig locker machen.«

So überzeugt wie Dan war ich von der ganzen Sache nicht. Avery sagte zwar, dass sie eingesehen hatte, dass es so nicht weitergehen konnte, aber ich traute ihr nicht. Es gab für mich keinen Grund, warum sie sich auf einmal ändern sollte. Einzig und allein Ezras Drohung, die Heimleitung einzuschalten, hatte sie einlenken lassen. Aber ich kannte meine Schwester und wusste besser als jeder andere, wie schwer es war, zu ihr durchzudringen.

»Es ist fast ein Jahr her.« Ich wusste, dass Dan wieder von Addie sprach, aber ich wollte es nicht hören.

»Du weißt, dass ich dich immer noch einfach aus dem Auto werfen kann, oder?« Als ich ihm einen Seitenblick zuwarf, sah ich, wie er mit den Augen rollte.

»Es ist ja auch nicht so, als hättest du dich für sie aufgespart. Warum führst du dich so auf, nur weil sie eine Vergangenheit hat?«

»Darum geht es doch gar nicht.«

Ich wollte eigentlich nicht mit Dan über mein Liebesleben diskutieren, aber er hatte einen wunden Punkt getroffen. Ich war mir nicht mehr sicher, ob ich immer noch sauer war, weil Addie mit Dan geschlafen hatte, oder weil sie mir nicht gesagt hatte, dass sie ihn kannte, nachdem sie von Averys und Elodies Geschichte erfahren hatte. Ich wusste nicht mehr, welche der Alternativen ich schlimmer fand, aber jetzt, wo die Anspannung rund um Avery ein bisschen von mir abfiel, spürte ich ganz deutlich, wie sehr ich Addie vermisste.

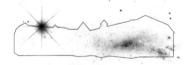

»Sprich mit ihr!« Dan war schon ausgestiegen, als er sich noch einmal herunterbeugte und durch die geöffnete Autotür sah. »Sie hat ein gutes Herz und das Temperament von zehn Schäferhundwelpen. Was glaubst du, warum mein Ego so lange angeknackst war, dass ich ihr sogar ein Jahr später noch nicht ganz verziehen habe? Sie ist das Gesamtpaket. Eines, das sich jeder Mann nur wünschen kann. Du solltest froh sein, dass sie so eine halbe Mehltüte wie dich will.«

Ich ignorierte die Beleidigung, weil meine Gedanken um etwas anderes kreisten. Noch bevor ich im Café angefangen hatte, hatte Blake etwas Ähnliches gesagt. Sie würde mir guttun, sie wäre ein Gesamtpaket. Damals hatte ich nicht genau verstanden, wovon er sprach, aber in diesem Moment machte alles einen Sinn.

»Verzieh dich, Allen«, knurrte ich Dan zu, der nur den Kopf schüttelte.

»Dir ist nicht mehr zu helfen«, sagte er mehr zu sich selbst, als er die Autotür mit Schwung hinter sich zuwarf.

Er hatte noch keine zwei Schritte zurückgemacht, als ich mit quietschenden Reifen losfuhr. Ich gab es ungern zu, aber Dans Worte hatten etwas in mir ausgelöst. Blake und er hatten recht: Sie war das Gesamtpaket! Zumindest für mich. Sie war fröhlich und mit einem Selbstbewusstsein gesegnet, von dem ich nur träumen konnte. Sie wusste, wann sie mich in den Hintern treten musste und wann ich einfach Ruhe oder jemanden zum Zuhören brauchte. Sie nervte mich manchmal unglaublich mit ihren bescheuerten Zitaten, aber jedes einzelne traf zu. Sie war da, mitten in meinem Chaos, und half mir, einen Ausweg zu sehen. Sie half mir, diese Last nicht allein tragen zu müssen.

Plötzlich kam ich mir unglaublich bescheuert vor, dass ich auch nur für einen Moment geglaubt hatte, sie würde mich mit Dan hintergehen, oder dass ich es ihr zum Vorwurf machte, mit ihm geschlafen zu haben, als sie noch nicht einmal wusste, dass ich existierte. Blake würde mir für mein Machogehabe zu Recht eine scheuern. Wenn Addie ihm nicht zuvorkam. Ich war ein riesiges Arschloch, weil ich Addie für etwas verurteilte, was für mich ganz normal war. Schließlich war Cassia auch nur in meinem Leben gewesen, um sich um meinen Schwanz zu kümmern.

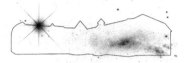

»Sie ist nicht da.«

Ich war vollkommen außer Atem, als ich an die Tür der Mädels hämmerte. Leider war es Rylan, die mit verschränkten Armen und zusammengekniffenen Augen vor mir stand.

»Hat ja ganz schön lange gedauert. Es ist Mittwoch«, informierte sie mich und musterte mich von oben bis unten, so als würde sie sich fragen, wie sie mich behandeln sollte.

»Ich weiß. Es tut mir leid. Ich bin ein …« Sie fiel mir ins Wort.

»Jaja, ein Idiot. Ich denke, dass wissen wir mittlerweile alle.«

Ich hatte das Gefühl, dass sie meine Aufregung genoss, unter die sich mit jeder Sekunde die Angst mischte, zu spät zu kommen. Was wenn Addie schon mit mir abgeschlossen hatte?

»Du hast Glück, dass ich daran glaube, dass ihr auf eine verkorkste Art und Weise füreinander bestimmt seid.« Sie lehnte sich gegen den Türrahmen, so als hätten wir alle Zeit der Welt. Ich trat von einem Fuß auf den anderen und fühlte, wie die Anspannung mit jedem ihrer Atemzüge stärker wurde.

»Sie hat sich in der Bibliothek vergraben. Anscheinend rammt sie sich selbst gern den Dolch in die Brust und dreht daran.« Rylan rollte mit den Augen und mein Herz machte einen unangebrachten Sprung, als ich daran dachte, dass Addie in der Bibliothek war, weil sie diesen Ort mit mir verband.

»Danke, Rylan. Du hast was gut bei mir.«

Ich wollte mich schon umdrehen, als sie mir noch etwas hinterherrief: »Ich will nichts gut bei dir haben. Ich will, dass du meine Freundin besser behandelst, sonst wirst du nämlich bereuen, je einen Fuß in ihre Nähe gesetzt zu haben.« Obwohl Rylan in ihrem senfgelben Strickkleid und den geflochtenen Haaren alles andere als furchteinflößend wirkte, hatte ich keinen Zweifel daran, dass sie ihre Drohung wahrmachen würde.

»Glaub mir, ich werde alles dafür tun, dass Addie meinetwegen nur noch lächelt.« Als ich ihr noch einmal einen Blick über meine Schulter zuwarf, sah ich, wie sie angestrengt versuchte, ein Schmunzeln zu unterdrücken, und den Kopf schüttelte.

Weil auf einem Großteil des Campus Fahrverbot herrschte und es fast unmöglich war, in der Nähe der Bibliothek um diese Zeit einen Parkplatz zu bekommen, begann ich, zu laufen. Es war nicht mein normales Joggingtempo, sondern ein ausgewachsener Sprint. Ich sah, dass einige Leute sich kopfschüttelnd zu mir umdrehten, als hätten sie noch nie einen Studenten, gesehen der um sein Leben rannte. Ich war mir sicher, in Rekordzeit an der Bibliothek angelangt zu sein, musste mich aber kurz auf die eiskalten Stufen setzen, um meinen Puls zu beruhigen und um mir zu überlegen, was ich Addie eigentlich sagen wollte. Ich hatte Mist gebaut. Ich hatte sie stehen lassen, nachdem sie mir ihre Gefühle so offen gestanden hatte. Sie hatte in diesem Moment jegliche Mauern, die ihr Herz schützten, eingerissen und ich bin darauf herumgetrampelt. Sie war unzählige Male für mich da gewesen, wenn ich es am wenigsten verdient hatte, und ich hatte sie ihren Scherbenhaufen allein auffegen lassen. Ein lahmes »Sorry« würde niemals ausreichen.

Gerade als ich aufstand und die Treppen nach oben gehen wollte, öffnete sich die schwere Flügeltür. Addie kam heraus und blieb wie angewurzelt stehen. Es kam mir wie ein kleines Déjà-vu vor. So dunkel, wie sie mich aus ihren grauen Augen anfunkelte, hatte sie mich auch angesehen, als ich sie bei unserer ersten Begegnung aus der Bibliothek gezerrt hatte. Noch bevor ich den Mund öffnen konnte, schüttelte sie den Kopf so heftig, dass ihre dunklen Haare nur so flogen, klammerte sich an ihrer Tasche fest und fing an, die Treppen nach unten zu laufen.

»Addie, warte. Bitte!« Als sie auch nach der letzten Stufe nicht stehen blieb, war ich mit ein paar großen Schritten bei ihr und stellte mich ihr in den Weg.

»Keine Ahnung, was du mir jetzt an den Kopf werfen willst, aber es ist zu spät. Es ist Mittwoch.« Sie wich meinen Blick nicht aus, aber ich sah, wie ihr ganzer Körper zitterte. Da sie eine Mütze und einen Mantel trug, lag es wohl nicht an der Kälte.

Ich atmete erleichtert aus, weil sie zumindest mit mir sprach. »Ich weiß, deine Mitbewohnerin hat mich auch schon darüber informiert.«

Kurz flackerte Unverständnis in ihren Augen auf. »Du warst bei mir zu Hause? Bist du hierhergelaufen?«

Ich fuhr mir geistesgegenwärtig durch die Haare, die

wahrscheinlich in alle Richtungen abstanden, und bemerkte, dass ich ganz schön geschwitzt hatte. »Ja und ja. Rylan hat mir gesagt, dass du hier bist.«

Sie kniff die Augen zusammen. »Verräterin«, flüsterte sie.

»Bitte hör mir zu, Addie. Ich habe einen riesigen Fehler gemacht.« Ich ging einen Schritt auf sie zu, aber sie wich sofort zurück.

»Ja, Kian, das hast du. Und ich werde nicht zulassen, dass du den gleichen Fehler immer wieder machst. Ich habe mein Herz schon zum zweiten Mal komplett vor dir ausgeschüttet und wieder bist du einfach abgehauen. Ich halte das nicht mehr aus.« Sie redete sich richtig in Rage, so als hätte sie nur darauf gewartet, mir alles an den Kopf zu knallen. »Ich habe deinetwegen schon genug gelitten. In meinem ganzen Erwachsenenleben habe ich mir die Augen nicht mehr so aus dem Kopf geheult. Und weißt du, was das Schlimmste ist?« Sie wartete nicht auf meine Reaktion, sondern beantwortete die Frage gleich selbst. »Ich habe bis zum Schluss gehofft, dass es am Ende ein Wir geben wird.« Für ein paar Momente starrten wir uns in die Augen.

Es waren zwar noch vereinzelt Menschen unterwegs, aber ich hörte nur noch Addisons schnellen Atem und das Rascheln der Blätter über uns. Je mehr Zeit verging, desto trauriger wurden ihre Augen, bis sie sich schließlich abwandte und auf ihr Fahrrad zuging, das wieder einmal achtlos an der roten Backsteinmauer lehnte.

»Es kann ein Wir geben, Addie.«

Sie schob das Rad noch ein paar Schritte weiter, stieg aber nicht auf. Für Außenstehende musste es so aussehen, als würden wir gemeinsam nach Hause gehen, wie wir es an so vielen Abenden getan hatten.

Sie schüttelte den Kopf. »Was ich am Freitag gesagt habe,

war die Wahrheit. Aber nicht um jeden Preis.«

Mein bescheuertes Herz machte einen kleinen Sprung.

»Addie, bitte, ich war ein Idiot. Ein ziemlich langsamer Idiot.« Ich griff an ihre Hand, die den Lenker umklammerte, um sie aufzuhalten. Sie blieb zwar stehen, zog ihre Hand aber sofort zurück, als könnte sie meine Berührung nicht ertragen.

»Bei dir habe ich mich die ganze Zeit viel mehr wie ich selbst gefühlt. Ich habe dir vertraut und dir mein wahres Ich gezeigt. Wenn irgendetwas schiefläuft oder gut läuft, wenn ich einen Witz oder etwas Bescheuertes höre, bist du die Erste, der ich davon erzählen will. Mein Gott, ich würde dir am liebsten jedes Mal einen Screenshot schicken, wenn ich diesen lustigen Bären auf Instagram sehe, den du so magst.« Sie starrte mich an, als würde ich eine andere Sprache sprechen.

»Kian, ich …« Sie brach ab. »Dieser Bär ist wirklich lustig.« Ihr rechter Mundwinkel zuckte zwar nach oben, aber ihre Augen erreichte es nicht.

»Addie, du bist einfach in mein Leben gekommen und hast meine Welt gerettet, ohne es überhaupt zu merken. Und jetzt, jetzt kann ich mir nicht mehr vorstellen, wie ich ohne dich in dieser Welt zurechtkommen soll. Hier sind so viele neue Gefühle, aber du …« Ich stockte, als ich sah, wie ihr eine Träne über ihre gerötete Wange lief. Sie sah gleichzeitig herzzerreißend und anbetungswürdig aus. Wie ferngesteuert hob ich meine Hand an ihr Gesicht und strich die Träne mit meinem Daumen weg.

Sie ließ meine Berührung regungslos zu und als ich meine Hand nicht wegnahm, hatte ich das Gefühl, sie würde sich unterbewusst dagegen lehnen.

»Addie, du bist mein allerliebstes neues Gefühl. Ich brauche dich! Ganz! Mit deiner furchtbaren Zuckersucht und deinem ewigen Sarkasmus. Und ich will jeden Tag nach dem Aufstehen ein bescheuertes Zitat von dir hören.« Ich machte noch einen Schritt auf sie zu, ohne unsere Verbindung zu unterbrechen. Dieses Mal wich sie nicht zurück. »Ich liebe dich, Addie. Ich glaube, ich liebe dich schon die ganze Zeit, ich war nur zu blöd, es zu verstehen, und habe es immer wieder vermasselt.« Ich atmete erleichtert aus, weil ich es endlich gesagt hatte. Noch nie hatte ich diese drei Worte ausgesprochen und noch nie hatte ich sie gefühlt. Trotzdem war ich mir zu tausend Prozent sicher, dass das, was ich Addie gegenüber fühlte, Liebe war.

Ihr Lippen waren leicht geöffnet und sie sah aus, als wäre sie in eine Schockstarre verfallen.

»Bitte gib mir eine Chance, es dir zu beweisen.« Ich wusste, ich sollte ihre Antwort abwarten, aber als ihre grauen Augen zu funkeln begannen, war es unmöglich, mich zurückzuhalten. Ich wusste, dass sie versuchte, sich zu wehren. Sie wollte sich schützen, aber ich würde alles daransetzen, dass *ich* derjenige sein würde, der sie vor der Welt beschützte. »Ich brauche dich, Addie. Bitte, gib mich nicht auf.«

Sie schüttelte fast unmerklich den Kopf. »Hast du vergessen, was ich am Freitag gesagt habe? Ich liebe dich, Kian. Ich würde dich niemals aufgeben.« Ihre Stimme war zwar leise, aber ich hörte den Nachdruck hinter dem, was sie sagte.

Im nächsten Moment drückte ich sie fest an mich und legte mein Kinn auf ihrer Wollmütze ab. Sie klammerte sich mit einem Arm so fest an mich, als wollte sie sichergehen, dass ich nicht sofort wieder weglief. Wie so oft, wenn zwischen Addie und mir ein besonderer Moment stattfand, befanden wir uns auch heute wieder unter den Sternen. Obwohl der *Elbury-University-Campus* mitten in der Stadt lag und stark beleuchtet war, konnte ich an diesen Abend unzählige Sterne sehen.

»Deine Arme haben sich von Anfang an richtig angefühlt«, murmelte ich in ihre Haare.

Als wir uns voneinander lösten, war es, als hätte sich die Welt für mich mit einem Mal verändert. Sie war anders als noch vor ein paar Minuten, und als ich Addie wieder in die Augen sah, hatte ich keinen Zweifel mehr daran, dass sie der Grund dafür war. Ganz langsam legte ich meine Hände an ihren Hinterkopf, beugte mich zu ihr und zog ihre Lippen auf meine. Obwohl Addie immer noch eine Hand am Lenker hatte, spürte ich, wie sehr sie sich dem Kuss hingab. Es war mir egal, dass wir immer noch neben der Bibliothek am Straßenrand standen. In diesem Moment zählte für mich nur Addison. Sie sollte verstehen, dass es nichts gab, was ich lieber wollte als ein Wir.

Als ich nach diesem intensiven Kuss, der sich so anfühlte, als hätte er uns endlich und unwiderruflich zusammengeführt, meine Lippen wieder von ihr löste, war ihr Blick genauso verschleiert wie meiner. Während ich Addie an mich drückte, um ihr die Sicherheit zu geben, dass ich bei ihr bleiben würde, schickte ich ein stummes *Danke* in die Galaxie, die in diesem Moment nur für uns zu existieren schien.

»Ich glaube, heute bin ich derjenige, der auf unseren Heimweg einiges zu erzählen und erklären hat.« Mit einer Hand griff ich nach ihrem Fahrrad und hielt ihr gleichzeitig die andere hin. Etwas zögerlich legte sie ihre Hand in meine, als könnte sie noch immer nicht glauben, dass ich es ernst meinte, aber sie gab mir zumindest die Chance, es ihr zu beweisen.

47

»Du hast was?« Kian war so geschockt, dass ich Angst hatte, er würde in den Gegenverkehr lenken.

Obwohl ich nach unseren Vorlesungen am liebsten Zeit allein mit ihm verbracht hätte, war es einer der Donnerstage, an denen es für uns beide wichtiger war, nach Seattle zu fahren. Obwohl wir zuvor die halbe Nacht wach gewesen waren und Kian zum ersten Mal offen über seine Gefühle und über das, was zwischen Avery und Dan passiert war, gesprochen hatte, stand dieses Thema immer noch ein bisschen zwischen uns. Dass mich Dan am Morgen vor meiner Tür abgefangen und ich fast eine halbe Stunde mit ihm gesprochen hatte, half der Situation aus Kians Sicht anscheinend nicht.

»Tja, wenn du bei mir übernachtet hättest, wäre das nicht passiert«, sagte ich eingeschnappt. Ich hätte ihn wahrscheinlich nicht extra noch provozieren sollen, während er Gefahr lief, den Wagen und unser Leben gegen den nächsten Baum zu setzten. Doch er schnaubte nur verächtlich, sagte aber nichts. Ich war wahnsinnig enttäuscht gewesen, als er weit nach Mitternacht darauf bestanden hatte, nach Hause zu gehen. Wir hatten unseren Beziehungsstatus nicht explizit definiert.

Als Camille und Rylan heute Morgen dann viel zu früh in mein Zimmer gestürmt kamen, konnten sie gar nicht glauben, dass außer Küssen und Kuscheln nichts gelaufen war, und Rylan bekam fast Schnappatmung, als ich ihr sagen musste, dass ich ihn offiziell nicht meinen festen Freund nennen konnte.

»Wir haben noch genug Zeit, um in einem Bett zu schlafen, Süße. Da müssen wir die Dinge nicht gleich überstürzen«, sagte Kian.

Mein Herz schlug bei diesem Kosenamen gleich ein paar Takte schneller. Normalerweise fand ich das abgedroschen, aber aus Kians Mund klang es einfach zum Dahinschmelzen. Als er seine rechte Hand, die auf seinem Oberschenkel ruhte, auf meinen legte, zerfloss ich förmlich, obwohl die Szene an Klischees fast nicht zu übertreffen war. Es war schließlich mein eigenes Klischee.

»Verrätst du mir jetzt, was du heute Morgen eine *halbe Stunde* lang mit Daniel Allen zu besprechen hattest?« Er betonte halbe Stunde extra, als wäre das, das Verrückteste an der Situation.

Ich wollte ihn noch ein bisschen ärgern, aber als seine Finger nervös anfingen, auf mein Bein zu trommeln, beschloss ich, ihn zu erlösen.

»Er wollte sich entschuldigen. Dann hat er mir die ganze Geschichte, die ich schon kannte, noch einmal erzählt und seine Hilfe angeboten. Und dann hat er sich nochmal entschuldigt.« Es klang vielleicht lahm, aber genauso war unser Gespräch abgelaufen.

»Und dafür habt ihr eine halbe Stunde gebraucht?« Kians Stimme triefte immer noch vor Skepsis.

»Ach, komm schon. Ich dachte, du verstehst, dass er nicht

nur das Arschloch ist, für das wir ihn gehalten haben. Er leidet genauso sehr unter der Situation wie du. Du bist doch der CEO der Schuldgefühle und solltest ihn am besten verstehen.« Vorsichtig legte ich meine Hand auf seine und sofort verschränkte er seine Finger mit meinen.

»Es ist nur, du und Allen … Ich sehe euch einfach nicht so gern zusammen.« Er klang fast schüchtern.

»Kian, ich werde mich nicht dafür entschuldigen, vor dir mit anderen Männern Sex gehabt zu haben. Das Einzige, wofür ich mich entschuldige, ist, dass ich dir nichts davon gesagt habe, als du mir von Dan und Avery erzählt hast.« Ich drückte seine Hand.

Kian schüttelte sich, als wäre es das Ekligste, das er jemals gehört hatte. »Da muss ich mich wohl anstrengen, damit du jede Erinnerung an ihn vergisst.« Er warf mir einen kurzen Blick zu, zog meine Hand zu sich und küsste sie leicht.

Ich musste wirklich aufhören, mich in diesen Klischees so wohlzufühlen, ansonsten würden wir zu einem dieser furchtbaren Pärchen werden, um die jeder Single einen großen Bogen machen musste, um sich nicht zu übergeben.

»Addison?«

Ich schreckte hoch, als Avery mich mit dünner Stimme ansprach. Eigentlich hatte ich den dreien genug Freiraum geben wollen, um miteinander zu sprechen, sodass ich im Aufenthaltsraum auf Kian wartete.

Stattdessen stand Avery mit einem undefinierbaren Ausdruck in den Augen vor mir. Sie sah Kian wirklich ähnlich.

Ihre Gesichtszüge waren die gleichen, auch wenn Averys viel härter und abgeklärter wirkten. Selbst wenn ich es nicht gewusst hätte, konnte ich so wie jeder andere in ihrem Gesicht lesen, dass sie es nicht immer einfach hatte.

»Hey, alles okay?« Ich wollte sie nach Kian fragen, aber da sie allein hier war, war er wahrscheinlich bei Elodie geblieben.

»Kann ich mich setzen?« Sie deutete auf den Stuhl neben mir und ich nickte. Sie sah aus, als würde sie mit sich kämpfen. Ich versuchte, ihr ein strahlendes Lächeln zu schenken, was sie nur noch mehr zu irritieren schien.

»Kian hat mir erzählt, was passiert ist. Ich …« Sie brach mitten im Satz ab und sah auf ihre Hände.

Ich sah so viel von Kian in ihr. Die Gestik, wenn sie mit sich selbst kämpfte, und die unergründlichen Augen waren seinen so ähnlich. Deshalb gab ich ihr Zeit, bis sie von selbst weitersprach.

»Er hat mir von deiner Kindheit erzählt. Es tut mir leid. Alles.«

Ich hatte das Gefühl, dass sie genau wie ihr Bruder gerade einiges vermischte, aber ich wollte nicht nachfragen.

»Du musst mich bestimmt für eine schlechte Mutter halten.« Sie schaffte es immer noch nicht, mich anzusehen.

»Naja … Du und Elodie … Eure Kindheit ähnelt sich so sehr.« Sie schüttelte den Kopf, als könnte sie es selbst nicht begreifen.

»Du kannst das doch nicht vergleichen. Elodie hat ihre Mutter noch.« Ich zog meine Beine in den Schneidersitz und drehte mich zu Avery, die immer noch starr geradeaus blickte.

»Tja, sieht so aus, als würde die ganze Welt denken, es wäre besser, wenn sie ihre Mutter nicht mehr hätte.« Sie lachte bitter auf und fing an, sich ihre Haarsträhnen einzeln um die Finger zu wickeln. Ihre Haare waren heller als die ihres Bruders, hatten aber die gleiche wellige Struktur.

»Weißt du, es gibt nicht nur Schwarz oder Weiß. Das hier …« Ich machte eine ausholende Bewegung. »Das hier ist nicht die einzige Lösung. Wenn meine Mutter eine andere Lösung gehabt hätte, wäre sie vielleicht noch hier, aber sie war ganz allein. Du nicht. Du hast deine Familie. Du musst nur ein bisschen mithelfen.«

Nach einer langen Pause drehte sie ihren Kopf zu mir. Erst jetzt sah ich, dass ihre Augen feucht waren.

»Wieso hasst du mich nicht? Ich war so unfair zu dir.« Ihre Augen wurden größer, und in diesem Moment sah sie so viel jünger aus, als sie eigentlich war.

»Avery, ich sage dir jetzt das Gleiche, was ich deinem Bruder auch schon gesagt habe. Er hat übrigens als Antwort mit den Augen gerollt.« Ich lächelte, als ich an unser Gespräch dachte. »Du musst aufhören, so streng zu dir zu sein. Außerdem war ich auch schon gemein zu Menschen, die es nicht verdient hatten. Manchmal ist das nur ein Produkt der eigenen Gefühle und des eigenen Schmerzes.« Ich zuckte mit den Schultern, weil ich nicht wusste, wie ich es ihr noch besser erklären sollte.

»Ich kann mir lebhaft vorstellen, wie Kians Gesichtsausdruck war, als du das zu ihm gesagt hast.« Ihre Gesichtszüge entspannten sich ein bisschen und sie wischte sich mit der Hand ein paar Tränen vom Gesicht.

»Er hasst meine pseudo-philosophischen Sprüche.« Ich war mir sicher, wie eine Bekloppte zu lächeln, allein weil ich an Kian dachte.

»Es tut mir leid, dass ich eure Beziehung sabotieren wollte. Ich habe gedacht, wenn ich ihn an dich verliere, stehe ich ganz allein da. Dabei ist es längst an der Zeit, dass ich mich selbst darum kümmere, mein Leben auf die Reihe zu bekommen. Für Elodie.« Ihre Stimme klang nicht einmal halb so motiviert wie ihre Worte.

»Avery.«

Sie hatte ihren Kopf wieder abgewandt, so als erklärte sie das Gespräch jetzt für beendet.

»Avery.« Dieses Mal berührte ich ihren Arm, damit sie sich wieder mir zu wandte. »Du verlierst ihn doch nicht an mich. Er liebt euch und wird immer für euch da sein. Ich verspreche dir, ich werde niemals zwischen euch stehen. Niemals. Okay?«

Sie sah mich an, als würde sie in meinen Augen nach einer Bestätigung dafür suchen, dass ich die Wahrheit sagte.

»Und wenn du mich lässt, wäre ich auch gern für euch da. Elodie ist die Einzige, die sich freut, wenn ich ihr etwas über das Backen beibringen will.« Als ich ihre Tochter erwähnte, leuchteten ihre Augen auf und sie nickte langsam.

»Ich habe Ezra schon gesagt, dass ich ab sofort mit ihm arbeiten werde, statt gegen ihn. Er gibt uns noch eine Chance, wenn ich eine Therapie mache.« Wieder fuhr sie sich gedankenverloren durch ihre Haare. »Vielleicht kann ich nächsten Donnerstag mit zum Backen kommen, wenn du da bist?«

»Du hast Avery zum Backen überredet?« Kian schüttelte den Kopf, als wir Hand in Hand zum Auto schlenderten. »Dein Fluch wirkt wohl bei allen Mitgliedern der Familie

Milforn.« Er streichelte mit seinem Daumen über meinen Handrücken und sofort breitete sich eine Gänsehaut über meinen ganzen Körper aus. Im nächsten Moment blieb er stehen und nahm meine beiden Hände in seine. »Ganz im Ernst, Addie. Danke! Für alles. Dafür, dass du so viel Geduld mit mir hast und sogar meine Schwester dazu gebracht hast, dich zu mögen.«

Er sagte das so, als hätte ich es geschafft, sie dazu zu bringen eine Therapie zu beginnen. Er hatte mir keine Details erzählt, aber nachdem er und Dan gestern mit Ezra und Avery gesprochen hatten, war ihr klargeworden, wie nah sie davorstand, Elodie zu verlieren. Ezras Bedingung war, dass sie sich für das intensive Therapie-Programm anmeldete und Elodie dafür öfter in Betreuung gab. Dadurch, dass Kian endlich einsah, dass Ezra recht hatte, war ihr klargeworden, dass es ihre einzige Chance war.

»Was soll ich sagen? Der Addie-Fluch trifft früher oder später jeden.« Ich kniff die Augen zusammen, weil hinter Kian gerade die Sonne unterging.

»Du meinst wohl, du zwingst die Leute dazu?« Er beugte sich langsam zu mir nach unten und seine Augen verdunkelten sich, wie sie es immer taten, wenn er kurz davor war, mich zu küssen.

»Bis jetzt hat diese Taktik ziemlich gut funktioniert.« Ich löste meine Hände, um sie um seinen Nacken zu schlingen und ihn näher zu mir zu ziehen.

»Ich liebe dich, Addie.«

Ich spürte seine Lippen bei diesem Satz schon auf meinen, bevor er seinen Mund endlich auf meinen presste. Ich konnte niemals genug von seinen fordernden Küssen bekommen. Sie fühlten sich an, als würde er sie so sehr zum Leben brauchen, wie er Wasser brauchte.

Als wir uns atemlos wieder voneinander lösten, lächelten wir beide.

»Und jetzt?« Kian legte den Kopf schief.

»Jetzt?« Ich tat es ihm gleich. »Jetzt arbeiten wir daran, dass wir unsere Zukunft so gestalten, wie wir sie wollen. Die besten Tage liegen schließlich noch vor uns«, beantwortete ich die Frage im gleichen Atemzug. Kian drückte mir noch einen Kuss auf die Lippen.

»Immerhin bin ich mir jetzt schon einmal sicher, dass ich gefunden habe, wofür mein Herz brennt.«

EPILOG

Addison

»Ihr schafft das hier ja jetzt allein – oder, Kinder?« Viola stellte sich zwischen uns, nicht einmal eine halbe Minute nachdem Kian endlich aufgetaucht war.

Viola und Randy hatten einen Stand am Campusfest, das traditionell Mitte April stattfand, wohl etwas unterschätzt und fühlten sich inmitten der feiernden Studenten sichtlich fehl am Platz. Kian legte den Arm um meine Taille und lächelte erst mich und dann unsere Chefin an. Schwer zu sagen, wer von uns schneller dahinschmolz. Viola war Kian-Fan der ersten Stunde, und nachdem wir ihr erzählt hatten, dass wir so richtig zusammen waren, war sie fast noch mehr aus dem Häuschen als unsere Freunde. Sie hätte uns garantiert sofort einen Ship-Namen verpasst, wenn sie gewusst hätte, was das ist.

»Keine Sorge, Viola, wir machen das. Ihr habt letzte Woche lange genug in der Küche gestanden, weil unsere Prinzessin hier schon wieder vergessen hat, dass das College zum Lernen da ist.« Kian drückte mir einen Kuss auf den Scheitel und jetzt war es offensichtlich, dass es Viola war, die dahinschmolz.

Der Spring Break war gerade einmal zwei Wochen her

und weil ich ihn nicht dafür genutzt hatte, für Anatomie zu lernen, wie ich es Professor Motrellas hoch und heilig versprochen hatte, hing ich schon wieder hinterher. Ich hatte ihn fast auf Knien angefleht, mich eine Präsentation halten zu lassen, um die Credits in seinem Fach zu bekommen. Nachdem Kian es auf wundersame Weise geschafft hatte, mir den Chemiestoff einzutrichtern, war Anatomie nämlich das einzige Fach, in dem ich sonst ohne Zusatzpunkte durchgefallen wäre. Meine Prüfungsergebnisse waren zwar eine Schande, aber in diesen Fall hielt ich es nach dem Motto: Bestanden ist bestanden, und bestanden ist gut genug.

Wenn mein Professor gewusst hätte, dass ich schon wieder mit seiner Gutmütigkeit spielte, hätte er mich für den Rest des Jahres höchstwahrscheinlich aus seinen Vorlesungssaal verbannt. Aber er wusste es nicht und deshalb hatte ich die zwei Wochen vorlesungsfreie Zeit genutzt, um mit Kian jeden schönen Ort in Washington State zu erkunden und dazwischen das Gleiche mit jedem Zentimeter seines Körpers getan. Das Knistern, das ich immer noch bei jeder seiner Berührung spürte, hatte seit dem Herbst kein bisschen abgenommen. Wenn, dann wurde es höchstens noch stärker, je mehr Zeit wir miteinander verbrachten.

»Hey, ich war die letzte Woche jeden Tag in der Bibliothek.«

»Keine Sorge, Süße«, unterbrach Viola unseren kleinen Schlagabtausch. »Schule geht vor, und es hat Randy Spaß gemacht, mal wieder selbst in der Küche zu stehen.«

Weil das *Elbury's Mug Café* an diesem Abend Kuchen und Kekse an hungrige Studenten verkaufte, hatten die Fannings schon eine Woche zuvor damit begonnen, Kekse zu backen, während Kian den Laden geschmissen hatte. Wie der kleine Streber, der er nun mal war, stand er in all seinen Fächern auf Bestnoten und hatte die ganze Woche über meine Schichten übernommen und mich sozusagen in die Bibliothek gesperrt. Gemeinsames Lernen kam sowieso nur noch auf neutralem Boden in Frage, denn zu Hause landeten wir viel zu oft und viel zu schnell im Bett. Nicht dass sich einer von uns darüber beschwert hätte …

Als die Fannings sich verabschiedeten – um das Feld den jungen Leuten zu überlassen, wie sie sagten –, schlang ich in einer ruhigen Minute meine Arme um Kians Taille und atmete ein paar Sekunden lang seinen frischen, zitronigen Duft ein. Zufrieden stellte ich fest, wie er sich entspannte und mit seinen Händen nach meinen griff.

Manchmal konnte ich mein Glück kaum fassen und staunte, dass ich es wirklich geschafft hatte, seine Mauern zu durchdringen. Es kam mir vor wie eine andere Zeit, als er sich noch bei jeder meiner Berührungen versteifte und so ausgesehen hatte, als wäre ihm meine bloße Anwesenheit unangenehm. Jetzt war er es, der immer öfter meine Nähe suchte und mir immer wieder einen flüchtigen Kuss aufdrückte, auch wenn wir mitten auf einer Party oder in einer Vorlesung waren. So als wollte er mir versichern, dass wir immer noch *wir* waren.

Auch jetzt spürte ich, wie sich seine Muskeln entspannten und er sich leicht mit dem Rücken an mich lehnte, während wir dem Treiben auf der großen Grünfläche vor dem Hauptgebäude der *Elbury University* zusahen.

Wie jedes Jahr war in der Mitte auf einem eigens dafür hergerichteten Platz ein Lagerfeuer angezündet und daneben eine Bühne errichtet worden. Am Rand gab es verschiedene Stände, die Essen und Getränke verkauften und einen Teil der Einnahmen für einen wohltätigen Zweck spendeten. Das war eine meiner Lieblingstraditionen an der Universität. Es war noch früh genug im Semester, sodass die meisten noch nicht dem Lernstress verfallen waren, es war aber schon warm genug, um draußen zu sein, wenn auch dick eingepackt. Die Stimmung war ausgelassen und doch lag ein Hauch von Ruhe in der nach Rauch riechenden Luft.

»Elodie hat heute wieder gelacht. So richtig.« Ich hörte das Lächeln in seiner Stimme, das immer dann mitschwang, wenn er über seine kleine Nichte sprach. »Und das, als wir bei meinen Eltern waren.« Er löste meine Hände von seinem Bauch und drehte sich zu mir. Seine Haare schienen mit jedem Tag wuscheliger zu werden und sein dunkelblonder Bart war ziemlich gewachsen, was daran lag, dass ich ihn, so oft ich konnte, vom Rasieren abhielt.

»Das ist toll, Kian.« Ich strich über den Bart und sein Lächeln wurde noch eine Spur breiter.

Seit Avery eine intensive Therapie begonnen hatte, die auch vorsah, dass sie an dem Verhältnis zu ihren Eltern arbeitete, veranstaltete Kians Familie regelmäßig Familientage. Anfangs war Kian mehr als skeptisch gewesen, aber er hatte schnell gemerkt, wie sehr ihm die Beziehung zu seinen Eltern fehlte. Seit kurzem tauschte er sogar Football-Witze mit seinem Vater via Textnachrichten aus und mir platzte jedes Mal fast das Herz vor Freude, wenn er mir mit fast kindlichem Eifer die Bedeutungen dahinter erklärte.

Bisher hatte ich seine Eltern noch nicht kennengelernt, aber sie wussten von mir, und das war für den Anfang genug. Kians Familie brauchte zuerst Zeit, um die Vergangenheit aufzuarbeiten und sich selbst als Familie wiederzufinden. Dafür sah ich Elodie regelmäßig und auch mein Verhältnis mit Avery besserte sich Schritt für Schritt. Sie war noch viel zurückhaltender als ihr Bruder, wenn es darum ging, Vertrauen aufzubauen oder sich zu öffnen. Immerhin vertraute sie mir genug, um Elodie mit Kian und mir auf einen Tagesausflug ans Meer zu lassen. Auch wenn Elodie immer noch nicht sprach, hörten wir sie hin und wieder leise kichern, wenn sie vollkommen entspannt war.

»Wer ist das bei Blake auf der Bühne?« Kian beugte sich gerade zu mir herunter, als Camille auf einmal vor unserem Stand auftauchte. Ihre blauen Augen waren riesengroß.

Wir lösten uns zögerlich voneinander, und Kian legte zuerst den Kopf schief, aber dann schien er zu begreifen. »Das ist Leo, er ist nach den Semesterferien in die Wohnung unter uns eingezogen. Wie sich herausstellte, ist auch an seinem Körper eine Gitarre festgewachsen. Blake ist ganz begeistert von ihm.«

Mein Blick wanderte zur Bühne, auf der Blake mit einem dunkelhaarigen Typen stand, der ganz versunken in seine Musik zu sein schien. Viel konnte ich von hier aus nicht erkennen, außer dass er ein Stückchen größer war als Blake und wahrscheinlich lateinamerikanische Vorfahren hatte. Ich wusste, dass die beiden ihn gern mochten, aber bis jetzt hatte ich ihn noch nicht persönlich kennengelernt.

»Sieht gut aus.« Ich zwinkerte Camille zu, aber die schien es gar nicht mehr zu bemerken, so sehr war ihr Fokus auf die Bühne gerichtet.

Dafür zwickte mich mein Freund jetzt spielerisch in die Schulter. »Hey! Du darfst sowas jetzt nicht mehr sagen. Du bist jetzt die Hauptperson in *meiner* Geschichte.« Er legte beide Hände an meinen Nacken und zog mich ein Stückchen näher zu sich.

»Keine Sorge, wir schreiben gemeinsam unsere eigene Geschichte.« Ich vergrub meine Hände in seinem dunkelblauen Sweatshirt und stellte mich auf die Zehenspitzen, sodass er mich endlich küssen konnte.

»Ich liebe dich, Addie. Und das hier ist der Anfang von all dem, was jetzt noch kommt.«

DANKSAGUNG

Wow, das war er also, mein Debütroman.

Ich kann es immer noch nicht glauben, dass Addie und Kian in der Welt da draußen sind.

Alles, was ich jetzt noch tun kann, ist **DANKE** sagen.

Und weil mittlerweile alle, die mich auf irgendeine Weise kennen, wissen, dass ich eine furchtbare Labertasche bin, werde ich versuchen, mich wenigstens hier kurz zu halten.

Der größte Dank geht an euch, meine lieben Leser*innen. Ohne euch wäre eine Geschichte nichts.

Danke, dass ihr *A Galaxy FOR US* und mir als Autorin eine Chance gegeben habt.

Dann möchte ich besonders dem VAJONA Verlag danken. Ihr habt mir als unbekannter Autorin mit einer College-Trilogie im Gepäck ein Zuhause gegeben. Dafür werde ich dir, liebe Vanessa, und dem ganzen VAJONA-Team für immer dankbar sein.

Ein riesengroßes Dankeschön geht an meine wunderbare Lektorin Amelie, die *A Galaxy FOR US* bestimmt zehn Mal besser gemacht hat und mir mit ihren witzigen Anmerkungen das Überarbeiten versüßt hat. Ich kann es gar nicht erwarten, wieder mit dir zusammenzuarbeiten.

An dieser Stelle fällt es mir tatsächlich schwer, die richtigen Worte zu finden, weil ich Angst habe, nicht allen gerecht zu werden. Deshalb halte ich es kurz und bündig, ich glaube, ihr wisst, wer gemeint ist.

Danke an meine VAJONA-Mädels, die nicht nur Kolleginnen, sondern auch Freundinnen geworden sind. Was habe ich vorher nur ohne euch in meinem Leben gemacht?

Danke an meine wunderbare Community auf Instagram, die mir gezeigt hat, dass über Social Media sehr wohl Freundschaften entstehen können.

Ein ganz besonderer Dank gilt natürlich meiner Familie. Danke, dass ihr mir Wurzeln und einen sicheren Ort gegeben habt. Ohne euch wäre ich nichts.

Und zum Schluss Danke, an all meine wunderbaren Freunde, die mit mir Abenteuer erleben, sodass mir die Inspiration für meine Geschichten niemals ausgehen wird.

Tja, das wurde wohl doch wieder länger als geplant, aber Danke kann man eben nicht oft genug sagen.

DANKE – Ich freue mich schon darauf, meine anderen Geschichten mit euch zu teilen.

Weitere Romane im VAJONA Verlag

Irisches Setting und ein besonderer Weg zum ganz
großen Glück von *Vanessa Schöche*

LEARN TO LOVE ME

Vanessa Schöche
452 Seiten
ISBN 978-3-948985-09-7
VAJONA Verlag

**»Mein Leben war so gut gewesen, unkompliziert. Bis Allie
auftauchte und alles durcheinanderbrachte. Mir jegliche
Gleichgültigkeit nahm.«**

Als ich den Trip nach Dingle zugesagt hatte, konnte ich ja nicht ahnen,
wie diese Entscheidung mein verkorkstes Leben beeinflussen würde. Wie
das Zusammentreffen mit Allie alles verändern sollte.
Allein ihre Nähe lässt Gefühle in mir aufleben, die ich mit Absicht tief in
mir vergraben und freiwillig gegen pure Gleichgültigkeit eingetauscht
hatte.
Ich weiß, dass ich diese bedeutungsvolle Art zu fühlen verabscheuen
sollte. Denn es ist absolut ausgeschlossen, dass Allie und ich jemals eine
gemeinsame Zukunft haben werden. Dieses Wissen wird irgendwann der
Anfang sein. Der Anfang, lieber sterben, statt leben zu wollen.

Der fesselnde Auftakt einer royalen Geschichte von *Maddie Sage*

IMPERIAL – Wildest Dreams 1

Maddie Sage
488 Seiten
ISBN 978-3-948985-07-3
VAJONA Verlag

»Wem sollen wir in einer Welt voller Intrigen und Machtspielchen noch vertrauen? Lassen wir unsere Gefühle zu, stürzen wir alle um uns herum ins Verderben.«

Nach einer durchzechten Nacht reist Lauren gemeinsam mit ihrer feierwütigen Freundin Jane für ein Jahrespraktikum ins Schloss des Königs von Wittles Cay Island. Und das, obwohl ihr der Abschied von ihrer Familie alles andere als leichtfällt, denn diese ist ihr größter Halt, nachdem ihr Vater vor fast vier Jahren spurlos verschwunden ist.

Am Hof sieht Lauren sich jedoch mit zahlreichen Problemen konfrontiert, allen voran mit Prinz Alexander, dessen Charme sie wider Willen in den Bann zieht. Dabei ist der Königssohn bereits der englischen Prinzessin versprochen worden, die vor nichts zurückschreckt, um ihren Anspruch auf Alexander und den Thron zu sichern. Dennoch kommen sich Lauren und der Prinz immer näher, ohne zu ahnen, in welche Gefahr sie einander dadurch bringen. Bis plötzlich Laurens verschollener Vater auftaucht und sie feststellen muss, dass die Folgen seines Verschwindens weiter reichen, als sie je für möglich gehalten hätte.

Ein tragischer Romantasy-Roman mit einem
außergewöhnlichen Setting von *Miriam May*

DAS ERBE – Dein Leben für meine Krone

Miriam May
ca. 350 Seiten
ISBN 978-3-948985-14-1
VAJONA Verlag

**»Ein Reich, das von langen Nächten in Finsternis gehüllt wird.
Ein Herrscher, der sich seiner Krankheit beugen muss.
Eine Tradition, die ein grausames Opfer fordert.«**

Callora steht kurz davor, den Thron ihres Vaters zu besteigen. Sie kann
es kaum erwarten, sich als Herzogin zu beweisen und das Reich aus der
Dunkelheit zu führen. Doch zunächst steht ihr eine Prüfung bevor –
eine Prüfung, die Neubeginn und Ende zugleich sein soll. Kann ein Blick
in Thareks tiefblaue Augen sie davon abhalten, sein Blut zu vergießen?

Eine besondere Liebe, die Kraft und Mut erfordert
von *Vera Schaub*

CONTINUE – Until We Love Again

Vera Schaub
428 Seiten
ISBN 978-3-948985-13-4
VAJONA Verlag

**»Meine Augen sahen sofort zu seiner Hand, die er Lynn auf die
Hüften gelegt hatte. Mein Herz zog sich zusammen. Ich wusste,
dass meine Hand dort liegen sollte.«**

Nachdem Marilyn dem dramatischen Schicksalsschlag ihrer Familie
entkommen ist, reist sie nach Detroit, um sich dort vor ihrer bitteren
Realität zu verstecken. Dabei ist sie gezwungen, alles hinter sich zu
lassen, was ihr jemals etwas bedeutet hat. So auch Nicolas, der nicht nur
die Liebe, sondern auch eine schmerzhafte Vergangenheit mit ihr teilt.

Als er nach einem Jahr wieder in Marilyns Leben auftaucht, ist dies ihr
größter Segen und Untergang zugleich. Denn dunkle Wolken aus alten
Zeiten ziehen über ihrem Glück auf, welche die beiden vor ungeahnte
Schwierigkeiten stellen.

Ein Wettlauf gegen die Zeit beginnt. Doch wie viel hält eine Liebe aus?

Ein Fantasyroman über ein geteiltes Reich, zwei Schwestern und einer Prophezeiung, die alles verändern wird von *Milea Lee*

DIVIDED – Empires of Light and Shadow

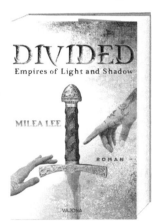

Milea Lee
ca. 400 Seiten
ISBN 978-3-948985-17-2
VAJONA Verlag

VERÖFFENTLICHUNG:
24. November 2021

Arely und Noreia sind Kriegerinnen des mächtigen Lichtreichs, deren Pflicht es ist, das Volk vor den mörderischen Bestien zu beschützen. Doch nach einem Streit verschwindet Noreia plötzlich im Großen Nebel an der Grenze zum verfeindeten Schattenreich. Arely ist am Boden zerstört, als ihre Gefährtin schließlich für tot erklärt wird.
Aber ist sie das wirklich?

Fünf Jahre später wird Arelys Welt erneut auf den Kopf gestellt und plötzlich ist nichts mehr so, wie es scheint.
Ein erbitterter Kampf zwischen Licht und Schatten beginnt, aus dem es kein Entkommen gibt …

Folge uns auf:

Instagram: www.instagram.com/vajona_verlag
Facebook: www.facebook.com/vajona.verlag
Website: www.vajona.de